U0552798

本书为国家社会科学基金重大项目"中国古代小说理论术语考释与谱系建构"（19ZDA247）的阶段性成果。
山东大学双一流建设"中国古典学术"专项资助项目

山东大学中文专刊

中国古典小说互文性研究

李桂奎 著

中国社会科学出版社

图书在版编目(CIP)数据

中国古典小说互文性研究/李桂奎著. —北京：中国社会科学出版社，2021.5
ISBN 978-7-5203-8200-7

Ⅰ.①中… Ⅱ.①李… Ⅲ.①古典小说—小说研究—中国 Ⅳ.①I207.41

中国版本图书馆 CIP 数据核字(2021)第 060113 号

出 版 人	赵剑英
责任编辑	郭晓鸿
特约编辑	杜若佳
责任校对	师敏革
责任印制	戴 宽

出 版	中国社会科学出版社
社 址	北京鼓楼西大街甲 158 号
邮 编	100720
网 址	http://www.csspw.cn
发 行 部	010-84083685
门 市 部	010-84029450
经 销	新华书店及其他书店

印 刷	北京明恒达印务有限公司
装 订	廊坊市广阳区广增装订厂
版 次	2021 年 5 月第 1 版
印 次	2021 年 5 月第 1 次印刷

开 本	710×1000 1/16
印 张	24.25
插 页	2
字 数	338 千字
定 价	138.00 元

凡购买中国社会科学出版社图书，如有质量问题请与本社营销中心联系调换
电话：010-84083683
版权所有　侵权必究

目 录

绪论 ……………………………………………………………… （1）
  第一节　古今中外文论对话与方法融通 ……………………… （2）
  第二节　中国小说"互文性"研究态势 ……………………… （24）

第一章　中国小说原初探索及文本追溯 ……………………… （49）
  第一节　古人关于小说原初之事理喻说 ……………………… （50）
  第二节　今人关于小说原初之学理追溯 ……………………… （56）
  第三节　互文性视角下的"杂家"面貌 ……………………… （60）

第二章　传奇小说与话本小说对行互渗 ……………………… （73）
  第一节　传奇小说与话本小说对行镜照 ……………………… （73）
  第二节　传奇小说与话本小说文本互动 ……………………… （88）

第三章　从"互文性"看《水浒传》之"经典性" ………… （114）
  第一节　《水浒传》方法都从《史记》出来 ……………… （114）
  第二节　《水浒传》共时"互文性"生发 ………………… （120）
  第三节　对其他几大经典小说之派生 ……………………… （129）

第四章　《三国志演义》文本创构之"重复" ……………… （137）
  第一节　《三国志演义》中的"重复"及其叙事效果 …… （138）

第二节　毛评对文本"重复"的"比类而观" …………………（157）

第五章　《金瓶梅》之"互文性"及悬疑释解 ……………………（176）
　　第一节　《金瓶梅》研究的"互文性"位移 ……………………（176）
　　第二节　《金瓶梅》与"三言"文本互通 ………………………（195）

第六章　"四大奇书"文本纵横贯通 ………………………………（211）
　　第一节　"四大奇书"之"互文性"生态 ………………………（212）
　　第二节　"四大奇书"之双向"互文性" ………………………（225）

第七章　《聊斋志异》"脱化"创意探寻 ……………………………（242）
　　第一节　诗稗互渗与《聊斋志异》创意 ………………………（242）
　　第二节　《聊斋》"脱化"创意面面观 …………………………（263）

第八章　《儒林外史》"仿拟"造境寻踪 ……………………………（283）
　　第一节　《儒林外史》对前文本之"仿拟" ……………………（283）
　　第二节　《儒林外史》仿拟《水浒传》辨析 ……………………（301）

第九章　从"互文性"看《红楼梦》之"集大成" …………………（321）
　　第一节　"集腋成裘"式的文本"集大成" ……………………（322）
　　第二节　《红楼梦》"集大成"之层级与境界 …………………（343）

第十章　古今小说"互文性"通变鸟瞰 ……………………………（357）
　　第一节　古典小说"互文性"通观 ………………………………（357）
　　第二节　古今小说跨时空通变概观 ……………………………（373）

参考文献 ……………………………………………………………（379）
后记 …………………………………………………………………（384）

绪　　论

　　在当今文学研究特别重视"跨界"与"本体"的学术背景下，除了"跨文化""跨学科""跨文体"等路数，"互文性"以及"跨文本"通变路数亦有利于开辟中国小说研究新局面。所谓"互文性"（intertextuality），指的是文本之交互，简称"互文"，或别称为"互文本性""文本间性""文本互动""文本互渗""文本互涉"等。据考察，这一理论孕育于苏联文艺理论家巴赫金（Bakhtin），而大致诞生于从现代转换到后现代这一学术背景之下，由法国文艺理论家、女性主义批评家朱丽娅·克里斯蒂娃（Julia Kristeva）正式提出。在中国，"互文"之说，古已有之，也作"互言""互辞""参互""互说""文互相备""互文相足""互文见义"等，本是一种为"省文"而主要发生在诗文文本中的"参互成文，合而见义"修辞格。此之所谓"文"主要是指言辞。在西方"文本"（text，也译为"本文"）观念传入后，人们便以"互文性"指先后、周边不同文本之间及同一文本内部上下文之间的相似性关联。在中国文化传统中，"通变"观念由来已久。《周易·系辞下》曰："穷则变，变则通，通则久。"宇宙之理，事物到了尽头就思变更，唯变才更能通达。这是经学所谓的"变"与"通"之道。司马迁在《报任安书》有言："究天人之际，通古今之变，成一家之言。"此乃史家所力求奉行的神圣使命。刘勰的《文心雕龙·通变》

云："文律运周，日新其业。变则其久，通则不乏。趋时必果，乘机无怯。望今制奇，参古定法。"此既强调师承，又强调变异，更强调参古法而制新奇，从而实现"日新"追求，这是文论家的理想。基于此，唐宋文人推演出"转益多师""点铁成金""夺胎换骨"等传统诗法、文法，中国式的文本互渗理论初具规模、渐成气候。接下来，经过明清"脱化""仿拟""犯避"等小说创作实践以及评点者的相关阐发，小说文本互通现象逐渐引起人们注意。当下，立足中国"通变"观念、"通义"方法，借鉴西方"互文性"理论，对中国小说文本之关联和互通进行系统研究，不仅可以"极古今之变"，而且能够"臻博雅融通之境"①。

第一节 古今中外文论对话与方法融通

"文本"研究乃当今文学研究的热点，"互文本"或"跨文本"研究随之备受关注。美国文艺理论家勒内·韦勒克（René Wellek）和奥斯汀·沃伦（Austin Warren）合著的《文学理论》一书，被誉为20世纪西方文艺理论经典，提出了影响全球且辐射深远的"内部研究"和"外部研究"观念，却存在忽略文本与文本间际关联的缺憾。近些年，风生水起的"互文性"理论弥补了这一缺憾。对我们而言，"互文性"之说尽管属于一道舶来品，是"别求新声于异邦"的结果，但作为文学批评方法和理论观念，却是古已有之。虽尚未形成明确统一的体系，却早已若隐若现地存在着；虽没有"互文性"这一命名，但已拥有与西方"互文性"理论一呼即应、一拍即合、一融即通的潜质。而今，为强化、深化中国文学文本关联研究，我们有必要促成中西"互文性"

---

① 此借用李建中《通义：汉语阐释学的思想与方法》（《文学评论》2019年第6期）一文之博通观念："文学阐释是对语言文本的阐释，也是植根于语言的阐释。'通'为汉语阐释学的跨界思维，其主体性建构和对象化实现共臻博雅融通之境。"

理论的对接、对话、镜照、融通，从而构建起一套新的文艺理论体系。① 在当今"文本主义"时代，对中外"互文性"理论资源加以整合，择善而从地运用，能够更好地破解诸多文学文本关联现象及相关文艺理论问题。② 就中国古代小说研究而言，这种融通中外的"互文性"理论正在越来越发挥出攻艰克难、突围创新的作用。

一 中西文本关联理论之呼应

在当今全球化文艺理论背景下，探讨继承与革新关系的中国传统"通变"文论体系可以与西方当下风行的强调文本互涉、互动、互渗的"互文性"理论形成对接。与以往"承前启后"、"一脉相承"、"影响的焦虑"以及"集大成"等文学观念一脉相承又有所不同的是，当下"互文性"理论研究与运用，有助于读者通过文本之间的呼应与对话，更好地领略与感受文学文本之间纵向的代际传递、横向的相互熏染以及对原有文本的回眸反观。如同"阐释学""叙事学"等理论体系基本实现了中西相互镜照、彼此融通一样，面对"互文性"理论这一道舶来

---

① 肖锦龙《重写和重写学——后结构主义文学史研究方法探论（下）》（《文艺理论研究》2016年第6期）将这一文艺理论体系命名为"重写学"："既然文学根本上是重写的产物，是一种话语文本重复和改造另一话语文本的结果，那么我们研究它，自然不应将它当作一种自成一体的孤立现象，去静态机械地分析解剖它，而应将它当作某一条无限深长的话语文本链上的一环，去动态有机地理解把握它。我将此种研究文学话语文本间有实际关联的动态复杂的互文关系、借以深刻把握文学的实质和规律的文学史研究理路方法称为'重写学。'"笔者认为，就学理而言，如果定要以"学"命名，与其称为"重写学"，不如依从传统文论观念，或从创作角度称为"祖述学"，或从传承角度称为"脱化学"。如果不以"学"命名，索性还是称之为"互文性"为好。

② 在当今"全球化"时代，包括文学研究在内的人文社会科学各学科研究纷纷通过"跨界"视角来开拓创新。中国古代小说研究自然也要运用"跨界"视角。可喜的是，"跨文化""跨学科""跨文体"等视角之用已经颇见成效。近年，比较文学在突破经典意义上的"影响研究"和"平行研究"模式，探索新的研究路数时，所提出的"跨国家""跨民族""跨文化""跨学科"等方法，对包括小说在内的整个文学研究深有影响和启发。而关于"跨文体"研究，尤其是戏剧与小说关系的研究以及小说内部诸如话本体与传奇体、文言体与白话体等方面的研究也均推出了一系列较有分量的论文、论著。而"跨文本"视角之用则似乎刚刚起步。关于小说的"跨文本"研究最切实可行且得心应手的理论武器自然当而今仍风行于西方的"互文性"理论。中国文学"跨文本"研究尚有较大的开拓空间。所谓"互文性"是一种跨越文本的现象，西方结构主义文论家热奈特曾将其称为"跨文本性"（transtextuality）（参见［法］热拉尔·热奈特《热奈特论文集》，史忠义译，百花文艺出版社2001年版，第68—69页。）

品，我们深深感到，在中国传统文学批评中，类似的理论虽然没有得到明确的命名，但早已潜滋暗长，并拥有与西方相关理论相呼应、对话的潜质。

明清诗画、小说戏曲等文学艺术崇尚"仿拟"，相关"通变"理论随之丰富了中国式"互文性"理论的内容。近代三十多年来，人们通过不断地译介、评说、应用，以及"比较研究"，使这一理论在中国落地生根。相对而言，中国式"互文性"理论带有"悖论"特质。其中，"形"与"神"、"犯"与"避"等许多相关观念与术语、范畴蕴含着中国文化中的相生相克、相反相成因素。由于"互文性"之"互"既包括纵向传承的"历时互文"与横向互渗的"共时互文"，还包括顺时"传承互文"与逆时"反哺互文"以及"正向强化互文"与"逆向反讽互文"等复杂情况，因此，这种学术眼光和"史识"意识可以打开中国文学"古今演变"研究以及"重写小说史"乃至"重写文学史"的新局面。

古往今来，人们对文学读解的门径与原则这一根本问题有较多探讨。南朝梁刘勰《文心雕龙·知音》有言："夫缀文者情动而辞发，观文者披文以入情，沿波讨源，虽幽必显。""书亦国华，玩绎方美。"[①] 文学意义探究要靠"披文入情""反复玩味"，这也就是后来人们提出的"熟玩""通变""善读"等问题，对后世重视文学本体研究具有深远影响。顾名思义，所谓"玩"意为欣赏、玩味；而本义为抽丝的"绎"则常被引申为"细读""探究"等意。这意味着，文学既是用来欣赏的，也是用来思考的。文学读解是审美阅读与教化接受的统一。当今文学研究强调要立足本体，与传统强调文学读解要始于"玩绎"的说法是一致的。我们的祖先虽然没有像现代新批评派提出影响全球的"文本细读"说，却早已强调"熟玩本文"之重要，即俗话所谓"读书百遍，其意自见"。尤其是宋代文人多怀有"尚意"读解之心，把立足

---

① （南朝梁）刘勰著，范文澜注：《文心雕龙注》，人民文学出版社1958年版，第713页。

文学本体视为推求文意的要领。

在刘勰"玩绎方美""披文入情""通变"等理论的强力影响下,"熟读""熟玩"观念颇有市场和地位。北宋欧阳修《诗本义》卷八在阐释《何人斯》这首诗时说:"古诗之体,意深则言缓,理胜则文简,然求其义者,务推其意理,及其得也,必因其言、据其文以为说,舍此则为臆说矣。"① 明确提出应从文学本体出发寻求诗之本义的理路。另如,程颐曰:"凡看《语》《孟》,且须熟读玩味。"② 强调对儒家经典要举一反三,细读品味。苏轼《送安惇秀才失解西归》曰:"旧书不厌百回读,熟读深思子自知。"此外,他的《评陶诗二则》其一说:"渊明诗初看若散缓,熟读有奇趣。"又评柳宗元《渔翁》诗说:"待以奇趣为宗,反常合道为趣。熟味之,此诗有奇趣。"③ 基于对文学本体的娴熟阅读和涵泳,他较充分地感受到了陶渊明诗、柳宗元诗中的"奇趣"美感。苏轼《既醉备五福论》论诗还指出:"夫诗者,不可以言语求而得,必将深观其意焉。"④ 提出了超越文字表层意义而深入把握作品内涵的"深观其意"读解方法。尤为值得重视的是,南宋王质《诗总闻》指出:"先平心精意,熟玩本文,深绎本意,然后即其文意之罅,探其事实之迹,虽无可考,而亦可旁见隔推,有相需带,自然显见。"⑤ 此外,他还提出"即辞求事,即事求意""以意细推""因情求意"等文学读解路数。稍后朱熹在涉及文学读解问题时也特别强调立足文学本体之重要:"一切莫问,而惟本文本意是求,则圣贤之指得也。"⑥ 强调其探求"本文""本意"的特殊地位。

同时,中国传统文论中存有不少关于文本与文本互相关联的理论碎

---

① (宋)欧阳修:《诗本义》,《通志堂经解》,(台北)大通书局1969年版,第9155页。
② (宋)程颢、程颐著,王孝鱼点校:《二程集》,中华书局2004年版,第285页。
③ 颜中其:《苏轼论文艺》,北京出版社1985年版,第163、175页。
④ (宋)苏轼著,孔凡礼点校:《苏轼文集》,中华书局1986年版,第51页。
⑤ (宋)王质:《诗总闻》(丛书集成初编本),商务印书馆1937年版,第299页。
⑥ (宋)朱熹著,刘永翔、徐德明校点:《晦庵先生朱文公文集》卷四十八,《朱子全书》第二十二册,上海古籍出版社2002年版,第2213页。

片,除了刘勰《文心雕龙·通变》中的"通变"理论,还有诸如"祖述""点铁成金""夺胎换骨"等观念。古诗文写作,离不开"互文性",写诗固有"沿袭"之道。宋代魏庆之《诗人玉屑》卷九在论及"沿袭"之道时,提出了"取""仿""同机轴""暗合""模写""承袭""即旧为新""摹拟""剽窃""依仿""沿袭""蹈袭"等创作方法,这些方法其实就是"互文性"之技。同时,在古人看来,写史也有"模拟"之法。如唐代刘知几在《史通》中谈到"模拟"时说:"夫述者相效,自古而然。""若不仰范前贤,何以贻厥后来。""盖模拟之体,厥途有二:一曰貌同而心异,二曰貌异而心同。"① 这些古代诗文、史学理论均含有"互文性"理论的要素。只要对其相关要素加以梳理整合,便可以成为与西方"互文性"理论相互镜照的理论体系。这种理论被归属到探讨继承与革新关系的"通变"文论中。

　　面对西方应用如此广泛的文艺理论,中国文艺理论界的学人并没有袖手旁观,尤其是新时期以来,各路学人不断地投入译介、研究、应用之中,并日渐使其中国化。大致来说,"互文性"理论的中国化历程开始于20世纪80年代,至90年代及21世纪愈演愈烈。其中,殷企平、黄念然、秦海鹰分别先后在《外国文学评论》(1994年第2期、1999年第1期、2004年第3期)发表了《谈"互文性"》《当代西方文论中的互文性理论》《互文性理论的缘起与流变》等论文;同时,程锡麟、陈永国也分别先后在《外国文学》(1996年第1期、2003年第1期)发表了《互文性理论概述》《互文性》等论文,对"互文性"理论进行了大体评介。2003年,法国蒂费纳·萨莫瓦约(Tiphaine Samoyault)那部较为系统地研究"互文性"理论的《互文性研究》得以译介出版,使我们更加清晰地看到"互文性"这一术语得以生成的原初语境及大致的发展历程,并接触到"拼凑""掉书袋""旁征博引""人言己用"

---

① (唐)刘知几撰,(清)浦起龙通释:《史通通释》,上海古籍出版社2015年版,第204页。

等"互文性"方法。① 随后，王瑾在其所著《互文性》（广西师范大学出版社2005年版）一书中向国内学者介绍了巴赫金、克里斯蒂娃、罗兰·巴尔特、布鲁姆，尤其是德里达、热拉尔·热奈特、米切尔·里法泰尔、安东尼·孔帕尼翁、保罗·德·曼、希利斯·米勒等西方学人的"互文性"理论。在此前前后后，李玉平立足于历史与逻辑相结合的原则，结合文学意义、文类、文学经典、比较文学等重要理论问题，历经十几年努力，在其系列研究基础上推出《互文性：文学理论研究的新视野》（商务印书馆2014年版）专著，探讨了"互文性研究的历史与逻辑""互文性元问题研究""互文性与文学意义""互文性与文类""互文性与文学经典""互文性与比较文学"等问题。近年，基于"互文性"理论的不断译介和研究，总结三十余年来其"中国化"的学术成果也陆续出现。如赵渭绒《国内互文性研究三十年》（《社会科学家》2012年第1期）、刘斐《三十余年来互文性理论在中国的传播与发展》（《当代修辞学》2013年第5期）等论文也对国内"互文性"理论研究和应用的基本情况进行了初步梳理。

同时，在如火如荼的"互文性"理论研究过程中，早有不少学者开始通过"比较文学"视野，以"互文性"理论为镜，对中国相关理论进行过探讨。如荷兰乌德勒支大学杜威·佛克玛（Douwe Fokkema）曾撰有《中国与欧洲传统中的重写方式》一文，对中国与欧洲文化传统中普遍存在的"重写"现象与后现代主义背景的"文本间性"（即"互文性"）进行过比较探讨。② 焦亚东的《互文性视野下的类书与中国古典诗歌——兼及钱锺书古典诗歌批评话语》将中国传统的类书置于西方"互文性"理论语境下审视，指出类书不仅自身构筑了极为丰富的"互文性"空间，而且还在一定程度上加剧了诗歌的滋生现象，这

---

① ［法］萨莫瓦约：《互文性研究》，邵炜译，天津人民出版社2003年版，第1页。
② ［荷兰］佛克玛：《中国与欧洲传统中的重写方式》，范智红译，《文学评论》1999年第6期。

既为后世提供了大量的"互文性"诗歌文本,也为钱锺书等人关于古典诗歌的"互文性"批评提供了可能。①江弱水的《互文性理论鉴照下的中国诗学用典问题》通过"互文性"视角对刘勰与钟嵘的相关话语进行了再阐释,并对"用典"等文本机制作了进一步探讨。②赵渭绒的《西方互文性理论对中国的影响》(巴蜀书社2012年版)这一论著更是从中外比较的视角综合运用理论分析、文本分析、社会批评、实证研究、文化研究等方法,对西方"互文性"理论及其在中国的译介、传播、影响和研究等问题进行了全面深入的考察和研究。基于这些前人研究成果,我们要进一步以西方"互文性"理论为镜,对中国固有的相关理论之发展演变历程进行一番系统化梳理。

他山之石,可以攻玉。与"阐释学""叙事学"等文艺理论方法一样,"互文性"理论可以与中国古今诸多文艺理论嫁接、互释,并理所当然地成为中国传统各体文学文本研究的指导,具有较强的可操作性与应用性。一方面,我们要看到由于传统文论对不同文本之"互拟"大多持抵触态度,因而"互文性"理论在中国发育不良;另一方面,我们要取长补短地借鉴西方"互文性"理论,对传统文学中的"互文性"迹象和影像作出中肯的评价,并扬长避短地推动本土化文艺理论建设。随着对西方"互文性"理论的译介和研究,人们开始关注中国的"互文性"理论传统,并试图构建中西合璧的"互文性"理论体系,以用于中国文学研究。

二 "互文性"理论与"通变"视野

中国现代学术研究的经验告诉我们,用西方理论与中国传统理论镜照,必须有一个基本逻辑前提,即中国"古已有之",否则便会沦为游

---

① 焦亚东:《互文性视野下的类书与中国古典诗歌——兼及钱锺书古典诗歌批评话语》,《文艺研究》2007年第1期。
② 江弱水:《互文性理论鉴照下的中国诗学用典问题》,《外国文学评论》2009年第1期。

谈无根、生搬硬套或方枘圆凿、削足适履、隔靴搔痒。当然，所谓"古已有之"，未必足以达到与西方当今文论分庭抗礼的地步，那些若隐若现、引而未发、只言片语的理论碎片经过梳理、整合，也是可以独当一面的。

关于"互文性"的基本内涵，其首倡者法国学者朱丽娅·克里斯蒂娃（Julia Kristeva）曾作过如下表述："任何一篇文本的写成都如同一幅语录彩图的拼成，任何一篇文本都吸收和转换了别的文本。"① 指出后期文学文本总会以不同程度、不同方式借鉴先期文学文本，这种视角偏于后起文本之"承上"。后来，菲利普·索莱尔斯（Philippe Sollers）给出了更明确的解释："每一篇文本都联系着若干篇文本，并且对这些文本起着复读、强调、浓缩、转移和深化的作用。"② 这种视角偏于先生文本之"启下"。关于"互文性"认知，法国另一著名文艺理论家罗兰·巴特（Roland Barthes）基于对"'文'意谓'织品'""所有文都处于文际关系里"等现象的认知，认为"一切文都是过去的引文的新织品""文际关系的概念给文论带来社会性的份量：它是先前和当代的全部群体语言"。③ 这里所谓的"文际关系"即"互文性"。美国著名学者乔纳森·卡勒（Jonathan Culler）也说过："为了理解一种现象，人们不仅要描述其内在结构——其各部分之间的关系，还要描述该现象同与其构成更大结构的其他现象之间的关系。"此所谓"构成更大结构的其他现象"，指的就是已有文本，也就是文学传统，正是它通过文本间交互性显示了产生意义的各种可能。他还强调，读者是通过文学写作中的许多代码来阅读理解文学文本的。"这些代码中有些是文学中处理的人类行为模式，包括人格、行为与动机之间的关系以及因果关系这些概念。另外一些代码则是一些文学的可理解性的模式，包括连贯

---

① [法]朱丽娅·克里斯蒂娃：《符号学，符义分析研究》（1969），转引自[法]萨莫瓦约《互文性研究》，邵炜译，天津人民出版社2003年版，第4页。
② [法]萨莫瓦约：《互文性研究》，邵炜译，天津人民出版社2003年版，第5页。
③ [法]罗兰·巴特：《文之悦》，屠友祥译，上海文艺出版社2002年版，第85、95—96页。

与不连贯、可信与不可信的象征性推断、有意义与无意义这些概念。这些表示文学传统所提供的各种可能的意义的代码使我们能够离开作品本文对它做出看来可信或言之成理的理解。"① 意思是，文学传统通过文本间交互性在后世作品中产生意义的途径很多。

统而言之，取意于以上各种说法的"互文性"研究既包括"揭橥递演"的历时性影响研究，也包括"考镜源流"的逆时借鉴研究。另外，需要强调的是，由"吸收和转换"构成的"互文性"关联除了"历时性"的一脉传承、"逆时性"的追根溯源，还包括同一历史时期各种文学文本之间的相互渗透。

当然，除了先后或周围不同文学文本之间会发生各种各样的互动，某些文学文本自身内部的上下文之间也会发生"重复"性的"互文性"。早在1985年，杰伊·莱姆基（Jay Lemke）就曾提出，"互文性"包括"外互文性"（extratextuality）和"内互文性"（intratextuality）两种形式。所谓"外互文性"指的是不同文本之间的关系；所谓"内互文性"则是指一个给定的文本内部各种因素之间的关系，即文本内部"重复"。

在当今西方文论界，随着"互文性"理论的风行，"重复"理论及文学文本中的"重复"现象备受关注。英国戴维·洛奇（David Lodge）的《小说的艺术》主要以海明威小说为例，探讨了"重复"出现的不同情境及其效果。② 荷兰米克·巴尔（Mieke Bal）的《叙述学：叙事理论导论》则把"重复"视为人物形象建构的重要原则，认为只有人物几次吸引读者注意力，他们的"某种倾向"才会被视为个性特征。③ 继而，美国希利斯·米勒（J. Hillis Miller）才在《小说与重复——七部英

---

① ［美］乔纳森·卡勒：《文学中的结构主义》，《西方文艺理论名著选编》下卷，北京大学出版社1987年版，第533—537页。
② ［英］戴维·洛奇：《小说的艺术》，王峻岩等译，作家出版社1998年版，第99—103页。
③ ［荷］米克·巴尔：《叙述学：叙事理论导论》，谭君强译，中国社会科学出版社1995年版，第97页。

国小说》一书中对这一理论进行了专门研究。某一文本内部的"互文性"主要表现为"重复",这种"重复"往往具有强化或反讽性的叙事写人功能。

在"互文性"理论倡导者眼里,不同文学文本之间或某一文学文本内部普遍存在着盘根错节的借鉴性关联。基于这样一种认知,法国巴特、德里达、热奈特、里法泰尔等结构主义及后结构主义理论大师们,将"互文性"培育成一个功能强大、应用广泛的文艺理论体系。① 这种历久而宏大的"互文性"理论体系覆盖面广,不仅关涉到俄国形式主义、西方精神分析学、原型批评、现象学、符号学、接受美学、英美新批评、结构主义、后结构主义、西方马克思主义、文化研究等一系列"你方唱罢我登场"的重要文艺理论,而且还渗透到了新历史主义文学批评和女性主义文学批评等重要文艺理论中。尤其是在新历史主义等文艺思潮的影响下,随着"文本"概念的不断泛化,"互文性"理论还包揽了文学文本与文化文本、社会历史文本之间的关联,形成所谓的"泛互文性"或"广义互文性";而狭义的"互文性"主要是指以"文法"互动为主要研究对象的一套理论方法。② 于是,人们不断地以此来破解诸多问题,如文本传承与超越,文本影响与借鉴,文本演变与师承,文本主题的恒常与蜕变,写作母题与变体,文学经典与仿作,文学传播、阅读与接受,文学审美的陌生化与熟悉化,文学文本的意义再生与重释,以及文学创作与批评的关系,文学文本与非文学文本的关系,

---

① 对于"互文性",法国批评家热奈为强调任何文学文本都是一种产生于其他文本片断的"二度"结构,而采用了一个"跨文本性"(transtextuality)的术语。他所谓的"跨文本性"主要包括五种类型:其一,互文性,包括引语、典故及抄袭;其二,准文本(paratext),指一部作品的序、跋、插图、及护封上的文字;其三,元文本性(metatextuality),指某一文本与其"评论"所谈论的另一个文本的关联;其四,超文本性(hypertextuality),指将"超文本"(hypertext)与"前文本"(hypotext)嫁接起来的任何关系;其五,原文本(architext),指读者为充分理解一个文本及其互文本而要了解的组成文学领域的种种类型的等级体系(the hierarchy of genres)。

② "狭义的互文性"和"广义的互文性"之说最初由美国结构主义文论家乔纳森·卡勒在《符号的追问》中提出,他在更为广泛的文化层面上确定了文学的"互文性",将其扩大到一切文字、话语和符码之间。

文学史研究模式，文学与文化的关系，等等，均可借助"互文性"理论进行重新审视。在运用"互文性"理论研究中国文学时，我们的策略是，视野上不妨取广义"互文性"观念，而具体运用则尽量落实到狭义"互文性"含义上。

大致来说，中国传统"通变"理论与固有的"复古"精神相伴而来。其端倪当发生于孔子年代。《礼记·中庸》有言："仲尼祖述尧舜，宪章文武。"意思是，孔子遵循尧舜之道，效法周文王、周武王之制。于是，"祖述"成为中国较早的"互文性"写作范式。① 汉代以来，在文本写作实践中，拟作屡见不鲜。如扬雄仿《论语》而著《法言》十三卷，至于其拟司马相如《子虚》《上林》而作赋也早已成了佳话。对此，左思《咏史》曾咏叹曰："言论准宣尼，辞赋拟相如。"后来，赋坛拟作现象屡见不鲜。《后汉书·张衡传》说："衡乃拟班固《两都》作《二京赋》。"而诗词仿拟之作，同样大行其道。魏晋六朝即有"拟咏怀""拟行路难"等名目。② 从魏晋六朝文论，我们可以领略到那个时代所形成的较为强烈的"互文性"意识。

继承和革新向来被视为文学创作的重要问题，南朝梁刘勰《文心雕龙》第二十九篇《通变》即阐发了"变则其久，通则不乏"这一道理。同时，《文心雕龙·事类》还曾提出"事类"说："事类者，盖文章之外，据事以类义，援古以证今者也。"意思是，援引前人之事，是为了证明现实的某种道理。前人之事与现实的道理常常发生关联，现存作品只能存在于与以往作品相互关联的网络之中，这与当今"互文性"理论是暗通而契合的。在刘勰看来，诗赋写作可以将前人文本顺手拈来

---

① "祖述"，至少有两重含义，其一为效法。《礼记·中庸》说孔子"祖述尧舜，宪章文武"，即仿效尧舜、周文王、周武王的做法，以图恢复礼乐道德。其二指阐述、发扬。《汉书·司马迁传》言："迁既死后，其书稍出。宣帝时，迁外孙平通侯杨恽祖述其书，遂宣布焉。"指杨恽宣扬《史记》的写法和精神，遂使《史记》公之于世。

② 关于中世文学中的"拟代""仿作"等现象及其价值，王瑶《拟古与作伪》（收入《中古文学史论》，商务印书馆1957年版）、周勋初《魏晋南北朝文坛上的模拟之风》（收入《文史知新》，《周勋初文集》卷三，江苏古籍出版社2000年版）等论文论著多有论及。

为我所用，达到"用人若己""用旧合机，不啻自其口出"的境界。若运用"互文性"眼光审视，刘勰《文心雕龙·隐秀》所谓"义生文外，秘响旁通，伏采潜发"，指的就是任何文本都无法摆脱从"隐""奥"的源头"派生"出来的"重旨""复意"的纠缠，处于一个巨大繁复的意义网络中。尤其是其所谓的"秘响旁通"，自然不妨理解为文意的派生与交相引发。可见，刘勰已从多个维度涉及"互文性"问题。

继而，以南朝钟嵘《诗品》为代表的早期诗文解释理论一度提出的"推源溯流"法，包括脱胎换骨、点铁成金、用典、拟作、效体和改写、集句等，是当时人们用以论列历代诗人并揭橥其诗作之间传承和影响关系的理论方法，同样隐含着当今所谓的"互文性"因素。正是在这个意义上，江弱水指出："钟嵘的《诗品》本身也是一部阐释'互文性'的批评经典。如果以为钟嵘推崇'直寻'的写法，他就一定会把生活看作是写作的源泉，那可就大错特错了。钟嵘最热衷的是细辨诸家的流别，其基本的批评模式是'其源出于某某'。从汉到齐、梁的一百多个诗人，钟嵘几乎一一指出了他们的诗之所祖。"① 至于当年梁代萧统《文选序》所谓的"踵其事而增华，变其本而加厉"这一"物既有之，文亦宜然"的行文方法，② 以及后人所谓的"互见重出"文本现象，皆可纳入"互文性"理论体系考察。总之，这些探讨诗文作品的继承与发展关系问题的理论术语和命题是中国"互文性"理论的雏形。

借助前期成熟或草创的作品孕育发展出后起之"经典"，通常是中外文学创作共有的一条基本规律。换言之，某些前后文学文本之间出现某种"互文性"是必然的。关于这种客观存在的"互文性"，唐代诗僧皎然的《诗式》有所触及，并将其形成手段概括为"偷语""偷意""偷势"。③ 此"三偷"手段主要表现在"句"与"联"等语词句法层

---

① 江弱水：《互文性理论鉴照下的中国诗学用典问题》，《外国文学评论》2009年第1期。
② （南朝梁）萧统：《文选》，上海古籍出版社1986年版。
③ （唐）皎然著，李壮鹰校注：《诗式校注》，人民文学出版社2003年版，第59页。

面，不仅与西方语义学及结构主义所谓的"互文性"含义很逼近，而且区分为三个层面。另外，杜甫《戏为六绝句》所提出的"转益多师"之说表明，后人多向度地师法前人，从而使他们的作品形成"互文性"关联，触及了"经典"赖以生成的前提和基础问题。杜甫本人也凭借着追求"别裁伪体亲风雅"而创作出一系列号称"集大成"的诗作，并引起宋人不断地对其追摹师法的强大兴趣，从而形成一个声势浩大的"江西诗派"。可以说，杜甫承前启后的诗歌创作正是"互文性"威力的体现。宋人创作善于仿拟前人。苏轼既有"拟陶诗"一百首，又有模仿李白、白居易等人的诗。当然，若论"仿拟"前人作词之工，当首推辛弃疾，他有"效花间体""效李易安体""效朱淑真体"等。与文本互动实践同时，那个时代的文论家们对诗文创作互动关系也有了较成熟的探讨。如周紫芝《竹坡诗话》说："东坡作送人小词云：故将别语调佳人，要看梨花枝上雨。虽用乐天语，而别有一种风味，非点铁成黄金手，不能为此也。"① 肯定了苏轼因袭白居易《长恨歌》以"梨花枝上雨"等诗语创作送别小词的造诣。又如，黄庭坚一方面强调"文章最忌随人后"（《赠谢敞、王博喻》）、"自成一家始逼真"（《题乐毅诗后》）；另一方面又肯定了杜甫"点铁成金""夺胎换骨"之笔，而且还自己身体力行之，从而引领起一代诗风。他在《答洪驹父书》一文中指出："老杜作诗，退之作文，无一字无来处。盖后人读书少，故谓韩、杜自作此语耳。古之能为文章者，真能陶冶万物，虽取古人之陈言入于翰墨，如灵丹一粒，点铁成金也。"② 特别强调杜甫作诗、韩愈作文皆有所依本，甚至字字都留下了前人的印记。这种"互文性"性质的写作之道具有示范性。宋代刘肃《片玉集序》盛赞周邦彦为词："周美成以旁搜远绍之才，寄情长短句，缜密典丽，流风可仰，其征辞引类，推古夸今，或借字用意，言言皆有来历，真足冠冕词林，欢筵歌

---

① （清）何文焕：《历代诗话》，中华书局1981年版，第346页。
② （宋）黄庭坚：《答洪驹父书》，《宋诗话辑佚》下册，中华书局1980年版，第428页。

席，率知崇爱。"① 总之，宋金人无论是持肯定态度，还是持否定意见，都认识到"点铁成金""夺胎换骨"式的"互文性"是诗文创作的一种笔法，这标志着中国式的"互文性"理论已经形成一种气候。

明清时期，文学艺术之仿拟风气特别盛行。画家常常以"仿某家笔意""拟某意"为题描山摹水，如明代陈宪章仿王冕《南枝早春图》而作《万玉图》，董其昌有《仿王蒙山水》；清代陈崇光有《拟大痴秋山叠图》等；诗家则在"尊唐崇宋"潮流中，仿拟前贤，写心达意，如吴伟业仿拟白居易《长恨歌》而成《圆圆曲》等。在诗学上，也有不少相关说法，如袁枚曾说过："后之人未有不学古人而能为诗者也。然而善学者得鱼忘筌，不善学者刻舟求剑。"② 强调诗歌创作必然是后人学习前人的实践过程，只是要讲究消化吸收，而不要机械照搬。

就小说创作而言，古往今来尝试性地借助"互文性"技法叙述故事者，同样不胜枚举，达到妙合无垠境界的成功实践也数不胜数。大至叙事模式化、写人雷同化，小至情节性桥段、文学意象与语言符号的运用等，屡见不鲜。当年小说评论多涉及"仿""效"问题。如明代张誉（无咎）为《平妖传叙》说："《玉娇丽》《金瓶梅》如慧婢作夫人，只会记日用账簿，全不曾学得处分家政，效《水浒》而穷者也。《七国》《两汉》《两唐》《宋》，如弋阳劣戏，不昧锣鼓了事，效《三国志》而卑者也。《西洋记》如王巷金家神说谎乞布施，效《西游》而愚者也。"③ 由于《玉娇丽》《七国》《两汉》《两唐》《宋》《西洋记》等后起小说多邯郸学步，每况愈下，故而张无咎用"仿""效"来评其拙劣。

至于其他小说之间的"仿拟"，人们也每每予以指出。如黄越《第九才子书平鬼传序》也说得很清楚："客有问于余曰：'《第九才子书》

---

① （清）王鹏运：《四印斋所刻词》，上海古籍出版社1989年版，第624页。
② （清）袁枚：《随园诗话》卷上，人民文学出版社1960年版，第49页。
③ 丁锡根编著：《中国历代小说序跋集》，人民文学出版社1996年版，第1347页。

何为而作也?'予曰:'仿传奇而作也。'"① 花也怜侬《海上花列传》之《例言》有曰:"全书笔法自谓从《儒林外史》脱化出来,唯穿插、闪藏之法,则为从来说部所未有。"② 此之所谓"仿""脱化"云云,均可纳入"互文性"视野看待。可见,明清这段时期的小说善于借助"仿拟"完成新的创作,只是因观念与水平参差,导致他们的作品有优劣高下之分。

中国文人如此热衷于"互文性"的"仿拟",以至于法国学者保尔·戴密微(Paul Damien)说:"仿作是中国一切艺术的富有魅力的特色之一。"③ 除了从祖上那里获取灵气和底气的"祖述"等传统故法,发生于文学文本,尤其是戏剧、绘画等文艺形式创作中的"脱化"法,即创造性地将前人旧文本脱胎换骨转化为新文本,作者或使之移花接木并赋予新意,使青出于蓝而胜于蓝;或使之因袭造语,别出心裁;或使之借题发挥,别出机杼……林林总总,尽可纳入"互文性"视野予以审视。

三 "独创性"与"互文性"相互倚重

文学发展生态已表明,文学创作是在"独创性"与"互文性"共同作用下进行的,是一个复杂的动态通变过程。清代袁枚《续诗品》中有四句近似于偈语的诗曰:"不学古人,法无一可;竟似古人,何处着我?"讲出了为诗之道:师承前人是捷径,放置自我是个性,二者不可偏废。强调无复依傍的"独创"或"原创"是不现实的,因为文学先后文本或周围文本之间经常发生"连锁反应"或"交叉感染",是铁的事实;同样,过分强调"互文性"或"复古",也是片面的。从创作情理来看,古今中外各种文学文本大多并非全然出自创作者的向壁虚

---

① 丁锡根编著:《中国历代小说序跋集》,人民文学出版社1996年版,第1677页。
② 同上书,第1228页。
③ [法]保尔·戴密微:《中国古诗概论》,杨剑译,见钱林森编《牧女与蚕娘》,上海古籍出版社1990年版,第57页。

构，而通常是通过多元化、多向度地吸取他人文本而成。对此，中国传统文论谓之"通变""祖述""脱化"；而现代西方文论家则谓之"互文性"，并建构起一套颇具影响力的理论体系。从某种意义上说，正是这种"互文性"奠定了"创新"的基础。

"独创性"是文学创作的最终目标，的确至关重要，只是它又必须靠"互文性"来实现，不能将二者对立起来。在西方，英国诗人艾略特（Thomas Stearns Eliot）在《传统与个人才能》中提出："传统是一种更有广泛意义的东西。传统是继承不了的，如果你需要传统，就得花上巨大的劳动才能得到。首先，它牵涉到历史感，我们可以明确地说，任何一个二十五岁以上还想继续做诗人的人，历史感对于他，简直是不可或缺的；历史感还牵涉到不仅要意识到过去之已成为过去，而且要意识到过去依然存在；这种历史感迫使一个人在写作时，不仅要想到自己的时代，还要想到自荷马以来的整个欧洲文学，以及包括与其中的他本国的整个文学是同时并存的而又构成同时并存的秩序。正是这种历史感才使得一个作家成为传统主义者，他感觉到远古，也感觉到现在，而且感觉到远古与现在是同时存在的。同时，正是这种历史感使得一个作家能够最敏锐地意识到他在时间中的地位，意识到他自己的同时代。"[①]在纠正将"传统"与"天才""特质"等概念对立起来的观念的基础上，艾略特赋予"传统"以积极的继往开来性的动态意义，这已经为面向"传统"的"互文性"提供了理论准备。后来，美国思想家欧文·白璧德（Irving Babbitt）在谈到"创新"问题时也意识到："真正的创新是艰苦的生发过程，并且常常以深深扎根以往文学的方式来获得。"[②] 在"互文性"视野下，文本的边界消失了，任何文本都在向此前或周围其他文本开放，正如美国文论家哈罗德·布鲁姆（Harold-

---

① [英]托马斯·艾略特：《传统与个人才能》，曹庸译，参见伍蠡甫、胡经之主编《西方文艺理论名著选编》，北京大学出版社1987年版，第40页。
② [美]白璧德：《论创新》，白璧德：《文学与美国的大学》，张沛等译，北京大学出版社2004年版，第148页。

Blum）所说：："不存在文本，只有文本之间的关系。"① 文本与文本关联的方式有显性引用、拼凑、戏仿、结构类比和隐性暗示、化用等，文本的意义创造取决于文本之间的关系。美国文学与文化批评家萨义德（Edward Wadie Said）既有《论重复》，又有《论独创性》。《论独创性》指出："思考独创性的最佳方法，就不是寻找某一现象的最初例证，而是观察它的复制（duplication）、平行手法（parallelism）、对称（symmetry）、戏拟、重复、回应，也就是（比方说）文学使自身进入书写的传统主体（topos）的那种方式了。"② 他胸怀人文主义情结看待"独创性"，故而特别看重新作和传统的关联。以往文学研究偏重从"独创性"观念出发求新求异，而对运用"互文性"观念求真求似重视不够。③ 近些年，随着西方相关文艺理论的引进，这种久已储备于中国文学批评传统而又蒙尘多年的理论方法被激活纳入"互文性"视野，获得新生，并得以风行。关于"独创性"与"互文性"之关系，赵伐的《论文本的独创与互文》指出："独创乃目的，而实现这一目的的手段之一则是互文。"④ 基于以往相关论述，我们将"互文性"与"独创性"放在一个层面上对其相互倚重之关系进一步探讨。

首先，在文法文辞层面，"互文性"意义上的中国传统文论常重视"意"与"神"之师承，而鄙夷"形"与"实"之抄袭。可以说，中国式"互文性"文论最闪眼的一点是追求"意"与"神"等层面的师

---

① ［美］哈罗德·布鲁姆：《误读之图》，转引自程锡麟《互文性理论概述》，《外国文学评论》1994年第2期。

② ［美］爱德华·W.萨义德：《世界·文本·批评家》，李自修译，生活·读书·新知三联书店2009年版，第242页。

③ 尽管"互文性"理论来自西方文论，但作为一种为文之道，古今中外同理。古往今来，尽管不断有人对这种汲取他人文本而推出新文本的行文方法多有微词，但又难以否认此乃文学创作之本相和事实。中国文论史上也早就存在"独创"与"互文"之争。关于二者，唐代韩愈《答李翊书》的表态是："唯古于词必己出，降而不能耐剽贼。"把独创放在第一位，"剽贼"乃是不得已退而求其次的选择。宋代黄庭坚《与洪驹父书》在感叹"自作语最难"之后，盛赞杜诗"无一字无来处"。而王若虚则指出："文章自得方为贵，衣钵相传岂是真?"

④ 赵伐：《论文本的独创与互文》，《外语与外语教学》1998年第3期。

承。杜甫的创作就是一个显例。一方面，他"读书破万卷"，力求"不薄今人爱古人""转益多师是汝师""别裁伪体亲风雅""窃攀屈宋宜方驾""颇学阴何苦用心"，通过师法学习，凭着广博的知识与前人文本构成"互文性"，从而使杜诗具有"集大成"性质，正如元稹《唐故检校工部员外郎杜君墓系铭并序》所言，"尽得古今之体势，而兼人人之所独专矣"。另一方面，杜甫还主动追求"新诗改罢自长吟"（《解闷十二首》），致力于达到"语不惊人死不休"（《江上值水如海势聊短述》）的境界。既讲究"原创性"，又念念不忘"互文性"，将"互文性"融入"原创性"，从而成为光照千秋的不朽经典。

由于"仿效""剽袭"层面的"互文性"创作常常遭到按图索骥、顺藤摸瓜等批评，容易授人以柄，因此人们乐于转而别出机杼地从文本"创意"方面去师承前人。这与当今西方偏重技巧、技法的"互文性"理论有所不同。锐意创新的韩愈与乐于蹈袭的黄庭坚似乎代表了"原创性"与"互文性"两个极端，然而他们在"文意"选择上又主张互相包容。唐代韩愈在强调文必原创的前提下，又特别讲究"师其意而不师其辞"（《答刘正夫书》），并强调"惟陈言之务去"（《答李翊书》）。这样说来，韩愈的"互文性"策略是不直接模仿"古文"，而是寻找并点化历久弥新的"古意"，在表达上力求"辞必己出"（《南阳樊绍述墓志铭》）。这种文法理论无不追求从"写意"上下功夫，避免"文辞"上露出痕迹，其基本精神大致相当于后人所谓的"师古而不泥古"，包含着兼顾传承与创新的辩证思想。宋代黄庭坚一方面强调"无一字无来处"（《答洪驹父书》），另一方面又呼吁"随人作计终后人，自成一家始逼真"（《题乐毅论后》），把别出心裁、推陈出新当作终极追求。再如，宋代晁补之《跋董元画》认为，古往今来的"学者皆师心而不蹈迹"，即假如师从前人，只能吸取其基本精神，而不能死守其具体做法。后人将这句话概括为"师其意不泥其迹"，并奉为千秋以来共同认可并信守的为文之道。直至明代，诗学理论界回荡起"师古"

与"师心"之争这一主旋律：有的人从"格调"着眼强调"师古"，追怀汉魏盛唐诗的"真性情"和高格逸调，而侧重形体风格的拟古；有的人从"神韵"着眼"师心"，呼吁"领会神情""不仿形迹"，旨在纠正"格调论"徒袭其"形"而不得其"神"之病。明代杨慎重新祭起戏拟古人的大旗，杨慎《升庵诗话》卷二"太白用古乐府"推崇李白善用古乐府，以为"古人谓李诗出自乐府古选，信矣"，指出李白诗对前人或"用其意"而衍为新作，或"反其意"而推陈出新。《升庵集》卷五"宋人论诗"又有所谓"古诗祖述前言者，亦多矣"之说。《升庵诗话》卷六"波漂菰米"赞美"杜诗之妙，在翻古语"。① 另外，他在《丹铅总录》卷十二《太白杨叛儿曲》中还将这种"古之诗人用前人语"的笔法概括为四种："翻案者，反其意而用之，东坡特妙此法；伐材者，因其语而新之矣，益加莹泽；夺胎换骨，则宋人诗话详之矣。"② 杨慎区分为"翻案法""伐材法""夺胎法""换骨法"等不同的类型，并分别引具体例子进行了解释。在各种相持不下的争论和不断的阐发过程中，"师心"说深得后人好评。说到底，在"互文性"策略上，中国传统文论更加看重"神似"，注意"化有形于无形"，不露痕迹地沿袭前人，而对那些追求蹈袭"形似"的"文法"常予以指责。

大致来说，由于中国人向来耻于"东施效颦"，又吃过"邯郸学步"的苦头，再加传统上处于正统地位的诗文篇幅相对短小，难以容下过多的仿拟之迹，于是人们非常忌讳陈陈相因，陈词滥调，尤其对那些露形露迹的创作特别反感。正如宋代魏泰《临汉隐居诗话》所言："诗恶蹈袭古人之意，亦有袭而愈工若出于己者。"③ 金人王若虚《滹南诗话》对黄庭坚鼓吹的"互文性"写作并不买账："鲁

---

① 丁福保：《历代诗话续编》中册，中华书局 2006 年版，第 659—660、720、753 页。
② 《景印文渊阁四库全书》，（台北）商务印书馆 1986 年版，第 855 册。
③ （宋）魏泰：《临汉隐居诗话》，见何文焕辑《历代诗话》，中华书局 1981 年版，第 328 页。

直论诗，有夺胎换骨、点铁成金之喻，世以为名言，以予观之，特剽窃之黠者耳。"① 将那些"沿袭""点化"行为贬斥为狡猾的剽窃。尤其是在明清小说理论中，能够与"互文性"理论形成对接或对话的"模仿"写作方式通常成为人们吐槽的对象。如高儒《百川书志》之《史志·小史》首录《剪灯新话》云："钱塘瞿佑宗吉著，古传记之派也，托事兴辞，共二十一段，但取其文采词华，非求其实也，后皆仿此，俱国朝人物。"这段关于《剪灯新话》"互文性"写作的梳理还算是较公道的。可该书同部分后面又录《娇红记》《钟情丽集》《艳情集》《李娇玉香罗记》《怀春雅集》《双偶集》等六篇作品，在《双偶集》下注云："以上六种，皆本《莺莺传》而作，语带烟花，气含脂粉。凿穴穿墙之期，越礼伤身之事，不为庄人所取。但备一体，为解睡之具耳。"② 对由"互文性"文法所形成的仿效类作品就流露出贬斥之意。另外，可观道人《新列国志叙》说："自罗贯中氏《三国志》一书以国史演为通俗演义，汪洋百余回，为世所尚。嗣是效颦日重，因而有《夏书》《商书》《列国》《两汉》《唐书》《残唐》《南北宋》诸刻，其浩瀚几与正史分签并架。"③ 同样带着不屑口气评价这类效颦性的"互文性"小说。如此这般，每当涉及文本之间"互文性"关系，当时人们的批评态度大多就是贬损的。

时至现代，关于"互文性"写作的褒贬仍然继续着。中国古代带有"互文性"意味的文论传统一直延续到现代。也许受到当年现实主义思潮偏重"写实"意识的影响，钱锺书对传统"互文性"创作基本持否定态度。钱锺书先生论宋诗说："有唐诗作榜样是宋人的大幸，也是宋人的大不幸。看了这个好榜样，宋代诗人就学了乖，会在技巧和语

---

① （金）王若虚：《滹南诗话》卷三，丁福保辑《历代诗话续编》（上），中华书局1983年版，第523页。
② （明）高儒：《百川书志》，古典文学出版社1957年版，第89、90页。
③ （明）可观道人：《新列国传序》，《中国历代小说论著选》（上），江西人民出版社1982年版，第239页。

言方面精益求精；同时，有了这个好榜样，他们也偷起懒来，放纵了摹仿和依赖的惰性。"① 在谈到文学创作的规律时，他又指出：

> 新风气的代兴也常有一个相反相成的现象。它一方面强调自己是崭新的东西，和不兼容的原有传统立异；而另一方面要表示自己大有来头，非同小可，向古代另找一个传统作为渊源所自。例如明、清的批评家要把《水浒》《儒林外史》等白话小说和《史记》《汉书》挂钩搭线……②

这段话的意思是，任何文学创作一面在强调无所依傍，锐意创新；另一面又存在渊源有自，是对传统的师承。归根结底，"互文性"大多出于作者的一种文笔故意，不仅着意于制造基于前人而超越前人的新的意蕴，而且着意于不断地实现自我超越。再如，在《宋诗选注·序》中，他曾批评宋代诗人"从古人各种著作里收集自己诗歌的材料和词句，从古人的诗里孳生出自己的诗来，把书架子和书箱砌成了一座象牙之塔，偶尔向人生现实居高临远地凭栏眺望一番"。③ 又如，在《谈艺录》中，他曾指出王安石模仿他人诗歌的"显形""变相""放大""翻案""引申""捃华""摹本""背临""仿制""应声""效颦"等十余种手法，并批评说："每遇他人佳句，必巧取豪夺，脱胎换骨，百计临摹，以为己有；或袭其句，或改其字，或反其意。集中作贼，唐宋大家无如公之明目张胆者。本为偶得拈来之浑成，遂著斧凿拆补之痕迹。"④ 尽管钱先生也曾对"连类举似而揿撼"之类的"互文性"诗文笔法给予过"于赏析或有小补"的正面评价，但其肯定态度是很拘谨

---

① 钱锺书：《宋诗选注》，生活·读书·新知三联书店2002年版，第10—11页。
② 钱锺书：《中国诗和中国画》，《七缀集》，上海古籍出版社1979年版，第2页。
③ 钱锺书：《宋诗选注》，生活·读书·新知三联书店2002年版，第14页。
④ 钱锺书：《谈艺录》，生活·读书·新知三联书店2001年版，第697—699页。

的。① 这种文本之间的彼此关联在中国小说理论体系下向来是不被看好的。不过，在关于小说"仿拟"史乘问题上，钱先生也有许多洞察和识见，大致立足于"影响"意识，常不予褒贬。② 无论理论上有多少争辩，而文本创作的客观事实是，经过"互文性"笔法生发的结果从来都是两面的：有的生硬刻板，过度推崇、误用、滥用，造成内容的简单重复以及文本意义的扁平，遂流于效颦之作；有的灵活机变，活学活用，使后起文本出于蓝而胜于蓝，遂为经典之著。直至前些年，人们还将程式化的脸谱、类型化的性格等"互文性"写作指斥为"人云亦云""陈陈相因"。纵观古往今来文论家们的态度可见，"互文性"写作受到各种各样的诋毁和误解，它仿佛沦落为"因循守旧""墨守成规""抱残守缺"的代名词。

其次，在关于"拟"与"犯"两种"互文性"手法上，中国传统文论也存在某种悖论。众所周知，"拟"与"犯"是中国本土特色"互文性"理论的关键词。前者指向不同文本之"互文性"，后者说的是同一文本前后文之"互文性"，即"重复"。在西方"互文性"这一理论的镜照下，中国传统文论给我们这样两种不怎么协调的印象：其一是，"互文性"实践的热烈与"互文性"成果讨论的相对冷寂；其二是，对"模拟"他人的过多诋毁与对文本自身"重复"的不断揄扬。关于后者，例子很多。如金圣叹评《水浒传》曾指出："正是要故意把题目写犯了，却有本事出落得无一点一画相借，以为快乐是也。"③ 作者之所以故意实施文笔"重复"，图的是通过推陈出新，以实现写作阅读快乐。这种"快乐"原则也许发自批评者对作者"敝帚自珍"心态的认

---

① 钱锺书：《管锥编》，中华书局1986年版，第860页。
② 关于《野叟曝言》之"蹈袭偷师"问题，前人多有指认。如《小说识小续》提到"第六十八回李又全诸姬妾所讲笑话多有所本"，并指出较雅驯的第三妾所讲之笑话本自《湘山野录》。后来钱锺书《管锥编》亦有谈及。
③ （清）金圣叹：《读第五才子书法》，《第五才子书施耐庵水浒传》卷三，中华书局1973年影印贯华堂刻本。

同和尊重，与巴特所谓的"文之悦"（或译"文本的快乐"）大相径庭。对金圣叹评《水浒传》所指出的"正犯""略犯"以及脂砚斋评《石头记》所指出的"特犯不犯"等"互文性"片段，人们向来给予赞赏。说到底，在传统小说评点中，强调"略似"与强调"不雷同"都是对小说章法结构的表彰，同样带有悖论性。如庚辰本第二十四回有脂砚斋批曰："《红楼梦》写梦章法总不雷同。"显然是赞美口气。总之，在中国文论话语体系下，那些所谓的"特犯不犯""宾主互衬""影像""草蛇灰线""常山率然""一击两鸣"等关乎文本内部"重复"的小说文法及其所形成的文本是人们尽情表彰的对象。在西方"互文性"理论镜照下，蒋寅《拟与避：古典诗歌文本的互文性问题》（《文史哲》2012年第1期）一文不仅指出"互文性"这一20世纪70年代流行起来的文学理论所指称的文学现象在中国古典文学尤其是诗歌中有着悠久的历史，而且还论述了其在文本实践中的两大突出表现，即先后文本之间普遍存在的"拟"与作为另一种"隐性互文"写作策略的"避"。

当然，中国历代星星点点的"通变"理论碎片及其要素所针对的文本实际是中国本土文学。若与西方"互文性"理论相镜照，这一理论方法有着较为特殊的复杂性，突出表现为，它既注重"原创性"，又讲究"互文性"，形成一道道悖论。其中的许多观念与术语、范畴貌似水火不容，其实相辅相成。相对于西方"互文性"理论而言，中国式文学通变观念因没有自成体系，故而显得歧义迭出，且时常相互悖逆。

第二节　中国小说"互文性"研究态势

从"互文性"视角研究传统小说由来并非一日，以往研究中的某些路数已经含有"互文性"研究成分，并为今后研究打下基础。尤其是近三十年来，随着西方"互文性"理论被引进，国内对这一理论本身的探讨越来越充分，成果也日渐丰富。尽管"互文性"理论被大力引进的时间不能算长，但以往"索隐研究"与"史述研究""传承影响研究""渊源流变研究"等相关研究却早已为当今关于传统小说的"互文性"研究打下了较为坚实的基础。三十年来，关于小说的"互文性"研究更是取得了较大实绩。

一 中国小说"互文性"研究之既往

关于中国小说"互文性"研究，先是局部涉足、有实无名，经过"影响""借鉴""渊源"等名目的相关研究，而今已步入专门研究、名实相兼的阶段，并成为中国小说理论研究热点之一。

首先，有些中国传统批评法式可以发挥裨补或扩充"互文性"理论阵容的作用。

关于传统小说的"史述"常含"互文性"探讨的因素，当以鲁迅的《中国小说史略》《中国小说的历史的变迁》为代表。当年，鲁迅的小说史叙述曾以进化的眼光来看待古代小说的演进。虽则不可能运用"互文性"思维，但却贯穿了较强的"仿拟"意识。他不仅以"拟话本""拟宋人小说""拟晋唐小说"等表述名其篇，而且还反复指出历代小说间的仿拟关系。如第四篇《今所见汉人小说》说东方朔的《神异经》一卷"仿《山海经》"，而其《十洲记》一卷"亦颇仿《山海经》"。第七篇《〈世说新语〉与其前后》说："至于《世说》一流，仿者尤众。"第十二篇《宋之话本》说："南宋亡，杂剧消歇，说话遂不复行，然话本盖颇有存者，后人目染，仿以为书，虽已非口谈，而犹存曩体。"第二十二篇《清之拟晋唐小说及其支流》更是说：

> 唐人小说单本，至明什九散亡；宋修《太平广记》成，又置不颁布，绝少流传，故后来偶见其本，仿以为文。世人辄大耸异，以为奇绝矣。明初，有钱唐瞿佑字宗吉，有诗名，又作小说曰《剪灯新话》，文题意境，并抚唐人，而文笔殊冗弱不相副，然以

粉饰闺情,拈掇艳语,故特为时流所喜,仿效者纷起,至于禁止,其风始衰。

在谈论宋人与明人传奇小说时,鲁迅都指出了其"仿""抚"唐人的一面。继而,鲁迅说《聊斋志异》"用传奇法,而以志怪",并且"书中事迹,亦颇有从唐人传奇转化而出者","《聊斋志异》风行逾百年,模仿赞颂者众";说《阅微草堂笔记》"尚质黜华,追踪晋宋"。① 鲁迅频频使用的"仿"字以及相类似字眼,有的是指文体之仿,有的是指文本语言之仿,还有的是指文本叙事、结构之仿,初步勾勒出中国古代小说文本之间关联的图卷。

其次,关于传统小说的"传承影响研究"以及"渊源流变研究"虽然没有直接被冠以"互文性"研究之名,却通常部分地含有"互文性"研究之实。

前些年,有的学者曾经以"袭用""蹈袭""脱胎模拟"来探论小说文本之间的关系。如刘书成在其著作《中国古代小说宏观论》中曾将古代小说创作因袭的情形归纳为"蹈袭模拟型""因袭移植型""抄袭摘辑型""改写增饰型"四种类型,并根据袭用的具体情况分为"故事的完整借用——移花接木式""情节的移用——张冠李戴式""人物形象的袭用——模拟脱胎式"三种类型。② 在此基础上,刘书成又推出《古代小说理论批评史上"脱胎模拟"说的文化渊源》一文,针对古代小说理论批评史上的一个司空见惯却又习焉不察的"脱胎模拟"论调展开探讨,指出:"只要对古代小说的序、跋、评点等文字略作浏览,便不难发现,诸如:'《水浒传》方法,都从《史记》出来';'《红楼梦》全脱胎于《金瓶梅》';'《聊斋》胎息《史》《汉》';《歧路灯》'纯从《红楼梦》脱胎';《海上花列传》笔法'自谓从《儒林外史》

---

① 鲁迅:《中国小说史略》,北新书局1927年版,第25—26、67、124—125、233—241页。
② 刘书成:《中国古代小说宏观论》,甘肃教育出版社1997年版,第230页。

脱化出来'一类说法，几乎触目皆是。"进而从文化渊源上发掘出古代小说理论批评史上"脱胎模拟"之说的三大成因，即"在史官文化大背景下，'历史化思维'所导致的'拟史批评方法'的泛化延伸是此说产生的本源；华夏民族崇宗重脉的文化精神所导致的以'无一字无来历'为上品的思维定势是此说的直接导因；古代小说文化中普遍存在的承传因袭现象所导致的创作的非创作性，为此说的产生提供了温床沃土"。并指出这种"脱胎模拟"说虽有其依据和合理性，但也不免存在"理论体系上显得零星散乱；研究方法上觅旧遗新，重源轻流；评论中牵强含混乃至离实"等缺陷。① 刘书成所谓小说理论史上的"脱胎模拟"说法自然指向的是小说文本互涉这一事实。这意味着，无论是文本实践，还是理论建构，小说创作中的"互文性"现象不仅自古有之，而且颇有一定的市场，只是缺乏必要的体系化概括总结。

同时，梳理小说文本之间的传承关系，人们多以"从《×××》到《×××》"为题目，谈论最多的是"从《水浒传》到《金瓶梅》""从《金瓶梅》到《红楼梦》"。其中，从《水浒传》到《金瓶梅》之研究大多讨论人物改写问题，有人以《依托改造，抄袭借鉴——从〈水浒传〉到〈金瓶梅词话〉》为题，将两种小说文本的关系概括为"依托与改造""移植和借鉴""挪用与抄袭"三个方面。另有，马瑞芳的《从聊斋志异到红楼梦》（山东教育出版社2004年版）从人物命名、环境描写、人物形象构成、爱情描写、场面描写等角度，分析了《红楼梦》与《聊斋志异》的传承关系。同样，在"渊源流变研究"方面，美国汉学家韩南的《〈金瓶梅〉探源》指出《金瓶梅》大量"引用"其他小说、话本、戏曲、清曲等方面的文本，"值得注意的第一点是作者仰仗过去文学经验的程度远胜于他自己的个人观察。引用的过去作品自然形成作者赖以写作小说的文学背景的组成部分之一"。这里谈到的

---

① 刘书成：《古代小说理论批评史上"脱胎模拟"说的文化渊源》，《甘肃高师学报》2001年第1期。

"引用"显然是"互文性"方法之一。① 此类不胜枚举的成果以往常被纳入"渊源——影响研究",虽然其落脚点在于研究对象的"继承性"和"独创性",但所提供的思路和例证将是我们下一步运用"互文性"理论展开研究的基础。

还有不少关于小说文本关系研究的论文,存在牵强附会、捕风捉影之嫌,过于笼统,难以坐实,因质量总体不高,而不宜将其附会为"互文性"研究。另外,从某种意义上说,前些年以文本"受容"与"生发"为标题的研究,也属于"互文性"研究之列。

若论三十多年来的比较专著或直接的相关研究成果,首先值得关注的是海外汉学家所做的贡献。早在20世纪80年代,美籍汉学家高辛勇(Karl S. Y. Kto)即推出《从"文际关系"看〈红楼梦〉》一文,探讨了《红楼梦》中的"自我指涉"和"预示性交织"等"互文性"现象,指出与《红楼梦》发生"互文性"关系最多的对象是戏曲文本,另外还与《庄子》《楚辞》《传灯录》等不同文本发生过各种"互文性"关系。②

近年来,中国香港学者周建渝在这方面用力尤专,其论著《多重视野中的〈三国志通俗演义〉》用了较大篇幅论述《三国志演义》的"内互文性"结构问题。③ 近来,他又发表了《文本互涉视野中的〈石头记〉》等论文,对《红楼梦》与《水浒传》《西游记》等名著之间的"互文性"关系进行了较为独到的探讨。④

与此同时,大陆也有不少学者陆续投入到运用"互文性"理论来研究传统小说之中去。其中,陈维昭的《索隐派红学与互文性理论》通过对比传统"索隐"法与西方"互文性"法的异同,指出《红楼梦》

---

① [美]韩南:《韩南中国小说论集》,王秋桂等译,北京大学出版社2008年版,第262页。
② [美]高辛勇:《从"文际关系"看〈红楼梦〉》,《红楼梦研究集刊》第十四辑,上海古籍出版社1989年版,第169—188页。
③ 周建渝:《多重视野中的〈三国志通俗演义〉》,中国社会科学出版社2009年版,第41—89页。
④ 周建渝:《文本互涉视野中的〈石头记〉》,《南开学报》(哲学社会科学版)2011年第3期。

文本在结构上处于完全彻底开放的"互文性"状态,遗憾的是"索隐派"们专注于索解谜团,没有兴趣去关注其具体笔法。①董上德的《古代戏曲小说叙事研究》从"同一故事孳乳出多种文本""人生情景与人物关系的相互类同""具有游戏意味的'戏仿'""文体转换构成的互文性"等层面较为详细地探讨了戏曲与小说叙事的"互文性"问题。②继而,刘博仓的《三国志演义艺术新论》也用了近乎三分之一的篇幅对《三国志演义》这部小说中频繁出现的书、表、奏议等进行了详细的"互文性"分析。③刘海燕的《毛评中的互文批评举隅——以景物描写的评点为例》一文重点论述了毛氏父子针对景物描写的评点的"互文性"意识。④赵渭绒曾对近些年来"互文性"对中国古代小说研究影响的情形进行了回顾,可以参考。⑤计文君的《失落的〈红楼梦〉互文艺术》论及建构《红楼梦》这部小说叙事与整个中国古代文学史、甚至是整个文化史的"互文性"关系的三种方式,即在叙事中纳入其他文体、用典、明确指涉具体的文本,并反思了现当代小说缺失这种创作传统的遗憾。⑥还有的研究从文学"经典"的生成视角阐发开来。如竺洪波的《西方文论视阈中的〈西游记〉成书考察》一文从热奈特"互文六法"以及"拼贴法"在文学理念与创作技法两个方面的运用等视角揭示出《西游记》演化的内部机制,认为通过不断挤压、过滤"先前文化的文本"和"周围文化的文本"中的非经典的成分,完成"经典的修复",使《西游记》最终成为经典的文本。⑦再如,马理的《文本间的讽刺摹拟:〈金瓶梅〉与〈水浒传〉〈西厢记〉对话的修辞艺术

---

① 陈维昭:《索隐派红学与互文性理论》,《红楼梦学刊》2001年第2期。
② 董上德:《古代戏曲小说叙事研究》,广东高等教育出版社2007年版。
③ 刘博仓:《三国志演义艺术新论》,中国社会科学出版社2008年版。
④ 刘海燕:《毛评中的互文批评举隅——以景物描写的评点为例》,《修辞学习》2006年第2期。
⑤ 赵渭绒:《西方互文性理论对中国的影响》,巴蜀书社2012年版,第273—303页。
⑥ 计文君:《失落的〈红楼梦〉互文艺术》,《红楼梦学刊》2012年第5期。该文也被编入《谁是继承人:红楼梦小说艺术现当代继承问题研究》,文化艺术出版社2013年版。
⑦ 竺洪波:《西方文论视阈中的〈西游记〉成书考察》,《文艺理论研究》2012年第5期。

管窥》一文探讨了《金瓶梅》在语言表达上所存在着的大量抄引以《水浒传》和《西厢记》为主的前代和同时代各类作品的"讽刺摹拟"现象。①张春蕾的《〈红楼梦〉文本的意义增殖和衍生形态——当代文化语境中的经典文本个案研究》通过对《红楼梦》两种不同释读形式的考察,尤其是对几种衍生文本形态的分析,认为《红楼梦》的衍生过程既是原始意义和价值不断消解的过程,又是新的意义和价值不断产生的过程。②

其他相关论文尚有,张岚岚的《〈葬花吟〉的复调叙事及其互文性生成》;③杨森的《世德堂本〈西游记〉与〈目连救母劝善戏文〉的互文性研究》《世德堂本〈西游记〉图文互文现象研究》;④陆涛的《中国古代小说插图及其语·图互文研究》研究了当前的学术语境下,作为文学理论研究的一个新范式的文学图像学,以中国古代小说为研究对象,具体研究其中插图的语—图互文关系;⑤王凌的《毛宗岗小说评点与"互文"批评视角略论》《〈红楼梦〉脂评中的"互文"阐释策略》分别从"互文性"视角探讨了毛评《三国》、脂批《红楼梦》等小说名著所触及的相关问题。⑥

另外,除了小说同类体裁之"互文性"研究,"跨文类"文本关联研究也应值得重视。关于小说《金瓶梅》与戏曲《西厢记》之关联,冯沅君的《〈金瓶梅词话〉中的文学史料·演剧描写的启示》早已触及。近年,蔡敦勇、蒋星煜、卜键、徐大军等先生对《金瓶梅词话》

---

① 马理:《文本间的讽刺摹拟:〈金瓶梅〉与〈水浒传〉〈西厢记〉对话的修辞艺术管窥》,《浙江学刊》2003年第2期。
② 张春蕾:《〈红楼梦〉文本的意义增殖和衍生形态——当代文化语境中的经典文本个案研究》,《淮阴师范学院学报》(哲学社会科学版)2002年第5期。
③ 张岚岚:《〈葬花吟〉的复调叙事及其互文性生成》,《红楼梦学刊》2012年第3期。
④ 杨森:《世德堂本〈西游记〉与〈目连救母劝善戏文〉的互文性研究》《世德堂本〈西游记〉图文互文现象研究》,分别载《徐州师范大学学报》2011年第6期、2012年第4期。
⑤ 陆涛:《中国古代小说插图及其语·图互文研究》,南京大学出版社2014年版。
⑥ 王凌:《毛宗岗小说评点与"互文"批评视角略论》,《明清小说研究》2013年第3期;《〈红楼梦〉脂评中的"互文"阐释策略》,《内蒙古社会科学》(汉文版)2016年第4期。

援引元杂剧《西厢记》问题均作过探讨，其中也不乏真知灼见。伏涤修的《〈金瓶梅词话〉对〈西厢记〉的援引与接受》通过援引《金瓶梅词话》全书的二十多回所提及的三十多处"西厢"剧曲剧名、人物名、曲牌曲词、情节，指出其援引频率极高、援引形式多种多样。① 另外，宋词与《聊斋志异》之"互文性"，唐诗与《红楼梦》之"互文性"（不仅限于《秋窗风雨夕》直接模拟《春江花月夜》《葬花词》显然有《代悲白头翁》的影子）大有文章可做。

总体来看，在将"互文性"应用于中国传统各体文学研究方面，虽然海内外学者已经多有运用，但相关工作做得还很不够。人们在应用"互文性"理论研究中国古代小说时，大多针对某部作品中的某些"互文性"问题展开，不仅缺乏"小说史纵横观"意识，而且也往往流于只针对某部作品的某一两点进行"互文性"研究，难免有碎片化之嫌，且存在生搬硬套西方固有理论之弊。就运用"互文性"理论研究传统小说而言，虽然人们已展开了筚路蓝缕的尝试，但尚未形成一定气候，更没有与中国传统相关理论链接，尚未达到体系化、学理化高度。因此，我们应该扬长避短，立足于中国古代小说文本以及传统文论，来建构本土化、系统化的"互文性"理论体系。

二 中国小说"互文性"研究之困惑

由于"互文性"理论的固有内涵有时含混不清，其针对的文学文本客观上也常常存在"显在互文"与"隐性互文"之分。加之在运用西方"互文性"理论研究中国古代小说时，我们首先要进行富有针对性的视角调适，一时难以搞好对接融合。因此，运用"互文性"理论研究中国古代小说具有挑战性，有些困惑需要预先提出来探讨。

---

① 伏涤修：《〈金瓶梅词话〉对〈西厢记〉的援引与接受》，《古籍整理研究学刊》2008年第6期。

通常说，文本互动有两种方式：一是遣词造句、叙事写人有迹可循的显在方式，这种方式可以被读者从文本表层发现，研究者也比较容易"坐实"；二是语言文字上不露痕迹的隐性方式，这种方式是不太容易被读者发现的，只有靠博学的鸿儒去发掘，才能揭示出其密谛。

关于"互文性"写作本身的缺陷，人们已有所认识。如蒋寅指出："这个术语从它诞生以来就一直是个含混不清的概念，在不同批评家的著作里被给予不同的定义、赋予不同的意义，甚至因范围的不断扩大、所产生的命题日益增多而被指责为大而无当的理论神话。"① 在"互文性"理论运用中，首先摆在面前的苦恼是该理论体系过于庞大，容易给人以"大而无当"之感，再加上中国传统文论在这方面存在一定缺失，因而应用起来难以有针对性。我们知道，"互文性"理论的特点是强调文本意义的不自足和不确定、主张文本互动和开放、兼顾陌生化与熟悉化审美等。法国文论家热拉尔·热奈特（Gérard Genette）的《隐迹稿本》在论及"互文性"这一概念时说：

> 我大概要赋予该术语一个狭隘的定义，即两个或若干个文本之间的互现关系，从本相上最经常地表现为一文本在另一文本中的实际出现。其最明显并且最忠实的表现形式，即传统的"引语"实践（带引号，注明或不注明具体出处）；另一种不太明显、不太经典的形式（例如洛特雷阿蒙的剽窃形式），即秘而不宣的借鉴，但还算忠实；第三种形式即寓意形式，明显程度和忠实程度都更次之，寓意陈述形式的全部智慧在于发现自身与另一文本的关系，自身的这种或那种变化必然影射到另一文本，否则便无法理解。②

为了较好地把握和理解"互文性"这一概念，热奈特一方面对其

---

① 蒋寅：《拟与避：古典诗歌文本的互文性问题》，《文史哲》2012年第1期。
② ［法］热奈特：《热奈特论文集》，史忠义译，百花文艺出版社2001年版，第69页。

表现形式进行了界定与区分，为我们的操作提供了参考和方便；另一方面，在挑战"本身""本质""本真""真实"等概念时，夸大了文本之间的普遍联系及其无限开放性，忽略了文本结构对"互文本"的约束。这些特点无形中也暴露出其缺陷及操作的艰难。为此，我们应该为这一理论的运用预设一个边界，对其应用场域进行必要的界定。尽管"互文性"理论在诞生后凭着它的大气与包容，不仅风行于政治、经济、社会、心理、历史等学科语境中，而且在文学研究中独树一帜，大有包罗万象之势，但它的立足点毕竟是在"文本"，主要针对文学文本生成与建构问题而生发。由于各种文学文本形态千变万化，异常复杂，而且各种文学文本之间的联系千丝万缕，或显或隐，更是难以穷尽。

前后文本之"互文性"在文本匹配度上虽然难以量化，但既不能过于绝对，也不能过于宽泛，否则容易导致似是而非，牵强附会。在谈到《红楼梦》一书与《水浒传》的关系时说："有谓《红楼梦》描写人物，脱胎于《水浒》者，确也。宝钗似宋江，袭人、熙凤似吴用，黛玉、晴雯似晁盖，探春似林冲，湘云似鲁达，薛蟠似李逵。晁盖中箭，宋江独哭，晴雯被逐，袭人独哭，李逵骂宋江，薛蟠骂宝钗，李妈妈骂袭人，乃依据葫芦之笔。至顽童闹书房，则以三大大名府为蓝本，金桂戏薛斜，则师二潘之故智。又有谓《红楼》之衍炎凉，系效照《金瓶梅》者，亦确。《金瓶》无一正人，《红楼》亦无一正人，其人物之逼肖者，厥为尤二姐之与李瓶儿是也。世之留心于《石头记》者，舍是其何征哉。"[①] 这种关于两种小说文本之相似性概括，尽管不无道理，但毕竟属于阅读印象层面，不能纳入"互文性"研究。因此，我们在应用这一理论解决传统小说研究的问题时，为避免因过于宽泛而导致应用的浮泛，决定在实际运用中不采取"泛文本化"观念，仅根据

---

① 淦鬼：《〈红楼〉索隐补》，《武汉日报·今日谈》1946年12月11日。

研究对象的实际需要进行有限地涉及。①

根据"互文性"理论,每一文本都是对其他文本的吸收与转化,它们相互参照,彼此牵连,在过去、现在、将来的时空中形成"互文性"。为较为清晰而质实地勾勒出中国古今小说文本演变的逻辑脉系,我们的研究主要限定在文本生成范围内,不必把"跟着说""接着说""照着说"等"超文性"的仿作、续作以及题材、体裁、风格等整体仿拟作为研究对象,也不必把一题多做,同题材敷演、修订以及过去所谓的"素材累积"作为主要研究内容。另外,有些小说,如褚人获编著的《隋唐演义》旁征博引了袁于令所藏《逸史》以及《大业拾遗记》《海山记》《迷楼记》《开河记》等唐宋杂说之类的文本,为减少枝蔓,也不拟纳入研究范围。相对而言,在诸种"互文性"笔法中,"仿拟"与"戏拟"常被人们当作重头戏。所谓"互文性",不是照搬照抄,而是一种变异的沿袭模拟,借用原型批评的术语来说,是对先期文本的"置换变形"。其中,"仿拟"实现的是同向度的意义增殖,不妨称之为"袭拟";而"戏拟"(Parody)则是翻转性或戏谑性的意义增殖,其突出意旨是制造"反讽"(Irony)效果。

在应用这一理论时,人们面对的第二个困惑是,"互文性"现象之所以得以生发和赖以成立是因为它必须有一个前提,即创作者对源文本要有"直接接触"。按道理说,只有作者亲自接触他人文本,才有可能发生所谓的"互文性"。因此,这一前提是确定研究对象直接受到了先

---

① 关于"互文性"理论的"泛文本化",程锡麟曾进行过这样一番总结:"这一理论的倡导者们认为,由于语言是作为存在的基础,世界就作为一种无限的文本而出现。世界上的每一件事物都文本化了。一切语境,无论政治的、经济的、社会的、心理学的、历史的、或神学的,都变成了互文本;这意味着外在的影响和力量都文本化了。这样,文本性代替了文学,互文性代替了传统。这些理论家用互文性理论作为武器,打破传统的自主、自足的文本观念,对文本及主体进行解构。在这一理论中,文本的作者——过去的创造者和天才——的作用大大衰减,作者个人的主体性和他对文本的权威消失了,其作用降至仅仅为文本间的相互游戏(interplay)提供场所或空间。创造性和生产力从作者转移至文本,或者说文本间的相互游戏。同时,文本的边界消除了,每一个文本都向所有其他文本开放,从而这一文本与其他文本都互为互文本。"参见程锡麟《互文性理论概述》,《外国文学研究》1996 年第 1 期。

期或同期周边其他小说文本影响的依据。也就是说，作者至少接触过先期或同期周边其他小说文本，才有可能发生文本之间的"互文性"。为此，在探讨传统小说"互文性"问题时，我们必须先寻找可靠的依据。因此，在应用这一理论研究小说文本时，切忌捕风捉影，牵强附会。如何断定"直接接触"这一"互文性"前提？其路径大致有三：一是找到相关传记资料中提到作者接触过某小说的记载；二是寻找作者于小说行文中几次提到某小说的记录；三是通过文本比对至少要发现几处直接引用或化用先期某小说的"成句"，作为旁证。除非如此，否则便会陷入无端猜测之嫌。然而，由于受到传统小说作者资料缺乏的限制，我们除了寻找作者生平资料中所提供的某接受对象以及小说本身的线索依据外，只能靠情理推断，而情理推断本身又存在不够"实证"的致命缺陷。后人模仿前人，前人模仿再前的人，被模仿者也在模仿，既然大家都是这永恒的文本游戏中的一环，那么到底谁是原创者或者有没有原创者呢？杜甫的千年之间依然是当今"互文性"研究的一大困惑。好在我们并不惧怕这种困惑所增添的文本不确定性和阐释张力。

　　的确，中国古代小说文本之间的关系错综复杂，剪不断，理还乱。尤其是有些小说文本间的关系属于交叉感染、彼此影响，难以分辨出到底是谁抄袭了谁；对那些时间先后存疑的作品，更难以确定到底谁是"互文性"的母体。由于《水浒传》《西游记》，包括《三国志演义》流传甚广，《红楼梦》的作者便于接触，因而其文本与这些文本容易形成"互文性"关系。而在与《红楼梦》的"互文性"关系问题上，目前看来最不靠谱的是它与《金瓶梅》之间异同难辨的蛛丝马迹。尽管已经有很多学人指出二者之间存在许多相同或相通之处，但就二者关系而言，若仅仅限于粗枝大叶地谈论后者受到了前者何种影响，并无大碍。但是，"互文性"强调的是"直接的影响"，如果要上升到这一理论高度去研究，那就首先要经过对后者有无可能直接受到前者的影响进行较为严格而周密的论证工序，确定其作者是否接触过《金瓶梅》这一事实。遗憾的是，运用上述三种路径，都无法直接证明曹雪芹接触过《金瓶梅》。这样，脂砚斋之评批所谓《红楼梦》"深得《金瓶》壶奥"这样的"互文性"，未必是指《红楼梦》直接效仿了《金瓶梅》。其间接获致也未可知。毛泽东曾在1961年12月的中央政治局常委和各大军区第一书记会议上说过："《金瓶梅》是《红楼梦》的祖宗，没有《金瓶梅》，就写不出《红楼梦》。"由于政治领袖的话一言九鼎，故而人们纷纷认同。为抬高《红楼梦》后来者居上的地位，何其芳曾经指出："过去有些谈论《红楼梦》的人，喜欢把它和《金瓶梅》比较，我们估计曹雪芹是读到过这部作品的。"① 可惜，这尚处于推测层次，至少目前尚无实证。另有些人则在大惊小怪地喧嚷，《红楼梦》竟然大抄了《金瓶梅》，"不光是思想抄，连细节也抄"，由此判定《红楼梦》算不得独创，至多算作抄得较成功而已，并进而形成否定《红楼梦》创新性的一系列论调。然而，由于历史传承的复杂，就算《红楼梦》与《金瓶梅》有那么多雷同，我们也不能草率地认定二者存在"抄袭"关系，也不能轻易枉断《红楼梦》的作者读过《金瓶梅》。因为，《红楼梦》的作者获取《金瓶梅》信息的渠道很多，除了直接阅读获取，还可能通过《姑妄言》《林兰香》《醒世姻缘传》以及大量才子佳人小说等好多"中转站"间接获取。另如，当下关于《红楼梦》与《醒世姻缘传》之关系的探讨，也并没有可靠的文献前提。至于有些人以《聊斋志异》与《红楼梦》两部小说都是重点写女性并表达了深刻的女性崇拜思想为由，认为《红楼梦》对于《聊斋志异》有着多方面的承传。在没有可靠文献证明曹雪芹接触过《聊斋志异》的情况下，我们应该可以进一步通过文本比对，从"互文性"意义上将其坐实。

关于诸小说文本之间的复杂关联等困惑，陈平原似乎已有某种先知先觉。几年前，面对一套大部头"文学编年史"的出版，以及各种专

---

① 何其芳：《红楼梦代序》，曹雪芹：《红楼梦》，人民文学出版社1957年版，第2页。

业数据库的涌现，所出现的研究者在不同的作家、作品、文体、风格之间建立起原先很可能并不存在的"关联性"这一现象，他曾在《"中国文学史编写研究"笔谈——史识、体例与趣味：文学史编写断想》一文中表示有点担心，因而提醒大家："我们都知道，古人的生活方式与今人大不相同，尤其在互相沟通（口头的以及书面的）这方面，远不及今人便利。当初闭塞环境中各自独立存在的人事与诗文，一旦平面铺开，确实会有许多相似性；但这并不等于说他们/她们/它们之间存在着确凿无疑的'合作'、'共谋'或'互文性'。我的感觉是，过去资料分散，同时代人在日常生活及精神创造方面的'关联性'，没有得到相应的重视；而现在则相反，查书太容易了，这种'关联性'又可能被过分渲染。过犹不及，对于人文学者来说，'度'的掌握，是最难的。"[①] 显然，面对浩瀚驳杂的文献，这种提醒十分必要。为把握好这个"度"，我们不必奢望广泛撒网、遍地开花，我们必须将这项关于古代小说的"互文性"研究建立在"实证研究"基础上。

接下来，需要特别指出的是，与以往关于积少成多、积薄成厚的"取材"以及"累积"之类的研究理念相比，"互文性"研究具有鲜明的"跨文本"性质。"素材"需要经过某些剪辑，方能成为充当"互文性"的文本元素；而"互文性"则是将经过严格遴选剪辑的文本元素转化为新的文本元素的手段。换言之，"素材累积"尚处在"构思"阶段，而"互文性"才真正将文本写作付诸行动。因此，探本求源一度成为学界热门。关于"三言"之源流，孙楷第较早地展开研究，并撰写出《三言二拍源流考》，考出见于《情史》《智囊补》等书的二十九篇作品。而后，赵景深先后撰写了《〈喻世明言〉的来源和影响》《〈警世通言〉的来源和影响》《〈警世恒言〉的来源和影响》三篇论文，考出近一半以上的小说之来源。在前人研究基础上，谭正璧写成了

[①] 陈平原：《"中国文学史编写研究"笔谈——史识、体例与趣味：文学史编写断想》，《南京师大学报》（社会科学版）2007年第3期。

《三言二拍资料》一书，逐篇考出本事，而且辑录原文，为后人研究提供了方便。另如，中国台湾学者陈益源的《〈姑妄言〉素材来源初考》在谈到《姑妄言》这部小说时指出："《姑妄言》素材来源众多，清初康熙年间各种史传、游记资料之外，明清大量小说（如《水浒传》《三国演义》《西游记》《金瓶梅》《封神演义》《肉蒲团》《锋剑春秋》等）和戏曲、笑话、民歌、善书……种种俗文学作品，都曾影响到它的写作。"①的确，《姑妄言》取材广泛，牵扯面较广。然而其中够得上"互文性"层次的"文本"元素倒是有限的。以往人们关注"素材"，将搜集整理的材料编辑在一起，成为形形色色的"研究资料汇编"。这些"资料汇编"以及各类"名著大辞典"大多会包含"题材来源""本事"等内容，为而今的"互文性"研究提供了方便。然而，若要运用"互文性"视角探讨某小说文本的关联及意义，尚需甄别提取那些关系"文法"的东西。

与此相关联，还有一个问题，即"影响研究"与"互文研究"存在着内在密切的关联，有时难解难分。美国学者哈罗德·布鲁姆（Harold Bloom）指出："按照我的设想，影响压根儿意味着不存在文本，而只存在文本之间的关系，这些关系取决于一种批评行为，即取决于误读或误解———一位诗人对另一位诗人所作的批评、误读或误解。"②按照布鲁姆的说法，"影响"即意味着"误读"，而"误读"又产生了"互文性"。尽管如此，"互文性"毕竟是一套"更新换代"的理论产品。它与"影响研究"存在"代际差异"。对此，近年人们多涉笔探讨，并发表了一系列较有见地的论文。如，有人指出："产生于现代时期的影响属逻辑学范式，通过实证分析，最后归纳出作家、作品的本质规律和必然联系，旨在贯彻一种建立在事实考据和科学推理上的理性精神。产

---

① 陈益源：《古代小说述论》，线装书局1999年版，第71页。
② ［美］哈罗德·布鲁姆：《误读图示》，朱立元、陈克明译，天津人民出版社2005年版，第1页。

生于后现代语境中的互文性属现象学范式,为读者对文本的阅读和重写创造了一个变动不拘的开放的拓扑空间。"① 还有人指出:"传统影响研究认为文学的发展是线性序列,是不断进化的,从历时维度上强调文学史的延续性和文学发展的因果性,原文本或先文本是当下文本的意义来源和根据,注重社会历史和文化对文学的规约和决定作用,内隐着权威、中心、主从和等级观念。互文性理论从共时上突出文本的多元共生性和平面性,强调文本意义的相互指涉性、播撒性和流动性,关注社会历史和文化文本与文学的相互参照、渗透和修正,彰显着无序、平等和民主。"② 相对而言,关于"影响研究"与"互文性研究"的关联和不同,周建渝先生的见解更能说明问题,他指出:"'影响研究'采用的是一种历时性观点,将作品置于文学史的进化传统中,讨论焦点在作品承前启后之作用与意义。'文本互涉'观点则将诸种文本置于共时性空间,关注文本与文本之间的互动关系,并将文本中的诸种叙述看作是众多声音相互交织、渗透与对话的结果,批评的意义在文本间的对话中产生。文本互涉批评关注的焦点,既包括不同文本之间的交互指涉关系,又涉及同一文本中不同人物、情节、场景、母题、寓意之间的交互指涉关联。"③ 另外,还有一点要指出,"影响研究"需要坐实,必须寻找文献依据;而"互文性研究"则可单凭读者感觉认定,尤其是对那些"阳货无心,貌类孔子"之类的"貌类"文本,可能出于作者其心攸同的不谋而合,但仍可以视为"互文性"现象。无论如何,较之"影响研究","互文性"理论有着特定的优势。再说,从前做小说素材研究,需要博览群书、搜集整理资料;而今,我们从事小说"互文性"研究可以利用现代数字化有利条件,有时只要在电脑上输入一两个关键词,结果就会跳出来,有的材料可以通过数据库检索和文本比对而在几秒时

---

① 李玉平:《"互文性""影响"研究与之比较》,《互文性:文学理论研究的新视野》,商务印书馆2014年版,第235—237页。
② 舒开智:《传统影响研究与互文性之比较》,《江西财经大学学报》2008年第5期。
③ 周建渝:《"文本互涉"视野中的〈石头记〉》,《南开学报》2011年第3期。

间内显示结果。在这方面，周文业通过电子"文本比对"评定版本先后及价值的做法值得我们借鉴。要之，在"互文性"视野下，文学创作本身是一个与时俱进的"受容"与"生发"的过程，这种对前文本的"受容"与对后来者的"生发"可以是隐括、模拟与效仿，也可以是"化有形为无形"。关于传统小说的"互文性"研究绝不是对以往"渊源—影响"研究的改头换面，而是一种更加关注文本关联的研究方法。

另外，中国古代小说之"互文性"写作问题的复杂性超乎想象，有文本与文本之间的"交叉感染""多元多向度互动"，也有非文本性的"口传互动"与文本性的"书面互渗"，更有不同体裁创作的故事与话语之"仿拟"。如宋末元初龚开《宋江三十六人赞并序》说："宋江事见于街谈巷语，不足采著。"在从民间说唱到文人"编""编辑""集撰""纂修"过程中，《水浒传》的各种故事文本之渗透无时不在，难以一言以蔽之。针对小说"独创性"与"互文性"问题，美国汉学家韩南（Patrick Hanan）曾经指出："不管文学史家在什么地方划出不同文学的疆界，《金瓶梅》的作者都能超越……当我们探索引文以什么方式使得我们得以深入这部小说时，似是而非的答案主要是它们不太适应作者创作动机的那些地方。当他们不能满足作者的需求，他只得对它们进行修改，或它们不能使读者得到作者预期的效果，正是在这些地方最能见出作者的独创性。"① 要想搞清楚一部小说的"独创性"，必须将"互文性"的东西剥离出来，而将二者分解开来则是难而又难的。

总之，讲清错综复杂的中国传统文学文本之间的关联是困难的，但又是全方位、多维度审视立体性文学图景所必需的。因此，除了知难而上，别无选择。

三　中国小说"互文性"研究之意义

在学术研究中，"时序"是个大问题。在这一问题上，与以往偏重

---

① ［美］韩南：《韩南中国小说论集》，王秋桂等译，北京大学出版社2008年版，第262—263页。

"历时性"的"嬗变研究"与"影响研究"相比,"互文性"理论兼顾"共时性"与"历时性",甚至"逆时性",且更重文本意义的"共时性"展开。这也是中国传统谱系学的路数,正如有人所指出的:"传统谱系研究以'揭橥递演'的历时研究为主,以逆向溯源的'考镜源流'为辅,二者相辅相成。"①

在"互文性"理论提出之初,法国学者朱丽娅·克里斯蒂娃(Julia Kristeva)在其《符号学》中即从"历时态"和"共时态"两个维度看待文本。基于"互文性"理论兼顾"历时性"与"共时性"的优势,我们不免要反思以往"嬗变研究""影响研究"等研究路数在执行单向的历时性时序路线时暴露出的理论缺陷。一个多世纪以来,"渊源(素材)研究"和"影响(继承)研究"与曾经红极一时的"反映论"相呼应,声势浩大。这些研究多把目光投向选材与剪裁等问题,主要关注叙事的渊源,并关注如何进行艺术借鉴以及承前启后、叙事的流变等问题。面对这种研究的局限,"互文性"理论的首创者在提出这一术语时就"向'传统'与'影响'等观念提出了挑战"。② 更有些理论家表现出超越以往研究的自觉,声称:"我们当然不能把互文性仅仅归结为起源和影响的问题;互文是由这样一些内容构成的普遍范畴:已无从查考出自何人所言的套式,下意识的引用和未加标注的参考资料。"③ 就中国古代小说研究而言,以往人们多奢谈"影响",即关注如何从前人文本中取材的问题,以及怎样踵武前人某一文体的体制和格调等问题。如晚清题名"别士"的《小说原理》认为:"章回始见于《宣和遗事》,由《宣和遗事》而衍出者为《水浒传》,由《水浒传》而衍出者

---

① 张慎:《传统谱系学与新世纪以来的中国现当代文学研究》,《西南大学学报》(社会科学版)2020年第2期。
② [英]拉曼·塞尔登(Raman Selden):《文学批评理论:从柏拉图到现在》,刘象愚、陈永国等译,北京大学出版社2000年版,第436页。
③ 《文本的(理论)》,《大百科全书》,1973年出版,转引自[法]萨莫瓦约《互文性研究》,邵炜译,天津人民出版社2003年版,第12页。

《金瓶梅》，由《金瓶梅》而衍出者为《石头记》，于是六艺附庸，蔚为大国，小说遂为国文之一大支矣。"① 而今，我们谈"互文性"，则致力于探讨前后文本之间具体的叙事互文，包括叙事单元的沿袭、叙事话语的搬弄等，其优越性不言而喻。

自然地，"互文性"研究大大推进了由已故章培恒先生倡导的"中国文学的古今演变"这一命题。世上万事皆有其外因的来龙去脉，又皆有其内身的经络脉息。"互文性"意味着几乎任何文本都有可能成为其后文本的范本，后期文本总会不同程度、不同方式地效仿先期文本，从而在相互参照、彼此牵连中形成文本与文本之间古今互动的演变过程。以往，我们做的较多的是，选取或确立某部小说作为"坐标系"，爬梳其文本"来龙去脉""环环相扣"，从而评估研究对象的地位与价值。时至今日，中国古今小说发展的头绪与脉络已经被小说史家与文学史家梳理过数百遍。如关于《水浒传》《金瓶梅》《姑妄言》等小说"承前启后"或"继往开来"意义之探讨的论文论著早已不胜枚举。按照这种传统路数继续进行研究很难再有新的重大发现和突破。"互文性"提醒我们，在审视各种文学现象的"古今演变"时，既应注意前后古今文本的彼此互动，又要注意前后及周边文本的回环往复；既关注"历时性"的文本传承，又关注"共时性"的文本互动，这样无疑大大地开拓了我们的眼界。因而，"互文性"视野下的文学"古今演变"，应该是一个充满了回环往复的"动态"过程，也是一个各种文本之意义不断增殖的过程。具体到中国小说叙事的"古今演变"研究来说，我们在应用"互文性"这一理论时，有必要通过古今文论对接，并根据研究对象和研究意旨作一番限定、取舍与整合，使得章培恒先生提出的"古今演变"命题更具逻辑性和学理性。

"互文性"理论对"重写小说史"乃至"重写文学史"意义更为深远。它至少给我们两点提醒：一是，文学的古今演变除了"一脉相承"

---

① （清）别士：《小说原理》，《绣像小说》1903年第3期。

之外，还有同一时空不同文本的互动共赢以及更为复杂的文本关联。二是，在文学演变中，除了前期文本对后期文本的"哺育"，还有"新文本"对"原文本"意义阐释的逆时性"反哺"。这正如美国耶鲁批评学派批评家哈罗德·布鲁姆（Harold Bloom）所言："在某些惊人的时刻，它们是被他们的前驱者所模仿。"① 布鲁姆的这种"推翻时间独裁"的"反历时性"观念给了我们很大启示。法国文论家蒂费纳·萨莫瓦约（Tiphaine Samoyaull）索性这样讲：

> 互文性没有时间可言；互文性排列文学的过去不是参照一段历史的顺序，而是参照一段记忆的顺序。这种记忆的激发基本对应了接受美学所探讨的"天际相合"（fusion des horizons）的概念：在阅读中，时间改变了性质，阅读变成了真正意义上的"跨时"的存在。②

众所周知，时间是一种客观存在，这里说互文性没有时间可言，仅仅是消解单一"历时性"时间观念的一种策略。

国内已有学者开始运用这种观念审视文学文本之间的跨时间关联："在互文性理论中，作者的权威位置被取消，读者阐释的能动性与自由性得到了尽可能的放大。只要是读者视野之内的文本，尽可以在互文本网络之中建立思维的链接。互文性解读不是去探究王实甫的元杂剧《西厢记》怎样受到唐朝元稹《莺莺传》的影响，而是指出两者作为互文本，后者作为前文本为前者的解读提供了参照，前者的出现也丰富了人们对于《莺莺传》的理解。读者在对《西厢记》进行互文性解读时，可以激活古今中外所有与《西厢记》有关的文本，而无须顾及它们之

---

① [美] 哈罗德·布鲁姆：《影响的焦虑》，徐文博译，生活·读书·新知三联书店1989年版，第153页。
② [法] 蒂费纳·萨莫瓦约：《互文性研究》，邵炜译，天津人民出版社2003年版，第87页。

间有无事实上的影响联系。"① 既然一段时期以来人们已经论定"重写文学史"具有可能性，那么，接下来的问题是，如何实现处于可操作层面的"文学史"重写？以往文学史撰写大多注重"历时性"展开的"源流"梳理，强调原文本或前文本是意义的来源，把文本与文本的互动看成是线性的、单向的、流动的；而"互文性"特别看重文本意义的"共时性"展开，因而包含着更为科学独到的"史识"，启发我们重视文学史撰写的"共时性"意识。对此，刘连杰的《文本间性与文学史的生成》认为，"西方文本间性理论颠覆了结构主义自足的文本观，不仅为重新思考文学的本质提供了新的视角，而且也为重新思考文学史的生成提供了新的起点"。② 尽管我们目前暂且尚不能断定"互文性"的引入能否实现"文学史撰写"的革命，但可以肯定这一理论所提供的视野和维度必定会对以往文学史撰写模式形成某种摧枯拉朽的冲撞。如有几部文学史都讲到明前期一百多年的小说创作是个空白，或者说自元末明初出现《三国志演义》和《水浒传》之后，小说一度沉寂了一百多年。对于这种文学发展生态的"反常"，我们怎样"自圆其说"？从"互文性"视野来看，《三国志演义》和《水浒传》各种定本的出现并非是劈空而来、突兀而现的，除了元代流行的《全相三国志平话》等平话小说基础，肯定还有其他一系列相关作品问世，只是未能流传至今罢了。为此，也有人推断，诸如《水浒传词话》《西游记词话》等许多"词话"体的小说可能就曾在那个时间段出现过。③ 按照"互文性"原理，这一推论应当不无道理。面对一些文学史缝隙或断裂，我们不妨借助新历史主义"互文性"理论以历时的"互文性"来拒斥自律的文学史撰写模式。

除了"历时"眼光，文学史叙述也离不开"共时"眼光。若对文

---

① 李松：《文学史研究的互文性视角》，《三峡大学学报》（人文社会科学版）2006年第1期。
② 刘连杰：《文本间性与文学史的生成》，《北方论丛》2013年第2期。
③ 刘晓军：《"四大奇书"与章回小说文体的形成》，《学术研究》2010年第10期。

学史进行"共时"叙述，必定要划定或截取某些特定时间段来观察。有的论者能从《金瓶梅》一口气大篇幅地讲到《姑妄言》《红楼梦》，通过截取从万历十年至二十年（1582—1592）到乾隆二十七、二十八年（1762、1763）一百七八十年的时间来探讨各小说文本之间的关联问题，其条分缕析的梳理功不可没，只是存在疏于"共时性"探讨及其他更为复杂的文本关联这一缺憾。目前，仍不断有人在通过对《金瓶梅》《红楼梦》文本进行比照，或本着"从《金瓶梅》到《红楼梦》"相对固定的"进程"思路，捕风捉影地得出后者如何继承前者、或者后者如何点铁成金而高于前者等结论。可惜这不过是简单而机械的操作，未免愧煞运用"互文性"之高远研究。为此，我们应大胆地依据"互文性"发生的时空原理重申传统小说文本之间的关联。

根据文本发生的实际，我们不妨戏拟当今政治话语，提出"两个一百年"之说，对那两个时间段的小说文本互动进行兼顾"历时性"与"共时性"的全方位观照：第一个一百年是四大奇书成书、传播、定型的一百年左右；第二个一百年是从《金瓶梅》传播到《红楼梦》成书的一百多年。在这两个一百年里，各种小说文本的彼此渗透景象万千，令人眼花缭乱。且不说"四大奇书"之间的影响是回环往复的，就是从《金瓶梅》到《红楼梦》之间的小说关联也是错综复杂的。虽然《金瓶梅》对《红楼梦》有无直接影响尚难以坐实，其间接"互文性"倒是可以得到确凿论证的。期间，《醒世姻缘传》《林兰香》《歧路灯》《姑妄言》以及一系列才子佳人小说发挥过怎样的"中介"作用，值得深入研究。

"互文性"理论兼顾"历时性"与"共时性"的双重时序意识触动并引发出一系列理论问题，从文本之间的先后左右关联的互动性，到文学"古今演变"的非线性，再到"文学史"时空架构的多维性，都值得我们重新思考。这里再拿"文学史重写"问题补缀几句。呼吁多年的"文学史重写"要追求全景化、立体性与全方位性，主要围绕"时序"做文章。由于"史"的性质规定,"历时性"的编年史叙述为主无可置疑,但未必一味地梳理文脉,不妨效仿传统小说"预叙"之道,间或颠倒一下时序,将后世"互文性"的情况预先点一下,继而以"此是后话"之类的套话打住。同时,按照"共时"眼光,将文学版本的完善过程交代出来。如关于《三国志演义》,固然首先考虑罗贯中的原创文本如何"历时性"地给《水浒传》《西游记》《金瓶梅》以哺育,又要考虑李渔、毛宗岗父子的评改文本对《水浒传》《西游记》《金瓶梅》又有哪些吸取及对罗贯中原本提供了哪些意义。《水浒传》版本尤为复杂,与其他小说的"共时互文"关系也就显得更为复杂。

"互文性"理论推动我们从较为纯粹的"渊源研究"拓展到"脉络研究""谱系研究"。基于"互文性"理论以及"互文性"史识的"文学史"有望成为兼顾"历时性""共时性"双时序且具有"前后互动"效应及内在逻辑关联的有机体。

从实际操作层面看,运用"互文性"理论对某部(篇)作品展开具体研究也是具有多个维度的。一方面,既要重视"现文本"与"前文本"的密切关联,又要注意从传播、接受、影响等视角审视"现文本"对"后文本"的生发,从而确定该作品在文学史上的地位,并加深对其经典性的理解。如研究《水浒传》的"互文性",既要关注其"现文本"对《史记》叙事、写人等"前文本"以及其他前期小说戏曲"前文本"的师法、传承、化用、扬弃,又要关注其"现文本"对《金瓶梅》《儒林外史》《红楼梦》等"后文本"的不同渗透。当然,也不可忽略文学接受与阐释过程中"后文本"对"前文本"阐释的逆时启示性"反哺"。

另一方面,在对某一部经典作品的"互文性"详情进行发掘时,既要关注其正向的"沿袭""仿拟",又要关注其反向的"戏拟""反模仿"。所谓"反模仿",也称"反弹琵琶""唱反调""唱对台戏"。

钱锺书曾经有这么一段论述：

> 一个艺术家总在某些社会条件下创作，也总在某种文艺风气里创作。这个风气影响到他对题材、体裁、风格的去取，给予他以机会，同时也限制了他的范围。就是抗拒这个风气的人也受到它负面的支配，因为他不得不另出手眼来逃避或矫正他所厌恶的风气。正像列许登堡所说，模仿有正有负，亦步亦趋是模仿，"反其道以行也是模仿"（Grade das Gegentheil tun ist auch eine Nachahmung）……所以，风气是创作里的潜势力，是作品的背景，而从作品本身不一定看得清楚。①

此论结合西方观念，阐释了模仿的正反两种向度。由于作为语言表述的话语是文本的本分，因此，文本之间的"互文性"又具体表现为"话语间交互性"。姚文放曾指出：

> "话语间交互性"的要义不仅在于传统话语对于当下话语的限定，而且在于当下话语对于传统话语的突破，最终达成的大致是处于这两者之间的一个中数，而这一中数的得出，则是传统话语与当下话语相互妥协相互平衡的结果。……在这个意义上讲，文学话语又往往具有一种扩展性，就是说，当下话语往往对于传统话语的本义有所扩宽、有所延展。总而言之，"后语"既是对于"前言"的"沿用"，同时又常是对于"前言"的"化用"或"反用"，正如论者所说："文人用故事，有直用其事者，有反其意而用之者。"②

---

① 钱锺书：《中国诗与中国画》，见《七缀集》（修订本），上海古籍出版社1994年版，第1—2页。
② 姚文放：《文本·话语·主体：文学传统与交互世界》，《社会科学》2004年第10期。

就古代小说反其道而行之的模仿来看，它往往与正向模仿交杂参用。如《金瓶梅》的文本既包含大量的正向吸取《水浒传》等小说文本的叙事写人元素，也不乏反向模仿《水浒传》等小说文本以制造"反讽"的笔墨。其中，将《三国志演义》英雄风云际遇的"桃园三结义"翻转为酒色之徒乌合的"热结十兄弟"，将《水浒传》"拳打镇关西"的高尚英雄鲁达戏拟为替西门庆出气而"逻打蒋竹山"的地痞无赖鲁华，等等，都算得上是反向"互文性"的范例。

概而言之，中外融通的"互文性"理论对小说乃至整个文学研究必将具有深远的意义。"互文性"之"互"并非单向的传递，而是多重"互动"，既包括纵向传承的"历时互文"与横向互渗的"共时互文"，还包括"传承互文"与"反哺互文"以及"正向强化互文"与"逆向反讽互文"等复杂情况。本着这种学术眼光和"史识"意识，我们便会在小说文本研究中更加重视全方位性、多维度性，重新审视小说乃至整个文学文本之间的关系；同时，我们也会在超越以往的"影响研究""嬗变研究"等研究路数时，拓展中国文学"古今演变"研究以及"小说史重写"乃至"文学史重写"的思路。

第一章　中国小说原初探索及文本追溯

　　由于"起源""源泉""源头"等术语容易招致考实质疑，曾几何时，人们开始喜欢用"原初"一词来指称事物或现象的初始状态。就中国小说原初风貌而言，历史的久远和文献的稀缺依然使其烟云模糊，不免时常令人兴叹于其"烟涛微茫信难求"。尽管如此，各种各样的探索与解说仍然不断。概括起来看，古人主要采取"事理"表达方式，运用偏于逆时的思维对其"考镜源流"，以"源""祖"等话语展开喻说，或把倡导"姑妄言之，姑妄听之"的列子、庄子及其"子书"当作小说之祖；或沿承汉人将稗官或方士之作当作本源，或沿承唐人从"史乘"的维度探源论流。今人始而运用"进化论""起源学"等学理，运用偏于历时的观念，对其"揭橥递演"的结论进行解说，提出"史乘"说、"子书"说、"稗官"说、"方士"说、"神话"说、"寓言"说以及"综合"说等诸说。近年来，还有的学者从跨文类视角，将汉赋、叙事性散文甚至诗歌，一并纳入小说起源学说。之所以出现聚讼纷纭，不仅有"盖小说之名虽同，而古今之别，则相去天渊"，[①]以及其本身含义错乱、含蕴复杂等方面的原因，而且还由于不同的研究方法和学术思路等因素所致。而今，我们应立足本土文化语境，立足古人所运

---

① （清）刘廷玑著，张守谦点校：《在园杂志》，中华书局2005年版，第82—83页。

用的"祖述"喻说和"源流"喻说两套事理话语,采取更富包容性的"原初"观念,从以往重点关注文体本身的"事理""学理"路数,转型到兼顾文本内在的"文理"思路,从而实现新的突破。

第一节 古人关于小说原初之事理喻说

对某些一时难以说得清辨得明的问题,人们往往会采取"喻说"方式阐释之。尽管中国古代没有形成像西方那样的关于语言特殊表达形态以及思想意识的普遍模式的喻说理论①,但也常常对认知对象加以深入浅出地喻说。在小说原初问题上,我们的先人曾采取过这种喻说智慧。按其话语体系可以一分为二:即子书祖述喻说与史乘源流喻说。

一 以子书为小说之祖的喻说体系

中国传统社会特别看重宗法关系,讲究血脉传承,故而凡事总惯于按照"寻祖觅宗"的谱系思路进行认知。所谓的"祖述"喻说即认为后来的小说文体是传袭此前小说文体的结果,既强调后起小说与此前小说之间的血脉关联,又强调二者之间的血亲性遗传变异。在关于小说原初问题的探索上,这种喻说方式一度非常风行。

历史地看,"祖述"喻说出现较晚。宋人黄震《黄氏日钞》卷五五《读诸子·庄子》开始强调:"庄子以不羁之才,肆跌宕之说,创为不必有之人,设为不必有之物,造为天下所必无之事,用以眇末宇宙,戏薄圣贤,走弄百出,茫无定踪,固千万世诙谐小说之祖也。"②将想象放诞、善于写不必有之事物的庄子视为诙谐小说之祖。

明代人在以"祖述"话语来探索小说原初问题时,时而讲源自作者,时而讲源自作品。如谢肇淛《五杂组》曾说:"《夷坚》《齐谐》,

---

① 徐贲:《海登·怀特的历史喻说理论》,《苏州大学学报》(哲学社会科学版)1993年第3期。
② (宋)黄震:《黄氏日钞》,上海古籍出版社1987年版,第399页。

小说之祖也。虽庄生之寓言，不尽诬也。《虞初》九百，仅存其名；桓谭《新论》，世无全书。至于《鸿烈》《论衡》，其言俱在，则两汉之笔大略可睹已。晋之《世说》、唐之《酉阳》，卓然为诸家之冠，其叙事文采，足见一代典刑，非徒备遗忘而已也。"①乃是以《夷坚》《齐谐》两部作品为小说之祖，并通过数落小说历程，奉"叙事"为小说行文之规范。《夷坚》是上古时期的博物贤者夷坚所记之书，《齐谐》是《庄子·逍遥游》提到的一部志怪之书。谢肇淛等人将小说之祖追踪到《夷坚》或《齐谐》，是为凸显其虚幻怪诞的文类性质。绿天馆主人（冯梦龙）的《古今小说叙》也说："史统散而小说兴。始乎周季，盛于唐，而浸淫于宋。韩非、列御寇诸人，小说之祖也。"②不仅将小说起始时间锁定在先秦周代，而且把史统之消散视为小说得以兴起的前提，此说未必允当，但将韩非、列子等诸子视为中国小说之祖，却也看到了小说的虚妄本质。可见，前人谈论小说本质所针对的多是《韩非子》中的《储说》《说林》与《列子》中的《天瑞》《黄帝》《周穆王》《仲尼》《汤问》《力命》《说符》等带有虚幻性质的叙事文本。总之，以诸子为小说之祖的"祖述"喻说，侧重于强调小说的虚妄血脉，有助于人们认识小说的虚幻性质。

在以"祖"喻说小说原初过程中，明代胡应麟的《少室山房笔丛》开始通盘性地分类论之，讲得更为全面具体。其《四部正讹下》重申："古今志怪小说，率以祖《夷坚》《齐谐》。然《齐谐》即《庄》，《夷坚》即《列》耳，二书固极诙诡，第寓言为近，纪事为远。"与其同时代的谢肇淛等人持论大体一致，即认为志怪小说祖述《夷坚》《齐谐》，而这二书又从诙谐诡谲的《列子》《庄子》脱胎而来。沿着这种思路上推下索，胡应麟还一一为其所划分的小说类别分别找到了一两个始祖："《汲冢琐语》十一篇，当在《庄》《列》前，《束晳传》云'诸国梦卜

---

① （明）谢肇淛：《五杂组》，中华书局1959年版，第379页。
② （明）冯梦龙：《古今小说》，人民文学出版社1958年版，第1页。

妖怪相书'，盖古今小说之祖，惜今不传，《太平广记》有其目而引用殊寡。""《汲冢琐语》，盖古今纪异之祖。""《山海经》，古今语怪之祖。""《燕丹子》三卷，当是古今小说杂传之祖。""《飞燕》，传奇之首也；《洞冥》，杂俎之源也；《搜神》，玄怪之先也；《博物》，《杜阳》之祖也。"①分门别类地为各类小说找到了"祖""先"或者"源"，将小说的谱系关系以及血脉传承关联进行了大致的梳理。

直至晚清，庄子、韩非子、列子等诸子或其著作常被追为小说之"祖"。同时，也不断有人提出某门类小说之"祖"说。如谭献《复堂日记》卷五云："《拾遗记》，艳异之祖，诙谲之尤，文富旨荒，不为典要，予少时之论如此。"②将东晋王嘉诙谐怪诞的杂史小说《拾遗记》确定为艳异小说之祖。

由此可见，各种追宗认祖的"祖述"喻说在一定程度上从遗传变异的角度为探索小说原初问题理出了一定的头绪，也对小说的虚幻性给予了较大程度的认可。

二 以史乘为小说源流的喻说体系

"沿波讨源""观澜索源""考镜源流"本是一套中国古老的学术理路。刘勰《文心雕龙·序志》曾提出"振叶以寻根，观澜而索源"③论文之道；章学诚《校雠通义》也提出了"辨章学术，考镜源流"④的为学之路。在关于小说原初问题的探索中，相对于"祖述"喻说，"源流"喻说更具影响力。

早在汉代，班固在《汉书·艺文志》中就指出："小说者流，其源盖出于稗官。"⑤将小说之源推断为稗官所撰稗史。这种观念影响深远，

---

① （明）胡应麟：《少室山房笔丛》，中华书局1958年版，第415、474页。
② （清）谭献：《复堂日记》，河北教育出版社2001年版，第110页。
③ （南朝梁）刘勰著，范文澜注：《文心雕龙注》，人民文学出版社1962年版，第726页。
④ （清）章学诚著，叶瑛校注：《文史通义校注》，中华书局1985年版，第945页。
⑤ （汉）班固：《汉书》，中华书局1997年版，第1745页。

以至于"稗官""稗官野史"几乎成为"小说"的同义语。除了"稗官说",在从作者身份探讨小说起源问题时,汉代人还提出过一种"方士说"。东汉张衡《西京赋》有言:"匪唯玩好,乃有秘书。小说九百,本自虞初。"① 此"虞初"乃汉武帝时的方士侍郎,曾以小说著作《周说》出名。所谓"小说九百"指的是《汉书》"小说家"所录"《虞初周说》九百四十三篇"。在其影响之下,后人依然乐于以"虞初"命名各种小说选集。清代梁章钜《归田琐记》卷七"小说":"小说九百,本自虞初,此子部之支流也。而吾乡村里,辄将故事编成七言,可弹可唱者,通谓之小说。"② 是将小说之源归结为"子部"的。

相对于汉人以稗官或方士身份的作者为源的观念,唐代以来的"史乘"源流说影响更为深远。《隋书·杂传类序》指出:"古之史官,必广其所记,而又杂以虚诞怪妄之说。推其本源,盖亦史官之末事也。"③ 意思是说,古代的史官在扩展他们所记的内容时,自觉不自觉地夹杂了一些虚诞怪妄的故事。若追根溯源,那么这些被后人视为带有小说性质的虚诞怪妄故事,其实是史官附带叙述出来的。而后,刘知几《史通·杂述》更是提出了小说乃"史氏流别"说:"在昔《三坟》《五典》,《春秋》《梼杌》,即上代帝王之书;中古诸侯之记,行诸历代,以为格言。其余外传,则神农尝药,厥有《本草》;夏禹敷土,实著《山经》;《世本》辨姓,著自周室;《家语》载言,传诸孔氏。是知偏记小说,自成一家。而能与正史参行,其所由来尚矣。爰及近古,斯道渐烦,史氏流别,殊途并骛。"④ 认为各类"偏记小说"源自三皇五帝之列的神农炎帝和夏王朝的开创者君臣、益、夷坚以及周王室。《本草》《山经》《世本》《家语》等上古典籍,本来是与正史合流的,在发展的过程中逐渐分流殊途。这种学说的思维逻辑是将上古各类杂书视

---

① (汉)张衡:《西京赋》,(唐)李善注《文选》卷二,岳麓书社2002年版,第36页。
② (清)梁章钜:《归田琐记》,中华书局1981年版,第132页。
③ (唐)魏征、令狐德棻:《隋书》,中华书局1973年版,第982页。
④ (唐)刘知几著,(清)浦起龙通释:《史通通释》,上海古籍出版社1978年版,第273页。

为小说之源。继而，宋人撰写的《新唐书·艺文志序》亦云："至于上古三皇五帝以来世次，国家兴灭终始，僭窃伪乱，史官备矣。而传记、小说，外暨方言、地理、职官、氏族，皆出于史官之流也。"① 也认为包括"小说"在内的六大史官流派皆出于"史官之流"，而"史"理所当然是包括小说在内的六大文类之源头。

到了明代，史乘源流说得到发扬。如陈言《颖水遗编·说史》指出："正史之流而为杂史也，杂史之流而为类书、为小说、为家传也。"② 此书一五一十地梳理了正史、杂史、类书与小说、家传之间的来龙去脉，指出"小说"是发自"正史"，而经由"杂史"而来的，其言外之意是，小说之"根源"在"正史"。又如，焦竑在其《国史经籍志》卷三"杂史类序"也指出，杂史"体制不醇，根据疏浅，甚有收摭鄙细，而通于小说者"。其按语又云："杂史、传说皆野史之流……若小说家与此二者易混，而实不同。"③ 在辨析杂史、传说与小说的不同时，既强调杂史在记录琐细事件方面与小说相通，又将杂史、传说归属到"野史之流"。再后来，《四库全书总目提要》这样概括"小说"大类："迹其流别，凡有三派：其一叙述杂事，其一记录异闻，其一缀缉琐语也。"④ 此乃分门别类，将小说分为"杂事""异闻""琐语"三类，并对其流变踪迹有所概括。

尽管历代关于"小说"内涵外延的界定不一，但"史余""补史""史乘支流""史稗同源"等"史氏流别"观念和说法与各种史乘源流说相伴俱生。基于此，现代学人既乘风破浪地发扬"观澜索源""沿波讨源"传统，又乐此不疲地运用"起源学""渊源学"等西方观念来解释小说原初问题。

---

① （宋）欧阳修、宋祁等撰：《新唐书》，中华书局1975年版，第1421页。
② （明）陈言：《颖水遗编》，《丛书集成初编》本，商务印书馆1937年版，第31页。
③ （明）焦竑：《国史经籍志》，中华书局1985年版，第100页。
④ （清）永瑢等：《四库全书总目提要》，中华书局1965年版，第1182页。

三　祖述喻说与源流喻说之交互

相对于主要着眼于"子书"姑妄言之、姑妄听之的"虚幻"基因的"祖述"喻说而言,"源流"喻说重点落脚于"史乘"不虚美、不隐恶的"实录"元素。二者都重视有迹可循,且又都处于事理层次。况且,两种喻说也时常相互交叉、彼此浑融。如清代莒上野客《魏晋小说序》所说:"原其始,无论《左》《国》,梦卜妖祥,实古今小说之祖。"① 后来,陆亮成(绍明)在《月月小说发刊词》说:"夫往古小说以文言为宗,考其体例,学原诸子。""文言小说源于诸子之学。"② 即以子学为小说渊源者,大意其实是混同于"祖述"喻说的。再如,邱炜蒻《客云庐小说话·小说始于史迁》云:"史迁写留侯事,颇多怪迹,沧海、黄石、赤松、四皓,后之论者均断定都无此人。不过迁性好奇,特点缀神异,以为行文之别派。按此实为后世小说滥觞,唐人虬髯、红拂盖本此义,以为无中生有者。"又引菽园语曰:"千古小说祖庭,应归司马。"③ 既把"点缀神异"的《史记》视为小说滥觞,又将其作者司马迁奉为小说之祖。

在中国文化中,无论是"祖"还是"源",都有"开始""开头""原初"之意。另外,"祖"还有"老祖""少祖"之分,"源"亦有"远源""近源"之别。古人在为小说寻祖探源过程中发现,小说除了文体驳杂,其秉持的观念还变化多端。经过岁月变迁、沧海桑田,在清人看来,小说源流问题已经成为一笔糊涂账。正如章学诚《文史通义》所言:"小说出于稗官,委巷传闻琐屑,虽古人亦所不废。然俚野多不足凭,大约事杂鬼神,报兼恩怨,《洞冥》《拾遗》之篇,《搜神》《灵异》之部,六代以降,家自为书。唐人乃有单篇,别为传奇一类。……

---

① 丁锡根:《中国历代小说序跋集》,人民文学出版社1996年版,第1788页。
② 陆亮成:《月月小说发刊词》,《月月小说》1906年第3号。
③ 阿英:《晚清文学丛钞·小说戏曲研究卷》卷四,中华书局1960年版,第423页。

宋元以降，则广为演义，谱为词曲。……盖自稗官见于《汉志》，历三变而尽失古人之源流矣。"① 况且，中国小说的历史长河原本"烟涛微茫信难求"，因而欲求"正本清源"仍然只是一种奢望，各种争端在所难免。好在，探测某种源头活水并非小说原初形态研究的终极意义，其"两岸猿声啼不住"的风景足以令人一饱眼福。

第二节　今人关于小说原初之学理追溯

时至现代，深受西方新思想洗礼的学人们围绕"文学史""小说史"撰写，纷纷借鉴"进化论""起源学""渊源学""发生学"等现代科学方法，把小说"原初"这一较为复杂的问题纳入相对集中的"起源"或"发生"话语体系。这种学术理路既乘西学之风，又破传统"源流"喻说体系万里之浪，形成强大的冲击波。相对于古代的"事理"喻说，我们不妨将这种小说原初探索称为"学理"追溯。

20世纪伊始，受西方科学主义学术思潮的影响，人们在各种文学史以及小说史的撰写中，一开始即参照西方文学演进的规律，把小说的起源确定为"神话"。众所周知，鲁迅《中国小说史略》首倡："志怪之作，庄子谓有齐谐，列子则称夷坚，然皆寓言，不足征信。《汉志》乃云出于稗官，然稗官者，职惟采集而非创作，'街谈巷语'自生于民间，固非一谁某之所独造也，探其本根，则亦犹他民族然，在于神话与传说。"② 期间，多数文学史以及小说史秉承这种"神话"说。其大致的论调，正如吴组缃《关于我国古代小说的发展和理论》所言："中国的小说，也和世界各国一样，是从神话传说开始的。"③ 于是，"神话起

---
① （清）章学诚著，叶瑛校注：《文史通义校注》，中华书局1985年版，第561页。
② 鲁迅：《中国小说史略》，《鲁迅全集》第9卷，人民文学出版社1981年版，第17页。
③ 吴组缃：《说稗集》，北京大学出版社1987年版，第26页。

源说"一时间成为小说原初问题探讨的最强音。

20世纪80年代后,"神话起源说"开始受到质疑与挑战。如石昌渝《中国小说源流论》认为:"一般认为小说起源于神话,这个说法假若是就意识形态的源流而言,亦无不可。神话是一切意识形态的始祖,不要说是小说这样的一个文学的门类,就是所有的文学艺术,所有的意识形态如宗教、道德等,都发端于神话。所以我们说小说起源于神话,并没有解决小说的什么问题。"①石先生的一席话入情入理,撼动了"神话源流说"的霸气。近些年,随着"原型"批评理论及其"置换变形"观念的渗透,"神话起源说"的影响又时而被提起,但终究是大势已去。

当然,在这期间,也有些学者以古为今,重拾将小说原初问题归结为稗官、方士等喻说古调。如王齐洲《中国小说起源探迹》②、王枝忠《中国小说起源新论》③等论文在试图回答小说的"起源"问题时,再度标举"方士说"。同时,也有人助推"史乘说",如李剑国《唐前志怪小说史》说:"志怪小说乃史乘之支流。"④言外之意是,史乘是小说的源头和主流,志怪小说是由此源头流出的支流。还有的学者继续运用"祖述"喻说话语解释小说原初问题,如黄钧指出:"中国小说脱胎于史传文学""古代小说从史传文学分流而出。史传文学既抚育了古代小说的成长,同时又限制了它的成熟。"⑤由于这些说法几乎无不染上了现代起源学观念,故而大多包含着学理意识,不再是简单的古调重弹。

尽管各种"起源"学说均旨在形象地描述小说原初与演化情景,但又往往各执一端。于是,为了调和单种文类说法的纷争,不少学者致

---

① 石昌渝:《中国小说源流论》,生活·读书·新知三联书店1994年版,第53页。
② 王齐洲:《中国小说起源探迹》,《文学遗产》1985年第2期。
③ 王枝忠:《中国小说起源新论》,《名作欣赏》2011年第10期。
④ 李剑国:《唐前志怪小说史》,南开大学出版社1984年版,第75页。
⑤ 黄钧:《中国古代小说起源和民族传统》,《文学遗产》1987年第5期。

力于倡导"多源说",以兼顾诸种因素。诞生于20世纪60至70年代的游国恩等主编的《中国文学史》、北京大学中文系编写组编写的《中国小说史》在传扬鲁迅"神话说"的同时,开始涉及其他文类因素对小说原初的影响。前者着眼于子书对后世人物琐事小说的影响①,后者侧重于先秦散文对小说叙事的影响②。到了80年代,各种"多源说"的声音不绝如缕。如吴志达《古小说探源》认为,除神话、寓言故事与小说有源流关系之外,叙事散文、史传文学,特别是大量的野史杂传,对中国古小说民族形式的形成,乃至故事内容,均具有深刻的影响,皆可视为小说之源。③ 这实际上是将以往影响较大且饱受争议的神话、寓言、史传统统装到"起源"探索这个大篮子里,既有统筹兼顾之利,亦有搅和一起之嫌。

在各种各样的"起源"说立根未稳之际,现代"发生学"给予了强有力的声援。许多学人注意从"实体"角度寻找小说文体的"起源",又注意从"生成"角度回答小说文体得以"发生"等重要问题,推重"多源共生""多祖孕育"说。如杨义《中国古典小说史论》致力从文本发生学到文体发生学视角探讨小说之祖,提出了小说文体生成过程中所存在的"多祖现象"。在他看来,"中国小说发端于战国""小说根源于现实生活和人性人智,但它在发生发展的过程中,又和经、史、子、集各种文体有过千丝万缕的依附、渗透和交叉,从小说文体自身发展的角度来看,它早期和文体'史前期'与其他文体没有分离、独立的状态,就是多祖现象"④。可见,他所谓的"多祖"指的是史乘、子书与神话等各种典籍的杂合状态。随后,李剑国《小说的起源与小说独立文体的形成》认为,从叙事意义上说小说起源于故事,从小说的孕育母体上看小说起源于史乘。基于此,他将古小说的起源和形成概括

---

① 游国恩等:《中国文学史》,人民文学出版社1963年版,第296页。
② 北京大学中文系编:《中国小说史》,人民文学出版社1978年版,第3页。
③ 吴志达:《古小说探源》,《武汉大学学报》1986年第6期。
④ 杨义:《中国古典小说史论》,人民出版社1998年版,第7—8、9—10页。

为这样一个小说发生学模式：故事—史乘—小说，指出故事在向小说独立文体过渡的过程中，小说文体趁机从史乘分离出来，从而得以诞生。① 正是在这种学术背景下，袁行霈主编的新一代《中国文学史》教材便顺势将影响甚大的三种说法一一列出："追溯中国小说的起源，有以下几个方面：首先是神话传说，其次是寓言故事，第三是史传。"② 另外，庞金殿《论中国小说多源共生》将这种"多源""多祖"现象明确概括为"多源共生"，并重申道："中国小说起源不是单一的，而是由多个源头和母体共同孕育而生。"这些"源"包括作为"最早源头"的神话传说、作为"重要源头"的寓言故事、作为"主要源头和母体"的史传散文。③ 由此可见，所谓"多源共生"，其实主要还是集中将神话、寓言、史传三源合一。

无可否认，在中国小说原初问题探索中，现代"起源学""发生学"等理论凭着其学术威力，在传统"观澜索源""考镜源流"等理论方法的基础上，掀起惊涛骇浪。然而，"起源学""发生学"实际上均属于现代人以时间为标尺的溯源考察，二者的区别主要在于向度的不同："'发生'是从起点到终点的正向矢量，'溯源'是从终点到起点的逆向矢量。"④ 从一定高度上看，这种"历时性"探索尚停留于就事论事的事理层次。再说，现代文学史家尤其是小说史家们大多注重梳理历代作家之间的纵向联系，并且通常会采取进化的历史观强调前代文学对后代文学的影响与启示或后代文学对前代文学的继承与创新，因而在各种"文学史"以及"小说史"中，打头戏的小说原初探索往往仅限于"历时性"追溯，不免会对固有的"共时性"生态有所遮蔽。

---

① 李剑国：《小说的起源与小说独立文体的形成》，《锦州师范学院学报》（哲学社会科学版）2001年第3期。
② 袁行霈主编：《中国文学史》第2卷，高等教育出版社1999年版，第183页。
③ 庞金殿：《论中国小说多源共生》，《延安大学学报》（社会科学版）2004年第2期。
④ 王峰：《如何成为"一个"原初的审美经验——从历史主义、先验观念论、意识现象学走向系谱式的语言现象学分析》，《中国现象学美学》2018年创刊号。

第三节 互文性视角下的"杂家"面貌

说起来,作为文体概念的"小说",实依据于西学,与之相伴而生的各种小说史写作也是乘梁启超、胡适等学人所助推的"西学东渐"之风。每当探讨小说"起源",人们往往依据当时确立的"叙事性""虚构性"等标准,加以逆向推断,容易陷入"此情可待成追忆,只是当时已惘然"的困境。而今,在尼采、福柯所创谱系学的冲击下,人们逐渐意识到既往大行其道的"起源学"存在较大缺陷。美国学者加里·夏皮罗(Gary Shapiro)有言:"从某种意义上,我们从谱系学学到的就是:人们继承遗产,或者是来源,是不可避免的;但是,想找到一个绝对的起始或本源,又是不可能的。"① 为此,我们既要继续"历时性"地追溯各种被命名的文类称谓,又要从"共时性"维度到先秦杂体互通的各种文史"文本"那里去"众里寻他千百度",以实现从"事理"研究向"文理"研究的迈进。此所谓"文理"指的是文本之理,是相对于"事理"而言的。

一 从"多源共生"到"杂体互通"

先秦时期各种诸子、史乘著作之于小说的"多源共生"态势已经形成,其突出标志是大量小说因素充斥于各种典籍之文本中。谭家健的《先秦诸子散文中的小说因素》曾经进行过探讨,② 其中所涉及的"小说因素"可谓小说的胎孕形态。此外,美国汉学家倪豪士《中国小说的起源》一文除了历时性地追踪《水浒传》《西游记》等小说中的"九天玄女授天书""收服红孩儿"等情节之源,还特别提出将周代典籍列

---

① [美]加里·夏皮罗:《翻译、重复、命名——福柯、德里达与〈道德的谱系〉》,萧莎译,见汪民安、陈永国编《尼采的幽灵:西方后现代语境中的尼采》,社会科学文献出版社2001年版,第271页。

② 谭家健:《先秦诸子散文中的小说因素》,《聊城师范学院学报》(哲学社会科学版)1993年第4期。

入重点考虑的两点理由："第一是《庄子》《孟子》《战国策》《国语》等作品展露了后世小说中的写作技巧。第二是后世小说的写作题材多由《山海经》《穆天子传》及《楚辞》而来。"进而指出这些周代作品包括"传记性和历史性的作品"、"经营修辞的作品"以及"神怪作品"三种类型，皆包含小说成分，且影响了后世小说。① 沿着这种思路，我们可从先秦周代"共时性"文本中考察小说的胎孕形态。马振方《中国早期小说考辨》认为，"中国小说发轫于先秦"，并把这一结论置于这样一种认知逻辑：虽然当时小说这种文体尚未成熟，还孕育于史乘之中，但依然无法否认其中所固有的大量"小说家言"。这种"小说家言"散落在《国语》《左传》《论语》《孟子》《庄子》《韩非子》《战国策》《管子》《尚书》《韩诗外传》《新序》《说苑》《列女传》《列子》《孔子家语》《孔丛子》《高士传》中。② 相对而言，常森《先秦史传、诸子及辞赋中的"小说"叙事和想象》一文更是采取了共时眼光看问题："先秦史传，尤其是《左氏春秋》等著作，虽往往被看作信史，但很多叙述原本殆只有一个相当抽象的基本事实（大概类似于传世《春秋》所记），大量的情节和细节由录记者填充，其间不排除吸纳和糅合口传材料。这样说不只针对《公羊传》对历史事件的叙述，而且也针对《左氏春秋》。""在春秋末至战国时期诸子百家时代，大量的小说作品口耳相传，小说质素普遍存在于史传、诸子、辞赋各文类中。从保存小说作品方面看尤为重要的是，诸子常吸纳小说以为寓言之能指，这一方面为小说的流传提供了空间，一方面又赋小说以新的价值；而韩非子等人还录写并集成了一部分小说。"③ 此所谓"吸纳"，其实是共时"互文性"活动的留存，指的是先秦时期文类之间的互相渗透，可视为"多源共生"的一种形式。对这些"吸纳"因素进行考察，即

---

① ［美］倪豪士：《传记与小说：唐代文学比较论集》，中华书局 2007 年版，第 14 页。
② 马振方：《中国早期小说考辨》，北京大学出版社 2014 年版，第 1—7 页。
③ 常森：《先秦史传、诸子及辞赋中的"小说"叙事和想象》，《北京大学学报》（哲学社会科学版）2017 年第 2 期。

可在一定程度上察知小说当年"应然"的胎孕风貌。无论如何，所谓"小说因素""小说家言""吸纳小说为寓言"云云，皆意味着小说文本已作为胚胎处于"多源共生"孕育中。

同时，在先秦这段小说文本胎孕过程中，人们已经开始将些许带有"想当然"小说性质的文本塞入史乘文本大母体中，使之成为史乘整体文本的有机构成之一。诸如《左传》中的"鉏麑触槐自杀前的慨叹""介之推偕母逃亡前的问答"，以及《国语》中的"骊姬对晋献公夜泣"等故事，均具有"小说家言"性质，备受重视。钱锺书曾解释为："盖非记言也，乃代言也，如后世小说，剧本中之对话独白也。左氏设身处地，依傍性格身份，假之喉舌，想当然耳。"① 这些叙事文本生发于"想当然"，虽然也许子虚乌有，但却合乎事理、情理，不妨视为小说的原始胚胎。况且，被后人列为经书的《左传》，兼属史乘的著作，而又广泛地吸纳了"怪力乱神"因素，并不时地加以浮夸渲染，同样成为影响后世的"小说因素"。清代评点家冯镇峦《读聊斋杂说》曾经说过："千古文字之妙，无过《左传》，最喜叙怪异事。予尝以之作小说看。"② 指出《聊斋志异》与《左传》的密切关联，并确认了二者在虚构叙事、别有寄托方面的传承。《战国策》中这类叙事文本也不少见。据今人缪文远《战国策考辨》考证，其中有一百篇左右属于"出自依托"的"拟托"之作。③ 诸如《苏秦以连横说秦》《邹忌讽齐王纳谏》《鲁仲连义不帝秦》《唐雎不辱使命》《楚考烈王无子》《蔡泽见逐于赵》等传诵不衰的文本，带有信口开河的小说性质，而并不符合信史的标准。

据考察，小说得以滋生的重要契机是"子""史"合流，以及二者合体文本的出现。经过这种"杂体互通"，小说文本得以日趋成型。其间，用以论道的叙事因素得以与"史"固有的叙事能量相互助长，小

---

① 钱锺书：《管锥编》，中华书局1986年版，第165页。
② （清）蒲松龄著，张友鹤辑校：《聊斋志异会注会校会评本》，上海古籍出版社2011年版，第9页。
③ 缪文远：《战国策考辨》，中华书局1984年版，第1页。

说体呼之欲出。近来，陈成吒提出研究小说观念要采取"以古流今""散点透视"的策略："不用人为、抽象、固化的本质去追溯其本源，自觉'小说'文体可能是由原本与之几不相干的事物演化而来，与之相应的'小说'观念也是在一种不稳定而多诡谲的状态中演化。在具体研究上，对小说文体的演变采用无本质的过程分析，用文体的变化过程述说其历史，也以此揭示中国小说观念演变的真实历史图景。"① 根据这种视角，我们便可以更好地理解作为动态流质的小说是如何历经千变万化的。如除了《孔子家语》中的《相鲁》《始诛》《儒解》《致思》《观周》中的系列故事，《晏子春秋》中的"晏子使楚""二桃杀三士"，《吕氏春秋》中的"齐王病愈杀医""丁氏穿井得一人"，小说的征象与特质日显。唐代刘知几《史通·杂述》曾经有过这样的梳理："子之将史，本为二说，然如《吕氏》《淮南》《玄晏》《抱朴》，凡此诸子，多以叙事为宗，举而论之，抑亦史之杂也。"②《吕氏春秋》《淮南子》《玄晏春秋》《抱朴子》这种由"子书"衍生而出的"叙事"体式，名为子书，而实为"史之杂"，初步具备了两汉"杂史"小说的某些要素和概貌。即使在"杂家"小说脱胎而生后，这种"杂体互通"的文本形态依然存在，并照常为小说繁衍成长代孕。

关于小说在"杂体互通"文本中的发育状况，明代胡应麟《少室山房笔丛·九流绪论下》有过这样一番梳理："小说，子书流也。然谈说理道，或近于经，又有类注疏者；纪述事迹，或通于史，又有类志传者。他如孟棨《本事》、卢瓌《抒情》，例以诗话文评，附见集类，究其体制，实小说者流也。至于子类、杂家，尤相出入。郑氏谓古今书家所不能分有九，而不知最易混淆者，小说也。必备见简编，穷究底里，庶几得之；而冗碎迂诞，读者往往涉猎，优伶遇之，故不能精。"③ 小

---

① 陈成吒：《"新子学"视域下中国"小说"观念的演进——以诸子"小说家"作品的文体变革为中心》，《学术月刊》2019年第5期。
② （唐）刘知几著，（清）浦起龙通释：《史通通释》，上海古籍出版社1978年版，第277页。
③ （明）胡应麟：《少室山房笔丛》，中华书局1958年版，第374—375页。

说似"子",通"史",又近"经",由"多源共生"而来,兼容并包,继而走向"杂体互通",最后获得独立。所谓"近于经""通于史",又从另一层面显示出小说"亦经亦史",而又游离于"经史"的"杂体互通"表征;而所谓"类注疏""类志传",又显示出小说尚处于胚胎时期所固有的某些"经史"性征。

必须承认,尽管小说孕育于先秦各种文献典籍中,属于"多源共生",但其主要母体却是"子书"。据此,以往被纳入视野的子书中的一系列叙事片段,如《论语》中的"石门击磬""楚狂接舆""长沮桀溺""荷蓧丈人",《孟子》中的"齐人有一妻一妾""王顾左右而言他""再作冯妇",《韩非子》中的"晋平公好音""扁鹊见蔡桓公",尤其是《庄子》内篇中的《人间世》,外篇中的《天运》《秋水》《山木》《田子方》《知北游》,杂篇中的《则阳》《让王》《盗跖》《渔父》《列御寇》等所载的那些较为纯然的寓言故事,均可视为"想当然"性质的小说胎孕形态。

若进而细加考辨,便不难发现,杂入诸子的小说文本偏重于微观叙事,以生动传神的写人取胜;而杂入史乘的小说文本则注重人物宏观,以完整曲折的叙事取胜。尽管与其他民族的小说一样,中国小说也以"叙事"为本,但却以强调"事在人为"为特色,并按照"就人论事"原则以"写人"。就子部文本中的小说因素而言,"写人"对"叙事"已具有决定意义。如《庄子》所叙"孔子劝盗跖"故事,先是交代盗跖其人"驱人牛马,取人妇女,贪得忘亲,不顾父母兄弟,不祭先祖",为害一方。孔子打算劝盗跖改邪归正,而孔子好友柳下季却以盗跖"心如涌泉,意如飘风,强足以拒敌,辩足以饰非,顺其心则喜,逆其心则怒,易辱人以言"为由,劝告孔子不要自取其辱。然而孔子不听劝告,一意孤行,不仅遭遇到盗跖"目如明星,发上指冠""两展其足,案剑瞋目,声如乳虎",而且还被指斥为"巧伪"之人。这种服务于说理的叙事文本富含以叙事来写人之基因,属于小说的胎孕形态,离小说"脱胎"独立只差分娩一步之遥了。

概而言之，中国小说之原初形态不是神话、寓言或史传中的任何一家，也不是三者的简单叠加，而是先秦时期各种经、史、子众体在叙事写人上的共谋与聚合。先秦两汉时期，大量小说因素在经、史、子各种文献典籍母体中孕育，此乃谓之"多源共生"。待小说走向成熟时，"史才""诗笔""议论"反而又寄生于唐传奇等成熟的小说文母体，此之谓"文备众体"。探索小说原初面貌，就应当从对"多源共生"文本的分而析之转向对"杂体互通"文本的合约解读。其中，子部中的虚妄叙事成为后世小说的灵魂。

二 从"杂体互通"到"自成一家"

面对错综复杂的中国小说原初问题，如何真正从相关研究的困境中走出来，不再"拔剑四顾心茫然"？除了到"多源共生""杂体互通"的先秦两汉文本中寻根，还要根据小说文本应然的叙事、奇幻、谐趣等"文本"传统，对"杂体"形态的小说进行文本甄别，从而达到辨明其本体的目的。战国时期，至迟在汉代，小说已逐渐脱胎而自成"稗官野史"，得以与其他诸子比肩而特立独行，与各种史乘相互镜照，从而凭着"虚妄"特质而得以自成一家。

按照文类操行规则，小说好奇务虚，史乘求信务实，二者相得益彰。先秦时期，在尚未被史家专门列入史册之前，小说已经逐渐从胎孕的先秦子部典籍那里脱胎而生。《穆天子传》是当年呱呱落地的唯一幸存儿。而后诞生的《吴越春秋》《越绝书》等"杂体互通"文本已经游离于"子"而偏于"史"了。其大体情景正如明代笑花主人《今古奇观序》所说的："小说者，正史之余也。《庄》《列》所载化人、伛偻丈人等事，不列于史。《穆天子》《四公传》《吴越春秋》皆小说之类也。"[①] 如果说，小说孕育于《庄子》《列子》，那么可以说《穆天子》

---

① 丁锡根：《中国历代小说序跋集》，人民文学出版社1996年版，第792页。

《四公传》《吴越春秋》正是独立成家的稗体小说。清末天僇生（王钟麒）《中国历代小说史论》指出："记事体者，为史家之支流，其源出于《穆天子传》《汉武帝内传》《张皇后外传》等书，至唐而后大盛。杂记之体兴于宋。"① 李剑国和陈洪主编的四卷本《中国小说通史》第一卷第二编第一章《小说的发端：最早的一批小说与准小说》认为，"战国时期出现了最早的一批小说和准小说"。其中《穆天子传》"标志着小说文体的初步形成以及杂传小说的形成"②。根据历代文本演化留下的痕迹，我们可从现存的后世踵事增华的"祖述"文本基因将其确认为小说的原初文本形态。如从《水浒传》所写"武松打虎"以及《西游记》所叙"西游"故事与《穆天子传》所载"高奔戎捕虎"以及周穆王姬满"西行"故事之间的"祖述"关系，可认定《穆天子传》带有小说原初形态性质，并鉴别出其传奇性基因。

由"杂体互通"而来的稗官野史本姓"杂"，一开始即名副其实地属于"杂家"。《汉书·艺文志》所谓小说十五家又被明代胡应麟《少室山房笔丛·九流绪论下》明确为"亦杂家者流"，这些所谓稗官野史大多带有"依托"性质，如"《伊尹说》二十七篇。其语浅薄，似依托也""《师旷》六篇。见《春秋》，其言浅薄，本与此同，似因托之""《务成子》十一篇。称尧问，非古语""《天乙》三篇。天乙谓汤，其言非殷时，皆依托也""《黄帝说》四十篇。迂诞依托"。③ 胡应麟继而指出："子之为类，略有十家。昔人所取凡九，而其一小说弗与焉。然古今著述，小说家特盛；而古今书籍，小说家独传，何以故哉？怪力乱神，俗流喜道，而亦博物所珍也；玄虚广莫，好事偏攻，而亦洽闻所昵也。谈虎者矜夸以示剧，而雕龙者闲掇之以为奇；辩鼠者证据以成名，而扪虱者类资之以送日。至于大雅君子，心知其妄，而口竞传之；且斥

---

① （清）天僇生（王钟麒）：《中国历代小说史论》，《月月小说》1907年第1卷第11期。
② 李剑国、陈洪：《中国小说通史》，高等教育出版社2007年版，第63、74页。
③ （汉）班固：《汉书》，中华书局1997年版，第1745页。

其非，而暮引用之：犹之淫声丽色，恶之而弗能弗好也。夫好者弥多，传者弥众；传者日众，则作者日繁，夫何怪焉！"① 本来属于子部的小说因为难以入流而被从中剔除出来，反倒因祸得福地获得松绑，无论是"怪力乱神"，还是"玄虚广莫"，均因大众喜闻乐见而得以盛行。"谈虎""雕龙""辩鼠""扪虱"皆能迎合读者口味。就连同那些"正人君子"也不免"心知其妄，而口竞传之"了。这不仅呼应了小说本姓"杂"之原初，也彰显出小说特有的审美效果。从目录学意义上看，志怪类和杂史类在《隋书》《旧唐书》中被归属于史部杂传类、杂史类，《新唐志》又将其退入"小说家"类。与此观念一脉相承，清人章学诚《文史通义》认为后世"为说部者，不复知专家之初意也"，其实所谓"说部"的小说是"收拾文集之余，取其偶然所得，一时未能结撰者，札而记之"，是"经之别解，史之外传，子之外篇"。② 这意味着小说带有经、史、子三者之"余"的性质，从根本上说是与"专家"相对的"杂家"。这种"杂家"身份又时而给人以"大杂烩"之感。

　　小说之为"杂家"，也因为它一开始就很驳杂。到汉代方才在刘向和班固等人推动下，得以自立门户。从表达方式看，"说"是一种小说性叙述，而它又是口传性的，故容易失传。由于先秦时代的许多历史故事、传闻都已失传了，因而将"说"坐实为书面性的叙事，便成为文本依据。尽管这些物化文本有的还被称为"说"（如《韩非子》中的《内储说》《外储说》以及《说林》），但更多地被称为"传"（如《穆天子传》《燕丹子》《汉武帝内传》）。在后世小说史上，"话"与"说"是相通的，"说"的对象是"话"。在由口传性的"说"转化为文本形态的"话"的过程中，人们往往不取孔孟直言不讳地正说人事的叙述方式，而采老庄不正说而寓以言之的叙述方式，通过娓娓道来的叙事以

---

① （明）胡应麟：《少室山房笔丛》，中华书局1958年版，第374页。
② （清）章学诚著，叶瑛校注：《文史通义校注》，中华书局1985年版，第560、576、791—792页。

寄寓人生经验和生活哲理，由此形成"话异"行文之道。关于"话异"的内容与形式以及"说""话""语"等表达方式的相关阐释，可参看日本学者小南一郎的《唐代传奇小说论》。① 刘向在继承韩非子《说林》的基础上，自觉地直接以"说"命名其《说苑》《世说》等相关作品。他在九流之外另立"小说家"的观念，也直接传输到班固以其《七略》为基础而创作的《汉书·艺文志》中。

关于杂体小说发展情况，陈文新曾经断言："'小说'这一术语在汉代刘向、刘歆父子完成的《七略》及班固据《七略》编写的《汉书·艺文志》等典籍中就已定型并且广泛使用，表明汉人对子部小说的认识是明确的，汉人写作子部小说是自觉的，也就是说：子部小说至迟在汉代已经成熟。"② 小说由经史诸子各大部类文本脱胎而生伊始，尚属于"杂家者流"。为使之名正言顺，后人将其命名为"杂史""杂传"以及"杂录"。关于其内涵，唐人所撰《隋书·经籍志二》曰："然其大抵皆帝王之事，通人君子，必博采广览，以酌其要，故备而存之，谓之杂史。""魏文帝又作《列异》，以序鬼物奇怪之事，嵇康作《高士传》，以叙圣贤之风。因其事类，相继而作者甚众，名目转广，而又杂以虚诞怪妄之说……今取其见存，部而类之，谓之杂传。"③ 尽管这种命名显得相对滞后，但却抓住了小说体固有的"杂家"本质。所谓"杂史"虽然也记录帝王之事，但大多限于博录所闻所得，未必是实际发生过的事情；而所谓"杂传"则是记载一事始末、一时见闻或一家私记，以及"杂以虚诞怪妄"特质的史乘，二者虽然脱胎于"子"，但有些史学家却乐于将其改换门庭使之加入"史"。因此，鲁迅关于小说原生态之所谓"托人者似子而浅薄，记事者近史而悠缪"的说法是合乎事理的。④

---

① ［日］小南一郎：《唐代传奇小说论》，童岭译，北京大学出版社2015年版，第7—15页。
② 陈文新：《"唐人始有意为小说"这一命题不能成立》，《中国文化研究》2017年冬之卷。
③ （唐）魏征、令狐德棻：《隋书》，中华书局1973年版，第982页。
④ 鲁迅：《中国小说史略》，人民文学出版社1973年版，第3页。

在脱胎而生的过程中，稗官野史小说依然保持着"杂家"的血脉。这种杂家血脉不仅表现为"杂体性""杂源性"，而且表现为"杂言性"。①从历代小说不断累积的"祖述"内容和形式，可以推断出先秦经史诸子共时性的"多源共生"以及"杂体互通"文本对小说的孕育，进而揭示小说的稗史面貌。至汉代班固生活的时代前后，小说不仅延续着庄子"姑妄言之"的生命，而且已由"杂体互通"的文史交杂状态脱颖而出，虽然难归类、不入流，但却能自成一家。于是，"小说家言"也就成为虚妄故事言说的代名词。其基本特点被后人概括为"言淫诡而失实""幻设语"，②"虽极幻妄无当，然亦有至理存焉"，③带有与生俱来的"虚妄"基因。

小说虽然由"子"脱胎而来，但只有得到"史"之"叙事"哺育而获得了丰富的营养之后，才得以茁壮成长。凭实说，贴上"史"的标签或戴上"史"的帽子，不免会带来一系列麻烦，首先是与"史"之"实录"发生扞格。即使杂家小说被改姓"史"，但仍然凭着由"子"遗传的"妄言"基因与"史"之"实录"血脉相互镜照。唐代刘知几说《史通》也意识到"偏记小说，自成一家，而能与正史参行"④，认为这些权记当时、不终一代的"偏记小说"能够"自成一家"，与正史相参而行，甚至分庭抗礼，相得益彰，以暗示其相对独立性。清代姚振宗《隋书经籍志考证》曾评价南朝梁代《殷芸小说》说："此殆是梁武作《通史》时，凡不经之说为《通史》所不取者，皆令殷芸别集为《小说》，是《小说》因《通史》而作，犹《通史》之外乘。"⑤当年，这种"小说"已被打入与正史相镜照的另册，自然也意

---

① 张开焱：《中国古人眼中的小说：驳杂的世界——兼论21世纪世界文论发展的资源问题》，载徐中玉、郭豫适《古代文学理论研究》第二十六辑，华东师范大学出版社2008年版，第239—261页。
② （明）胡应麟：《少室山房笔丛》，中华书局1958年版，第346、486页。
③ （明）谢肇淛：《五杂组》，中华书局1959年版，第446页。
④ （唐）刘知几著，（清）浦起龙通释：《史通通释》，上海古籍出版社1978年版，第273页。
⑤ （南朝梁）殷芸：《殷芸小说》，上海古籍出版社1984年版，第5—6页。

味着已拥有了相对独立性。清代四库阁臣看到了"小说"被命名为"杂史""杂传"所带来的与"史"相混问题，并在《四库全书总目·史部·杂史类》中指出："纪录杂事之书，小说与杂史最易相淆。诸家著录，亦往往牵混。今以述朝政军国者入杂史，其参以里巷闲谈辞章细故者则均隶此门。《世说新语》古俱著录于小说，其明例矣。"并进而说："杂史之目，肇于《隋书》。盖载籍既繁，难于条析，义取乎兼包众体，宏括殊名。故王嘉《拾遗记》《汲冢琐语》得与《魏尚书》《梁实录》并列，不为嫌也。然既系史名，事殊小说，著书有体，焉可无分，今仍用旧文，立此一类。凡所著录，则务示别裁。大抵取其事系庙堂，语关军国，或但具一事之始末，非一代之全编；或但述一时之见闻，只一家之私记。要期遗闻旧事，足以存掌故、资考证，备读史者之参稽云尔。"① 在与小说孕育发生的那段历史时期，现在被分解为文史哲的各体文本尚处于未命名、未分类的混沌状态，自然难说清谁生发谁、谁脱胎于谁的问题。后来，尽管清代的"四库阁臣"在对"小说家类"通过与"杂史""载记""杂家"等其他类别进行区分，对"小说家"作了类别规范，并突出了其"小说之本色"，但仍然未能超越"杂史""杂传"命名带来的尴尬。

  为了维护目录学上的"四部"，四库阁臣们还是煞费苦心地将一些以议论为主的丛谈、辩订之作归入了子部杂家，将史部中较为琐碎的退入小说家，而将传奇中相对真实的更名为传记归入史部。另外，《四库全书总目》还强调小说是由"子部"而衍生的"杂家"："杂之义广，无所不包，班固所谓合儒、墨、兼名、法也。变而得宜，于例为善。今从其说。以立说者谓之杂学；辨证者谓之杂考；议论而兼叙述者谓之杂说；傍究物理，胪列纤琐者谓之杂品；类辑旧文途兼众轨者谓之杂纂；合刻诸书，不名一体者谓之杂编。"② 如此"杂"来"杂"去，小说的

---

① （清）永瑢等：《四库全书总目》，中华书局1965年版，第460页。
② 同上书，第1006页。

灵魂在"杂家"那里得以安放。

可惜,早年诞生的杂家小说大多散佚。从现存状况看,《燕丹子》《汉武内传》《汉武故事》《西京杂记》《拾遗记》《异苑》《飞燕外传》等姑且可以视为"杂家"小说的代表,也是中国小说呱呱落地后的第一代。近年,刘勇强的《中国古代小说史叙论》把汉代之前看作"小说文体的孕育"阶段,而把汉魏六朝小说视为"中国小说的原初形态",并指出这个时期"出现了大量的小说作品,尤其是魏晋南北朝时期,更堪称中国古代小说创作的第一个高峰"[①]。这个时期小说的代表形态自然就是所谓的与正史"参行"的"杂史""杂传",它们已经代表着小说原初面貌。

即使运用经学思维,我们也同样可以发现,后世小说所"祖述"的正是子书中那些荒诞不经、迂怪莫测的基因,万变不离其宗。所谓"荒诞不经"之事,大致相当于《论语·述而》所说的孔子不愿谈论(即"子不语")的"怪力乱神"。也就是说,稗家小说因素在先秦经传中开始大量孕育,导致各种典籍中的"怪力乱神"四种叙事体态一度泛滥失控,以至于注重实务的孔子不得不去有意规避了。彼时彼刻,与不语"怪力乱神"的孔子显得过于拘谨相比,声称"以天下为沈浊,不可与庄语"的庄子则显得较为放诞,他凭着"以卮言为曼衍,以重言为真,以寓言为广"(《庄子·杂篇·天下》),大大地推动了稗官野史小说的滋生进程。这种小说家言在后世不断繁衍,至明清时期达到极盛。

从某种意义上说,《三国演义》《水浒传》《西游记》等小说正是"怪力乱神"叙述的经典化:《三国演义》以写乱为主,《水浒传》以写力为主,《西游记》以写怪为主,三者兼写神。怪力乱神,寓理于诞,在叙事上可以夸大其词,可以敷衍了事,能够有效地借力于"史"之叙事技巧与"子"之"姑妄言之,姑妄听之"叙事格调而大行其道。

---

① 刘勇强:《中国古代小说史叙论》,北京大学出版社 2007 年版,第 66 页。

总而言之，从"事理"喻说到"学理"言说，再到"文理"阐释，关于中国小说原初问题的探讨可谓百转千回，终于柳暗花明。无论如何，按照现代起源学观念，试图探索到中国小说长河的源头是徒劳的。我们只能根据以"祖述"为标识的"互文性"原理推测其若隐若现的原貌，而无法考证其具体生发的原点。具体来说，一方面，打破"以西律中""以今律古"的局限，抛开各种"事理"起源幻象，运用"从古察今""散点透视"等子学思维，我们会看清小说合乎逻辑的衍生情景以及自成杂家的过程：先是以"多源共生"的状态孕育于经史诸子等先秦文献典籍中，继而历经"经""子""史"杂体互通，小说终于作为一种文体，大约在刘向到班固生活的汉代脱胎而生，并凭着原初的"虚妄"以及"事赝理真"本性而安身立命。另一方面，立足于中国本土文化观念，借鉴当今全球化的"文本""互文性"等"文理"视角，运用"万变不离其宗""一以贯之"等经学思维，从较为可靠的"文本"实据着眼，我们会得出这样的结论：那些曾被纳入"杂史""杂传""杂录"等名目下的传统小说，总不失其"妄言""想当然"等自成"杂家"稗体的本色。

第二章 传奇小说与话本小说对行互渗

在中国小说研究中,"文言小说和白话小说的关系"问题非常重要,但又显得较为错综复杂。由于二者缺乏对等性,因此考察二者关系所得出的结论也往往差强人意。若论"可比性"和"互文性",最好具体落实到分别代表文言小说和白话小说的"传奇小说"与"话本小说"二者关系上。"传奇小说"与"话本小说"的文体差异不仅表现在较为显在的语体表层,更表现在含蕴复杂的文本内部,尤其是二者内在的叙事与写人颇具"互文性"。尽管以往以"唐传奇与宋话本"为研究对象的成果已有不少,但或沿着"影响研究"、"借鉴研究"以及"演变研究"等路数展开,或本着"历时性""变迁"观念从某个方面较短量长。进而从历时、共时以及逆时等"互文性"视角展开全方位的具体探讨。

第一节 传奇小说与话本小说对行镜照

如果稍加注意,我们不难发现,传奇小说与话本小说创作与传播中存在着对行与互渗现象。古人关于传奇小说与话本小说的比较基本秉持"历时性"观念,所运用的也无非"变迁"思维,这种观念和思维一直影响到现代小说史家鲁迅先生。当年,鲁迅先生在撰写《中国小说史略》《中国小说的历史的变迁》时,更进一步接受西学尤其是"进化论"影响,一方面说"传奇小说到唐亡时就绝了。至宋朝,虽然也有作传奇的,但就大不相同";另一方面评说宋元话本小说的出现是中国"小说史上的一大变迁",云云。① 这种关于小说文体"变迁"之评说无形之中容易给人造成"话本小说"取"传奇小说"而代之的错觉。事实上,二者之间不仅有历时的错位交叉,而且还有共时的平行互补,二者存在较强的"可比性"和"互文性"。大致说,在文学研究中,"可比性"是"互文性"的基础,"互文性"是"可比性"的具体坐实。传奇小说与话本小说的"互文性"不仅表现在平行互补的融通等方面,而且也体现在二者错位交叉的敷演等方面。

一 传奇与话本两类小说文本对行

从发生学与命名学上看,"传奇"与"话本"都立意于动态的传播,前者的传播对象主要在文人士大夫之间,后者的传播对象则多在市井细民阶层中。无论是"传奇",还是"话本",都曾经与"口传"这一传播方式相关联:传奇小说在成文之前似乎要经历"话及此事,相与感叹"的环节,而话本小说则保持着"说话"艺术的本来面目。可以说,这两类小说的发生与命名一开始都基于"口传"这一叙事方式与传播方式,这是二者发生"互文性"的基本前提。

关于传奇小说与话本小说关系问题,相关研究已较为悠久。其肇始者当数号称"一专多能的通俗文学大师"冯梦龙。他在托名"绿天馆主人"的《古今小说叙》中,曾经明确指出:"大抵唐人选言,入于文心;宋人通俗,谐于里耳。"② 以相对论眼光,指出了以唐人传奇小说为主的"选言"之作与以宋人话本小说为代表的"通俗"之作,在写

---

① 鲁迅:《中国小说的历史的变迁》,《鲁迅全集》第9卷,人民文学出版社1981年版,第319页。
② 朱一玄编:《明清小说资料选编》(下),南开大学出版社2006年版,第900页。

作格调上的不同，强调二者各有千秋，不可偏废，并提出了"食桃者不废杏"的主张。此后，话本小说的另一大家凌濛初也时常在其小说或小说序言中，流露出对传奇小说与话本小说两种文体进行比较的意识，其《拍案惊奇》卷九《宣徽院仕女秋千会，清安寺夫妇笑啼缘》"入话"部分有言："从来传奇小说上边，如《倩女离魂》，活的弄出魂去，成了夫妻；如《崔护渴浆》，死的弄转魂来，成了夫妻。奇奇怪怪，难以尽述。"① 而《拍案惊奇序》则言："多采闾巷新事……语多俚近，意存劝讽……今之人但知耳目之外，牛鬼蛇神之为奇，而不知耳目之内，日用起居，其为谲诡幻怪，非可以常理测者固多也。"② 这些言论均有意无意地涉及传奇小说与话本小说在"尚奇"问题上的同中之异。

我们知道，"传奇"这一名称在中唐时期已受小说家们青睐，或谓《莺莺传》原名《传奇》，而晚唐裴铏的小说集，直接命名为《传奇》，因而后人便以此作为这一类小说的统称。明胡应麟《少室山房笔丛》卷二九丙部《九流绪论下》将小说分为六类，第二类即为"传奇"，并举例说："《飞燕》《太真》《崔莺》《霍玉》之类是也。"进而指出："《飞燕》，传奇之首也。"③ 正式地把"传奇"确定为一种小说体裁。

需要特别强调的是，传奇小说大盛于唐代，但唐代之后，传奇小说并没有消失，而是继续保持着相对旺盛、高潮迭起的创作势头。李剑国《宋代志怪传奇叙录》说："平心而论，如果从数量上说，宋人志怪传奇小说不算少，现存可考的多达二百余种，与唐人志怪传奇小说旗鼓相当（不包括五代的二十多种），一点也不落后。"④ 这虽是针对志怪小说和传奇小说通盘而言的，但颇具影响力的单篇传奇小说也的确不少，像《绿珠传》《杨太真外传》《赵飞燕别传》《李师师外传》等小说皆为人

---

① （明）凌濛初原著，石昌渝校点：《拍案惊奇》，江苏古籍出版社1990年版，第145页。
② 同上书，第741页。
③ （明）胡应麟：《少室山房笔丛》，中华书局1958年版，第374、375页。
④ 李剑国：《宋代志怪传奇叙录》，南开大学出版社1997年版，第2页。

所熟知；收录传奇小说的小说集也有《江淮异人录》《丽情集》《青琐高议》《绿窗新话》《醉翁谈录》等许多部。

到了元代，《娇红记》这一单篇传奇小说卓然出世，影响深远。延及明代，模拟唐传奇小说蔚然成风，瞿佑《剪灯新话》、李昌祺《剪灯余话》、邵景詹《觅灯因话》先后问世，被并称为"剪灯三话"。另外，《钟情丽集》《双卿笔记》《刘生觅莲记》《李生六一天缘》《双双传》《五金鱼传》《效颦集》《花影集》《九籥别集》等传奇小说及含有传奇小说的各种杂集也相继问世，发展势头有增无减。这些传奇小说多叙述才子佳人的恋爱故事，程度不等地表达了情感欲求以及情与理的冲突，这也几乎是所有中篇传奇共同的创作倾向。明代高儒《百川书志》著录《娇红记》《贾云华还魂记》《钟情丽集》等中篇传奇后曾言："以上六种，皆本《莺莺传》而作，语带烟花，气含脂粉，凿穴穿墙之期，越礼伤身之事，不为庄人所取，但备一体，为解睡之具耳。"① 姑且不论高儒在评价这些男女恋情小说时所持保守态度，就其所谓明代风情传奇小说与《莺莺传》之间的传承关系而言，却是基本符合实际的。所谓"本"，就是依照或延续，不仅是指同题材或表达方式一脉相承，而且也包括了叙事、写人等方方面面之模仿。

清代伊始，蒲松龄率先"用传奇法，而以志怪"②，推出其旷世名著《聊斋志异》，其中的诸多名篇佳作，像《婴宁》《青凤》《聂小倩》《辛十四娘》《青梅》《白秋练》等，虽以花妖狐魅等怪异之事为题材，但富有人情味和传记性，同样带有传奇小说的品格和气派，故而通常被视为"传奇小说"。陈文新先生在论述"清代传奇体小说兴盛的历史机遇"问题时，就把《聊斋志异》视为"传奇小说"。③ 依傍《聊斋志异》叙事路数的诸般创作，像和邦额《夜谭随录》、长白浩歌子《萤窗

---

① （明）高儒：《百川书志》，古典文学出版社1957年版，第90页。
② 鲁迅：《中国小说史略》，上海古籍出版社1998年版，第147页。
③ 陈文新：《中国小说的谱系与文体形态》，中国社会科学出版社2012年版，第165页。

异草》以及沈起凤《谐铎》、乐钧《耳食录》、宣鼎《夜雨秋灯录》等小说集中的大多数小说，也向来被后人当作"传奇小说"来看待。尽管历代传奇小说的内容与体制并不完全一致，但其文体特征和基本品格还是保持相对统一的。

　　作为传统小说文体之一大品种，传奇小说特别引人注目的特质是，叙事婉转、文辞华艳。这种文本特质与话本小说的叙事直观、文辞通俗等特质正好形成辉映和镜照。结合传统小说文体观念，根据传奇小说发展的实际，推而广之，这里所谓的"传奇小说"，不仅指该文体大盛时期的唐人传奇小说，诸如沈既济《任氏传》、许尧佐《柳氏传》、元稹《莺莺传》、白行简《李娃传》、陈鸿《长恨歌传》、蒋防《霍小玉传》、沈亚之《湘中怨解》、李朝威《柳毅传》、佚名《韦安道》以及《玄怪录·崔书生》等，还兼指唐代之前的颇具传奇体性质的《穆天子传》《燕丹子》《汉武故事》《汉武帝内传》《赵飞燕外传》等杂史小说，以及宋元以后的《李师师外传》《娇红记》等有所变异的传奇小说。此外还有，明清时人运用"传奇法"或模拟"传奇体"而创作的《剪灯新话》《聊斋志异》等一系列文言短篇小说更在其列。

　　在传播过程中，虽然传奇小说命运好些，但由于统治者禁毁等原因，也存在一个散佚问题。据谭正璧、谭寻《古本稀见小说汇考》说："传奇集如《剪灯新话》《剪灯余话》《效颦集》，传奇总集如《绿窗新话》《风流十传》《文苑楂桔》，传奇杂俎集如《醉翁谈录》《万锦情林》《燕居笔记》等，都在中国早已失传，而仅日本藏有最早的精刊版本。"① 尤其是明代传奇小说，人们长期难以看到全貌。这种散佚状态不仅给小说史编写带来缺憾，也给传奇小说与话本小说比较研究造成一定的约束和限制。

　　相对于传奇小说而言，话本小说的发生及传播命运更为曲折。众所周知，早期话本小说不是文人雅士之作，是"说话人"的口头故事，

---

① 谭正璧、谭寻：《古本稀见小说汇考》，浙江文艺出版社2004年版，第4页。

自然散佚问题严重。正如美国汉学家韩南教授所言："它几乎完全没有文献根据。"① 即使后世人们搜罗到一些小说付梓，但仍不免存在挂一漏万的遗憾。明代嘉靖年间，钱塘人洪楩在用他的斋名"清平山堂"刊刻的诸多图书中，有以话本小说为主体的作品六十种，分别被结集为《雨窗集》《长灯集》《随航集》《欹枕集》《解闲集》《醒梦集》，每集分上下两卷，每卷各五篇，合称"六十家小说"。从六个集子的命名可以看出，编刻者原是把这些小说视作雨日灯下、旅途枕上消闲解闷的休闲之作，并不曾严肃地当什么文学遗产来传世，故而未能流播多久，就落得散佚的命运。

直到20世纪，研究者们才从海外或民间搜罗到部分。1926年，马廉有幸在日本的内阁文库中发现了残存者十篇；1934年，马廉又偶然从买得的残书中发现了宁波天一阁范氏藏本《雨窗集》和《欹枕集》中的十二篇。后来，阿英在上海发现了《翡翠轩》和《梅杏争春》残页。经过这样七拼八凑，方有二十九种小说（其中三种为文言小说）得以传世。

就是现在家喻户晓的著名话本小说集"三言""两拍"，其命运也好不到哪里去。它们在明代昙花一现后就日渐湮没，国内各种版本七零八落。现在得以通行主要也是靠近人反复搜罗整编而成。《古今小说》散佚严重，因王古鲁在日本摄得天许斋刊本照片，校勘而成；在一段时间里，《二刻拍案惊奇》竟鲜为人知，也是由王古鲁从日本录得副本，然后整理成现行这个样子。《型世言》的命运更曲折，它长期流失国外，直至1987年才被台湾东吴大学教授吴国良等人在韩国汉城大学奎章阁发现，于1993年才得以在大陆上重见天日。话本小说这种下里巴人的身份和不被珍重的流传情势致使它长期无法与传奇小说相提并论，比较研究自然很难深入展开。

近些年，随着"众人拾柴火焰高"的努力以及"话本小说大系"

---

① ［美］P. 韩南撰：《中国白话小说史》，尹慧珉译，浙江古籍出版社1989年版，第30页。

等整理出版，话本小说足以能够与传奇小说分庭抗礼的小说史格局越来越清晰，对二者进行比较研究的时机趋于成熟。自然，这里用以与"传奇小说"进行比较的所谓"话本小说"之代表作品主要是，收入"三言"（即冯梦龙编辑的《喻世明言》《警世通言》《醒世恒言》）和"二拍"（即凌濛初著述的《拍案惊奇》《二刻拍案惊奇》）中的近二百篇小说。另外，尚有前此的《清平山堂话本》以及晚明的《石点头》《醉醒石》《西湖二集》等十多种话本小说集，还包括清代李渔《十二楼》《连城璧》等多种话本小说集中的小说。

附带要说明的是，因内容与形式均与传奇小说缺乏"可比性"，故"讲史话本"与"说经话本"不列入研究范围。

在鲁迅先生之后的现代学界，对传奇小说与话本小说之对行问题，也有人阐发和论述过。据考察，最先有意识地以"相对论"眼光来看待"传奇小说"与"话本小说"的学者当数郑振铎先生。其《中国短篇小说集序》可以说是关于这一学术问题的纲领性文献。在论及中国短篇小说类系时，他这样说：

> 自唐以后，我们中国的短篇小说，可分为二大系：第一系，是"传奇系"；第二系是"平话系"。传奇系创始于唐，其流派极多且杂。由唐之《古镜记》《玄怪录》等等，宋之《江淮异人录》《稽神录》等等，明之《剪灯新话》等等，以迄清之《聊斋志异》《阅微草堂笔记》，现代林氏之《技击余闻》等等，千余年间，其作家未尝中绝过，可谓极盛！平话系创始于宋；十数年前发见的《京本通俗小说》残本，便是这一系的元祖。此后明人及清初人作此者不少，选本也甚多，传于今者尚有《醒世恒言》《拍案惊奇》《醉醒石》《石点头》《今古奇闻》《今古奇观》等数种。此系到了清之乾、嘉间，作者却似已中绝。[①]

---

① 郑振铎：《西谛书话》，生活·读书·新知三联书店1998年版，第4页。

显然，从所举的例子来看，此之所谓"平话系"，实际上指的是"话本体"。这段文字至少对两类小说划定了一个大体范围：传奇系小说包括以《古镜记》《玄怪录》为代表的唐人传奇小说，以《江淮异人录》《稽神录》为代表的宋人传奇小说，以《剪灯新话》为代表的明人传奇小说，以《聊斋志异》为代表的清人传奇小说，以及以林纾《技击余闻》为代表的近代传奇小说等；话本系小说则主要包括《京本通俗小说》残本等久已散佚而后才得以被人们发现的话本小说，尤其是指明人及清初人选辑或撰述的《醒世恒言》《拍案惊奇》《醉醒石》《石点头》《今古奇闻》《今古奇观》等数种集子中的话本小说。对中国古代这两类短篇小说的差异，郑振铎先生在《中国短篇小说集序》一文中也进行了一番探讨：

> 平话系与传奇系的作品，最显明的区别，便是前者以民间日常所口说的语言写的，后者是以典雅的古文或文章写的。平话系的作者在开篇每先写一段引子，或用诗词，或用相类或用相反的故事一二则，然后才入正文。如《通俗小说》中的《碾玉观音》，先引许多春词，然后才叙韩蕲王游春，才叙秀秀养娘进王府。又如《今古奇闻》中的《脱网罗险遭医师屠割》，先论一段庸医之误人，又引一段医师误诊未婚女为有孕而被病家所殴打的趣事，然后才叙一个凶险的医生的故事的正文。传奇系的作品，则不用此种引子。这是二者不同的又一点。①

这里所指出的语言形式之不同，是明摆着的事情；而运用"引子"（即"入话"部分）也是话本小说不同于传奇小说的明显标志。

同时，从"辨体"角度研究古代小说，也有一些著述问世。所谓"辨体"，即从身份意识、题材选择、风格定位、叙述语调等层面把握

---

① 郑振铎：《西谛书话》，生活·读书·新知三联书店1998年版，第5页。

不同文体的特点和不同文体之间的异同。在这方面，陈文新《中国小说的谱系与文体形态》堪为代表，该书集中展示了作者从"辨体"角度深入研究中国古代小说的理论成果，且论述了"笔记体与传奇体的品格差异"，只是未能专门就传奇小说与话本小说进行比较。

从文体视角看，传奇小说与话本小说属于不同语体，前者为文言，后者为白话；从创作与传播等文化语境来看，前者属"雅文化"系统和范畴，后者属"俗文化"系统和范畴。二者文体技巧与话语技巧虽不同但相通。大体上说，"传奇小说"发生发展于上层社会的高雅文化语境，创作并流播于文人士大夫圈内，其叙事方式，一言以蔽之，曰："传。"就是用人物传记法叙述故事。相对而言，"话本小说"大多滋生并流播于下层社会的市井里巷，其编写者和传播者主要是"说话"艺人与市井文人。至于其叙事方式，亦可一言以蔽之，曰："话。"即模拟"说话"的口吻来"讲述"故事。

二 传奇与话本两类小说文本融通

作为各自历时沿承而又彼此共时并存的两种文体类型，传奇小说与话本小说的互渗互融也是理所必然的。

传奇小说由史传脱胎而来，打上了传统人物传记的烙印，不仅常常以人名命名篇目，而且以善于热情洋溢地传达人物性情和命运为长；而话本小说在某种程度上虽然也接受了史传的哺育，重视对客观事件的叙述，但它毕竟并非史传的"亲生子"，而是直接由"说话"技艺孕育而成，后天又染上了曲艺的某些遗传基因。这就使得二者在各自变奏的时空中形成双轨运转、平行互补、此起彼伏、双向互动的变奏格局。从题材来看，无论是传奇小说，还是话本小说，皆以叙述悲欢离合为主旨。清代学者章学诚在谈到唐人传奇时说："大抵情钟男女，不外离合悲欢，红拂辞杨，绣襦报郑，韩李缘通落叶，崔张情导琴心，以及明珠生还，小玉死报。凡如此类，或附会疑似，或竟托子虚，虽情态万殊，而大致略似。"①

如果作进一步勾勒，那么，传奇小说与话本小说变奏的大致图景是：宋代以前，传奇小说已极为风行，特别是唐传奇小说带来的强力运转速度还在。此后，话本小说大行其道，与传奇小说在小说的历史轨道上并驾齐驱。明代，无论是传奇小说还是话本小说，均走向沿承而模拟的阶段。以"剪灯三话"为代表的传奇小说着意模拟唐宋传奇小说，虽然没有扭转这一文体处于相对劣势的局面，但却为后世传奇小说的复兴再盛蓄积了气力，尤其为话本小说大面积滋生提供了"话头"。继而，明末话本小说达到极盛，"三言""两拍"中的大多数小说经收辑、整理、模拟宋元话本而得以分批隆重推出，迎来了这一文体的全盛。

清代，在中国古代小说步入雅化的历史时期，《聊斋志异》凭着其兼具传统志怪小说与传奇小说之长，令人刮目相看，传奇小说再度出现辉煌；话本小说领域也出现了《十二楼》《醉醒石》《照世杯》《娱目醒心编》等一批小说集，虽相对于其体制而言有过度"雅化"之嫌，但仍可与传奇小说互相镜照。

关于话本小说的话题和叙事主旨，笑花主人在《今古奇观》序中说："《喻世》《警世》《醒世》三言，极摹人情世态之歧，备写悲欢离合之致，可谓钦异拔新，恫心戒目。"② 由此可见，传奇小说与话本小说两类小说都重在围绕世情、风情、风流等话题来展开故事，二者容易实现融通。因此，二者之间的彼此敷演，同样是屡见不鲜。

当然，期间值得注意的是，经过宋元刘斧所著《青琐高议》以及《娇红记》，发展至明清时期，随着传奇小说的"俗化"和话本小说的"雅化"，这两种小说文体合流融通的迹象越来越明显。由于两种文体也时常合二为一，滋生出"话本体传奇"或"传奇体话本"等小说"混血儿"。正如程千帆曾指出的："当宋代说话艺人活跃在市井间，创

---

① （清）章学诚著，叶瑛校注：《文史通义校注》，中华书局1985年版，第560—561页。
② （明）抱瓮老人辑：《今古奇观》，齐鲁书社1985年版，第1页。

造出白话小说的时候，文士创作和整理的文言小说也仍然流行着。两者彼此渗透，互为影响，文言小说为民间艺人讲述故事提供了丰富的创作素材，如传奇和灵怪成了短篇白话小说八大门类中的重要项目；而话本的艺术方式则曾经被文人所效法和借鉴，产生了话本体的传奇。"①

当然，传奇小说与话本小说的"雅俗"之辨及其互动主要体现在叙述语言的镜照及其交互运用方面。传奇小说的叙述语言和人物对话基本上是用文言写成的，话本小说的叙述语言和人物对话则主要是用白话写成的，二者之间存有一定的不可替代性。然而，这并不妨碍二者在语言运用方面的局部沟通，传奇小说常采择一些日常生活用语增强自身的灵气，话本小说有时也取法一些雅语来提高自身的品位。石昌渝认为，"白话小说来自民间'说话'。如果说文言小说是从雅到俗渐次下降，那么白话小说则是从俗到雅，渐次提升"。② 他所说的白话小说的"雅"，与文言小说的"雅"具有大致相同的意义内涵。因此，关于二者之关系，闫立飞这样概括说，从白话小说的创作者对其文言笔记小说"本事"的重视，以及文人趣味对白话小说文体与内容的改造来说，文人对白话小说的参与，从客观上提升其文体价值的同时，也开启了白话小说向传统史籍的靠拢和依归，是其历史化的开始。③

传奇小说在口语运用方面经历了一个否定之否定的嬗变过程。魏晋南北朝时期的小说虽然基本上用文言写成，但我国古代文学作品的文言，越是上溯历史，越和口语趋于一致，因而，此时的小说语言尚多有口语的运用。隋唐以后，文言用语越来越趋于规范化，再加一些传奇小说创作者或受古文家的影响，或本人就是古文家出身，传奇小说的用语多崇尚古雅，排斥口语。从唐传奇到明传奇，传奇小说留下了强化诗词、弱化口语的轨迹，导致其创作日渐式微。

---

① 程千帆、吴新雷：《两宋文学史》，上海古籍出版社1991年版，第595页。
② 石昌渝：《中国小说源流论》，生活·读书·新知三联书店1994年版，第18页。
③ 闫立飞：《历史的诗意言说——中国现代历史小说文体研究》，天津社会科学院出版社2010年版，第23页。

针对宋人传奇小说演进中的变化等问题，明代胡应麟在《少室山房笔丛》卷二十九《九流绪论》中说："小说，唐人以前，记述多虚，而藻绘可观。宋人以后，论次多实，而彩艳殊乏。盖唐以前出文人才士之手，而宋以后率俚儒野老之谈故也。"指出唐人传奇小说与宋人传奇小说所存在的"虚"与"实"、"藻绘可观"与"艳彩殊乏"等特点以及造成这种叙事现象的原因，即"出文人之手"与"率俚儒野老之谈"。同书《二酉委谈》又说："宋人所记，乃多有近实者，而文彩无足观。"① 当然，胡应麟之论是针对文言小说与白话小说的更迭而言的，此说后来对鲁迅产生了较大影响，他不仅指出话本小说的出现是"中国小说的历史的变迁"，而且说宋代志怪小说"平实而乏文采"，传奇小说也"多托往事而避近闻，拟古而远不逮，更无之独创可见矣"。② 而事实上，宋代传奇小说的"彩艳"和"藻绘"虽然有所消解减少，但其行文雅致的特点还是存在的。无论如何，传奇小说语言的文采性以及文人化与话本小说语言的俚俗性以及市井化是相互镜照的。

传奇小说与话本小说的相互渗透正是这彩艳与平实两种语言特性的交融与化合。明代后期，传奇小说在用语时又开始注重生活情调，晓畅浅近的俗化语言陆续被搬弄出来，这不能不说与话本小说的影响有关。当时，不仅《水浒传》等长篇小说广为人知，而且以"三言""二拍"为代表的短篇小说也风靡天下，传奇小说经受着扑面而来的口语化洗礼，这预示着一个创作高潮即将来临。

传奇小说在行文语言上既保持雅致秉性又通过雅俗共赏增强活力和生活感，当以清代蒲松龄《聊斋志异》最具代表性。关于《聊斋志异》在叙述人物对话方面大量使用口语的造诣，前人多有论及，此仅录两则故事的片段说明一下它是如何取法话本小说口语化语言这一创作经验的。《翩翩》叙述女主角与花城娘子的对话，用了下列一段经常被人们

---

① （明）胡应麟：《少室山房笔丛》，中华书局1958年版，第375页。
② 《鲁迅全集》第九卷，人民文学出版社1981年版，第110页。

提及的文字：

> 一日，有少妇笑入。曰："翩翩小鬼头快活死！薛姑子好梦，几时做得？"女迎笑曰："花城娘子，贵趾久弗涉，今日西南风紧，吹送来也！小哥子抱得未？"曰："又一小婢子。"女笑曰："花娘子瓦窑哉！那弗将来？"曰："方鸣之睡却矣。"于是坐以款饮。又顾生曰："小郎君焚好香也。"……花城笑曰："而家小郎子大不端好！若弗是醋葫芦娘子，恐跳迹入云霄矣。"女亦哂曰："薄幸儿，便值得寒冻杀！"相与鼓掌。

这段对话极富生活气息，口语化色彩浓郁，若将"也""哉""矣"等语助词稍加改造置于话本小说之中也颇为得体合宜。《阎王》叙述李久常与嫂争辩，用了下列语句：

> 李遽劝曰："嫂勿复尔！今日恶苦，皆平日忌嫉所致。"嫂怒曰："小郎若个好男儿，又房中娘子贤似孟姑姑，任郎君东家眠，西家宿，不敢一作声。自当是小郎大好乾纲，到不得代哥子降伏老媪！"李微哂曰："嫂勿怒。若言其情，恐欲哭不暇矣。"嫂曰："便曾不盗得王母筥中线，又未与玉皇香，案吏一眨眼，中怀坦坦，何处可用哭者！"

这段文字同样大胆吸取生活中的口语，将人物的仪容声情尽态极妍地直现于读者面前。若非得到话本小说的熏染，传奇小说中的直接引语就不会运用如此广泛，更不会达到如此生活化、口语化的境界。

话本小说在走向案头化的途中，曾经不断地参用文言叙事。白话是唐宋以来在民间口语的基础上形成的一种书面语言形式，其主要载体即是变文和话本。因此，早期的话本为了适合讲说基本上都是用白话写成的。随着时间的推移，大约在南宋至明初曾一度出现过用文言写话本的现象。现存《清平山堂话本》中的《风月相思》和《蓝桥记》可能即是尝试之作，它们虽在话本小说阵营，但其语言形式和思想情调又类似于传奇小说《娇红记》《贾云华还魂记》，故而人们将这些传奇与话本的杂交品称为"文言话本小说"，数量虽不多，却能显示传奇小说与话本小说双向渗透的力度。在明初还出现了署名朱元璋《周颠仙传》和佚名《书周文襄公见鬼事》两篇用文言叙事、用白话对白的较特殊的小说性的纪传文，也在一定程度上显示了传奇小说与话本小说交融的景象。

　　当然，这种融合并未取得很高的成就，故而未能风行起来。不过，许多文言用语却在话本小说的许多篇什中站稳了脚跟，最突出的表现就是直接引语的引出词转而用"曰"或"云"。本来，白话语言书面化后，直接引语的引出词通常用"道""说"，这在早期话本小说中已习以为常，而后起话本小说却不乏改用"曰"或"云"的现象。显然系文人之作，而非"说话"艺人的口气，也不会是冯梦龙亲身制作的，因为仅在"曰"的使用上就与已被认定为冯梦龙亲笔创作的《老门生三世报恩》决然不同。《古今小说》中的《羊角哀舍命全交》《晏平仲二桃杀三士》《张舜美灯宵得丽女》和《警世通言》中的《钱舍人题诗燕子楼》《宿香亭张浩遇莺莺》等话本小说都是用"曰"引出直接引语对话的。其中，《宿香亭张浩遇莺莺》显然受到了唐传奇《莺莺传》的影响，男主角之"姓"相同，女主角之"名"相同，这并非是偶然的。另外，《古今小说》中的《陈从善梅岭失浑家》或用"曰"或用"言"，或用"道"，或用"说"，或索性将引出语省去，文白交杂，又是另一种风格。总之，这些小说的文人气十足，当是明初以前的文人创作而成。

　　叙述语言的骈俪成分逐渐增多是传奇小说对话本小说渗透的又一表现。唐传奇韵散结合、文备众体的文体规范，对说话艺术和由之催生出的话本小说也产生了很大的影响。《警世通言》卷三十四《王娇鸾百年长恨》中娇鸾题寄延章的诗词"暗将私语寄英才，倘向人前莫乱开。今夜香闺春不锁，月移花影玉人来"就沿用《莺莺传》中的西厢之约。胡士莹认为："以诗插在文中……某些传奇采用了它，又反过来帮助后世的说话和话本肯定这种形式。"①"三言"继承了唐传奇韵散结合的语言特点，并形成话本小说的基本体式：卷首诗词引入入话，篇尾诗词总括全文，中间穿插诗词有诗为证。《醒世恒言》卷三十八《李道人独步云门》根据《集异记·李清》敷演，与传奇相比话本小说增加大量诗词，如篇首诗："尽说神仙事渺茫，谁人能脱利名缰？今朝偶读云门传，阵阵薰风透体凉。"篇尾诗："观棋曾说烂柯亭，今日云门见烂绳。尘世百年如旦暮，痴人犹把利名争。"话本中间插入三首诗词："久拼残命已如无，挥手云门愿不孤。翻笑壶公曾得道，犹烦市上有悬壶。""暑往寒来春复秋，夕阳桥下水东流。将军战马今何在？野草闲花满地愁。""百年踪迹混风尘，一旦辞归御白云。羽盖霓旌何处在？空留药臼付门人。"除了诗歌的穿插外，话本小说中的叙事韵文还以偶句的形式存在，如："神仙本是凡人做，只为凡人不肯修。""身名未得登仙府，支体先归虎腹中。"

通常说来，话本小说为了吸引读者，往往以快节奏的叙述语言敷演故事，而较少注重言语的修饰和雕琢，但一旦它步入了雅化的轨道，骈词俪句也时有出现。如《醒世恒言》卷四《灌园叟晚逢仙女》铺叙秋先院落景观和周边风光多用四六句，其写花曰："梅标清骨，兰挺幽芳，茶呈雅韵，李谢浓妆，杏娇疏雨，菊傲严霜。水仙冰肌玉骨，牡丹国色天香。玉树亭亭阶砌，金莲冉冉池塘。"其写湖景曰："沿湖遍插芙蓉，湖中种五色莲花，盛开之日，满湖锦云烂漫，香气袭人，小舟荡桨采菱，歌声泠泠……"华词丽句，令人眼花缭乱，颇有传奇小说的文采之美。《警世通言》第二十九卷《宿香亭张浩遇莺莺》写景也格外

---

① 胡士莹：《话本小说概论》（上），中华书局1980年版，第29页。

迷人："桃李正芳，牡丹花放，嫩白妖红，环绕亭砌。"这些都是传奇小说铺叙场景惯用的语言，拿来与传奇小说《莺莺传》对读，诗意也毫不逊色，只是意象浮泛，降为尘俗化。从李渔《十二楼》到艾衲居士《豆棚闲话》，话本小说广泛采取文言式的铺叙语言，形成了许多文采横飞的片段。其中，《豆棚闲话》包括语言运用在内的叙事技巧还直接影响了传奇小说集《小豆棚》的创作，可视为话本小说对传奇小说的又一次"反哺"。

此外，从读者的"互文性"阅读看，新生文本对于原文本的"反哺"价值也不容忽视。读者在后文本的阅读过程中因为关注焦点的相对集中，或许更能感悟到前文本的优劣以及理解二者之间不同之处的意义何在。正如《宿香亭张浩遇莺莺》的大团圆结局或许更能启发读者对于《莺莺传》悲剧结局的思考。

概而言之，尽管传奇小说与话本小说所发生与兴起的具体时间有先后，其发展态势也屡有起伏，但总体而言，二者所呈现的发展态势是对行变奏性的。关于传奇小说与话本小说这种"历时"兼"共时"的变奏景观，借用古小说套话说，它们并非是"麦穗两歧，农人莫辨"，而是"花开两朵，各表一枝"。随着岁月轮回，朝代兴替，直至最后共同被近代"新小说"取代。

第二节　传奇小说与话本小说文本互动

众所周知，宇宙间的万事万物都处在相互联系、相互依存、相互转化、相互斗争的动态矛盾统一体中。处在"历时态"兼"共时态"的各文体之间自然会存在这样那样的双向互动关系。传奇小说与话本小说既存在"历时性"的传承关系，又拥有"共时性"的并行关系。唐宋以迄明清，传奇小说与话本小说总体上呈并行发展态势，先有"历时性"的更迭，而后又有"共时性"的互相镜照、彼此交融。对此，我们既要注意从创作与传播语境方面宏观地辨析二者的同中有异、异中有同的叙事规范，加深对传奇小说的书面文学性质与话本小说的口传文学性质的认识；又要结合具体小说作微观的个案分析，挖掘二者同中有异、异中有同的叙事意趣。刘勇强《话本小说文本的"互文性"》从话本小说叙事传统的"互文性"、话本小说与戏曲的"互文性"、话本小说与诗词的"互文性"三个层面进行了较全方位的探讨。[①] 这里重点从话本小说叙事的传奇小说渊源及其演变进行"互文性"意义上的进一步研究。

一　话本小说"据传文以敷演"

虽为文言与白话两种语体并处两种传播空间，但文言的传奇小说与白话的话本小说之间的双向渗透还是强有力的。首先突出表现为同题材故事的互文性敷演上。《二刻拍案惊奇》卷三十七《叠居奇程客得助　三救厄海神显灵》的作者在谈到其小说由来时说："小子据着传文，敷演出来。"表明他的这篇话本小说是根据传奇小说《辽阳海神传》敷演而来的。非但这一篇小说如此，许多话本小说皆是依据传奇小说而得以敷演的。这种敷演并非文言与白话的转换，而是一种脱胎换骨的再创作。美国汉学家韩南认为，白话小说与文言小说作为"不同质的事物"，"这种改编却并不是单纯的翻译，作品改写以后完全变成另一种体裁，强调的方面有许多不同"。[②]

众所周知，话本小说叙事常常通过敷演传奇小说而来。换句话说，据传奇小说以敷演是话本小说得以生发的一条重要渠道。当然，这种根据传奇文本加以敷演的再创作不是照本宣科，而往往是夺胎换骨，是将传统的题材发掘出来改造成符合自身艺术格调的新作。这种"互文性"

[①] 刘勇强：《话本小说叙论：文本诠释与历史构建》，北京大学出版社2015年版，第103—120页。

[②] ［美］P. 韩南撰：《中国白话小说史》，尹慧珉译，浙江古籍出版社1989年版，第24—25页。

敷演风气早在宋代"说话人"年代即业已形成了。南宋人罗烨《醉翁谈录》曾经指出：

> 夫小说者，虽为末学，尤务多闻。非庸常浅识之流，有博览该通之理。幼习《太平广记》，长攻历代史书。烟粉奇传，素蕴胸次之间；风月须知，只在唇吻之上。《夷坚志》无有不览，《琇莹集》所载皆通，动哨中哨，莫非《东山笑林》；引倬底倬，须还《绿窗新话》。

由此我们可知，作为一个优秀的"说话"伎艺人，要达到"说收拾寻常有百万套，谈话头动辄是数千回"的叙事效果，① 就必须拥有从前人的著述中汲取丰富的讲说题材的本领和丰富的知识储备。可以说，传奇、志怪等小说，是宋元以后"话本小说"的重要素材库。许多传奇小说成为话本小说的蓝本。在由传奇小说转化为话本小说的过程中，"蓝本"脱化现象较突出。所谓"蓝本"指的是著作所根据的底本。明沈德符《敝帚轩剩语·录旧文》："科场帖括，蹈袭成风，即前辈名家垂世者，亦闲有蓝本。"在话本小说与传奇小说之间，明代江盈科的《沈小霞妾》即为《喻世明言》第四十卷《沈小霞相会出师表》的蓝本；明代宋幼清的《珍珠衫传》当为《喻世明言》第一卷《蒋兴哥重会珍珠衫》的蓝本。《警世通言》第三十二卷《杜十娘怒沉百宝箱》以宋幼清的《负情侬传》为蓝本，而又有唐代蒋防的传奇小说《霍小玉传》的影子。今人陈文新在《论宋代话本体传奇的世俗化追求》中指出："部分传奇作家扮演了为说话人编写蓝本的角色。""南宋罗烨《醉翁谈录》和皇都风月主人《绿窗新话》大量摘录古代的传奇故事，无疑是说话人的蓝本书；就连北宋刘斧所编撰《青琐高议》，也可能是说

---

① （宋）罗烨：《醉翁谈录》，古典文学出版社1957年版，第3页。

话人的蓝本书。"① 根据这段话提供的线索，我们再拿来谭正璧所编《三言两拍资料》、孙楷第所著《小说旁证》等几部考索原文出处的资料作印证，便可发现话本小说是如何演述传奇小说故事的。据孙楷第《中国短篇白话小说的发展与艺术上的特点》一文考证，中国短篇白话小说家所写的故事，除极少数直陈见闻，大多数还是取材于历代以传奇小说为主的旧文言小说，"他们作小说，是有依傍的"，即有前人文本为据。同时，他又指出，"他们以旧文为依据，转文言为白话，并不是直译，而是点化运用"，他们在依据本事加以敷演时，又添加了小说家的点染润色、推测和想象，"是故事的再生"。② 从"蓝本"观念看，其含义中自然具有"互文性"因素。

既然话本小说多据传奇文本敷演，敷演中血脉延续，有遗传变异，便凸显出某种"嬗变"性。程国赋在谈到"从唐传奇到话本小说之嬗变"问题时，曾经指出："根据唐传奇改编的宋元话本很多，大多散佚，现存12篇，分别保存于《清平山堂话本》《熊龙峰四种小说》《小说传奇合刊》、冯梦龙'三言'之中。"在谈到"明代拟话本是如何取材唐传奇"的问题时，他又具体指出："据初步统计，根据唐传奇改编的明代拟话本共有43篇，其中《古今小说》5篇，《警世通言》3篇，《醒世恒言》10篇，《拍案惊奇》16篇，《二刻拍案惊奇》2篇，《石点头》3篇，《西湖二集》3篇，《醉醒石》1篇。"并列表展示了敷演与被敷演的详细情况，还进而指出了其"演变特征"。③ 当然，除了程先生所论及的作家队伍、思想格调、人物塑造等方面的演变特征，从取材意向上，我们还可以看出话本小说敷演传奇小说的另外一些规律。

相对而言，成于前的"三言"更热衷于对唐宋传奇小说的敷演，出于后的"两拍"偏重于对明代传奇小说的敷演。从某种意义上讲，

---

① 陈文新：《中国小说的谱系与文体形态》，中国社会科学出版社2012年版，第102页。
② 孙楷第：《论中国短篇白话小说》，棠棣出版社1953年版，第10页。
③ 程国赋：《唐代小说嬗变研究》，广东人民出版社1997年版，第200—208页。

原作的真正价值也就主要体现在为话本小说的敷演提供蓝本方面。其中,"剪灯三话"是敷演性改编率最高的传奇小说,且不说《剪灯新话》《剪灯余话》被纳入敷演的小说数量多,就是邵景詹《觅灯因话》也有不少篇目被人敷演成话本小说。如《桂迁感梦录》被敷演为《警世通言》第二十五卷《桂员外途穷忏悔》,《姚公子传》被敷演为《二刻拍案惊奇》第二十二卷《痴公子狠使噪脾钱 贤丈人智赚回头婿》,《卧法师入定录》被敷演为《拍案惊奇》第三十二卷《乔兑换胡子宣淫 显报施卧师入定》,《唐义士传》被敷演为《西湖二集》卷二十六《会稽道中义士》。当然,"两拍"中也有敷演自唐传奇者,如《初刻拍案惊奇》卷十九《李公佐巧解梦中言 谢小娥智擒船上盗》则基本是唐代李公佐《谢小娥传》的白话文版,只是原作者李公佐正式参与小说故事,由作者化身为小说文本内部关键人物。

　　清代,出现了一部很有代表性的成功敷演之作,即《醒梦骈言》,系由《聊斋志异》敷演而成书。[①] 第一回《假必正红丝凤系空门,伪妙常白首永随学士》敷演自《陈云栖》,第二回《遭世乱咫尺抛鸳侣,成家庆天涯聚雁行》敷演自《张诚》,第三回《呆秀才志诚求偶,俏佳人感激许身》敷演自《阿宝》,第四回《妒妇巧偿苦厄,淑姬大享荣华》敷演自《大男》,第五回《逞凶焰欺凌柔懦,酿和气感化顽残》敷演自《曾友于》,第六回《违父命孽由己作,代姊嫁福自天来》敷演自《姊妹易嫁》,第七回《遇贤媳虺蛇难犯,遭悍妇狼狈堪怜》敷演自《珊瑚》,第八回《施鬼蜮随地生波,仗神灵转灾为福》敷演自《仇大娘》,第九回《倩明媒但求一美,央冥判竟得双姝》敷演自《连城》,第十回《从左道一时失足,纳忠言立刻回头》敷演自《小二》,第十一回《联新句山盟海誓,咏旧词璧合珠还》敷演自《庚娘》,第十二回《埋白石

[①] 关于《聊斋志异》与《醒梦骈言》谁改编谁的问题,目前学术界仍有争议。吴晓龄在《醒梦骈言·序》中支持《聊斋志异》改编《醒梦骈言》说。(参见《醒梦骈言》,北京燕山出版社1992年版)而大多数学者倾向于《醒》改《聊》说。后来,寒操对此作了补证,使理由更充分。(参见《古典文学知识》1993年第6期)今姑从其说。

神人施小计，得黄金豪士振家声》敷演自《宫梦弼》。由此，我们足以见出话本小说热衷于敷演传奇小说的盛况。

值得注意的是，在传奇小说中大放光彩的名篇反倒常常不在被敷演之列。如唐传奇中的《莺莺传》《柳毅传》《霍小玉传》《枕中记》《南柯太守传》《长恨歌传》《虬髯客传》等被后世戏剧家看重的名篇佳作，均遭到话本小说创作者的冷落；《李娃传》也仅被敷演成《卖油郎独占花魁》的"入话"部分。后来，《醒梦骈言》在敷演《聊斋志异》的故事时，也并未全然瞄准原作中一流的"极品"。这一现象表明，话本小说创作者的取材带有很强的选择性，他们带着"影响的焦虑"而致力于通过点铁成金实现再创作的价值。

具体来说，话本小说创作者通过"敷演"而进行的再创作之功，主要体现在"增枝添叶"和"移花接木"两个方面。所谓"增枝添叶"，就是在原作的基础上加工润色，信手拈来一些与故事有关的场景，使故事既肌理丰盈又血肉饱满。如《古今小说》卷四十《沈小霞相会出师表》系据江盈科（进之）《明十六种小传》卷三《沈小霞妾》点铁成金而成名篇。原作内容简略，兹录于下：

> 临湘令沈襄，号小霞，盖忠臣沈鍊青霞子也。鍊嘉靖间官经历，上书极诋严相国嵩，编氓保安州。于教场中置垛三，一书李林甫，一书秦桧，一书严嵩姓名，日挽弓射之。时巡抚杨顺、巡按路楷，为严氏鹰犬，构陷鍊谋逆，斩西市。鍊三子，嵩杀其二狱中，止襄未死，谪戍烟瘴。嵩子世蕃嘱解役曰："必杀襄。襄不死，尔且死。"襄知蕃意，挟一妾与俱。行数日，度解役将杀己也，阴以其意语妾，且问妾曰："尔能制此人乎？我则逸去，听尔为计。尔若不能，我乃与尔同死矣。"其妾应曰："吾与君俱死役人手，与蝼蚁等耳。君宜逸，妾自有术制之。"襄盖度妾之必能也。抵一郡治，给役人曰："我有年伯住此城中，往省之，必得馈送，当以遗

汝。"役人纵襄入城，止押其妾旅邸。襄匿年伯所。其年伯亦力匿襄。越三日不出，役人入城至伯家觅襄，答无有。役人出，语妾曰："尔夫逸去，将奈何？"妾詈役曰："我夫素无恙，今觅之不得，必汝受严相旨杀之也。"往白官司。官司无以诘，属妾城内尼姑庵，而谕役人四索。役人语妾曰："大海茫茫，谁能觅针？我亦从此逝矣。汝自为计可也。"于是襄处年伯家，妾寓尼姑所，凡半年。严氏败，有旨录忠臣后，襄遂不死，补国子生，推泽为临湘令。向微此妾，且不免为道旁鬼矣。噫！若沈妾者，亦女中侠也！故为之传。

这段文字仅勾勒出了故事的大体轮廓，且对女主角的姓氏及娘家何人，中经哪些地方，均未加细述。话本小说家在将其敷演为《沈小霞相会出师表》后，就做了一场大手术，不仅设置了带有道具性质的《出师表》，将一场忠奸斗争巧妙地连为一体，使矛盾冲突轰轰烈烈，故事情节扣人心弦，而且连每时每地的细枝末节都搬弄出来，大至人物气壮山河的抗奸，小至人物的吃喝拉尿都被叙述得活灵活现，从而给叙事增添了许多波澜，改动幅度非常之大。另外，贾石这一角色也是为了叙事需要增设的，《出师表》的命运掌握在他手里，他的出场不仅增强了忠奸斗争的分量，而且使相会《出师表》的故事得以顺理成章。再如，《醒世恒言》中的《杜子春三入长安》《李道人独步云门》分别由《玄怪录·杜子春》《集异记·李清》敷演而来，同样增饰了许多关节，使故事生动有趣。此类例子不胜枚举。

所谓"移花接木"，就是创作者不拘泥于原人原事的演述，而是为了表达的需要将他人的故事剪辑嫁接到新作的主角身上，为故事增辉。如《警世通言》卷四十《旌阳宫铁树镇妖》的大致叙事架构来源于传奇小说，《神仙传》卷九《郭璞》、《搜神记》卷一《吴猛》、《朝野佥载》卷三《许逊得道事》、《太平广记》卷十四《许真君》、《酉阳杂俎》卷二《玉格》、《能改斋漫录》卷十一《许旌阳作铁柱镇蛟》、《历代仙史》等书都对其创作产生过影响，但敷演后的话本小说是充分运用"移花接木"的手法累积而成的。有的故事是不曾发生在主角身上的，有的叙事环节则根据需要进行了篡改。如段成式《酉阳杂俎》载，道士吴猛本来是以炭化美人来试探吴氏的弟子许逊的行为主角，而话本小说则将这一叙事环节改为许逊试其弟子陈勋等人。因为这篇小说所叙述的人物和事件较多，所以，创作者一开始先叙述了太清仙境中群仙们的一席对话，借孝悌王之口预言了故事的大致来龙去脉，形成全篇叙述的总纲。而后，除了广泛剪辑上述几种书中的有关故事组接框架外，还吸收了大量的传说，将其点缀在许逊驱妖镇妖的过程中，使整个故事有声有色，离奇曲折。当然，如此敷演同时也会造成对原有故事过分偏爱的失控。如中间关于小姑潭老龙出处的叙述似乎就有节外生枝之嫌，从而导致小说后半部分叙事的紊乱。根据《三言两拍资料》提供的线索，我们还会发现许多故事张冠李戴的情景。但无论如何，运用"移花接木"敷演策略便于强化叙述对象的个性特征。

　　话本小说敷演传奇小说的事实显而易见，而传奇小说敷演话本小说的情况却常被人们忽视。虽然后一种情况的交流无法与前者等量齐观，但却也是一种客观存在，它表明传奇小说与话本小说之间题材的敷演是相互的，双向性的，而并非仅仅是单向性的传送。最先从事将话本小说敷演为传奇小说者应是白行简，他的《李娃传》当是根据当时流行的《一枝花话》故事敷演成的，只是这个《一枝花话》现在已经没有被当作非物质文化遗产保存下来。而传奇小说《李娃传》是唐德宗年间进士、大诗人白居易之弟白行简"应李公佐之命"而作。经过如此才人之手，敷演获得了巨大成功："行简本善文笔，李娃事又近情而耸听，故缠绵可观。"尽管这种敷演颇为可取，但毕竟还是个别现象。明代《情史》的编辑者詹詹外史才真正较大规模地从事将话本小说敷演而为传奇小说这项工作。《情史》这部文言笔记小说集与"三言"有着盘根错节的关系。从刊刻年代看,"三言"居先,《情史》在后,但《情史》中的许多篇什又是古已有之。应当说,"三言"中的许多故事和《情史》搜罗的文本均来自前人撰述,而非以《情史》本身为蓝本。不见于前人著述而互见于"三言"与《情史》者,只能是《情史》由"三言"敷演而来,而并不是相反。对于二者的关系,孙楷第在《三言二拍源流考》中指出:

> 三书所演故事,往往见于《情史》。《情史》署"江南詹詹外史评辑",有冯梦龙序,世亦谓冯氏所作。其与通俗小说之关系颇可注意。考《情史》有明言见小说者:如卷十六《珍珠衫》条结云:"小说有《珍珠衫记》,姓名俱未的。"(《古今小说》有《蒋兴哥重会珍珠衫》)卷七《乐和》条,结云:"事见小说。"(《通言》有《乐小舍拚生觅喜顺》)卷五《史凤》条附录云:"小说有《卖油郎》"云云(《恒言》有《卖油郎独占花魁》)。卷二《吴江钱生》条附录云:"小说有《错占凤凰俦》,沈伯明为作传奇。"(按:即《望江亭》,《恒言》有《钱秀才错占凤凰俦》)同上《昆山民》条附录云:"小说载此事,病者为刘璞"云云(《恒言》有《乔太守乱点鸳鸯谱》)。就其口气论之,似冯氏著书时已有此话本,故特为注出,否则詹詹外史纵属假托,亦可云龙子犹有某某小说(如卷十三《冯爱生》条"龙子犹《爱生传》云云,卷二十二《万》条"龙子犹《万生传》"云云),不必故为如是狡猾也。①

由以上引文可见,孙楷第所列举的"三书"("三言")中的几个篇目,除了《珍珠衫记》系宋懋澄原作外,其余几则故事均由"三言"敷演而来,即《警世通言》中的《乐小舍拚生觅偶》被敷演为《情史》卷七《乐和》,《醒世恒言》中的《卖油郎独占花魁》《钱秀才错占凤

---

① 孙楷第:《沧州集》,中华书局2009年版,第122—123页。

凰俦》《乔太守乱点鸳鸯谱》分别被敷演为《情史》中的《史凤》附录、《吴江钱生》《昆山民》条附录。话本小说一旦被敷演成传奇小说，就显示出"粗枝大叶"的面貌。如《史凤》附录记卖油郎的故事即出之以粗枝大叶：

> 小说有卖油郎慕一名妓，乃日积数文，如是二年余，得十金，镕成一锭，以授妪，求一宿。是夜，妓自外出醉归，其人拥背而卧，达旦不敢转侧。妓酒醒时，已天明矣，问："何不见唤？"其人曰："得近一宵，已为踰福，敢相犯耶！"后妓感其意，赠以私财，卒委身焉。夫十金几何，然在卖油郎，亦一夕之豪也。

这段文字颇有"麻雀虽小，五脏俱全"的妙致，显示了传奇小说靠概述来叙述故事的文体品格。此外，《情史》中未注明见诸小说而又不是从前人那里照搬而来者，也当由"三言"敷演而来。如卷二《玉堂春》即由《警世通言》卷二十四《玉堂春落难逢夫》敷演而来，男主角由"王顺卿"被改为一字之差、谐音的"王舜卿"。《情史》诞生的岁月不仅晚于"三言"，而且还晚于"两拍"。假若在"两拍"问世之前，有《情史》这样一部现成的材料库，估计凌濛初是不会轻易放过的。《情史》中的许多篇什系由"三言"敷演而来的事实是较清楚的。说起来，由话本小说敷演为传奇小说最成功的事例当数载于《虞初新志》卷五的《秦淮健儿传》，这则故事由《拍案惊奇》卷三《刘东山夸技顺城门，十八兄奇踪村酒肆》敷演而来，创作者是李渔。故事本身在民间流传已久，《九籥别集》卷二《刘东山》就有记载，话本小说的创作应当是依据了这篇小说。《秦淮健儿传》则多源自话本小说，《虞初新志》的编辑者在文末说："尝见稗官中，有刘东山夸技顺城门，其事与此相类。"由文言的传奇小说到白话的话本小说，再由白话的话本小说到文言的传奇小说，叙事技法不断提高，故事不断完善，李渔根据传奇文本而敷演,获得了后来者居上的好评。这一事例表明,传奇小说与话本小说是在不断相互沟通的。

《聊斋志异》中的个别篇什也有敷演话本小说的迹象。对此,朱一玄《聊斋志异资料汇编》之《本事篇》指出,《老饕》与《拍案惊奇》卷三《刘东山夸技顺城门,十八兄奇踪村酒肆》、《双灯》与《古今小说》卷二十三《张舜美元宵得丽女》以及《熊龙峰四种小说》之《张生彩鸾灯传》存在继承关系。① 马振方《聊斋志异本事旁证辨补》指出,《庚娘》《宫梦弼》《小二》《董生》等分别与《警世通言》卷十一《苏知县罗衫再合》、卷三十一《赵春儿重旺曹家庄》、卷十二《范鳅儿双镜重圆》、卷二十七之《假神仙大闹华光庙》等存在因袭关系。而《王桂庵》叙述王桂庵"泊舟江岸,临舟有榜人女绣履其中"这一细节也与《拍案惊奇》卷三十二"入话"部分所叙唐卿与船女故事相仿佛。② 另外,《布商》一则故事逼似《拍案惊奇》卷二十四的"入话"部分:二者均叙述一位商人偶入寺院,为贫僧谋害,一武官经过,见有神佛幻化的女子入庙,进庙搜寻,发现案情,恶僧遭到惩罚。蒲松龄声称这个故事"赵孝廉丰原言之最悉",可见是从他人那里得来的间接材料。蒲氏虽未直接明言自己的小说具体系由"两拍"敷演而来,但他的这个故事必定与"两拍"有渊源,至少应该算是一种间接性的敷演。

"三言"对唐宋传奇的改写方式较为多样,有些小说从总体框架上承袭原作,按照唐传奇文本展开叙事。《宿香亭张浩遇莺莺》敷演自《莺莺传》,《薛录事鱼服证仙》取材于《续玄怪录·薛伟》,《独孤生归途闹梦》就像《河东记·独孤遐叔》的扩写。有些文本敷演还留下与原摹本之文字相似的痕迹。如《续玄怪录·薛伟》中写薛伟奄奄一息的境况用了如下笔墨:"其秋,伟病七日,忽奄然若往者,连呼不

---

① 朱一玄:《聊斋志异资料汇编》,中州古籍出版社1985年版,第115、155页。
② 马振方:《〈聊斋志异〉本事旁证辨补》,《蒲松龄研究》1989年第1期。

应，而心头微暖。"《薛录事鱼服证仙》则被敷演为："唯有奄奄待死而已。只见热了七日七夜，越加越重。忽然一阵昏迷，闭了眼去，再叫也不醒了……其时夫人扶尸恸哭，觉得胸前果然有微微暖气，以此信着李八百道人的说话，还要停在床里。"由此可以见出二者之间存在较强的"互文性"。

当然，经久不衰的同题材敷演往往并非是一步到位的。元稹《莺莺传》除了写张生急不可耐，不到三个月就要占有对方，属于不拘礼法的"非礼"，还特别传达出莺莺内心热烈与表面矜持的张力，一度让人费解，引发了不少争议。尽管如此，小说叙事并不突兀。作者通过红娘的两次介绍，弥合了莺莺德性与性情的悖论。小说一是写红娘曾郑重告诫张生："崔之贞慎自保，虽所尊不可以非语犯之。"这符合身为大家闺秀莺莺的角色扮演规范。二是写红娘还道出了莺莺才华与情感世界的非凡："善属文，往往沉吟章句，怨慕者久之。"这是她终于克制不住对张生的爱慕而主动自荐枕席的，与张生私下结合的情理逻辑，所谓"最时端庄，不复同矣"的角色转变，使之带有了下层社会青楼女子的世俗感。沿着这个方向，董解元的《西厢记》进一步把莺莺从大家闺秀向青楼女子推演。至王实甫《西厢记》，崔莺莺已经徒有大家闺秀之名，而实为淫奔之女了。所谓的"佳人"实际上成为"淫奔之女"的代名词。陈寅恪曾从《莺莺传》的别名《会真记》入手，通过对"会真"一词含义及其流变的考察，认定莺莺的真实身份实为"妖艳妇人"，或"风流放诞之女道士"，正是受到这种角色基因演变影响所致。在文章结尾，作者颇为自得地夸口道："当年崔氏赖张生，今日张生仗李莺。同是风流千古话，西厢不及宿香亭。"不仅坦然承认其话本小说取材、脱化于《莺莺传》，而且强调女性的主体意识。《莺莺传》中张生因渴慕崔莺莺，对红娘称"若因媒氏而娶，纳采问名，则三数月间，索我于枯鱼之肆矣。尔其谓我何？"在后来的敷演历程中，宋代《青琐高议》别集卷之四《张浩——花下与李氏结婚》，有花前月下渲染，有人物姓氏的改变；《绿窗新话》卷上《张浩私通李莺莺》设置花前月下的宿香亭之约，颇具才子佳人式的欢爱。跨越父母之命媒妁之言是这个故事的主旋律。直到《警世通言》第二十九卷《宿香亭张浩遇莺莺》中，或许得到《西厢记》熏染，张浩面对廖山甫的询问，直接表明自己的理直气壮和果敢态度："媒的通问，必须岁月，将无已在枯鱼之肆乎！"更是依照世俗的大团圆结局加以改造，颇符合话本小说团圆崇拜的体制格调。同为郎才女貌故事，作为传奇小说的《莺莺传》与作为话本小说的《宿香亭张浩遇莺莺》具有不同叙事意趣，主要体现在叙事角色及其角色表演等差异方面。

《喻世明言》卷八《吴保安弃家赎友》直接取材《纪闻·吴保安》，《醒世恒言》卷六《小水湾天狐诒书》取材于《灵怪录·王生》，这些作品在保留唐传奇叙事文本的基础上，将简洁凝练的文言转化为通俗浅近的白话，并进行了结构的调整、内容的增饰和叙事的敷演。《警世通言》卷三十四《王娇鸾百年长恨》是典型地沿袭以往创作模式而又有所改造的作品，作品与中篇传奇《寻芳雅集》时代及男女主人公姓名均同，仅将"吴廷章"改为"周廷章"，故事前半段基本相似，但结局却由原作的喜剧改为悲剧。

另外，"三言"将唐宋传奇几个相类似的叙事、写人及发展脉络加工并糅合到一起，形成一个全新的故事类型。《醒世恒言》卷二十五《独孤生归途闹梦》是由唐人小说《独孤遐叔》演化而来，但同时又参考了《三梦记》《张生》等小说，《警世通言》第二十八卷《西湖三塔记》《白娘子永镇雷峰塔》与传奇小说作品《博异志·李黄》具有题材上的相关性，都叙述白蛇故事，但经过了其他小说、戏曲或说话艺人的敷演，叙事内容上有所演变。

通过探讨同题材小说的这些双向敷演来看，可以总结出由不同文体决定的不同叙事规律。首先，"三言"摒弃唐传奇的悲剧结局，迎合市民心理，以大团圆的戏剧结局作结，世俗化气息浓厚。《杜子春三入长安》将原文本结尾的"（子春）行至云台峰，绝无人迹，叹恨而归"的悲剧性结局补充改写为子春后在云台峰苦守三年，以诚心感动老者，方知老者即太上老君，度他与妻子韦氏一同白日飞升而去，变为喜剧性的结局。《独孤生归途闹梦》对《河东记·独孤遐叔》结尾的改写也投合大团圆结局的世俗喜好。原文仅以独孤妻白氏感叹作结："才寤而君至，岂幽愤之所感耶！"改写文本则刻意构造出一个欢喜大结局：独孤遐叔高中头名状元，受韦皋推荐继任西川节度使，并且"直做到太保兼吏兵二部尚书，封魏国公。白氏诰封魏国夫人。夫妻偕老，子孙荣盛"。迎合了市民化读者的心理，具有浓厚的世俗气息。

其次，"三言"在敷演唐传奇词句和语言的基础上，叙述更加口语化和个性化。传奇小说《杜子春》对主人公饥寒交迫、贫困无依处境有这样几笔交代："方冬，衣破腹空，徒行长安中。日晚未食，彷徨不知所往。"而《醒世恒言》卷三十七《杜子春三入长安》的叙述则转换为口语化："好几日，饭不得饱吃，东奔西趁，没个头脑。偶然打向西门经过，时值十二月天气，大雪初晴，寒威凛冽。一阵西风，正从门圈子里刮来，身上又无绵衣，肚中又饿，刮起一身鸡皮栗子，把不住的寒颤。"稍加对比，便不难感受到二者之间的"互文性"与"异质性"。

由白话而文言，由文言而白话，传奇小说与话本小说的大门分别为对方敞开着，这种双向敷演等"互文性"现象大略是中国古代小说创作中所特有的。

二 传奇与话本叙事技法互动

"互文性"下的文本创构往往单用或综合运用明引、暗引、拼贴、模仿、重写、戏拟、敷演、化用等一系列手法来实现，"说话"者往往搜罗传奇小说故事，从而翻新为自己的讲说。正如罗烨《醉翁谈录·小说引子》所言："静坐闲窗对短檠，曾将往事广搜寻。也题流水高山句，也赋阳春白雪吟。世上是非难入耳，人间名利不关心。编成风月三千卷，散与知音论古今。"① 从这个意义上说，话本属于"故事新编"。要理清话本小说的故事渊源及其敷演究竟，不妨从探讨"说话人的知识谱系"切入。在这方面，谭正璧的《三言两拍资料》已经细致地做了基础工作，可以参考。另外，台湾大学康韵梅教授先后发表《从"粗陈梗概"到"叙述宛转"——试以两组文本为例展现志怪与传奇的叙事性差异》(《台大文史哲学报》2004 年 11 月)、《由"入于文心"至"谐于里耳"——唐代小说在〈三言〉〈两拍〉中的叙述面貌论析》(《台大中文学报》2004 年 12 月) 等论文，运用叙事学中的"故事"和"叙述"等观念对志怪小说与传奇小说的叙事"承衍关系"及其实质，尤其是对唐人传奇小说如何被翻转为话本小说叙事等问题进行了较为独到的剖析。在叙事技法方面，传奇小说与话本小说一个追求陌生化之奇，一个追求庸常之奇，互相取长补短，在双向借鉴、相互推动中，共同开创了传统小说文本创构的新局面。

众所周知，传奇小说脱胎于史传，可谓史传的亲生子，它从史传那里遗传到了许多生命因子，特别是按一定的时间顺序从头至尾的人物传记创作模式仍然是传奇小说创作的基本笔法之一。话本小说虽由"说话"伎艺变异而来，但它同样接受了史传的哺育，而这种哺育更多地经过了传奇小说的中介。可以说，话本小说对传奇小说最明显的艺术传承就在于此。在体制上，唐传奇小说的开头与结尾受史传作品影响最大，开头基本上采取介绍故事主角的姓名、籍贯、生平等语气简约的叙述笔法。如《李娃传》开篇即言："汧国夫人李娃，长安之倡女也。"《霍小玉传》开篇也直接说："大历中，陇西李生，名益，年二十，……进士及第。其明年，拔萃，侯试于天官。"传奇小说结尾则又模仿史传论赞的形式，发表个人见解。如《任氏传》对任氏"妇德""人道"的称赞，《李娃传》对李娃"节行"的赞叹，等等，都是如此。这种叙事体制直接渗透到话本小说之中。演述传奇的话本小说往往在开篇伊始即

---

① (宋) 罗烨:《醉翁谈录》，古典文学出版社 1957 年版，第 1 页。

将人物的姓名、籍贯、生活年代、职业等一一叙来，然后对其人生历程中的闪光点展开铺叙。由于"说话"艺人乐于从固有的传奇小说中汲取素材，所以传奇小说的笔法必然对其有潜移默化的影响。

且不说根据传奇小说演述而来的话本小说保持了史传的叙述体制，就是后来直接从生活中提炼出的故事也大多如此。如《警世通言》卷十八《老门生三世报恩》这则被确认为冯梦龙自创的小说，开篇即言："却说国朝正统年间，广西桂林府兴安县有一秀才，复姓鲜于，名同，字大通。八岁时曾举神童，十一岁游庠，超增补廪。……到三十岁上，循资该出贡了。"这种"历历从头说分明"的叙事笔法，大概采取史传笔法，与传奇小说是一脉相承的。至于话本小说篇尾的诗赞，则是与传奇小说的论赞、戏剧的下场诗的双重影响有关，也颇有"卒章显志"的意图。

除了仿拟同类传奇作品，聊斋先生还把仿拟笔触伸展到话本小说天地去。如《布商》一则故事逼似《拍案惊奇》卷二十四的"入话"，二者均写一位商人偶入寺院，为贫僧谋害，一武官经过，见有神佛幻化的女子入庙，进庙搜寻，发现案情，恶僧遭到惩罚。作者声称这个故事"赵孝廉丰原言之最悉"，交代自己言之有据，甚至有前文本铺垫。再如，《拍案惊奇》卷三十二"入话"叙述唐卿船女故事："唐卿思量要大大撩拨他一撩拨，开了箱子取出一条白罗帕子来，将一个胡桃系着，结上一个同心结，抛到女子面前。女子本等看见了，故意假做不知，呆着脸只自当橹。唐卿恐怕女子真个不觉，被人看见，频频把眼送意，把手指着，要他收取。女子只是大剌剌的在那里，竟像个不会意的。看看船家收了纤，将要下船，唐卿一发着急了，指手画脚，见他只是不动，没个是处，倒懊悔无及。恨不得伸出一只长手，仍旧取了过来。船家下得舱来，唐卿面挣得通红，冷汗直淋，好生置身无地。只见那女儿不慌不忙，轻轻把脚伸去帕子边，将鞋尖勾将过来，遮在裙底下了。"而《聊斋志异》之《王桂庵》叙述王桂庵与临舟榜人女故事，开头也有这

第二章 传奇小说与话本小说对行互渗

103

么一幕:"王神志益驰,以金一锭投之,堕女襟上;女拾弃之,金落岸边。王拾归,益怪之,又以金钏掷之,堕足下;女操业不顾。无何,榜人自他归,王恐其见钏研诘,心急甚;女从容以双钩覆蔽之。"两相对照,借叙述男女逗情,尤其是叙述女性反应那一幕竟如此一致。前者简直就是后者的白话版,恐非偶然巧合。

　　同时,在体制上,传奇小说对话本小说的另一影响是在叙事进程中穿插诗词。众所周知,唐传奇以"文备众体"令人刮目相看,特别是"诗笔"的广为运用格外突出。其中,人物的诗词唱和既能显示叙述者的诗才,又能委婉地传递出故事主角的情愫。如《游仙窟》《莺莺传》《湘中怨辞》等篇什皆运用过如此这般的生花妙笔。至明代"剪灯三话",诗词的穿插发展到变本加厉的程度。话本小说的体制也是这样的,它也喜欢在故事叙述过程中添加一定数量的诗词来叙述人物、渲染气氛,兼发议论,虽然额外藻饰的成分居多,但也有故事主角固有的吟哦传情,从而借以推进叙事的进行,这自然与传奇小说的叙事格调相仿佛。如《喻世明言》卷二十三《张舜美灯宵得丽女》是一篇才子佳人的故事,不妨视为传奇小说式的话本小说。整个故事的动脉在男女唱和,叙事节奏的展开就是由诗词的连缀推动的。这些诗词颇有情韵,与《剪灯新话》中的《联芳楼记》《渭塘奇遇记》《牡丹灯记》以及《剪灯余话》中的《金凤钗记》等叙述才子佳人故事的传奇小说篇什相仿佛。

　　清代,话本小说在"雅化""案头化"的过程中,到了颇有才子气的李渔手里,诗词的穿插就更娴熟而普遍了。李渔《十二楼》开首的一篇《合影楼》叙述一对青年男女的风流恋情,不仅广泛征用唐宋诗词描述场景,而且通过男女的唱和润色故事,尽显传奇小说的风味。由此,我们会联想到明初瞿佑《剪灯新话》之《联芳楼记》,该小说叙述苏州富商之女薛兰英、薛惠英在小楼上窥见年轻的商人郑生在船上洗澡,便投下一对荔枝表达爱慕之情。夜晚,二女又用竹兜将郑生吊上楼与之私会,二女一男"尽缱之意"。两姐妹自择夫婿,以情欲胜伦理,最终有情人终成眷属。一样的诗词对答，一样的儿女情长。还有，这里的"二女共侍一夫"有古老的娥皇、女英追随大舜的影子，也有蒲松龄《聊斋志异》"一男二女"恋情故事的况味。生活在同一历史时期的李渔与蒲松龄，一个以世俗化的话本小说见长，一个以风雅化的传奇志怪小说称胜，只是未知有无当面交流或遥相呼应。

　　话本小说与传奇小说叙事笔法互相渗透主要表现在结构方面。首先，设置"戏胆"这一叙事之技给明代传奇小说创作以很大启示。话本小说在与戏曲的双向渗透中吸取了许多营养，其中最明显的标志就是对"戏胆"设置的巧妙借鉴。"戏胆"的基本内涵是，在一个戏剧故事中置入一个实物，这个实物可以是一个金钗，一幅字画，一把扇子，一件衣物，如此等等，它在叙事中发挥着特殊作用，或者是故事主角命运的象征，或者是人物悲欢离合的证物，或者是矛盾得以解决的关键。唐人传奇基本上没有采取"意象"叙事，而一旦被敷演成戏曲，往往就设置一个"戏胆"，如《柳氏传》被乔吉敷演成元杂剧《李太白匹配金钱记》后就设置了"金钱"这一"戏胆"，《霍小玉传》被汤显祖敷演成明传奇《紫钗记》后就设置了"紫钗"这一"戏胆"。明代传奇小说较之唐传奇就注重了对"戏胆"的设置，这种"戏胆"设置，杨义称之为"意象叙事"，而意象叙事的笔法得力于话本小说。对此，杨义先生指出：

> 　　话本影响明代传奇小说最有审美价值者是意象叙事模式，即采取家庭生活中的日常用品或男女间的定情物作为中心意象，牵动着人物的深层情感，穿插于小说的曲折情节之间。从《醉翁谈录》记载的宋代说话名目《鸳鸯灯》《紫香囊》，到冯梦龙三言的头两卷《蒋兴哥重会珍珠衫》《陈御史巧勘金钗钿》，都是以特定的意象来贯穿叙事的。[①]

[①] 杨义：《中国古典小说史论》，中国社会科学出版社1996年版，第306页。

在此，杨先生所针对的明代传奇主要是《剪灯新话》卷一的《金凤钗记》和《剪灯余话》卷五的《芙蓉屏记》等小说，用一实物作篇名即打破了传统传奇小说多用人名作篇名的格局，强调了作为意象的实物在叙事进程中的作用，而这些以意象叙事的传奇小说又往往以其特定的"戏情剧意"之美被后世话本小说家所看重。凌濛初创作的《大姊魂游完宿愿，小妹病起续前缘》《顾阿绣喜舍檀那物，崔俊臣巧会芙蓉屏》就是由《金凤钗记》《芙蓉屏记》敷演而来。前者以"金凤钗"这一意象绾结着男女主角的生离死别。女主角死后魂游人间与男主角结成配偶，又灵魂附身于其妹，得以重续前缘，"金凤钗"这一意象使故事死有对证。后者更以"芙蓉屏"这一意象为线索，生动地叙述了崔俊臣夫妻的悲欢离合。话本影响及传奇，传奇再敷演成话本，意象叙事模式在传奇小说与话本小说之间形成一种良性循环，充分显示了二者之间相互渗透的实绩。

传奇小说与话本小说的互相渗透还表现在讲求叙事曲折生动方面。在话本小说诞生之前，无论是六朝笔记小说，还是唐代传奇小说，更多地通过故事的转折制造惊奇，而较少悬念的设置。过去，人们通常将惊奇视为悬念造成的效果，其实这是一种误解。对二者的区别，罗钢在《叙事学导论》中指出：

> 如果说惊奇的产生是由于读者和故事中的人物都同样对故事的突转感到意外，而设置悬念的时候，作者会把故事的谜底有意识地泄露给读者，只瞒着故事中的人物。……从心理效果来看，惊奇给读者造成的刺激是短促的，转瞬即逝的。而悬念产生的情感反应却是长久的、持续的，而且会随着故事的发展越来越紧张，越来越强烈。①

---

① 罗钢：《叙事学导论》，云南人民出版社1994年版，第88页。

传奇小说有时采取限知叙事，以"惊奇"取胜，而"惊奇"效果要靠"突转"来获得，如《聊斋志异》中的《葛巾》等篇什大致通过叙事突转给人以惊奇感。

　　在中国传统小说中，话本小说对悬念的设置得心应手，这是"说话"艺术传递到小说话本创作的最突出表现。因为"说话人"要面对听众，为了吸引住每一位观赏者，便一个关子套一个关子，一个悬念跟着一个悬念，使观众在一种心理期待中获得快感。"说话"艺术在走向文本化后，仍然发扬了以引而不发、悬而置疑手法展开叙事的传统，使故事进程呈现出矫夭变幻、摇曳多姿的曲折状态。如《警世通言》卷二十《计押番金鳗产祸》一开始就叙述计安在金明池中钓了一条金鳗，鳗鱼说："吾乃金明池池掌，汝若放我，教汝富贵不可尽；汝若害我，教你合家人死于非命。"不料，计安妻杀鳗，他一家人的命运就成了悬念，小说就是围绕这种悬念的破解展开的。话本小说除了在开头设置大悬念外，还在行文中随处设置小悬念，如《醒世恒言》卷三十四《一文钱小隙造奇冤》叙述朱常设计便用"只消如此如此，这般这般"，就将悬念设下了。另外，在其他篇什中惯用的"说时迟，那时快"也成为悬念，如《警世通言》卷三十二《乐小舍拚生觅偶》叙述喜顺娘堕水、乐和跳水来救，即用"说时迟，那时快"连接。可见，悬念的运用在话本小说中十分广泛，尤其"三言""两拍"以此获得了令人神摇目夺的妙致。

　　从侠女故事的叙述来看，传奇小说与话本小说一路下来，彼此互动。从唐代诞生的《红线》《聂隐娘传》《谢小娥传》《虬髯客传》等传奇小说，到明代《杨谦之客舫遇侠僧》《李汧公穷邸遇侠客》《程元玉客店代偿钱》《刘东山夸技顺城门，十八兄奇踪村酒肆》《硬勘案大儒争闲气，甘受刑侠女著芳名》话本小说，再到《聊斋志异》中的《侠女》等传奇小说，以及有些小说中涉及唐传奇中的侠客，如《香玉》篇的古押衙，《禽侠》中的妙手空空儿，《农妇》中聂隐娘的丈夫磨镜者,侠气以及女性侠魂回荡其中。特别是后来者居上的《侠女》的悬念设置丝丝入扣,异彩纷呈:顾生欲娶对户女郎,顾母向女郎示意,受到的竟是默然的拒绝,这是一重悬念;后来,在女郎与顾生母子之间过从甚密的情况下,顾母又一次向女郎当面提出婚嫁之事,悬念再次泛起;女郎的否定回答进而引出了人们追根究底的兴趣,悬念特别悬而未决;最后,顾生夜来相约未遇,竟疑女有他约,又设置了新的悬念。这样的叙事架构就颇有话本小说峰回路转、起伏跌宕的妙致。

另外,我们还注意到,以《聊斋志异》为代表的后期传奇小说还师承了"三言""二拍"通过占卜叙述设置悬念的叙事写法。细心的读者定会发现"三言""二拍"中有那么多占卜叙述的内容,这与中国古代传统"占卜"文化风行有关。不过,在话本小说中,占卜叙述并非尽是为了创造一种神秘主义氛围,而更多的是为了设置悬念。所有演绎"发迹变泰""时来运转""命运"故事的话本小说基本上都采取了通过占卜叙述来设置总悬念这一模式。这些小说把"财运由命,富贵在天,积德生财"作为通行律,借此形成"突转"结构,给人以"新奇美"。如《古今小说》卷九《裴晋公义还原配》将古代"裴度还带"一则故事纳入"行善改运"的叙事框架中展开叙述,写裴度年轻时相面师告诉他,日后注定死于饥饿。后游香山寺中,于井亭栏杆上拾得三条宝带。裴度思想觉悟高,乃自思:"此乃他人遗失之物,我岂可损人利己,坏了心术?"乃坐等失主认领。他的诚实自然改变了命运,后来发迹变泰,官至宰相,安享天年。本来,"还带"与"高官厚禄"未必事先即有必然的联系,但是,为着落实"行善改运"宗旨,作者杜撰了"相面"故事作为预设,将裴度的好运纳入"积德"的因果链条中。《醒世恒言》卷十八《施润泽滩阙遇友》的故事叙述基于这样几句破题的意念:"还带曾消纵理纹,返金种得桂枝芬。从来阴骘能回福,举念须知有鬼神。"其中,"还带曾消纵理纹"就是唐朝晋公裴度还带得福之事。正文写施复拾金不昧，勤劳致富，买了一处房产，在挖织机机坑时，挖到一坛千金私藏。后来，他"愈加好善"，很快又买了一所房产，再次掘得更多的藏银。施复屡发外财这个故事，演绎的是"行善好运"观念。《拍案惊奇》卷一《转运汉巧遇洞庭红，波斯胡指破鼍龙壳》通常被解读为一个歌颂海外历险的故事。实际上，作者的出发点是将其写成一个"时运"故事。这篇小说的"入话"一开始便有这样一番议论：

> 人生功名富贵，总有天数，不如图一个见前快活。试看往古来今，一部十七史中，多少英雄豪杰，该富的不得富，该贵的不得贵。……真所谓时也，运也，命也。俗语有两句道得好："命若穷，掘得黄金化作铜；命若富，拾着白纸变成布。"总来只听掌命司颠之倒之。

在这番"财运"感叹之后，小说随即写金老的八大锭银子变成八条穿白衣的壮汉跑到王老家，以神秘的"失财"故事强调钱财这东西该有当有，该无当无。正文写文若虚由"倒运汉"变成"转运汉"，实现了"子孙繁衍，家道殷富"的成功人生。在这个故事中，作者除了突出主角文若虚之"心思惠巧"的素质之外，还特别强调了他的德行。尤其是借众人之口说："存心忠厚，所以有此富贵。"将"存心忠厚"视为文若虚由"倒运汉"变成"转运汉"的因果逻辑前提。同时，作者又以宿命的言说强调了他的转运暴富是"造化到来"，给本来皆大欢喜的结局注入很浓的因果意味。

在凌濛初笔下，这类故事占了不少比重。如《拍案惊奇》卷二十二《钱多处白丁横带，运退时刺史当艄》所叙述的故事是，商人郭七郎一次进京去讨债，讨来之后便在京城过上了花天酒地的生活。这时，来了一个游手好闲的包打听，告诉他在京城用钱贿赂一下管事的官员，就可以买到大官做。他的朋友警告他这官买来做没有好处。可他硬是不听，还是花钱买了个刺史。做官如愿以偿，并体会了一下"钱多处"的气派与显赫。然而，随后的倒运时刻不期而来：当他志得意满地衣锦还乡时，却发现家里已遭兵燹而一贫如洗。他总算手里还有些钱，便带着家人去走马上任；不料祸不单行，又遭到抢劫，终于一败涂地，最后落了个为人当艄的下场。显然，这个故事意在说明，一个人祸福无常，受制于"运"。再如，同书卷三十五《诉穷汉暂掌别人钱，看财奴刁买冤家主》取材于元代郑廷玉杂剧《看钱奴》，叙述曹州穷汉贾仁因不甘心穷困而到东岳庙哭诉于神灵，神灵感于其精诚，托梦说将一富户的银两借给他用二十年。贾仁"时来福凑"，果然掘得富户周荣祖储藏在后花园里的许多金银，便用来做起生意，并逐渐富裕起来。尽管他挣下很大家私，但生性悭吝，一文钱也不舍得花。而此时周荣祖运退，贫穷得无以为生，只好把儿子卖掉，而买主正是贾仁。这样一来，荣祖之子就在贾仁死后继承了他的家产，钱财得以物归原主。作者用这样一个曲折的故事来说明"财关时运""物有定主"，巧取豪夺是徒劳无益的。此外，其他话本小说家也往往秉持这种笔调叙事。如李渔《无声戏》第三回《改八字苦尽甘来》向我们讲述了一个宿命性的故事，故事中的蒋成本是一老实之人。在做了一个小小皂隶之后，只因心肠太软、本性安分，衙门中的其他人大把捞钱，他不但赔钱，而且还赔棒。而改后的"八字"巧合于刑厅的"八字"，于是交起了好运。蒋成受刑厅照顾，官久自富，有数千金家业，娶妻生子。刑厅进京后，又为蒋成谋得一官。后来，蒋成还乡，宦囊竟以万计。这种跌宕叙事同样耐人寻味。

另外，《警世通言》卷十三《三现身包龙图断冤》这桩公案故事、《初刻拍案惊奇》卷五《感神媒张德容遇虎，凑吉日裴越客乘龙》这件婚姻故事也是通过卜卦、算命来设置总悬念的，悬念的消解过程就是一种奇妙音符的传递过程，给人以充分的审美享受。相比之下，通过占卜设置的分悬念往往激起主角的心理波动，从而推动了叙事的跃进。如《古今小说》卷一《蒋兴哥重会珍珠衫》中的卖卦先生那几句卜词激起了王三巧的"指望"心理，而由此导致的向外探望惹来了意外婚变，叙事无风起浪。同书卷二十《陈从善梅岭失浑家》中的卖卦者的卜算既坚定了陈从善寻妻的信心，又暗示了寻妻的门径，故事在山重水复之中出现了柳暗花明。这篇小说基本脱胎于《补江总白猿传》，虽然叙事有所曲折，人物也更加丰富，但除了以"紫阳真人"为代表带来的宗教精神传达之外，事实上并未傲慢地超出前文本太多。若只是借用前人的框架，传达出来的却是全新的意旨和启迪，并能够借此反映出一个时代的精神风貌和集体审美趣味，便高明得多了。《醒世恒言》卷九《陈多寿生死夫妻》中算命瞎子的卜算使陈多寿心灰意冷，不料，在他即将从灰暗的生活中离开人世之时，却意外地治好了病，叙事于此出现了转机。这些卜算叙述设置的分悬念提起了读者刨根问底的兴趣。法国结构主义文论家罗兰·巴尔特（Roland Barthes）《叙事作品结构分析导论》指出："悬念是一种结构游戏，可以说用来使结构承担风险，并且也给结构带来光彩。因为悬念构成真正的理智的激动。悬念以表现顺序（而不再是系列）的不稳定性的方式，完成了语言概念的本身。"[①] 话本小说通过占卜叙述设置的分悬念开拓了叙事的新境界，引人入胜。对通过占卜叙述设置悬念的技法及叙事诀窍，传奇小说创作界的蒲松龄似乎也有所感悟，并在其《聊斋志异》中不断应用。如《妖术》叙述卜者为神其术而作祟，《陈云栖》叙述相面者的神机妙算，都在开篇设置了总悬念；而《续黄粱》《促织》等小说由卜算叙述设置的悬念则有推进叙事的妙用。类似的叙事诀窍还有多种，这与话本小说的叙事诀窍相通。可见，由打卦算命等占卜叙述构成的悬念有两种，即置于篇首的总悬念和置于行文中的分悬念，前者具有一定的预叙功能，后者则能够推动叙事进展，它们都在增强叙事的张力方面发挥了重要

[①] 张寅德编选：《叙述学研究》，中国社会科学出版社1989年版，第37页。

作用。

　　需要指出的是，同题材敷演性互文，并非两两相对或一一对应关系，也不乏错位式"互文性"叙事。受到唐传奇中士子佳人相遇模式的启发，"三言"对这类故事进行了一定的改写或者化用。比如《任氏传》写郑六与任氏初遇"郑子见之惊悦，策其驴，忽先之，忽后之，将挑而未敢。白衣时时盼睐，意有所受……同行者更相眩诱，稍已狎昵……夜久而寝，其娇姿美质，歌笑态度，举措皆艳"。《张舜美灯宵得丽女》写张舜美撩拨刘素香，"那女子生得凤髻铺云，蛾眉扫月，生成媚态，出色娇姿。舜美一见了那女子，沉醉顿醒，竦然整冠……四目相睃，面面有情。那女子走得紧，舜美也跟得紧；走得慢，也跟得慢"。后者大抵是受到唐传奇的启发加以仿效而成。再如，《喻世明言》第三十四卷《李公子救蛇获称心》中的龙宫装潢："行不一里，见一所宫殿，背靠青山，面朝绿水。水上一桥，桥上列花石栏杆，宫殿上盖琉璃瓦，两廊下皆捣红泥墙壁。朱门三座，上有金字牌，题曰'玉华之宫'。""两边仙音缭绕，数十美女，各执乐器，依次而入。前面执宝杯盘进酒献果者，皆绝色美女。但闻异香馥郁，瑞气氤氲。""器皿皆是玻璃、水晶、琥珀、玛瑙为之，曲尽巧妙，非人间所有。"试比照一下唐传奇《柳毅传》写异域的这样一段文字："始见台阁相向，门户千万，奇草珍木，无所不有……柱以白璧，砌以青玉，床以珊瑚，帘以水晶，雕琉璃于翠楣，饰琥珀于虹栋。奇秀深杳，不可殚言。""俄而祥风庆云，融融恰恰，幢节玲珑，箫韶以随。红妆千万，笑语熙熙。中有一人，自然蛾眉，明珰满身，绡縠参差。""红烟蔽其左，紫气舒其右，香气环旋。"不难看出，二者在叙述上皆不吝从视觉、听觉甚至嗅觉上全面展开，充满赞美之意，颇带有"互文性"之感。

　　小说文本创构之最难者，不是"劈空而来"，而在于"推陈出新"。据谭正璧先生考察，凌濛初的"二拍"大部分的本事来源于文言《太平广记》《夷坚志》"三灯丛话"等文言小说集。其中不乏直接以同题材敷演者，虽取自前人，但仍带有小说家创作的个人特色与时代气息。总体说，围绕传奇小说的文人性及俗化趋势与话本小说市井性及雅化动势，传奇小说与话本小说不断地发生"互文性"，这种"互文性"不仅主要表现在同题材的互相敷演方面，而且也表现在叙事形式方面。从这个意义上说，任何"经典"的形成往往是点铁成金、推陈出新的结果。

第二章　传奇小说与话本小说对行互渗

第三章 从"互文性"看《水浒传》之"经典性"

《水浒传》经典地位的确立，一方面，基于足够的历史积淀，与史蕴诗心的史传文传统、古典诗词的抒情体式、八股文的程式作法以及阴阳对立互补观念等各种因素带来的"文文相生""转益多师"密切相关，也是金圣叹等精英文人不断地参与评改使之"后出转精"的结果；另一方面，取决于其文本固有的辐射性和影响力，尤其是其内在较为具体的文本衍生能量，以及其作为特殊经典的文本再造功能。这部不断得到加工的"原生文本"，凭着其强大的衍生功能衍生出《金瓶梅》《儒林外史》《水浒传》等一系列经典。[1] 因而，我们可以说《水浒传》是"经典中的经典"，在中国小说史上享有特殊地位。

第一节 《水浒传》方法都从《史记》出来

学界已有公论：经典是被建构的。意思是，任何一部"经典"都不会是突兀而来、倏忽即逝的，而是杂取先期他人文学文本的经验而成。所谓"经典性"，即作品之所以成为经典的内在质素。在与《水浒

---

[1] 关于"衍生型文本"，可参见程苏东《激活"衍生型文本"的文学性》(《中国社会科学报》2016年7月25日)。简言之，文本生成者基于既有文本，通过移植、改笔、补笔、留白、缀合、割裂、章次调整、译写等多种方式生成的文本，即所谓"衍生型文本"。

传》各种版本构成"互文性"关联众多的"前文本"中,《史记》最为重要。此外,根据时序及版本状态,元杂剧也常常被视为金圣叹评改本《水浒传》的"前文本"。这些"前文本"与《水浒传》之间形成"跨文类"渗透。前人曾屡屡赞美《水浒传》得《史记》精髓,取元曲之妙理,并涉及其所承继的叙事写人趣味性、表演性、哲理性,只是这种笼而统之的一概而论,难以说明《水浒传》之所以成为经典的具体情形。要充分说明这一问题,必须抓取《水浒传》的"跨文类"创作特质予以申论。

汉代扬雄《法言》肯定《史记》的"实录",而对司马迁的"好奇"提出指责。而《史记》在叙事写人方面的"传奇性"对后世小说的影响难以估量,尤其是《水浒传》这样的英雄传奇小说更容易从《史记》那里汲取"传奇"笔法。虽然《水浒传》与《史记》时间跨度大,但"互文性"面积倒不小。《水浒传》的文本建构是如何汲取纪传体史书《史记》之精髓的呢?前人多有认知与阐发。

据明代李开先《一笑散》记载,当年文坛名流唐顺之、王慎中等人就曾盛赞两书在"委曲详尽,血脉贯通"等文法、技法上一脉相承。[1] 题名"天都外臣"者在其所撰述的《水浒传叙》中更是认为,《水浒传》的"警策"之处可以同《史记》中的"最犀利者"相提并论:"夫《史记》上国武库、甲仗森然,安可枚举。而其所最称犀利者,则无如巨鹿破秦,鸿门张楚,高祖还沛,长卿如邛,范蔡之倾,仪秦之辩,张陈之隙,田窦之争,卫霍之勋,朱郭之侠,与夫四豪之交,三杰之算,十吏之酷,诸吕七国之乱亡,货殖滑稽之琐屑,真千秋绝调矣!传中警策,往往似之。"[2] 的确,在《水浒传》文本世界,那些颇为"警策"的叙事单元及其效力直与《史记》所叙那些家国天下之事的叙事单元及其效力相仿佛。根据这位"天都外臣"的说法,前者所

---

[1] 朱一玄、刘毓忱编:《〈水浒传〉资料汇编》,南开大学出版社2012年版,第167页。
[2] 同上书,第169页。

叙鲁达慷慨助人之侠义，直追后者所叙朱家、郭解之侠义；前者所叙柴进、宋江结交天下英雄之豪气，乃承续后者所叙孟尝君、平原君、信陵君、春申君"四豪"待客之豪气；前者所叙吴用之神机妙算，则带有张良出谋划策的影子……

　　正是有了这些"互文性"存在，明清之际的金圣叹方才在评改《水浒传》时屡屡自觉地、有意识地将《水浒传》比附为《史记》，并比较分析了两者的异同。其《读第五才子书法》指出："《水浒传》方法，都从《史记》出来，却有许多胜似《史记》处。若《史记》妙处，《水浒》已是件件有。"并进而认为《水浒传》某些方面的造诣高于《史记》："某尝道《水浒》胜似《史记》，人都不肯信，殊不知某却不是乱说。其实《史记》是以文运事，《水浒》是因文生事。以文运事，是先有事生成如此如此，却要算计出一篇文字来。虽是史公高才，也毕竟是吃苦事。因文生事即不然，只是顺着笔性去，削高补低都由我。"意思是说，与"以文运事"的《史记》相比，《水浒传》善于"因文生事"，又长于"因事见人"，把"写人"当作重头戏。此外，他还强调："《水浒传》一个人出来，分明便是一篇列传。至于中间事迹，又逐段逐段自成文字，亦有两三卷成一篇者，亦有五六句成一篇者。"①又以《水浒传》之写人段篇比附《史记》之"列传"。

　　况且，从整体布局上看，《水浒传》继承了《史记》所开创的以人物为中心，"以类相从"的写人范式。另外，金圣叹在《水浒传》第三十五回评中说："读此一部书者……读宋江传最难也……骤读之而全好，再读之而好劣相半，又再读之而好不胜劣，又卒读之而全劣无好矣。……《史》不然乎？记汉武初未尝有一字累汉武也，然而后之读者莫不洞然明汉武之非是，则是褒贬固在笔墨之外也。呜呼！稗官亦与正史同法，岂易作哉！"②所谓"褒贬固在笔墨之外也"说的是，《水浒

---

① 朱一玄、刘毓忱编：《〈水浒传〉资料汇编》，南开大学出版社2012年版，第219—220页。
② 黄霖、韩同文：《中国历代小说论著选》，江西人民出版社2000年版，第303页。

传》善于将主观叙述寓于客观叙事之中,这与《史记》也一脉相承。

　　《史记》与《水浒传》所要叙写的人物都面向三教九流,上至帝王将相,下至市井细民,应有尽有。尤为值得注意的是,它们均把"有志之士"与"失路英雄"当作谱写的重中之重,反复叙述他们如何遭受挫折,如何豪情万丈,叙述他们一场场的"投奔""投靠""寄身"的人生经历,传递出他们建功立业的悲壮慷慨。比如,《史记》载有李将军的射虎传奇以及匈奴射雕者的勇猛,《水浒传》把"武松打虎"写得精彩绝伦,二者不免存在因袭。古往今来,打虎故事极多,而唯独"武松打虎"一段写得最为精彩绝伦,何也?不是因为当事人武松比其他打虎英雄的武艺更为高强,不是因为景阳冈上的老虎与其他地方的猛虎有什么不同,而是因为作者的生花妙笔让后人叹为观止。面对这场打虎故事,我们不宜把注意力放在推断武松打死老虎是否符合"科学性"上,而只能跟着作者的笔触去感受其每一笔的美妙。我们感兴趣的是老虎拿人竟然会有一扑、一掀、一剪"三招"表演。对此,金圣叹慧眼指出:"人是神人,虎是怒虎。"以及"写极骇人之事,却尽用极近人之笔"。① 一方面,小说写神人武松之超常的"胆识";另一方面,小说又写出了其常人所当有的微妙心理。当他确知山有猛虎伤人时,第一个念头是转身下冈去,而不是后人所强调的"明知山有虎,偏向虎山行"。只是碍于顾虑店小二等人会嘲笑,他才鼓起勇气继续前行。走上山冈后,因酒力发作,他就在青石板上瞌睡起来。这时,猛虎突兀而来,武松的第一反应也并非那么镇定,而是"被那一惊,酒都化作冷汗出了"。他也不想徒手对付老虎,只因慌忙中把防身武器哨棒打折了,才不得已而为之。待赤手空拳打死老虎后,并非身有余力,而是力气用尽,想将这只老虎提起来,已是提不动。当勉强"挨"下山时,不料路上又钻出两只老虎,他再也无能为力,只好听天由命。幸亏这两只老虎是猎户装扮的,他才得以捡回一条命。如此笔法,至情至理,又

---

① 朱一玄、刘毓忱编:《〈水浒传〉资料汇编》,南开大学出版社2012年版,第251页。

奇崛反复，难以超越。在中国文化里"虎"是凶猛为害的符号。从孔子感叹"苛政猛于虎"到后人诅咒"拦路虎"，都意味着这一点。因而借写打虎衬托英雄的勇敢与智慧，精巧合宜。此诀窍引起后人模拟或戏仿的很大兴趣。又如，由《水浒传》所写"林冲夜奔"，人们也容易联想到《史记》所写"伍子胥夜奔"，二者也构成可比照的"互文性"关系。

另外，还有一例"互文性"师承颇值得特别提出，即孔子见南子与宋江见李师师。这两则故事讲的都是一个正经男人去见一个妖艳的女性；又通过写他们手下一个粗人不高兴，转而跌宕起伏地洗清男女关系。"孔子见南子"的记载首见于《论语·雍也》，原文是："子见南子，子路不说。孔子矢之曰：'予所否者，天厌之！天厌之！'"故事叙述简洁，而人物传达却至声情并茂。《史记·孔子世家》将这个题目发挥出下列文字：

灵公夫人有南子者，使人谓孔子曰："四方之君子不辱，欲与寡君为兄弟者，必见寡小君。寡小君愿见。"孔子辞谢，不得已而见之。夫人在絺帷中。孔子入门，北面稽首。夫人自帷中再拜，环佩玉声璆然。孔子曰："吾乡为弗见，见之礼答焉。"子路不说。孔子矢之曰："予所不者，天厌之！天厌之！"

篇幅也不算长，主要是把孔子不愿见的初衷与不得不见以及隔帷帐相见的情形进行了补充交代，至于子路的反感、孔子的争辩基本沿袭原文。再看《水浒传》第七十二回"柴进簪花入禁苑，李逵元夜闹东京"所写宋江见李师师的情景：初时宋江只是客套寒暄，甚为岸然拘谨。"但是李师师说些街市俊俏的话，皆是柴进回答，燕青立在筝头和哄取笑。"宋江本非风月场中人，自然对话前言不搭后语。"酒行数巡"后，宋江才渐渐放开心怀，侃侃而谈。不期李逵闯进，宋江只好介绍说：

"这个是家生的孩儿小李。"李师师却对其开了一个高级玩笑:"我倒不打紧,辱没了太白学士。"显然是在取笑黑旋风太黑,辱没了李家"太白学士"。接下去是写李逵的愤怒与大闹搅局。"却说李逵见了宋江、柴进和那美色妇人吃酒,却教他和戴宗看门,头上毛发倒竖起来,一肚子怒气正没发付处。"他的愤怒不是因为李师师取笑他,他的知识水平还达不到听懂什么"李太白"的层次;他的愤怒全然发自宋江主动接近一个妖艳的女性。男女相见,尤其是一个平日执礼的尊者与一个风情万种的妖艳美女相见,本是一个富有兴味的话题。通过设置弟子或手下的一个粗人莽夫看不惯,便蓄积起叙事魅力,扩展出故事的想象空间。即使两部作品都含有"为尊者讳"的用意,但效果却是欲盖弥彰。通过《史记》含蓄蕴藉的文笔,人们会不断地猜测其中有无隐情;通过《水浒传》较为疏放的文本,人们也会不断地猜度宋江的为人。《水浒传》的独特处在于,添加了无关紧要的同行者柴进、燕青在身边,避免了孔子单独见南子的嫌疑。

当然,为凸显《史记》之于《水浒传》的意义,"《水浒传》方法都从《史记》出来"这句话讲得未免有些绝对。其实,除了《史记》,《水浒传》还与其他许多古文发生过"互文性"关系。对此,金圣叹等评点家也有所发现。

第一回写到史进的庄客王四作为信使帮朱武、陈达、杨春三个山贼头领传信,由于路上贪酒,醉倒在树林里,信被路过的李吉偷走拿去报官。这时"却说庄客王四一觉直睡到二更方醒觉来,看见月光微微照在身上,吃了一惊,跳将起来,却见四边都是松树"。金圣叹评道:"尝读坡公《赤壁赋》'人影在地,仰见明月'二语,叹其妙绝,盖先见影,后见月,便宛然晚步光景也。此忽然脱化此法,写作王四醒来,先见月光,后见松树,便宛然五更酒醒光景,真乃善用古矣。"尽管这种关于人物"见景"描写的联想有点牵强,但也提醒我们注意继续搜罗《水浒传》与各种古文文本之关联。第八回评点小说所叙鲁智深野猪林救林冲时，金圣叹就专门"以《公》《穀》《大戴》体释之"，并指出："盖如是手笔，实惟史迁有之。"①

总之，《水浒传》在《史记》文本传承上立意于"好奇"。其旁搜远绍、拾遗博采的最主要对象当数《史记》，它不仅沿承了其"纪传体""合传""互见法"等章法，而且还将"发迹变泰""英雄失路""怀才不遇""择主而事""见义勇为"等叙事母题发扬光大，通过如此"跨文类互文"，这部小说奠定了其"经典性"造诣的基础。

第二节 《水浒传》共时"互文性"生发

在中国文学传统中，戏曲与小说"同源异流"。与《水浒传》文本建构相关的第二种"跨文类互文"对象是包括杂剧与传奇的传统戏曲。

一 与各种"水浒戏"同源而异派

众所周知，中国小说的一支系从说唱而来，而说唱是有文本底本的。戏曲虽然有剧本可依，但主要靠搬演传播。"水浒"故事一开始分别是靠说唱与搬演传播的，《水浒传》的成书主要靠说唱系统，《大宋宣和遗事》理应是较为可靠的蓝本。"水浒戏"与"水浒小说"二水分流，在其文本互涉中，"共时性"因素大于"历时性"因素。

以往，人们的基本认识是，《水浒传》的文本建构基于一系列元代杂剧文本，系将其一些叙事单元和叙事元素累积加工而成。从有关文献记载得知，元代水浒戏主要有《梁山黑旋风负荆》《黑旋风双献功》《黑旋风借尸还魂》《燕青射雁》《宋公明排九宫八卦阵》《宋公明劫法案》《鲁智深喜赏黄花峪》《争报恩三虎下山》《折担儿武松打虎》《张顺水里报冤》《小李广大闹元宵夜》《梁山王虎大劫牢》等杂剧30余

---

① 陈曦钟、侯忠义、鲁玉川辑校：《水浒传会评本》，北京大学出版社1981年版，第186页。

种，进入戏剧的角色有宋江、李逵、吴用、武松、鲁智深、燕青、杨雄、张顺、徐宁、花荣、刘唐、阮氏兄弟、王矮虎、秦明、史进、卢俊义等。如果将《水浒传》文本形成的时间推论到元代，那么这些"水浒戏"与子虚乌有的所谓的"元代小说"《水浒传》之间的关系便需要重新考察。再说，《水浒传》成书之后又在题材等方面影响了明清传奇剧创作。比照不同时期"水浒戏"文本，固然可以评定出《水浒传》是如何对"水浒戏"进行接受与排斥的。然而，《水浒传》文本与"水浒戏"文本之关联的情形异常复杂，需要根据不同时段不同版本作具体分析。说元代"水浒戏"影响了《水浒传》的成书，大致说得过去，因为《水浒传》的成书年代被文学史家定位到元末明初，毕竟在时序上算是稍靠后，尽管这种《水浒传》版本并未传世。若说《水浒传》影响了明代传奇，则未免有失偏颇。因为现存《水浒传》版本大多晚出于明传奇，或与明传奇同时并出，难以通过文本比对说清楚其相互影响的情形。

值得注意的是，与《史记》单向传递式影响《水浒传》相比，《水浒传》与"水浒戏"的关联除了"历时"因素，还存在一个"共时"相生问题。尤其是明代传奇"水浒戏"与《水浒传》二者是否存在敷演问题？到底是谁敷演了谁？是单向敷演还是互相敷演？这是我们应该认真探讨的问题。关于李开先的《宝剑记》与《水浒传》之间的关系，大多研究者认为《宝剑记》取材于《水浒传》。然而，据有人从曲文关于林冲活动的时间地点、林冲的思想风貌以及其星宿的变化等因素考察，似乎并非源自《水浒传》。[①] 倒是"雪夜上梁山"一节，情景交融，能够传达人物之凄怆，似乎《水浒传》那一段是由此处撷取而来的。当然，无论是元杂剧还是明传奇，均影响了后来金圣叹评改《水浒传》，则是不争的历史事实。

另外需要特别注意的是，《水浒传》与传统戏曲之"互文性"并非

[①] 朱红昭：《〈宝剑记〉与〈水浒传〉关系之新探》，《时代文学》2011年第6期。

限于同题材的相互敷演，而是更多地发生在结构与文法的相互借鉴上。今存元代杂剧以及明代传奇曾用"新编关目""十分好关目"等术语以表示剧本叙事的新奇，这种"关目"意识早已被引入到《水浒传》。容与堂本以及袁无涯本《水浒传》运用"关目"一词评说小说关键环节达二十多处。金圣叹之前，李贽等人不仅把"关目好"作为传奇剧创作的要义之一，而且将这种意识贯彻于《水浒传》评点。从现存文本看，金圣叹在对《水浒传》文本加以评改时，多方面借鉴了杂剧体制建构的经验。首先，他运用杂剧的结构原理为小说设置了楔子。为此，他着意托"古本"而将小说的第一回改为"楔子"，并煞有介事地评批道："此一回，古本题曰'楔子'。楔子者，以物出物之谓也。以瘟疫为楔，楔出祈禳；以祈禳为楔，楔出天师；以天师为楔，楔出洪信；以洪信为楔，楔出游山……"① 从此，这种来自戏剧的"结构原理"得以在小说文本建构中成为一条律例。《儒林外史》《红楼梦》等小说皆师从其道，此是后话。另外，戏曲结尾讲究"收煞"，这在金圣叹评改《水浒传》时也有所体现，他的评改本以"忠义堂英雄排座次"煞尾。其第七十回有批道："一部书七十回，可谓大铺排。此一回，可谓大结束。""作者只图叙事既毕，重将一百八人姓名一一排列出来，为一部七十回书点睛结穴耳。"② 除此之外，戏曲中的"戏胆"也经常被转为小说叙事意象，金圣叹对闪烁于《水浒传》字里行间的各种意象特别看重，并一一指出其"戏胆"功能。当然，制造波澜本是戏剧冲突谋划的诀窍，金圣叹也注意发掘《水浒传》文本所借用的这一秘诀，所谓"勺水兴波"结构即是其一。还有，《水浒传》善将戏剧的表演性、台词化融入叙事文本，并使人物描写达到了角色化与个性化高度。对此，金圣叹《水浒传序三》指出："《水浒》所叙，叙一百八人，人有

---

① 朱一玄、刘毓忱编：《〈水浒传〉资料汇编》，南开大学出版社2012年版，第227页。
② 同上书，第303页。

其性情，人有其气质，人有其形状，人有其声口。"[1] 另外，《水浒传》也自然会汲取戏剧的插科打诨。元代高明的《琵琶记·报告戏情》说："休论插科打诨，也不寻宫数调，只看子孝与妻贤。"且不说《水浒传》在"子孝"命意上会与传统戏剧交相辉映，而在人物语言上也借鉴了传统戏剧的表达方式。如李逵的语言时常有宾白性和插科打诨性，特别是人们熟知的首次拜会宋江那一节，对话声情并茂，颇具喜剧色彩。如此这般，《水浒传》通过与传统戏曲的再度"跨文类互文"，使其"经典性"水平得到提升。

概而言之，《水浒传》之所以令人过目不忘，刻骨铭心，既归因于它那前无古人的原创精神，更归因于其本身历经众多文人点铁成金以成为不朽的文本实践。在原创者与后来各位评改者的不断努力下，《水浒传》经过了代代文人反反复复的评改增删，其间接受了《史记》等史传文学与包括元代"水浒戏"在内的各种传统戏曲创作的"跨文类互文"，分别奠定了叙事意态和叙事意象基础，遂成为无与伦比的英雄传奇小说经典。

二 与《金瓶梅》等小说文本互渗

由于《水浒传》和《金瓶梅》并非定格于"施耐庵"和"兰陵笑笑生"，因此我们不能动辄就说"施耐庵"或"兰陵笑笑生"如何如何，更不能说"兰陵笑笑生"接受了"施耐庵"的模板。两个作者和两部文本之间的关系难于一言以蔽之。目前学界有关"从《水浒传》到《金瓶梅》"的各种各样论题，无疑都忽略了《金瓶梅》与《水浒传》发生逆袭关系的可能。尽管我们总会存在一种印象，即《金瓶梅》是由《水浒传》直接"生发"或"派生"出的一部古代小说经典，但二者的主要版本却大致共同定型于明代嘉靖至万历那段历史时期。再说，它们与《三国志演义》《西游记》之间同样存在发生"共时"并行

---

[1] 朱一玄、刘毓忱编：《〈水浒传〉资料汇编》，南开大学出版社2012年版，第213页。

之"互文性"的可能。尤其是《水浒传》版本的复杂,更让人难以论定,更难坐实《金瓶梅》是如何从《水浒传》"生发"而来的。① 因此,这里不再拘泥于以往题材、故事沿袭,为突出《水浒传》的"经典性",重点探讨一下《水浒传》文本与《金瓶梅》文本之间发生多重渗透关联的事实与可能。

关于"四大奇书"之双向多重"互文性"问题,笔者已有专文《从共时视角看"四大奇书"之互文性——兼谈其对文学史写作的启示》探讨,此不赘述。② 关于从《水浒传》到《金瓶梅》问题,似乎是显在的,明代袁中道即指出:"写儿女情态具备,乃从《水浒传》潘金莲演出一支。"③ 需要补充说明的是,人们之所以接受"从《水浒传》到《金瓶梅》"是因为它基本符合时序的"历时性"常理,而关于"从《金瓶梅》到《水浒传》"问题,虽然也不断有人提出,但人们一般不愿接受,甚至予以否认。著名史学家陈垣在署名"钱"所发表的一篇《书水浒传》(载广州《时事画报》第三十期,1907 年)一文中主张"王婆贪贿说风情"是《金瓶梅》"回锅"或"回炉"到《水浒传》的。对此,台湾学者陈益源曾专门予以驳斥。④ 后来,徐朔方先生《中国古代早期长篇小说的综合考察》一文在谈到几部小说名著在长期流传过程中"彼此影响,互相渗透"问题时,也曾举证出《水浒传》的

---

① 谈蓓芳《从〈金瓶梅词话〉与〈水浒〉版本的关系看其成书时间》(《复旦学报》2009 年第 3 期)一文曾经专门提出这样的问题:"《水浒传》的版本很复杂,既有繁本和简本之别,繁本与繁本之间、简本与简本之间又不尽相同。那么,《金瓶梅》这些内容所依据的到底是《水浒传》的繁本还是简本?又是怎样的繁本或简本?"并进行过探讨,其结论是《金瓶梅》第一回所依据的《水浒》乃是简本,第五回写潘金莲在王婆协助下毒杀武大的一段所依据的明明又是繁本;又提到胡应麟认为他在隆庆时看到的"尚极足寻味"之本已是简本而非原本,所以有"余因叹是编初出之日,不知当更何如也"之语。这些论断的成立尚有商榷的余地。笔者认为,"这笔糊涂账"之所以难以搞清,就是因为各种关系并非纯粹,其中就有《金瓶梅》逆袭《水浒传》的可能。
② 请参考《从共时视角看"四大奇书"之互文性——兼谈其对文学史写作的启示》一文,《学术月刊》2013 年第 10 期。
③ (明)袁中道:《游居柿录》,黄霖:《金瓶梅资料汇编》,中华书局 1987 年版,第 229 页。
④ 李益源:《小说与艳情》,学林出版社 2000 年版,第 6—11 页。

某些文笔系从《金瓶梅》而来。① 这些貌似不可能的"新鲜事",其实并非都是"大胆的假设"的结果。按照"共时性"创作事理,发生《金瓶梅》文本输出到《水浒传》这样的事断然不是没有可能,甚至客观上就存在这种双向"互文性"事实。

《金瓶梅》文本系广泛地借前期文学文本而成,已成为学界共识。还是慎言容易坐实的"《金瓶梅》是如何借用《水浒传》从而造成情景不一的'互文性'"这一问题吧!无论是借助《水浒传》中的"潘金莲与西门庆"故事实现"借尸还魂""借树开花",还是借助《水浒传》以及其他小说文本以"脱胎换骨""点铁成金",都显示出《金瓶梅》乃一部广采博取之作。当然,《金瓶梅》并不满足于"移植"或"照搬"《水浒传》关于西门庆、武大郎、潘金莲等人物故事的叙述,而注意通过多种改造性搬用或套用,来实现其文本新建。马瑞芳曾将其概括为"东施效颦"(西门庆诬陷来旺儿的操作方法、过程、结果,都是模仿《水浒传》张都监陷害武松)、"因风吹火"(《金瓶梅词话》借《水浒传》梁中书逃亡挟带出李瓶儿,使得李瓶儿能以富婆身份出现)、"借鸡生蛋"(由《水浒传》武松杀嫂敷演成更详尽的西门庆潘金莲艳事)、"大放异彩"(从第十一回开始),并做出了"何必拘泥于水浒?《金瓶梅词话》作者太懒惰了""因风吹火,相当聪明""有了真正的自我"等评判。② 这些研究虽未贴上"互文性"标签,但其实都已从不同层面不同程度地梳理出了《金瓶梅》与《水浒传》发生"互文性"的基本情形,并予以褒贬:对直接搬用原材料的借用"贬多于褒",而对灵活化用前人故事的借用"褒大于贬"。除了前人举出的例子,我们还可以举出更多例子来证明《水浒传》与《金瓶梅》之"互文性"水平。一者,有套用夸饰人物容貌的套话之刻板性"互文性",如《金瓶梅》第八十四回写吴月娘瞻仰碧霞宫娘娘的容貌,直接是抄

---

① 徐朔方:《小说考信编》,上海古籍出版社1997年版,第369页。
② 马瑞芳:《〈金瓶梅〉和〈水浒传〉的血缘关系》,《文史知识》2011年第1期。

袭自《水浒传》第四十二回写九天玄女的容貌，而且几乎一字不改，均用"头绾九龙飞凤髻，身穿金缕绛绡衣"云云。《金瓶梅》第二回关于潘金莲容貌的描写也与《水浒传》第四十四回关于潘巧云容貌的描写基本雷同。笔者曾根据格调和用语，怀疑这项"互文性"是《水浒传》从《金瓶梅》那里获得的。再者，还有移花接木式的挪用，如《金瓶梅》第八十四回写"吴月娘险些被殷天锡玷污"系改写自《水浒传》第七回所写"林冲娘子遭高衙内调戏"一节，吴月娘口中叫喊的"清平世界，朗朗乾坤，没事把良人妻室，强霸拦在此做甚"与林冲娘子口中叫喊的"清平世界，如何把我良人妻子关在这里"，可谓异口同声；此写殷天锡所谓"娘子禁声，下顾小生，恳求怜允"，也不过是高衙内所叫唤的"娘子，可怜见救俺"的翻版；《金瓶梅》第八十四回写宋江在清风寨劝说王英释放吴月娘，几乎完全是抄袭自《水浒传》第三十二回所写宋江在清风寨劝说王英释放刘高的夫人，《水浒传》所写宋江之言："犯了溜骨髓三个字的，好生惹人耻笑。""这个娘子，是小人友人同僚正官之妻。""我不是山寨里大王，我自是郓城县客人。"与《金瓶梅》第八十四回中的宋江之言："犯了溜骨腿三字，不为好汉。""这位娘子，乃是我同僚正官之妻。""我不是这山寨大王，我是郓城县客人。"保持了一人大致的同语发声，只是把刘夫人换成了吴月娘而已。

众所公认，《金瓶梅》词话本与《水浒传》的关系并非仅仅限于对潘金莲、西门庆等人物搬弄、叙述文字的抄袭，对其他故事变戏法般地应用、活用也为数不少。黄霖先生在《〈忠义水浒传〉与〈金瓶梅词话〉》一文中作过这样的统计："两书相同的人名有二十七个，相同或相似的大段故事情节有十二段，《金瓶梅》还抄了或基本上是抄《水浒》的韵文有五十四处。"[①] 其中，这十二段相似片段均可视为"仿拟"

---

① 黄霖：《〈忠义水浒传〉与〈金瓶梅词话〉》，载《水浒争鸣》第一辑，长江文艺出版社1982年版，第224页。

叙事。如第八回《潘金莲永夜盼西门庆，烧夫灵和尚听淫声》所叙和尚偷听李瓶儿与西门庆的"淫声"一节，显系从《水浒》第四十四回《杨雄醉骂潘巧云，石秀智杀裴如海》所叙潘巧云、裴如海偷情一节仿拟而来；第二十六回《来旺儿递解徐州，宋惠莲含羞自缢》所叙西门庆设下圈套，引诱来旺出来赶"贼"，趁机当作贼捉拿之事，分明又仿拟了《水浒》第二十九回《施恩三入死囚牢，武松大闹飞云浦》所叙张都监、张团练和蒋门神设下陷阱，诬陷武松为盗贼之事；第八十四回《吴月娘大闹碧霞宫，宋公明义释清风寨》所叙吴月娘被赚入方丈中遭殷天锡调戏，自然令人联想到《水浒》所叙高衙内调戏林冲娘子一节，而吴月娘在清风寨被宋江解救、释放又大概是袭用了《水浒》所叙宋江在清风山解救、释放刘知寨夫人一节。除此之外，还有一种比较隐蔽的带有"戏拟"性质的文本"化用"，颇值得寻味。如《金瓶梅》第十九回所写"草里蛇逻打蒋竹山"与《水浒传》第三回所写"拳打镇关西"，皆是围绕"打架斗殴"做文章，都带有"寻衅滋事"性质，只是有白道教训黑道与黑道光天化日之下作恶之别。有意思的是，除了"草里蛇""过街鼠"这种命名有模拟《水浒传》人物绰号的痕迹外，小说还把打人实施者由原来行侠仗义的"鲁达"变成了眼下为非作歹、助纣为虐的"鲁华"，同姓又两个字且有点谐音的名字本身就含有"戏拟"味道。（这一条例证是笔者与哥伦比亚大学商伟先生在一起聊天提到的，特予说明，并对商先生的慷慨赐教致谢。）再进一步对两个文本进行对照，我们便会感受到二者何其相似：鲁华接受西门庆之命前来教训蒋竹山，大凡打架之前如何找碴儿，如何激怒对方，如何无理取闹、无中生有、无事生非，尤其是人物的对话以及口气的挑衅性，以及所采取的"拳打"行为方式，且打了又不止一拳，等等，诸种形似的叙事元素都是通过"戏拟"《水浒传》而来。为一窥其中究竟，兹不妨具体摘录一段看看：

《金瓶梅》第十九回	《水浒传》第三回
把竹山气的脸蜡查也似黄了，骂道："好杀才，狗男女！你是那里捣子？走来吓诈我！"鲁华听了，心中大怒，隔着小柜，飕的一拳去，早飞到竹山面门上，就把鼻子打歪在半边。一面把架上的药材撒了一街。竹山大骂："好贼捣子！你如何来抢夺我货物？"因叫天福儿来帮助，被鲁华一脚踢过一边，那里再敢上前？……不提防，鲁华又是一拳。仰八叉跌了一交，险不倒栽入洋沟里，将发散开，巾帻都污浊了	郑屠大怒，两条忿气从脚底下直冲到顶门……扑的只一拳，正打在鼻子上，打得鲜血迸流，鼻子歪在半边，却便似开了个油酱铺，咸的、酸的、辣的一发都滚出来。郑屠挣不起来，那把尖刀也丢在一边，口里只叫："打得好！"鲁达骂道："直娘贼！还敢应口！"提起拳头来就眼眶际眉梢只一拳，打得眼棱缝裂，乌珠迸出，也似开了个彩帛铺，红的、黑的、紫的都绽将出来。两边看的人惧怕鲁提辖，谁敢向前来劝

　　读罢如此两段文字，我们便深深感到，两部小说几乎运用了同样的笔墨，只因写其出发点不同，打斗性质不一，作者便巧妙地将原本渲染一场正气凛然的打抱不平义举，"戏拟"成一场无理取闹、为虎作伥的恶行。非但如此，再结合此前所写西门庆在安排完这场罪恶行动后，乘着酒兴将此事告诉潘金莲的那句话："到明日，教你笑一声。你道蒋太医开了生药铺，到明日，管情叫他脸上开果子铺出来。"由这个"开果子铺"比喻，我们不难联想到《水浒传》所写的鲁达前两拳下手的效果："却便似开了个油酱铺""也似开了个彩帛铺"。可见，即使于此不经意处，作者也是在做一篇奇妙无穷的"互文性"文章。《金瓶梅》对《水浒传》如此接二连三地"戏仿"，若隐若现，颇具反讽效果。

　　可见，《金瓶梅》文本建构之于《水浒传》并非简单地就故事本身"借树开花""借鸡生蛋"，除了"移花接木"式地灵活挪用原文本并赋予新故事以新意，还善于通过"戏拟"或"化用"制造颠覆性、反讽性文本效果。这种先天优势及其互渗力自然更彰显出《水浒传》的"经典性"。在这部著作的"经典化"过程中，精英阶层的金圣叹贡献犹大。他不仅灵活使用删、改、增三种手段评改《水浒传》，使小说的叙事写人以及相应的文法走向精致，而且还反复用力去"捧"。

第三节　对其他几大经典小说之派生

众所周知，一部经典"之所以成为经典"的内质和要素包括很多。其中，下行"互文性"所显示的派生力之强弱理应被视为其重要标志之一。所谓"派生"本指江河的源头产生出支流。南朝梁代刘勰《文心雕龙·隐秀》用以比喻为文之道："源奥而派生，根盛而颖峻。"在中国小说史上，《水浒传》的"派生力"罕有其匹。作为一部能够派生出千万卷小说的"源"作品，其"奥"在何处？值得深入探讨。

一　《水浒传》文本之"派生"

首先，《水浒传》之"派生力"特别表现在"互文性"之"道"贯彻上的狂欢。关于《儒林外史》与《水浒传》的"互文性"之"道"，我们首先要通过题材和人物等因素的对照进行解答。前者重在写"儒林"之事，后者重在写"武林"之事。而在中国文化传统中，"文"和"武"向来是对行的。且两部小说所展现的又都是"男性的世界"。这就意味着，前者可以"参照"后者而作，非常便于实现"互文性"写作。

大约作于康熙年间的《林兰香》有意师法包括《水浒传》在内的"四大奇书"并予以扬弃，题为麦麟麦娄子的序言说："偶于坊友处睹《林兰香》一部，始阅之索然，再阅之憬然，终阅之抚然。其立局命意，俱见于开卷自叙之中。既不及贬，亦不及褒。所爱者：有《三国》之计谋，而未邻于谲诡；有《水浒》之放浪，而未流于猖狂；有《西游》之鬼神，而未出于荒诞；有《金瓶》之粉腻，而未及于妖淫。是盖集四家之奇以自成为一家之奇者也。"[①] 在《林兰香》的"互文性"写作中，《水浒传》并未缺席。

相对而言，《红楼梦》对《水浒传》那般"天造地设"构架和布设

---

① 丁锡根编著：《中国历代小说序跋集》，人民文学出版社 1996 年版，第 1205 页。

有着呼应性的参照与仿拟,二者存在"互文性"关系也早已是不争的事实。其"可能性"前提即在于,前者集中写一百零八裙钗这一班女性,且原本的末回附有"情榜";后者重在写以男性为主的一百单八将,末尾列有"忠义榜"。二者"互文性"关系的实现也能够得心应手,只要按照传统文化中的"阴阳"之道,完成性别转换即可。正如周汝昌《红楼脉络见分明》一文所指出的:"雪芹的书,是'翻'《水浒》,然而又是继承《水浒》:他采取108这个最主要的结构中心。他'对'准了施公,有意识地写了108位女子。他的书后《情榜》,是'对'施公的《忠义榜》。"① 总之,《红楼梦》之大处与细处大致均与《水浒传》相反相成,这种镜照性的"互文性"写作无处不在,乃至无微不至。如金圣叹第五回回评曾针对自己修订的小说文本中的"鲁智深诘问瓦官寺僧""鲁智深与史进在赤松林恶斗"中的人物对话指出小说写作中的"不完句法"现象,并自我赞美为"乃从古未有之奇事";《红楼梦》文本随处可见的"不完句法"大概也得益于这种启发,并予以发扬光大,并形成写人笔法的一大特色。

当然,《水浒传》的"派生力"更显示在后世小说对其进行形而下的模拟上,凭着"互文之技"彰显威力。就后世小说起笔而言,深受《水浒传》影响的印记大有存在。如在金评本《水浒传》的渗透下,《儒林外史》第一回就以"说楔子敷陈大义,借名流隐括全文"为题,引出所要叙述的故事。就《儒林外史》与《水浒传》的"互文之技"而言,在人物设置方面,将"二进"置于故事开始。所谓"二进",即前者的周进与范进,后者的王进与史进。在两部小说中,他们不仅分别是邂逅性的师徒关系,而且两对人物分别还在性格上有着某种相似性。《水浒传》所叙王进和史进都是讲义气的好汉,既有行侠仗义的一面,同时又有鲁莽之处,他们不期而遇,惺惺惜惺惺,好汉惜好汉,建立起武场上的师徒关系;《儒林外史》仿照这一人物设置方式,写周进与范

---

① 周汝昌:《红楼艺术》,人民文学出版社1995年版,第245页。

进于科场邂逅，同样是同命相怜，惺惺相惜，而成为儒林界的师徒关系。当然，"互文性"研究的基本立场是"文本"。通常说，小说"互文性"最简便的办法是直接将局部叙述单元移植而来。《儒林外史》在"模仿"《水浒传》时也曾这样做过。如这两部小说都叙述过"遇虎"故事，而且颇给人以似曾相识之感。

《红楼梦》第一回虽没有明示为"楔子"，但也颇具"楔子"用意。甲戌本第一回小说描述一僧一道携顽石入世之事以及曹雪芹伪托《石头记》成书经历。对此，脂砚斋批道："若云雪芹'披阅增删'，然则开卷至此这一篇'楔子'又系谁撰？足见作者之笔，狡猾之甚。后文如此处者不少。这正是作者用画家'烟云模糊法'处，观者万不可被作者瞒蔽了去，方是巨眼。"① 在脂砚斋看来，小说开头以神话故事交代了石头思凡、下凡的经历，似乎离题万里，但又为引发小说叙事，同样发挥了"楔子"的作用；这与金圣叹评改的《水浒传》框架一脉相承。如此"互文之技"的实施，还可举出许多，如《杨家将演义》第二十八回"焦赞怒杀谢金吾"的创意也大致来自《水浒传》之"血溅鸳鸯楼"：先是写"厨下"杀"小使女"，继而写杀死谢金吾，然后写"杀得手活，抢入房中，不分老幼，尽皆屠戮。可怜谢金吾一家，并遭焦赞所害"。最后写焦赞敢做敢当，"即蘸鲜血，大书二行于门曰：'天上有六丁六甲，地下有金神七煞。若问杀者是谁？来寻焦七焦八。'"以及写事后官方勘察，"老幼共一十三口，尸横散地，血污庭阶"，全部都由《水浒传》所写武松那场大开杀戒而来。甚至还有的小说文本直接声明"派生"自《水浒传》。如《姑妄言》第二十四回写道："一肚子的冷干烧酒，被这热汤一冲，就发作起来了。不多时，一个仰着脸头靠在椅背上睡去，一个伏在桌子上也就去梦黄粱。艾金忙走进去，拿出母夜叉蒙汗药武松的样子来，向能氏笑嘻嘻的拍着手，道：'倒了，

---

① （清）诸联：《红楼梦评》，见《古典文学研究资料汇编·红楼梦卷》第一册，中华书局1980年版，第117页。

倒了.'"具体叙事细节以及叙述语言显然系通过仿拟《水浒传》所写"十字坡"那段文字而来。

从某种意义上说,"派生力"强弱是衡量一部经典之"经典性"高低的重要指标。既能在涓涓细流上互相自由嬉戏,又能在大格局上彼此狂欢,《水浒传》与众派生文本的"互文性"非常可观。如果说"没有《金瓶梅》就没有《红楼梦》"能够成立的话,那么可以说,没有《水浒传》,中国传统小说将会倒下一大片。不仅不会有《金瓶梅》,也不会有《绿野仙踪》《儒林外史》《红楼梦》,遑论《后水浒传》《荡寇志》诸书,中国文学史的光彩将会黯然失色。

纵观一部中国小说史,《水浒传》之"派生力"制造出无限烟波,澎湃万里,后世各种小说鲜有不受其沾溉者。在清代,《水浒传》的"派生力"主要发自金圣叹"评改本",就是说,清代小说的"互文性"对象也基本上是这部较为精致的腰斩本。关于"互文性"的具体操作方式,人们曾多次予以概括和总结,提出了话语和题材的借用、拼贴、改写、变形以及话语变调、种类混杂、引语、典故、原型、模仿、扭曲、反讽等方式。如荷兰学者杜威·佛克马《后现代主义文本的语义结构和句法结构》通过列详表把后现代主义的文本结构归纳为累赘、参照(含重复、对早期文本的参照、手稿的涂写法)、交叉(同一文本两个故事的交叉)、循环(现代主义或现实主义间的循环)、加倍(情节、旧词的加倍或写作活动中自我反映性的加倍等)、增殖(结尾或开始的增殖、无结局情节的增殖——迷宫情节、符号系统的乘法等)、排比(文本各部分的互换、文本与社会语境的排比、语义单位如主题和思想的排比、真与假的排比、比喻与原意的排比等),其中不少是关于句法结构和文本结构方面的。① 虽然中国传统经典小说《水浒传》与其他小说文本之间的"互文性"操作富有中国特色,不能生搬硬套西方

---

① [荷]佛克马等编:《走向后现代主义》,王宁等译,北京大学出版社1991年版,第108—112页。

这一套话语来阐发，但它启示我们一部经典的"派生力"和"辐射性"是多层面、多样式的。就作为经典文本的《水浒传》之"派生力"而言，有"照着讲""接着讲""反着讲"而生发的，《后水浒传》《荡寇志》正是《水浒传》显在"派生"的标志。这不是我们所要谈论的重点。我们要借鉴"互文性"理论探讨其以文本生发为主的另一种"派生性"，这种"派生"有的含而不露，有的若隐若现，有的移花接木……

二 《水浒传》"互文性"之于"经典性"

鲁迅曾经评价《金瓶梅》"同时说部，无一上之"。此前说部，首推《水浒传》，即使鲁迅美赞的《金瓶梅》也由它衍生而来。《水浒传》的至高地位在金圣叹那里已经被确认了。金圣叹曾大张旗鼓地宣告过："天下之乐，莫若读书。"而"读书之乐，莫若读《水浒》"。又说："不读《水浒》，不知天下之奇。"《水浒传序三》更是赞不绝口地指出："天下之文章，无有出《水浒》右者；天下之格物君子，无有出施耐庵先生右者。""《水浒》之文精严，读之即得读一切书之法也。……以之遍读天下之书，其易果如破竹也者，夫而后叹施耐庵《水浒传》真为文章之总持。"[①] 所谓"无出其右""文章总持"，正是一部文学"经典"特有的高度。正因如此，"贯华堂本"甫一问世，便立即风行海内，将其他版本遮蔽，甚至出现了"一本独尊、诸本皆废"的传播奇观。金圣叹不仅对这部奇书赞美有加，给出了至高无上的评价，而且还将其纳入天地间唯一代表小说的"六才子书"之一。这番权威之言并非纯粹是出于金圣叹对这部奇书的偏爱，而今从其"衍生性"来看，《水浒传》的至高经典性也无法撼动。

以往人们在评价《水浒传》的文学史地位时，多运用相对单一的"历时"意识，并将其纳入"传播""影响"或"接受"视野下，更多地注意到其"忠义观念""江湖义气"等社会影响，或重点关注其题材

---

① 朱一玄、刘毓忱编：《〈水浒传〉资料汇编》，南开大学出版社2012年版，第213、215页。

的戏剧敷演,很少集中去发掘其作为"前文本"对"后文本"的"互文性"影响。归根结底,《水浒传》何以成为不朽之"经典"?从受众视野看,它所传达出的信息和符号能够获得人们的普遍认同和审美共识,富有文化底蕴,是一道不可多得的文化样本和思想中枢。《水浒传》的"互文性"不仅停留于文本形式层次,而且富有文化意蕴和审美意趣,对其"经典性"的造就意义重大;相应地,作为"经典"的《水浒传》又派生出后起许多小说,增强了它的"互文性"影响。也可以说,"互文性"与"经典性"是一个问题的两个方面。

中国传统神秘文化饶有兴味,《水浒传》这部英雄传奇经典是凭着"天人感应"的开篇和梦幻的结尾承前启后的。它分别以神异的、梦幻的惊人之笔为"起结":开端便以"洪太尉误走妖魔"这一神奇故事进行敷演,预示梁山好汉的"出世",将108位英雄写成是天罡地煞转世,将非因果的天灾人祸附会为合乎因果的天理人情,并赋予故事以耐人寻味的神秘性,通过真幻镜照,增强天人合一、因果报应等文化底蕴;结尾第七十回设计了"忠义堂石碣受天文,梁山泊英雄惊恶梦",以"徽宗帝梦游梁山泊"的奇幻故事作结,借写徽宗梦遇宋江等亡故的梁山英雄以渲染其悲剧。另外,中间插以"宋公明遇九天玄女"的荒诞故事,讲述九天玄女传宋江三卷天书,嘱托他替天行道,全忠仗义,辅国安民,去邪归正等。这是对古老神话的置换变形,是对英雄与神异的巧妙连缀。九天玄女并非出于《水浒传》作者的杜撰,而是由丰厚的文化积淀而来:在古老的传说中,她曾授天书给黄帝助其战胜蚩尤。再说,"天书"也非作者胡编滥造,同样代表了民众对出奇制胜法宝的遐想。据前人撰述,上帝授《洪范》给大禹助其治服洪水,圯上老人授《素书》给张良助其平定天下……《水浒传》借助神授天书升华了"替天行道"主旨。这种带有神秘色彩的"起结"以及"穿插"模式深得后人钟爱和效仿,是其"经典性"的标志之一。《姑妄言》的第一回就是"引神寓意,借梦开端",而《红楼梦》的第一回也是"甄士隐梦幻识通灵，贾雨村风尘怀闺秀"，通过编造神瑛侍者入世，绛珠仙草下凡的神话故事，旨在暗示宝、黛的爱情悲剧，露出与《水浒传》的离奇情节以及创造神秘性的笔法一脉相承的痕迹。当然，《水浒传》还将许多奇门遁甲等神奇战术纳入战争叙事之中。如第五十二回写宋江从天书上学得"回风返火破阵之法"；第七十六回所写"吴加亮布四斗五方旗，宋公明排九宫八卦阵"；第八十八回所写"颜统军阵列混天象，宋公明梦授玄女法"；第一百一十七回所写宋江与郑魔君交战，"自念天书上回风破暗的密咒秘诀"等。这些关于阵法、法术、预测术的描写，源自传统文化驱动，又以传统文化为底蕴。当然，并非所有人对这一套路都买账。容与堂本第九十七回回评中说："《水浒传》文字不好处，只在说梦、说怪、说阵处。"容与堂本卷首，还有一篇无名氏所作的《水浒传一百回文字优劣》："至于披挂战斗，阵法兵机，都剩技耳，传神处，不在此也。更可恶者，是九天玄女、石碣天文两节，难道天地故生强盗，而又遣鬼神以相之耶？决不然矣。"① 此不被李卓吾看好的所谓"剩技"却赢得了后世小说家们的钟爱，并通过一再效仿，成就了诸多"互文性"叙事单元。且不说《说岳全传》等英雄传奇小说，就连《红楼梦》这样的人情小说在力求写尽人情世态时，也难免会托之于一些荒诞不经的叙事元素。

就文本创意而言，《水浒传》将传统福祸相依、悲喜翻转、刚柔相济、庄谐并茂等审美原理发挥到极致，故而成为后人经常效仿的"经典"。首先，《水浒传》文本讲究对称美、构图美，在事件与人物安排上常"捉对"推出，使之相映成趣。同时，把两种不同的甚至完全相反的性格予以对照，使之双峰对峙，泾渭分明，人物性格显得格外鲜明。金圣叹《读第五才子书法》云："有背面铺粉法：如要衬宋江奸诈，不觉写作李逵真率。要衬石秀尖利，不觉写作杨雄糊涂是也。"②

---

① 朱一玄、刘毓忱编：《〈水浒传〉资料汇编》，南开大学出版社2012年版，第184、186页。
② 同上书，第223页。

前两句评语的定性未必恰当，但几乎针对宋江与李逵的每一次出场而言；后两句评语所针对的小说文本是第四十四回所写"杨雄醉骂潘巧云，石秀智杀裴如海"，该部分将精细有心计的石秀与粗鲁性急的杨雄放在同一个平台上展示，包含丰富的结构意义。再如，第三十七回所写"黑旋风斗浪里白条"展现了这样一番打斗场景："两个正在江心里面清波碧浪中间，一个显浑身黑肉，一个露遍体霜肤。两个打作一团，绞做一快，江岸上那三五百人没一个不喝采。"黑肉白肤相衬，憨拙与灵巧相衬，再加清波碧浪相映，真是好看。另外，小说写男性英雄，往往突出性情相反的兄弟二人，且姓名两个字者居多。这与《儒林外史》《红楼梦》的人物设置隔代相传，异曲同工。再说，通过"对比"写人物之"前倨后恭"以揭示世态人情，也是《水浒传》的拿手文法。如其第八回写差拨一开始见林冲没有人情钱，马上"变了面皮"，指着林冲大骂"贼配军""打不死、拷不杀的顽囚"，发誓要叫林冲"粉身碎骨"，一旦见到林冲的五两银子后，即刻"看着林冲笑道：'我也闻你的好名字，端的是个好男子！'"，并预言林冲"目下暂时受苦，久后必然发迹"。如此笔法，延及《金瓶梅》便有"常时节得钞傲妻"等精彩片段。由此，我们还可联想到《儒林外史》所写胡屠户对女婿范进的前倨后恭、《红楼梦》所写王熙凤对刘姥姥的前倨后恭，等等。

　　根据前人研究，《水浒传》的文字之所以拥有足以不朽的"经典性"，能够与其他文本发生"互文性"，是因为它经过了几百年的千锤百炼，富含文化积淀。人们常说，没有《金瓶梅》，就没有《红楼梦》，两部经典互相支撑。而没有《水浒传》，就不会有《金瓶梅》《儒林外史》《红楼梦》《荡寇志》等一系列小说。从《水浒传》这一个案的文本沿承与传播来看，文学艺术创作中的"互文性"与"经典性"大致是相辅相成的，"互文性"是造就一部小说"经典性"的手段，而一部小说过硬的"经典性"又成为其与后世作品发生"互文性"的资本。

第四章 《三国志演义》文本创构之"重复"

在中国文学创作中，相对于诗文惯于凭借"用典""点铁成金"等方法来强化抒情意蕴而言，小说常常依托"仿效""重复"等方法来强化某种叙事与写人效果。前些年，在"求异与求变"思想的左右下，每当论及小说中的"重复"，人们多将其定调为因作家"江郎才尽"或局限于生活阅历而造成的缺憾，很少能从叙事修辞视角予以正面评价。随着西方"互文性"理论，特别是美国解构主义批评家 J. 希利斯·米勒（J. Hillis Miller）"重复"理论的引进，人们才开始对小说的"重复"问题进行重新审视。此前，法国叙事学家热拉尔·热奈特（Gérard Genette）在研究"叙事频率"问题时指出叙事文本话语与故事内容之间的"重复"关系主要包括两种：事件的重复（即相似事件的反复讲述或讲述 n 次发生过 n 次的事）和话语的重复（即对一个事件反复叙述或讲述 n 次发生过一次的事）。[①] 所谓"重复"，主要是指作者在小说叙述过程中对某些语言和事件进行重映迭现，大致可分为前后不同小说文本之间的"重复"（或谓"外重复"）和某小说文本自身内部不同叙

[①] ［法］热奈特：《叙事话语 新叙事话语》，王文融译，中国社会科学出版社 1990 年版，第 73—75 页。

述言语或叙事单元之间的"重复"（或谓"内重复"）。① 在中国古代小说发展的历史长河中，"重复"之浪花不断地泛起，随地飞溅。作为史上第一部规模宏大的章回小说，《三国志演义》不仅与此前史传文学发生文本互涉，而且还在文本自身内部形成难以计数的颇具似曾相识感的"重复"叙述语句和叙事单元。关于其与此前史传文学发生文本互涉性质的"外重复"，已有人进行过专门研究，姑置不论。② 兹借鉴西方风行的"重复"理论，依据毛宗岗父子对这部小说行文"重复"的细密评点，顺藤摸瓜、按图索骥，从叙事修辞视角对这部经典小说之行文"重复"进行较为全面的审视和探讨，以更好地把握《三国志演义》这部"奇书"的叙事特质。

第一节 《三国志演义》中的"重复"及其叙事效果

如果细加数落，《三国志演义》这部经典小说文本之"重复"不仅随处可见，俯拾即是，而且花样繁多，应有尽有：有"周而复始"式的时间重复，有"山重水复"式的空间重复，有"似曾相识"式的叙事重复，更有各种"互通混融"式的综合重复。虽然《三国志演义》如此众多的行文"重复"时而流露出作者写作之疲态，但整体来说却并非是江郎才尽的作者在凑合篇幅，而是作者不厌其烦地进行苦心经营的结果，其意旨之一即是营造一道有别于"陌生化"的"熟悉化"审

---

① 米勒在《小说与重复——七部英国小说》（1982）一书曾把"重复"一分而为三种形态：即"言语成分的重复：词、修辞格、外形或内在情态的描绘""事件或场景在文本中被复制着""重复其他小说中的动机、主题、人物或事件"。（参见［美］希利斯·米勒《小说与重复——七部英国小说》，王宏图译，天津人民出版社2008年版，第2页。）事实上，此三种"重复"大致可归纳为文本内部的"重复"和前后文本之间的"重复"两类。

② 周建渝曾针对《三国志演义》之"重复"此前史传等文学的情形进行过专门研究，他的研究涉及"《演》与《战国策》《史记》在叙述模式与主题上的文本互涉""项羽/吕布/关羽之叙述的文本互涉""谋臣的作用""以'三'为单元的重复叙事模式""'鸿门宴'母题的再现""青蛇与白蛇的呼应""预示性叙述"等七个方面的话题，令人耳目一新。参见周建渝《多重视野中的〈三国志通俗演义〉》，中国社会科学出版社2009年版，第41—89页。

美妙致的叙事修辞,因而读者读来基本不觉得烦腻。

一 纷呈迭现的文本内部"重复"

尽管《三国志演义》这部小说文本内部的行文"重复"姹紫嫣红,令人目不暇接,但大致可以呈现为在"词、修辞格、外形或内在情态的描绘"等"言语成分"层面的"叙述用语重复"和"事件或场景"层面的"所叙故事重复"两道风景。

先看《三国志演义》内部行文"重复"的第一种形态,即"叙述用语重复"。其突出表现是,这部战争小说多用"重复"言词或语句来叙述战情或战况。如在第一、二、六、十五、三十一、三十五、三十九、五十、五十一、六十八、七十二、七十四、七十七、九十、一〇八等回中,每当叙述到某将领被刺中或打中某个身体部位时,作者继而便用"翻身落马"一语交代;在第七、十六、五十七、六十三、一一一等回中,作者先后均用"乱箭射死"一句来叙述战斗中将领们的死因;在第十一、二十一、二十五、二十六、二十八、四十一、五十三、六十三、七十四等回中,作者叙述战斗中将领们的恋战和悍斗,屡屡运用"更不答话"一句;在第十二、十五、二十六、三十六、五十二、八十三等回中,作者都运用"料敌不过"一语,以表明人物的战时心理;在第十四、九十五、九十九、一一二、一一三、一一五、一一七等回中,作者一再以"忽然一声炮响"叙述某一出其不意、攻其不备的军事行动;在第六十八、九十四、一〇〇、一〇一、一〇六等回中,作者拈用"围得铁桶相似"一语以突出某方处于被包围或遭封锁的严峻形势;在第八十六、九十八、一〇一、一〇二、一〇四等回中,作者又以"授以密计"一语表明交战中某一方所实行的军事策略;……至于"抵敌不住""喊声大震"等语句则多被用以叙述战斗场景,乃至几十次"重复"使用。同时,作者在叙写故事时间时也反反复复地运用某些相对稳定的词语和语句,如在小说第二、八、十三、二十一、三十四、五十二、六十一、六十六、

六十七、八十六、八十九、一一一、一一八、一一九等回中，作者共十四次用到"酒至半酣"一词；另外，"沉吟半晌""半晌方苏""正奔走间""顷刻之间"等一系列标示时间的套语，也被作者得心应手地不断运用着。同时，在叙述人情物态等方面，作者也不惜动用各种各样的"重复"言语。如在第八、四十一、五十二、八十九、一〇〇等回中，多次写到人物的"羞惭满面"；在第二十九、三十七、四十四、七十三、七十九、八十三、一〇一、一〇二、一〇六、一〇九、一一〇、一一三、一一五、一一七等回中，更是多次写到人物的"勃然大怒"。此外，每当叙述人物惊慌、一时没了主意或手足无措时，作者则常用当事人脱口而出的"如之奈何"这句话来表达。诸如此类的"词、修辞格、外形或内在情态的描绘"等"言语成分"方面的"重复"例子非常之多，简直不胜枚举，足见《三国志演义》之行文用语具有何等高的"重复率"。

再说《三国志演义》行文中的第二种"重复"形态，即"所叙故事重复"。这种行文"重复"大多以叙事单元的形式存在。对此，毛纶、毛宗岗父子惯常以"仿佛相似"等评语予以指出。当然，除了毛氏父子所明确指出的部分，尚有其他诸多"重复"叙述单元以及语句有待我们进一步去发掘。兹录一组关于小说人物在特殊时刻应承游说敌方的系列故事叙述以作对照：

回目	行文"重复"单元
第三回	帐前一人出曰："主公勿忧，某与吕布同乡，知其勇而无谋，见利忘义。某凭三寸不烂之舌，说吕布拱手来降，可乎？"卓大喜，观其人，乃虎贲中郎将李肃也。
第四十五回	言未毕，忽帐下一人出曰："某自幼与周郎同窗交契，愿凭三寸不烂之舌，往江东说此人来降。"曹操大喜，视之，乃九江人，姓蒋，名干，字子翼，现为帐下幕宾。
第五十九回	璋平生懦弱，闻得此信，心中大忧，急聚众官商议。忽一人昂然而出曰："主公放心。某虽不才，凭三寸不烂之舌，使张鲁不敢正眼来觑西川。"
第六十五回	孔明谓玄德曰："今马超正在两难之际，亮凭三寸不烂之舌，亲往超寨，说马超来降。"
第七十五回	言未毕，忽一人出曰："不须张弓发箭，某凭三寸不烂之舌，说公安傅士仁来降，可乎？"众视之，乃虞翻也。

对照上表所引文字，且不说小说各部分均重复使用了"凭三寸不烂之舌"一语，就是在叙述人物答话时的语态及其所使用的句法竟然也颇为雷同。为充分感受这些小说文本到底是如何"前后相映"的，此不妨再搬来一批原文以加深认识：第四十六回的"是夜大雾漫天，长江之中，雾气更甚，对面不相见"几句与第四十八回的"天色向晚，东山月上，皎皎如同白日。长江一带，如横素练"几句，为写景之相映，所用叙述语较为雷同。再看小说关于战况的叙述，且不说以上所引"流星马报道"数语与第四十八回所叙"早有探事人报知曹操，说军中传言'西凉州韩遂、马腾谋反，杀奔许都来'"几句雷同，就是以上所引"文聘跳上龙舟，负丕下得小舟，奔入河港"也与第四十九回所叙述火烧赤壁后"操见势急，方欲跳上岸，忽张辽驾一小脚船，扶操下得船时，那只大船已自着了"几句，前后所叙父子二人遭火烧后的逃命情景也特别相似：均是被部将们从大船救到小船。如此行文"重复"段落，自然应视为后者对前者几段文字的重新组合和缩写。在小说行文中，诸如此类给读者印象深刻的行文"重复"还有多种。前些年，美国汉学家浦安迪先生敏感地注意到，这些行文"重复"包括"每逢宫廷议政场面几乎都是由'一人挺身'几字引出一场戏剧性的唇枪舌战，而在战场上，每一场恶战似乎总少不了一支奇兵突然到来，而用以引这支新军出场的套语照例是'忽见一彪人马'"；以及皇家狩猎、吹折将旗等预兆、迁都、围城、诈降、变节、美人计、破坏联盟、锦囊妙计、坐在小山上观战等粗放型或粗线条的"重复"。[①] 再如，每逢叙述到人物命运或战争成败难料时，小说常常以"夜观天象"一语引出一段关于人物生死及战局动向的判断。从第七回叙述蒯良对刘表曰："某夜观天象，见一将星欲坠。以分野度之，当应在孙坚。"预言孙坚兵败身死；第三十回叙述道："沮授被袁绍拘禁在军中，是夜因见众星朗列，

---

① [美]浦安迪：《明代小说四大奇书》，沈亨寿译，中国和平出版社1993年版，第338、412页。

乃命监者引出中庭，仰观天象。忽见太白逆行，侵犯牛斗之分，大惊曰：'祸将至矣！'"预示袁绍被火烧粮草而兵败官渡，这两处均运用了大同小异的笔调与笔势。而第三十八、五十七、七十七回更是反反复复地叙述诸葛孔明通过"夜观天象"，以决定战机。在后来的第九十一、一〇二回中，作者同样分别叙述谯周、司马懿"夜观天象"，以确定战事利弊；在第六、十四、三十三、八十一、九十九、一〇三、一〇五、一〇六等回中，作者还对人物"仰观天文"的行为煞有介事地一一进行过叙述。

　　以上分别举例分析了"叙述用语重复"与"所叙故事重复"两种行文"重复"形态的概况。当然，这两种叙事形态并非是泾渭分明的。尤其是在叙述场景方面，这两大基本"重复"形态时常被兼用。首先，这部小说特别擅长用多层行文"重复"叙述大自然的天气变化，并赋予社会修辞意蕴：除了第六、六十九回分别使用"星月交辉"，第五、七十七回分别使用"月白风清"，其他诸多回目则用"月明星朗""风清月朗""月色澄明""月色微明""月色无光"等以"月色"为核心的类似语词来点染天气状况，等等。同时，小说也每每以"狂风骤起""阴风骤起""冷风骤起""信风骤起""金风骤起""阴云漠漠，骤雨将至""阴云布合，雪花乱飘""阴云四合，黑气漫空""彤云密布，朔风紧急，天将降雪"等大同小异的"重复语"来叙述天气突变，且大多带有隐喻色彩。近年，有人曾以毛宗岗父子关于这部小说景物描写的评点为例，分月、风、火、雾、雪等几个方面对《三国志演义》毛评中的"互文批评"进行了举隅，可以参见。①关于社会场景叙述，小说文本也时常以"重复"笔墨出之。如，小说多次设置"左冲右突""如入无人之境"之类的"重复"场景来渲染赵云、太史慈、关羽等英雄之英勇，等等。

---

　　① 刘海燕：《明清〈三国志演义〉文本演变与评点研究》，福建人民出版社2010年版，第274—283页。

概而言之,《三国志演义》既善于通过核心词语的不断"重复"来强化形象塑造和叙事效果;又善于通过重复文本自身的事件来传达不同时空的历史繁复,并营造常读常新的效果。于是,各种行文"重复"得以纷呈迭现。

二 "旧事重提"及其衍生意蕴

归根结底,"重复"是一种同向度、强化式的叙事修辞方式,它通过对词语、场景、人物、事件、母题、动机等层面的行文"重复",在一定程度上传达出叙述者的意图与文学形象之寓意,从而成为一条通向作品内核的秘密通道。J. H. 米勒认为,读者阐释小说文本,应该通过这样一条路径,即"识别作品中那些反复出现的现象,并进而理解这些现象衍生的意义"。① 因此,为更好地理解《三国志演义》,我们有必要结合毛氏父子之评,对这部小说之行文"重复"现象背后的衍生意蕴进行一番较为深入的发掘。

在《三国志演义》整体叙事中,某些信念或伦理道德行为成为故事人物反复"重复"的话题,并衍生出多重含义。如,小说特别强调"结义"以及"知遇"等人物行为方式的分量,由此形成的君臣聚合话题便不断地被复现于小说叙事的不同环节之中。换言之,这种支撑人物不断进取且略带精神负荷性质的社会"情结"成为小说"重复"叙事的必备要素,不仅决定着当事人的命运,而且也影响到各种战略决策乃至波及更广阔的社会动态。众所周知,决定刘、关、张三人命运的关键一幕是小说第一回所叙述的"桃园之盟""桃园之义"故事。这一幕成为弥合三人绚烂多彩人生悲喜剧的有机构成,不时地被"重复"提起。其中就有,第十四至十五回叙述张飞因醉酒而遭吕布袭了徐州,将嫂子失陷于城中,无地自容,打算拔剑自刎,刘备用来劝慰的说辞便是

---

① [美]希利斯·米勒:《小说与重复——七部英国小说》,王宏图译,天津人民出版社2008年版,第1页。

"吾三人桃园结义，不求同生，但愿同死。今虽失了城池家小，安忍教兄弟中道而亡"。此乃通过"重复"前事，强调结义情分之重。第二十五回叙述张辽劝降关羽，也以"桃园之盟"说事："当初刘使君与兄结义之时，誓同生死。今使君方败，而兄即战死，倘使君复出，欲求兄相助而不可复得，岂不负当年之盟誓乎？"接下去，第二十六回叙述刘备写信给曹营中的关羽，再次以"桃园缔盟"相激，于是才出现了关公为寻兄长，而义无反顾地"过五关斩六将"的英雄故事。第五十一回叙述关羽义释曹操，违犯了军令状，按律当斩，刘备为之讲情，凭的还是"桃园之盟"这一漂亮借口："昔吾三人结义时，誓同生死。今云长虽犯法，不忍违却前盟。望权记过，容将功赎罪。"第六十三回叙述关羽"想桃园结义之情"，敢于担当，誓保荆州。第六十六回叙述鲁肃索荆州，又一次提起"桃园结义，誓同生死"，以挑明关羽有处置事务的权力。第七十七回在叙述刘备闻知关羽归神时，作出了这样的盖棺论定："为念当年同誓死，忽教今日独捐生。"到了第八十回，小说更是叙述刘备发出如此感叹："孤与关、张二弟桃园结义时，誓同生死。今云长已亡，孤岂能独享富贵乎？"第八十一回叙述张飞的态度，仍然拿出老一套的话题："昔我三人桃园结义，誓同生死，今不幸二兄半途而逝，吾安得独享富贵耶？"而待叙及张飞见到刘备时，又写他哭诉道："陛下今日为君，早忘了桃园之誓！"正是这句重复语终于导致刘备和张飞失去理智，酿成兴兵伐吴的大祸。在这些一而再、再而三的"重复"之处，毛氏父子往往以"又将首卷中事一提""又将首回中事一提"等评语评之。可见，这桩"桃园结义"往事既如同一帖黏合剂，又如同一道魔咒，被一再重提，所形成的衍生意蕴至少有二：一则表明刘、关、张三人念念不忘，强调了维系这种非血缘而胜过血缘关系的难能可贵；另一方面凭依这种不断强化的人格魅力，叙述者每每使得人物绝处逢生，将故事叙述呈现延宕之势。与此相仿佛，诸葛亮之所以做到"鞠躬尽瘁，死而后已"，除了个人固有的人格操守因素，还在于他对

"三顾草庐""三顾之恩"念念不忘。小说多次反复叙述及这一话题，尤其是诸葛亮本人常持此旧事作为"出师伐魏"的依据和精神动力。《三国志演义》就是如此通过不断"重复"这些政治信念或伦理操守，来预设"事在人为"逻辑前提，并彰显人物之人格魅力的。

除了不断地重申"结义""报恩"等信念或伦理道德，《三国志演义》还有一种较为特别的结构之技，即借助人物言谈话语，不断地"提起前事"或"旧事重提"，来制造一系列所谓"重复"，从而建立起当下事件与以往事件的逻辑联系，以增强小说结构的严谨细密。对此，毛氏父子曾十几次用"又将某某前事一提"等评语予以指出。如，第五十二回叙述赵范提出的投降理由是："我闻刘玄德乃大汉皇叔；更兼孔明多谋，关、张极勇；今领兵来的赵子龙，在当阳长坂百万军中，如入无人之境。"毛评曰："又将子龙前事一提。"第五十四回写道："国太曰：'莫非当阳长坂抱阿斗者乎？'"不仅表现出文本人物吴国太对赵云英雄气概的景仰，也再度加深了文本外的读者对万夫不当之勇的赵云大战长坂坡的印象。对此，毛氏父子评曰："照应四十一回中事。"再如，第六十三回有这么几句叙述："或献计曰：'张飞在当阳长坂，一声喝退曹兵百万之众，曹操亦闻风而避之，不可轻敌。'"张飞进攻巴郡，老将颜严一开始之所以坚守不出，就是因为了解张飞当年的壮举。继而才叙述张飞用计将颜严诱出，颜严中计伏击了假张飞，却被突然从后面出现的真张飞捉住。对此，毛氏父子评曰："又将四十二回中事一提。"还有，第七十一回更是反复提及"大战当阳长坂"之事：

> 有识者告曰："此乃常山赵子龙也。"操曰："昔日当阳长坂英雄尚在！"（提照前事。）急传令曰："所到之处，不许轻敌。"赵云救了黄忠，杀透重围。有军士指曰："东南上围的必是副将张著。"云不回本寨，遂望东南杀来，所到之处，但见"常山赵云"四字旗号。曾在当阳长坂知其勇者，互相传说，尽皆逃窜。（先声夺

人，又为前事渲染。）……云喝曰："休闭寨门。汝岂不知吾昔在当阳长坂时，单枪匹马，觑曹兵八十三万如草芥？今有军有将，又何惧哉！"（上文是别人传说，此却是自家说，英雄一生快事，不嫌自负。今人亦欲自负，怎奈没得说也！）①

俗言：好汉不提当年勇。然而，在《三国志演义》的叙述中，为了取得如雷贯耳的叙事写人效果，作者反而总是乐于反复提及某一人物于人生辉煌时刻的表演：或作者或文中他人"常提当年好汉勇"，或者让好汉本人"常提自己当年勇"。于是，"当阳长坂"便与赵云、张飞等英名连接在了一起，随时被"重复"出来。只是在叙述到赵云自己夸口时竟然把当阳曹军五千精锐骑兵与赤壁八十三万大军混淆了，无论是赵云本人糊涂，还是作者疏漏，无非是意在借助"重复"往事以显神威。再有，第九十二回叙述赵云连杀夏侯楙五将，夏侯楙连夜与众将商议曰："吾久闻赵云之名，未尝见面。今日年老，英雄尚在，方信当阳长坂之事。"毛评曰："又提照四十一回中事。"总之，赵云之大战长坂坡之事，张飞之长坂桥之吼之事，这些英雄们人生中最精彩的一幕幕，常在小说中被人们反复提起，或对敌手形成如雷贯耳的震慑，或夸耀英雄不减当年勇。同样，关羽之斩颜良、诛文丑之事，也常被叙述者借助人物之口道出。如第四十五回写周瑜企图谋害刘备，但发现刘备身后站着一人。经刘备介绍，周瑜方知是关公，便惊曰："非向日斩颜良、文丑者乎？"对此，毛评曰："二十五回中事，忽于此处一提。"当然，借助"旧事重提"这一人物言谈话语实现行文"重复"的突出标志当数"索荆州"。众所周知，围绕"荆州"这块肥肉，魏蜀吴三方诸侯一度皆虎视眈眈，都不断地图谋取之。在蜀汉玩弄狡狯手段"借荆州"之后，小说便叙述了"四索荆州"故事，在不断变化中实现行文

---

① （明）罗贯中著，（清）毛纶、毛宗岗评，刘世德、郑铭点校：《三国志演义》，中华书局1995年版，第806页。

"重复"。在前三次"索取"荆州的叙述中，鲁肃亲自前来，每次都是旧事重提：第五十二回叙述"一索荆州"，孔明借口刘琦占据，不该奉还，将鲁肃搪塞回去；第五十四回叙述"二索荆州"，孔明教刘备找托辞，把鲁肃堵了回去；第五十六回写"三索荆州"，孔明教刘备讲出没有办法即可取西川的顾虑，以拒绝鲁肃；第六十六回叙述蜀汉获取西川后所发生的第四次索取荆州故事，来索取者变为诸葛亮兄长诸葛瑾，诸葛亮又设计使东吴未遂。小说叙述"四索荆州"，无非是旧事重提，显然是重复性的"犯笔"，而蜀汉方的拒绝方式又变化多样，却又是"不犯之笔"。无疑，小说假此行文"重复"，将一波三折的结构技巧玩弄得特别娴熟。

当然，《三国志演义》中的"重复"意蕴的生发也常基于人物言行叙述，且有些"重复性"的人物语言常常与世俗观念形成悖逆。俗话说："打人不打脸，骂人不揭短。"而《三国志演义》叙述人物彼此咒骂，多出现处心积虑的揭短现象，衍生出敌我之间势不两立、仇恨双方、耿耿于怀等意蕴。这些骂人揭短的"重复"，有的是挖苦对方的出身，如刘备自称自己堂而皇之的出身是"中山靖王之后，孝景皇帝阁下玄孙"，但实际的身份却是小商贩，小说第一回如此交代说他"家贫，贩屦织席为业"，因而成为敌方咒骂的"短处"。第十四回写袁术骂道："汝乃织席编屦之夫，今辄占据大郡，与诸侯同列。吾正欲伐汝，汝却反欲图我，深为可恨！"第二十一回又写袁术骂曰："织席编屦小辈，安敢轻我！"第四十三回写诸葛亮舌战群儒时，座上陆绩指出："刘豫州虽云中山靖王苗裔，却无可稽考，眼见只是织席贩屦之夫耳，何足与曹操抗衡哉！"第七十三回写曹操在邺郡闻知玄德自立汉中王时大怒曰："织席小儿，安敢如此！吾誓灭之！"另如，第四十一、五十二回分别写曹操、周瑜骂诸葛亮为"诸葛村夫"也是这方面的例子。有的攻击针对敌的长相，如第十六、十九、二十六回分别写纪灵、吕布、袁绍称呼或咒骂刘备为"大耳儿"。有的"重复"则意在揭出人物本质，如第三十、三十一、三十六、四十四回分别写袁绍、刘备、徐庶母亲、周瑜等人骂曹操"托名汉相,实为汉(国)贼",等等。除了如此这般"常提当年勇""彼此揭短"之外,有些人物的为人处世之道也多被"重复"叙及,几乎成为口头禅。如第三十六回叙述孙乾等劝刘备留住徐庶,刘备说:"吾宁死,不为不仁不义之事。"第四十回叙述孔明劝刘备取荆州,刘备说:"吾宁死,不忍作负义之事。"如此反复表白,不免含有"自我标榜"的意味。

《三国志演义》"重复"叙事的衍生意义是多层面的。小处而言,其中隐含着人物的念念不忘或耿耿于怀等寓意;大处而言,其中也不乏"往事不堪回首""今非昔比""惊人相似的一幕""好汉不减当年勇"等政治、历史以及人生意蕴。

三 发挥"关合映照""反讽"等功能

与西方叙述学所谓之同一件事颠来倒去地重复多次的"重复性叙述"以及把不同时间发生的同种类型的事一次性地"重复叙述"出来等叙述方式不同,①《三国志演义》之行文"重复"主要表现为不断地运用相同或相似的言语叙事或自我复制不同时空相类似的事件。这种行文"重复"带有"自我复制"性质,发挥了较为独特的结构功能。

从整体框架看,《三国志演义》式的行文"重复"的意旨之一是通过"关合""映照"等手法以践行"前伏后应"的结构之道。所谓"关合""映照"乃毛宗岗父子评点《三国志演义》所使用的概念,前者意为小说对所叙前后雷同事件的关联和照应,后者意为小说所叙前后类似的故事互相映衬照应,二者大体意思一致。在《读三国志法》中,毛宗岗父子即指出:

---

① 在叙述学词典上,"重复叙述"(iterative narrative)是指"有一定序列的叙述或部分叙述,其间发生了N次的事件,但只讲述了一次";而"重复性叙述"(repeating narrative)是指"叙述获部分叙述中的时频反复,即某件事只发生一次,但被讲述了N遍"。(分别见[美]杰拉德·普林斯《叙述学词典》(修订版),乔国强、李孝弟译,上海译文出版社2011年版,第192页。)显然,《三国志演义》中的"重复"行文与西方叙述学所谓的"重复叙述""重复性叙述"都不同。

《三国》一书，有首尾大照应、中间大关锁处。如首卷以十常侍为起，而末卷有刘禅之宠中贵以结之，又有孙皓之宠中贵以双结之，此一大照应也。又如首卷以黄巾妖术为起，而末卷有刘禅之信师婆以结之，又有孙皓之信术士以双结之，此又一大照应也。照应既在首尾，而中间百余回之内，若无有与前后相关合者，则不成章法矣。于是有伏完之托黄门寄书，孙亮之察黄门盗蜜，以关合前后；又有李傕之喜女巫，张鲁之用左道，以关合前后。凡若此者，皆天造地设以成全篇之结构者也。①

《三国志演义》不仅着意于首尾呼应，形成大跨度的"重复"，而且注重尾部"双结"，又制造了一道近距离的"重复"，再加中间之穿插"重复"，创造出全篇多处关合照应的多重"重复"气象。对如此这般横贯整体的"重复"，毛氏父子还分别于第一一六回的"回前评"、第一一九回的"回前评"中作了这样的评说："黄巾以妖邪惑众，此第一回中之事也，而师婆之妄托神言似之；张让隐匿黄巾之乱以欺灵帝，亦第一卷中之事也，而黄皓隐匿姜维之表亦似之。……文之有章法者，首必应尾，尾必应首。读《三国》至此篇，是一部大书前后大关合处。""……受禅台有三，则两实一虚；黄巾有二，则一多一寡。此又一部大书前后关合处。"由此可以说，《三国志演义》式的"重复"不但肩负着"关联""照应"等结构使命，还肩负着打造前后浑然一体的"章法"、天造地设的"结构"等叙事修辞功能。

同时，《三国志演义》中的有些"重复"属于"戏拟"，因而制造出某种反讽。如，第八十五回叙述刘备死后，面对曹魏为首的五路大兵犯境，诸葛亮称病不出，后主只好亲自到丞相府去见诸葛亮。现将原文与毛评（用括号标示）一并节录如下：

---

① （明）罗贯中著，（清）毛纶、毛宗岗评，刘世德、郑铭点校：《三国志演义》，中华书局1995年版，第29页。

> 后主问曰:"丞相在何处?"门吏曰:"不知在何处,只有丞相钧旨,教当住百官,勿得辄入。"后主乃下车步行,(与先主亲造草庐相似。)独进第三重门,(过了第三日,又过三重门,与先主三顾草庐相似。)见孔明独倚竹杖,在小池边观鱼。(与草庐中高卧相似。)后主在后立久,乃徐徐而言曰:"丞相安乐否?"(与先主阶前立候相似。)孔明回顾,见是后主,慌忙弃杖,拜伏于地曰:"臣该万死!"①

通过文中毛宗岗父子评语的提示,再对照第三十七至三十八回"三顾茅庐"一节,我们不难发现,小说前后文本之间的确存在着较为明显的"重复"迹象。这段文字叙述后主刘禅在危机时刻"顾相府",戏拟了当年先主刘备在困境中"顾茅庐"情景;通过叙述诸葛亮再次"摆谱""拿架子",反讽了蜀国君臣之间关系的微妙。

当然,为了紧锣密鼓、扣人心弦的审美需要,《三国志演义》还在运用"卖关子"等其他一套套结构手段的同时,制造出一系列"重复"。如,作为一种较为独特的结构修辞手段,传统所谓"卖关子",亦称"宕笔法",是着意使读者处于悬念状态的一种叙事策略。小说叙述的每次"卖关子",笔调基本上呈"重复"状态。为制造悬念,小说每当叙述人物运用计谋,总是先惯用"如此如此"一笔带过。这种叙述语言在整部小说中至少"重复"了四十多次。更显眼的是,基于某种"卖关子"的需要,小说还在大约二十六个回目的末尾把许多人物命悬一线作为"关子",让读者捏一把汗,用"毕竟××性命如何,请听下回分解""未知××性命如何,请听下回分解"这样的套话,吊起读者继续读下去的胃口;在接下去的一回的回首即具体"分解"人物是如何"绝处逢生"的:要么凭着自身武力或别人救助化险为夷,要

---

① (明)罗贯中著,(清)毛纶、毛宗岗评,刘世德、郑铭点校:《三国志演义》,中华书局1995年版,第953页。

么因为有人讲情化解生命危机，以营造"有惊无险"或"化险为夷"等叙事效果。

概括地说，《三国志演义》善于将经典事件、经典人物以及经典语言、经典细节等不断推广开来，以成其"天造地设""前伏后应"结构，有效地发挥了行文"重复"的多重修辞功能。

四 营造"熟悉化"审美效应

《三国志演义》拥有数百次计的前后"重复"叙事，乍听似乎有些偏多，然而读者读来又常常不嫌其多。对如此纷呈迭现的"相似性"叙事语言与叙事单元，为何毛氏父子基本上持嘉许态度？为何后人基本上能够接受认可？① 除了以上所叙结构功能、叙事意蕴之外，还应当关系到"熟悉化"审美这一理论问题。

所谓"熟悉化"，或称"熟识化""熟知化"，本来与"陌生化"（或"反常化"）是一对相辅相成的审美概念。② 然而，曾几何时，由于受到俄国形式主义大师什克洛夫斯基提出的"陌生化"理论的深深影响，基于求异与创新观念，"熟悉化"审美被"陌生化"审美遮蔽起来。③ 近年，人们逐渐意识到，让已经熟知的事物呈现出陌生而新奇的"陌生化"只是审美感知的一种形态，而让陌生的事物使我们尽快熟

---

① 当然，正如其他小说的"重复"一样，《三国志演义》之"重复"也是一把双刃剑。对此，历来人们曾多有褒贬。褒誉者以古代的毛纶、毛宗岗父子与今天的浦安迪、周建渝等人为代表；贬毁者则以古代的李贽与现代的胡适等人为代表。

② 这在西方文论传统中有较为充分的体现：从古希腊的"模仿说"到文艺复兴时期的"镜子说"，再到别林斯基"熟悉的陌生人"这一"典型"理论，"陌生化"与"熟悉化"大致如同孪生兄弟，不即不离。在中国传统文论中，引经据典、点铁成金、借鉴继承式的"重复"也曾经与别出心裁、愈出愈奇等"变新"同样受到尊重。

③ 所谓"陌生化"，也叫"反常化"，是俄国形式主义文论的核心理论之一。这一理论强调文学审美应该超越常情、常理、常事、常境。其基本构成原则是表面互不相关而内里存在联系的诸种因素的对立和冲突，给人以感官的刺激或情感的震动。其主要理论贡献是，鼓励文学创作通过运用新鲜的语言或奇异的语言，去消解那种久用成习惯或习惯成自然的缺乏原创性和新鲜感的语言，从而给读者带来新奇的阅读体验。可见，这一理论意图主要面向语言革新，而并非排斥"熟悉化"叙事等行文之道。

悉、认同的"熟悉化"则是审美感知的另一种形态,二者并行不悖。正如谭雪纯先生所言:"既有陌生化方式,也有熟知化方式,不管是制造意义偏离,还是制造形式偏离,陌生化常与熟知化相伴随。"① 如果小说叙事的陌生感过度,就要靠"熟悉化"来消解;如果小说叙事过于熟烂化,也需要靠"陌生化"来救赎。可以说,小说文本的经典性及其生机活力即得力于"陌生化"与"熟悉化"两极审美的调和与渗透。具体到《三国志演义》这部经典小说,"重复"叙事呈现出一道道"熟悉化"的审美风景。

对应于俄国形式主义所谓"陌生化",我们有必要以《三国志演义》为个案,生发并探讨文学的"熟悉化"审美问题。以往,人们在谈到《三国志演义》战争描写的特色时,往往夸说"它写出了战争的多姿多彩,每次战争,各有特点,互不雷同"。事实上,"各有特点"固然值得称道,但并不能因此就排斥"雷同"。需要明确的是,由"重复"叙事造成的"雷同"非但不是小说叙事的一宗罪,而且有利于小说审美效果的实现,它至少可以成为营造小说"熟识化"审美的一道程序。《三国志演义》中的"重复"叙事以"雷同"与"相似"为基本格调,一般是叙述不同而同类的事,即使多次叙述同一件事,也既非原样搬弄,更不是照葫芦画瓢。这种叙事给人的感觉是似曾相识,而又并不全然相同;看似不经意,却又别具匠心。因而,毛氏父子评之为"相似""相仿佛"。这就是"似是而非""似非而是"式的"熟悉化"审美秘诀。

小说家之所以不断推出"重复"叙事,原因之一在于它利于传播,便于读者一目了然地接受。反过来,小说所创造的"熟悉化"审美风范也有利于"重复"叙事的风行。作为一部"大众文化"审美品位的小说,《三国志演义》非常善于依托"重复的写法"来吸引读者。关于

---

① 谭学纯:《修辞话语建构双重运作:陌生化和熟知化》,《福建师范大学学报》2004年第5期。

这种创作追求，我们可借助美国当代小说理论家伊恩·P. 瓦特（Ian·P. Watt）在论及西方"小说的兴起"时所讲的一番话来加深理解：

> ……其中至少有两种考虑很可能对作家作长篇累牍的描写具有鼓励作用：首先，很清楚，重复的写法可以有助于他的没受过什么教育的读者易于理解他的意思；其次，因为付给他报酬的已不是庇护人而是书商，因此，迅速和丰富便成为最大的经济长处。①

小说之所以形成长篇累牍的规模，应该有作者基于使得读者易于理解、容易接受方面的考虑。为此，"重复的写法"屡见不鲜。就《三国志演义》而言，为了迎合大众欣赏趣味，拉近与普通读者之间的距离，作者并不好奇地关心宫闱秘闻，也不去细究历史的必然性，而津津乐道于日常生活细节。面对纷繁复杂的人间故事，为便于大众读者理解，作者往往不厌其烦地套上雷同性的叙事逻辑，以制造出不少"重复"故事片段。如，在作者的潜意识中，有着这样一条人间经验：因小事而坏了大事。因而，作者善于把许多惊天动地的历史事件及英雄人物悲剧的发生归因或附会为惩罚家人或下属等身边人，形成"祸起萧墙"的叙事重复系列。第二十三回即有这么一段叙述："（董）承心中暗喜，步入后堂，忽见家奴秦庆童同侍妾云英在暗处私语。承大怒，唤左右捉下，欲杀之。夫人劝免其死，各人杖脊四十，将庆童锁于冷房。庆童怀恨，夤夜将铁锁扭断，跳墙而出，径入曹操府中，告有机密事。"董承因惩罚家奴而被首告，导致一场铲除曹操的事关国计民生的重大密谋行动败露，非但未能铲除"汉贼"，反倒横遭杀戮。对此，毛氏父子评曰："前十回中马宇为家僮所首，此处董承亦同为家僮所首。前略后详，事虽同而文各异。"根据毛氏父子说法，因家僮首告而遭祸之类的

---

① ［美］伊恩·P. 瓦特：《小说的兴起》，高原、董红钧译，生活·读书·新知三联书店1992年版，第54页。

叙事非止一端。前十回所叙"马宇为家僮所首"已在先,后又有多例。且再看第三十二回叙述道:"操令三军绕城筑起土山,又暗掘地道以攻之。审配设计坚守,法令甚严。东门守将冯礼因酒醉,有误巡警,配痛责之。冯礼怀恨,潜地出城降操。"此为一桩身边部将因"怀恨"而首告之事,导致千秋功业,毁于一旦。除了"挟恨首告"故事,《三国志演义》还叙述了许多"挟恨投降"故事,其基本构架也大致与"挟恨首告"故事如出一辙。如,第七十六回叙述在荆州危急时刻,糜芳与傅士仁出城投降东吴吕蒙,导致关羽兵败如山倒,含恨被杀。由于身边人或部属的叛逃使得本已存在的危机雪上加霜。这类故事模式还被第八十一回用来叙述张飞结局。故事大致是,张飞急于为关羽报仇,下令军中限三日内制办白旗白甲,三军挂孝伐吴。次日,帐下两员末将范疆、张达申请宽限,不料遭到张飞毒打。两人回到营中商议害死张飞,投降东吴,结果,张飞被害。对这一段叙述,毛氏父子评曰:"与糜芳、傅士仁一般商议,前后相对。""吕布以戒酒而为部将所害,张飞以饮酒而为部将所害,前后相反而相对。"指出了其与前番两个故事的"重复"效果。直至第一○○回还有这么一段:"苟安好酒,于路怠慢,违限十日。……孔明乃叱武士去其缚,杖八十放之。苟安被责,心中怀恨,连夜引亲随五六骑径奔魏寨投降。"苟安因被责而潜回成都散布孔明意欲篡权流言,而刘禅竟然轻信传言,急诏孔明回成都,终于导致北伐事业受挫。在此,"挟恨进谗"竟然成为孔明"出师未捷"的偶然之因。如此这般,作者在解释战争胜败之因时,总是与内部人际关系这一因素链接起来,形成"重复"叙事系列和模式。由这些故事推演开来,我们也不难发现,《三国志演义》所叙"因酒误事"故事也特别多,并形成另一经典性的系列叙事模式,从而造成大量"重复"。对这类行文"重复",人们曾梳理出"张飞酒醉丢徐州""典韦醉酒丢性命""吕布因酒陷囹圄""祢衡酒后狂妄送命""曹植醉酒失势""淳于琼聚饮失乌巢""许褚酒醉大意受伤""张飞酒后鞭打士卒丢命""苟安醉酒遭责而坏北伐"等，此不赘述。面对如此这般"因小失大"性质的叙事"重复"，我们不能怪罪作者对历史事件的复杂性认识不足，也不必硬性归结为历史本身的惊人相似或偶然巧合，而应该视为作者运用定势思维，去把握和操纵叙事逻辑，并由此实现小说"熟悉化"审美意图。

　　从创作心态而言，尽管《三国志演义》之"重复"叙事的性质不一：有的属于作者的"津津乐道"，有的属于作者的"念念不忘"，还有的则属于作者的"敝帚自珍"，但是，其基本美学追求则大体一致，即"熟悉化"。总体看，尽管《三国志演义》不像后来的世情小说那样热衷于叙述平凡与周而复始的日常生活，但却经常抓住人物的个性化相貌以及日常的"衣食住行"大做文章。特别闪眼的是，《三国志演义》善于通过叙写人物个性化的出场以及突如其来的情态来不断地加深人们的印象。如，在第一、五、二十、八十三等回中，作者均以"丹凤眼、卧蚕眉"来展示关公的跃然出场，未讲出其人，先呈现其面。再如，每当叙述张飞发怒，小说惯于以"圆睁环眼"为标识，第二回有这样几句叙述："张飞大怒，睁圆环眼，咬碎钢牙，滚鞍下马，径入馆驿，把门人那里阻挡得住？直奔后堂，见督邮正坐厅上，将县吏绑倒在地。"此为张飞"怒鞭督邮"一幕之情态；第二十八回写道："关公望见张飞到来，喜不自胜，付刀与周仓接了，下马来迎。只见张飞圆睁环眼，倒竖虎须，吼声如雷，挥矛向关公便搠。"此为张飞"古城会拒关羽"之情态；第四十二回写道："却说文聘引军，追赵云至长坂桥，只见张飞倒竖虎须，圆睁环眼，手绰蛇矛，立马于桥上。"此为张飞"大闹长坂桥"之情态。又如，叙述吕布形象，也曾几度点缀以"赤兔马""方天戟"以及"白花袍"。当然，给人印象更深刻的是，每当叙述诸葛孔明出场，小说除了以"头戴纶巾""手摇羽扇"等言语引出之外，便运用"端坐"作为标识，在第三十九、五十二、六十四、八十九、九十、九十三、九十七、九十八、九十九、一○○、一○一、一○四、一一六、一一七等回中，作者既叙述了孔明个性化的"飘飘然有神仙

155

之概",又叙述出了其"坐阵"指挥三军的淡定从容。其中第三十八、五十二、八十九、九十三回四个回目竟然一字不改地写其"头戴纶巾,身披鹤氅",而第一一六回又写道:"是夜,钟会在帐中,伏几而寝,忽然一阵清风过处,只见一人纶巾羽扇,身衣鹤氅,素履皂绦,面如冠玉,唇若抹朱,眉清目朗,身长八尺,飘飘然有神仙之概。"对此,毛评曰:"忽于钟会梦中写一诸葛孔明,仿佛先主草庐初遇时。"在"食"方面,除写了许许多多"酒宴"(特别是"鸿门宴"式的"酒宴")以及反复运用"酒至数巡""酒行数巡"等"重复语"叙述酒席进度,就是不断地通过"重复"叙述运送、抢劫、火烧"粮草",以交代战争进程和成败因由。可以说,来自《三国志演义》文本外部的"经典"叙事的一再"重复",其衍生意蕴特别深厚。如"鸿门宴"式的叙事寓含着危急中顺利脱险、气氛剑拔弩张等意味。这在《三国志演义》中有多次"重复"。尤其值得注意的是,《史记·项羽本纪》"鸿门宴"这一经典叙事及其剑拔弩张的寓意至少五次被《三国志演义》"重复"再现出来。除了周建渝先生在论及《三国志演义》"文本互涉"时所列举的第二十一回之曹刘"青梅煮酒"、第四十五回之周瑜与刘备"把盏"、第六十一回之刘备与刘璋喝酒时的"魏延及诸将舞剑"这三次"重复",尚有第三十四回所叙述蔡瑁设计害刘备的宴会以及第六十七回所叙述凌统舞剑与甘宁舞戟的东吴庆功宴。其中,第三十四回写道:"酒至三巡,伊籍起,把盏至玄德前,以目视玄德,低声谓曰:'请更衣。'玄德会意,即起如厕。伊籍把盏毕,疾入后园,接着玄德,附耳报曰:'蔡瑁设计害君,城外东南北三处,皆有军马守把,惟西门可走,公宜急逃!'"除了剑拔弩张的生命危机渲染,此叙述刘备在危难之中的脱身方式也是"如厕",与当年刘邦的脱身方式也相同。当然,相同是相对的,遗传中的变异是绝对的。在该回的"总评"中,毛氏父子指出:"范增欲杀沛公,而项羽不忍;蔡瑁欲杀玄德,而刘表不忍。然鸿门之宴,项羽在,故范增不能为政;襄阳之宴,刘表不在,则蔡瑁为政。由此言之，襄阳一会，其更险于鸿门哉！"变异叙事中的惊险大于原本故事的惊险，这是这一故事意义获得进一步衍生的结果。

另外，小说也善于通过"重复"笔墨，确立人物的经典"造型"，要么给人以亲切感，要么令人豁然开朗。对诸葛亮、关羽、张飞等主要人物的每次出场，作者往往采取在叙述其人之前，先托出其人的个性化的形象或挑明人物身份等叙事之道。如，刘备的"中山靖王之后"、赵云的"常山赵子龙"、张飞的"燕人张翼德"等品牌性身份，在小说中被多次重复叙及。有时出于人物本人自称，有时借他人之口称之。这不仅服务于打造人物"品牌"，而且制造出诸多曲折，并营造出"如雷贯耳"之势。另外，"重复"叙事还或多或少地包含着作者对事理的定向性认知等因素。如，在叙述人物之死时，作者不仅经常将死因归结为"暴怒"，而且还往往通过写人物死前的恶性梦境与不吉言论来进行预言，等等。

当然，以上"相类""相异"以及"相反"而"相因"的各种"重复"形态也经常错综交叉出现。然而，"重复"叙述是一把双刃剑，它一方面本来是一种强化性的叙事艺术，另一方面又颠来倒去，必然也会产生负面效果。此前，李贽对此并不买账。他曾于第一百一十回评曰："读《三国志演义》到此等去处，真如嚼蜡，淡然无味。阵法兵机都是说了又说，无异今日秀才文字也。山人诗句亦然。"于第一百一十二回又评语："读演义至此，惟有打顿而已，何也？只因前面都已说过，不过改换姓名重叠敷演云耳，真可厌也！此其所以为《三国志演义》耳。一笑，一笑。"

第二节　毛评对文本"重复"的"比类而观"

古往今来，文学文本经常会出现这样那样的"重复"，这些"重复"要么发生于后文本与前文本之间，是为文本间际"重复"；要么出现于同一文本内部，是为文本内部"重复"。面对文学文本内外之"重复"，中外学人常常通过文本对比或比对以求其似、掘其异、得其反。当今美国解构主义批评家 J. H. 米勒在《小说与重复——七部英国小说》（1982）一书中所提出并阐发的"重复"理论正是这种研究路数的概括和总结。反观中国文论本身，早在三百多年前的清代初年，受金圣叹"犯而后避"等理论观念的影响，毛纶、毛宗岗父子即在《三国志演义》评点中通过"比类而观"（第一百二十回评语）去识辨这部小说文本内外之"重复"，尤其是对这部小说文本内部所存在的大量因袭片段进行了发掘，并以"相似""相映""相类""亦如""仿佛相似""一般意思""亦复相似""正复相类""遥遥相对""前后一辙""相互映像"等术语评之，初步形成了一套中国古典的"重复"叙事理论。① 此"重复"叙事理论堪与米勒"重复"叙事理论形成跨时空对话和镜照。

一　毛氏父子对《三国志演义》的"比类而观"

由于《三国志演义》规模宏大，所叙之事"多"而"杂"，因此在文本内部容易出现各种叙事片段的"因袭"，或叙事框架雷同，或叙事语气乃至用词相似。对此，毛氏父子常常以"比类而观"眼光予以识辨，并在第九十四回的回前"总评"中将这些"相重复"的片段分为"相反而相因""不相反而相因""相类而相因""不相类而相因"四种。为避免交叉，我们不妨将"不相反而相因"与"不相类而相因"

---

① 毛氏父子所谓"相类""相似"，意思其实就是"重复"。在针对"重复"叙事文本评点时，毛氏父子也偶尔直接用"重复"一词。如在第四十六回"总评"说："孔明掌中之字，与周瑜掌中之字，不约而同，此合掌文字也；又参之以黄盖之言，是三人之文，皆为合掌矣。孔明新野之火，与博望之火，大同小异，此重复文字也；又将继之以赤壁之火，是一人之文而三番重复矣。然必文如公瑾，方许其合掌；文如孔明，方不厌其重复。每怪今人作文，动手便合，落笔便重，彼此只是一般，前后更无添换，即何不取周瑜、孔明之文而读之耶？"在毛氏父子看来，只要像《三国志演义》叙述周瑜、孔明故事那样注意"添换"文笔，即使是"重复文字"，同样也可做出精彩的好文章。由此可见，毛氏父子的"比类而观"方法及其所形成的理论完全能够与米勒的"重复"叙事理论进行对话，故而也可径称为"重复"理论。

整合归并为"相类而相异"。于是便可简化为"相类而相似""相类而相异""相类而相反"三种类型。

且看，毛氏父子关于"相类而相似"叙事文本的评批，这类评批大多以直接指出小说文本的"相似"这样的形式出现。如第四十一回写赵云的马陷入土坑，在张郃"挺枪来刺"的危急时刻，"那匹马凭空一跃，跳出土坑"。对此，毛宗岗父子评曰："与玄德檀溪跃马仿佛相似。"回看第三十四回所叙述刘备被蔡瑁加害而追杀，情急之中所发生的"檀溪跃马"脱险一幕，其叙事情景的确非常相似："那马忽从水中涌身而起，一跃三丈，飞上西岸。玄德如从云雾中起。"据统计，仅被直接鉴定为"仿佛相似"的叙事片段就有十八处，更遑论尚有多处以"相似""仿佛""前后亦复相似""前后正复相类"等术语评之。尤其是从近半部分的第四五十回之后，"仿佛相似"以及"相似"的"重复"叙事出现的频率和密度自然会越来越大，到最后几回乃至陈陈相因。如在第一百十三回，毛氏父子一再提示"与诸葛恪家黄犬衔衣，孝子入门之怪，仿佛相似""与诸葛恪入朝时仿佛相似""与诸葛恪饮酒时仿佛相似""令人追想孙峻杀诸葛恪时"，指出此述孙綝之死与前述诸葛恪之死的相似性印象。毛氏父子"瞻前顾后"，不仅指出后文本与前文本相似，还指出前文本与后文本相似。如第三十九回"总评"指出："文有余波在后者：前有玄德三顾草庐一段奇文，后便有刘琦三求诸葛一段小文是也。文有作波在前者：将有孔明为玄德用兵一段奇文，却先有孔明为刘琦画策一段小文是也。"再如，针对第八十八回所写"（马）岱领着二千壮军，令土人引路，径取蛮洞运粮总路口夹山峪而来。那夹山峪两下是山，中间一条路，止容一人一马而过"数语，毛氏父子评曰："与后文邓艾渡阴平岭仿佛相似。"经核查，其相似处是第一一七回所写的下列内容："自阴平进兵，至于巅崖峻谷之中，凡二十余日，行七百余里，皆是无人之地。魏兵沿途下了数寨，只剩下二千人马。前至一巅，名摩天岭，马不堪行。"此段文字写窄道险境，的确与前文颇为相似。又如，针对第九十回所写"孔明将柜打开，皆是木刻彩画巨兽，俱用五色绒线为毛衣，钢铁为牙爪，一个可骑坐十人"几句，毛氏父子评曰："与后木牛流马仿佛相似。"经比照，其对应段落是第一〇二回所写"众大喜，孔明即手书一纸"云云。面对这种"相类而相似"的"重复"，毛氏父子除了直接运用"仿佛相似"之类的评语去评说，还间或以"前后如出一辙""遥遥相对"等术语来评点。如第一一六回针对小说所叙"姜维累申告急表文，皆被黄皓隐匿，因此误了大事"数语，毛氏父子评曰："与张让隐匿黄巾消息前后一辙。"经这一提示，人们便更容易由这里所叙黄皓误国这样的雷同一笔联想起小说第一回所叙张让祸国之事，这里的"相类而相似"叙事几乎跨越了整部小说，带有首尾遥相呼应性质。总之，面对小说所出现的如此众多"相类而相似"叙事，毛氏父子往往是既提示读者留意其来路，又启发读者在阅读过程中不断联想回味整部小说的叙事机趣，重点突出了其"相映成趣"美感。当然，毛氏父子尽管对各种"重复"叙事特别敏感，但也未能做到一网打尽。如第八十四回写道："陆逊回寨，叹曰：'孔明真卧龙也，吾不能及！'于是下令班师。"第九十九回写道："孔明去了五日，懿方得知，乃长叹曰：'孔明真有神出鬼没之计，吾不能及也！'于是司马懿留诸将在寨中，分兵守把各处隘口，懿自班师回。"前后两段写人物声情之"相类而相似"，毛氏父子就没有指出。

其实，就小说的前后叙事文本而言，"似"只是相对的，"异"才是绝对的。同而有异，犯而求避，才是中国式"重复"叙事的基本规律。接下去我们看毛氏父子对"相类而相异"叙事文本的评批。在具体操作中，毛氏父子往往先指出其前后文本"遥遥相对"之"相因"，继而再用"然""但"等转折词强调其"异"。如第十九回写吕布打侯成，"众将又哀告，打了五十背花"。对此，毛氏父子评曰："与张飞打曹豹一样打法，但打曹豹的是醉棒，打侯成的是醒棒。"回看第十四回写道:"(张飞)将曹豹鞭至五十,众人苦苦告饶方止。"这两段文字写教训属下所采取的"打"的方式及其数量和旁观者替挨打者求情告饶,是相似的,然而由于打者与被打者脾气不一,情景又有分别,前之动机和后之效果又自然不同。再如,第九十一回针对"孔明自引大军回成都。后主排銮驾出郭三十里迎接,下辇立于道傍,以候孔明"几句,毛氏父子评曰:"与献帝迎曹操相类。而君之诚伪既殊,臣之忠奸亦别。"此述后主迎接诸葛亮,与前述汉献帝迎接曹操,虽然皆为国君迎接臣子,但一出于对"忠臣"的真诚,一出于对"奸贼"的不得已应付。相类而又相犯,这就是毛氏父子所反复指出的"相类而相异"。与评点"相类而相似"之"重复"多针对具体行文而言,关于"相类而相异"之"重复"的评批大多出现在"总评"中,采取的多是"以例释义"的方式。如第三十二回的"总评"就两次指出小说行文中所出现的"相类"而又"极不相类"的叙事:"曹操决漳河以淹冀州,与决泗水以淹下邳,前后两篇,大约相类。然用水于南境不奇,用水于北境为奇;淹下邳之计,出于曹操之谋士不奇,淹冀州之策,即出于袁氏之旧臣为奇。"指出小说所叙两次水战——决漳河淹冀州与决泗水淹下邳的异同。继而又指出:"侯成以献酒被责而降曹,冯礼亦以饮酒被责而降曹。降曹同也,而一降于决水之后而不死,一降于决水之前而随死,则大异。魏续为友人抱愤而献门,审荣亦为友人抱愤而献门,献门同也;而吕布在城中而被执,袁尚在城外而未擒,则又异。就其极相类处,却有极不相类处,若有特特犯之,而又特特避之者,真是绝妙文章。"这里既一一数落了"被责降曹""抱忿献门"之同,又指明故事所发生的具体情境与人物结局之"异",并将其定性为一篇"犯而求避"的好文章。这一类的例子还可以举出许多。如第九十四回:"平蛮之后,又有平羌;藤甲之后,又有铁车。一则在于未伐魏之始,一则间于既伐魏之中。一则炎天,一则雪地。一则出其全力,持之旷日,一则施以小计,定之终朝。或详或略,或长或短,事不雷同,文不合掌。如

第四章 《三国志演义》文本创构之「重复」

161

此妙事，如此妙文，真他书之所未有。"为文之道，讲究的是"变化"而不是"雷同"，注重的是"犯而求避"，而不是"照葫芦画瓢"。在关于"相类而相异"叙事评批中，毛氏父子特别强调"重复"中的"变化"美。

说起来，"异"已意味着不同，而"大异"则演化为"相反"。换言之，"相反"是作为"相异"的特殊情况存在的。除了众多正向或同向"相类而相似"式的叙事，《三国志演义》还含有大量反向或逆向的"相类而相反"的叙事文本。下面我们看看毛氏父子的相关评批。相对而言，要辨识出"相类而相反"叙事较为困难，但毛氏父子同样做到了慧眼识辨。如第四十八回"总评"说："事有与下文相反者，又有与下文相引者。如操之临江而歌，瑜之触风而倒，此与下文相反者也；刘馥以乌鹊之咏为不祥，周瑜以黄旗之折为预兆，此与下文相引者也。不相反则下文之事不奇，不相引则下文之事不现。可见事之幻、文之变者，出人意外，未尝不在人意中。"这里突出了"相类而相反"叙事的"奇"效。再如，第四十七回有评曰："阚泽见曹操，先激而后谀；庞统见曹操，先谀而后讽，又妙在相类而相反。"说的是"相类而相反"式的叙事可以形成比照效果。又如，第五十七回"总评"指出："孔明吊公瑾之后，忽然遇着庞统，与庞统见曹操之后，忽然遇着徐庶，正复相似。前是将徐庶放去，此是将庞统引来。一样文法，两样局面，真叙事妙品！"还有，第七十一回有评曰："张飞在长坂桥边，以树枝结于马尾，妆作有兵之状。今赵云偏反作无兵之状，妙在极相类，又极相反。"这些评批指出了"相类而相反"叙事所形成的"一样文法，两样局面"等叙事变换之妙。

由以上可见，毛氏父子的"重复"叙事理论对各种形态既有所区分，又多有统筹。"相类而相似"含有"相类而相异"因素，"相类而相异"又包含"相类而相反"，三者因"相类"而引发读者关于前后文的阅读联想。

二 毛评对"相映成趣"审美创造的关注

毛氏父子在关于"重复"叙事的评点中,总是喜欢落实到一个"趣"字,或谓"相映成趣",或说"映像成趣",或称"相对成趣"。

具体而言,毛氏父子首先看重的是小说结构上的"相映成趣"。如《三国志演义》第三十四回有这样几句原文:"原来曹操有五子,惟植性敏慧,善文章。曹操平日最爱之。"对此,毛氏父子评曰:"前文叙袁绍爱少子,后文叙刘表爱少子,此又叙曹操爱少子,正与前后相映像。"指出这几句叙述语所隐含的军国大事与家庭琐事之间的特殊逻辑关联。与第三十一回前叙袁绍因溺爱少子而贻误军机以及与随后第三十四回所叙刘表因爱少子而导致祸起萧墙等叙事构架大致雷同,因而给读者以"相映像"之感。再如,第六十二回有这样一段叙述:"黄忠大怒曰:'汝说吾老,敢与我比试武艺么?'"这里叙述的是,黄忠和魏延两人本来同为韩玄手下,后来共事刘备。在攻取雒城之战前,两人争功,黄忠提出比试了断,庞统出面调停,并予以分工。在攻打雒城过程中,魏延虽立下战功,但因违犯军令,险些丢命,幸得黄忠相救。事后,刘备令魏延答谢黄忠救命之恩,并警告他们今后再也毋得相争。对此,毛氏父子评曰:"此处黄忠欲与魏延比试,后文关公欲与马超比武,前后相映。"与这段叙述构成映照关系的是第六十五回所叙故事:马超投诚刘备后,关羽得知其武艺超群,就给刘备、诸葛亮去信表示要入川与马超比武,诸葛亮回信予以劝转。再如,第八十六回所叙一段文字更是接二连三地通过行文"相因"这一手段与前文构成层层映衬。兹节录一段小说原文与毛宗岗父子评语(用中括号标示)如下:

及至天晓,大雾迷漫,对面不见。[既写月黑,又写雾天,与曹操舞槊之月,孔明借箭之雾,前后闲闲相映。]……文聘跳上龙舟,负丕下得小舟,奔入河港。忽流星马报:"赵云引兵出阳平

关，径取长安。"［与曹操赤壁时闻马腾消息，一虚一实，前后又闲闲相映。］①

此段所叙"破曹丕徐盛用火攻"，不仅从总体构思和整体命意上，而且从具体环节到细枝末节上，分别与第四十六回所叙"用奇谋孔明借箭"、第四十八回所叙"宴长江曹操赋诗"以及第四十九回所叙"三江口周瑜纵火"、第五十回所叙"诸葛亮智算华容"等许多叙述单元如出一辙，含有诸多层面的行文"重复"。对这种常常跨越几回或数十回篇幅前伏后应的"重复"叙事，毛氏父子每每以"前后闲闲相映""前后又闲闲相映"等评语来强调其审美效果。另如，第八十一回写道："苞方欲挂印，又一少年将奋然出曰：'留下印与我！'视之，乃关兴也。"对此，毛氏父子评曰："二人争印，与许褚、徐晃争袍遥相映像。"第一一九回写道："会曰：'来日元宵佳节，于故宫大张灯火，请诸将饮宴，如不从者，尽杀之。'"对此，毛氏父子评曰："董承与吉平饮宴，亦是元宵佳节，至此已隔九十余卷，忽然相映。"其他如此含有映照性结构效果的"重复"叙事不胜枚举。

需要特别指出的是，由于《三国志演义》的"重复"叙事往往跨越多个回目，因而毛氏父子将其认定为"遥遥相对""遥遥相映"或"相对而成篇"。如第二十回"总评"指出："前有谋诛宦竖之何国舅，后有谋诛奸相之董国舅，遥遥相对。然二人不可同年而语矣。"说的是，该回所叙国舅董承对曹操实施诛奸，与第二回所叙国舅何进对董卓诛奸叙事相似，颇具遥相呼应意味。有的是"相类而相似"式的"遥遥相对"。如第六十四回评曰："张鲁欲婿马超而不果，与袁术欲婿吕布而不遂，前后遥遥相对。"回头看第五回不难发现，小说叙述的是李傕为董卓之女请求与孙坚之子结亲，被孙坚拒绝。前后两回都叙述求

---

① （明）罗贯中著，（清）毛纶、毛宗岗评，刘世德、郑铭点校：《三国志演义》，中华书局1995年版，第965—966页。

亲、议亲而遭拒，自然构成"遥遥相对"格局。再如，第一百一十五回"总评"指出："先主将入西川，先见孔明画图一幅，又得张松画图一幅；司马昭将取西川，先见邓艾沓中画图一本，又得钟会全蜀画图一本。前后天然相对，若合符节，真奇文奇事。"还有的是"相类而相异"式的"遥遥相对"，如第一百一十八回之"总评"也指出："武侯初死，有杨仪、魏延互相上表一段文字；成都初亡，又有钟会、邓艾互相上表一段文字，遥遥相对。然邓艾之表，未尝讦奏钟会，则邓艾与魏延异矣；魏延之表，未尝为杨仪所更易，则钟会与杨仪异矣。且一在班师之日，一在克敌之初，其势既殊，其事亦别，令人耳目一新。"在第五十一回的"总评"中，毛氏父子进而辨析了吕布赚曹操、曹仁赚周瑜、周瑜赚曹仁、曹操赚吕布等"重复"叙事的"不同中又有不同处""相同中更有不同处"，并赞美其为"真叙事妙文"。在军事角逐中，指挥官们往往采取"赚取"策略，然而对于同一个"赚"字，在作者笔下却是"赚"法不一，"赚"果各异，既彰显出其"重复"之魅力，又彰显出其"相异"之别趣。对此，毛氏父子深谙个中三昧。另外，第五十七回的"总评"有言："孔明吊公瑾之后，忽然遇着庞统，与庞统见曹操之后，忽然遇着徐庶，正复相似。前是将徐庶放去，此是将庞统引来。一样文法，两样局面，真叙事妙品！"既如此这般指出其运用了"一样文法"，又给予一番"叙事妙品"的赞美。

在毛氏父子看来，"重复"并非为文之大忌，特别是那些"相类而相反"叙事中的"一虚一实"或"一详一略"情景，还能传达出"奇妙"效果。如第二十回"总评"指出："董承前曾拒催、汜以救驾，今若能诛曹操，是再救驾也；马腾前同韩遂攻催、汜，曾受密诏，今同董承谋曹操，是再受诏也。前之救驾是实事，而后之救驾是虚谈；前之受诏用虚叙，而后之受诏用实写。一虚一实，参差变换，各各入妙。"对小说分别叙述的前后两场"救驾"与"受诏"，毛氏父子进行了"虚实"区分，并称赏了其"参差变换"之妙。另外，第二十一回有评曰：

"前文曹操破吕布却用实写，此处袁绍破公孙都用虚述。一详一略，皆叙事妙品。"第二十八回针对小说所写周仓配将裴元绍被赵云刺死而评曰："关平为养子，有不必随行之关宁以陪之；周仓为部将，有不得随行之裴元绍以陪之。一虚一实，天然奇妙。"第五十九回有评曰："蒋干在周瑜帐中所听之语是虚，今马超在韩遂帐前所听之语是实。一实一虚，前后遥遥相映。"对一系列如此"虚实交错"的"重复"叙事，毛氏父子皆给予"叙事妙品""天然奇妙""遥遥相映"等赞美。

当然，《三国志演义》如此高频率涌现的叙事"重复"是否都能做到"相映成趣"？这是值得质疑的，因而有的评点者并不买账。题名李贽者在一百十二回曾有这样的评语："读演义至此，惟有打盹而已，何也？只因前面都已说过，不过改换姓名重叠敷演云耳，真可厌也！此其所以为《三国志演义》耳。一笑，一笑。"按说"重复"叙事容易流于套话，有陷入老生常谈、陈词滥调、陈陈相因的风险，但只要操作得当，便可实现意义增殖，从而给读者以趣味。无论是毛氏父子对"相因"叙事的夸赞，还是米勒对"重复"叙事的津津乐道，都是看重这一点的。

三 毛评对《三国》文本衍生意义的发掘

眺望西方"重复"理论，我们注意到，"识别作品中那些重复出现的现象，并进而理解由这些现象衍生的意义"，本是米勒"重复"理论立论的基本诉求。回看毛氏父子关于"重复"叙事的评点，也曾在这个向度上做过努力。众所周知，《三国志演义》的故事叙述秉持某种因果理念，往往将人际关系归结于机缘，将是非成败归结于命数，乃至后人将其敷演为《三国因》。所谓"重复"，无疑主要是指结构文法的前后相因袭。另外，"因"还蕴含着因果之意。毛氏父子在强调文本文法前后因袭的结构之妙的同时，还对其赋予的文本新意予以揭橥，并对这种文法得以形成的社会、文化基础予以追踪。在这个意义上，毛氏

"重复"理论也可以命名为"相因"理论。

说起来，文本内部的"重复"事实上是一种艺术"强化"，颇能给人以"应接不暇"感。对此审美效果，毛氏父子也每每予以指出。如在第六十一回"总评"中，他们赞美曰："英雄一生，出色惊人之事，不可多得，得其一，便可传为美谈。今偏不止一番，却有两番，则子龙之截江夺阿斗是也。美云长者，但称其单刀赴会，而不知已有油江赴会一事以为之前焉。美子龙者，但称其长坂救主，而不知又有截江夺主一事以为之后焉。尝历观前史，求其出色惊人者，或代止有其一人，人止有其一事，孰有应接不暇如《三国》者乎？"的确，小说为对赵子龙、关云长大加溢美，前后叙述了两篇框架基本相同的故事，诚为"鲜花着锦"之笔。为强化"前后相映""遥遥相对"等审美效果，也为强化其"尊刘贬曹"等正统思想，毛氏父子还别具匠心地对原小说文本进行了一些改动。如为映照前文所叙刘备"檀溪跃马"，后文在叙及赵云"长坂坡救主"时，便将原文中的"背后张郃赶来，赵云连马和人颠下土坑。忽然红光紫雾从土坑中滚起，那匹马一踊而起"几句，改为"张郃挺枪来刺，忽然一道红光，从土坑中滚起，那匹马平空一跃，跳出坑外"，通过突出一个"跃"字坐实了与"檀溪跃马"叙述的呼应，等等。如此一来，毛评本《三国志演义》的前后文字便协调于"相类"框架之下，凸显了叙事的"相因"性。

在前后"重复"叙事的实施过程中，《三国志演义》中的诸多行文并没有停留在话语重复之"术"的层次，而往往借助"纷纷世事无穷尽，天数茫茫不可逃"等"天理循环"以及"因果报应"等观念，使之成为包含某种因果逻辑的"叙事之道"。对此，毛氏父子多有感悟与感叹。如由第十回所叙曹操阖户遭人劫杀，毛氏父子联系到曹操杀吕伯奢全家，指出其报应不爽。与此相关，小说叙述了至少三十余场人与人、集团与集团之间的"报恩"或"报仇"。虽然这些叙事所包含的"报恩"或"报仇"的内容和性质有所不同，但所叙"报恩"或"报仇"方式以及结果却多有"雷同"和"重复",尤其是皆或多或少地含有恩恩怨怨、冤冤相报等宿命色彩。对通过如此"重复"叙事所寄寓的"叹往伤今"之情以及"往事不堪回首"的浩然长叹,毛氏父子心领神会。如毛氏父子第三十二回"总评"指出:"观乌巢之焚,令人追念易京楼之焚;观审配之死,令人追念耿武、关纪之死。一冀州耳,韩忽变而为袁,袁忽变而为曹。其始也,馥失之,瓒争之,而绍取之;其既也,谭失之,尚争之,而操取之。兴亡弹指,得丧转盼,夺人者曾几何时而为人所夺。读书至此,为之三叹。"的确,由后文出现的行文"重复",读者自然会联想到前文所叙之雷同故事,进而思考其中蕴含的"夺人者为人所夺"之道,不免扼腕叹息。更有甚者,针对小说第一〇九回所叙"发曹芳魏家果报"一段叙述,毛氏父子接二连三地运用了十个"令人追想""令人追念"等评语来突出阅读行文"重复"片段的感染力和伤感情绪。兹再节录一段文字如下:

  司马师看毕,勃然大怒曰:"原来汝等正欲谋害吾兄弟,情理难容!"遂令将三人腰斩于市,灭其三族。[令人追念董承等七人遇害之时。]三人骂不绝口,比临东市中,牙齿尽被打落,各人含糊数骂而死。[令人追念吉平截指之时。]师直入后宫。魏主曹芳正与张皇后商议此事。皇后曰:"内庭耳目颇多,倘事泄露,必累妾矣!"[令人追念伏后、董妃语。]……乃指张皇后曰:"此是张缉之女,理当除之!"芳大哭求免。师不从,叱左右将张后捉出,至东华门内,用白练绞死。[令人追念华歆破壁取伏后时。]①

  这段文字所叙司马师篡位之景象,有如前面所叙当年曹操欺凌汉献帝之景象。读着这类"重复"叙事的文字,回想小说前文所叙曹操当

---

① (明)罗贯中著,(清)毛纶、毛宗岗评,刘世德、郑铭点校:《三国志演义》,中华书局1995年版,第1229页。

年是何等飞扬跋扈，再看这里所叙而今其后人又是何等沦落悲惨，读者总是会生出盛衰无常、因果报应之叹。这种"令人追想"的效果，正是似曾相识、触类旁通所致，足以令人回味无穷。

对《三国志演义》那些政权争夺及相互更迭之"重复"叙述的衍生意蕴，毛氏父子也曾予以多方面发掘和探讨。如在第一二〇回（也就是在小说终卷）的"总评"中，他们作了这样的概括和总结：

> 前卷晋之篡魏，与魏之篡汉，相对而成篇；此卷炎之取吴，亦与昭之取蜀，相对而成篇。而前卷于不相似之中，偏有特特相类者，见报应之不殊也；此卷于极相似之中，偏有特特相反者，见事变之不一也。……比类而观，更无分寸雷同，丝毫合掌。凡书至终篇，每虞其易尽。有如此之竿头百尺，愈出愈奇者哉！①

在此，毛氏父子慧眼独具地看到了《三国志演义》之各式"重复"以及由此造成的"相对而成篇"构架，兜出一大批"相类而相反"式的"特犯不犯"叙事单元，并对其进行细细"比类而观"，从而揭示出其中蕴含的"报应不爽"等宗教哲理，以及所蕴涵着的"大千世界，无奇不有"的神秘莫测感。

不过，受到时空视野限制，毛氏父子没有做到像米勒那样注意从作者视角探求各种文本之所以出现"重复"之因，因而对"重复"叙事之衍生意蕴的发掘也是十分有限的。相比而言，米勒集中探讨了《吉姆爷》的结构颠覆之于康拉德的人生哲学，《呼啸山庄》之重复的"神秘莫测"之于艾米丽·勃朗特的奇特经历、《亨利·艾斯芒德》之重复的"历史视角"之于萨克雷的反讽风格、《德伯家的苔丝》之"作为内在构思的重复"之于哈代极端的怀疑主义和沉重的失落感、《心爱的》

---

① （明）罗贯中著，（清）毛纶、毛宗岗评，刘世德、郑铭点校：《三国志演义》，中华书局1995年版，第1329—1330页。

之"被迫中止的重复"之于哈代的艺术观、《达罗卫太太》之"使死者复生的重复"和《幕间》之"作为推断的重复"之于伍尔夫的女性作家的心态等一系列问题。在米勒那里，似乎各种"重复"叙事的出现皆有其机缘，都可以从作者人生经历或审美思想等因素那里找到合乎情理的答案。通过如此镜照，我们便可清晰地看出毛氏父子"重复"叙事理论的缺失。另外，它对"重复"叙事修辞的关注也是不够的。如在叙述围剿战争故事时，小说至少八次运用了"围得铁桶相似"一语。就连此类"重复"修辞语，毛氏父子也并没有纳入法眼。

四　毛评与米勒"重复"理论之跨时空对话

在一定意义上说，毛氏父子的"重复"叙事理论围绕"相似""相类""相因"等关键词展开，是中国古式"重复"叙事理论的典范。我们可以通过概括、总结、激活，使之服务于当今中西合璧的"叙事"美学建设。他山之石，可以攻玉。实话说，我们对毛氏父子"重复"理论予以特别关注也得益于 J. 希利斯·米勒"重复"理论的启发。通过中国三百多年前出自毛氏父子之手的叙事理论与风行西方的米勒"重复"理论的跨时空镜照，我们可以加深对中国本土相关理论的理解，并服务于当今文论体系建设。

从理论渊源看，毛氏"重复"理论与米勒"重复"理论都有着较为雄厚的基础。围绕相雷同的题目，小说作者与评改者却做出同中有异的文章，形成文法的千变万化。这本是金圣叹"犯而后避"理论的关注点。受此影响，毛氏父子所谓"相类而相异"其实就相当于"犯而后避"。在《读三国志法》中，毛氏父子如是说："有同树异枝，同枝异叶，同叶异花，同花异果之妙。作文者以善避为能，又以善犯为能，不犯之而求避之，无所见其避也。惟犯之而后避之，乃见其能避也。"由此可清晰地见出二者的继承关系。金圣叹在评点《水浒传》时，既能"以例释义"地指出这部小说中的"劫法场，偷汉，打虎，都是极难题目,直是没有下笔处,他偏不怕,定要写出两篇",又以"随文评点"的形式识别出许多"重复"片段。如第二回写鲁达"正听到那里,只听得背后一个人大叫道:'张大哥,你如何在这里?'拦腰抱住,扯离了十字路口"。类似文字在第四十二回叙述李逵故事时再次用到:"李逵在背后听了,正待指手画脚,没做奈何处,只见一个人抢向前来,拦腰抱住,叫道:'张大哥,你在这里做甚么?'"金圣叹在此夹批曰:"极似鲁达至雁门县时。"挑明了二者之间的"重复"关系。再如,第四十三回写石秀拜潘巧云之"推金山,倒玉柱,拜了四拜"动作与第二十三回写武松拜潘金莲之"当下推金山,倒玉柱,纳头便拜"动作,叙述语颇为相似,金圣叹评曰:"与武松一样人,与武松一样事,与武松一样文章,不换一字。"小说文本之如此"重复"还有不少,大多被金圣叹看在眼里,并以"犯笔"评之。有鉴于此,毛氏父子将此理论推而广之,大加应用。如第四十回"总评"是如此"以例释义"的:"刘景升家难,与袁本初家难,正自仿佛,而写来却无一笔相类者。""求一笔之相犯而不可得。"① 在毛氏父子看来,刘表与袁绍之"家难"属于同室操戈性质,两家兄弟在父亲死后,都是其中有一人投降了曹操,叙事大致是雷同的,然而具体情形却又不同。毛氏父子将这些叙事的复杂变化归结为历史的原生态。非但看到了其"重复",而且看到了其"重复"中的"变化";不仅将"事件的重复"视为"天然变化之事",而且还将"话语的重复"说成是"变化之文",并指出前者决定后者,后者受前者的左右。题目"相仿佛",而叙事又"不相类",用"变化之文"叙述"相仿佛"之事,求得"不相犯"的叙事效果,正是一种令人感觉似曾相识而又似是而非的美感。相对而言,米勒的"重复"理论渊源更广,他不仅集西方新批评、意识批评及解构批评三种文学批评方法之优长,而且根据其本人所提到的线索,我们发

---

① (明)罗贯中著,(清)毛纶、毛宗岗评,刘世德、郑铭点校:《三国演义》,中华书局1995年版,第444页。

现他还吸取了由维柯到黑格尔和德国浪漫派，由基尔凯郭尔的"重复"到马克思，到尼采永恒轮回，到弗洛伊德强迫重复的观念，到乔伊斯《为芬内根守灵》，一直到当代论述过的雅克·拉康、吉尔·德鲁兹、米尔恰·伊利亚德和雅克·德里达等"重复"的理论家，因而对各种"重复"所可指涉的隐喻、反讽、戏仿以及在文学与历史、政治、伦理等层面的关系中所形成的潜在意义都有所阐发。尤其是其关于"反讽""隐喻""张力""意象""戏仿"的阐发，是毛氏"重复"叙事理论所不具备的，这对我们当今的文学研究和理论建设具有较大的启发性。

特别是，无论毛氏父子，还是米勒，他们的"重复"叙事理论都基本立足于"文本"，尤其是借助经典文本的"细读"而展开，偏重结构功能的发掘。毛氏"重复"理论生发于古典小说《三国志演义》评点，关于"重复"叙事的结构意义和审美效果，毛氏父子在第九十四回的回前"总评"是这样说的："读《三国》者，读至此卷，而知文之彼此相伏，前后相因，殆合十数卷而只如一篇，只如一句也。……文如常山率然，击首则尾应，击尾则首应，击中则首尾皆应，岂非结构之至妙者哉！"前后映照，首尾呼应，正是"结构之妙"的突出标志。有时，为了突出《三国志演义》"重复"叙事的衔接功能，毛氏父子还用"一线穿"这一术语评之。第八十一回之"总评"指出："李意之见先主，与紫虚上人、公明管子正是一流人物。而紫虚则有数言，李意止写一字；公明惟凭卦象，李意自写画图，极相类又极不相类，而皆为后文伏笔，令读者于数卷之后，追验前文，方知其文之一线穿却也。"顾名思义，所谓"一线穿"，是借编织技术术语来比喻小说结构的严密。毛氏父子如此热衷于评批小说中的"相似""相异""相反"等各种"重复"叙事，看重的是如此文本结构所拥有的"相映成趣""延异变化""虚实奇妙"等美学效果。而米勒"重复"理论则以《吉姆爷》《呼啸山庄》《亨利·艾斯芒德》《德伯家的苔丝》《心爱的》《达罗卫太太》《幕间》等19世纪至20世纪的七部英国经典小说为例而展开。关于文本内部重复，米勒给出的例子是哈代小说《苔丝》中一再出现的与红色有关描写的词语重复，以及该小说关于苔丝受辱的经历、季节轮换叙述的不断重复。关于文本间际之"重复"，米勒重点阐发了哈代的《苔丝》与其另两部小说《心爱的》《无名的裘德》在主题和形式上的相互呼应。米勒在《小说与重复——七部英国小说》中明确提出把"重复"叙事形态一分为三：即"言语成分的重复：词、修辞格、外形或内在情态的描绘""事件或场景在文本中被复制着""重复其他小说中的动机、主题、人物或事件"。前两种属于"文本内部重复"，后者属于文本间际之"重复"。其"文本"立场以及偏重修辞、结构阐释的态度是明显的。况且，米勒还强调指出："在一部小说中，两次或更多次提到的东西也许并不真实，但读者完全可以心安理得地假定它是有意义的。任何一部小说都是重复现象的复合组织，都是重复中的重复，或者是与其他重复形成链形联系的重复的复合组织。在各种情形下，都有这样一些重复，它们组成了作品的内在结构，同时这些重复还决定了作品与外部因素多样化的关系。"① 身处解构主义话语背景下的米勒特别注重"重复"叙事的"结构"功能，自然是可以理解的。

与米勒"重复"理论相镜照，早先几百年诞生的毛氏父子"重复"叙事理论主要聚焦《三国志演义》文本内部，同样也曾放眼于文本外部，关注与其他前文本的关联。他们曾多次指出，《三国志演义》除了因袭《战国策》关于"秦、楚、齐"三国之间微妙而富有张力的叙事，还特别多地因袭了《左传》，大至承袭《左传》详于叙述前因后果而略于叙述战争过程的战争叙述经验，小至个别语句等细枝末节的沿用。如第十三回写道："渡过帝后，再放船渡众人。其争渡者，皆被砍下手指。"对此，毛评曰："《左传》述晋败于邲之役有云'舟中之指可掬也'。此将毋同？"当然，关于"相类而相异"之"重复"，毛氏父子也

---

① ［美］希利斯·米勒：《小说与重复——七部英国小说》，王宏图译，天津人民出版社2008年版，第2、3页。

173

善于从"跨文本"视角予以评说。如第二十回"总评"又指出："赵高以指鹿察左右之顺逆，曹操以射鹿验众心之从违。奸臣心事，何其前后如出一辙也！至于借弓不还，始而假借，既且实受，岂独一弓为然哉？即天位亦犹是尔。河阳之狩，以臣召君；许田之猎，以上从下，皆非天子意也。然重耳率诸侯以朝王，曹操代天子而受贺，操于是不得复为重耳矣。"毛氏父子由曹操"射鹿验从违"，联想到赵高"指鹿察顺逆"；由曹操"代天子而受贺"，联想到重耳"率诸侯以朝王"，一五一十地指出了《三国志演义》与《史记》叙事之关联；而后又指出了其差异。第二十四回写道："操大声曰：'不是董卓！是董承！'帝战栗曰：'朕实不知。'"对此，毛评也说："尝读《左传·周郑交质》篇'王曰无之'句，为之一叹；今献帝'朕实不知'四字，正复相似。"毛氏父子注意到了这些因袭《左传》的段落和语句。毛氏父子对《三国志演义》叙事与《史记》叙事的"重复"关系比照还有多处，如第十八回"总评"说："将在谋而不在勇。贾诩之知彼知己，决胜决负，斯诚善矣！至于郭嘉论袁、曹优劣，破曹之疑，不减淮阴侯登坛数语。"毛氏父子从小说所叙述贾诩、郭嘉的言论，联想到《史记》所记淮阴侯韩信的登坛拜将之语，指出二者之间的沿袭痕迹。第四十一回"总评"又说："予尝读《史记》至项羽垓下一战，写项羽、写虞姬、写楚歌、写九里山、写八千子弟、写韩信调军、写众将十面埋伏、写乌江自刎，以为文章纪事之妙，莫有奇于此者。及见《三国》当阳长坂之文，不觉叹龙门之复生也。"第七十二回"总评"亦言："汉高之破项王，赖有彭越以扰其后；先主之破曹操，亦有马超以扰其后，前后殆如一辙也。"第八十三回叙述阚泽推荐年少陆逊为大将军，原文是："阚泽曰：'古之命将，必筑台会众，赐白旄黄钺，印绶兵符，然后威行令肃。今大王宜遵此礼，择日筑台，拜伯言为大都督，假节钺，则众人自无不服矣。'"毛评曰："如萧何荐韩信故事。"这些评语皆指出了《三国志演义》文本与《史记》文本之间的血脉关联。由此可见，对《三国志演义》因袭《左传》《战国策》《史记》等先期文本的情形，毛氏父子尽量予以识辨和鉴定。可以说，就"重复"理论的分类和观察面而言，毛氏"重复"理论与米氏"重复"理论都注意到小说行文除了文本内"重复"，还有一种跨文本或兼跨文本内外的"重复"。

总而言之，在《三国志演义》评点中，毛氏父子善于借助"比类而观"式的联想阅读去发现、辨识小说文本叙述存在的"重复"，并强调其"相因"性，从而形成关注前后文本映照以及文本与文本因袭的叙事理论。当然，身处几百年之前的毛氏父子的"重复"叙事理论尽管对文法、效果、哲理等方方面面均有所触及，但毕竟尚停留在"随文评点""以例释义"的观念层次，缺乏系统化的理论高度；而米勒那套诞生于现代"解构主义"背景下的"重复"叙事理论也留下了过于偏重抓取小说文本细枝末节大做文章而对文本"重复"背后的文化意蕴挖掘不够的缺憾。站在"为我所用"立场，我们可以采取"古代文论的现代转换""中西文论的融通化合"等策略来补救毛氏与米氏各自"重复"理论的美中之不足，从而使这种关注文本内外相似的"重复"理论更具高度和应用空间；若从"利他主义"看，我们亦可将毛氏"重复"理论中的"相映成趣"等叙事效果理论送给西方文论家们借鉴。

第五章 《金瓶梅》之"互文性"及悬疑释解

近年,借鉴现代西方文论家们针对周围文学文本之间的互渗互涉等现象所提出并阐发了的"互文性"理论重新审视有关文本互涉、文本关联等问题,成为文学研究的新增长点。众所周知,《金瓶梅》袭用其他文学作品不计其数。除了《水浒传》之外,还对宋元明三代的史实、话本、戏曲及民间散曲时调传奇等作了大量的采录。无论是"词话本",还是"崇祯本",都注意吸取前人及同时期人的小说戏曲文本,从而形成有迹可循的文本大观。对此,我们不妨将研究重心从"笑学"转向"金学",从"互文性"路径进入对《金瓶梅》所饱含的量大质优的文本互涉图景的新解读中,从而打开"金学"研究的新局面。尤其是通过其与共时的"三言"之"互文性"探讨,可以有助于释解一些关乎作者的疑惑。

第一节 《金瓶梅》研究的"互文性"位移

前些年,尽管过热的"作者归属""思想价值""社会意义"等"外部研究"并非全然属于舍本逐末,但其落脚点却往往流于"作者谜团""成书方式"等问题上,而这些问题又一时间难以搞清楚,人们不免生出"可怜无补费精神"之叹,并呼吁回归作品或文本。在《金瓶梅》研究上，学人们逐渐不约而同地选择从面向作者的"笑学"研究转向面对文本的"金学"研究。许多旨在破解"笑学"问题的文本比对，虽然不能解决《金瓶梅》作者问题，但实际上属于"互文性"研究，无疑有利于进一步巩固提高关于这部小说的文本分析和解读的水平。

一 从"笑学"研究向"金学"研究转移

自《金瓶梅》诞生迄今的四百多年里，人们抱着"读其书而欲知其人"的强烈愿望，使出多种解数对其作者进行了各种各样的考证，力图揭开"兰陵笑笑生"的面纱，并提出了身处明末至清初的王世贞、李开先、屠隆、冯梦龙、汤显祖、贾三近、薛方山、赵侪鹤、冯惟敏、徐渭、卢楠、李笠翁等五六十位候选人。对这种不懈的作者考证，有人仿拟"曹学"（曹雪芹研究）而提出了所谓"笑学"（兰陵笑笑生研究）之说。在以往"笑学"研究中，有的学者不惜采取"猜想""破译"或"索隐"等方法，未免存在先入为主、强拉硬扯、牵强附会等问题，故而招来"可笑"之讥。事实上，多数"笑学"研究还是注意立足于"内证""外证"等"实证"基础上的，其研究意义也并非仅仅局限于能否挖出作者本身。正如黄霖先生所言："《金瓶梅》作者研究的成绩不能仅仅局限在是否能够确凿地找到张三、李四，而是通过作者问题的研究，推动了一系列问题研究的深入……关系到小说文本，作者心理素质等研究，促使了一些新材料的发现，乃至对其他作家作品和晚明社会、政治、经济、民俗等问题的研究都会带来一些新的东西。"[①]由于"抄引"或"化用"来的文本并非作者"原创"，因而用这些文本以坐实作者未免差强人意。但从"跨学科""跨文本"大视野看，"笑学"研究至少为《金瓶梅》的"互文性"研究提供了诸多便利。尤其是"诗文印证法"以及"文本化用"所使用或依托的那些材料大多可

---

① 黄霖:《"笑学"可笑吗——关于〈金瓶梅〉作者研究问题的看法》，《内江师范学院学报》2007年第3期。

以纳入"互文性"框架来审视。① 如，主张"徐渭说"的潘承玉先生《金瓶梅新证》一书为破解"廿公""徐姓官员""清河县""兰陵""笑笑生"等小说诸谜而提出"浙东绍兴府山阴县徐渭"说时所进行的"《金瓶梅》文本与徐渭文字相关性比较"，等等。这些在"笑学"考证中所提供的诸多用以间接推论的"内证"资料，均可成为"互文性"研究的现成材料。

再说，新时期以来，人们对《金瓶梅》"成书方式"研究的热情有增无减，且展开过多次论争。徐朔方先生曾发表《〈金瓶梅〉成书问题初探》（《中华文史论丛》1984年第3期）等论文，力倡《金瓶梅》是"世代累积型的集体创作"说。对此，李时人发表《关于〈金瓶梅〉的创作成书问题——与徐朔方先生商榷》（《上海师范大学学报》1985年第3期）坚持"个人独创"说。其间论争的各种论文所使用的"内证"为我们今天的"互文性"研究提供了另一批资料。近年，张同胜、杜贵晨先生在讨论《金瓶梅》之"集撰式创作性质"时，列举出体现在"集"上的这样一些例子：

> 除前六回之外，《金瓶梅》对《水浒传》文本其他部分，以及对《三国演义》《古今小说》等文本的仿写和袭用，也同样具有这个"以集为撰"的特征。例如第8回《潘金莲永夜盼西门庆，烧夫灵和尚听淫声》写和尚偷听李瓶儿与西门庆的"淫声"，显然是《水浒传》第44回《杨雄醉骂潘巧云，石秀智杀裴如海》写"那一堂和尚见他两个（按指潘巧云、裴如海）并肩摩椅，这等模样，也都七颠八倒"的影子；第26回《来旺儿递解徐州，宋惠莲含羞自缢》写西门庆设下圈套，引诱来旺出来赶"贼"，反而被西门庆

---

① 陈大康《作者非兰陵笑笑生？——〈金瓶梅〉考证疑点多》（《文汇报》2004年2月12号）一文把现在关于《金瓶梅》作者的考证法归纳为"取交集法""诗文印证法""署名推断法""排斥法""综合逼近法""联想法""猜想法""破译法""索隐法""顺昌逆亡法"等十种，并一一举例说明。

当作贼捉拿的叙事，与《水浒传》第29回《施恩三入死囚牢，武松大闹飞云浦》中张都监、张团练和蒋门神设下陷阱，将武松诬陷为盗贼的叙述颇为相似；第47回《王六儿说事图财，西门庆受赃枉法》中苗员外被家奴苗青谋财害命、侵占家产的故事，就有《水浒传》第60回《吴用智赚玉麒麟，张顺夜闹金沙渡》写卢俊义被管家李固与娘子勾搭成奸、侵占财产、谋害性命故事的成分；第62回《潘道士解禳祭灯法，西门庆大哭李瓶儿》中可以看出《金瓶梅》对《三国演义》中诸葛亮临死之前在五丈原禳星延命故事的模仿；第84回《吴月娘大闹碧霞宫，宋公明义释清风寨》中吴月娘被赚入方丈中遭殷天锡调戏和呼救那一段的叙事，不禁令人想起高衙内调戏林冲娘子的相关描写，而吴月娘在清风寨被宋江解救、释放就是袭用了《水浒传》宋江在清风山解救、释放刘知寨夫人的故事梗概；第98回《陈经济临清开大店，韩爱姐翠馆遇情郎》中陈经济与韩道国女儿韩爱姐相遇媾和、产生爱情的故事，很大一部分就是直接移用了《古今小说·新桥市韩五卖春情》。①

尽管这些例子似乎前人基本提到过，但如此"汇总"却让人更加深刻地领略到《金瓶梅》移用前人作品的力度和水平，并加深了对其关于叙事与写人特色的理解，自然可以直接拿来作为探讨《金瓶梅》创作的"互文性"本质的依据。

概而言之，"互文性"研究的基本立场是"文本"互释，即通过文本与文本的比对，探求文本间际关联；而作者研究与艺术研究大多会关注"文本"。因而，借助用作"笑学"研究和"集撰说"研究的批量"内证"材料自然可以拿来直接用于包括"互文性"在内的"金学"研究。

---

① 张同胜、杜贵晨：《论〈金瓶梅〉成书的"集撰"式创作性质》，《明清小说研究》2008年第1期。

二 从"渊源"研究转向"互文性"研究

从《金瓶梅》与其先后或同时期不同文学文本之间的关联情形看，这部小说饱含着多重"互文性"。其"互文性"手段大致可分为直接引用诗词曲赋、径直挪移故事片段等显性"抄引"和经过改头换面、移花接木以及融会贯通等技术处理的隐性"化用"两种。作者"兰陵笑笑生"乐此不疲地"抄引"或"化用"了大量前人或周围人的文学文本，以至于被人们不无揶揄地奉为"天下第一文抄公""文学神偷""超级文贼"。当然，在那个并不严格斤斤计较知识产权的年代，任何"抄引"或"化用"均无可厚非。以往，"影响研究"以及"素材渊源研究"等系列研究常触及某些散布在《金瓶梅》各个角落里的"互文本"。而今，我们有必要以此为基础，继续发掘相关文本，将其纳入富有统摄力的"互文性"理论框架中审视。

除了坚持不懈的作者考证、不厌其烦的"素材来源"以及"成书方式"研究为探讨《金瓶梅》之"互文性"提供了更多现成的对证材料，众所周知，《金瓶梅》袭用抄录其他文学作品不计其数。尽管许多散曲在"崇祯本"中被删削掉或刊落，但遗存下来或被替换的前人创作仍然洋洋可观。早在这部小说传播伊始，欣欣子即在《金瓶梅词话序》中谈到《金瓶梅》文本所涉及的九种"互文性"对象，即《剪灯新话》《莺莺传》《效颦集》《水浒传》《钟情丽集》《怀春雅集》《秉烛清谈》《如意传》《于湖记》。20世纪《金瓶梅》"词话本"的发现激发起一代学人钩稽和考察这部小说素材来源的兴趣。40年代，姚灵犀《瓶外卮言》（1940）、冯沅君《〈金瓶梅词话〉中的文学史料》（1947）等"金学"研究成果均显示了这方面研究的实绩。如前者辑有痴云《〈金瓶梅〉与〈水浒传〉、〈红楼梦〉之衍变》一文，细致地比较分析了《金瓶梅》与《水浒传》故事情节之异同。[①] 60年代，美国著名汉

---

① 姚灵犀著，陶慕宁整理：《瓶外卮言》，南开大学出版社2013年版，第69—77页。

学家韩南在其博士学位论文《金瓶梅的写作和素材来源研究》的基础上撰成《〈金瓶梅〉的版本》和《〈金瓶梅〉素材来源》等论文（分别载1962、1963年的《大亚细亚》杂志），通过对《金瓶梅》所引用之小说、话本、戏曲、史书等前人作品进行系统溯源，将《刎颈鸳鸯会》《志诚张主管》《戒指儿记》《西山一窟鬼》《五戒禅师私红莲记》《杨温拦路虎传》《新桥市韩五卖春情》以及文言色情短篇小说《如意君传》等小说列入《金瓶梅》借用的对象，且将"苗员外遇害"一事坐实为《百家公案全传》之《港口渔翁》，并一一与《金瓶梅》的相关情节作了比对分析。① 这不仅为此后的相关研究提供了线索，而且成为而今"互文性"研究的基础。继而，执着于这一研究的是周钧韬先生，他先后撰有《〈金瓶梅〉抄引〈水浒传〉考探》《〈金瓶梅〉抄引戏曲考探》《〈金瓶梅〉抄引话本小说考探》等论文，并汇集成《金瓶梅素材来源》（中州古籍出版社1991年版）一书。其中，《〈金瓶梅〉抄引话本小说考探》一文重点对《金瓶梅》"抄引"《刎颈鸳鸯会》《戒指儿记》《五戒禅师私红莲记》《志诚张主管》《新桥市韩五卖春情》等五篇前人话本小说的情况进行了分析和评估，并得出结论说：

> 《金瓶梅》抄引了许多话本、戏曲中的情节和人物的形象，但这些话本、戏曲没有哪一部是讲金瓶梅故事的。这就是说，这些话本、戏曲中的人物、故事情节本来与金瓶梅故事毫不相干，只是金瓶梅作者在创作时，受这些话本、戏曲的人物形象和故事情节的启示，因此择其有用者改头换面、移花接木地抄借到《金瓶梅》之中。用现代的观念来看，这完全是一种抄袭。《金瓶梅》显然不是由这些话本、戏曲中的故事连缀、加工整理而成书的。②

---

① ［美］韩南：《〈金瓶梅〉探源》，参见《韩南小说论集》，北京大学出版社2008年版，第223—245页。
② 周钧韬：《〈金瓶梅〉抄引话本小说考探》，《苏州大学学报》（哲学社会科学版）1988年第1期。

周先生在力主其"抄借"前人的做法不能成为"集体创作"的理据时，所举出的例子正是"互文性"的。后来的一系列探讨大致沿承这一思路进行下去，关注的对象也主要是以上几种话本小说。另外，近年孟昭连《崇祯本〈金瓶梅〉诗词来源新考》（《厦门教育学院学报》2005年第2期），陈益源、傅想容《〈金瓶梅词话〉征引诗词考辨》（《昆明学院学报》2010年第5期）等论文对"素材来源"研究工作也做出过一定的贡献。总之，以往"素材来源"以及"成书方式"研究对《金瓶梅》之"互文性"研究做了很好的铺垫。

与"素材来源"等研究交叉或同步进行的研究还有"比较研究""传承研究"等"影响研究"，也为《金瓶梅》之"互文性"研究提供了不少资料。相对而言，《金瓶梅》"抄引"或"化用"的文本依据主要是《水浒传》，二者之文本关联和影响关系也最为密切。因而关于这一话题的研究也较集中。主要有王利器《〈金瓶梅〉之蓝本为〈水浒传〉》（载徐朔方、刘辉编《金瓶梅论集》，人民文学出版社1986年版）；蔡国梁《从〈水浒传〉到〈金瓶梅〉》（载《金瓶梅考证与研究》一书，陕西人民出版社1984年版）；鲁歌《略论〈水浒传〉与〈金瓶梅〉之关系》（《贵州师范大学学报》1988年第3期）等。这些研究的贡献在于，通过文本比对将《金瓶梅》与《水浒传》的雷同部分辑录出来。其中，比较显在的"抄引"内容包括：《金瓶梅》第一回至第六回抄自《水浒传》第二十三回至第二十六回；第八回中的部分叙事抄自《水浒传》第二十六回；第九回、第十回抄自《水浒传》第二十六回至第二十七回；第八十九回抄自《水浒传》第二十六回。尽管未被冠以"互文性"之名加以审视，但其路数却与"互文性"研究一致。尤其是黄霖先生通过对《忠义水浒传》与《金瓶梅词话》进行认真比勘，一口气举出在人物与情节上前者影响后者的十二处，如"第30回写张都监陷害武松的圈套与《金瓶梅》第26回中西门庆陷害来旺儿相似""《水浒传》第32回刘知寨老婆被劫往清风寨事，被移到了《金瓶梅》第84回吴月娘身上"等。① 近年，马瑞芳《〈水浒传〉和〈金瓶梅〉的血缘关系》（《文史知识》2011年第1期）等论文也凭着"文本细读"功夫，对两部小说的关联性进行了发掘和评定。总之，以往在"影响研究""比较研究"中使用的资料以及文本比对路数均可为当今的"互文性"研究所用。

当然，还有些素材来源研究虽未以"互文性"的名义展开研究，却大致具"互文性"研究之实。以往所进行的"艺术研究"，大致属于文本内部研究，自然会涉及"互文性"的某些问题。如因为"互文性"写作本来就含有"戏拟"一招，而"戏拟"常常产生"反讽"效果，所以孙述宇先生《金瓶梅的艺术》（台北时报文化出版公司1978年版）关于《金瓶梅》之"反讽"探讨中的举例自然为小说的"互文性"研究打开了方便之门。再如，周中明《金瓶梅艺术论》（广西教育出版社1992年版）从《金瓶梅》对武松形象的改塑谈起，指出其"上承《水浒传》而又另辟蹊径"，并通过人物个案研究，探讨两部小说的"不同笔法与风格"。这类研究自然同样为《金瓶梅》之"互文性"研究提供了方便。还有些研究与"互文性"研究更为具体贴近。如，霍现俊及其合作者先后发表《小说中的"小说"：金瓶梅与其他小说关系研究》之一、之二（分别载《河北师范大学学报》2005年第5期、2009年第3期）等论文，把以往所谓的"小说素材"定性为"小说中的'小说'"。由于"互文性"通常被解释为"文中之文"，因此所谓"小说中的'小说'"自然就属于"互文性"研究。杨国玉《新见〈金瓶梅〉抄引明文言小说素材考略——兼谈周礼〈秉烛清谈〉〈湖海奇闻〉的佚文》，新发现了被《金瓶梅》抄引的四篇明代短篇文言小说，不仅通过披沙拣金拓展了我们对《金瓶梅》"素材来源"的认识，而且洞幽察微地为追寻久已散佚的明代周礼撰述的《秉烛清谈》《湖海奇闻》二书之

---

① 黄霖：《〈忠义水浒传〉与〈金瓶梅词话〉》，载《水浒争鸣》第1辑，长江文艺出版社1982年版，第228页。

佚文提供了宝贵线索。①

如此看来，以往关于《金瓶梅》之"素材来源"与"传承影响"研究的成果多关涉到富有张力和包容性的"互文性"问题。相对而言，前者多关注"直接引用"问题，后者多关注"间接化用"问题。虽然研究目标不一，但大多注意取"文本内证"。而这些丰富的"文本内证"资料正有利于小说文本意义发掘。我们要以此为基础，通过进一步的文本比对和联想阅读等策略，继续发掘相关资料，使《金瓶梅》"互文性"研究系统化、理论化。

三 以"互文性"方法拯救既往研究困境

"互文性"研究往往依托于文本比对，研究目标上也重事实判断，其命名本身也是中性的，足以能够包揽文学作品之间互相交错、彼此依赖的拼凑、掉书袋、旁征博引、人言己用等若干文本现象，自有其优势。从"互文性"研究胜境反观"笑学""金学"研究困境，我们发现许多"笑学"研究者是误把"互文性"当"原创性"了。通过与其他经典小说进行文本比对展开关于《金瓶梅》的"互文性"研究，具有较为特殊的理论价值和实践意义。

首先，推动我们反观以往研究的成果，从而实现对"笑学""金学"研究的突围。尽管因"互文性"的大面积存在，通过"内证"考证作者和成书方式，难以彻底解决问题，但是，通过《金瓶梅》"互文性"研究，我们不仅可以全面感受创作者的"转益多师"，接受者的"各取所需"，而且可以多向度地摸清创作者的"知识结构"和"涉猎"，由此进一步圈定创作者，从而解决这一谜团。同时，"互文性"研究自然会进一步唤起人们进行文本细读与语法修辞阐释以及方言口语探讨的兴趣和热情，对以往有关作者和文本的地域研究进行反思。质而

---

① 王平主编：《金瓶梅与五莲：第9届（五莲）国际〈金瓶梅〉学术研讨会论文集》，中国文史出版社2013年版，第33—40页。

言之，小说文本中的地域因素成因较多，除了原创者的决定性、评改者的掺和，还有"互文性"的作用。多种复杂因素导致难以根据文本内证定案。就《金瓶梅》而言，原创者自然当属"兰陵笑笑生"，尽管其本人可能漂泊他乡，染上异俗，但毕竟不改鲁地人本色。由"互文性"生成的文本容易使得作者研究节外生枝，导致一系列关于作者以及文本的地域之争。如有的论者从地域性饮食文化着眼，指出《金瓶梅》中的菜式多与江浙菜系的技法相符，试图将这部小说强拉硬扯到江浙地盘上；有的论者挑拣出《金瓶梅》"词话本"第四十二回、第五十二回所写的多产于南方的龙眼（桂圆）、荔枝、枇杷、荸荠、乌菱（菱角）等水果，再依据屡屡提到的"金华酒"①，将作者籍贯移到南方。其实，这些貌似言之凿凿的证据恰恰可能是"评改性"和"互文性"造成的，不能从根本上说明问题。同样，根据方言推断作者归属也难以将作者从鲁地掠走。关于《金瓶梅》之方言，前辈学人大多持"鲁方言为主"说。如吴组缃先生论《金瓶梅》说："作品采用山东方言和市井行话，词句不甚整饬。"② 当然，我们不否认，小说中间或出现"吴语""京话"，还兼有"沪方言""赣方言""川方言""湘方言""鄂方言""陕方言"等各地方言口语，但我们不能依据小说文本中含有某地方言，便断言作者就是某地人。再说，《金瓶梅》两种版本的方言用语也多有不同。比如"词话本"中不乏"谷都嘴""刺扒着腿""股嫩腿""瘸着腿""干营生""戳摸路儿""扬长而去""哄反着""狗搜着""霸拦""浪摆""待死"等齐鲁方言俗语，而崇祯本则多加以删改，并增添了某些"吴语"。这说明原创者"兰陵笑笑生"很可能是鲁地兰陵人某某，而评改者则可能就是吴地的苏州人冯梦龙，众人拾柴火焰高，

---

① 况且，所谓"金华酒"很可能就是"兰陵酒"。王利器先生主编的《金瓶梅词典》有注释曰："金华酒或谓即兰陵酒。明李时珍《本草纲目》卷25：东阳酒即金华酒，古兰陵也。"（王利器主编：《金瓶梅词典》，吉林文史出版社1988年版，第221页。）
② 吴组缃遗作，傅承洲整理：《论金瓶梅》，《北京大学学报》（哲学社会科学版）2011年第5期。

《金瓶梅》文本终于火了起来。由于"互文性"因素和评改因素，本可说明问题的"方言"证据就变得特别不靠谱，变得复杂化，增加了作者之谜破译的难度。总之，尽管披在《金瓶梅》作者"兰陵笑笑生"脸上的面纱看似不厚，其山东人影像依稀可辨，但一时间尚难以将这幅面纱彻底揭开，故而仍然难以一窥究竟。无论如何，《金瓶梅》的草创者毕竟是"兰陵笑笑生"，他必定与兰陵有较大干系。

其次，引导我们如何正确对待《金瓶梅》之文本借鉴问题。《金瓶梅》的"互文性"是一把双刃剑，以往人们多通过划分"抄引"或"化用"前人文学文本予以毁誉褒贬。对"互文性"持两种态度：即对"抄引"不同文体文本的基本否定和"化用"相同文体文本的基本肯定。在国内，傅憎享曾通过对《金瓶梅》与其稍早的《如意君传》进行比较，认为同是写情欲，也显出作者的阶层与水准，"词话本"有四十五回共约七十二次写秽事，多属于东抄西录（其中不乏抄《如意君传》之处），单一重复，而且粗制滥造（与《痴婆子传》相较），是属于说书人添加的"荤话儿"，并将"情欲描写移植错位"之过归咎于"艺人述录"。① 这里将秽事叙述之过归咎于艺人的"互文性"写作。近年，马瑞芳在谈到《金瓶梅》与前人文学文本之"血缘关系"时，也认为其效果不一：有"狗尾续貂""东施效颦"等反面的，更有"因风吹火""借鸡生蛋"，从而走向"大放异彩"等正面的。从道理上讲，任何行文笔法都会有进化和退化之分，"互文性"亦然。② 针对《金瓶梅》以"镶嵌"为主的"互文性"之得失，黄霖先生曾经指出："《金瓶梅词话》'镶嵌'大量的前人作品，乃是一种特殊的创作手法。"他

---

① 傅憎享：《情欲描写移植错位：〈金瓶梅〉非文士之作》，《学习与探索》1992 年第 2 期。
② 李玉平曾将"互文性"分为"积极互文性"和"消极互文性"两种类型，并指出："积极互文性是指当互文性要素进入当前文本后，发生了'创造性的叛逆'（creative treason，埃斯卡皮语），与原文本相比产生了新的意义，与当前文本形成了某种对话关系。""消极互文性则是互文性要素进入新的文本后，与原文本相比意义没有发生变化。"李玉平：《互文性新论》，《南开学报》2006 年第 3 期。笔者认为，用"进化的互文性"和"退化的互文性"代替"积极互文性"和"消极互文性"当更恰当。

在肯定《金瓶梅词话》"常常能将旧作镶嵌到自己构思的艺术蓝图中,做得天衣无缝、恰到好处,有一种点铁成金、脱胎换骨之妙,所以它实际上也是一种艺术创造"的同时,又指出:"由于作者成书仓促,工作难免有些粗疏,使作品产生一些凌乱、矛盾之处,影响小说的艺术声誉。这种镶嵌,又容易使一些研究者在研究小说的成书问题、作者问题以及叙事开展、人物刻画的过程中作出错误的判断。"由此提醒研究者千万不要被文本的镶嵌遮蔽了视线。① 按照"互文性"理论的创始人法国克里斯蒂娃的说法,"互文性的引文从来就不是单纯的或直接的,而总是按某种方式加以改造、扭曲、错位、浓缩或编辑,以适合讲话主体的价值系统"。② 况且,即使两个文本存在完全相同的片段,因语境和对象不同,其意义也是绝不相同的。就此而言,《金瓶梅》之"互文性"创作的最大价值就在于它能够使之在新文本中产生新意义。因此,针对《金瓶梅》展开的"互文性"研究有利于更好地发掘各种"互文本"所产生的"点铁成金"效果及其文化意蕴,并能够使读者更好地把握经典文学文本形成的规律。

再次,启发我们深入思考如何别开生面地发掘小说文本的审美特性等问题。张竹坡在《第一奇书非淫书论》提出《金瓶梅》创作意旨上的"摹《诗》"之说:

《诗》云:"以尔车来,以我贿迁。"此非瓶儿等辈乎?又云:"子不我思,岂无他人?"此非金、梅等辈乎?"狂且""狡童",此非西门、敬济等辈乎?乃先师手订,文公细注,岂不曰此淫风也哉?所以云:"《诗》三百,一言以蔽之,曰'思无邪'。"注云:"《诗》有善有恶。善者起发人之善心,恶者惩创人之逆志。"圣贤著书立言之意,固昭然于千古也。今夫《金瓶》一书作者,亦是

---

① 黄霖:《论〈金瓶梅词话〉的"镶嵌"》,《文艺研究》2016年第4期。
② 程锡麟:《互文性理论概述》,《外国文学》1996年第1期。

将《褰裳》《风雨》《蘀兮》《子衿》诸诗细为摹仿耳。

张竹坡善于借《诗经》旨意，反其道而评判，从而揭示《金瓶梅》作者的皮里阳秋之笔。据以上这段评论看来，《金瓶梅》全篇不过是对《诗经》中这些关乎婚恋问题的著名诗篇的"模仿"。这些模仿表明，情与淫相反相成，甚至不过只有一步之遥。在当前学术背景下，许多有识之士已经意识到，与其喋喋不休地争论作者及其归属，倒不如转向小说文本之审美解读。早在20世纪70年代末，学者孙述宇就曾使用西方新批评派常用的术语"反讽"（irony）一词谈论《金瓶梅》的笔法，认为这部小说经常写各色人物"表里之别""表里歧异"，写出了最真实的人性。[①] 事实上，除了实现文本意蕴的"强化"或"升华"，"互文性"的功效就在于创造"反讽"意趣。人们最常提到的例子当数绣像本第一回"热结十兄弟"通过戏拟《三国志演义》第一回"桃园三结义"构成的"反讽"。这种"反讽"一直贯穿下来，用世俗追逐之"利"消解了正统伦理之"义"。我们应该继续认真借助文本对比，发现更多"互文性"片段，并深化对小说文本意蕴的理解。

最后，推动我们对"创新性"与"互文性"两套理论及其相互关系展开深入思考。以往文学研究多一味地强调"独创性"的价值，而忽略或贬低"互文性"的意义，甚至把"互文性"当作"独创性"的负值。关于"独创性"和"互文性"之关系，李玉平曾这样概括："实际上，文学并非完全是独创性的产物。互文性的提出，不仅没有削弱文学的独创性，反而更有助于我们重新认识文学的独创性，更好地彰显文学独创性的价值。任何一部作品都不可能完全独创，认清非独创的部分，更有助于彰显独创部分的价值。退一步讲，即使是互文性的部分也并非完全是拾人牙慧的模仿，其中也不乏独创性。"[②]《金瓶梅》借用模

[①] 孙述宇：《金瓶梅的艺术》，（台北）时报文化出版事业有限公司1978年版，第48—55页。
[②] 李玉平：《互文性：文学理论研究的新视野》，商务印书馆2014年版，第3—4页。

仿了《水浒传》《西厢记》以及众多明代中短篇文言小说和话本小说。文学发展史以及文学"经典化"的经验告诉我们，一部经典的形成往往是"独创性"与"互文性"的有机统一。照搬照抄、人云亦云固然没有意义，空谷来风的所谓"独创"也是不存在的。在文学研究中，我们不能简单地因张扬前者而忽视后者，同样也不能草率地借肯定后者而否定前者。对此，美国汉学家韩南在探讨《金瓶梅》之"素材来源"时指出："当我们探索引文以什么方式使我们得以深入这部小说时，似是而非的答案主要是它们不太适应作者创作动机的那些地方。当他们不能满足作者的需求，他只得对它们进行修改，或它们不能使读者得到作者预期的效果，正是在这些地方最能见出作者的独创性。"① 这里既隐含着对那些"化用"的"互文性"的肯定，又恰如其分、水乳交融地将"互文性"纳入"独创性"来看待。在谈到"重叠与颠覆"问题时，田晓菲在《秋水堂论金瓶梅》中曾有过如下分析：

> 使用现成的戏曲、说唱、词曲、小说，是《金瓶梅》一个十分独特的艺术手段（比如用点唱曲子来描写人物的心理、潜意识、传情，预言结局等等），也是具有开创性的艺术手段，在探讨《金瓶梅》的主要艺术成就时，这一点应该考虑在内。此外，《金瓶梅》使用资料来源时的灵活性、创造性应该得到更多的注意……这种创造性给读者带来的乐趣与满足感是双重的：既熟悉，又新奇。熟悉感是快感的重要源头，而一切创新又都需要"旧"来垫底。
>
> 《金瓶梅》很好地做到了这一点，有足够的旧，更有大量的新，于是使得旧也变成了新。《红楼梦》就更是以《金瓶梅》为来源，成就惊人。熟读金瓶之后，会觉得红楼全是由金瓶脱化而来。②

---

① ［美］韩南：《韩南小说论集》，王秋桂等译，北京大学出版社2008年版，第262—263页。
② ［美］田晓菲：《秋水堂论金瓶梅》，天津人民出版社2003年版，第280页。

《金瓶梅》"互文性"研究给了我们这样一个答案："互文性"理应被视为"独创性"的有机构成和并行不悖的写作策略。于是，借助"互文性"视角，我们便可进一步洞察《金瓶梅》之"拟而有避""推陈出新"的写作经验。

　　由于《金瓶梅》既是"历时性"传承化用的结果，又是"共时性"双向渗透的出品，因而其"互文性"特别复杂。其既凸显出作者得心应手的借鉴，又凸显出文本个别地方的杂乱无章和漏洞百出的缝隙。可以说，《金瓶梅》既是后起小说"依傍""模拟"或"推陈出新"的样板，又流露出诸多因对以往文本过于依赖而导致的缺憾。

四　徜徉于《金瓶梅》"互文性"胜境

　　探讨《金瓶梅》之"互文性"旨在基于小说文本关联等现象的发掘，重新认识小说的文本效果和特色。对那些直接引用诗词曲、径直挪移故事叙述细节的"显性互文"，人们易察易觉，并业已做了不少工作，此不赘述。而经过长期不断的细读，人们越来越发现，《金瓶梅》文本中还存在至今尚难以估量的"隐性互文"叙事单元。由于诞生《金瓶梅》的那个年代思想活跃，小说出版频繁，处于百年"共时"的小说作品之间的"互文性"关系显得尤为错综复杂，因而既需要审慎探讨，又需要多向度解读。

　　首先要提出的一个问题是，《金瓶梅》与其赖以借题生发的《水浒传》之"互文性"关系尚不能简单地认定为前者模拟后者。在以往研究中，人们关注到，《金瓶梅》之于《水浒传》并非简单的"借尸还魂"，而是别出心裁的"脱胎换骨"，它在蚂蚁搬家式地"转引"了《水浒传》大量成品叙事的同时，又通过改头换面、移花接木等技术处理，赋予某些叙事细节以全新功能和意义。近年来，黄霖先生《论〈金瓶梅词话〉的"镶嵌"》一文针对《金瓶梅》文本形成力倡"镶嵌"说，强调《金瓶梅词话》将《水浒传》等前人的文字大量地"镶嵌"到"自己构思的艺术蓝图中",成为一部新的作品,并指出这种"镶嵌"也有其弊病,以至于给研究者带来麻烦。① 商伟先生《复式小说的构成:从〈水浒传〉到〈金瓶梅词话〉》基于对《金瓶梅》文本图景的分析,把《金瓶梅词话》视为"复式小说"以及"书写"的产物,凸显它对前代和当代众多文本和文体的移置、替代、戏仿、改写和重组,从而力主"编织"说,并进而强调"编织"手法在复式小说建构中所起的作用,增添了"文本"理解的维度。② 在商伟先生看来,《金瓶梅》通过移置、改写和增补《水浒传》所建立起来的文本关联,既是一种特殊的双向互动关系,又是一种近乎悖论的关联,其结果是《金瓶梅》和《水浒传》都同时发生了改变。这种复杂性超出了我们对"互文性"的惯常理解。有的"互文性"属于张冠李戴,使得《金瓶梅》中的许多片段让人感觉到系从《水浒传》化用而来。第二十六回所叙西门庆给了来旺一包银子让他去开酒馆,又设下"贼喊捉贼"圈套,把来旺当贼拿去送官一事,与《水浒传》第三十回所叙张都监、张团练和蒋门神设下陷阱,将武松诬陷为盗贼的那段文字,尽管所针对的对象和写作意图不同:一个意在突出西门庆的"机深诡谲",一个意在表现张都监、张团练和蒋门神等人之阴险狡诈,但基本叙事是何其相似乃尔! 二者之"互文性"关系,不言而喻。另外,《金瓶梅》第四十七回所叙苗员外被家奴苗青谋财害命、侵占家产的故事,与《水浒传》第六十回写卢俊义被管家李固与娘子勾搭成奸、侵占财产、谋害性命的故事,也颇雷同。至于清初金圣叹评改《水浒传》的创意则可以肯定是受到了《金瓶梅》的影响。其比较明显的例子是,《金瓶梅》最后的结局是"吴月娘惊噩梦",于是金圣叹也给腰斩的《水浒传》添加了一场"卢俊义惊噩梦"。面对《水浒传》与《金瓶梅》文本如此众多的雷

---

① 黄霖:《论〈金瓶梅词话〉的"镶嵌"》,《文艺研究》2016年第4期。
② [美]商伟:《复式小说的构成:从〈水浒传〉到〈金瓶梅词话〉》,《复旦学报》(社会科学版)2016年第5期。

同性段落，我们颇能感受到二者之间所存在的暗流涌动的双向"互文性"，即《水浒传》影响了《金瓶梅》，《金瓶梅》又反过来影响了《水浒传》。二者之间的"互文性"关系应该是双向的。至少我们不能轻率地断言只是《金瓶梅》历时单向性地仿效了《水浒传》。另一方面，两部小说之间还存在反模仿问题，具体表现为《金瓶梅》暗引了《水浒传》中许多经典中的桥段，但又反其道而行之，将充满义气、正气的正能量翻转为唯利是图、蝇营狗苟的负能量。《金瓶梅》第十九回所叙西门庆指使鲁华、张胜逻打蒋竹山一段，又是从《水浒传》"鲁提辖拳打镇关西"搬运而来。然而，同是寻衅打人，一为好汉路见不平，拔刀相助，属于见义勇为行为；一个是恶霸为徇私利，雇凶打人，带有黑社会打击报复性质。通过经典桥段的重新编排和经典叙事话语的拆解与重组、改装，达到了完全不同甚至相反的叙事写人目的，这说明，作为前提的叙述语境与叙述对象对文本的叙事效果具有决定意义。

在《金瓶梅》问世之前，《三国志演义》《水浒传》《西游记》诸小说似乎已经"得之于行路，传之于众口"，后三者对前者的渗透不言而喻。然而，"四大奇书"之间的错综复杂关系及其相关问题仍然需要提出来思考。第一个匪夷所思的问题是，在《金瓶梅词话》中，我们很难捕捉到与《三国志演义》发生"互文性"关系的印记。莫非"兰陵笑笑生"没有摸过《三国志演义》？按情理来说，《三国志演义》与《水浒传》常并行传播，这位"兰陵笑笑生"是不会漠视这一"互文性"对象的。为什么直到"绣像本"中，《金瓶梅》才大张旗鼓地以反讽方式于开篇第一回大规模戏拟"桃园三结义"？该回所叙西门庆热结十兄弟，显然是在戏拟《三国志演义》的"桃园三结义"，但已将英雄的"义"偷梁换柱为"利"。从西门庆身上嗅出刘备的气息，似乎也非牵强附会。唐人章碣的《焚书坑》："坑灰未烬山东乱，刘项原来不读书。"从《史记》所载项羽"不甚读书"，到《三国志演义》写刘备"不甚好读书"，再到《金瓶梅》写西门庆也是"不甚读书，终日闲游浪荡"，存在着一脉相承的关联。莫非是冯梦龙在提出"四大奇书"这一命题时对四种文本进行了整体"统筹"？假如这种"统筹"存在，那么就会出现"四大奇书"彼此发生"互文性"的奇观。如果是这样，《金瓶梅》文本中含有《三国志演义》《水浒传》以及《西游记》影响的蛛丝马迹就不难理解了。

还有一些带有颠覆性、唱反调式的叙事也会让人们产生"互文性"联想。对其"反模仿"所形成的文本格调，以往人们多以"反文化"、"反传统"、"反讽"、"反弹琵琶"、"唱反调"以及"颠覆"等术语评之，"反"字仿佛成为这部旷世"奇书"的基本品格和标签之一。围绕英雄形象的重新解释，在商场如战场、情场如战场的修辞化言说中，西门庆被塑造成一个商界奸雄、情场英雄，他所向披靡的法宝是钱财，是计谋，是狐朋狗友的拥戴，是腰间征服女性的驴大阳具。在《词话》中，西门庆的计算和企图被描写成投机和征服，他的商业行为，则有如豪赌。其间不乏险情，却总能化险为夷。与他的政治和经济冒险相平行的，是他愈演愈烈的性征服。如果不是在《金瓶梅》的小说语境中出现，完全可以当作一篇战争赋来阅读，与《三国志演义》中的《赤壁鏖战赋》相当，诚如商伟先生所谓："在这些戏仿的文字中，历史演义和英雄传奇的叙述传统被系统地改写，英雄好汉在江湖上的角逐和沙场上的对垒变成了不折不扣的风月寓言，他们的行为规则获得了全新的解释。"① 以传统的战争意象描述性爱，将沙场上厮杀的英雄好汉与床第上的浪荡子弟作比，这是对传统辞赋语境的极大颠覆。他日益膨胀的欲望与地位的上升和财富的繁殖成正比例增长，变得越来越肆无忌惮。他在临死之前，已经把征服的对象扩展到了林太太——身居深宅府第的王招宣的遗孀。无奈欲壑难填，体力透支，攻城略地的征伐功亏一篑。同时，作者似乎是在处处化雅为俗，如写小说戏曲经常会写到发生在商人

---

① ［美］商伟：《一阴一阳之谓道：〈才子牡丹亭〉的评注话语及其颠覆性》，见刘东主编《中国学术》总第23辑，商务印书馆2007年版，第144页。

与文人之间的婚姻爱情争夺战。以往小说文本，诸如关汉卿元杂剧《赵盼儿》以及后来清代《聊斋志异》中的《连城》等，其立场在文人一方，所宣扬的观念也是文人最终稳操胜券；而《金瓶梅》的观念却转化为商人一定会赢得终局。小说在尚举人与西门庆两者间，孟玉楼选择了财势兼具的西门庆，而不是"百无一用"的书生。这种化雅为俗的"互文性"让人感叹金钱权势的实惠与诱惑已经超越了华而不实的名声和地位。另如，赏雪吟诗本是属于中国传统文人的风雅之事，而《金瓶梅》每每以雪来组织叙事场景，渲染雪天的荒淫与不堪：第二十一回"吴月娘扫雪烹茶"、第三十八回"潘金莲雪夜弄琵琶"、第四十六回"元夜游行遇雪雨"、第六十七回"西门庆书房赏雪"、第七十七回"西门庆踏雪访爱月"等回目中的雪景辉映的是骗吃喝、逛妓院、算账目、争皮袄、争风吃醋、钩心斗角……由雅而俗不言而喻。再看，《金瓶梅》写西门庆虽然骑马，但也骑驴，蒋竹山更是骑驴为主，这里的"驴"意象已经不是往昔文人"细雨骑驴"标准造像中的意象，而是"潘驴邓小闲"（潘安的貌、驴大行货、邓通般有钱、青春少小、闲工夫）中的"驴"意象，也就是驴儿般大的阳具。在《金瓶梅》中，将风雅化的友人际遇、诗酒风流作风骚低俗的片段，更是不胜枚举。

至于《金瓶梅》对《西厢记》仿拟而呈现出的"互文性"花样，则早已引起研究者注意。相关论文主要有：敦勇的《〈金瓶梅词话〉与〈西厢记〉——〈金瓶梅词话〉与戏曲研究之二》（《艺术百家》1987年第3期）、徐大军的《〈金瓶梅词话〉中有关〈西厢记〉杂剧资料析论》（《中国典籍与文化》2003年第3期）、蒋星煜的《〈西厢记〉在〈金瓶梅〉书中之反映》（《中华文史论丛》2005年第80期）、史小军的《论〈金瓶梅词话〉对〈西厢记〉的袭用——以第八十二、八十三两回为例》（《文艺研究》2006年第6期）、伏涤修的《〈金瓶梅词话〉对〈西厢记〉的援引与接受》（《古籍整理研究学刊》2008年第6期）等，这些论文从不同视角、不同文本证据着力于探讨《金瓶梅》是如何将优雅之情变为恶俗之欲的。此不赘述。

由"互文性"路径进入研究胜境，我们充分感受到，《金瓶梅》是一部转益多师、融会贯通的经典之作，作者在其文本建构中既运用了抄引、援引、化用、袭用等"正模仿"之笔，又运用了戏拟、反讽等"反模仿"之笔。有时，正反模仿错综交融，甚至不惜采取大量的拼凑、掉书袋、旁征博引、人言己用。可以说，《金瓶梅》"互文性"之复杂、多维，在古典小说中罕有其匹。

第二节 《金瓶梅》与"三言"文本互通

在与《金瓶梅》发生错综复杂关联的难以计数的小说中，冯梦龙编订的"三言"（即《喻世明言》《醒世恒言》《警世通言》）与其可谓"过从甚密"。它们不仅大致共同诞生于晚明这段特殊历史时期，一起摹写世态人情，而且还交互参用了许多叙事细节、叙述文法乃至遣词造句。借助当今风行的"互文性"理论，兼顾"历时性"与"共时性"视角，[1] 重新系统梳理一下《金瓶梅》与"三言"之文本关联，并加以审视，可以进一步破解《金瓶梅》"作者学""文本学"乃至整个"金学"研究中的诸多学术悬疑与谜案。[2]

---

[1] 现代西方文论家们针对先后或同时周围文学文本之间的互渗互涉等现象，提出并阐发了一套颇具影响力的"互文性"理论体系。所谓"互文性"，指的是文本之间互相指涉、互相渗透的性质。其拉丁语词源是"intertexto"，意为纺织时线与线的交织与混合。

[2] 关于《金瓶梅》这部奇书的悬案与谜案，人们进行过多次考证、探讨与总结，推出许多成果，主要有刘辉、杨扬《金瓶梅之谜》（书目文献出版社 1989 年版），马征《金瓶梅悬案解读》（四川人民出版社 2004 年版）、《金瓶梅之谜》（中国广播电视出版社 2006 年版），张丹、天舒《金瓶梅中的历史谜团与悬案》（大众文艺出版社 1999 年版），管曙光《金瓶梅之谜》（中州古籍出版社 2000 年版），霍现俊《金瓶梅发微》（中国社会科学出版社 2002 年版），许建平《许建平解说金瓶梅》（东方出版社 2010 年版）等，除了个别流于猎奇，均各有建树。尤其是吴敢《〈金瓶梅〉研究的悬案与论争》（载《金瓶梅与临清》，齐鲁书社 2008 年版）从十个方面对《金瓶梅》研究的"悬案"与"论争"进行了较为系统的清理与总结。未来的"金学"研究将继续探讨并努力破解谁为作者之谜、是否个人独创之谜、有无影射之谜等诸多悬疑性的谜题。

一　《金瓶梅》与"三言"同年生、并肩长

《金瓶梅》与"三言"到底有着怎样的关联？对此问题，人们的回答向来是非常审慎的。从现存版本情况看，"三言"刊刻的年代介于《新刻金瓶梅词话》（简称"词话本"，因刊行于明代万历年间，故又称"万历本"）与《新刻绣像批评原本金瓶梅》（简称"绣像本"，因刊行于崇祯年间，故又称"崇祯本"）二者之间。① 它们之间的关联貌似是清晰的，其实颇含悬疑。② 按照时序常理，词话本可能会影响"三言"，而"三言"则又有可能影响及绣像本。对此，以往研究大多将其纳入《金瓶梅》之"作者研究"与"素材渊源研究"中，基本上采取文献记载与文本比对法进行。然而，如此单向的"传承影响"研究并不能揭示《金瓶梅》与"三言"文本关联之错综复杂。除此之外，我们还必须看到它们传播的历史时空几乎相同。对此，我们可套用传统小说经常使用的一句熟语来说，即"同年生，并肩长"。这是二者发生文本关联的基本前提。运用这种眼光审视，《金瓶梅》与"三言"之"互文性"以及由此造成的悬案或许能够更多地浮出水面。

长此以往，人们乐此不疲地对《金瓶梅》与其他小说之文本关联问题进行过各种索解。为理出头绪，此姑且先作一简要追溯。在小说传播

---

① 关于《金瓶梅》两大版本系统的刊行情况，黄霖先生《〈金瓶梅〉词话本与崇祯本刊印的几个问题》（《河南大学学报》2006年第1期）根据书中用字避讳，对其来龙去脉作了这样的勾勒："假如这100回的大书从万历四十五年（1617）由东吴弄珠客作序而牙雕的话，刻到第五十七回时泰昌帝朱常洛还未登基，刻到第六十二回时，天启帝朱由校已经接位，故在以后的各回中均避'由'字讳，而第九十五、九十七回中的'吴巡检'尚未避崇祯帝朱由检的讳，故可确证这部《金瓶梅词话》刊印于天启年间。"万历后期《金瓶梅词话》以初始面貌问世，继而刊刻者因感觉草率，加工为崇祯本再版。

② 关于词话本与崇祯本的关系，王汝梅说得较在理："大量版本资料说明，崇祯本是以万历本为底本进行改写的，词话本刊印在前，崇祯本刊印在后。崇祯本与词话本是母子关系，而不是兄弟关系……按合理的推测是，设计刊刻十卷词话本与统筹改写二十卷本，大约是同步进行的。可能在刊印词话本之时即进行改写，在词话本刊印之后，以刊印的词话本为底本完成改写本定稿工作，于崇祯初年刊印《新刻绣像批评金瓶梅》。"王汝梅：《王汝梅解读金瓶梅》，时代文艺出版社2015年版，第169页。

伊始，题名"欣欣子"者曾作《金瓶梅词话序》，谈到《金瓶梅》文本所涉及的九种"互文性"对象，即《剪灯新话》《莺莺传》《效颦集》《水浒传》《钟情丽集》《怀春雅集》《秉烛清谈》《如意传》《于湖记》，只是尚未涉及"三言"中的话本小说。20 世纪 30 年代，《金瓶梅》"词话本"的发现激起一代学人钩稽和考察这部小说素材来源的兴趣，人们陆续指出其与"三言"之多重关联。如赵景深于 40 年代所作的《〈喻世明言〉的来源和影响》指出，《金瓶梅词话》第九十八回及第九十九回本自《新桥市韩五卖春情》，第三十四回引用了《闲云庵阮三偿冤债》故事，第七十三回引了《明悟禅师赶五戒》的佛曲。① 50 年代的主要研究成果是毕晓普的《〈金瓶梅〉中的白话短篇小说》。60 年代，谭正璧的《三言两拍资料》在考察各篇小说的本事时，也自然将赵景深所提到的《金瓶梅词话》中的相关段落录出，并对"三言"故事之源流进行了更为细致的追索。② 继而，除了美国著名汉学家韩南在其博士学位论文《金瓶梅的写作和素材来源研究》的基础上撰成《〈金瓶梅〉的版本》和《〈金瓶梅〉素材来源》等论文外，国内周钧韬热衷于这一研究，他先后撰有《〈金瓶梅〉抄引〈水浒传〉考探》《〈金瓶梅〉抄引戏曲考探》《〈金瓶梅〉抄引话本小说考探》等论文，并汇集成《金瓶梅素材来源》（中州古籍出版社 1991 年版）一书。其中，《〈金瓶梅〉抄引话本小说考探》一文重点对《金瓶梅》"抄引"《刎颈鸳鸯会》《戒指儿记》《五戒禅师私红莲记》《志诚张主管》《新桥市韩五卖春情》等五篇前人话本小说的情形进行了分析。他虽然旨在说明此书非"集体创作"，但所谓"改头换面、移花接木地抄借"云云正是而今我们所谓的"互文性"。后来的一系列研究大致沿承这一路数进行下去，所论及的对象也主要集中于以上几种话本小说。

大致说，以往有关《金瓶梅》"素材来源"以及"成书方式"研究大多置于"历时性"视角下，每涉及《金瓶梅》与话本小说之关联问

---

① 赵景深：《中国小说丛考》，齐鲁书社 1980 年版，第 324—330 页。
② 谭正璧：《三言两拍资料》，上海古籍出版社 1980 年版，第 19—27、28 页。

第五章 《金瓶梅》之"互文性"及悬疑释解

197

题，往往拿较早出版的《清平山堂话本》或所谓"影元人写本"的《京本通俗小说》中的小说文本进行比照。即使涉及"三言"中的作品，人们也定要列举其中诸如《宋四公大闹禁魂张》等"宋元旧作"进行比对，以示其合乎情理，而不敢贸然择取"三言"中其他作品来与《金瓶梅》的两个主要版本进行对照，以免惹出时代错乱之讥。这无形之中限制了对《金瓶梅》与"三言"文本互涉复杂性与双向性的认知与考察。事实上，以往学人在探讨《金瓶梅》素材渊源时所重点论及的《刎颈鸳鸯会》《志诚张主管》《戒指儿记》《西山一窟鬼》《五戒禅师私红莲记》《新桥市韩五卖春情》《杨温拦路虎传》七篇话本小说，有六篇被收辑到"三言"中（仅《杨温拦路虎传》不见于"三言"），相应为《警世通言》第三十八卷《蒋淑真刎颈鸳鸯会》、《警世通言》第十六卷《小夫人金钱赠年少》（《张主管志诚脱奇祸》）、《喻世明言》第四卷《闲云庵阮三偿冤债》、《警世通言》第十四卷《一窟鬼癞道人除怪》、《喻世明言》第三十卷《明悟禅师赶五戒》、《喻世明言》第三卷《新桥市韩五卖春情》。"三言"中的六篇话本小说与《金瓶梅词话》文本关联情况大致如下表：

"三言"	《金瓶梅词话》
《喻世明言》第三卷《新桥市韩五卖春情》	第一回、第九十八回、第九十九回
《喻世明言》第四卷《闲云庵阮三偿冤债》	第三十四回、第五十一回
《喻世明言》第三十卷《明悟禅师赶五戒》	第七十三回
《警世通言》第十六卷《小夫人金钱赠年少》（《张主管志诚脱奇祸》）	第一至二回、第一百回
《警世通言》第十四卷《一窟鬼癞道人除怪》	第八十九回、第九十八回
《警世通言》第三十八卷《蒋淑真刎颈鸳鸯会》	第一回

其中，《新桥市韩五卖春情》现存最早文本仅见于《喻世明言》，如果定要依据其成书于《金瓶梅》之后，那只能得出它"当有宋元旧作"的推断。另外，如果依据前人研究将《京本通俗小说》视为伪书，那么，《警世通言》之《张主管志诚脱奇祸》以及《一窟鬼癞道人除

怪》也该是直接与《金瓶梅》发生"互文性"链接的小说。为说明问题，且比照一下如下两段文字：

《警世通言》第十六卷《张主管志诚脱奇祸》（《小夫人金钱赠年少》）	《金瓶梅词话》第一百回《韩爱姐路遇二捣鬼，普静师幻度孝哥儿》
张主管闲坐半晌，安排歇宿，忽听得有人来敲门。张主管听得，问道："是谁？"应道："你则开门，却说与你！"张主管开了房门，那人跄将入来，闪身已在灯光背后。张主管看时，是个妇人。张主管吃了一惊，慌忙道："小娘子，你这早晚来有甚事？"那妇人应道："我不是私来，早间与你物事的教我来。"张主管道："小夫人与我十文金钱，想是教你来讨钱？"那妇人道："你不理会得，李主管得的是银钱。如今小夫人又教把一件物事与你。"只见那妇人背上取下一包衣服，打开来看道："这几件把与你穿的，又有几件妇女的衣服把与你娘。"只见妇人留下衣服，作别出门，复回身道："还有件要紧的到忘了。"又向衣袖里取出一锭五十两大银，撇了自去。当夜张胜无故得了许多东西，不明不白，一夜不曾睡着。	一日，冬月天气，李安正在班房内上宿，忽听有人敲后门，忙问道："是谁？"只闻叫道："你开门则个。"李安连忙开了房门，却见一个人抢入来，闪身在灯光背后。李安看时，却认得是养娘金匮。李安道："养娘，你这咱晚来有甚事？"金匮道："不是我私来，里边奶奶差出我来的。"李安道："奶奶叫你来怎么？"金匮笑道："你好不理会得。看你睡了不曾，教把一件物事来与你。"向背上取下一包衣服，"把与你，包内又有几件妇女衣服与你娘。前日多累你押解老爷行李车辆，又救得奶奶一命，不然也吃张胜那厮杀了。"说毕，留下衣服，出门走了两步，又回身道："还有一件要紧的。"又取出一锭五十两大元宝来，撇与李安自去了。

通过文字比对，我们不难发现以上两段文字的相似性非常明显。进而考察，我们还会得出结论：《金瓶梅》直接抄引《警世通言》而非《京本通俗小说》。因为《京本通俗小说》"应道"下的原文是："你快开门，却说与你。"而《警世通言》中的"你则开门"显然与《金瓶梅》之"你开门则个"更相近。这意味着，尽管"三言"较《金瓶梅》"词话本"晚出数年，但我们不要忽视二者基本上处于一个共时的话语空间之中，况且出版时间的前后并不绝对代表创作或编辑时间的先后，而且某单位时间内的文学共时创作本身也容易造成双向渗透。① 若

---

① 《金瓶梅》这部小说首次被提到的时间是万历十八年（1590），生于1574年的冯梦龙当时已成年。现存《新刻金瓶梅词话》最早刊本刊刻于万历四十五年（1617），冯梦龙时年44岁；《新刻绣像批评金瓶梅》刊于崇祯年间（1627—1644）。《喻世明言》又名《古今小说》《全像古今小说》，大约成书于明朝泰昌、天启年间（1621），有天许斋刊本；《警世通言》初版本是成书于天启甲子（1624）的金陵兼善堂刊本；《醒世恒言》有天启丁卯年（1627）的金阊叶敬池刊本。"三言"问世时，冯梦龙五十岁左右。现存《金瓶梅》两个版本与"三言"刊刻年代相差仅十年左右，《金瓶梅》"词话本"稍早于"三言"，而"绣像本"则略晚于"三言"，均在冯梦龙精力旺盛的壮年。

运用"共时"眼光看问题，我们便发现《金瓶梅》与"三言"发生"互文性"的小说不仅上面提到的几篇"宋元旧作"，而是还有很多，且其关联也是多重的。

以往关于文学的"传承影响"研究通常带着"历时"意识，而《金瓶梅》与"三言"之"互文性"却超越了这种观念。非但《金瓶梅》词话本与绣像本出版与修改几乎同时进行，而且"三言"的编辑与出版也大致与之同步；如果说《金瓶梅》的两个版本是父子关系，那么它们与"三言"则算是兄弟姊妹关系。它们的孕育与生养有赖一个人，即冯梦龙。从编撰与出版时序看，与《金瓶梅》发生关联的话本小说大多直接来自冯梦龙编撰的"三言"，而很少牵扯其他所谓的早期话本小说集。冯梦龙与其友人兰陵笑笑生相互消磨故事与揣摩字句，使得"三言"基本与《金瓶梅》"同时生，并肩长"，从而导致二者之"互文性"层出不穷。当然，《金瓶梅》在海纳百川地接受其他文本时，也完全有可能、有条件凭着自身的渗透力，向"同年生，并肩长"的"三言"中的小说进行回馈和反哺，使得它们在明末几十年时间里形成共时双向式的"互文性"奇观。

二　《金瓶梅》与"三言"命相依、脉相连

《金瓶梅》与"三言"血脉相连，拥有多重"互文性"。对此，我们不妨借用赵孟頫之妻管道升的爱情词《我侬词》之言来概括，即"你中有我，我中有你"。

首先，我们可以对前人提到的"三言"中的六篇话本小说进一步考察，以发现其与《金瓶梅》发生"互文性"关联的更多形迹。如《蒋淑真刎颈鸳鸯会》与《金瓶梅》的重叠就不限于其词话本第一回开始的抄引，更有一些行文用语的借鉴。前者有这么几句文字："本妇便害些木边之目，田下之心。"后者有两处类似笔墨：第八十二回写道："未免害些木边之目，田下之心，脂粉懒匀，茶饭顿减，带围宽腿，恹

恹瘦损。"第九十八回写道："这韩爱姐儿见敬济一去数十日不见来，心中思想，挨一日似三秋，盼一夜如半夏。未免害木边之目，田下之心。"除了用拆字法来道出"相思"二字，《金瓶梅》还沿用"三言"写女性害相思后让人去找寻男性下落这一故事套路。即如《金瓶梅词话》第一回对《蒋淑真刎颈鸳鸯会》抄引而言，除了开头那段说教几乎直接搬用，还表现在关于潘金莲第一次出场的描写中："这潘金莲，却是南门外潘裁的女儿，排行六姐。因他自幼生得有些颜色，缠得一双好小脚儿，因此小名金莲。父亲死了，做娘的因度日不过，从九岁卖在王招宣府里，习学弹唱，就会描眉画眼，傅粉施朱，梳一个缠髻儿，着一件扣身衫子，做张做致，乔模乔样。"试比较《蒋淑真刎颈鸳鸯会》这样一段："况这蒋家女儿如此容貌，如此伶俐，缘何豪门巨族，王孙公子，文士富商，不行求聘？却这女儿心性有些跷蹊，描眉画眼，傅粉施朱，梳个纵鬓头儿，着件叩身衫子，做张做势，乔模乔样。或倚槛凝神，或临街献笑，因此闾里皆鄙之。"二者写女性化妆、穿着、作态之用语基本雷同。由此可见，《金瓶梅》与"三言"之"互文性"是多么细密！

不仅如此，除了前人所提到的六篇小说，"三言"其他更多小说文本也与《金瓶梅》构成雷同性的"互文性"关联，或叙述文本挪用，或移花接木、改头换面，或脱胎换骨、点铁成金……就整体构思和命意而言，《金瓶梅》似乎与《喻世明言》第一卷《蒋兴哥重会珍珠衫》存在密切的"互文性"关联。前者的"绣像本"宣称"只这酒、色、财、气四件中，惟有'财色'二者更为利害"。后者起笔便劝告世人"休逞少年狂荡，莫贪花酒便宜""莫为酒、色、财、气四字，损却精神，亏了行止。求快活时非快活，得便宜处失便宜。说起那四字中，总道不得那'色'字利害"。非但传达了相同观念，而且表述语也很相似。再说，"词话本"之题名"欣欣子"的《金瓶梅词话序》说："至于淫人妻子，妻子淫人，祸因恶积，福缘善庆，种种皆不出循环之机。"而

《蒋兴哥重会珍珠衫》也有言："人心或可昧，天道不差移。我不淫人妇，人不淫我妻。"从二者所叙故事的走势来看，《金瓶梅》叙述西门庆死后，其妻妾各奔东西，另择高枝，尤其是第二十二回"西门庆私淫来旺妇"一节写西门庆与来旺媳妇宋惠莲勾搭，而第九十回写来旺重温旧情，前来西门府盗拐西门庆之妾孙雪娥，孙雪娥也甘愿携财跟来旺私奔（尽管未能成功，孙雪娥被拘捕而官卖周守备府）。这岂不是"淫人妻者，其妻遭人淫"逻辑的推演？相对而言，《蒋兴哥重会珍珠衫》所叙之事所包孕的"果报不爽"气息更为突出，具体表现为奸占蒋兴哥之妻王三巧的陈商之妻平氏最终竟然改嫁到蒋兴哥门下。这种冥冥之中注定的"天理昭彰""一报还一报"令当事人都"好怕人也""毛骨悚然"。如此构思传达了怎样的信息？是前者生发了后者，还是相反？抑或是因秉持同样的叙事理念不谋而合？无论如何，由这种观念的相似，我们可以推知"欣欣子"似乎带有冯梦龙的影子。况且，这两篇（部）小说中的"勾搭成奸"叙事和人物设置，尤其是媒婆王婆与薛婆贪财谋划，女主角潘金莲和王三巧之落入圈套，也存在惊人的相似。可见，创始于《水浒传》而又经《金瓶梅》发挥的"王婆贪贿说风情"与话本小说《蒋兴哥重会珍珠衫》中的"薛婆贪贿说风情"，叙事形式与叙事功能如出一辙。就连某些叙述用语也很是雷同，比如写男主人公图谋所思慕的女性，《蒋兴哥重会珍珠衫》说："眼望捷旌旗，耳听好消息。"这与《金瓶梅》第四回写西门庆期盼勾引潘金莲之语相仿佛。词话本的用语是："眼望旌节至，耳听好消息。"另一处用语是："眼望旌节旗，耳听好消息。"绣像本的用语是："眼望旌捷旗，耳听好消息。"显然存在互相抄袭的问题。还有一些细节特别能说明问题。如《蒋兴哥重会珍珠衫》写薛婆接触王三巧并将其诱惑的时间是雨天；《金瓶梅》第六回写"王婆帮闲遇雨"的时间同样是雨天。二者都借助写雨天来铺垫渲染"云情雨意""尤云殢雨"，显然均是由宋玉《高唐赋》《神女赋》中的"朝云暮雨"等意象生发而来。此外，甚至具体细节和字句也多有谋和，如《蒋兴哥重会珍珠衫》写薛婆向王三巧讲述"再造处女方"时用了这样几句话："我的老娘也晓得些影像，生怕出丑，教我一个童女方，用石榴皮、生矾两味，煎汤洗过，那东西就揪疮紧了。我只做张做势的叫疼，就遮过了。"而绣像本《金瓶梅》第五十四回也叙述了应伯爵所讲的这样一个荤话："一个小娘，因那话宽了，有人教道他：'你把生矾一块，塞在里边，敢就紧了。'"用如此雷同笔墨写一个处女方，恐怕并非偶然所致。可见，"三言"与两个版本的《金瓶梅》均发生了多重的"互文性"。

尤为值得注意的是，许多互相启发的相似段落层出不穷。田晓菲《秋水堂论金瓶梅》在谈到《金瓶梅》第九十三回的文本来源时，将敬济的故事与《杜子春三入长安》中的杜子春故事进行对比，发现《金瓶梅》对杜子春故事存在"借用与颠覆"，借用者如均在寒冬遇见身穿道服的老人，都被荐作道士；颠覆者如杜子春是无意遇到道士，敬济是主动走来磕头，杜子春有羞耻之心，而敬济面皮是一次比一次厚，结局是"敬济处处规模不如子春，败于爱欲则一"。① 此外，这里再通过举两组关于"打人"情景的叙述文字，来看看《金瓶梅》与"三言"之"互文性"状态。先看第一组：词话本《金瓶梅》第八回写潘金莲打武大原配生的女儿迎儿："于是不由分说，把这小妮子跣剥去了身上衣服，拏马鞭子下手打了二三十下，打的妮子杀猪也似叫。"《喻世明言》第三十五卷《简帖僧巧骗皇甫妻》写皇甫松听信诬陷，拷问妻子的丫鬟："皇甫殿直拿起箭簳子竹，去妮子腿下便摔，摔得妮子杀猪也似叫。"用语颇为相似。再看第二组："词话本"与"绣像本"《金瓶梅》第八十六回所叙"雪娥唆打陈敬济"一段与《喻世明言》第二十七卷"金玉奴棒打薄情郎"也似乎存在某种"互文性"关联。兹录原文对比如下：

---

① ［美］田晓菲：《秋水堂论金瓶梅》，天津人民出版社2003年版，第279页。

"词话本"《金瓶梅》之"雪娥唆打陈敬济"	《喻世明言》第二十七卷"金玉奴棒打薄情郎"
月娘埋伏了丫鬟媳妇七八个人，各拿短棍、棒槌。使小厮来安儿请进陈敬济来后边，只推说话。把仪门关了，教他当面跪着，问他："你知罪么？"那陈敬济也不跪，转把脸高扬……月娘大怒，于是率领雪娥，并来兴儿媳妇、来昭妻一丈青、中秋儿、小玉、绣春众妇人，七手八脚，按在地下，拿棒槌、短棍打了一顿。	（莫稽）才跨进房门，忽然两边门侧里，走出七八个老妪、丫鬟，一个个手执篾竹细棒，劈头劈脑打将下来，把纱帽都打脱了，肩背上棒如雨下，打得叫喊不迭，正没想一头处。莫司户被打，慌做一堆蹲倒，只得叫声："丈人，丈母，救命！"只听房中娇声宛转，分付道："休打杀薄情郎，且唤来相见。"众人方才住手。七八个老妪、丫鬟，扯耳朵，拽胳膊，好似六贼戏弥陀一般，脚不点地，拥到新人面前。司户口中还说道："下官何罪？"

　　这两段文字有较大相似度。另如，以往人们只关注到《警世通言》第十四卷《一窟鬼癞道人除怪》中的两首赞词与《金瓶梅》第六十二回所用的两首赞词相同，殊不知更大的文本叙述雷同还出现在第一百回《韩爱姐路遇二捣鬼，普静师幻度孝哥儿》的叙事话语借鉴中。

　　附带提及的是，论赞性的诗词、俗语、熟语、套话的交互引用。尽管因为小说家对此可以从流行口语中信手拈来，而不必依托某种文本去抄录，对考证小说文本的"互文性"难以为据，但也能表明《金瓶梅》与"三言"之间关联的多重性与紧密性。从事理看，某些语句的雷同似乎是历史传承的结果。如词话本《金瓶梅》第八回与第三十一卷《郑节使立功神臂弓》均有这样两句诗："金勒马嘶芳草地，玉楼人醉杏花天。"而这两句诗又见于《水浒传》《西湖三塔记》，似乎形成时间已久，流播场域也广，超越了《金瓶梅》与"三言"得以发生"互文性"的时空。再如，《喻世明言》第三十六回《宋四公大闹禁魂张》有一首诗与《金瓶梅》互见，而这首诗也见于《水浒传》第三回。该诗是："风拂烟笼锦旆扬，太平时节日初长。能添壮士英雄胆，善解佳人愁闷肠。三尺晓垂杨柳外，一竿斜插杏花旁。男儿未遂平生志，且乐高歌入醉乡。"常理告诉我们，既然《宋四公大闹禁魂张》向来被认为是"宋元旧作"，那么根据时序推测，三者之间的"互文性"关系应该是：《水浒传》抄改于《宋四公大闹禁魂张》，而《金瓶梅》又抄改于《水浒传》。而就事实来讲，这种"历时性"抄引事理其实完全可以坐实为

《金瓶梅》与"三言"之间的两相关联。况且,这种两相关联更有其他例子可证。如《喻世明言》第三十五卷《简帖僧巧骗皇甫妻》与《金瓶梅》第八十三回都引用了"淡画眉儿斜插梳"一词。还有,《喻世明言》三十八卷《任孝子烈性为神》与《金瓶梅》词话本、崇祯本第五回起首都用了这样的诗句:"参透风流二字禅,好姻缘作恶姻缘。痴心做处人人爱,冷眼观时个个嫌。闲花野草休采折,真姿劲质自安然。山妻本是(稚子)家常饭,不害相思不损钱。"另如,词话本、绣像本《金瓶梅》第八十六回"雪娥唆打陈敬济,金莲解渴王潮儿"用到这样一首诗:"云淡淡天边鸾凤,水沉沉波底鸳鸯。写成今世不休书,结下来生合欢带。"《醒世恒言》第三十卷《李汧公穷邸遇侠客》文本中也有几乎相同的诗,只是改"波底"二字为"交颈"。如果将这种诗词互用纳入"互文性"审视,那么,《金瓶梅》与"三言"二者之发生"互文性"的详情实景就更昭昭然了。

当然,从宗教态度及其表达来看,《金瓶梅》与"三言"都将佛教世俗化,这也是二者发生"互文性"的表现。《喻世明言》第三十卷《明悟禅师赶五戒》叙述了明悟禅师与五戒禅师同去涅槃的前世今生,融入了平凡百姓世俗性解读。《喻世明言》第三十七卷《梁武帝累修归极乐》也同样叙述了梁武帝以修行和尚的身份来经历轮回过程,终于觉悟而圆寂,重视佛教轮回业报。这种思想格调同样见诸《金瓶梅》。难怪有人猜测《金瓶梅》写西门庆意在影射明武宗。就性观念及其描写而言,《金瓶梅》与"三言"皆善于大胆夸饰,著名的文学家郑振铎先生认为《金主亮荒淫》(《醒世恒言》第二十三卷《金海陵纵欲亡身》)和《金瓶梅》"或竟是出于一个作家的笔下"。二者不仅色情描写露骨,而且有类似叙事和语句。如前者这样写一场性交:"一头说,一头就抱了贵哥走进厢房。恰好有旧椅子一张靠着壁,海陵就那椅子上,与贵哥行事。"后者第五十二回也有如许描写:"穿着大红素缎白绫高底鞋儿,妆花金栏膝裤,腿儿用绿线带扎着,抱到一张椅子上,两个就

205

干起来了。"仔细比照"三言"与《金瓶梅》，像如此这般的雷同叙事单元当有不少。《喻世明言》第十二卷所写"众名妓春风吊柳七"与《金瓶梅》第八十九回所写"清明节寡妇上新坟"，均写清明时节多名女性祭奠一名男性，有很大可比性；《玉堂春落难逢夫》所写玉堂春被卖与《金瓶梅》所写潘金莲、庞春梅被卖，均传达出古代女性如同物品可以随便被买卖的命运。

《金瓶梅》中的"互文性"文本之所以带有复杂性乃至双向性，主要是因为那个年代的文学文本之生成环境和传播时空带有共时多元互动特点。总体而言，"三言"与《金瓶梅》"词话本""绣像本"这两个主要版本之间的关联尽管"剪不断，理还乱"，但其文本血脉相依是天然。

三 《金瓶梅》与"三言"剪不断理还乱

借助文本比对发现雷同或抄引，只能确定《金瓶梅》"互文性"的广度与密度，而不能完全凭此作为鉴定其作者为谁的"内证"。否则，便会招致"可怜无补费精神"之讥。根据"互文性"并非"原创性"原则，不能仅仅凭文本求同将冯梦龙、李开先、汤显祖、徐渭、李渔等论定为《金瓶梅》的作者。可以说，若剔除错把"互文性"当"内证"的考证，关于《金瓶梅》作者的五六十候选人将去其大半。通过研究《金瓶梅》与"三言"所存在的多重关联这个话题，一系列衍生话题，诸如冯梦龙在《金瓶梅》成书中到底扮演了什么角色？由他编订的"三言"与《金瓶梅》到底发生了怎样的关联？即可昭然若揭。

关于冯梦龙与《金瓶梅》之关系问题，学界曾提出过两种看法：一是索性认定冯梦龙是《金瓶梅》的作者，这一说法由陈昌恒先生率先在其《〈金瓶梅〉作者冯梦龙考述》一文提出，该文从考索冯梦龙的名号入手，得出"东吴弄珠客""兰陵笑笑生""欣欣子"等"都是冯梦龙的化名"这样的结论，认为《金瓶梅》的三篇序跋，署名、尾语不同，但实为一文，倘排比研究，则构成一篇完整的《金瓶梅》研究论文，并进而论证冯氏创作《金瓶梅》的三个阶段。① 二是将冯梦龙视为崇祯本《金瓶梅》的评改者，认为"东吴弄珠客"即是冯梦龙的化名。姚灵犀《瓶外卮言》、小野忍《金瓶梅解说》等早就曾怀疑为《金瓶梅》作序的"东吴弄珠客"即是冯梦龙。后来，台湾魏子云认为，在冯梦龙所编写的《魏忠贤小说斥奸书》的"凡例"中有"金陵游客"冯梦龙写《头巾赋》的记录，再比照《开卷一笑》和冯梦龙的《古今谈概》《古今笑林》《智囊补》等著作后的文句，"不惟有其语态雷同处，且有引言惯用语"，因而便可以"肯定《金瓶梅词话》是冯梦龙参与的改写本，连'欣欣子'与'东吴弄珠客'都是冯梦龙的化名"。② 对此，黄霖先生也进行过这样一番推测："写序的人很可能就是冯梦龙。中国民间历来有'龙戏珠'或'二龙戏珠'等传说。出身于苏州的名梦龙、字犹龙、别署龙子犹的冯梦龙用'东吴弄珠客'为号不是顺理成章吗？沈德符《万历野获编》说冯梦龙见到《金瓶梅》抄本后十分'惊喜'，并'怂恿书坊以重价购刻'。沈德符当时不愿将自己的书拿出去付刊，但书坊还是从别处购到了一部抄本《金瓶梅词话》。在付刊前，请曾经为之'惊喜'并怂恿书坊刊刻的冯梦龙作序，也在情理之中。于是，这篇东吴弄珠客序及同时请人作的廿公跋明显与欣欣子序有所不同。当《新刻金瓶梅词话》出版后，书坊主觉得书中问题多多，很可能即商之于冯梦龙，将词话本进行修改与评点，于是就有了'崇祯本'。"③ 联系当年沈德符《万历野获编》卷二十五所言："丙午，遇中郎京邸，问曾有全帙否？曰：第睹数卷，甚奇快。……又三年，小修上公车，已携有其书，因与借抄挈归。吴友冯犹龙见之惊喜，怂恿书

---

① 陈昌恒：《〈金瓶梅〉作者冯梦龙考述》，《华中师范大学学报》（哲学社会科学版）1988年第3期。
② 魏子云：《金瓶梅探原》，（台北）巨流图书公司1979年版，第178页。
③ 黄霖：《〈金瓶梅〉词话本与崇祯本刊印的几个问题》，《河南大学学报》（社会科学版）2006年第1期。

坊以重价购刻。马仲良时榷吴关，亦劝予应梓人之求，可以疗饥。予曰：此等书必遂有人板行，但一刻则家传户到，坏人心术，他日阎罗究诘始祸，何辞置对，吾岂以刀锥博泥犁哉？仲良大以为然，遂固箧之。未几时，而吴中悬之国门矣。"① 据有人考定，这段文字提及的马仲良"榷吴关"的时间是万历四十一年癸丑（1613），此时冯梦龙已开始提议书坊刊印，结果"未几时"就在"吴中悬之国门"。在这段为期不长的历史时期里，冯梦龙对《金瓶梅》的早期传播和成书起到了关键作用。题名"欣欣子"的序言中称《金瓶梅》的作者"兰陵笑笑生"为"吾友"，这不该是通过语言游戏制造迷障。如果"欣欣子"是冯梦龙本人，那么冯梦龙就不再可能成为小说作者的有效候选人。事实上，冯梦龙扮演的是一个热心的评改者和推动刊行的角色。通过"东吴弄珠客"的身影以及《金瓶梅》与"三言"文本及其有关评点进行比对而求得的较高重合度，将"崇祯本"的评改乃至"词话本"的加工改定功绩归到冯梦龙名下，合乎情理。由此推演开来，遮挡我们探究《金瓶梅》与"三言"之"互文性"视线的重重迷雾就会渐渐散去。

关于冯梦龙与《金瓶梅》的不解之缘还有一点容易被人们熟视无睹，即从现存文献考察，最早将《三国演义》《水浒传》《西游记》《金瓶梅》称之为"四大奇书"者也是这位大名鼎鼎的明代通俗文学家冯梦龙。而这一点却又是通过清初大文豪李渔之口讲出来的。李渔在写《三国演义》序言的时候，把冯梦龙拉出来作证，说冯梦龙曾经非常赏识《三国演义》《水浒传》《西游记》《金瓶梅》"四大奇书"，"四大奇书"之说随即形成。② 按理，凭着李渔的影响力，他似乎无须"拉大旗作虎皮"，他的言论应基于冯梦龙与"四大奇书"的不解之缘这一桩固

---

① （明）沈德符：《万历野获编》，中华书局1959年版，第652页。
② 康熙十八年，李渔《古本三国志序》说："冯犹龙亦有四大奇书之目：曰《三国》也，《水浒》也，《西游》与《金瓶梅》也。两人之论各异。愚谓书之奇，当从其类。《水浒》在小说家，与经史不类。《西厢》系词曲，与小说又不类。今将从其类以配其奇，则冯说为近是。"丁锡根：《中国历代小说序跋集》（中），人民文学出版社1996年版，第899页。

有事实。总之，从《金瓶梅》与"三言"之"互文性"，我们可以感受到冯梦龙对二者的同步贡献。

前人在论定"三言"之"叙"是冯梦龙本人的托名之作时，所采用的方法是"跨文本比对"法。台湾学者胡万川曾将"三言"的批语与冯梦龙编的《太平广记钞》《情史》的批语进行对照，发现相同和相似的多达十几条，指出这绝非偶然的巧合，应同出一人之手，作者应该都是冯梦龙。后来，陆树仑《三言序的作者问题》在论证三篇序言均出自冯梦龙之手时又提出了五点理由，其一便是："三言中有些作品，其故事复见冯梦龙同时编纂的《古今谭概》《太平广记钞》《智囊》《情史》，其间评语，颇多相同之处。"① 而今，一如论定"三言"之三篇序言同为冯梦龙所使用的"跨文本比对"方法，论定《金瓶梅》崇祯本的评点者为冯梦龙，则可拿它的批语与"三言"批语进行比照。经过这一对照，结果着实令人大吃一惊。《喻世明言》第一卷《蒋兴哥重会珍珠衫》评"薛婆助陈商诱骗王三巧"一段文字，连续五次用"婆子妙算，不得不坠其术中""堕其计了"等评语。结合《金瓶梅》崇祯本第八十四回针对"泰山碧霞宫道士石伯才诱骗吴月娘"一节的眉批来看："又使势，又摊眼，又奉承，语语绵里裹针，妇女稍不见惯，未有不堕其术中者。"表述语和口气又是何其雷同！必当出于同一人。关于《蒋兴哥重会珍珠衫》的评语尚有"点缀得妙""又点缀得妙"等，《金瓶梅》绣像本第十回也有诸如这样的眉批："劈空点缀，令人绝倒。"第八十二回也曾运用过这样的眉批："八回中便有此簪，只以为点缀之妙，孰知其伏冷脉，至此始悟，高文绝无穿凿之迹。"第二卷《陈御史巧勘金钗钿》与《金瓶梅》第九十七回分别用"绝妙关目"四字作眉批与夹批。同样可以见出二者在"点缀""关目"等概念使用上的类似。另外，"三言"评点，多有诸如"可怜""可叹""恶甚"等寄予情感的批语，这类批语同样在崇祯本评点中亦复出现不少。如此评

---

① 陆树仑：《三言序的作者问题》，《中华文史论丛》1985年第4期。

批，当系同一人所为，此人即是冯梦龙。

  概而言之，经过《金瓶梅》与"三言"之"互文性"研究及相关问题梳理，透过"共时"视角，不再舍近求远，困惑学术界的一系列悬疑问题变得更为清晰起来。从时间逻辑上看，"东吴弄珠客"当为冯梦龙，"欣欣子"也即是冯梦龙。"兰陵笑笑生"则是与其共同生活于明末、同处江南的挚友。① 两位友人凭着挪移、镶嵌、接榫以及移花接木等本领，通力合作完成了《金瓶梅》词话本。继而冯梦龙又单独行动，将其评改为绣像本。在"兰陵笑笑生"主笔《金瓶梅词话》期间，冯梦龙正在编撰"三言"，顺便将某些文本与其共享。这样，与《金瓶梅词话》发生"互文性"关联的话本小说均是当时冯梦龙与兰陵笑笑生可顺手拈来的"三言"，而不是《清平山堂话本》《京本通俗小说》等早期话本集。

---

  ① 身为冯梦龙的挚友，这位"兰陵笑笑生"当为明代武进（古南兰陵）人。经遴选，明代大文豪唐顺之之子、通晓稗官野史的唐鹤征基本符合条件。他曾被卷入《西游记》作者之争，是否具备《金瓶梅词话》作者候选人资质，有待进一步考证。

第六章 "四大奇书"文本纵横贯通

对《三国志演义》《水浒传》《西游记》《金瓶梅》"四大奇书"这一命题的来路，人们已进行过各种各样的梳理。大致是，清初周氏醉耕堂与李渔芥子园共同将明末冯梦龙提出的"四大奇书"首次付诸评点本刊刻。因其中李渔的序借口冯梦龙之言而提出"四大奇书"这一命题，毛批《三国志演义》醉耕堂刻本的题目明确标注"四大奇书第一种"，于是，"四大奇书"之名旋即被敲定。[①] 后世遂作专有名词使用。如闲斋老人《儒林外史序》说："古今稗官野史，不下数百千种，而《三国志》《西游记》《水浒传》及《金瓶梅演义》，世称四大奇书，人人乐得而观之，余窃有疑焉。"[②] 在此，"四大奇书"的排序也并非现行的排法，这意味着孰先孰后并非定式。无论如何，"四大奇书"并非一蹴而就之作，它们既经过了"历时态"的血脉传承，又经过了"共时态"的互动互渗，彼此之关联可谓"剪不断，理还乱"，错综复杂。因此，面对"四大奇书"文本之间所存在的错综复杂的"互文性"，我们

[①] 康熙十八年（1679），李渔曾撰《古本三国志序》，其中有言："昔弇州先生有宇宙四大奇书之目：曰《史记》也，《南华》也，《水浒》与《西厢》也。冯犹龙亦有四大奇书之目：曰《三国》也，《水浒》也，《西游》与《金瓶梅》也。两人之论各异。愚谓书之奇，当从其类。《水浒》在小说家，与经史不类。《西厢》系词曲，与小说又不类。今将从其类以配其奇，则冯说为近是。"（清）李渔：《古本三国志序》，《李笠翁批阅三国志》，《李渔全集》，浙江古籍出版社1992年版，第1页。

[②] 李汉秋：《儒林外史研究资料》，上海古籍出版社1984年版，第99页。

既要秉持"历时态"视角勾勒出其"前后影响""一脉相承"的画卷，又应该兼而通过"共时态"视角绘制出其彼此"相互浸润""相互渗透"的图景。在具体研究中，既要靠文献说话，又要用文本比勘方法佐证。

第一节 "四大奇书"之"互文性"生态

关于"互文性"的运作方式，法国文艺理论家蒂费纳·萨莫瓦约作过这样的概括："引用（citation）、暗示（allusion）、参考（reference）、仿作（pastich）、戏拟（parodie）、剽窃（plagiat）、各式各样的照搬照用，互文性的具体方式不胜枚举，一言难尽。"[①] 由于小说创作要大量借助引用、暗示、参考、仿作、戏拟、剽窃等叙事手段，因此文本之间的"互文性"现象随处可见。在阅读和研究"四大奇书"等经典小说时，人们之所以会经常产生某种似曾相识感，原因即在于此。要公允地对"四大奇书"文本之间的"互文性"关系进行研究，必须全方位、多视角地看问题。"历时态"纵观视角固然重要，"共时态"横观视角同样也不可忽视。[②] 为此，我们非常有必要借鉴西方时兴的"互文性"理论，借助传统文献实证等方法，兼用历时态、共时态两种视角来重新审视"四大奇书"之间盘根错节的"互文性"实景。

一 关于"四大奇书"关系之既往认知

虽然《三国志演义》《水浒传》《西游记》《金瓶梅》四部经典小

[①] ［法］蒂费纳·萨莫瓦约：《互文性研究》，邵炜译，天津人民出版社2003年版，引言第2页。
[②] 这里借鉴瑞士语言学家费尔迪南·德·索绪尔《普通语言学教程》在语言学研究中将时间区分为"历时态"与"共时态"。这一观念常启发人们多维度地思考其他学术问题。"历时视角"有助于研究"各项不是同一个集体意识所感觉到的相连续要素间的关系"，而用"共时视角"则常被用来研究"同一个集体意识感觉到的各项同时存在并构成系统的要素间的逻辑关系和心理关系"。（参见［瑞士］费尔迪南·德·索绪尔《普通语言学教程》，高名凯译，商务印书馆1980年版，第143页。）

说之渊源仿佛黄河之水天上来，令人难以确定一个诞生的具体年代，但它们各自以"最完整的形式流传于世"的时间段还是大致能够确定的，即集中于明代嘉靖至万历年间的百年。① 在此百年之前，四大小说确实还有一段相当长的共时并行传播岁月。在这相对漫长的岁月里，它们既经历了先后"历时态"的创作生成，又经历了近乎齐头并进的"共时态"传播完善。况且，更大程度上由于"共时态"传播完善的作用，四部小说之间不断聚合归并。大约于明末清初，人们把他们汇集到一起，并命名为"四大奇书"。换句话说，"四大奇书"之由来与命名并非仅仅基于历史演义、英雄传奇、神魔小说、世情小说四类专题小说之"奇峰并峙"，更大程度上则是基于四部经典小说之"互融共通"。

对"四大奇书"之间的这种"纵横贯通"关系，以往文学史研究或文学文本研究基本上是在"历时态"视角下进行的。尤其是20世纪20年代，受到"进化论"等学术思想的影响，鲁迅先生曾作《中国小说的历史的变迁》，难能可贵地"从倒行的杂乱的作品里寻出一条进行的线索来"。② 大约与此同时，胡适先生也给中国传统小说研究提供了一种新的方法，即"历史演进法"。他认为，对那些由历史逐渐演变出来的小说，"必须用历史演进法去搜集它们早期的各种版本，来找出它们如何由一些朴素的原始故事逐渐演变成为后来的文学名著"。③ 在运用"历史演进法"研究中国古代小说过程中，胡适先生曾得出过

---

① 现存四部小说的最早版本情况大致是：《三国志通俗演义》，嘉靖元年（1522）。《水浒传》，嘉靖残本（1522—1566）；天都外臣即汪道坤序本，万历十七年（1589）。《西游记》，世德堂百回本，万历二十六年（1598）。《金瓶梅词话》，万历四十五年（1617）。（参见徐朔方《小说考信编》，上海古籍出版社1997年版，第366页。）另据沈德符《野获编》卷二十五《金瓶梅》载，袁宏道在万历三十四年（1606）已经见过《金瓶梅》的抄本。对此，姑且不说国内研究者已经进行过各种探讨和论定，美国汉学家浦安迪也曾指出："自弘治（1488—1505）至万历（1573—1619）中期左右一百多年间——即大约相当于西历16世纪这段时间里，中国古典小说中最脍炙人口的四部作品开始以它们最完整的形式流传于世。"（见［美］浦安迪《明代小说四大奇书》，沈亨寿译，生活·读书·新知三联书店2006年版，第1页。）

② 鲁迅：《中国小说的历史的变迁》，《鲁迅全集》第9卷，人民文学出版社2005年版，第311页。

③ 胡适口述：《胡适口述自传》，唐德刚中译，（台北）传记文学出版社1981年版，第194页。

这样的一些结论：《三国志演义》"不是一个人做的，乃是五百年的演义家的共同作品"；《西游记》"起源于民间的传说和神话"，也"有了五六百年演化的历史"。后来，在评论《三侠五义》时，他提出了一个"滚雪球"的理论："我们看这一个故事在九百年中变迁沿革的历史，可以得一个很好的教训。传说的生长，就同滚雪球一样，越滚越大，最初只有一个简单的故事作个中心的'母题'（Motif），你添一枝，他添一叶，便像个样子了。后来经过众口的传说，经过平话家的敷演，经过戏曲家的剪裁结构，经过小说家的修饰，这个故事便一天一天的改变面目：内容更丰富了，情节更精细圆满了，曲折更多了，人物更有生气了。"①胡适先生认为，很多章回小说都是经过或五六百年，或八九百年的"历史演进"而成的，期间不断地添枝加叶。这种研究强调了成书带有累积性，但对于期间所添加的"枝叶"由来并没有追踪，忽略了这些小说之间共时相济以成"经典"问题的探讨。在鲁迅、胡适等著名文学史家们的影响下，人们针对以"四大奇书"为代表的古代章回小说研究，"历时态"纵观视角受到追捧。虽然这一视角曾经使得一系列学术问题迎刃而解，功不可没，但是，由于基本一味地依托"变迁""演进"等"历时态"观念，再加后来各种"文学史"或"小说史"撰写基本按"历时态"的时间先后顺序排列，因而以"四大奇书"为代表的各章回小说之文本关联几乎被描绘成一条直线，颇具立体性的"共时态"修订以及渗透传播语境便被遮蔽起来。

众所周知，《三国志演义》《水浒传》《西游记》《金瓶梅》四大小说的源头活水是讲史、说经、小说话本。在较长的流程中，一方面是大量丰富而鲜活的"民间性"注入，另一方面是大量不断累积的"文人性"输入。其间，《大宋宣和遗事》《三国志平话》《大唐三藏取经诗

---

① 分别见《三国志演义序》《西游记考证》，收入《胡适文存二集》卷四，亚东图书馆1929年版，第220、105、72页。

话》等"前期成果"固然可供相对应的小说去选择遭用，但这些"前期成果"的分量及其渗透力毕竟是有限的，对文本形成发挥主要作用的还是后天创造。如果还原到那段历史时空来看，在现存最早版本出现之前的几十年，乃至数百年前，四部小说的身影已若隐若现。换句话说，在现存最早版本现身之前，它们之间早已有过一段互相影响的传播史。延及明末清初这段齐头并进的"共时"岁月，四部小说彼此之间更是拥有了互相渗透的现实语境。种种迹象表明，在"四大奇书"成书与增订、修订过程中，无论点铁成金也好，还是化腐朽为神奇也罢，浸润在小说发展与传播洪流中的小说作者及评改者们绝对不可能心无旁骛，定然会凭着各自的博识和开放的胸襟来润饰他们的文本。明代中后期，书商们瞄上了这些不断加工的成品，几乎于同一时间段先后将多部小说一一推出。如此这般，经过民间广泛的甄别和遴选，再经李卓吾、金圣叹等精英们慧眼识拔，四部小说便逐渐脱颖而出。在金批《水浒传》的强力影响下，明末清初的才子们群起而评改之，于是便将《三国志演义》《水浒传》《西游记》《金瓶梅》四部小说推举到"奇书"的高度。①

以往围绕"四大奇书"文本关系问题所进行的各种"对比研究"和"影响研究"存在着一个明显的缺陷，若借用有人探讨"渊源批评"的说法，即一味地"强调对创作过程的'前文本'给以历时动态结构的分析"，重视了彼此之间的传承关系，而忽略了"文本内部的共时静态形式的分析"。②于是，四部小说就被整合排列到一条时间直线上，从而给人这样一种错觉：是《三国志演义》影响了《水浒传》，又是《水浒传》影响了《金瓶梅》，而这种影响是先后传承的。而今，我们非常有必要再添加一种眼光，即运用上述所谓结构主义的"偏重文本

---

① 清初康熙年间刘廷玑《在园杂志》载"四大奇书"评点本，即为金批《水浒》、毛批《三国》、张批《金瓶》和汪、黄合评本《西游证道书》。参见谭帆《中国小说评点研究》，华东师范大学出版社2001年版，第26—27页。

② 冯寿农：《法国文学渊源批评：对"前文本"的考古》，《外国文学研究》2001年第4期。

内部的共时静态形式的分析"的互文批评方式,打破以往研究的缺陷,对这四大小说之文本关系进行重新审视。

概而言之,以往人们多运用"历时态"视角,要么本着"影响"或"传承"思维探讨彼此之间的文本关联,强调后来者居上;要么本着"特色"或"个性"思维强调它们"各擅其奇""自成一家",探讨其类性延伸和后起同类作品的效颦等问题。显然,这些研究只看到了"四大奇书"之"互文性"的前后关联,而没有或很少顾及非同类的四部小说彼此之间的相互吸取、相互作用,无形之中忽略了其"互文性"的共时问题。

二 "四大奇书"彼此贯通之史实事理

众所周知,章回小说得以形成的历史时空苍茫而迷离,尤其是《三国志演义》《水浒传》《西游记》《金瓶梅》四部小说均非一时、一地、一人完成,不仅主撰者的身份复杂,而且参与评改者的人数也特别多。要系统地研究这些小说,非常关键的问题自然是理清彼此之间关系。在"四大奇书"错综复杂的文本关系中,"互文性"关系至关重要。法国批评家罗兰·巴尔特曾经指出:"任何文本都是一种互文。在一个文本中,不同程度地以各种多少能够辨认的形式存在着其他的文本,譬如,先前文化的文本和周围文化的文本。"① 由于"互文性"赖以形成的文化语境有二:即"先前文化"和"周围文化",因此所谓"互文性"也就包括"历时互文"和"共时互文"两种方式,前者是先后传承性的,后者是周围互动性的。在经典小说创作与成书过程中,后起文本仿拟先期文本,乃天经地义;而在同一阶段性的传播时空中,小说文本之间出现仿拟、效法等"交叉感染",也理在其中。为此,要全方位地看问题,我们就必须坚持"历时态"纵观与"共时态"横观两种视角并用,既"强调对创作过程的'前文本'给以历时动态结构的

---

① 王先霈、王又平主编:《文学批评术语词典》,上海文艺出版社1999年版,第378页。

分析",又"偏重文本内部的共时静态形式的分析"。① 相关史料业已表明,"四大奇书"文本内部及其彼此之间的"互文性"关联是客观存在的,不容置疑的。以往人们多用"历时态"视角为人们提供了一个从《三国志演义》到《水浒传》、从《水浒传》到《金瓶梅》等先后单向性的逻辑链条,在此我们兼用"共时态"视角,更多地从《金瓶梅》到《水浒传》、从《水浒传》到《三国志演义》等反向或逆向关联方面进行探讨,以证明这种"互文性"的彼此双向互动性。

首先且看《三国志演义》与《水浒传》到底谁仿拟了谁,二者文本之间究竟是何种关系?这个貌似不成问题的问题其实不能作简单化回答。文献史料只是告诉我们,二者在传播过程中曾有一段彼此互相影响的历史,而并没有明确告诉我们谁是父谁是子、孰是兄孰是弟。前些年,人们更多地认定《水浒传》受到了《三国志演义》的影响。可是,明末清初人却多持《三国志演义》仿拟《水浒传》之见。根据那个时代的有关资料,我们发现,二者之间"历时"传承影响的影像和踪迹反倒不如"共时态"传播互动的影像和踪迹更为清晰。如明代胡应麟《少室山房笔丛》卷四十一《庄岳委谈下》有如下记载:"然元人武林施某所编《水浒传》,特为盛行,世率以为凿空无据,要不尽尔也……其门人罗本,亦效之为《三国志演义传》,绝浅鄙可嗤也。"② 这几句话特地指出,罗本是施某的门人,并说罗本效仿施某的《水浒传》而写了《三国志演义》,只不过这种效仿属于"东施效颦"而已。显然,这与后人所持较之《三国志演义》,《水浒传》系"出于蓝而胜于蓝"等论调南辕北辙。与胡应麟之论一脉相承,主要生活于清代乾嘉年间的章学诚所撰《丙辰札记》更是明确指出:

《三国演义》固为小说,事实不免附会,然其取材则颇博赡……

---

① 冯寿农:《法国文学渊源批评:对"前文本"的考古》,《外国文学研究》2001年第4期。
② (明)胡应麟:《少室山房笔丛》,中华书局1958年版,第571页。

且其书似出《水浒传》后，叙昭烈、关、张、诸葛，俱以《水浒传》中崔苻啸聚行径拟之。诸葛丞相生平以谨慎自命，却因有祭风及制造木牛流马等事，遂撰出无数神奇诡怪，而于昭烈未即位前君臣僚寀之间，直似《水浒传》中吴用军师，何其陋耶。张桓侯史称其爱君子，是非不知礼者，《演义》直以拟《水浒》之李逵，则侮慢极矣。①

在这里，章氏通过文本人物之风貌的比照，指出诸葛丞相与吴用军师相似，而张飞则好比李逵，认为《三国志演义》"似出《水浒传》后"，并且指出《三国志演义》模拟《水浒传》是"邯郸学步"式的退化，继续持"扬《水浒传》而抑《三国志演义》"之见。姑且不论章氏关于二书高下之论是否得当，他们对"谁仿效谁"问题的明确回答也与今人之说大相径庭。当然，即如当今，也还是不断有人坚持诸如此类的观点："根据今传明清两代文献的记述，倒可推定《三国志演义》的成书，至少在《水浒传》和《西游记》（或古本《西游记》）这两部长篇章回说部之后。"② 这种矫枉过正之论，源于四大小说的"共时"传播之实。再说，明末清初人在提及此二部小说时，也大多是先说《水浒传》而后说《三国志演义》的。如明崇祯间笑花主人《今古奇观序》说："元施、罗二公，大畅斯道，《水浒》《三国》，奇奇正正，河汉无极。"③ 即便到了清康熙年间，将"四大奇书"这一专名的由来论述得最充分的刘廷玑在其《在园杂志》卷二中，也是先论《水浒传》，而后才说《三国志演义》的。这种顺序应该也包含着时间的先后性。虽然对"先《水浒》而后《三国》"这一结论目前学界未必能普遍接

---

① 孔另镜：《中国小说史料》，上海古籍出版社1982年版，第44页。
② 张颖、陈速：《有关〈三国演义〉成书年代和版本演变问题的几点异议》，载《明清小说研究》第5辑，中国文联出版公司1987年版，第29页。
③ （明）笑花主人：《今古奇观序》，《中国历代小说论著选》，江西人民出版社1982年版，第263页。

受，但至少在问题搞清楚之前，我们不应单向性地臆断《水浒传》仿拟了《三国志演义》，或印象性地认定《水浒传》后来者居上。关于《水浒传》一书，明代李开先《一笑散·时调》说："崔后渠、熊南沙、唐荆川、王遵岩、陈后冈（束）谓《水浒传》委曲详尽，血脉贯通，《史记》而下，便是此书。且古来更未有一事而二十册者。倘以奸盗诈伪病之，不知序事之法，学史之妙者也。"① 在此，李开先所提到的崔铣等人都是嘉靖时期的名流，从他们如此这般热情赞扬《水浒传》来看，这部小说在当时已经成书是毫无疑问的；况且，现存《三国志演义》最早版本也出于嘉靖年间，与《西游记》《金瓶梅》出现的年代相距不远。因此，二书问世的时间实在难分先后。

此外，关于罗贯中《三国志演义》仿拟《水浒传》之实，我们还可运用向来被视为他创作的两部小说来佐证：二十回本《三遂平妖传》第八回所写"野林中张鸾救卜吉"故事模拟了《水浒传》第八回野猪林谋害林教头未遂的故事，就连两个防送公人的名字也与押解林冲的两个解差名字相同，都叫"董超""薛霸"；《残唐五代史演义传》第一回所写"安景思牧羊打虎"故事与《水浒传》第二十三回"武松打虎"有大段雷同。② 长期以来，虽然关于《水浒传》《三国志演义》二书的作者一直存有争议，但关于《三国志演义》作者系"罗贯中"说却最有市场，而人们又基本公认罗贯中是施耐庵弟子。如此这般，《三国志演义》仿拟《水浒传》即能自圆其说。种种迹象表明，在《水浒传》与《三国志演义》之"互文性"关系问题上，"历时"传承的成分少些，"共时"互动的因素多些。当然，如果两部小说共同出自施、罗二公之手笔这种说法能成立，那么，它们之间的"互文性"问题就更理所当然了。既然二部小说之成书基于"共时态"的"互文性"，那么以往似乎是不易之论的各种"传承"说法便是片面的、误解的。据此生

---

① （明）李开先：《一笑散·时调》，文学古籍刊行社 1955 年版，第 10 页 B 面。
② ［美］韩南：《韩南中国小说论集》，王秋桂等译，北京大学出版社 2008 年版，第 261 页。

发出的一系列申论自然也就站不住脚了。诸如"从《三国志演义》到《水浒传》"等命题,以及"《水浒传》描写的'梁山聚义'无疑受到'桃园结义'的思想影响,并进一步发展了'义'的内涵"云云,均因讲得过于绝对而必须修正。

　　说到《水浒传》与《金瓶梅》谁仿效谁,看起来似乎更不成问题。然而,事实却照样并非那么简单。笼而统之地说,《金瓶梅》因袭了《水浒传》,并无大碍。且前人也曾言之凿凿。如,明代袁中道《游居杮录》说过:"模写儿女情态具备,乃从《水浒传》潘金莲演出一支。"这是从题材生发的角度立论的。又如,清代张竹坡《金瓶梅寓意说》也曾指出:"《金瓶》一部有名人物,不下百数,为之寻端竟委,大半皆属寓言。庶因物有名,托名撼事,以成此一百回曲曲折折之书。如西门庆、潘金莲、王婆、武大、武二,《水浒传》中原有之人,《金瓶》因之者无论。"① 这是从人物由来之意义上说的。不过,由于在《水浒传》传播过程中,人们曾对其文本进行过多次增而删、删而增,其文本状况显得颇为复杂。对此,明代胡应麟《少室山房笔丛》卷四十一指出:"余二十年前所见《水浒传》本,尚极足寻味。十数载来,为闽中坊贾刊落,止录事实,中间游词余韵,神情寄寓处,一概删之,遂几不堪覆瓿。"② 可见,胡应麟在万历十七年(1589)的二十年前见过较完整的《水浒传》嘉靖本,后来因书商一味地追求商业利益,将其越删越简、越删越糟,殆至"几不堪覆瓿"。明末清初人周亮工《书影》曾据卷首诗词考证《水浒传》不同版本的演变,并指出:

　　　　故老传闻:罗氏为《水浒传》一百回,各以妖异语引其首;嘉靖时,郭武定重刻其书,削其致语,独存本传。金坛王氏《小品》中亦云此书每回前各有楔子,今俱不传。予见建阳书坊中所

---

① 黄霖:《金瓶梅资料汇编》,中华书局1987年版,第229、589页。
② (明)胡应麟:《少室山房笔丛》,中华书局1958年版,第572页。

刻诸书，节缩纸板，求其易售，诸书多被刊落。此书亦建阳书坊翻刻时删落者。①

由这些零散的记载看，现存《水浒传》各版本均经过书商们一删再删，当为不争的事实。再说，因经过不断删改，《水浒传》的质量大为下降，后来便有人进行"复原""充实"。在"复原""充实"过程中，时人除了像金圣叹一样依靠或搬弄所谓的"古本"，还有一种可能就是顺手拈来"现行"而"现成"的《金瓶梅》等小说文本来添补修复。以往，论者单向地一概而论说《金瓶梅》沿袭了《水浒传》。②殊不知，《水浒传》后期版本的续者或评改者也在跟踪出自"嘉靖大名士"手笔的《金瓶梅词话》，并不断与时俱进地从《金瓶梅词话》那里获取某些"看点"来"充实"《水浒传》。较早提出这一问题者是陆澹庵先生。在《说部卮言》一书中，他敏锐地指出："《水浒传》写王婆说风情一节，亦非常工致，似乎施耐庵也是社会小说能手，但是我把《金瓶梅》与《水浒传》对照，方知《水浒》这一节，乃是直抄《金瓶梅》，并非耐庵自己手笔。"③尽管目前对这里所谓的《水浒传》抄袭《金瓶梅》之论尚有争议，但如此敏锐地运用"侦探的眼光"提出大胆而又合乎情理的观点，至少提醒后人应全方位地看待二者之双向性的"互文性"关系。

通过文献资料，我们已经对《三国志演义》与《水浒传》、《水浒

---

① （明末清初）周亮工：《书影》，古典文学出版社1957年版，第8页。
② 可以肯定地说，《水浒传》的"祖本"是远远在《金瓶梅》"祖本"之前的，即《水浒传》在前，《金瓶梅》居后。这也为当代研究者接受，如梅节《全校本〈金瓶梅词话〉前言》说："《金瓶梅》因接绪今本《水浒》，其成书上限不应早于现存百回本《水浒》的定型和刊行。"（见《金瓶梅词话》，香港梦梅馆1993年印行，第2页。）另外，海外汉学家韩南在《金瓶梅探源》中也曾指出："《金瓶梅》借用《水浒传》分两类：一是武松和潘金莲故事的直接引进，二是若干片段被广泛地改编移植于《金瓶梅》。"（［美］韩南：《韩南中国小说论集》，王秋桂等译，北京大学出版社2008年版，第225页。）无论是笼统地说"借用"，还是具体说"直接引进""改编移植"，都暗含着只有《金瓶梅》因袭《水浒传》的份儿，而不是相反。
③ 陆澹庵：《说部卮言》，上海锦绣文章出版社2009年版，第389页。

传》与《金瓶梅》之间的"互文性"情景作了如上探讨。而关于《西游记》与《水浒传》之间的"互文性"关系，以及《西游记》如何与《三国志演义》发生"互文性"关系等问题，传统史料文献涉及较少，我们可以借助文本比勘来坐实相关研究。

三 "四大奇书"贯通探析与文学史重写

归根结底，文学研究中的"互文性"探讨，主要旨在解决一个"跨文本"关系问题，而这种"跨文本"关系问题的提出，又使得人们在理解各个不同文本时彼此镜照，相互阐发。因此，兼顾运用"历时态""共时态"双视角来重审"四大奇书"彼此之间的双向"互文性"，自有其不可小觑的学术意义和价值，尤其是对我们全方位审视文学生态史，并写出更富科学性的文学史著，具有重要启示。

首先，"四大奇书"之彼此双向"互文性"研究为我们系统化阅读小说提供了一条颇具联想性的理路。彼此双向"互文性"将"四大奇书"这一经典小说系列有机链接起来，形成强强链接的经典化风范。如果人们兼用"共时态"眼光阅读"四大奇书"，便总是会通过各种阅读联想，去充分感受其中的"似曾相识"段落，并进一步加深对其"互文性"衍生意义的理解。这样，既可从中获得艺术强化效果，又可从中享受到反讽美感。如，由《西游记》所叙猪八戒智激猴王故事，联想到《三国志演义》所叙诸葛亮智激周瑜、孙权故事；由《西游记》所叙之猪八戒贪食、好财的"快活"观，联想到《水浒传》所叙之梁山英雄的"吃喝"和"贪财"，抑或作一些相应的反向联想，等等。显然，这一增值性阅读方式打破了以往在解读这些作品时所惯用的"渊源"和"影响"等相对固定的思维模式。

其次，"四大奇书"之彼此双向"互文性"研究让我们在文学史史著，尤其是小说史著撰写过程中更清醒、更严密。凡是撰写《中国文学史》或《中国小说史》之类著作的学者，几乎总是会遇到这样的困惑：如何在描述文学或小说发展史时准确地引用"四大奇书"原文？早期版本时间上居前而文字却显得粗疏，各种修订本文字成就较高而又在时间上居后。这种困惑常常引发出一些"史著"撰写的失误。如，有的研究者一度甚至犯了诸如引用清代毛评本《三国志演义》讨论被放在"元朝文学"里的《三国志演义》如此低级的错误。再如，有的论者无视四部小说传播的"共时"性，试图通过文本比勘，来推断或解决《金瓶梅》的成书时间或作者问题，也会容易招致这样或那样的错讹，招致别人强有力的诘难。"四大奇书"之彼此双向"互文性"现象提醒我们，在涉及"四大奇书"文本关系等问题时，引用小说原文来证明文学史问题应该注意版本的复杂性；在探讨作品的著作年代以及版本等问题时，不应一味地运用"演进"思维来看问题，而是要注意对一些相关悬而未解的问题进行全方位的纵横观。

再次，通过"四大奇书"之彼此双向的"互文性"研究，我们可以在强化"共时态"史识的基础上，修正以往文学书之失误，并为重写更为严密而科学的文学史提供理论指导。如上所述，前些年人们热衷于运用"历时态"眼光纵观"四大奇书"与其先前文本以及四部小说彼此之间的嬗变，基本解决了四者之间的关联传承问题。然而，如果仅仅运用这种单一视角，一系列偏见性的结论便容易与生俱来。如，在对《三国志演义》与《水浒传》所作的各种对比中，许多人或本着从前者到后者的意识，得出一系列"后来者居上"性的结论。再如，有的人说，从《三国志演义》到《水浒传》，人物描写实现了由"类型化"到"个性化"的演变，等等；也有的人不顾不同年代版本的错综，在引用小说原文时颠倒了前后不同文本，甚至无意中把毛评本《三国演义》的文字当成早于金评本《水浒传》的文字，等等。又如，有些论者只注重关涉小说本身素材的"累积"，而得出一些"四大奇书"乃"滚积而成""集撰"之类的结论。这就无意之中把"四大奇书"简单地视为由不同部件组合而成的，从而遮蔽了各部小说文本与文本之间错综复杂的互动关系。事实上,除了"历时态"传承以及"纯属偶然""纯属巧合"等因素,"四大奇书"中的任何一部作品之生成与定型均有赖"共时态"时空中彼此之间的"互文性"或"仿拟"印记。

另外,后世小说对前人创作"学"与"不学",张扬还是规避,也是根据需要。如峥霄主人在《魏忠贤小说斥奸书凡例》中交代说:"是书动关政务,事系章疏,故不学《水浒》之组织世态,不效《西游》之布置幻景,不习《金瓶梅》之闺情,不祖《三国》诸志之机诈。"① 能够有意识地"不学",从而扬长避短,也不妨视为"互文性"的一种特殊表现。当然,"四大奇书"并非是一个非常固定的命名。如西湖钓叟《续金瓶梅序》说:"今天下小说如林,独推三大奇书曰《水浒》《西游》《金瓶梅》者,何以称乎?"《续金瓶梅凡例》又说:"小说以《水浒》《西游》《金瓶梅》三大奇书为宗。"② 可见,除了"四大奇书"之说,还有不含《三国志演义》的"三大奇书"之说。这意味着,有些小说对《三国志演义》的接受相对较弱,《红楼梦》的文本创构即是这样。对此,文学史撰写者也应适当留意。

概而言之,"四大奇书"彼此之间的"互文性"既是"历时态"单向传承式的,又是"共时态"互动渗透性的。这种彼此双向"互文性"曾经使四部小说文本之间彼此互惠互利,合作共赢,形成"四大奇书"这一品牌。运用"共时态"眼光看,由于它们的现存文本大致都出现于明代嘉靖至万历年间一百年左右的时段里,其文本互涉并非单向传递,而是双向互动。四者之间的关系,借用杜甫《戏为六绝句》中的一句话说,就是:"递相祖述复先谁?"我中有你,你中有我,你我之中还有另外的他者,又怎么能断然分得出孰先孰后呢?这种"共时态"互文现象不仅启示我们通过联想阅读来全方位地解读文本的重要性,而且还启示我们在中国文学史之类的史著撰写以及其他相关研究中,更加

---

① 黄霖、韩同文选注:《中国历代小说论著选》(上),江西人民出版社2000年版,第240页。
② 朱一玄编:《金瓶梅资料汇编》,南开大学出版社2012年版,第690、692页。

审慎地使用这些小说版本及其相应文本，更加有效地避免因单向思维导致的片面或错讹。

第二节 "四大奇书"之双向"互文性"

根据现存版本来看，《三国志演义》《水浒传》《西游记》《金瓶梅》各自以"最完整的形式流传于世"的时间集中于明代嘉靖至万历的百年。此前，四部小说自然还有过一段数百年平行互补的"草创"历史。这意味着，在获得"四大奇书"这一组合命名之前，四部小说曾经历过较为漫长的互相渗透岁月。本文拟借鉴西方当今颇为风行的"互文性"理论，借助传统文本比对方法，对"四大奇书"之双向"互文性"关系及其文本效果进行探讨。

一 奇："四大奇书"双向"互文性"之"理"

若全方位地研究文本与文本间际之"互文性"关系，必须既要用"历时态"眼光，又要打开"共时态"视野。如前所述，"互文性"赖以形成的文本前提有二：即"先前文化的文本"和"周围文化的文本"。这就意味着，所谓"互文性"，应该既包括"历时态"的后起文本仿拟先期文本，也包括"共时态"的同时期周边文本的互相仿拟、效法。借鉴这一理论，我们发现，《三国志演义》《水浒传》《西游记》《金瓶梅》"四大奇书"之关系就是前后相承、交叉互动的"互文性"关系。它们彼此之间这种双向"互文性"关系得以形成的基础主要在于这个"奇"字。

何以"四大奇书"能成为一个群体性组合？后人提出过各种解释和看法。如《林兰香序》云：

近世小说脍炙人口者，曰《三国志》，曰《水浒传》，曰《西

225

游记》,曰《金瓶梅》。皆各擅其奇,以自成为一家。惟其自成一家也,故见者从而奇之,使有能合四家而为之一家者,不更可奇乎?①

可见,从"各擅其奇""自成一家"到"合四家而为一家",主要不是着眼于文体的"个性化"和"代表性",强调的是"共性",而这"共性"正是"奇"。《三国志演义》《水浒传》《西游记》《金瓶梅》四部小说之所以被用"奇"字来统筹,自然并非从平分秋色的类型层面上命意的。且有关史料对四者的排列顺序也不一样,说明其诞生的时间先后也是不确定的。至于何为"奇"?我们不妨借烟水散人《赛花铃题辞》之说:"然所谓奇者,不奇于凭虚驾幻,谈天说鬼,而奇于笔端变化,跌宕波澜。"② 可见,所谓"奇",主要是指形式层面的文笔变幻而言。既源于同一文化背景,也应该包含着彼此之间的启示与借鉴因素。围绕这个以"笔端变化,跌宕波澜"为基本内涵的"奇"字,"四大奇书"的原创者和评改者各显身手,互相吸取叙事经验,分别通过施展"互文性"手段来提高审美层次,并形成诸多富有经典性的故事类型。兹列举几例如下。

其一,"四大奇书"的原创者和评改者曾经得心应手、驾轻就熟地动用相当于今之"互文性"这一利器,推出了"罹难脱险""惹祸亡身"等系列故事。就"罹难脱险"故事叙述而言,比较有代表性的是《三国志演义》所叙之刘备"檀溪跃马"、《水浒传》所叙之宋江"江州脱险",而《西游记》所叙唐僧师徒之历经"九九八十一难"集此类故事之大成,至于《金瓶梅》所叙西门庆脱却牵累之祸则为余波漾之。在四部小说中,"酒""色""财""气"招致祸害的"四贪惹祸"意识,尤其是"因气生祸""刚强惹祸之胎"等意识均不同程度地被化作

---

① (清)随缘下士:《林兰香》,春风文艺出版社1985年版,序言。
② 丁锡根:《中国历代小说序跋集》,人民文学出版社1996年版,第1271页。

叙事动力，从而形成相对规范、有一定规律的叙事类型。大致而言，《三国志演义》《水浒传》善于以"贪酒误事"为话题展开故事，如前者所叙之张飞酗酒误事、吕布因醉酒被擒，后者所叙之李逵喝酒导致无事生非，等等；也不乏"因色得祸"的叙述，如前者之所叙吕布与董卓因贪色而导致祸起萧墙，后者除了所叙林冲起因于妻子貌美而受到高俅父子及其爪牙反复陷害故事之外，还叙述了宋江、杨雄、卢俊义皆因自身"不好色"而导致祸起萧墙，与"好色成祸"形成某种叙事"悖论"，不妨视为一种逆向"互文性"。《水浒传》与《西游记》皆善于围绕"气""色"二字做文章，如，前者所叙李逵、鲁达等英雄经常因意气用事而引火烧身与后者所叙悟空、八戒等取经人经常因气恼不过而闹出乱子，前者所叙王矮虎贪色与后者所叙猪八戒贪色皆制造出滑稽幽默的喜剧效果等，似乎都在发生某种"互文性"关系。《西游记》与《金瓶梅》之间在"财色"二字上的关联度也不弱，如前者所叙之蝎子精、蜘蛛精、老鼠精、玉兔精等群妖给唐僧制造了许多女色之难，而群妖又往往因为过于追逐"财色"而被孙悟空剿灭；后者所叙非但西门庆、潘金莲等主角因"财色"亡身，就是苗青、王婆等次要人物也大多会因"财色"闹出事端而招来杀身之祸。相对而言，《三国志演义》《水浒传》《西游记》中的"四贪惹祸"意识还是相对隐在的。到了《金瓶梅》，开篇即首列《四贪词》，正文反复叙述西门庆自号"四泉"或被人以"四泉"相称，乃含"酒""色""财""气"四毒俱全之寓意。正是因为"四贪"招祸，致使西门庆英年丧命。显然，在传统文化以及其他几部小说的影响下，《金瓶梅》中的"四贪惹祸"警示劝诫意识更加显在化。在双向"互文性"作用下，"四大奇书"彼此之间形成了诸多"同而不同""犯而不犯"的叙事形态和故事类型。

其二，为了营造跌宕波澜之"奇"，"四大奇书"还纷纷借助"互文性"意义上的各种笔法叙述出一系列"醉闹""夜闹""大闹"等"寻衅滋事"的故事。其中，《水浒传》所叙"闹"字类型的故事最多，根据百回本，即有第二回所叙之"九纹龙大闹史家村"拉开"大闹"故事序幕，接下去分别是第四回、第五回、第八回之所叙鲁智深"大闹五台山""大闹桃花村""大闹野猪林"，再就是第三十回所叙之武松"大闹飞云浦"、第三十三回所叙之花荣"大闹清风寨"、第三十四回所叙之"三山大闹青州道"、第三十七回所叙之"火儿夜闹浔阳江"、第四十六回所叙之"病关索大闹翠屏山"、第五十九回所叙之"宋江闹西岳华山"、第六十一回所叙之"张顺夜闹金沙渡"、第七十二回所叙之"李逵元夜闹东京"，各位英雄名字下几乎均挂着一两个以"闹"或"大闹"为命题的故事，仿佛"闹"字已成为《水浒传》小说叙事的一个品牌。① 《水浒传》之后，各小说纷纷以"大闹"为题目叙事，如《西游记》第三回"齐天大圣大闹天宫"、第十七回"孙行者大闹黑风山"、第二十五回"孙行者大闹五庄观"。词话本《金瓶梅》第二十回"西门庆大闹丽春院"、第二十七回"潘金莲醉闹葡萄架"、第九十二回"吴月娘大闹授官厅"。而到了《三国志演义》毛宗岗父子评本，该书也有了第三回"董太师大闹凤仪亭"（嘉靖本等放在"布戏貂蝉"一则故事中）、第四十二回"张翼德大闹长坂桥"（嘉靖本等都作"据水断桥"）等名目。当然，"四大奇书"之外的同时代小说，也受到了这种"名牌"效应的影响，如《封神演义》第十二回"陈塘关哪吒出世"的"哪吒闹海"，《喻世明言》卷三十六则以"宋四公大闹禁魂张"为题，等等。当然，这种"互文性"笔墨还涉及清代的《红楼梦》，使之有了"酸凤姐大闹宁国府""李嬷嬷大闹怡红院"等叙事单元。可以说，正是一系列经典化的叙事单元之彼此"互文性"，成就了作为经典小说的

---

① 几十年前，陆澹庵先生曾经指出："《水浒传》的回目，爱用'闹'字，尤其爱用'大闹'二字。在百二十回本中，回目用'闹'字的，共有十五回之多。"参见陆澹庵《说部卮言》，上海锦绣文章出版社2009年版，第277页。不过，叙"水浒"故事善以"闹"字命题的现象，元杂剧时期已经形成。根据《录鬼簿》《也是园书目》《古本元明杂剧》《续录鬼簿》等文献著录，不少元杂剧的剧目中即含有"闹"字，如无名氏的《小李广大闹元宵夜》、无名氏《王矮虎大闹东平府》、高文秀《黑旋风大闹牡丹园》、无名氏《鲁智深大闹消灾寺》等，只是这些戏剧所搬演的故事多数未被《水浒传》收入而已。

"四大奇书"的强强组合。

"四大奇书"生成于共同的文化语境,传播于共同的文化空间。司礼监经厂首先刊印《三国演义》;武定侯郭勋与都察院于嘉靖年间分别刊印《三国演义》《水浒传》;南京国子监,即当时的最高学府之一,也刊印了一部《三国演义》。据明代兵部侍郎汪道昆(即天都外臣)《水浒传序》说,《水浒传》自郭勋刻印后,"自此版者渐多""雅士之赏此书者,甚以为太史公演义"。① 总之,尽管"四大奇书"之间际关系"剪不断,理还乱",错综复杂,但围绕一个"奇"字,四者还是呈现出诸多交会的轨迹。

二 "四大奇书"纵横贯通实情举隅

在"四大奇书"这样的系列经典小说中,"互文性"作为一种灵活机变的编创笔法,具有非常强的文本建构功能。对西方文论家所谓的引用、暗示、参考、仿作、戏拟、剽窃等各式各样的"互文性"方式命名和术语,我们只可参照,不必严格套用。由于"四大奇书"彼此之间的"互文性"主要体现在文本的相似或雷同上,因此,下面我们借助传统所惯用的文本比勘等治学方法来加以审视。

(一)《三国志演义》与《水浒传》互文问题

关于《三国志演义》和《水浒传》的"互文性"问题,前人虽没有专门探讨,但在探讨作者等其他问题时却有不少研究涉及。如罗尔纲先生为证明二书为"同一人所作",曾经列了一张"《水浒传》与罗贯中《三国志通俗演义》对勘表",举出两部小说八处"选词、造语相同",再加以"从结构、内容、理想等等方面来看也有许多主要地方相同"。② 如果运用"互文性"眼光,这些"相同"只能视为二书存在"互文性",而不能构成二书为同一人之作的证明。在首肯了两部小说

---

① 马蹄疾编:《水浒资料汇编》,中华书局1980年版,第1页。
② 罗尔纲:《水浒传原本和著者研究》,江苏古籍出版社1992年版,第150—153页。

所存"互文性"问题之后，接下去的问题就是到底谁仿了谁？明清时人多说，是《三国志演义》仿拟了《水浒传》；而今人则似乎多持《水浒传》仿拟了《三国志演义》定见。今人之见，多以《水浒传》第七回所写林冲为例："那官人生的豹头环眼，燕颔虎须，八尺长短身材，三十四五年纪。"认为这数语沿袭了《三国志演义》第一回写张飞形貌的语句。殊不知，张飞貌相的创造权并不属于《三国志演义》，早在裴松之注《三国志》时即引《敬哀别传》曰："飞之仪容，身长八尺，豹头环眼，燕颔虎须。"况且，"豹头环眼，燕颔虎须"还是各种相书上运用得较为熟烂的字眼。也许还有人会补证说，《水浒传》称林冲为"豹子头"，又唤其为"小张飞"，他所用的兵器也与张飞所用的兵器一致，都是丈八蛇矛，岂不是来自《三国志演义》？其实，这也只能证明二者存在"互文性"关系，而不能证明谁仿效了谁。因此，与其硬是要分出谁仿效了谁，倒不如承认二者是处于同一文化背景下的双向"互文性"，更有利于解释二者叙事的"经典性"。

（二）《水浒传》与《金瓶梅》互文问题

相对而言，《水浒传》与《金瓶梅》之文本关联具有较强的显在性，其主要方式是"引用""参考"以及"照搬照用"等。以往虽然人们未曾有意识地运用"互文性"眼光来加以审视，但在文本比对过程中已经触及二者的"互文本"内容。如黄霖先生曾认真地对《忠义水浒传》与《金瓶梅词话》进行过比勘，一口气举出《忠义水浒传》在人物与情节上影响《金瓶梅词话》的十二处，如"第三十回写张都监陷害武松的圈套与《金瓶梅》第二十六回中西门庆陷害来旺儿相似""《水浒传》第三十二回刘知寨老婆被劫往清风寨事，被移到了《金瓶梅》第八十四回吴月娘身上"等。兹根据先生多年前所撰《〈忠义水浒传〉与〈金瓶梅词话〉》一文，以及前几年先生给我们所讲授的"《金瓶梅》研究"课的内容，将有关《金瓶梅词话》照搬照用或参照《忠义水浒传》的段落列表如下：

表1　　　　　确为《忠义水浒传》化用《金瓶梅词话》段落示例

《忠义水浒传》	《金瓶梅词话》
……大虫见掀他不着，吼一声，却似半天里起个霹雳，震得那山冈也动。把这铁棒也似虎尾倒竖起来，只一剪，武松却又闪在一边。原来那大虫拿人，只是一扑，一掀，一剪。三般捉不着时，气性先自没了一半。（第三十三回）	……大虫见掀他不着，吼一声，把山冈也振动，武松却又闪过一边。原来虎伤人，只是一扑，一掀，一剪。三般捉不着时，气性已自没了一半。（第一回）
（知县）攒（赚）得好些金银，欲待要使人送上东京去，与亲眷处收贮，恐到京师转除他处时要用。 我有一个亲戚在东京城里住，欲要送一担礼物去……（第二十四回）	（知县）自从到任以来，却得二年有余，转（赚）得许多金银，要使一心腹人送上东京亲眷处收寄，三年任满朝觐，打点上司。…… 我有个亲戚在东京城内做官，姓朱名勔，见做殿前太尉之职，……（第二回）
（知县）念武松是个义气烈汉，……一心要周全他，轻判至东平府。（第二十七回）	知县受了西门庆贿赂，……一夜把脸翻了，把武松拖翻，雨点般篦板子打将下来。……内中县丞佐贰官也有和武二好的，念他是个烈汉子，有心要周旋他，争奈多受了西门庆贿赂，粘住了口，做不的主张。（第十回）

通过比对，先生认为以上例子是词话本《金瓶梅》写定时参考、抄袭《水浒传》的"有力证据"，并进而论定词话本《金瓶梅》抄录的《水浒传》版本是万历十七年己丑（1589）的天都外臣序本，而不是万历二十二年的余氏双峰堂刊本、万历三十八年的容与堂刊本，也不是万历三十九年的袁无涯刊本。其中对语句和文字的抄袭和删改都服务于词话本《金瓶梅》的整体构思，服务于突出对官僚机器的批判，服务于人物形象的变化，与活动环境从阳谷搬到清河协调，与整体穿插南方方言协调。"《水浒传》与《金瓶海》在故事流传阶段，可能是交叉发展、相互影响的，但在词话本《金瓶梅》写定的时候，晚出的《金瓶梅》肯定是参考了基本定形的《水浒传》的。""有的地方是直接抄写，也有的经过了改头换面，还有的进行了移花接木，但都不难看出，《金瓶梅》的这些描述与《水浒传》有着血缘关系。"[①] 值得注意的是，尽管

[①] 黄霖：《〈忠义水浒传〉与〈金瓶梅词话〉》，载《水浒争鸣》第一辑，长江文艺出版社1982年版，第228、224页。

先生对《金瓶梅》是如何影响《水浒传》的，未能提供强有力的文本资料，但已经推测到二者在故事流传阶段的"交叉发展、相互影响"，并深深感到"天都外臣序本的成书还值得研究"。受此启发，笔者力图寻求《金瓶梅》反渗透《水浒传》的蛛丝马迹，但一时未能如愿，只能做些合理的猜测。如果说，词话本《金瓶梅》写"武松打虎"一节似乎是沿袭了天都外臣本《水浒传》或容与堂本《水浒传》，而后者在写潘巧云容貌色相时，则似乎又直接受到词话本《金瓶梅》叙写潘金莲形貌色相的影响。下面再列表谈谈《金瓶梅》与《水浒传》之"互文性"关系：

表2　　　疑为《金瓶梅词话》化用《忠义水浒传》段落示例

《金瓶梅词话》	《忠义水浒传》
西门庆所看见的潘金莲的相貌： 黑鬒鬒赛鸦鸰的鬓儿，翠弯弯的新月的眉儿，清泠泠杏子眼儿，香喷喷樱桃口儿，直隆隆琼瑶鼻儿，粉浓浓红艳腮儿，娇滴滴银盆脸儿，轻袅袅花朵身儿，玉纤纤葱枝手儿，一捻捻杨柳腰儿，软浓浓面脐肚儿，窄多多尖趫脚儿，肉奶奶胸儿，白生生腿儿，更有一件紧揪揪、红绉绉、白鲜鲜、黑裀裀，正不知是什么东西！（第二回）	石秀眼中潘巧云的相貌： 黑鬒鬒鬓儿，细弯弯眉儿，光溜溜眼儿，香喷喷口儿，直隆隆鼻儿，红乳乳腮儿，粉莹莹脸儿，轻袅袅身儿，玉纤纤手儿，一捻捻腰儿，软脓脓肚儿，窍（翘）尖尖脚儿，花簇簇鞋儿，肉奶奶胸儿，白生生腿儿。更有一件窄湫湫、紧挡挡、红鲜鲜、黑稠稠，正不知是甚么东西。（第四十四）
武松杀潘金莲： 武松恐怕他挣扎，先用油靴只顾踢他肋肢，后用两只脚踏他两只肐膊，便道："淫妇，只说你伶俐，不知你心怎么生着，我试看一看！"一面用手去摊开他胸脯，说时迟，那时快，把刀子去妇人白馥馥心窝内只一剜，剜了个血窟咙，那鲜血就邀出来。那妇人就星眸半闪，两只脚只顾登踏。武松口噙着刀子，双手去斡开他胸脯，扑吃的一声，把心肝五脏生扯下来，血沥沥供养在灵前。（第八十七回）	杨雄杀潘巧云： 杨雄向前，把刀先斡出舌头，一刀便割了，且教那妇人叫不的。杨雄却指着骂道："你这贼贱人，我一时间误听不明，险些被你瞒过了！一者坏了我兄弟情分，二乃久后必然被你害了性命。不如我今日先下手为强。我想你这婆娘心肝五脏怎的生着？我且看一看。"一刀从心窝里直割到小肚子下，取出心肝五脏，挂在松树上。（第四十六回）

根据上表所征引的文本叙事文字，我们不免会产生诸多困惑：在前一组引文中，《水浒传》在写女性身体时，大肆渲染，所用的"污言秽语"竟然如此性感肉麻，似乎与其一贯崇尚刚烈的文风并不协调，况且这里又是从石秀眼中所见而写出的。运用这种笔法和笔调写石秀毫无

顾忌地观看一个结义之兄嫂子几乎"裸体"的身体，尤其有损其英雄形象。由此，我们不免怀疑，此应当是由张扬色情的"金瓶体"援引修改而来的。况且，单从语言上看，虽然《水浒传》也多用到"儿"字，如索儿、帘儿、担儿、梨儿、篮儿、瓶儿、杯儿、盏儿等，但相对而言，这些使用还是非常受到局限的；而词话本《金瓶梅》的"儿"音则使用非常普遍：拿人物命名而言，就有"李瓶儿""迎儿""李娇儿""卓丢儿""如意儿"等。这或许也能表明《水浒传》袭用《金瓶梅》这一问题。再看后一组引文：《金瓶梅》所写武松杀潘金莲固然有直接沿袭《水浒传》写武松杀潘金莲的痕迹，但其中"不知你心怎么生着，我试看一看"二句则是新加上去的，可偏巧《水浒传》所写杨雄杀潘巧云与此雷同，袭用《金瓶梅》笔墨的可能大些。再进一步看，除了多方面直接"旁征博引""参考"之外，词话本《金瓶梅》与《水浒传》还存在更为细微的"仿作""戏拟"关系。如第八回所叙和尚见到潘金莲的反应用了如下几句："那众和尚见了武大这个老婆，一个个都昏迷了佛性禅心，一个个多关不住心猿意马，都七颠八倒，酥成一块。"而《水浒传》第四十五回在写和尚见潘巧云时所用的文字是："那一堂和尚见他两个并肩摩倚，这等模样，也都七颠八倒。"两相对照可见，它们所叙述的是同类事件，用语也极其相似。再如，第二十六回所叙写的西门庆给了来旺一包银子让他去开酒馆，又设下圈套"贼喊捉贼"，把来旺当贼拿送官一事，与《水浒传》第三十回所叙写的张都监、张团练和蒋门神设下陷阱，将武松诬陷为盗贼那段文字，尽管所针对的对象和写作意图不同：一个意在突出西门庆的"机深诡谲"，一个意在表现张都监、张团练和蒋门神等人之阴险狡诈，但基本叙事同样是何其相似乃尔！二者之"互文性"关系，不言而喻。另外，《金瓶梅》第四十七回所叙苗员外被家奴苗青谋财害命、侵占家产的故事，与《水浒传》第六十回写卢俊义被管家李固与娘子勾搭成奸、侵占财产、谋害性命故事，也颇雷同。面对《水浒传》与《金瓶梅》文本如此众多的雷同性段落，我们颇能感受到二者之间所存在的暗流涌动的"互文性"。只是目前我们还不能轻率地就断言是谁仿效了谁。二者之间的"互文性"关系应该是双向的。

(三)《西游记》与《水浒传》互文问题

关于《西游记》与《水浒传》间际之"互文性"关系，尽管相对隐蔽一些，但也曾为明眼的前人觉察到。如，美国汉学家浦安迪先生曾根据清代汪象旭《西游记证道书》等资料认为，"第18回孙悟空为了诱捕猪八戒在新房中假扮成新娘一节分明与《水浒传》第5回里鲁达的巧设骗局如出一辙"；"第39回里用的家喻户晓字句'哭有几样，……'，与《水浒传》描绘潘金莲假哭用的完全是同样文字（见《水浒传》第25回。同样的字句也搬用在《金瓶梅》里"；"第82回中那行'若是……第二个酒色凡夫……'，我觉得活像《水浒传》第72回里不无反讽意味地用来描绘宋江的那一行文字"。[①] 在一定程度上讲，这些一再"重复"出现的片段表明二者之间存在着某种"互文性"关系。再加上《西游证道书》基本完成了《西游记》的文本演变，不但诸种清刊本大多以此为底本，而且直到现在，坊间最为通行的《西游记》版本也基本依此。况且，《西游记》在"反抗""招安"思想以及"人物个性""整体结构"等方面更是与《水浒传》颇为相像。这些"同样的字句"只能证明两部小说之间存在"互文性"关系，但并不能确定就是《西游记》袭用或仿拟了《水浒传》，相反的的情况也并非没有可能。沿着双向"互文性"这一思路，诸种疑问即会不断地袭上我们心头。如，《水浒传》开篇所叙写的洪太尉误走妖魔故事，大意是，因洪太尉望文生义，自作主张，搬倒镇妖石碣，黑洞中跑出一群魔王（或魔君），而这群魔王的真正身份乃是三十六员天罡星和七十二员地煞星，系因触犯天条而被长期镇压在龙虎山的。如此叙述是否模拟了《西游记》所叙述的孙悟空因大闹天宫而被如来佛镇压在五行山下，后

---

① [美]浦安迪：《明代小说四大奇书》，沈亨寿译，中国和平出版社1993年版，第156页。

来终得唐僧搭救这一故事呢？前者讲述的是致乱之由，后者讲述的是解放之道。再如，在围绕"魔性"展开故事上，二书存有互文性。《水浒传》写九天玄女曾告诉宋江说，他们"暂罚下方"，是因为他们"魔心未断，道行未完"；《西游记》反复讲"妖魔"即"心魔"幻形入世。又如，《水浒传》第七十三回所写"黑旋风乔捉鬼"与《西游记》所写"收八戒"也不无相仿佛之处。梁归智发现，第十七回"孙行者大闹黑风山"写偷去唐僧袈裟的黑熊精要开佛衣会，请来两个客人，一个是道人凌虚子，是个苍狼成精，还有一个是"白衣秀士"，则是一条白花蛇的化身。结果孙悟空撞来一棒子打死了蛇精，狼精则驾云逃走，后来请来观音菩萨，碰上凌虚子拿着仙丹去向黑熊精祝贺，才被孙悟空打死。这里面有一层象征意思，即黑熊精最强，却心向佛教，故后被观音菩萨收为弟子，道教次强，而儒者最弱。同时，这些描写还融合了《水浒传》里面的叙事。梁山泊第一任寨主王伦就绰号"白衣秀士"，而最没有本事，被林冲火并杀掉。《水浒传》第一回就出场的少华山三个强人，本事最差的是绰号白花蛇的杨春。孙悟空首先打死的是白花蛇变化的"白衣秀士"，可谓异曲同工。儒家尚文，不重武艺，小说里这些描写是一种艺术化的调侃。[①] 至于前述《西游记》所写的孙悟空"大闹天宫"等故事，与《水浒传》所写鲁智深等人的屡次"大闹"这样的故事，是否也存在一个互相启发的问题呢？一句话，《水浒传》与《西游记》之间的确存在难分难解的双向"互文性"关系，这种"互文性"关系是由此及彼还是由彼及此，需要进一步考查。

（四）《三国志演义》与《西游记》互文问题

说到《三国志演义》与《西游记》之间的"互文性"关系，似乎应该主要是前者对后者形成渗透。如果我们认定《西游记》的作者是吴承恩，而吴承恩又是小说"仿拟"叙事的高手（据史载，他曾仿唐

---

① 梁归智：《草蛇灰线，一击两鸣——〈西游记〉经典探秘之五》，《名作欣赏》2016年第3期上旬刊。

人传奇小说而创作了传奇小说集《禹鼎志》,可惜已失传),那么,他理应会自觉地对《三国志演义》等现成文本进行有效借鉴。就是说,《西游记》应该仿拟甚至抄袭过《三国志演义》文本。如由《西游记》第三十一回所叙之"猪八戒义激猴王"以及第七十六回所叙之"三魔见老魔怪他,他又作个激将法",人们自然会联想到《三国志演义》第四十四回所写诸葛亮智激周瑜、义激孙权,以及第七十回所写"请将须行激将法,少年不若老年人"等。反过来,《西游记》也有机会和可能影响到未定型的《三国志演义》之成书。关于其中之双向"互文性"关系的踪迹,我们需要继续细细追寻。

总体来看,《三国志演义》《水浒传》《西游记》《金瓶梅》四部小说的成书并非一蹴而就的,它们既经过了"历时"的血脉传承,又经过了"共时"的互动相沐。除了运用"沿袭"或"剽窃"等较为显露的"互文性"手段,"四大奇书"彼此之间还灵活地采取了多种较为隐蔽的"引用""参考""仿作""戏拟"等"互文性"技巧。因此,对"四大奇书"之间"互文性"关系的挖掘也并非一蹴而就的。除了以上列举并阐释的几对小说之"双向"互文,"四大奇书"其他小说彼此之间也存在一个双向"互文性"问题,期待我们通过施展"文本细读"的硬功夫、运用"有意注意"的敏锐眼光,去不断地探索与发现。当然,除了传统的版本、文本比勘方法,我们还可进一步运用现代计算机技术,借助业已输入电脑的数字化图书的比勘,使"四大奇书"之间的"文本互涉"图景更加清晰起来。

三 "四大奇书"纵横贯通之意义建构

基于创作者对"奇"这一审美风范不约而同的追求,以及后之评改者为此所做过的"八仙过海,各显神通"的不懈努力,"四大奇书"中的诸多"互文性"叙事景观得以异彩纷呈。其文本效果自然也颇为别致,既体现在某一文本内部,又体现在"跨文本"或"互文本"之中。

首先,"仿作""戏拟"等"互文性"叙事方式直接为"四大奇书"创造出"强化"与"反讽"等文本效果。根据西方文论家的说法,作为"互文性"利器之一的"仿作",也可称为"仿拟",指的是有意模仿其他文本结构、句法以及叙述话语,以全新的内容来表情达意,也就是通常说的"旧瓶装新酒"。若从宏大的文化视野看,《三国志演义》与《水浒传》之间的双向"互文性"关系更有利于它们各自"经典化"的提升。如,两部小说分别叙述的"五虎将"故事,理应基于传统"五行"神秘思维结构。前者中的"五虎将"是指关公、张飞、马超、黄忠、赵云;后者中的"五虎将"是指大刀关胜、豹子头林冲、霹雳火秦明、双鞭呼延灼、双枪将董平。由于"五虎将"之说最早出自《三国志平话》,而《三国志演义》又是在《三国志平话》基础上写成的,因而可以肯定《水浒传》参考或仿拟了《三国志演义》中的"五虎将"人物结构,共同或多或少地蕴涵着"相生相克"观念。大致而言,"四大奇书"之间的"互文性"或"仿拟"片段虽然不免会留下"依样画葫芦"痕迹,但其移花接木、张冠李戴等"互文性"方式大多能适宜于场景、协调于写人,使得每部小说在不断"强化"的道路上走向经典化。

同时,"互文性"还有一道利器,即"戏拟",指的是通过模仿别的文本的语言、行为或表达方式,以用到不适宜或相反的语境中,既戏弄、颠覆和嘲讽被模仿对象,又别出心裁地赋予文本人物或事件以新的意蕴。相对而言,"仿作"基本不改变叙事的价值评判方向,而"戏拟"则偏于反其道而用之,故意制造"反讽"。若依照"历时态"的"进化"观念,那么,愈是后起小说,笔墨势必就会愈加讲究,其幽默诙谐色彩也势必愈加浓重,因而较之《三国志演义》《水浒传》,相对后起的《西游记》《金瓶梅》具有较强的反讽与幽默效果。在"共时"视角下,"历时性"的时间先后又是相对的。除了"仿作",词话本

《金瓶梅》也已开始大量运用"戏拟"之笔。如第六十二回"潘道士解禳祭灯法，西门庆大哭李瓶儿"通过写潘道士为李瓶儿祭灯乞命而不得，将一个女子无可挽回的惨死写得凄凄惨惨；尤其是读了诸如"一阵冷气来，把李瓶儿二十七盏本命灯尽皆刮尽，惟有一盏复明"之类的文字，我们自然会想到《三国志演义》第一百三回关于诸葛亮临死之前在五丈原禳星延命那段凄凉叙述。于是，"英雄末路"与"美人迟暮"便构成强有力的反讽。相对而言，崇祯本《金瓶梅》的评改者更是大胆地采取"戏拟"手段。如第一回所叙"西门庆热结十兄弟"便戏拟了《三国志演义》开篇所叙之"桃园三结义"或《水浒传》所叙之"二龙山聚义""梁山泊聚义"等叙事单元，超越了一般套用性的正面征引，将充满庄严神圣色彩的一批批英雄聚义翻转为一伙流氓无赖的拉帮结派，创造出滑稽反讽等文笔意趣。

其次，从"四大奇书"整体的文本性质而言，双向"互文性"使这组传统小说经典兼具"文人性"和"民间性"双重身份。在中国文学发展过程中，以"模拟"为主的各种"互文性"历来备受毁誉。如，人们对汉代之拟骚，拟赋，六朝之拟乐府，拟古诗等，誉多于毁。而对后世所谓的"复古"派模拟，因其借而不工，或生搬硬套，并不完全买账，又是毁多于誉。清初顾炎武在《日知录》卷十九《文人摹仿之病》开篇直言："近代文章之病，全在摹仿，即使逼肖古人，已非极诣，况遗其神理而得其皮毛者乎！"[①] 基于这种论调，再加上今人们普遍反对"剽袭"，尤其是对那些"历时态"的邯郸学步、亦步亦趋的"互文性"写作容易产生本能反感，因而批评界对此发出的也多是贬抑的声音。而对并行不悖传播开来的"四大奇书"及其"共时态"传播状态中所发生的"互文性"，只要我们还原到那个历史时空，通常是誉多于毁。虽然我们不能否定每部作品的作者和评改者均会存在因才力不

---

① （清）顾炎武著，黄汝成集释，栾保群、吕宗力校点：《日知录集释全校本》，上海古籍出版社2006年版，第1097页。

支而姑且挪借别家小说笔墨以充数的意图，但"互文性"带来的正面作用还是主要的，是值得充分肯定的。在文本形态上，从"词话本"或"类词话本"到文人"改定本"，《三国志演义》《水浒传》《西游记》《金瓶梅》四大小说最终完成了从各自的草创之作到经典化"四大奇书"的演变。其中的关键是，这种演变和定型又是在双向"互文性"作用下进行的。大致来说，在经久的"历时态"创作过程中，各部小说基本保持"大众文化"味道；而在近百年的"共时态"传播过程中，各部小说的"文人性"又得以不断提升。于是，"四大奇书"便赢得了"大众文化"与"文人小说"双重身份。①

再次，从"跨文本"层面来看，在双向"互文性"作用下，"四大奇书"推出了一系列"同而不同""犯而不犯"式叙事形态和故事类型，形成意蕴趋同的文化聚合。对此，人们以往只是在"影响比较"层面上进行研究，而没有运用"互文性"眼光来加以审视。"互文性"理论认为："读者被互文吸引体现在四个方面：记忆，文化，诠释的创造性和玩味的心理，读者要想成功地解读那些分散、叠加在文本各个层面并包含了不同阅读水平的文笔（……），则需要将这四个方面都融会起来。"② 在小说文本阅读中，有关"互文性"的部分足可激发起读者的"记忆""文化想象""诠释的创造性""玩味的心理"等审美愿望。如果将这四种审美愿望"融合起来"，形成一道道互动阅读联想域，"互文本"的魅力就会大大地显示出来。我们知道，李卓吾、金圣叹在评批《水浒传》时，曾提出了"同而不同""犯而不犯"等叙事写人理论。这虽然是针对一部小说本身所叙之事、所写之人的同中有异、异中有同等文本现象而言的，但就"四大奇书"彼此之"跨文本"间际关

---

① 国内王齐洲称"四大奇书"为"大众文化经典"，参见王齐洲《大众文化的经典：四大奇书纵横谈》，济南出版社2004年版，第4页；而美国学者浦安迪却给予"四大奇书"以"文人小说"这一定性，参见［美］浦安迪《明代小说四大奇书》，沈亨寿译，中国和平出版社1993年版，序言第1页。

② ［法］蒂费纳·萨莫瓦约：《互文性研究》，邵炜译，天津人民出版社2003年版，第82页。

系而言，这种审美风范和文本效果同样存在。当然，如此文本互涉因基于共同的文化背景或相似的现实环境而上升到文化层次。如，关于"四大奇书"反复叙述的"招赘"故事，未必不包含彼此文本间际具体"互文性"的因素。只是这种"互文性"已超越了"文本"层次，而得以提升到"文化"层次。《三国志演义》第五十四回所叙述的刘备被招赘到东吴，导致东吴"赔了夫人又折兵"的故事，颇具影响力。在《水浒传》中，"招赘"故事屡见不鲜，且不说大名鼎鼎的英雄操刀鬼曹正、菜园子张青是招赘、入赘身份，就连快活林使棒的王庆，还被房州恶霸段氏的女儿段三娘招赘。小说第二十回在给林冲娘子张氏的婢女锦儿交代结局时也说："止剩得女使锦儿，已招赘丈夫在家过活。"《西游记》的作者似乎更热衷于叙述"招赘"故事，竟不惜十几次写及。其中，第二十三回所写的"四圣试禅心"与第五十五回所写的"女王招赘"都是考验唐僧西行取经诚意而制造的"难"。再如，前叙猪八戒被两度招赘之事，后叙牛魔王被玉面狐狸招赘之事，俨然把"招赘"当作一个自己难以割舍的叙事母题。《金瓶梅》也曾叙及"招赘"之事，如第十七回所叙李瓶儿在西门庆为躲避官司而不见踪影之际，无奈招赘了为自己治好了病的郎中蒋竹山做了夫婿，可惜这家伙"中看不中吃"，当西门庆躲过劫难再来寻访时，李瓶儿又决然抛弃了这位窝囊的入赘之夫，而改适西门庆。表面看来，"四大奇书"所叙述的这些林林总总的"招赘"故事似不相干。但事实上，这些"招赘"故事也多有相同之处，包含着特定的"互文性"意趣：首先，这些故事所涉及的内容或者是一个男性生计问题，或者直接关乎"财""色"。且不说本性好色之徒猪八戒、牛魔王如此，就连刘备这样的大英雄也难免会一度沉于女色，幸得赵云按照诸葛亮的锦囊妙计，将他挽救了出来。其次，在正统婚姻制下，"招赘"所搬演的故事往往是一场场闹剧，这也是"四大奇书"的作者与评改者所共同持有的叙事态度，其中自然也不乏"互文性"成分。如，《水浒传》第五回写桃花庄刘太公不情愿招赘,鲁智深于销金帐里戏弄前来娶亲的小霸王周通那一场,与《西游记》所叙孙悟空变作高翠兰戏弄猪八戒那一场,真是妙趣横生。需要强调的是,"四大奇书"彼此之间的"互文性"不仅仅局限于文本表象,而是不乏传统文化的参与,因而蕴涵丰富而复杂,富有张力。正如有人所说的:"四大奇书不是一个随意的类归,而是一种具有内在关系的文化架构。"① 在"四大奇书"这种"文化架构"中,"互文性"叙事笔墨举足轻重,使其文本天地里你中有我、我中有你,一时难以剥离清楚,当然也没有必要完全剥离清楚。

当然,在两两小说的双向"互文性"中,自然也会出现三三两两小说的交叉"互文性"。如"四大奇书"关于入赘婚姻的叙述,《三国志演义》写刘备东吴娶亲;《水浒传》写周通入赘刘太公家,李小二入赘土家酒店,曹正入赘庄农人家,张青入赘孙二娘家;《西游记》写猪八戒被两度招女婿,唐僧师徒多次被诱惑招赘,牛魔王被玉面狐狸招赘;《金瓶梅》写蒋竹山倒踏门被李瓶儿招进来,等等,恐怕不仅仅取决于那个时代的社会风气,各小说文本之间的交叉渗透因素也定然发挥过作用。

概而言之,凭着"仿作"与"戏拟"等双向"互文性"叙事方式,《三国志演义》《水浒传》《西游记》《金瓶梅》四部小说的"经典化"程度在不断提升,其"反讽"效果也在不断增强。随着诸多"同而不同""犯而不犯"叙事类型的不断出现,四部小说最终凝结成一个文化气息浓郁且有机、有致的小说组合——"四大奇书"。

---

① 倪浓水:《明代四大奇书的叙事结构与文化寓意》,《社会科学战线》2008 年第 8 期。

第七章 《聊斋志异》"脱化"创意探寻

在文学创作中，文本与文本之间常常发生这样那样的"历时性"或"共时性"渗透，当今文论称之为"互文性"。这种文本互渗既可发生于同一文体之间，也可发生于不同文体之间。就中国文学而言，小说与戏曲同源异流，自然会经常发生这样那样的互渗；而诗歌与小说（"诗稗"）两种文体，一长于抒情，一长于叙事，虽然也曾有过像唐代白居易《长恨歌》与陈鸿《长恨歌传》那样的一题两作之互渗，以及宋代将小说故事化入诗歌那样的联姻互渗①，但毕竟诗稗两种文体职能有较大跨度，其文本之间发生互渗的难度自然也较大。古代许多小说家所擅长的主要是将诗词文体嵌入小说，使之"文备众体"，而清代蒲松龄却能凭借诗稗兼长的优势，将诗之"意"与稗之"趣"进行有效化合，在创作上真正做到文本意义上的跨文体互化。

第一节 诗稗互渗与《聊斋志异》创意

据《聊斋自志》所言，《聊斋志异》是一部依托"寄托"笔法传达真意的"孤愤之书"。在其文本意趣创造中，蒲松龄不仅善于将前人诗

---

① 周剑之：《诗与故事的联姻——宋诗中的"传奇"与"志异"》，《云南大学学报》（社会科学版）2012年第6期。

意化入，而且还常常让自己的诗稗互通款曲、共诉幽情。无论在文本意义层面，还是在审美表达层面，均达到了一定高度。从诗稗二体文本互渗视角，不仅可以更好地品味这部文学经典的文本美感，而且可以更好地领会其中的"孤愤"真意。

一　将"他者"诗意脱化为"自我"稗趣

蒲松龄善于通过脱化前人文本实现以故为新，自铸伟辞。这里就其对前人诗意的吸取与脱化情况展开探讨。

《聊斋志异》从何而来？对此，《聊斋自志》曾给出这样的提示："披萝带荔，三闾氏感而为骚；牛鬼蛇神，长爪郎吟而成癖。"① 所谓"披萝带荔"乃出自屈原《九歌·山鬼》"若有人兮山之阿，披薜荔兮带女萝"；而所谓"牛鬼蛇神"则见于杜牧《李长吉歌诗叙》"鲸吸鳌掷，牛鬼蛇神，不足为其虚荒诞幻也"。在创作实践中，蒲松龄不仅注意脱化屈原之诗为诗，而且还惯于化用屈原诗意创制小说。关于这场跨越两千年时空的诗稗对话，张崇琛曾经从发泄愤气、褒扬女性、借自然物象征、立体化结构等四个层面论之，指出二者之间"已不单是词句的化用或描写的相类，而是更高层次上的相通了"②。除了屈原神鬼之诗，蒲松龄还借李贺鬼怪诗生发稗趣。当年王渔洋在为《聊斋志异》题诗时说蒲松龄"料应厌作人间语，爱听秋坟鬼唱时"，指出其小说取法李贺《秋来》"秋坟鬼唱鲍家诗，恨血千年土中碧"之类的诗意。在意象、意境以及用词等方面，蒲松龄的《夜坐悲歌》诗曰："黄河骇浪声如雷，游人坐听颜不开。短烛含愁惨不照，顾影酸寒山鬼笑。半夜闻鸡欲起舞，把酒问天天不语。但闻空冥吞悲声，暗锁愁云咽秋雨"，与屈原《天问》、李白《把酒问月》、李贺《天上谣》等诗具有较高关联

---

① 本章以下所引《聊斋志异》及《聊斋自志》原文均据张友鹤辑校《聊斋志异会校会注会评本》（上海古籍出版社 2011 年版），所引诗词原文均据路大荒《蒲松龄集》（中华书局 1962 年版）。
② 张崇琛：《聊斋丛考》，商务印书馆 2017 年版，第 261—270 页。

度。同时，作者又将这类诗作中的意象、意境熔铸到其《聊斋志异》中，使诗中的"鬼气"与小说中的"鬼趣"互相呼应。

再说，根据传统民俗，七月半，鬼乱窜，因而"鬼气"常常与"秋意"相伴。《聊斋志异》中的"秋意"不仅取自屈原《山鬼》"风飒飒兮木萧萧"、《湘夫人》"袅袅兮秋风，洞庭波兮木叶下"以及宋玉《九辩》"悲哉！秋之为气也。萧瑟兮，草木摇落而变衰"等悲秋诗情，而且还取自其他渲染"秋意"之作。如《连琐》即以肃杀凄冷场景开篇，其中"墙外多古墓，夜闻白杨萧萧"二句即脱化于东汉无名氏作《古诗十九首》中的"出郭门直视，但见丘与坟。古墓犁为田，松柏摧为薪。白杨多悲风，萧萧愁杀人"等诗句。除了古墓、白杨意象，小说还以"萧萧"之声渲染悲风，让人不寒而栗。尤其值得注意的是，蒲松龄还引杜甫为隔世知音，不仅在《聊斋自志》最后借用杜甫《梦李白二首》中的"魂来枫林青，魂归关塞黑"两句诗表达对知音的呼唤，而且还将杜诗《秋兴》八首等诗的"秋气"化入自我诗歌，并传输到小说文本之中，形成悲戚的审美意趣。"玉露凋伤枫树林，巫山巫峡气萧森"等写凄凉秋景的诗句成为其赖以脱化的重点。如蒲松龄也曾以《秋兴》为题写道："枫林秋欲暮，霜树醉颜酡。"《赋得满城风雨近重阳》曰："山城秋色半苍苍，露染枫林晚气凉。"《挽念东高先生》亦云："魂归关塞枫林黑，星陨台垣日色昏。"可见，"秋暮""秋晚"以及"枫林"等意象经常在蒲松龄脑海中盘旋，挥之不去，不仅再现于其诗，而且也渗入其小说。如《公孙九娘》写公孙九娘曾口占一绝："昔日罗裳化作尘，空将业果恨前身。十年露冷枫林月，此夜初逢画阁春。"渲染人物的凄意悲情，颇具《秋兴》况味。这种"秋气"还被化入《连琐》《林四娘》《公孙九娘》等小说，并创造出悲凉凄婉的意趣。

除了化用前人的诗歌意象，蒲松龄还长于借前人诗歌意象充当小说引子或"造端"生事，创造出悲欢离合叙事意趣。如《宦娘》这篇小说生发于《诗经·周南·关雎》中的"琴瑟友之"以及《小雅·棠棣》中的"妻子好合,如鼓琴瑟"等诗句。男主人公温如春琴艺高超,其妻良工知音善赏,二人终于在喜爱琴筝的女鬼宦娘撮合下结为秦晋之好。小说从正反两个向度将"琴瑟友之""如鼓琴瑟"等诗意推演开来,既洋溢着温如春与良工历经百转千回而终得琴瑟和谐的喜悦,又回荡着宦娘眷恋温如春却因身为异物而难以结为连理的憾恨。冯镇峦评结尾"出门遂没"一句曰:"结得飘渺不尽,曲终人不见,江上数峰青。"① 小说也寄托了蒲松龄难以与其所爱"琴瑟友之"的某种憾恨。再看,《瞳人语》开篇写道:"(方栋)稍稍近觇之,见车幔洞开,内坐二八女郎,红妆艳丽,尤生平所未睹。目炫神夺,瞻恋弗舍,或先或后,从驰数里。忽闻女郎呼婢近车侧,曰:'为我垂帘下。何处风狂儿郎,频来窥瞻!'"此写轻薄儿方栋逐美人而遭到呵斥的情景,当取意于五代词人张泌《浣溪沙》一词:"晚逐香车入凤城,东风斜揭绣帘轻,慢回娇眼笑盈盈。消息未通何计是,便须佯醉且随行,依稀闻道'太狂生'。"不仅情景相仿,甚至连语句也颇相似。又如,《阿宝》写痴情的孙子楚居然能化身鹦鹉,飞到所爱者的住所。这种跨越时空阻隔的神来笔墨,除了深受"倩女离魂"故事的启发,还得力于与前人诗歌的互渗,至少反用了李商隐《无题》中的"身无彩凤双飞翼,心有灵犀一点通"诗句。还有,《荷花三娘子》系从陆游《闲居自述》中的"花如解笑还多事,石不能言最可人"两句诗生发而出。其篇末附"友人"之言明确交代:"'花如解语还多事,石不能言最可人',放翁佳句,可为此传写照。"评点家何垠也指出:"评引放翁句,疑即是篇所造端。"故事的主人公"荷花三娘子"由花化为人,又由人化为玲珑奇石,最终在其所爱宗湘若的哀祝下,再度脱胎换骨为人,正是按照陆诗的"花""石""人"三种意象步步推演的。当然,该小说中的"春风一度"应直接来自《牡丹亭》第二十八出《幽媾》写柳梦梅"日夜想

---

① 张友鹤辑校:《聊斋志异会校会注会评本》,中华书局1962年版,第990页。

念"女鬼杜丽娘,"倘然梦里相亲,也当春风一度"。而《牡丹亭》或许来自王实甫《四丞相高会丽春堂》第三折:"老夫为官,不如在此闲居也……到今日身无所如,想天公也有安排我处,可不道吕望严陵自千古,这便算的我春风一度。"再往前追溯,恐怕就与宋代秦观《鹊桥仙》所写"金风玉露一相逢,便胜却人间无数"有几分相契了。此外,《小翠》一篇叙述男主人公王元丰在小翠离去两年之后的一天傍晚,途经自家园亭,听到隔墙传来女子的言语欢笑,他站在马鞍上往里看,发现是两个妙龄女子在做游戏("登鞍一望,则二女郎游戏其中")。这一段故事叙述似乎脱化自苏轼的词《蝶恋花》:"墙里秋千墙外道。墙外行人,墙里佳人笑。笑渐不闻声渐悄,多情却被无情恼。"有学者注意到,蒲松龄将其化用在叙事里,让人觉得天衣无缝,仿佛叙事本身所自然滋生出来的一样。① 相比之下,《婴宁》所写婴宁居住的南山风光以及她若不经意的笑,更深得这首词的意趣。

　　蒲松龄如此娴熟地通过融化前人诗词意象,强化其小说文本意趣的文化蕴涵。只有了解作者所得以援引化用的那些意象的来路,才能更好地解读小说文本的真意。如《莲香》写桑生爱上了莲香与李女一狐一鬼两个女子,若不经意的命名其实有着丰富蕴涵。清代评家即曾用谐音双关法解之,"莲"包含怜爱之意,李氏凭借"履"传情,除了思念之意(《方言四》:"丝作之者谓之履。"丝,双关思念)之外,"履"当关涉《诗经·东方之日》所谓"在我室兮,履我即兮",宋代朱熹《诗集传》释曰:"言此女蹑我之迹而相就也。"此"履我即兮"指女子与男子亲昵。由桑生联想到含有艳情意味的桑梓之地;由"莲"联想到《西洲曲》"采莲南塘秋""低头弄莲子"等诗句。由"莲香""李氏"谐音而成的"连理",也平添了几分白居易《长恨歌》"在天愿为比翼鸟,在地愿为连理枝"的诗意和兴味。可见,为了将一场跨越生死的

---

① 李鹏飞:《以韵入散:诗歌与小说的交融互动》,《北京大学学报》(哲学社会科学版) 2012年第3期。

男女恋情叙述得意味深长，作者总是喜欢聚合并输入多重诗意。

蒲松龄善于将前人诗意转换为小说叙事意趣，或借前人诗意生发妙趣横生的故事，使其《聊斋志异》叙事写人余韵缭绕，饱含诗情画意。

二　自创诗词与小说之文辞互通

关于聊斋诗稗之文本互渗，前人曾经有所触及。20世纪80年代，赵俪生曾把《聊斋诗集》中的《为友人写梦八十韵》（别本题《梦幻八十韵》）这样的长诗视为《聊斋志异》的"练兵场"，并指出蒲松龄是"先用诗的形式写写试试看，然后再写成小说"[1]；近来，吴昊天、熊明又从"记梦诗"看蒲松龄诗稗创作的"互文性"，指出二者在"鬼诗""海市""侠女"等取材上的关联性[2]。前者虽未明确运用"互文性"观念，其结论也未必准确，但已含有文本互渗之实；后者运用了"互文性"观念，只是所论局限于记梦诗。我们知道，所谓"互文性"或"文本互渗"并非仅仅指通常所谓的笼而统之的影响与继承关系，而具体表现为遣词用语等文辞互通。这是坐实聊斋诗稗互渗的关键。

据袁世硕先生考证，蒲松龄曾经倾情于一个名叫顾青霞的女子，这个女子"曾一度沦入烟花巷、后来成了官僚姬妾"[3]。不断在聊斋诗词中现身的这个红颜知己顾青霞，却在《聊斋志异》文本世界里化身为多位女性。这些女性言行不一，性情有别，但梳妆打扮却有着诸多相似。这就造成在这类作品上聊斋诗稗互渗表现得特别明显。首先，作者惯用诸如"红颜""翠袖""罗裳""罗裙""绣鞋""菱花""慵鬟高髻""麝兰香""金钿""玉杵""凌波微步""海棠春睡"等一些绮语秀句来写女性。写她们通常以"鬟"为发式，如《辛十四娘》中的狐

---

[1] 赵俪生：《论蒲松龄的诗及其与〈聊斋志异〉的关系》，载《蒲松龄研究集刊》第三辑，齐鲁书社1982年版，第162页。
[2] 吴昊天、熊明：《从〈聊斋诗集〉"记梦诗"看蒲松龄诗歌与小说创作的互文性》，《蒲松龄研究》2017年第4期。
[3] 袁世硕：《蒲松龄事迹著述新考》，齐鲁书社1988年版，第73页。

女辛十四娘曾"振袖倾鬟",《凤阳士人》中梦中女子的装扮是"珠鬟绛帔",《西湖主》中的洞庭公主"鬟多敛雾",《姊妹易嫁》中的张家次女"云鬟委绿",《晚霞》中的晚霞一度也曾"振袖倾鬟"。同时,聊斋诗稗还常写女性之"垂髫"。在认识顾青霞之前,蒲松龄就曾写过"垂髫"女郎。如赴宝应途中留宿沂州所写的《莲香》一篇,就用下列几句写桑生夜宿红花埠遇到的女鬼李氏:"年仅十五六,鞾袖垂髫,风流秀曼,行步之间,若还若往。"这位十五六岁的女鬼刘海下垂,走路婀娜飘忽。待识得顾青霞之后,聊斋诗词便常常写到这位女子的"垂髫"之貌。如《孙给谏顾姬工诗,作此戏赠》一诗写道:"当日垂髫初见君,眉如新月鬟如云。"诗稗互通,以至于《聊斋志异》一再写到女性的"垂髫"造像。如《仙人岛》写仙人岛主的幼女绿云用了如下笔墨:"酒数行,一垂髫女自内出,仅十余龄,而姿态秀曼……"这位十余岁芳龄的小姑娘不仅"垂髫",而且姿态秀曼,俨如聊斋诗词中的顾青霞。再看《画壁》也写道:"东壁画散花天女,内一垂髫者,拈花微笑,樱唇欲动,眼波将流。"另外写到女性"垂髫"的篇目还有,《狐妾》《荷花三娘子》《绛妃》《晚霞》等,足见"垂髫"美女造像是如何盘桓在蒲松龄心头的。

  作为一个像白居易那样"深于诗,多于情"的传统文人,蒲松龄笔下的梦中情人又常常显得特别空灵缥缈,仿佛水中月、镜中花。他在以诗词方式表达自己的"有所思"时,就会情不自禁地用各种流光溢彩的笔调去美化她,并择取一些令人销魂的镜头予以特写。尤其是那首绮语缤纷的《梦幻八十韵》,所写女性通常被认为带有顾青霞的影子。不仅起笔即言:"谁氏垂髫女?殷勤向楚襄。"让女子以"垂髫"亮相,继而写梦中所艳遇的那位风雅神女之美:"倦后憨尤媚,酣来娇亦狂。眉山低曲秀,眼语送流光。弱态妒杨柳,慵鬟睡海棠。"如此"媚""娇""弱态"等笔墨均与《聊斋志异》写众花妖狐媚之美的笔墨相呼应。如《青凤》这篇小说写青凤之"弱态生娇,秋波流慧"以及被"狂生"耿去病追求时的情态,就是对以上几句诗的演绎与铺展。另外，王士禛曾评该诗曰："缠绵艳丽，如登临春、结绮，非复人间闺闼。"① 如此用笔的确也与《绛妃》等小说所使用的字句相仿佛。《西施三叠·戏简孙给谏》写道："那更笑处嫣然，娇痴尤甚，贪要晓妆残。""忆得颤颤如花，亭亭似柳，嘿嘿情无限。恨狂客、兜搭千千遍。垂粉颈，绣带常拈。数岁来、未领神仙班。又不识、怎样胜当年。赵家姊妹道，斯妮子、我见犹怜。"蒲松龄热衷于在小说中写他在诗中所传达的女性令人销魂的瞬间，除了至少七次写到令人醉心的"嫣然一笑"，还屡屡以"绣带常拈"写女性娇羞。如《小翠》写小翠逢场作戏受到诟骂后，"倚几弄带，不惧，亦不言"；《辛十四娘》写辛十四娘出场，"振袖倾鬟，亭亭拈带"；《青凤》写青凤与耿去病秘密幽会被叔父撞见时，"羞惧无以自容，俯首倚床，拈带不语"；《胡四姐》写"四姐惟手引绣带，俯首而已"；《封三娘》写封三娘"羞晕满颊，默然拈带而已"，等等。《西施三叠》这首词还以主妇"厮妮子，我见犹怜"之语烘托神女之美，如此文辞也见于《莲香》《巧娘》《聂小倩》等小说篇什。另外，这首词所谓"秀娟娟，绿珠十二貌如仙""时教吟诗向客，音未响，羞晕上朱颜"云云，也与小说《公孙九娘》构成文本互渗："生睨之，笑弯秋月，羞晕朝霞，实天人也。曰：'可知是大家，蜗庐人焉得如此娟好！'"情人眼里出西施，蒲松龄不惜诗稗并用，反复描摹其梦中情人的"秀曼都雅""曼声娇吟"，给人留下深刻印象。

根据蒲松龄诗词所示，顾青霞能歌善舞，爱好音乐，还喜爱书法，也乐于学写诗词。蒲松龄为她写了许多赠诗。其中，《赠妓》一诗写道："银烛烧残吟未休，红牙催拍唱《伊州》。灯前色授魂相与，醉眼横波娇欲流。"该诗不仅描述了这名妓女无休止的吟唱，而且表达了"灯前色授魂相与"的知音之感。这种非婚姻的异性神交观念被具体融化到《娇娜》这篇小说中。其篇末"异史氏曰"："观其容可以忘饥，听其声可以解颐。"并感叹道："得此良友，时一谈宴，则'色授魂

---

① （清）蒲松龄著，赵蔚芝笺注：《聊斋诗集笺注》，山东大学出版社1996年版，第28页。

与',尤胜于'颠倒衣裳'矣!"强调"色授魂与"的神交胜过唯色情的"颠倒衣裳"。顾青霞善吟诗,《为青霞选唐诗绝句百首》记下了蒲松龄为她选诗吟读细节:"莺吭啭出真双绝,喜付可儿吟与听。"这里的"可儿"虽说谐音于顾青霞原名"顾璨可",但未尝不是一种亲昵的称呼。《聊斋志异》有两篇小说用到了这个词,《沂水秀才》写道:"狐子可儿,雅态可想。"《巧娘》写道:"生附耳请间。巧娘遣婢去。生挽就寝榻,偎向之。女戏掬脐下,曰:'惜可儿此处阙然。'"此"可儿"皆被用以指代所喜欢的人。蒲松龄常听她吟诗,在《又长句》一诗中说:"旗亭画壁较低昂,雅什犹沾粉黛香。宁料千秋有知己,爱歌树色隐昭阳。"表明两人都喜欢吟唱唐代王昌龄《西宫春怨》"朦胧树色隐昭阳"之句,可谓千秋知己。《听顾青霞吟诗》说她"曼声发娇吟,入耳沁心脾。如披三月柳,斗酒听黄鹂",作者的欣赏、陶醉之情,溢于言表。《聊斋志异》中的许多鬼狐花妖皆喜欢吟诗、听诗,如《白秋练》写男女主人公先后六次吟诵唐人诗歌,疗病,并解除心病。除了吟诗,这位才女还喜欢浅斟低唱,深情的蒲松龄还曾写过《孙给谏顾姬工诗,作此戏赠》:"娇娥不正字音乖,一曲宫词撰闷怀。吟调铿锵春燕语,轻弹粉指叩金钗。"不仅描摹了顾青霞的字音,而且还用了"一曲宫词"说明顾青霞唱的是"宫词",令人听之如"莺吭",婉转动听。《西施三叠·戏简孙给谏》更是说她"吟声呖呖,玉碎珠圆"。《树百宴歌妓善琵琶,戏赠》也写道:"小语娇憨眼尾都,霓裳婀娜绾明珠。樽前低唱伊凉曲,笑把金钗敲玉壶。""垂肩弹袖拥琵琶,冉冉香飘绣带斜。背烛佯羞浑不语,轻钩玉指按红牙。"这些诗词传达了顾青霞善唱,尤其是擅长吟唱"伊州""凉州"之调等信息。这些美好的记忆被写入《林四娘》这篇小说中:

由此夜夜必至。每与阖户雅饮。谈及音律,辄能剖悉宫商。公遂意其工于度曲。曰:"儿时之所习也。"公请一领雅奏。女曰:

"久矣不托于音,节奏强半遗忘,恐为知者笑耳。"再强之,乃俯首击节,唱"伊""凉"之调,其声哀婉。歌已,泣下。公亦为酸恻,抱而慰之曰:"卿勿为亡国之音,使人悒悒。"女曰:"声以宣意,哀者不能使乐,亦犹乐者不能使哀。"两人燕昵,过于琴瑟。既久,家人窃听之,闻其歌者,无不流涕。

这里写林四娘和陈宝钥一开始极尽男女欢爱,然而在两情缱绻之余,四娘反而"唱'伊''凉'之调,其声哀婉,歌已,泣下",这种悲怆的吟唱并非是扫一时之兴,而是"亡国之音哀以思"。继而是这样一段:"又每与公评骘诗词,瑕辄疵之;至好句则曼声娇吟。意绪风流,使人忘倦。"显然,作者是在借林四娘离别之际的"哀曼之音,意绪苦痛",渲染一种悲戚之美。只要对照一下蒲松龄的诗词,便不难发现,这种"哀曼"之音是专属于顾青霞的。另如,《连琐》写道:"(连琐)使杨治棋枰,购琵琶。每夜教杨手谈。不则挑弄弦索,作'蕉窗零雨'之曲,酸人胸臆;杨不忍卒听,则为'晓苑莺声'之调,顿觉心怀畅适。"可以说,此连琐以及《书痴》中的颜如玉等多才多艺的女性应该都是顾青霞的化身。顾青霞去世后,蒲松龄伤心地写下《伤顾青霞》一诗:"吟音仿佛耳中存,无复笙歌望墓门。燕子楼中遗剩粉,牡丹亭下吊香魂。"至其死,蒲松龄对顾青霞之"吟"仍念念不忘,自然会不断地将其写入小说。顾青霞的美貌、才情,以及她那曼声娇吟,不仅屡屡现于聊斋诗词,而且屡屡现于聊斋小说。这既出于作者的刻骨铭心,又发为诗稗二体互渗。

当然,聊斋诗稗互渗还突出表现为,面对某个阶段的某种人生感受,蒲松龄经常会分别将其写成诗词与小说,一题两做。如他科举考试后在与儿孙辈谈论感想时所写的《试后示箎、筍、筠》说:"益之幕中人,心盲或目瞽:文字即擅场,半犹听天数;矧在两可间,如何希进取?"蒲松龄预感到自己又会是名落孙山,便将那些不辨良莠的幕中人说成目盲心昏。这与《司文郎》这篇小说写独具慧眼的和尚的那番感叹大体一致："仆虽盲于目，而不盲于鼻；帘中人并鼻盲矣。"此乃是借盲僧之口痛骂考官眼鼻都失灵了。再通过《赠妓》《又赠妓》（其二）与《婴宁》对读，我们或许会对聊斋诗稗互渗现象看得更加分明。在《赠妓》中的"为寻芳迹到蓬莱，怪道佳人锦作胎。柳线丛中闻笑语，杏花深处见门开"几句诗里，"寻芳""佳人""笑语""杏花"等文辞闪烁其间，这与《婴宁》所叙王子服独访婴宁、门外听笑声那段文字非常逼近。

　　需要指出的是，聊斋诗稗互渗并非总是由诗而稗的。在创作实践中，蒲松龄不仅善于脱化前人和自我诗句，而且善于将小说文辞凝练为诗语。大约于康熙二十八年，五十岁的蒲松龄曾经将某些小说文辞熔铸到《读书石隐园，两餐仍赴旧斋》诗中："花树喜我至，浓阴绕屋声萧萧；山禽喜我至，凌晨格磔鸣树梢。"其诗境颇类乎《丐仙》所写一座园林光景："中有花树摇曳，开落不一；又有白禽似雪，往来句辀于其上。"而所谓山禽"格磔"云云，则源自《婴宁》"间以修竹，野鸟格磔其中"之语。同时，细心的读者还会发现，这首诗的语句结构与写景意象有模拟杜甫《草堂》一诗的痕迹，杜甫原诗写道："旧犬喜我归，低回入衣裾。邻舍喜我归，沽酒携葫芦。"这说明，蒲松龄不仅在诗法上跨越古今，而且跨越了诗之"真"与小说之"幻"。再如，蒲松龄晚年写过一首《志梦》诗："银河高耿柳平桥，月色昏黄更寂寥。深院无人夜清冷，天风吹处暗香飘。"诗中勾画了这样一番图景：在明亮的银河横亘下，月色显得昏黄，秋风吹送菊花香气，一人独自漫步石隐园柳平桥，寂寥而又清冷。稍加比对，便可知这其实是与《聊斋志异》中的《胡四姐》所叙"尚生泰山人，独居清斋。会值秋夜，银河高耿。明月在天，徘徊花阴，颇存遐想"，以及《狐嫁女》所叙"时值上弦，幸月色昏黄，门户可辨"等诗境的重新整合。

　　如许诗语稗辞，均源自蒲松龄多年以来孤鸿缥渺所历之感，挥之不去，故而常常分别形诸诗稗两种文体。至于孰先孰后，的确大多难于辨识。在文辞使用、意象选取上，作为诗人之小说与作为小说家之诗词原本就有互渗共通的便利。

三 将"抒我情"转化为"叙他事"

在聊斋先生的创作中，本为诗词中的自我抒情角色经常悄然潜入或被代入到《聊斋志异》这部小说的文本天地，化身为小说中的"他者"角色或附体到"他者"角色身上，完成了聊斋诗稗之间由抒情到叙事的转换。同时，诗词之"抒我情"也翻转为小说之"叙他事"。借用现代哲学术语说，就是实现了"自我性"与"他者性"兼通。凭借这种诗稗互渗能力，蒲松龄大大丰富了《聊斋志异》的意趣创造空间。

首先，聊斋先生时而跨越文本内外，直接把触发于现实生活的诗词移注到小说文本。古往今来，唐宋诗词创作时常出现清代田同之《西圃词说·诗词之辨》所谓"男子作闺音"现象。用今天的话说，此乃属于"易性"创作。才子佳人小说的作者可以通过虚拟的男女二人为自己一人代言，正如《红楼梦》所言："作者要写出自己的那两首情诗艳赋来，故假拟出男女二人名姓。"[1] 道出了这类小说作者热衷于借助虚拟才子佳人角色留存自我"情诗艳赋"的机趣。黄霖《〈闺艳秦声〉与"易性文学"：兼辨〈琴瑟乐〉非蒲松龄所作》将单阿蒙最初发表于1923年《大公报》的《闺艳秦声》这种"创作主体与文本中第一人称主角的性别易位的作品称之为'易性文学'"[2]，较早地触及了"易性"创作现象。陈洪《揣摩与体验——金圣叹奇异的易性写作论析》针对明末清初金圣叹的这套创作策略指出："金圣叹以扶乩的形式，进行易性代言写作，先后以泐大师、叶小鸾等四位女性的身份写出相当数量的

---

[1] 曹雪芹：《增评校注红楼梦》第 1 辑（第一回），程伟元、高鹗订补，蔡义江评注，作家出版社 2007 年版，第 1 页。
[2] 黄霖：《〈闺艳秦声〉与"易性文学"：兼辨〈琴瑟乐〉非蒲松龄所作》，《文学遗产》2004 年第 1 期。

诗文。在这个过程中，他想象女性的生活场景，揣摩其心理，体验其情感，把文学史上的易性代言写作推向极致。"① 蒲松龄不仅乐于在诗词中通过"易性"创作了不少"闺情"诗词或带有女性气息的诗词，而且善于将自己"易性"创作的诗词或诗意移注到《聊斋志异》中，使人物在小说园地里获得身份认同。对此，有的学者已经论及。② 有的以书生之口出之，如《连城》写的是一场触动愁肠的男女知音之恋，男主角乔生献给女主角连城的诗中，有这么几句："慵鬟高髻绿婆娑，早向兰窗绣碧荷；刺到鸳鸯魂欲断，暗停针线蹙双蛾。"这首美艳的诗是嫁接连城、乔生之间恋情的桥梁，具有决定性意义，是蒲松龄把自己写给孙蕙的《闺情呈孙给谏》组诗其中一首原封不动地搬过来的。③ 如此说来，在蒲松龄内心深处，笃于爱情的连城也许就是他自己喜欢的顾青霞之化身。而这位子虚乌有的"乔生"正是蒲松龄式的穷书生。还有的诗竟然托之于小说中女性之口，如《宦娘》叙述女鬼宦娘眷恋人间书生温如春而不能结合，为其谋得另一女子良工。温如春见到良工非常喜欢，但托媒求婚遭拒；良工自闻琴以后，对温如春亦"心窃倾慕"。在以诗词传情过程中，宦娘有这么一首诉说哀怨的《惜余春词》词："因恨成痴，转思作想，日日为情颠倒。海棠带醉，杨柳伤春，同是一般怀抱。甚得新愁旧愁，铲尽还生，便如青草。自别离，只在奈何天里，度将昏晓。今日个蹙损春山，望穿秋水，道弃已拼弃了。芳衾妒梦，玉漏惊魂，要睡何能睡好？漫说长宵似年，侬视一年，比更犹少：过三更已是三年，更有何人不老！"此也是由作者《惜余春慢·春怨》词原作改动极个别字后移注而来的。良工拾到这首词后，由于和自己的思想感情产生了强烈共鸣，于是"吟咏数四，心悦好之。怀归，出锦

---

① 陈洪：《揣摩与体验——金圣叹奇异的易性写作论析》，《南开学报》（哲学社会科学版）2009年第4期。
② 参见马瑞芳《蒲松龄和顾青霞》，《蒲松龄研究》2015年第2期。
③ 《闺情呈孙给谏》是一组诗，为九首七绝，收《聊斋偶存草》中。《蒲松龄集》诗集部分则将其分为两题：前四首作《同沈燕及题〈思妇图〉》，后五首题作《闺情》。

笺，庄书一通，置案间"，葛公则恰恰"经闺门过，拾之；谓良工作，恶其词荡"，知道女儿怀春，甚至与人有染，不得已急欲嫁女；而温如春在自己的菊畦旁拾得这首词，也搞不清从何而来，"反复披读"，又因题上有自己之名"春"字，"益惑之"，于是"即案头细加丹黄"。这首莫名其妙的左右着故事进程和人物命运的词，从现实作者的"易性"写作，到被引入小说文本，倒是非常合乎女性角色宦娘的口吻。除此诗稗兼收的诗词之外，将《聊斋志异》文本人物的诗词辑出，亦可用以察觉现实作者蒲松龄的才情与秉性。

  在文学创作中，作者跨越性别以寄托情怀现象并不鲜见。中国古代文人时常化身美人香草以寄托迟暮之感，现代作家郭沫若曾宣称"我就是蔡文姬"；法国文学家福楼拜曾宣称"包法利夫人是我，我就是包法利夫人"，都是显例。许多身为男性的文人大都有过化身入文本而附体于其中女性角色的创作体验。蒲松龄往往"易性"幻身为自己笔下的一些花妖狐媚。从许多花妖狐媚身上，我们也能嗅到作者的精神风貌。如《婴宁》最后公然情不自禁地径称其喜爱的女性为"我婴宁"，既可理解为"我的婴宁"或"婴宁是我的"，也可不妨理解为"我就是婴宁"或"婴宁就是我"。据周先慎考察，蒲松龄还有一首《山花子》词："十五憨生未解愁，终朝顾影弄娇柔。尽日全无个事，笑不休。贪扑蝶儿忙未了，滑苔褪去凤罗钩。背后谁家年少立？好生羞！"这首词写"闺情"，少女爱笑而憨态可掬，俨如婴宁，或许是《婴宁》得以形成创意的依据，由此也委婉地传达了蒲松龄本人有所企慕的心境与性情。[1] 更可能是作者创作《婴宁》后余意未尽，骒栝小说故事另成词作。无论如何，作者可以将其诗词"抒我情"转化为小说"叙他事"，使得小说文本外部的作者与文本内在的人物实现精神上的融合。总之，为了一种"寄托"，蒲松龄在将自己的诗性气质投射到小说中的人物身上时，固然可以得心应手地化身为相同身份的男性书生，亦可穿越成为

---

[1] 周先慎：《〈山花子〉与婴宁形象》，《蒲松龄研究》2014年第3期。

那些超凡脱俗的花妖狐媚女性异类。

　　其次，聊斋先生还能够穿越真幻，将诗词抒情角色的感同身受化入小说叙事写人。中国古代文学家常常幽灵般地潜入文本，"化身"或"附体"于文本人物，从而扮演各种角色。对这种创作现象，传统文论家有所认知并有一些零星的探讨。如，明代剧作家孟称舜《古今名剧合选序》强调："学戏者不置身于场上，则不能为戏；而撰曲者不化其身为曲中之人，则不能为曲。"① 强调表演者、作者角色"投入"身心"化入"之重要。戏曲创作如此，小说创作亦然。在古代作家中，蒲松龄最有资质带着诗词真情设身处地"化其身为稗中人"，且基本做到了与小说人物化而为一，从而扮演起小说中的充满喜怒哀乐的各种角色。

　　蒲松龄任意穿越于梦与真、真与幻之间，将虚幻之美与人生之真有机融为一体，实现了文本意义的超越。人鬼情未了，蒲松龄与顾青霞在《聊斋志异》中不断地变形现身，大有汤显祖《牡丹亭》诗意浓浓、超越生死的"至情"境界。《连琐》写女鬼因爱复活，《宦娘》写女鬼寄希望于来世相聚，《连城》写男女之间有《牡丹亭》那样的三世情，《细侯》《鸦头》写青楼女子选择蒲松龄那样的书生并忠贞不渝。与蒲松龄同时代的李渔在其《闲情偶寄·声容部》中说："想当然之妙境，较身醉温柔乡者倍觉有情……幻境之妙，十倍于真。"② 天才的文学家总是喜欢随意穿越文本内外，甘愿到幻境"寻欢作乐"。后于蒲松龄的乾隆间文士史震林《西青散记》卷二也曾议及想象的奇妙功用："眼中无剑仙，意中须有《红线传》；眼中无美人，意中须有《洛神赋》。"③ 眼见为实的局限和缺憾要通过异想天开来补偿。我们尽可拿蒲松龄《画壁》所谓的"千幻并作，皆人心所自动耳"来理解他创作《聊斋志异》的心态。

　　当然，蒲松龄虽则以游戏笔墨写人，但也许并非无中生有，而是有

---

① （明）孟称舜：《古今名剧合选序》，《古今名剧合选》(1)，古本戏曲丛刊编刊委员会辑，商务印书馆1957年版，卷首第3页。
② （清）李渔：《闲情偶寄》，《李渔全集》第三卷，浙江古籍出版社1992年版，第109页。
③ （清）史震林：《西青散记》，中国书店1987年版，第37页。

所凭依的。现代史学家陈寅恪在《柳如是别传》第三章曾指出：

> 清初淄川蒲留仙松龄《聊斋志异》所纪诸狐女，大都妍质清言，风流放诞，盖留仙以齐鲁之文士，不满其社会环境之限制，遂发遐思，聊托灵怪以写其理想中之女性耳。实则自明季吴越胜流观之，此辈狐女，乃真实之人，且为篱壁间物，不待寓意游戏之文，于梦寐中以求之也。若河东君者，工吟善谑，往来飘忽，尤与留仙所述之物语仿佛近似。①

陈先生以史学家眼光认为《聊斋志异》所遐想的女性与吴越、柳如是等风流放诞女性仿佛，肯定了其真实性。《嫦娥》写"太原宗子美，从父游学，流寓广陵"那场扬州往事，其中涉及的三个主要人物，宗子美为人间君子，嫦娥是月宫下凡仙人，颠当则为狐狸精，身份虽然不一，能够穿越时空，显得比较奇幻，但作者在写三个人物的离合悲欢时，仿佛身历其境，对爱情之忠诚、待人之诚笃，以及夫妻朋友之间"极我之乐，消我之灾，长我之生，而不我之死"等精神风貌，体会和感悟得特别真切。当然，现实生活是无限丰富的，能够遴选入诗稗的审美素材毕竟是有限的，而进入诗稗艺术天地的素材又往往变得亦真亦幻。相对而言，聊斋先生最善于围绕噩梦的科场与幻梦的情场做他那诗稗二体互渗的文章。

再次，聊斋先生还经常穿越古今，将以"美人香草"自喻的诗词创作传统引入小说艺苑。中国文学憧憬"美人"并进而以"美人"设喻，开始于《诗经》。《郑风·野有蔓草》曰："有美一人，清扬婉兮。邂逅相遇，适我愿兮。"《唐风·绸缪》亦有言："今夕何夕，见此邂逅。"不期而遇、冥冥中注定的一场场情恋似乎更具撩人性。继而，屈原把理想与意中人或自恋的"我"喻为美人，开创了"思美人"传统。

---

① 陈寅恪：《柳如是别传》（上），上海古籍出版社1980年版，第75页。

在这种文化背景下,聊斋诗稗经常表现出对现实礼法的超越,并嘉许"邂逅"而成的露水姻缘。在《聊斋志异》中,"诗骚"这些古老的歌唱便演奏成《公孙九娘》《青梅》等小说以"邂逅"为主旋律的人生悲歌,这些目交神接的故事隐含着千载之上屈原《九歌·少司命》所表达的"满堂兮美人,忽独与余兮目成"的情怀。

大致来说,无论是抒情,还是叙事,皆是文本意趣创造的手段。聊斋先生在将诗词抒情转换为小说叙事的同时,完成了现实角色向故事角色的转变。他不时地会将诸如《菩萨蛮》词中的"此情付于郎,眼语送流光"等感同身受,以及由此酿成的《惜余春》词所谓的"因恨成痴,转思作想,日日为情颠倒"等情感体验,输入《聊斋志异》文本世界。在诗之抒情与稗之叙事互渗中,聊斋先生特别善于用小说叙述情场上的"士艳遇"来补偿诗词所抒科场上的"士不遇"缺憾。同时,只要能寄托作者的旷怀痴情,各种角色不再拘于性别,可男可女,随意转换。

四 从"磊落之气"到"孤愤之情"

众所周知,《聊斋志异》是一部"孤愤之书"。如果说,蒲松龄惯于将"磊落之气,寓之于诗"①,那么亦可说其"孤愤之情"则主要寄托于小说。诗词"磊落之气"与小说"孤愤之情"是跨文体呼应的,可以对读。长期以来,关于"孤愤"的理解,众说纷纭。或从《韩非子·孤愤》一文寻求答案,或从屈原"发愤以抒情"那里寻找解释。而今,从聊斋先生诗词的"磊落之气"切入,或许能够更好地理解其《聊斋志异》中的"孤愤之情"。

除了将前人诗词意象、意境化入《聊斋志异》小说文本,蒲松龄还信笔将其诗词中的"磊落之气"引入这部小说文本,从而创造出富含情感底蕴的意趣,使之兼容了"缘情"之诗、"以意为主"之文的功

---

① 张鹏展:《聊斋诗集序》,路大荒编《蒲松龄集》,上海古籍出版社1986年版,第696页。

能。所谓"磊落之气"并非通常所谓的为人襟怀的坦荡,而主要是指"感愤"下的情绪跌宕与不可羁勒。蒲松龄南游期间曾写过《感愤》一诗,其中两句颇能道出其境况:"新闻总入夷坚志,斗酒难消磊块愁。"他之所以把所见所闻写成鬼狐小说,有自娱自乐的初衷,更有消愁解闷的意图。可以说,有了"孤愤之情"植入作支撑,《聊斋志异》之叙事便更有意趣,更具感染力、震撼力。关于《聊斋志异》创作的心境与情怀,清人南邨还曾有言:

> 聊斋少负艳才,牢落名场无所遇,胸填气结,不得已为是书。余观其寓意之言,十固八九,何其悲以深也!向使聊斋早脱羁去,奋笔石渠、天禄间,为一代史局大作手,岂暇作此郁郁语,托街谈巷议,以自写其胸中磊块诙奇哉!①

指出蒲松龄当年是在"胸填气结""胸存磊块"的状态下写这部小说的。这种情绪在《寄怀张历友》《九日同丘行素兄弟父子登豹山》(其三)等诗中坦露无遗,前者有"憎命文章真是孽,耽人词赋亦成魔"怨气,后者有"呼吸若能通帝座,便将遭遇问天孙"愤情。如何将这种怀才不遇的"磊落之气"化入《聊斋志异》文本天地?蒲松龄首先采取了借悲剧人物以寄寓的策略,使得身为主体之人的作者与作为客体之人的小说文本人物不断化合交融。最具代表性的还是那篇《叶生》,该小说写叶生"文章冠绝当世",却"所遇不偶","不意时数限人,文章憎命,及放榜时,依然铩羽。生嗒丧而归,愧负知己,形销骨立,痴若木偶",终于抑郁而死。死后竟幻形入世,帮助赏识自己的恩人之子考得举人,终于"为文章吐气"。这种"气"就是冲荡于聊斋诗词中的"磊落之气"。由此可以看出作者"伤心人别有怀抱"。小说篇

---

① 张鹏展:《聊斋诗集序》,路大荒编《蒲松龄集》,上海古籍出版社1986年版,第696页。

末"异史氏曰"一大段文字直接抒发才人科举失意的悲哀、愤懑,其意旨与蒲松龄在一次科考失意后所写的《大江东去·寄王如水》《水调歌头·饮李希梅斋中作》等词具有较密切的关联度;其情感基调乃至语句也多有契合,做到了叙事、写人、抒情的有机融合。总之,在作者笔下,无论是诗词的"磊落之气",还是小说的"孤愤之情",都是因怀才不遇而起,颇能创造出相互呼应的"悲以深"审美意趣。

除借悲剧人物以寄寓,蒲松龄还善于借《聊斋志异》写艳情以纾解"孤愤"之情。这与前代文人"将身世之感打并入艳情"(清代周济《宋四家词选》评秦观之语)创作同理。自古才子怀才不遇、英雄失路,往往会从红巾翠袖那里寻求寄托,正如辛弃疾《水龙吟》所感慨的:"倩何人,唤取红巾翠袖,揾英雄泪。"这种心境也类似于陈寅恪晚年"著书唯剩颂红妆",是在为美女立传,更是在借美女的情操以明志。历代男性作家之所以热衷于叙述香艳故事,道理在此。这种"孤愤之情"的精神根源还在屈原"发愤以抒情"那里。其"孤愤"寄托既深得屈原诗赋之助,又得屈子精神之传人李白的滋润。难怪蒲松龄《九月晦日东归》一诗说:"敢向谪仙称弟子,倘容名士读《离骚》。"此不仅仅意味着他自负地以"谪仙弟子"与"名士"自居,而更含"哀怨起骚人"的情绪在内。可以说,《聊斋志异》中的花妖狐媚就是聊斋诗词中花草美人的艺术转换,其文化根源在于屈原的"上下求女"情结和"美人迟暮"情绪。

其实,无论是聊斋诗稗中的"磊落之情",还是《聊斋志异》中的"孤愤之情",又都通常会外显为"痴"与"狂"。《赠刘孔集》诗写道:"癖情惟我谅,狂态恃君知。"蒲松龄时常将自己这种固有的"痴""狂"等心性注入小说人物,形成一道正如《聊斋自志》所谓的"遄飞逸兴,狂固难辞;永托旷怀,痴且不讳"情感共振。需要强调的是,蒲松龄这位落魄潦倒的"狂人"经常把饱经风霜的杜甫引为隔代知己,他曾多次体贴入微地咏赞过杜甫之"狂"。在一首直接题名《杜子美》的诗中,他说杜甫"毋乃恣肆近狂颠""狂态直与祢生同",流露出几分认同感和知音感。这种刚直不阿、肆无忌惮的角色期许也正是蒲松龄自我精神品格的写照,以至于他乐此不疲地赋予他笔下的同样身份的书生以"狂郎""狂生"形象。聊斋诗稗除了善于引前人狂情为己意,还善于借助其他文人的风情做文章。古代诗词表达为爱而疯狂者,如汉代司马相如《凤求凰·琴歌》曰:"有美一人兮,见之不忘。一日不见兮,思之如狂。"五代牛希济《临江仙》一词也有这么两句:"须知狂客,拼死为红颜。"这种相思之"狂",都是男女爱悦之情所迸出的火花。蒲松龄骨子里乃一狂人痴人,除了杜甫式的狂傲,还有对其所爱的痴情,这成为《聊斋志异》中许多男性人物的共性。如《青凤》写道:"媪见生渐醉益狂,与女俱去。生失望,乃辞叟出。而心萦萦,不能忘情于青凤也。""居逾年甚适,而未尝须臾忘青凤也。""日切怀思,系于魂梦。"显然,这种"狂"也属于蒲松龄的个体精神。蒲松龄与杜甫之情结剪不断,他通常会自觉仿效杜诗,其《满庭芳·中元病足不能归》直抒其情曰:"落拓从来有恨,思量到、幽怨全收。曾闻道,当年杜甫,也是一生愁。"同时,杜甫的"怜才"观念烙印在蒲松龄内心深处,尤其是其《不见》中的"世人皆欲杀,吾意独怜才",竟成为蒲松龄反复吟咏的主题。其《九日有怀张历友》曰:"世人原不解怜才。"《呈孙树百》曰:"念我不才皆欲杀。"《中秋微雨,宿希梅斋》曰:"世上何人解怜才?"《答朱子青见过惠酒》曰:"北海论文怜杜甫,江州赍酒过柴桑。淫霖快读惊人句,未觉深秋旅夜长。"蒲松龄渴望有人能识拔自己,其"怜才"情结也被输入到《聊斋志异》中。其中,《胭脂》写道:"闻学使施公愚山贤能称最,又有怜才恤士之德。"把当年识拔自己的施闰章写到小说中,让他为一桩冤案平反昭雪。《喻世明言》中的《众名姬春风吊柳七》有诗云:"可笑纷纷缙绅辈,怜才不及众红裙。"蒲松龄反复写众女子"怜才",实为发泄自己的磊落不平之气。《王桂庵》写芸娘"怜才心切";《瑞云》写贺生赏识爱怜瑞云的才貌,不以

第七章 《聊斋志异》"脱化"创意探寻

261

妍媸易念,终于赢得花好月圆;《连城》写连城爱怜乔生才华,不以贫富论人;《青梅》写狐女青梅能识张生于困顿潦倒中,这些无非都是身为诗人、小说家的蒲松龄之"怀才""怜才"等自恋心理的曲意表达。

历代才子之"狂"往往源自怀才不遇,此乃成为诗词中的千古咏叹调,并不断地与"怜才"建立起逻辑关联。蒲松龄之狂又有些不同寻常。用凡俗的眼光看,他的"颠狂"发自"心比天高,身为下贱"的人生境遇,不免有点妄自尊大。与此相应的《聊斋志异》中的"孤愤"也大致出于作者"孤芳自赏""孤高自许"。而"孤愤"下的"颠狂"又容易导致作者与时世格格不入,难免遭遇更多的挫折与碰壁,形成"恶性循环"。高洁之心在现实中难以存护,于是寄情于小说。从这个意义上说,《聊斋志异》是蒲松龄实现心灵寄托的精神家园。但现实又不能不去面对,故而他晚年似乎有所反思,以至于写出了像《雪夜》"共知畴昔为人浅,自笑颠狂与世违"这样的诗句。从文化渊源看,《聊斋志异》之"孤愤"当属于韩非子之"孤愤"序列,其内涵即是因心高气傲不容于世的悲愤。据《史记·老子韩非列传》说:"(韩非)悲廉直不容于邪枉之臣,观往者得失之变,故做《孤愤》。"司马贞索隐:"孤愤,愤孤直不容于时也。"蒲松龄时常感到不能容于时世,他是带着韩非那样的"孤愤"心境去寄情于小说的。

通过与聊斋诗词中的"磊落之气"对读,我们深深感到,《聊斋志异》中的"孤愤"意趣并非非此即彼的二者必居其一,其真意在于它不仅是韩非子、屈原乃至整个传统"孤愤"文化元素的累积与叠加,而且还蕴含着作者感悟现实人生的回肠荡气,或借小说人物一吐为快,或打并入艳情而排遣之。表面看,蒲松龄谈鬼说狐,亦庄亦谐,是在制造文字游戏,但事实上,游戏的背后大有深意在。其《同毕怡庵绰然堂谈狐》一诗道出了其中之委曲:"人生大半不称意,放言岂必皆游戏。"他的《聊斋志异》是游戏其表,而寄寓其里的是"大半不称意"的孤愤。正是这番感慨系之,这份深情的寄寓,才使得这部小说意趣横生，沁人肺腑。

概而言之，文本互渗不仅是一种文本表达策略，而且还是一种文本意趣创造手段。蒲松龄与众不同之处在于，他凭借诗稗兼工的天赋和优势，自觉发挥"化诗为稗""融诗入稗"的意义再生功能，为这部小说创作出含蕴丰厚的意趣。从诗稗互渗这一视角，我们不仅能够更深入地领会这部经典本身所寄托的"孤愤"真意，而且可以借此探讨文学创作如何实现跨文体互渗以及如何实现叙事与抒情表达手法转换等一系列重要问题。

第二节 《聊斋》"脱化"创意面面观

"意义"是"文本"的生命，历代文学大师们总是善于通过"脱化"前人文本而形成新的文本创意。"脱化"一语，出自徐增《而庵诗话》，原为"作诗之道"，后也称"脱换"，实为"脱胎换骨""点化""夺胎换骨"等术语的缩略。关于其要领，易闻晓先生曾指出："脱化之为法，乃在祖、作之同异，与夫翻新之变化，且以语工字简为尊尚，而视融化无迹为极至也。"[①] 由"祖述"与"创作"组合的"脱化"之法将前人文本融化到现文本，不仅被广泛运用于诗文创作，而且也被广泛地运用于小说戏曲创作。在《聊斋志异》文本创意中，蒲松龄善于融会百家，踵事增华。对此，近年人们从"借鉴""继承"等视角展开过各种各样的探索。其中，赵伯陶先生在重新校注《聊斋志异》时，深入发掘了这部小说与以往文献典籍之间的许多借鉴性关联，推出《〈聊斋志异〉用语的"借鉴"研究》《〈聊斋志异〉与重要典籍关系新证》等系列研究成果，从"典故使用""意境借鉴""词语借鉴""整句话的挪用借鉴"等文本关联视角，对《聊斋志异》借鉴、化用《尚书》、《周易》、"三礼"、《诗经》、《左传》、"四书"、《前四史》、《太

---

① 易闻晓：《论脱化》，《长江大学学报》（社会科学版）2004年第2期。

平广记》等典籍问题进行过较为全面而系统的研究。① 基于此，这里拟运用本土的"脱化"观念，并借鉴与此可对接的西方"互文性"理论，对这部小说经典的文本创意展开多维度探论。

一 正反其意与化庄为谐

关于如何"脱化"前人文本，古人曾有不同的看法。唐代韩愈《答刘正夫书》在谈到古文写作的师法问题时说："师其意，不师其辞。"② 提倡效法前人的文意，而不主张模仿他们的文辞。宋代杨万里《诚斋诗话》在讲到诗歌写作问题时说："诗家用古人语，而不用其意，最为妙法。"③ 这两种观点看似抵牾，而实际上都是在探讨如何从前人文本"脱化"问题，只因谈话要领与语境不同，侧重点不同。历代名著创作通常触发于前人文意，"师其意"时难免"师其辞"，或通过"师其辞"来"师其意"。不过，"师其意"有"正用其意"和"反其道而行之"之别。

《聊斋志异》对前人文本"正用其意"的"脱化"屡见不鲜。如《丐仙》一开始那段文字写高玉成将卧病的乞丐陈九带回家中耳房，帮他疗疮，供给他蔬菜食物。而这位陈九却似乎不识抬举，得寸进尺地再三主动索要东西。先是索要汤饼，没多久又乞求酒肉，惹得仆人很不高兴。而高玉成不仅听之任之，而且惩罚了从中作梗的仆人。始料未及的是，这位陈九是仙人，他不仅邀请高玉成进入仙境享乐了一回，而且未卜先知地让他躲过了一场生死劫。由这种养人自救的故事，我们不难联想到《战国策》所记载的那段"冯谖客孟尝君"。孟尝君满足了冯谖再三弹铗而提出的"过分"要求，终于得到这位高人的感恩图报。蒲松龄正用其意写来，不露痕迹。再如，《王桂庵》中有一段景物描写也

---

① 赵伯陶：《聊斋志异新证》，文化艺术出版社 2017 年版，第 161—175、205—316 页。
② （唐）韩愈著，屈守元等校注：《韩愈全集校注》，四川大学出版社 1996 年版，第 2050 页。
③ （宋）杨万里：《诚斋诗话》，丁福保辑《历代诗话续编》，人民文学出版社 1983 年版，第 141 页。

算是正向取用前人文本的例子："一家柴扉南向，门内疏竹为篱，意是亭园。径入之，有夜合一株，红丝满树。隐念：诗中'门前一树马缨花'，此其是矣。过数武，苇笆光洁。又入之，见北舍三楹，双扉阖焉。南有小舍，红蕉蔽窗。"此写柴扉竹篱构建的亭园，红蕉绿树掩映的房屋，本身颇具诗情画意，再加"门前一树马缨花"诗句点缀，关涉到元代张雨缩所写的《湖州竹枝词》："黄土筑墙茅盖屋，门前一树紫荆花。"或虞集的《水仙神》诗："黄土覆墙茅盖屋，门前一树马樱花。"

小说之美，重在谐趣。对此，蒲松龄颇能通晓三昧，他善于通过脱化古人言辞，创造"谐趣"。就《聊斋志异》文本具体"脱化"效果而言，除了对前人文本的正面、正向袭用，还借助"望文生义"的文字游戏，创造"化庄为谐"，及反用其意以制造"反讽"等审美效果。蒲松龄的"脱化"笔法中有一招，消解词语或语句的比喻象征意，而直接运用语言字面意思，以"化庄为谐"。如《董生》一篇写董生酒后夜归，入室后发现自己的衾被中躺着一个姝丽女子，接下去是一段很有意思的对话："女笑曰：'何所见而畏我？'董曰：'我不畏首而畏尾。'"这里的"畏首而畏尾"一句系由《左传·文十七年》所载"畏首畏尾，身余其几"一句脱化而来。原意是前也怕，后也怕，瞻前顾后，举棋不定。这里取其字面意思，增强了人物语言的幽默感和趣味性。再如《凤仙》写刘赤水被人请去喝酒，待酒过数巡，他忽然想起来家里忘了熄灭灯烛，急忙赶回家后，却发现一个年轻人正拥抱着一个漂亮女性睡在自己床上。刘赤水判断是狐狸作祟，并不害怕，径直闯进来大喝道："卧榻岂容他鼾睡！"两个人见主人回来，赶紧抱着衣服、赤裸着身体就溜走了。这里所写"卧榻岂容鼾睡"显然脱化自赵匡胤对李煜派来求和的使者徐铉所讲的那句话："卧榻之侧，岂容他人鼾睡！"这句话见于宋李焘著《续资治通鉴长编·太祖开宝八年》，也见于《类说》卷五三引宋杨亿《谈苑》之语。后世常用来比喻自己的势力范围或利益不容别人侵占。这篇小说写刘赤水见别人占了自己的床榻，便直接运用本义，应景性地脱口而出，喊了这句话。随后，该小说写凤仙因喝醉酒被她姐姐送给刘赤水时那一场亲热："刘狎抱之。女嫌肤冰，微笑曰：'今夕何夕，见此凉人。'刘曰：'子兮子兮，如此凉人何！'遂相欢爱。"《诗经·唐风·绸缪》有言："今夕何夕，见此良人？子兮子兮，如此良人何？"蒲松龄通过谐音，将"喜之甚而自庆之词"的诗意反转为一场调笑。《彭海秋》叙述书生彭好古一见仙家彭海秋即颇为投缘，大喜而言曰："是我宗人。今夕何夕，遘此嘉客。"再次将古老的《诗经》写男女幽欢的文字活用到两个投缘的男人身上，并赋予佛家"苦海无边，回头是岸"寓意。另外，作者有时还活学活用，信手拈来一些诗句创造小说谐趣。如《仙人岛》写王勉趁妻子芳云赴邻女之约的机会，与侍女明珰幽会偷情，但不料"当晚，觉小腹微痛；痛已，而前阴尽缩……数日不瘳，忧闷寡欢"。王勉哀求医治之方，芳云"乃探衣而咒曰：'黄鸟黄鸟，无止于楚。'王不觉大笑，笑已而瘳。"此处芳云之语乃拼接戏拟了《诗经》中的《秦风·黄鸟》和《小雅·黄鸟》的诗句，拿王勉生殖器开涮，通过逗他笑而治好了他的怪病。

从某种意义上说，蒲松龄这番"化庄为谐"的看家本领，即现代文论所谓的"戏拟"，善于通过语境置换和字句别解，制造文字游戏。其代表作自然是大家熟知的《书痴》。这篇小说由宋真宗赵恒那首《劝学诗》生发而来，所谓"千钟粟""黄金屋""颜如玉"云云，无非玩的是画饼充饥的把戏，蒲松龄将这种科举时代的原动力翻转为一篇富有喜剧甚至是闹剧色彩的小说。小说中的书痴郎玉柱正是用"痴人"解读法，从字面意义上理解这番帝王教诲天下人读书的庄语，将科举年代用以励志进取的训词演绎为活生生的事实，其文本创意即显出机杼别出。当然，《聊斋志异》的"脱化"笔致也有由谐谑而成反讽者。如《青娥》带着赞美的笔调写霍生因对青娥一见钟情而实施"穿窬"或"穿墉"，借助道士的小镵穿越几道房间来到意中人身边，与《论语》《孟子》等儒家经典批判的偷鸡戏狗行为构成反讽。《孟子·滕文公》

曰："丈夫生而愿为之有室，女子生而愿为之有家。父母之心，人皆有之。不待父母之命，媒妁之言，钻穴相窥，逾墙相从，则父母国人皆贱之。"明代李贽《焚书·又与焦弱侯》："名为山人而心同商贾，口谈道德而志在穿窬。"这种庄重严肃的训诫语句被蒲松龄脱化为一个狂热追求爱情的叙事。一个词语或典故本来已经被固化为象征或比喻，而一旦被蒲松龄拿来用其字面意思，反倒令人忍俊不禁。

由"谐谑"而"反讽"，再到"反弹琵琶"或"反模仿"，蒲松龄对文本"脱化"技巧的使用已达到炉火纯青。所谓"反弹琵琶"，也可以说成是一种意义反向的"脱化"，这种对语言的"反用其意"的笔势别具风味。如，学人们曾根据《夏雪》中的"以妻而得此称（'太太'）者，惟淫史中有林、乔耳，他未之见也"那句话，认定蒲松龄曾经接触过《金瓶梅》这部艳情小说，并将其定性为"淫史"。① 按理说，博取百家的蒲松龄肯定会受到这部小说影响，虽然也能找到一些蛛丝马迹，但为数不多。② 原来，情调雅致的《聊斋志异》对情调低俗的《金瓶梅》在"脱化"过程中多采取"反其意而用之"的策略，旨在将"淫史"翻转成"情史"。如《金瓶梅》第三回"西门庆调戏潘金莲"一段五次写潘金莲"低头"，传神地传达了其淫情浪态。蒲松龄多处借用了这一妙笔，只是翻转成文言，叫"俯首"。《婴宁》写道："方伫听间，一女郎由东而西，执杏花一朵，俯首自簪。"这种诗情画意之美类似于现代诗人徐志摩所谓的"最是那一低头的温柔，恰似一朵水莲花，不胜凉风的娇羞"。《聊斋志异》写"笑"，使用频率较高的词语，除了

---

① 常金莲：《世情与狐鬼——从〈金瓶梅〉到〈聊斋志异〉》，《蒲松龄研究》2002年第4期。
② 如《金瓶梅》第八回"盼情郎佳人占鬼卦 烧夫灵和尚听淫声"写道：西门庆新娶了孟玉楼之后，便把潘金莲冷落在一边；潘氏久候西门庆不至，乃"用纤手向脚上脱下两只红绣鞋儿来，试打一个相思卦"。蒲松龄《聊斋志异》中的《凤阳士人》叙一丽人曾为凤阳士人"度一曲"，歌曰："黄昏卸得残妆罢，窗外西风冷透纱。听蕉声，一阵一阵细雨下，何处与人磕闲牙？望穿秋水，不见还家，潸潸泪似麻。又是想他，又是恨他，手拿着红绣鞋儿占鬼卦。"《聊斋》"会校会注会评"本有吕湛恩注曰："《春闺秘戏》：夫外出，以所著履卜之，仰则归，俯则否，名占鬼卦。"

"嫣然一笑"，还有"俯首微笑"。《连琐》写道："女俯首笑曰：'狂生太罗唣矣！'"《小翠》写道："夫人往责女，女俯首微笑。"《粉蝶》写道："阳心动，微挑之；婢俯首含笑。"尽管古代诗词多写过女性"低头"之类的娇羞动作，但笔者还是觉得"俯首微笑"云云应该直接"脱化"自《金瓶梅》写潘金莲初会西门庆的经典神态。只是这些"俯首而笑"传达的是充满韵味的女性娇态，而不再是《金瓶梅》潘金莲等人物"低头微笑"的浪态。《狐梦》写三娘偷偷地以二娘的一只鞋子变成的小莲杯代替了杯子，毕生"持杯向口立尽。把之腻软；审之，非杯，乃罗袜一钩，衬饰工绝。二娘夺骂曰：'猾婢！何时盗人履子去，怪足冷冰也！'遂起，入室易舄。"原来是狡慧的三娘偷偷脱了二娘的一只绣鞋做了酒杯。以绣鞋做酒杯怪癖见于《金瓶梅》。另外，从《金瓶梅》反向"脱化"而来的故事还有，《青凤》写耿去病追求青凤，曾有一个小动作："生隐蹑莲钩，女急敛足，亦无愠怒。"耿去病暗暗地在桌下戏弄青凤姑娘的小脚。这个小动作颇似《金瓶梅》第四回所写的西门庆戏潘金莲："蹲下身去，且不拾箸，便去他绣花鞋头上只一捏。那妇人笑将起来。"当然，这个调戏动作描写也见于《水浒传》："西门庆且不拾箸，便去那妇人绣花鞋儿上捏一把。那妇人便笑将起来。"无论从何处"脱化"而来，《聊斋志异》已是将调情对象从淫妇翻转为淑女，结果是青凤没有像潘金莲那样半推半就，而是退缩、敛敛。西门庆这个小动作还被"脱化"到《翩翩》中。该小说写落魄书生罗子浮因好色染病，得到仙女翩翩救治。但好色恶习不改，一旦遇到"绰有余妍"的花城娘子，便"心好之，剥果误落案下，俯假拾果，阴捻翘凤"。

当然，面对异性带有性暗示的骚扰，花城娘子"他顾而笑"的回应同样不再是潘金莲式的淫荡，而是智慧地嘲弄。另外，《荷花三娘子》这篇小说所写狐狸精的"春风一度，即别东西"中的"春风一度"可能脱化自王实甫《四丞相高会丽春堂》第三折，比喻领略一番美妙的生活情趣。也可能从《金瓶梅》词话本脱化而来,词话本三次借用了《西厢记》中的这个词语,分别见于第十二回、第四十三回、第八十六回,用以指西门庆嫖妓、陈敬济与潘金莲乱伦等男女合欢,俗烂不堪。三者之间存在的关联大致是,《金瓶梅》定是由《西厢记》之雅而俗,而《聊斋志异》要么是沿袭《西厢记》之雅,要么就是对《金瓶梅》反其道而行之,反其意而用之,由俗而雅,并赋予以新意。

大致说,师法前人有"直用其意""反用其意"两种。而无论"正用其意"还是"反用其意",《聊斋志异》皆能形成新的创意。

二 "一化多"与"多化一"

在文学创作中,"一"与"多"问题值得特别关注。前几年,王立《近半世纪〈聊斋志异〉的渊源研究及其意义》从《聊斋志异》故事文本的"源"与"流"着眼,对其关于"一对多"与"多对一"等一脉相承的文本渊源问题及其研究状况进行过梳理。① 从这一视角看,《聊斋志异》的文本"脱化"笔路至少有二:"一化多",即一种前文本"脱化"出多种小说文本;"多化一",即多种前文本被"脱化"为一种现文本。通过这两种灵活多变的"脱化"笔路,蒲松龄使其《聊斋志异》得以后来者居上,并推衍出许多独到的叙述模式。

在《聊斋志异》创作中,由某一前人文句或文段脱化出多种文本的情况不少。如,《连城》《阿宝》《宦娘》等许多宣扬"痴情之上"之作均系由晚明宣扬"情至"观念的《牡丹亭》一剧脱化而来。王士禛评《连城》曰:"雅是情种,不意《牡丹亭》后,复有此人。"已点出了该小说文本与《牡丹亭》戏剧文本的"脱化"关系。冯镇峦则评曰:"《牡丹亭》丽娘复生,柳生未死也,此固胜之。"② 蒲松龄留有对《牡丹亭》的脱化之迹,但又有所改造,有所超越。《阿宝》叙写孙子

---

① 王立:《近半世纪〈聊斋志异〉的渊源研究及其意义》,《东南学术》2007年第5期。
② 张友鹤辑校:《聊斋志异会校会注会评本》,中华书局1962年版,第367页。

楚招魂回家醒来，能清楚说出阿宝室内香奁家具的颜色、名字，此消息一传出，"女闻之，益骇，阴感其情之深"。对这段文本，冯镇峦评曰："此与杜丽娘之于柳梦梅，一女悦男，一男悦女，皆以梦感，俱千古一对情痴。"①《宦娘》叙述女鬼跟人间书生相恋而不能结合，只好相约来世，显然也是聊斋先生"牡丹亭下吊香魂"刻骨铭心的情感继续。

再看，《晚霞》叙述了男主人公阿端和女主人公晚霞经历了由生而死又由死而生的艰难历程，这种起死回生的文本构架也几乎与《牡丹亭》一致。还有，《白秋练》写白秋练同慕蟾宫的爱情关系，始终以诗来串合。诗不仅可以传情，沟通两颗相爱之心，而且还可以治病，以至于能使所爱的人死而复生。其文本结构也大致同于《牡丹亭》。另外，《林四娘》所写林四娘生时坚贞，守节而死，死后失节，既应了"为鬼不贞"那句古语，又与《牡丹亭》所表达的"鬼可虚情，人须实礼"是相通的。一部《牡丹亭》即脱化出《聊斋志异》如此众多的新小说文本，且各有新意，足见蒲松龄对这部戏曲名著的钟爱与倾情。

再如，《聊斋志异》长于写美女，多次化用战国楚国宋玉《登徒子好色赋》写东邻女所用的"嫣然一笑"一语。如《小翠》写小翠"嫣然展笑，真仙品也"；《胡四姐》写胡四姐"嫣然含笑，媚丽欲绝"；《花姑子》写花姑子"嫣然含笑，殊不羞涩"；《白秋练》写白秋练"病态含娇，秋波自流。略致讯诘，嫣然微笑"；《侠女》写侠女"忽回首，嫣然而笑"。而《连城》更是淋漓尽致地叙述了连城为乔生"秋波转顾，启齿嫣然"的情景。在此，乔生表示甘愿为连城之"嫣然一笑"牺牲生命；而连城在被逼嫁给盐商的途中，果真对乔生"秋波转顾，启齿嫣然"，后来两人共赴黄泉，演绎出一幕可歌可泣的生死之恋。尤其是《婴宁》一篇也赋予女主角婴宁这样的情貌："善笑，禁之亦不可止。然笑处嫣然，狂而不损其媚，人皆乐之。"如此看来，"嫣然一笑"这一妙语深得蒲松龄乐用，以至成为其"一化多"之文本创意典范。

---

① 张友鹤辑校：《聊斋志异会校会注会评本》，中华书局1962年版，第235页。

同时，为了从侧面凸显某一女性之美，蒲松龄还不时地遭用虞通之《妒记》所谓的"我见犹怜"等文句，也属于"一化多"创意模式。如《莲香》写狐女莲香赞美女鬼李氏说："袅娜如此，妾见犹怜，何况男子。"《巧娘》是从他人口里如此写巧娘之美："此即吾家小主妇耶？我见犹怜，何怪公子魂思而梦绕之。"无论"妾见犹怜"，还是"我见犹怜"，意思都是在夸说女子极其美丽温柔，即使同性别的女子哪怕妒忌的竞争对手也生出喜爱之心。[①] 当然，文本"脱化"未必直接拿来，也可变通，如《聂小倩》写老媪夸小倩："小娘子端好是画中人，遮莫老身是男子，也被摄魂去。"这也是活学活用"脱化"中的一种。

　　在《聊斋志异》中，有的文本是由许多前人文本"脱化"而来。如《阿宝》叙述穷书生孙子楚与富商家小姐阿宝二人经过几番追逐，终于抹平了门第悬殊而喜结连理。文中有这样一番交代："生痴于书，不知理家人生业。女善居积，亦不以他事累生，居三年家益富。"中间插入阿宝母亲的几句话："此子才名亦不恶，但有相如之贫。择数年得婿若此，恐将为显者笑。"说孙子楚贫如司马相如，找了这样的人做女婿，恐怕被达官贵人耻笑。再后面，作者似乎余意未尽地进行了画蛇添足：过了三年，子楚患消渴疾而死。阿宝哭得死去活来，连眼睛都看不见东西，不吃不喝，绝食三天，只求一死相随。这一切终于感动了阎王，阎王就让子楚复生。子楚活过来后，不久高中了进士，夫妻受到皇帝封赏。细辨此文本可知，它由多种前文本脱化而来。从故事叙述看，它源自《史记·司马相如列传》以及《西京杂记》等书所记载的司马相如与卓文君的故事：都叙写穷书生与富商女儿恋爱，均遭到家长反对，女主人公冲破门第束缚，并善于经营；竟然连最后写男性染上消渴疾，也与当年司马相如所患症候一样。从小说叙事的传奇性看，《阿宝》以"离魂"叙述主体，显然蹈袭了唐人陈玄祐小说《离魂记》以及元人郑光祖杂剧《倩女离魂》，只是离魂主角的性别由女的变成了男

---

① 赵伯陶：《聊斋志异新证》，文化艺术出版社2017年版，第172页。

的，可谓推陈出新。再由《葛巾》这篇小说写牡丹花妖葛巾自称"妾不过离魂之倩女，偶为情动耳"来看，蒲松龄对"离魂"故事是念念不忘的。

另外，《阿宝》还借鉴了前人之"爱美惊艳"叙述经验：写清明时节，阿宝出来踏春游赏，许多爱美悦色的年轻人闻风而动，"众情颠倒，品头题足，纷纷若狂"。这几句叙述，既"脱化"自《世说新语·容止》所叙众女性因爱美而"看杀卫玠"的故事，又带有《西厢记》第一折所叙众人一度因莺莺而"惊艳"的影子。再看，小说写到别人都以一种猎艳般的态度品头论足时，孙子楚则"独默然"，灵魂出窍依附阿宝衿带间，这里关于孙生心醉神迷的一笔则来自陶潜《闲情赋》"愿在裳而为带，束窈窕之纤身""愿在昼而为影，常依形而西东"云云。从"化鸟"传说来看，它既带有《古诗为焦仲卿作》《韩凭夫妇》以及《娇红记》等前文本的印记，又直接受到白居易在《长恨歌》"在天愿作比翼鸟，在地愿为连理枝"影响。从张扬"痴情"角度讲，它又与《牡丹亭》渲染"至情"密切贯通。就拿这一篇作个案，我们便可感受到《聊斋志异》"多化一"文本聚合之一斑。

元人王构《修辞鉴衡》卷一转引《诗宪》有云："夺胎者，因人之意，触类而长之。"[1]道出了诗歌创作脱胎换骨的笔路。蒲松龄在《聊斋志异》创作中，也善于"因人之意"，"触类旁通"地由一种前文本化育出多种现文本，或由多种前文本脱化为一种现文本，这样的例子比比皆是，从而形成"一化多""多化一"两种最为基本的文本"脱化"笔路。钱锺书《管锥编》曾从刘熙载《艺概·文概》所谓的"一在其中，用夫不一"等言论概括出"一则杂而不乱，杂则一而能多""一贯寓于万殊""多多而益一"等几个方面，关注到"一"与"多"现象。[2]

---

[1] 郭绍虞：《宋诗话辑佚》下册，中华书局1980年版，第534页。
[2] 钱锺书：《管锥编》第一册，中华书局1979年版，第52页。

三 "显""隐"互化翻新意

经过灵活多变的"脱化"实践，蒲松龄推出了许多富有创意的新文本。因为文本"脱化"主要是关于前后文本的关联问题，因而在探讨《聊斋志异》文本"脱化"问题时，既要结合传统固有的用典、化用、祖述、模拟、冲犯以及移花接木、点铁成金、夺胎换骨等本土化的类别观念加以阐释，又要借鉴西方学者所阐发的"互文性"理论加以分析。法国学者热奈特在《热奈特论文集·隐迹稿本》中曾将"一文本在另一文本中出现"的"互文性"模式概括为传统的"引语"实践、秘而不宣的借鉴、以寓意的形式潜藏于另一文本三种。① 另一法国学人萨莫瓦约在《互文性研究》一书中也说："引用、暗示、抄袭、参考都是把一段已有的文字放入当前的文本中。"② 在"互文性"诸方法中，"引用"最为常见。它大致又可分为将前人文本直接或稍加变通而引入现文本的"明引"和将前人文本融化到现文本中的"暗引"等。明引与暗引所对应的文本笔意是有迹可循的显性"脱化"与不露痕迹的隐性"脱化"，以及介于显隐之间的"脱化"等。这些在《聊斋志异》的文本中都有着不同程度的存在。

在《聊斋志异》文本天地里，明引自然是显在的。显在的"脱化"目标容易被锁定，但也需要特别注意，以便有的放矢。如《娇娜》叙述娇娜治好孔生之病，却使得孔生终日废卷痴坐，不能忘情于娇娜。皇甫公子看破孔生的心思，说要为他觅一佳偶，而孔生面壁吟曰："曾经沧海难为水，除却巫山不是云。"此孔生所吟之诗句乃唐人元稹《离思》（其四）前两句，旨在用以传达人物挚爱的至高无上。再如，《连琐》最后写女鬼连琐从九泉之下生还为人，回想做鬼的那番经历，不

---

① ［法］热拉尔·热奈特：《热奈特论文集·隐迹稿本（节译）》，史忠义译，百花文艺出版社2001年版，第68—69页。
② ［法］蒂费纳·萨莫瓦约：《互文性研究》，邵炜译，天津人民出版社2003年版，第36页。

禁感慨万端，每谓杨曰："二十余年如一梦耳！"这句感慨直接来源于宋代陈与义的《临江仙》词。还有，《莲香》写面对女鬼李氏化身燕儿复活，桑生笑曰："此'似曾相识燕归来'也。"此系"明引"晏殊《蝶恋花》词句，一语双关，既述人物所历事实，又含有人生沧桑感，还饱含久别重逢的喜悦，真是意味深长。

  蒲松龄不仅善于借助前人诗意生发小说故事，而且还善于运用前人诗句将小说故事碎片联缀起来。如《白秋练》写男女相悦，缠绵悱恻，由诗歌连缀而成。白秋练因慕蟾宫"执卷哦诗，音节铿锵"而属意于他；后因其患相思病，便借助元稹《莺莺传》中的莺莺之"为郎憔悴却羞郎"道出其中苦衷。当慕蟾宫为之吟王建《宫词》"罗衫叶叶绣重重"一诗后，白秋练的相思病便霍然而愈。在二者柔情缱绻之际，慕翁将至，白秋练以诗歌占卜吉凶，得李益《江南曲》诗："嫁得瞿塘贾，朝朝误妾期。早知潮有信，嫁与弄潮儿。"顿感好事不谐，哀怨袭上心头。果然，慕蟾宫被其父慕翁带归，因与秋练音信间阻而病。慕翁不得不带蟾宫至楚，再次会面白秋练。这时，白秋练为其吟《太平春怨》"杨柳千条尽向西"之诗，曼声度《采莲子》"菡萏香连十顷陂"之句，慕蟾宫的相思病也霍然而愈。二人虽然得成良缘，但由于白秋练为湖中白鱀化身，每食必餐少许湖水。可慕翁南游数月不归，湖水告罄，秋练再度患病，临死叮嘱慕蟾宫待其死后不要急于安葬，而是每天于卯、午、酉三个时辰为其吟咏杜甫《梦李白》诗，便可死而不朽。等到慕翁携湖水而至，抱其体入水浸之便可复活。后来果然如此。这篇小说写男女恋情，百转千回，全凭着吟诵哀怨的唐人之诗缀接起来。以诗示爱，以诗治病，以诗占卜吉凶，以诗维持生命，通过多处"明引"唐人之诗将小说谱成一曲充满诗意的恋歌。其独特的创意在于，白秋练和慕蟾宫的吟诗相识、因诗相知，以吟诗而疗病，咏诗占卜，至最终的以吟咏诗歌而维持生命。这段文字是借前人诗以述己之怀，不仅起到了示爱作用，更用以表达白秋练和慕蟾宫之间生死之恋的沟通。

另外,《莲香》写李氏"已死春蚕,遗丝未尽",自是化用了李商隐《无题》中"春蚕到死丝方尽,蜡炬成灰泪始干"二句的诗意。《侠女》之"妾身未分朋"、《长清僧》之"粉白黛绿者"、《马介甫》之"久觉黔驴无技"分别直接引用于杜甫《新婚别》、韩愈《送李愿归盘谷序》、柳宗元《黔之驴》。"明引"即使是显在的,但也必须有足够的知识面和鉴别力才可以洞察。根据赵伯陶先生缜密考察,《胡四姐》写胡四姐与尚生之欢爱所用的"引臂替枕"一词乃出自唐蒋防《霍小玉传》:"生闻之,不胜感叹,乃引臂替枕。"《翩翩》写翩翩之美所用的"绰有余妍"一词则源于唐蒋防《霍小玉传》之"态有余妍"。① 这些自唐传奇等小说搬弄或化用来的词语,若不细加考察分辨,也很容易被忽略。

相对于"明引"多从文本人物口中发出而言,"暗引"多被作者熔化而浇铸到叙事行文中,介于显性与隐性之间。尽管所形成的文本有所变通,但还是有迹可循,因而也属于显性的文本"脱化"。如《连琐》在叙述到连琐与杨生两位主角叙话时,用了如下几句描述当时的情景:"与谈诗文,慧黠可爱,剪烛西窗,如得良友。"这句话将夫妻在西窗下共剪灯芯的生活趣事引用至连琐与杨生颇似恋人的交往之中,显然暗引自李商隐《夜雨寄北》:"何当共剪西窗烛,共话巴山夜雨时。"只是共话巴山夜雨的画面,改动成"与谈诗文"的情景。《娇娜》的"异史氏曰"有两句:"观其容,可以疗饥。"本自《隋遗录上》(又名《大业拾遗记》,旧题唐颜师古著,一般认为是后人伪托)所载,隋炀帝在船上观赏时偶遇美女吴绛仙,当即纳为嫔妃,曾对身边大臣夸说:"古人言秀色若可餐,如绛仙,真可疗饥矣!"经过作者如此灵活多变的"引用",终使《聊斋志异》的语言显得颇为雅致。

当然,所谓"明引""暗引",也是相对而言的。如《叶生》叙述叶生科第失意、半生沦落的遭遇,多处化用前人成语、成句:写他本是

---

① 赵伯陶:《聊斋志异新证》,文化艺术出版社2017年版,第304页。

"文章词赋，冠绝当时"的天才，无奈"时数限人，文章憎命"，系化用杜甫《天末怀李白》中的"文章憎命达，魑魅喜人过"二句；写他屡试不第，最后竟抑郁而死，并发出感慨："半生沦落，非战之罪也。"则打通了"文战"与"武战"的修辞关枢，化用了《史记·项羽本纪》所写项羽兵败垓上那句浩然长叹："然今卒困于此，此天之亡我也，非战之罪。"还有，"且士得一人知己可无憾"一语，根据赵伯陶先生考实，则本自《三国志》卷五十七《虞翻传》裴松之注引《虞翻别传》中的几句话："生无可与语，死以青蝇为吊客，使天下一人知己者，足以不恨。"① 这些从前人慨叹人生失意"脱化"而来的语句有效地渲染了叶生科场失意之悲戚。

有的《聊斋志异》文本之"脱化"属于老树新花，枯木逢春，较为幽隐。元韦居安《梅磵诗话》卷上有言："夺胎换骨之法，诗家有之，须善融化，则不见蹈袭之迹。"② 这种追求幽隐的文本"脱化"诗法，被蒲松龄活用过来。其"脱化"痕迹虽不易察觉，但一旦发掘出来，就会给人豁然开朗之感。如，《莲香》写十四年后，门外有老妪卖女。燕儿想起莲香临终时的话，叫老妪将女儿带进来看看。这女孩子姓韦，仪容态度果然和死去的莲香一模一样。这段叙事实际上"脱化"自李复言《续玄怪录》中的《定婚店》这篇小说，该小说写韦固年少时为打破婚姻宿命，令仆人杀了那个月下老人算定的配偶，一个卖菜的婆子之女。之后年复一年，韦固的婚姻一直悬而未决。十四年后，韦固在相州娶了刺史王泰的干女儿，不想正是当年他派人刺杀的女孩。原来，当时未被刺死。这篇小说写莲香死而复生的时间周期正巧是十四年，主人公也是"韦"姓，只是将男子"韦"姓加在了女子身上而已，显然系由《定婚店》"脱化"而来。再如《翩翩》写罗子浮的遇仙结局和其他遇仙故事一样，后"生思翩翩，偕儿往探之，则黄叶满径，洞

---

① 赵伯陶：《聊斋志异新证》，文化艺术出版社2017年版，第202页。
② （元）韦居安：《梅磵诗话》，丁福保辑《历代诗话续编》，中华书局2006年版，第544页。

口路迷，零涕而返"。对此，蒲松龄也有自知之明："睹其况，直刘阮时矣。"认为是和南朝刘义庆《幽明录》中记载的刘晨阮肇天台山遇仙情况一般无二的，二者之间存在"脱化"关联。

值得注意的是，蒲松龄在援引前人诗文成句或暗引前人文意的时候，无论显、隐，均没有泥前人之迹，而是多由文本人物"脱口而出"，或穿插于见景生情，或借以感叹人生经历，达到行文中的有机化合，有效地服务于叙事写人。

四 "繁""简"互化得奇趣

《聊斋志异》的文本"脱化"，旨在"以故为新"，有的由言简意赅到铺张扬厉，此乃化简为繁式；有的由浓墨重彩到轻描淡写，属于由繁到简式。

化用前人诗意是蒲松龄创作的拿手好戏，尤其是由一二句诗生发出一个娓娓动听的故事，就属于精巧的"化简为繁"脱化。如《宦娘》文本创意于《诗经·关雎》"琴瑟友之"诗韵，以琴、词为媒介来演绎宦娘、温如春、良工之间缠绵悱恻的爱情、友情。在"温偶诣之，受命弹琴"之句后，清代冯镇峦评道："小说通篇以琴作草蛇灰线法。"[1] 而但明伦对整篇亦评曰："以琴起，以琴结，脉络贯通，始终一线。"[2] 可以说，《宦娘》包含着的主要是《关雎》"琴瑟友之"诗韵，当然也有《史记·司马相如列传》所载司马相如"琴挑"文君、《西厢记》"崔莺莺夜听琴"等前人创作的印记。再如，《婴宁》篇中写王子服上元日乘兴独游，初遇婴宁后怏怏还归，神魂丧失。悬想不已，于是再度访之。故事一开始展现的王子服与拈花少女婴宁那场际遇镜头，有唐孟棨（今人考证以作"孟启"为宜）《本事诗》所载《崔护》所记崔护巧遇桃花女的影子，男子见了如花佳人产生绵绵情思。王子服坐卧徘徊的辗

---

[1] 张友鹤辑校：《聊斋志异会校会注会评本》，中华书局1962年版，第986页。
[2] 同上书，第990页。

转相思颇有苏轼《蝶恋花》"多情却被无情恼"的感觉。南山寻访所写王子服在门外听见婴宁嬉笑之声颇带有苏轼《蝶恋花》所写"墙外行人，墙里佳人笑"味道。再说，写初见婴宁时几句："有女郎携婢，拈梅花一枝，容华绝代，笑容可掬……遗花地上，笑语自去。"颇类似于《西厢记·惊艳》写莺莺携带婢女红娘"临去秋波那一转"。同时，"化简为繁"还突出表现在那些"点铁成金"性质的文本中。如蒲松龄常常将短小精悍的志怪小说拓展为妙趣横生的传奇小说味道的作品。《种梨》"脱化"自《搜神记》之《徐光》，只是将"种瓜"翻转成"种梨"，补添了人物对话等生动细节；《阿绣》似乎借鉴了六朝志怪小说《卖胡粉女》的故事框架，皆由魏晋六朝小说之"粗陈梗概"，推衍为"聊斋体"的文情并茂。对这种笔法，当年有些人并不认可。如袁枚《子不语·序》云："《聊斋志异》殊佳，惜太敷衍。"[①] 对《聊斋》叙述委曲的创意笔法并不买账。纪晓岚更是颇有微词，认为小说写作只要直述见闻，信而有征，粗陈梗概即可，不应"随意装点"，更不应将男女情事写得"细微曲折，摹绘如生"。[②] 尽管非议不少，但《聊斋志异》却偏偏凭着工笔细描而赢得了读者。

　　"由繁到简"文本脱化模式的例子也不少。有的是对前人词句的缩略，如《红玉》一开始那段文字即"脱化"自宋玉《登徒子好色赋》。其中，"视之，美"由"增之一分则太长，减之一分则太短，著粉则太白，施朱则太赤。眉如翠羽，肌如白雪，腰如束素，齿如含贝"几句脱化而来；"近之，微笑"脱化自"嫣然一笑，惑阳城，迷下蔡"三句。再如，《瞳人语》叙述男主角方栋好色情态，用了这样几句话："目炫神夺，瞻恋弗舍，或先或后，从驰数里。"活脱脱写出方栋步行跟随女子的狂热，或先或后，角度变换很迅速。由此，我们不难联想到唐代沈既济的传奇小说《任氏传》开头的几句话："见之，惊悦，策其驴，忽

---

① （清）袁枚著，周本淳标校：《小仓山房诗文集》，上海古籍出版社1988年版，第1767页。
② （清）纪昀：《阅微草堂笔记》，上海古籍出版社1980年版，第472页。

先之，忽后之，将挑而未敢。"写郑生见到一个白衣女子而对其追求挑逗的情景。又如，《巧娘》所写"传简递信"文本也带有《柳毅传》所写柳毅传书的影子。

当然，戏曲语言相对通俗，口语性强，要化作《聊斋志异》精致的文言，也自然要采取化繁为简策略。如《西厢记》第一本从张生眼中写崔莺莺正面："尽人调戏，軃着香肩，只将花笑拈。"蒲松龄将女子"拈花微笑"这种经典叙述化用到《婴宁》所叙述的婴宁形象上。《凤仙》"影里情郎，画中爱宠"是从《西厢记》"他做了个影儿里的情郎，我做了个画儿里的爱宠"一句紧缩而来。

同样，缘自白话小说的"脱化"之作，也往往采取化繁就简模式。冯镇峦曾指出，《聊斋志异》中有不少作品是遵从前人戏曲小说"脱化"而来的。如他说《庚娘》"此篇与《芙蓉屏》传奇相似，然无此奇特"，① 指出其与《剪灯余话》中的《芙蓉屏记》在"奇"方面有过之而无不及。再如，由《粉蝶》所叙阳生出海遭遇飓风，漂到一个无名小岛所见到的"松竹掩霭""蓓蕾满树"之境和所听见的远处"琴声"，以及小说那"山重水复疑无路，柳暗花明又一村"的整体构思，冯氏联想到《三国志演义》所叙刘备荆州脱难、檀溪跃马、逃到司马徽之水镜庄那一段文字，评道："从飓风大作，天地震炫后，忽闻琴声，直觉心情神爽，别是一翻世界。小说《三国演义》叙先主马跳檀溪后，入水镜庄闻司马德操琴声，同是一样景色。"② 仔细回味，二者的确颇相仿佛。

明代谢榛《四溟诗话》卷三讲："凡袭古人句，不能翻意新奇，造语简妙，乃有愧古人矣。"③ 诗人如此，小说家亦然。在《聊斋志异》创作中，蒲松龄既长于化繁就简地"借鸡生蛋"，又善于化简为繁地

---

① 张友鹤辑校：《聊斋志异会校会注会评本》，中华书局1962年版，第383页。
② 同上书，第1676页。
③ （明）谢榛：《四溟诗话》，中华书局1985年版，第43页。

"借树开花""借题发挥",其灵活自如的"脱化"笔法也突出表现为通过繁简翻转而达到"翻意出奇"之效果。

五 多读古书方知文本之妙

蒲松龄是一位饱学之士,他曾在《哭毕刺史》一诗中说:"物必求工真似癖,书如欲买不论金。""量可消除天下事,志将读尽世间书。"(《聊斋诗集》卷三)这话虽是悼念其亡友毕刺史的,但也不妨视为他的夫子自道。他在《书痴》这篇小说中写郎玉柱,"昼夜研读,无问寒暑",或许就是他当年热衷读书情景的活写真。虽没能做到躬行天下,踏遍河山,却能够读书万卷,博闻强记,这是蒲松龄创作《聊斋志异》的资本。这种资本让他能够左右逢源,得心应手地"脱化"前人文本。《聊斋志异》系由不可胜数的前文本"脱化"而来的,要领悟其生花妙笔,必须先大量阅读前人著述。评点家冯镇峦《读聊斋杂说》曰:"读古书不多,不知《聊斋》之妙。"[①] 指出如果不能博览古书,就难以感知《聊斋志异》文本之妙。反过来讲,就是欲知《聊斋志异》之妙,且需多读古人之书。另外,清代舒其镁《聊斋志异跋》曰:"或又问于余曰:曹雪芹《红楼梦》此南方人一大手笔,不可与《聊斋》并传?余应之曰:《红楼梦》不过刻画骄奢淫逸,虽无穷生新,然多用北方俗语,非能如《聊斋》之引用经史子集,字字有来历也。"[②] 说《聊斋志异》对经史子集的引用无所不包,无一字无来处,显然言过其实。但蒲松龄的确善于从前人那里脱化。那么,他到底"脱化"过哪些前人文本?他本人在相关著述中透露过一些信息,《聊斋志异》的评点者和校注者们也提供了不少信息。

蒲松龄在《聊斋自志》以及《聊斋志异》文本中透露,他苦心经营的《聊斋志异》这部小说不仅化入了科举应试必备的"四书""五

[①] 张友鹤辑校:《聊斋志异会校会注会评本》,中华书局1962年版,第15页。
[②] 丁锡根编著:《中国历代小说序跋集》,人民文学出版社1996年版,第144页。

经"以及各种时兴八股文,而且化入了《庄子》《列子》《史记》《李太白集》等"子""史""集"方面的典籍,还化入了干宝《搜神记》、张华的《博物志》以及《金瓶梅》等诸多"旁学杂书"。从不露痕迹、非常得体的小说文本,我们分明会感受到他的"点铁成金""夺胎换骨"手段是非常娴熟而高明的。

《聊斋志异》成书后,投身其评点的冯镇峦经过仔细发掘,指出了这部小说赖以"脱化"的诸多文本线索。他不仅在《读聊斋杂说》中从不同角度指出《聊斋志异》与《左传》《国语》《史记》《汉书》以及《水经注》等前人典籍之关联,而且还在《聊斋志异》评点中指出其所运用的《礼记·檀弓》《论语》等儒家经典中的句法。如关于与《史记》的关联,他指出《娇娜》所叙述的孔生从"雷霆之劫"中救下娇娜那场惊险,以及《禽侠》所叙述的大鸟与蛇搏斗的场面,均具有《史记》叙述"荆轲刺秦王一段笔力""如太史公叙荆卿刺秦一段文字";他也感受到阅读《胡四娘》所叙述的胡四娘在老公考中功名后所受的礼遇"无何,翩然竟来"那几句,"如读《史记》苏季子还乡一段文字,然尚未如此描画尽致";另外,他还指出《宫梦弼》所叙述的柳芳华的儿子柳和知恩图报的美德与《史记·淮阴侯列传》所叙韩信报恩之事是相关联的:"英雄第一开心事,撒手千金报德时,如王孙之于漂母矣。"等。① 作者的化用,常于不经意间,信手拈来,《陆判》这篇小说最后的作者表态是:"明季至今,为岁不远,陵阳陆公犹存乎?尚有灵焉否也?为之执鞭,所欣慕焉。"表明作者崇拜陆判助人为乐的品格和能力,即使做其车夫,也心甘情愿。脱化的原本是《史记·管晏列传论》:"假令晏子而在,余虽为之执鞭,所忻慕焉。"蒲松龄对《史记》等经典的熟稔与活学活用可见一斑。

除了冯镇峦,其他相关评论家也对《聊斋志异》吸取前文本的情形提供过诸多信息。如清何彤文《注聊斋志异序》云:"《聊斋》胎息

---

① 张友鹤辑校:《聊斋志异会校会注会评本》,中华书局1962年版,第64、1061、964、392页。

《史》《汉》，浸淫晋魏六朝，下及唐宋，无不熏其香而摘其艳。"① 所谓"胎息""熏香摘其艳""字字有来历"云云，讲的都是《聊斋志异》的文本"脱化"问题，并指出了《聊斋志异》得以"脱化"的前人文本情况。

当然，尽管前人已经下了很大功夫，但相对于《聊斋志异》这部经典小说难以估量的"脱化"创意而言，也许才仅仅道出其万一。近人蒋瑞藻《花朝生笔记》说："余常与家兄傲公，论《聊斋》记事，多有所本，不过藻饰之，点缀之，使人猝难识耳。"② 即使兄弟一起对蒲松龄爬罗剔抉、旁搜远绍、转益多师的"脱化"创意情况展开摸排辨识，但还是一时间难以对那些被"藻饰""点缀"的文本抄底。因此，为了更好地领会小说的文本创意妙趣，我们尚需从不同维度进行发掘、解读。

概而言之，《聊斋志异》之文本"脱化"花样繁多，路数不一，全面显示出蒲松龄将传统诗学"融化"前人成品而"不见蹈袭之迹"、长于"翻意新奇"等创作传统发扬光大于小说创意的能力和水平。其后，这部小说凭着"脱化"创意而成经典，并成为其他小说赖以"脱化"的母本。如清丘炜萱《菽园赘谈·续小说闲评》评《夜谭随录》说："其笔意纯从《聊斋志异》脱化而出。"③ 只是其化出功力已无法与蒲松龄相比肩。

---

① 丁锡根编著：《中国历代小说序跋集》，人民文学出版社1996年版，第142页。
② 朱一玄：《明清小说资料汇编》，南开大学出版社2012年版，第1048页。
③ 朱一玄编：《聊斋志异资料汇编》，中州古籍出版社1985年版，第650页。

第八章 《儒林外史》"仿拟"造境寻踪

在中国文学史中，小说作者往往乐于以一种神遇气合的方式去模拟或化用先前小说文本中的某些经典片段乃至个别叙述语句，从而形成现文本与前文本之间各种各样的"仿拟"关系。从理论谱系上看，"仿拟"属于文学创作中的"互文性"策略之一。它既是一种关乎效仿模拟的修辞技巧，也是一种关乎效仿承袭的叙述方法和结构技巧。作为一名善于转益多师的高手，吴敬梓灵活运用了正拟、反拟以及戏拟等各种"仿拟"手段，来实现《儒林外史》与前人文本的互涉。《儒林外史》非但仿拟了唐人小说，而且至少还仿拟了《三国演义》《水浒传》《金瓶梅》《姑妄言》以及明清才子佳人小说等多种先期小说文本。相比之下，他仿拟最多的当数《水浒传》，不仅仿拟量大，而且还基本达到了"酿得蜜成花不见"的化境。以往相关研究大都停留于一般性的"影响"或"继承"层次，而今我们有必要借鉴西方"互文性"及"仿拟"理论，加以更深入的探讨。

第一节 《儒林外史》对前文本之"仿拟"

在《儒林外史》创作中，吴敬梓到底仿拟了多少小说文本？恐怕一时难以计数。其好友程晋芳在为其所作的《文木先生传》中曾说：

"（吴敬梓）又仿唐人小说为《儒林外史》五十卷，穷极文士情态，人争传写之。"① 指出其对唐人小说的仿拟。民国时期的杨钟羲在其《雪桥诗话》三集卷七也基本重复了这番言论："又仿唐人小说为《儒林外史》五十卷，穷极文士情态，阮文达极倾倒是书。"② 天目山樵（张文虎）《儒林外史新评》则说："《外史》用笔实不离《水浒传》《金瓶梅》范围，魄力则不及远甚。"③ 古往今来，许多学者触及《儒林外史》对前人文本的"仿拟"问题。

一 仿拟前人写人技法与文本创意

在中国古代小说家中，吴敬梓不仅善于撷取作者熟悉的社会原型人物写入小说，而且还注意将前人文本中的名士、侠士等某些类型的人物脱化为自己的人物，使其改头换面地进入自己的《儒林外史》新天地。

首先值得注意的是，《儒林外史》参照《世说新语》以及唐传奇等小说文本来写以"名士""假名士"为主的各种士人。

每每读《儒林外史》，人们总是会对"名士"留下深深的印象；而《世说新语》又以写名望很高而不做官的名士为主，那里有各种各样的人生风流。前后文本遥相呼应。所谓"名士"本指那些已出名而未出仕的人。鲁迅曾经称赞《世说新语》"这部书，差不多就可以看做一部名士底教科书"④，那里的人物性情以真诚、坦荡、洒脱为主，是为"真名士"。《儒林外史》也写了许多"名士"，有杜少卿这样的"真名士"，更有许多自命不凡的所谓的"名士"。他们以虚伪、痴呆、装腔作势为主，是一帮"假托无意于功名富贵，自以为高，被人看破耻笑者"，包括每逢断粮，就靠拿出祖传的炉子摩弄来消遣度日的呆子杨执

---

① 朱一玄、刘毓忱编：《儒林外史资料汇编》，南开大学出版社2003年版，第132页。
② 同上书，第153页。
③ 李汉秋：《儒林外史研究资料集成》，上海古籍出版社2017年版，第306页。
④ 鲁迅：《中国小说的历史的变迁》，《鲁迅全集》第9卷，人民文学出版社1981年版，第309页。

中，靠在村上骗人过日子而又霸占尼姑的疯子权勿用，能吹能骗的假侠客张铁臂，等等，乃是"假名士"。无论真也好，假也罢，总会让人联想到《世说新语》。《儒林外史》第十二回"名士大宴莺脰湖，侠客虚设人头会"所写二娄邀集众"名士"的聚会，是一次"假名士"的集中亮相。这次聚会的组织者娄三、娄四两位公子和蘧公孙、牛布衣、杨执中和他的蠢儿子杨老六、权高士、张铁臂、陈山人等参与者皆为附庸风雅而来。尽管聚会活动也搞得轰轰烈烈，似乎再次展演了《世说新语》中的魏晋名士风流，但实际上这些登台表演的名士多故弄玄虚、丑态毕露："当下牛布衣吟诗，张铁臂击剑，陈和甫打哄说笑，伴着两公子的雍容尔雅，蘧公孙的俊俏风流，杨执中古貌古心，权勿用怪模怪样，真乃一时胜会。"① 这颇有点戏拟《世说新语》所叙名士洁身自好的感觉。再如，第三十二回一开始写道："话说众人吃酒散了，韦四太爷直睡到次日上午才起来，向杜少卿辞别要去，说道：'我还打算到你令叔、令兄各家走走。昨日扰了世兄这一席酒，我心里快活极了！别人家料想也没这样有趣。我要去了，连这臧朋友也不能回拜，世兄替我致意他罢。'杜少卿又留住了一日。"② 关于中间几句，天目山樵评曰："乘兴而来，兴尽而返，颇有晋人风度。胡子快人有此快语。此老又磊落，又风致，我可惜无九年半的陈酒请他。"③ 指出其含有《世说新语》"雪夜访戴"的韵致。有的论者就看到了这一点："《儒林》受到《世说》的巨大影响，王冕、鲁小姐、杨执中等人物，其实都暗含着《儒林》对于《世说》人物的引用、仿作、戏拟以及有意的'逆'式改写。"④ 因此，这两部以"名士"以及"假名士"为描写对象的小说可以参看。当然，《儒林外史》也展现了一些颇具《世说新语》"名士"

---

① 吴敬梓著，李汉秋辑校：《儒林外史会校会评本》，上海古籍出版社2010年版，第163页。
② 同上书，第395页。
③ 朱一玄、刘毓忱编：《儒林外史资料汇编》，南开大学出版社2003年版，第381页。
④ 贾骄阳：《论〈儒林外史〉与〈世说新语〉人物塑造的互文性关系》，《学术交流》2016年第5期。

风范的人物以及他们所生活的天人合一光景，开篇所写王冕牧牛一段就有此种风味。

相对而言，《儒林外史》对唐人传奇小说的仿拟则主要集中于所写"侠士"这一阶层上。钱锺书先生《小说识小续》较早地采用"蹈袭""渊源"视角对《儒林外史》仿拟唐人小说的问题发表过这样的意见："吾国旧小说巨构中，《儒林外史》蹈袭依傍处最多。""近世比较文学大盛，'渊源学'（chronology）更卓尔自成门类。虽每失之琐屑，而有裨于作者与评者皆不浅。作者玩古人之点铁成金，脱胎换骨，会心不远，往往悟入，未始非他山之助，评者观古人依傍沿袭之多少，可以论定其才力之大小，意匠之为因为创。近人论吴敬梓，颇多过情之誉；余故发凡引绪，以资谈艺术者之参考。"① 基于这种观念，钱先生举出包括张铁臂故事在内的几个例子示例性地讲解了其与《桂苑丛谈·崔张自称侠》之关系，来说明《儒林外史》的仿拟与蹈袭情况，强调关于张祜被骗的叙事片段与娄三公子、娄四公子几乎如出一辙。当然，当年天目山樵张文虎已经指出过：

> 《太平广记》二百三十八引《桂苑丛谈》云：张祜下第后，嗜酒，自称豪侠。一夕，有人腰剑手囊，囊贮一物，血殷于外。入门曰："有仇人，恨十年，今夜获之，此其首也。"命酒饮之。曰："去此三四里，有义士，欲报之。能假十万缗，此后汤火无所惮。"张倾其缣素与焉。留其囊而去。五鼓绝，踪迹杳然。开囊视之，乃豕首也。张铁臂事盖出此。②

另外，《儒林外史》第二回所写梅玖开始对周进十分无礼，但周进高中做官后，却冒充是周进的学生，还小心翼翼地将周进当年写的对联

---

① 钱锺书：《写在人生边上》，生活·读书·新知三联书店2007年版，第148页。
② 吴敬梓著，李汉秋辑校：《儒林外史会校会评本》，上海古籍出版社2010年版，第166页。

装裱起来，也令人联想到五代王定保《唐摭言·卷七·起自寒苦》中记述的"王播少孤贫"的故事。① 顾农《〈儒林外史〉的互文性》一文也引述了钱锺书的这段论述，并进一步分析了《儒林外史》对唐传奇及《三国志演义》等小说仿拟的具体情形，不仅指出伪侠客张铁臂"虚设人头会"故事见诸唐代冯翊笔记《桂苑丛谈·崔张自称侠》，关于张祐被骗的情节与娄三公子、娄四公子几乎雷同；而且还指出这两位公子礼遇杨执中、权勿用两位名士的故事，与《史记》《三国志》《三国志演义》有着复杂微妙的联系。②《儒林外史》与唐人传奇之间的遥相呼应而又推陈出新，由此可见一斑。

儒林士人是《儒林外史》主要的写作对象，吴敬梓大量借鉴前人所写的"名士""游士""侠士"等各种"士"来写其儒林世界或与儒林有关的形形色色的"士"。

更令人瞩目的是，《儒林外史》与明代"四大奇书"成书时间距离较近，因而有着更为密切的"仿拟"关联。黄霖《〈儒林外史〉对〈金瓶梅〉的继承和发展》不仅从文本本身出发找到了二者相同的叙事话语，而且也从内部主题和写人方法上找到了二者之间诸多共同之处。③ 商伟的《礼与十八世纪的文化转折》也对《儒林外史》与《史记》《三国志》《三国志演义》之间的复杂微妙的联系有过细微的考察与探讨。

先看《儒林外史》与《三国志演义》之关联。《儒林外史》第二十九回"诸葛佑僧寮遇友　杜慎卿江郡纳姬"写诸葛佑（字天申）在路上看到了杜慎卿，带朋友前去拜访未遇，而杜慎卿回访，用了下列一段文字："一直到三日，才见那杜公孙来回拜。三人迎了出去。那正是春暮夏初，天气渐暖，杜公孙穿着是莺背色的夹纱直裰，手摇诗扇，脚踏

---

① （五代）王定保撰，阳羡生校点：《唐摭言》，上海古籍出版社2012年版，第48页。
② 顾农：《〈儒林外史〉的互文性》，《文艺报》2014年1月24日。
③ 黄霖：《〈儒林外史〉对〈金瓶梅〉的继承和发展》，见《名家解读〈儒林外史〉》，山东人民出版社1999年版，第326页。

丝履,走了进来。三人近前一看,面如傅粉,眼若点漆,温恭尔雅,飘然有神仙之概。"① 这段文字虽然张冠李戴,将《三国志演义》写诸葛亮的字句用到写杜慎卿身上,但由其中的主角之一诸葛天申,人们自然会联想到诸葛亮。由此,我们不难联想到《三国演义》关于诸葛亮神采的描写。如第三十八回写道:"玄德见孔明身长八尺,面如冠玉,头戴纶巾,身披鹤氅,飘飘然有神仙之概。"② 从刘备眼里写出其相貌。第一百十六回写钟会见到的诸葛亮显灵:"忽然一阵清风过处,只见一人纶巾羽扇,身衣鹤氅,素履皂绦,面如冠玉,唇若抹朱,眉清目朗,身长八尺,飘飘然有神仙之概。"③ 最后一次点染,话语基本一致。由此可见《儒林外史》对《三国志演义》"仿拟"之大概。

相对而言,《儒林外史》与《金瓶梅》成书时间距离更为接近,选材上又共同面向"世态人情",仿拟更便利。首先,前者袭取了后者的"人生歧路"命意和"炎凉"格调。《儒林外史》开篇的一首词说的是:"人生南北多歧路,将相神仙,也要凡人做。百代兴亡朝复暮,江风吹倒前朝树。功名富贵无凭据,费尽心情,总把流光误。浊酒三杯沉醉去,水流花谢知何处。"④ 将官场沉浮、功名富贵的无足凭恃以及反思后的释然倾诉而出,其哲理性不言而喻,但这并非是新话题,因而作者将其定性为"老生常谈"。既然是老生常谈,其蹈袭何处? 据考察,这段文字应该直接来自《金瓶梅》第七十九回"西门庆贪欲丧命 吴月娘失偶生儿"的回首词,改词原系宋代无名氏所作《青玉案》:"人生南北如歧路。世事悠悠等风絮。造化小儿无定据。翻来覆去,倒横直竖,眼见都如许。伊周功业何须慕。不学渊明便归去。坎止流行随所

---

① 吴敬梓著,李汉秋辑校:《儒林外史会校会评本》,上海古籍出版社2010年版,第360页。
② 罗贯中著,毛纶、毛宗岗评,刘世德、郑铭点校:《三国演义》,中华书局1995年版,第423页。
③ 同上书,第1294页。
④ 吴敬梓著,李汉秋辑校:《儒林外史会校会评本》,上海古籍出版社2010年版,第1页。

寓。玉堂金马，竹篱茅舍，总是无心处。"① 为更密切地配合叙事，《金瓶梅》将其中间"伊周功业何须慕。不学渊明便归去"两句修改为"到如今空嗟前事，功名富贵何须慕"，将最后一句"总是无心处"修改为"总是伤心处"，既给人以超然感，更饱含伤今悼古意绪。也许正是根据这种笔调，清人张潮《幽梦影》才定性说："《金瓶梅》是一部哀书。"②《儒林外史》除了将"无定据"脱化为"无凭据"之外，还特别因袭了《金瓶梅》之"功名富贵"这一关键词，并寄予了诸多无奈和无限哀伤。只是前者偏重于科场的"功名"，后者更偏重于商场的"富贵"而已。

再看，无论"功名"，还是"富贵"，以及难以剥离的"功名富贵"，都是"世态炎凉""人情冷暖"的试金石，是制造人间"势利眼"的大染缸。《金瓶梅》对人间"势利"针砭入骨，写西门庆死后，应伯爵等帮闲不仅早已找到新的主子张二官，而且还为他谋娶西门庆的五妾潘金莲，并顺势插入了这么一段慨叹性的评论："看官听说，但凡世上帮闲子弟，极是势利小人。当初西门庆待应伯爵如胶似漆，赛过同胞弟兄，那一日不吃他的，穿他的，受用他的。身死未几，骨肉尚热，便做出许多不义之事。正是：画虎画皮难画骨，知人知面不知心。"③在对《金瓶梅》针砭"世态人情"发扬光大基础上，《儒林外史》一脉相承地叙写了各种"势利"现象。小说第二回一开始就这样写道：

> 话说山东兖州府汶上县有个乡村，叫做薛家集。……那时成化末年，正是天下繁富的时候。新年正月初八日，集上人约齐了，都到庵里来议闹龙灯之事。到了早饭时候，为头的申祥甫带了七八个人走了进来，在殿上拜了佛。和尚走来与诸位见节，都还过了礼。

---

① 唐圭璋编纂：《全宋词》第5册，中华书局1999年版，第4744页。
② （清）张潮：《幽梦影》，崇文书局2017年版，第76页。
③ 秦修容整理：《金瓶梅会评会校本》，中华书局1998年版，第1209页。

申祥甫发作和尚道："和尚，你新年新岁，也该把菩萨面前香烛点勤些！阿弥陀佛！受了十方的钱钞，也要消受。"①

对这段叙述，黄小田评曰："盖是书所写不出'势利'二字。申祥甫因亲家为总甲，势也；荀老爹穿得齐整，利也。虽极可笑，然一部书用意早具于此。"② 明代成化末年正月初八这一天，山东兖州汶上县薛家集村，村民们约好了到庵里准备讨论闹龙灯的事情。一大早，申祥甫和穿戴整齐的荀老爹就带了七八个人先到庵里烧香拜佛。和尚赶紧过来招呼众人。申祥甫训斥和尚太懒惰，连菩萨面前的蜡烛都不点，油灯里缺油了也不知道添。说荀老爹年三十那天还送了和尚五十斤香油，八成都被他拿去炒菜了。和尚小心翼翼地站在旁边不敢说话，等申祥甫教训完，连忙拿了茶壶烧水，请大家喝茶。这申祥甫是何许人？竟然气焰嚣张地训斥一个老和尚。原来他是下文即将出场的炙手可热、气焰更嚣张的地头蛇夏总甲的亲家。可见，吴敬梓对社会势利之风很重视，在小说开篇不久就起笔写来。在后来的故事叙述中，还大力渲染了牛浦之本性势利、匡超人变得势利，以及三教九流的势利小人嘴脸，包括妓女聘娘见嫖客是官，便欢喜不尽，曲意逢迎侍候，至夜梦做了官太太，无不写得绘声绘色。

当然，若论势利表演之最精彩之人，当数臭名昭著的胡屠户。由《儒林外史》范进中举前后胡屠户的前倨后恭，人们不免会联想到《战国策》中《苏秦始将连横》所叙苏秦嫂子的前倨后恭。范进中秀才时，胡屠户是"手里拿着一副大肠和一瓶酒"，然后就是一顿让范进摸不着门的教训与臭骂。其居高临下的优越感，让我们知道，一个杀猪的胡屠户是不大看重范进这个老秀才的。范进中举，胡屠户来闹女婿的捷报，作者这样写胡屠户的出场："……遇着胡屠户来，后面跟着一个烧汤的

---

① 吴敬梓著，李汉秋辑校：《儒林外史会校会评本》，上海古籍出版社2010年版，第18页。
② 同上。

二汉，提着七、八斤肉，四、五千钱，正来贺喜。"① 从贺举人与贺秀才的不同即可见出胡屠户的算计。而今女婿中举而疯，众人让他打范进一耳光，他却作难，因为在他看来，癞蛤蟆般的女婿因中了举人，长相也不再是"尖嘴猴腮"，也就成了天上的文曲星，且"才学又高"，有着"体面的相貌"；女儿嫁的不再是"现世宝穷鬼"，而"觉得女儿且像有些福气的，毕竟要嫁与个老爷"。胡屠户斗胆打了一个耳光后，"不觉那手隐隐的疼将起来"，并连忙向郎中讨了个膏药贴着。一同回家时，范进先走，胡屠户只好和邻居跟在后面，"见女婿衣裳后襟滚皱了许多，一路低着头替他扯了几十回"。恰与范进中举前，胡屠户骂完范进后便"横披了衣服""腆着肚子去了"，形成鲜明的对照。由胡屠户这个"势利眼"，足以见出世态炎凉。

尤其值得注意的是，《儒林外史》与《金瓶梅》在使讽刺人物自揭其丑以及暴露吹牛人物等方面也存在某种"仿拟"关系。如《金瓶梅》中那位家住牛皮小巷的伙计韩道国毫无羞耻之心，不仅为了金钱利益让妻子跟西门庆睡觉，还喜欢吹牛。第三十三回写他弟弟韩二捣鬼与嫂子王六儿旧有私情，被一帮地方上的泼皮无赖捉奸拿住，威胁着要去送官。此时韩道国对此还一无所知，正在街上大吹牛皮，夸口说西门庆多么依赖于他：

> 那韩道国坐在凳上，把脸儿扬着，手中摇着扇儿说道："学生不才，仰赖列位余光，与我恩主西门大官人做伙计，三七分钱。掌巨万之财，督教处之铺，甚蒙敬重，比他人不同。"白汝晃道："闻老兄在他门下只做线铺生意。"韩道国笑道："二兄不知，线铺生意只是名目而已。他府上大小买卖，出入资本，那些儿不是学生算帐！言听计从，祸福共知，通没我一时儿也成不得。大官人每日

---

① （清）吴敬梓著，李汉秋辑校：《儒林外史会校会评本》，上海古籍出版社2010年版，第40页。

衙门中来家摆饭，常请去陪侍，没我便吃不下饭去。俺两个在他小书房里，闲中吃果子说话儿，常坐半夜，他方进后边去。昨日他家大夫人生日，房下坐轿子行人情，他夫人留饮至二更方回。彼此通家，再无忌惮。不可对兄说。就是背地他房中话儿，也常和学生计较。学生先一个行止端庄，立心不苟，与财主兴利除害，拯溺救焚。凡百财上分明，取之有道。就是傅自新也怕我几分。不是我自己夸奖，大官人正喜我这一件儿。"

刚说在热闹处，忽见一人慌慌张张走向前，叫道："韩大哥，你还在这里说什么，教我铺子里寻你不着。"拉到僻静处，告他说："你家中如此这般。大嫂和二哥被街坊众人撮弄了，拴到铺里，明早要解县见官去。你还不早寻人情理会此事？"这韩道国听了，大惊失色。口中只咂嘴，下边顿足，就要翘趄走。被张好问叫道："韩老兄，你话还未尽，如何就去了。"这韩道国举手道："大官人有紧要事，寻我商议，不及奉陪。"慌忙而去……①

这段文字是小说第三十三回写他妻子刚刚因为与堂房小叔子通奸，被一群妒忌的无赖子弟冲进屋里来，拿绳绑住捉将官里去了，他不晓得，还在熟人铺子里吹牛炫耀自己，被白汝晃（"揭汝谎"）揭出谎来还不甘心，努力打圆场。刚说到热闹处，忽见一人慌慌张张走向前，那是来通报他妻子和小叔的祸事的。《儒林外史》第四回也有一个相似的片段写严贡生自我标榜而被当场揭谎：

"实不相瞒，小弟只是一个为人率真，在乡里之间，从不晓得占人寸丝半粟的便宜，所以历来的父母官都蒙相爱。……"说着，恐怕有人听见，把头别转来望着门外。一个蓬头赤足的小厮走了进来，望着他道："老爷，家里请你回去。"严贡生道："回去做甚

---

① 秦修容整理：《金瓶梅会评会校本》，中华书局1998年版，第463—464页。

么?"小厮道:"早上关的那口猪,那人来讨了,在家里吵哩。"严贡生道:"他要猪,拿钱来!"小厮道:"他说猪是他的。"严贡生道:"我知道了。你先去罢,我就来。"那小厮又不肯去。张、范二位道:"既然府上有事,老先生竟请回罢。"严贡生道:"二位老先生有所不知,这口猪原是舍下的。"才说得一句,听见锣响,一齐立起身来说道:"回衙了。"①

将两部小说所写的两场"吹牛"进行对照,便可见出不仅这种自剥面皮的写法有因袭性,而且吹牛者所用的口吻也有一致之处。

除了"功名富贵"及由此带来的"世情冷暖"方面的一脉相承,《儒林外史》袭取《金瓶梅》给人印象深刻的还有,善于袭取其通过写扯谎与吹牛以暴露人性虚伪的本领。除了严贡生既做婊子又立牌坊那番自我标榜式的吹牛撒谎,《儒林外史》还淋漓尽致地写了匡超人等人的吹牛。如第二十回写匡超人吹嘘自己名气大、学术地位高、所编选本畅销。《儒林外史》将人物吹牛写得如此出神入化,其实是对《金瓶梅》血脉的延续。

另外,我们还可找到两部小说所存在的一些雷同文字。如《金瓶梅》第六十九回写道:

> 文嫂导引西门庆到后堂,掀开帘栊,只见里面灯烛荧煌,正面供养着他祖爷太原节度邠阳郡王王景崇的影身图,穿着大红团袖蟒衣玉带,虎皮校椅坐着观看兵书,有若关王之像,只是髭鬓短些。迎门朱红扁上写着"节义堂"三字,两壁隶书一联:传家节操同松竹,报国勋功并斗山。②

---

① (清)吴敬梓著,李汉秋辑校:《儒林外史会校会评本》,上海古籍出版社2010年版,第55—56页。
② 秦修容整理:《金瓶梅会评会校本》,中华书局1998年版,第963—964页。

293

这一段是写西门庆在媒婆文嫂带领下去王招宣府私会林太太所见，看到王招宣祖爷太原节度颁阳郡王王景崇的影身图，招宣府的迎门朱红匾上还写着"节义堂"三字，两壁隶书一联："传家节操同松竹，报国勋功并斗山。"在这庄严肃穆的王府，即将发生林太太与西门庆的偷情滥淫之事。如此讽刺之笔，传到《儒林外史》，即有第二十二回写道：

当下走进了一个虎座的门楼，过了磨砖的天井，到了厅上。举头一看，中间悬着一个大匾，金字是"慎思堂"三字，傍边一行"两淮盐运使司盐运使荀玫书"。两边金笺对联，写："读书好，耕田好，学好便好；创业难，守成难，知难不难。"中间挂着一轴倪云林的画。书案上摆着一大块不曾琢过的璞。十二张花梨椅子。左边放着六尺高的一座穿衣镜。从镜子后边走进去，两扇门开了，鹅卵石砌成的地，循着塘沿走，一路的朱红栏杆。走了进去，三间花厅，隔子中间悬着斑竹帘。有两个小幺儿在那里伺候，见两个走来，揭开帘子让了进去。举眼一看，里面摆的都是水磨楠木桌椅，中间悬着一个白纸墨字小匾，是"课花摘句"四个字。①

这段所写乃是牛浦郎到盐商万雪斋家中所见。万雪斋是没有多少文化水平的盐商，但喜好文人雅事，他用书画布置厅堂，不但悬着堂号金匾，号取"慎思堂"，金匾两边还配有对联。作者写万雪斋如此附庸风雅，颇具讽刺效果，笔调同于《金瓶梅》。

另外，人们还会由《儒林外史》所写匡秀才重游旧地联想到《金瓶梅》所写春梅旧池馆重游。需要强调的是，《儒林外史》袭拟《金瓶梅》的高明之处，在于因袭其意，而不蹈袭其辞，故而不那么明显。这也是吴敬梓袭取其他名著的惯用笔法。正如针对第十六回"那火光

---

① （清）吴敬梓著，李汉秋辑校：《儒林外史会校会评本》，上海古籍出版社2010年版，第281—282页。

照耀得四处通红,两边喊声大震"二句,天目山樵(张文虎)评曰:"写火势,从《三国》、《水浒》来,却无一语蹈袭。"①

也许,成书于明代嘉靖至万历年间的《金瓶梅》与创作于清代乾隆十四年前后的《儒林外史》之间还有一道桥梁,那就是辽东人曹去晶创作于清代雍正初年的章回小说《姑妄言》。《姑妄言》热衷于"冷暖世态"叙写,写出了诸多"前倨后恭"式的世象,如第四回写徽州财主童百万游南京三山街,逛古董店、报恩寺,当地老板、知客僧在获知其财主身份前后态度的一百八十度大转弯,可谓"写尽小人势利的心肠";第十六回写周围人对关爵致仕前后态度的陡然变化,也道尽了世态炎凉。《姑妄言》对于世情世态的描写,有时是很能入木三分的。比如,第十四回写钟情中了举人,"鼓乐迎归,到了家中,只见有许多伯伯叔叔、哥哥弟弟,都是十余年不见面的,挤了一屋子。还有无数从来不曾会过面的亲戚也来贺喜……众人也有送衣服的,送银子的,送尺头的,送酒席的,还有送家人来服侍的……那些族中长辈对钟生道:'我们祖坟上许多地师看过,说风水甚好,子孙定然要发科甲……'亲戚们说道:'久闻新贵人才貌双全,自然要高发。但恨小亲们都不曾会过。贵人明岁还要连捷呢,我们叨在亲末,亦皆有光。'"②于是有财主托人来说媒的,有送儿子来投靠充当家丁的。过去钟生孤贫时,叔父对他不瞅不睬,"有富贵亲友在座,恐钟生衣衫褴褛,玷辱了他,还不容进去。三年五载不但不见叔叔家中一盏清茶,竟连叔婶的慈颜,同二位堂兄的金面,想见一见,也是难事"③。此时叔叔钟趋来了,说道:"你今中了,非比往昔,我看前日那些亲友到此,都没处起坐。我家房子颇大,向日原住不了,本要分些与你,因你是个贫士,孤身一人,不拘何处可以安身。如今已是个新贵,尚住在此,不成规模。我今将一宅分为二院,一半与你,

---

① (清)吴敬梓著,李汉秋辑校:《儒林外史会校会评本》,上海古籍出版社2010年版,第210页。
② (清)曹去晶:《姑妄言》,中国文联出版公司1999年版,第684—685页。
③ 同上书,第687页。

已收拾洁净，可搬了去同住，也与我做叔叔的争光。"① 怪不得钝翁要在"非比往昔"四字之下批道："这四个字，令人痛哭流涕。前也是骨肉，今也是骨肉，不过稍有贵贱之分耳，何便谓之非比往昔。"② 拿后来《儒林外史》写范进中举前后人情世态炎凉的变化一对照，何其相似！

总体来看，读《儒林外史》，你总会随时产生这样那样的关乎前人文本的联想，这多是作者不断汲取前人文本的作用，也是认定这部小说何以存在"仿拟"的主要依据。身为饱学之士的吴敬梓创作于清代中期的《儒林外史》注定是一部饱含"仿拟"意趣的经典小说。其《儒林外史》非但仿拟了唐人小说，至少还仿拟了《三国演义》《水浒传》《金瓶梅》《姑妄言》以及明清才子佳人小说等多种先期小说文本。

二 对以往经典叙事之戏拟与反讽

"戏拟"是"仿拟"的一种，指的是作者通过对文内和文外某件事情的戏剧化模仿，让读者在二者之间建立联系、产生对比，并由此产生讽刺的艺术效果。《儒林外史》以讽刺为主调，在其与前人文本的"仿拟"中，往往有不少带着戏拟与反讽的笔调。

对《儒林外史》的戏拟与反讽，学人已有所触及。如瑞士学者安如峦发表《从互文性看〈儒林外史〉的讽刺手法》一文，剖析了《儒林外史》对先前笔记小说等其他一系列文本的参照和借写，并指出这部小说根植于中国传统文学中。③ 陈维昭的《〈儒林外史〉的互文、戏拟和反讽》初步论述了《儒林外史》与中国传统文本的文际关系，指出其"戏拟化"处理手段构成较为强烈的反讽效果。④ 陈文新、郭皓政

---

① （清）曹去晶：《姑妄言》，中国文联出版公司1999年版，第687页。
② 同上。
③ ［瑞士］安如峦：《从互文性看〈儒林外史〉的讽刺手法》，《明清小说研究》1997年第1期。
④ 陈维昭：《〈儒林外史〉的互文、戏拟和反讽》，《汕头大学学报》（人文科学版）1999年第6期。

《道德理想主义与现实人生困境——论〈儒林外史〉对经典叙事的戏拟》通过考察《儒林外史》对"三顾茅庐""仗义行侠"等几种经典叙事的"戏拟",指出小说旨在反衬现实的困境,并借以取得警醒世人的效果。① 另外,贾骄阳《论〈儒林外史〉与〈世说新语〉人物塑造的互文性关系》还论及《儒林外史》与《世说新语》的关联,尤其是指出了其在王冕、鲁小姐、杨执中等人物的塑造上其实都暗含着对《世说新语》人物的引用、仿作、戏拟以及有意的"逆"式改写等。②

《儒林外史》中最引人注目的一场戏拟是,小说第九至十三回所叙娄三、娄四公子"尊贤养士"那一段。我们不仅由小说所叙两位公子的豪爽、贤能,自然地想到《战国策》中有关信陵君"养贤纳士"的记载,而且更重要的是由他们三次拜访杨执中的情景,感受到其对《三国志演义》所叙刘备"三顾茅庐"的较为"认真"的戏拟。娄三、娄四公子先是从为先太保老爷看坟的老人邹吉甫那里耳闻到杨执中的不俗言论与行藏,便心生要拜访的愿望。在拜访之前,二位公子就因愤愤于杨执中为"衣冠中人物"而被收监,便花了七百两银子,"叫人拿帖子去把杨执中弄了出来",其高义如此。因有人荐贤赞美杨执中:"这人真有经天纬地之才,空古绝今之学,真乃'处则不失为真儒,出则可以为王佐'。"二位公子的高举并未得到杨执中阿呆的前来称谢,诧异之余,"心里觉得杨执中想是高绝的学问,更加可敬"。娄三、娄四二位公子带着"礼贤"的心愿去访问杨执中这位贤士,不惜"三顾茅庐"。叙述一顾茅庐发生的情景是:

> 三公子自来叩门,叩了半日,里面走出一个老妪来,身上衣服甚是破烂,两公子近前问道:"你这里是杨执中老爷家么?"问了

---

① 陈文新、郭皓政:《道德理想主义与现实人生困境——论〈儒林外史〉对经典叙事的戏拟》,《福州大学学报》2007年第2期。
② 贾骄阳:《论〈儒林外史〉与〈世说新语〉人物塑造的互文性关系》,《学术交流》2016年第5期。

两遍，方才点头道："便是，你是那里来的？"两公子道："我弟兄两个姓娄，在城里住。特来拜访杨执中老爷的。"那老妪又听不明白，说道："是姓刘么？"两公子道："姓娄。你只向老爷说是大学士娄家，便知道了。"①

人物姓氏之"娄"被人误听作"刘"，更是呼应了当年"三顾茅庐"的主角刘备之"刘"。这次从聋老妪那里得到的消息是"从昨日出门看他们打鱼，并不曾回来"；"二顾"杨执中之茅庐，是在四五天之后，虽然依旧被看门的老妪碰了一鼻子灰，因为杨执中闻讯怕"差人要来找钱"，故意躲开，故没有遇见，但在回去的路上，二位公子从卖菱的一个小孩子那里得见杨执中留给小孩子的一幅素纸。相应地，二娄的尊贤养士也开始沦为附庸风雅、空虚无聊。前两顾茅庐是在秋天，与刘备"三顾茅庐"的季节和时间节奏也差不多。三顾茅庐已是过了残冬，新正天气了。因为机缘凑巧，二位公子在邹吉甫的引导下，得见杨执中，并且见到了客厅壁上悬的楷书朱子《治家格言》，以及两边一幅笺纸的联，上写着："三间东倒西歪屋，一个南腔北调人。"此给人的感觉还是风雅的"高人"，而作者顺着二位公子的视野写下来，却是上面贴了一个报帖，上写："捷报贵府老爷杨讳允，钦选应天淮安府沭阳县儒学正堂。京报……"二娄兄弟倒也是求贤若渴，本着纯良之心访贤，显示出谦虚恭谨的真名士风度。尤其是对待杨执中、权勿用真心礼遇，不求酬报，给人以"翩翩浊世之贤公子"印象。然而，他们"轻信而交，并不夷考其人生平之贤否，猝尔闻名，遂与定交"，最终多是所遇不淑，徒留笑柄。"两公子因这两番事后，觉得意兴稍减。吩咐看门的：'但有生人相访，且回他到京去了。'自此闭门整理家务。"② 战

---

① （清）吴敬梓著，李汉秋辑校：《儒林外史会校会评本》，上海古籍出版社2010年版，第124页。

② 同上书，第170页。

国时期以"尊贤养士"著名的信陵君，三国时期刘备的"三顾茅庐"，都曾传为佳话，作者通过对以上历史事件的戏拟，让人不免发出世易时移、风流不再的唏嘘之叹。

再看另一处经典戏拟。《儒林外史》第十一回"鲁小姐制义难新郎"一节是对明末清初那个年代流行的才子佳人小说的戏拟，更是对《醒世恒言》第十一卷《苏小妹三难新郎》的戏拟。"苏小妹三难新郎"写风雅的苏东坡有个才貌双全、能诗善对的胞妹苏小妹，她喜欢上了才子秦少游。迎亲当夜，苏小妹要考一下新郎的才情，三难新郎而可入洞房。于是，她题写了三首句，要求少游对答；若答不对，罚在外厢读书三个月。前两句，秦观对答如流。最后一句，苏小妹出诗句"闭门推出窗前月"，少游绞尽脑汁，难以答出。幸得苏轼投石启发，终于对出"投石冲开水底天"，得以入洞房和苏小妹共度良宵。一双才子佳人新婚之夜对诗，风情浪漫。吴敬梓戏拟新娘洞房花烛夜给新郎出难题，让一位鲁小姐去考核新郎蘧公孙的"八股制艺"能力。然而，这里不再是风情浪漫渲染，而是功名富贵的冷酷：

　　此番招赘进蘧公孙来，门户又相称，才貌又相当，真个是"才子佳人，一双两好"。料想公孙举业已成，不日就是个少年进士。但赘进门来十多日，香房里满架都是文章，公孙却全不在意。小姐心里道："这些自然都是他烂熟于胸中的了。"又疑道："他因新婚燕尔，正贪欢笑，还理论不到这事上。"又过了几日，见公孙赴宴回房，袖里笼了一本诗来灯下吟哦，也拉着小姐并坐同看。小姐此时还害羞，不好问他，只得强勉看了一个时辰，彼此睡下。到次日，小姐忍不住了，知道公孙坐在前边书房里，即取红纸一条，写下一行题目，是"身修而后家齐"。叫采蘋过来，说道："你去送与姑爷，说是老爷要请教一篇文字的。"公孙接了，付之一笑。回说道："我于此事，不甚在行。况到尊府，未经满月，要做两件雅事。这样俗事，还不耐烦做哩！"公孙心里只道说向才女说这样话，是极雅的了，不想正犯着忌讳。①

与带有民间传说风味的苏小妹用"诗句"难新郎形成反讽，这段文字连同下面所写新娘鲁小姐的反应，暴露出的是科举功名的无孔不入，对闺阁女子都产生了异化。"当晚养娘走进房来看小姐，只见愁眉泪眼，长吁短叹。养娘道：'小姐，你才恭喜，招赘了这样好姑爷，有何心事，做出这等模样？'小姐把日里的事告诉了一遍，说道：'我只道他举业已成，不日就是举人、进士，谁想如此光景，岂不误我终身？'养娘劝了一回。公孙进来，待他词色就有些不善。公孙自知惭愧，彼此也不便明言。"② 本该喜气洋洋的新婚，却散播着不欢不快情绪。

另外，《儒林外史》对当年风行的才子佳人小说的戏拟还有一些片段。如第二十八回写季苇萧在扬州再婚，面对别人质问，他回答："你不见'才子佳人信有之'？我们风流人物，只要才子佳人会和，一房两房，何足为奇？"到南京，他在恭贺杜慎卿纳宠，又口口声声地说："才子佳人，正宜及时行乐。"百般逢迎，并设计赚杜慎卿到神乐观访"少俊"，并成为杜慎卿"逞风流高会莫愁湖"的主要帮闲。杜少卿搬来秦淮河房，他闻风赶来，恬不知耻地说："我也寻两间河房同你做邻居，把贱内也接来同老嫂作伴。这买河房的钱，就出在你！"还趁机劝杜少卿娶妾，及时行乐。他的口是心非，劣迹斑斑，皆为名利，直至后来投充凤阳府厉知府做幕客。由此，也可以相见《儒林外史》通过对《金瓶梅》所写应伯爵等帮闲篾片的回应来构成对才子佳人风流的反讽。

在《儒林外史》大量的文本创构中，除了"历时性"的仿拟，应该也会有"共时性"的互参。于是，还有一个颇有兴味的问题需要提

---

① （清）吴敬梓著，李汉秋辑校：《儒林外史会校会评本》，上海古籍出版社2010年版，第142页。
② 同上。

出：生活于"共时空"中的吴敬梓与曹雪芹在分头撰写他们的《儒林外史》与《红楼梦》时，彼此是否有过接触或交流？相关史料表明，尽管他们一度共同生活于"秦淮风月地"的南京，分别经历了家族败落、衣食堪忧的人生困境，但目前尚无二者存在交集的记载。不过，人们又通过《儒林外史》第三十回所写杜慎卿说的"只为缘悭分浅，遇不着一个知己，所以对月伤怀，临风洒泪"一番话，与《红楼梦》所写林黛玉"平日又总爱在潇湘馆内临风洒泪，对月伤怀"相参看，感觉到吴敬梓似乎接触过《红楼梦》，或者曹雪芹一度阅读过《儒林外史》。究竟详情如何，期待进一步考察。

至于《儒林外史》与后起模仿而作的小说之密切关联，不胜枚举。如花也怜侬《海上花列传·例言》云："全书笔法自谓从《儒林外史》脱化出来，惟穿插闪藏之法则为从来说部所未有。"[1]《儒林外史》下行渗透力之强，多为人重视，此姑置不论。

第二节　《儒林外史》仿拟《水浒传》辨析[2]

相比之下，吴敬梓在《儒林外史》创作中仿拟最多的小说文本当数《水浒传》，不仅仿拟量大，而且贵在含而不露，基本达到了"酿得蜜成花不见"的化境。根据其人生经历和《水浒传》的传播情况，我们可以推知，吴敬梓仿拟《水浒传》而创作《儒林外史》确有现实的可能；而从《儒林外史》的"楔子"和"幽榜"等结构模式，我们又可断言其仿拟对象应当是金圣叹评本《水浒传》（即贯华堂本）。由于《水浒传》与《儒林外史》所叙对象一为"武林"，一为"儒林"，二者之间存在较为明显的对行性，此构成后者"仿拟"前者之道。其突出表现是，《儒林外史》在叙事文法方面留下了诸多仿拟贯华堂本《水

---

[1]　李汉秋：《儒林外史研究资料集成》，上海古籍出版社2017年版，第339页。
[2]　该部分由笔者与杜晓婷合作完成，特说明。

浒传》的标识,如共同的"楔子"开篇、"二进"置首、"连环纪传体"叙事,等等。非但如此,前者还从后者那里挪借或移植了大量叙述单元,引用或化用了各种叙述语言。以往相关研究大都停留于一般性的"影响"或"继承"层次,而今我们有必要借鉴西方"互文性"及"仿拟"理论,加以更深入的探讨。

一 《儒林外史》仿拟《水浒传》情理

从现存资料来看,吴敬梓在《儒林外史》的创作过程中,有着仿拟《水浒传》的现实可能,而且他"仿拟"的《水浒传》版本当是金圣叹批本。如黄富民(小田)在其为《儒林外史》所作的序言中说:"篇法仿《水浒传》。《水浒传》专尚勇力,久为海盗之书,其中杀(人)放火,动及全家,割肉食心,无情无理,事急归诸水泊,收结诚易易也。是书亦人各为传,而前后联络,每以不结结之。事则家常习见,语则应对常谈,口吻须眉惟肖惟妙。"[①] 这不仅明确指出了《儒林外史》"人各为传""前后联络"等"篇法仿《水浒传》"这一事实,而且还指出后者对前者在情理、结构等方面的超越。

从《水浒传》传播情形看,它曾是明末清初文人"雪夜闭门读禁书"的重要内容。当年,年轻的吴敬梓喜欢博览诗词、小说、戏曲等科举八股制艺之外的旁学杂书,且常常一个人躲入房间,背着父亲"偷窥"。其表兄金榘在《次半园(吴檠)韵为敏轩三十初度同仲弟两铭作》一诗中说:"见尔素衣入家塾,穿穴文史窥秘函。"[②] 估计这些"秘函"应该包括《水浒传》。因为明代万历年间,《水浒传》已风行于世,流播极广。胡应麟在其《少室山房笔丛》卷四十一《庄岳委谈下》中说:"元人武林施某所编《水浒传》,特为盛行。"[③] 而后,据清代李

---

① 朱一玄、刘毓忱编:《儒林外史资料汇编》,南开大学出版社2003年版,第280—281页。
② 李汉秋:《儒林外史研究资料》,上海古籍出版社2017年版,第4页。
③ (明)胡应麟:《少室山房笔丛》,中华书局1958年版,第571页。

焕章所作的《水浒传人》记载，由于这部书有"诲盗"之嫌，自明崇祯十五年起，朝廷不断下令严禁，但人们还是私下里在偷看这部小说，乃至有一个富人灌园，因读《水浒传》而走火入魔，觉得水浒英雄百八人"在胸、在喉、在齿牙；就寝，则又在梦寐"①。到了吴敬梓生活的康熙、乾隆年间，《水浒传》之传播还是处在屡禁不止的状态。政府虽也曾多次张榜禁止书商刊刻、百姓阅读，但《水浒传》仍是广为流传。据史载，康熙十八年有人上谕内阁称：

近有不肖之徒，并不翻译正传，反将《水浒》《西厢记》等小说翻译，使人阅看，诱以为恶。甚至以满洲单字还音抄写古词者俱有……如愚民之惑于邪教，亲近匪人者，盖由看此恶书所致，于满洲旧习，所关甚重，不可不严行禁止。②

正因为禁而不止，以致冲击到皇族人物，故而才会有人上谕严禁。又有记载说，乾隆十九年江西按察司上书称："阅坊刻《水浒传》，以凶猛为好汉，以悖逆为奇能，跳梁漏网，惩创蔑如。乃恶薄轻狂曾经正法之金圣叹，妄加赞美……臣请申严禁止，将《水浒传》毁其书板，禁其扮演……行令地方官，将《水浒》一书，一体严禁。"③对一部书，竟然有这么多人次上奏要求严禁，足见其泛滥到何等地步了。因而，生逢其时的吴敬梓必然有机会接触到这部颇具影响力的奇书。

从吴敬梓性格看，他曾经会心于《水浒传》。关于吴敬梓性格，其好友程晋芳在《文木先生传》中云："（敏轩）袭祖业，有二余万金，素不习生产，性复豪上，遇贫即施，借文士往还，倾酒歌呼穷日夜，不

---

① 马蹄疾编：《水浒资料汇编》，中华书局1980年版，第379页。
② 《清实录》第十四册卷四四三《高宗实录》，中华书局1986年版，第773页。
③ 以上所引三段文字分别见朱一玄、刘毓忱编《水浒传资料汇编》，南开大学出版社2003年版，第453—454、457—458页。

数年，而产尽。"① 金榘在其《九言长古赠陈大希廉，即用留别并示吴大敏轩》(《泰然诗集》卷四）中说："醉后戟手大号叫，不顾世人惊诧呼狂颠。"② 可见，吴敬梓秉性豪爽，颇具名士狂放风度。而这必然与《水浒传》推崇豪侠的"轻财好施"以及其"大块吃肉""大碗喝酒"的英雄情怀相契合。

从《儒林外史》的文本来看，吴敬梓所仿《水浒》应该是金圣叹所批点的贯华堂本。当年，金圣叹评点的《水浒传》独领风骚，致其他版本则被掩盖起来。清代俞樾在《茶香室续钞》卷十三云："今人只知有金圣叹《水浒评本》，前乎此，有叶文通，则无闻矣。"③ 晚清浴血生在《小说丛话》中也指出："自圣叹批《水浒》《西厢》后，人遂奉《水浒》《西厢》为冠，以一概抹煞其他之稗官传奇，谓舍此更无及得《水浒》《西厢》者。"④ 这段话不仅道出了《水浒传》在当时有着广泛的民众基础，而且还道出了金圣叹评本一家独尊的情形。大约根据此种记载，现代美籍学者夏志清才说，明代崇祯年间以来，"读者对金圣叹的本子很满意，于是其他版本很快也就销声匿迹了"。⑤ 众所周知，金圣叹评本（贯华堂本）《水浒传》的独特处之一，就是将容与堂等其他版本的《水浒传》的第一回改为楔子。而《儒林外史》第一回的题名即是"说楔子敷陈大义　借名流隐括全文"。再说，《儒林外史》卧闲草堂本的最后一回，即第五十六回"神宗帝下诏旌贤，刘尚书奉旨承祭"分明也与贯华堂本《水浒传》第七十回"忠义堂石碣受天文，梁山泊英雄惊恶梦"有着惊人的相似。由此，我们自然会联想到二者之间的"互文性"关系。这样，吴敬梓仿拟贯华堂本《水浒传》而创作《儒林外史》这一事实似乎昭然若揭了。

---

① 朱一玄、刘毓忱编：《儒林外史资料汇编》，南开大学出版社2003年版，第131页。
② 孟醒仁：《吴敬梓年谱》，安徽人民出版社1981年版，第85页。
③ 蒋瑞藻：《小说考证附续编拾遗》，上海古籍出版社1984年版，第49页。
④ 朱一玄、刘毓忱编：《儒林外史资料汇编》，南开大学出版社2003年版，第366页。
⑤ ［美］夏志清：《中国古典小说史论》，胡益民等译，江西人民出版社2001年版，第83页。

尤为值得注意的是，从题材和人物等因素看，《儒林外史》仿拟《水浒传》具有切实可操作性。前者重在写文人儒事，后者重在写武人侠事。而在中国文化传统中，"文"和"武"一贯是对行的，二者常处于彼此镜照之中。《礼记·祭法》说："文王以文治，武王以武功。"分别以"文治""武功"评价周文王、周武王。韩非子在《五蠹》中说："儒以文乱法，侠以武犯禁。"也分别以"文""武"去定性儒、侠。不过，与"阴""阳"指向男女二性有所不同，"文""武"二者"都是中国文化中的男性建构的内容"，"这种'文''武'的二元对立在中国文化中无处不在，并且被用在国家政治和个人修养方面"。① 无论是《水浒传》还是《儒林外史》，虽则一重写武，一重写文，遥相呼应，但都是"男性的世界"，这无形之中也提供了可仿效的写作便利。金圣叹《第五才子书水浒传序三》曾指出："《水浒》所叙，叙一百八人，其人不出绿林，其事不出劫杀。"② 众绿林英雄大都各身怀绝技，李逵善用两把板斧，燕青善用箭。他们常常打家劫舍，大闹官府，靠动武来解决生计问题。而胡适《五十年来中国之文学》曾这样评价《儒林外史》："书中活跃的都是'儒林'中人，谈什么'举业'、'选政'，都不是普通一般人能了解的。"③ 鲁迅《中国小说史略》也曾指出："迨吴敬梓《儒林外史》出，乃秉持公心，指摘时弊，机锋所向，尤在士林。"④ 均指出了《儒林外史》重在叙写儒林士子之事，重在刻画他们的情态。与"武林""儒林"对行性叙述相呼应的是饮酒叙述与喝茶叙述，文人以饮茶为高雅，《儒林外史》热衷于描写茶事活动，不仅写会客、谈话、宴请、告别等事都附带写茶事活动，而且茶舍也成为儒林士人活动的重要场所；相对而言，好汉爱饮酒，《水浒传》在写喝酒上乐

---

① ［澳］雷金庆、李木兰：《文武之道——中国传统文化中的男性建构》，宋耕译，见《重读传统——跨文化阅读新视野》，外语教学与研究出版社2005年版，第309页。
② 朱一玄、刘毓忱编：《水浒传资料汇编》，南开大学出版社2002年版，第215页。
③ 朱一玄、刘毓忱编：《儒林外史资料汇编》，南开大学出版社2003年版，第470页。
④ 鲁迅：《中国小说史略》，上海古籍出版社1998年版，第155页。

此不疲。如此林林总总，叙述文事的《儒林外史》便与叙述武事的《水浒传》相映成趣，并为前者通过转换笔调来仿拟后者提供了镜照。

以上诸因素足以说明，在《儒林外史》创作中，吴敬梓既会有意为之地采取仿拟《水浒传》的策略，也会不由自主地受到贯华堂本《水浒传》经典叙事的潜移默化。

另外，有人认为，《儒林外史》第五十六回"神宗帝下诏旌贤　刘尚书奉旨承祭"所叙之"幽榜"，即让儒林之士在皇帝张贴的一张"幽榜"相聚，与《水浒传》第七十一回"忠义堂石揭受天文　梁山泊英雄排座次"，所叙梁山泊英雄按石碣各归其位的"忠义榜"如出一辙。事实上，其名为"幽榜"的"榜"尾，可能受到其他《水浒传》版本的"忠义榜"或直接从《封神演义》"封神榜"而来，因而不足以作为二者发生"互文性"的强有力依据。

二　《儒林外史》仿拟《水浒传》构架

除了直接对仿，《儒林外史》还对《水浒传》进行了映照对仿。这不仅表现为由《水浒传》之"武林"到《儒林外史》之"儒林"这般社会身份的对映，还表现为从《水浒传》之"义"到《儒林外史》之"礼"这种伦理秩序的仿照。前者所持"替天行道"观念与后者所奉"维持文运"观念，具有某种可参照性。在现代"互文性"理论中，"仿拟"是一种后起文本模仿先前文本的结构技法。法国文论家让·米利（Jean Milly）在其著述《普鲁斯特的仿作、结构和对应》中曾解释道："仿作者从被模仿对象处提炼出后者的手法结构，然后加以诠释，并利用新的参照，根据自己所要给读者产生的效果，重新忠实地构造这一结构。"[①] 从叙事结构以及人物设置等维度来看，《儒林外史》对《水浒传》的仿拟既表现为"楔子"开篇，又表现为共同运用"纪传法"叙事等方面，还表现为将"二进"置首这一人物设置上。

---

① ［法］蒂费纳·萨莫瓦约：《互文性研究》，邵炜译，天津人民出版社2003年版，第47页。

《儒林外史》以楔子开篇，这显然是由仿拟贯华堂本《水浒传》而来。众所周知，所谓"楔子"，也称为"引子"或"入话"，本是在正文叙述前，起到引出正文作用的段落。它最早见于戏曲和说唱文学；至元人杂剧，楔子开篇成为常规；明清小说继承了这一传统，并将其运用到文本结构中。最早有意识地运用这种结构技巧的自然是金圣叹，他在评改《水浒传》时，将此前版本的第一回改为"楔子"。该"楔子"由"误走妖魔"神话故事开篇，原文写道："那一声响亮过处，只见一道黑气，从穴里滚将起来，掀塌了半个殿角，那道黑气直冲到半天里，空中散作百十道金光，望四面八方去了。众人吃了一惊，发声喊，撇下锄头铁锹，尽从殿内奔将出来，推倒颠翻无数。惊得洪太尉目睁口呆，罔知所措，面色如土。奔到廊下，只见真人向前叫苦不迭。"① 后文的"一朝皇帝，夜眠不稳，昼食忘餐""宛子城中藏虎豹，蓼儿洼内聚神蛟"俱因此起，颇具天人合一气象。在贯华堂本楔子部分的"总评"中，他作了这样的解释："此一回，古本题曰'楔子'。楔子者，以物出物之谓也。以瘟疫为楔，楔出祈禳；以祈禳为楔，楔出天师；以天师为楔，楔出洪信；以洪信为楔，楔出游山；以游山为楔，楔出开碣；以开碣为楔，楔出三十六天罡、七十二地煞，此所谓正楔也。"② 楔子具有涵盖全书且引出叙事的功能，《水浒传》如此，后来的《儒林外史》亦然。

　　在"楔子"中，小说通过对梁山一百零八条好汉的身份作交代，将他们与天星神座相对应；同时，借助"误走妖魔"而导致国运有厄，有意点明"乱自上作""官逼民反"叙事意旨，并伏下正文之星宿聚散离合的结构布局。对此，杨义先生曾经指出：施耐庵、罗贯中一类文人参与《水浒传》叙事，"最为引人注目的是给水浒传说带来了一种整体

---

① 曹方人、周锡山标点：《贯华堂第五才子书水浒传》（上），江苏古籍出版社1985年版，第36—37页。
② 同上书，第28页。

意识。这种整体意识是与中国传统哲学中'天人感应'的宇宙观念一脉相承的"①。在中国,"天人感应"观念由来已久。在古人看来,天气、星象的变化多关乎"人事",它们与人的活动密切相关、相互影响。《周易·贲卦·彖传》说:"观乎天文以察时变……"②《尚书·尧典》也说:"历象日月星辰,敬授人时。"③这些记载都表明世间可以通过星象的变化来预测人间未来,成为"天人感应"宇宙观的思维基础。到汉代,《淮南子·天文训》说:"人主之情,上通于天。故诛暴则多飘风,枉法令则多虫螟;杀不辜则国赤地,令不收则多淫雨。四时者,天之吏也;日月者,天之使也;星辰者,天之期也;虹霓、彗星者,天之忌也。"④根据这种"天人感应"观念,人的活动符合了天道,上苍就会施以"瑞象",降福于民;否则,上天一定会垂以"凶端",警示人类,并给人类带来灾难。《儒林外史》仿拟贯华堂本《水浒传》,用星君神话开篇作预叙,写"贯索"星犯"文昌"星,预示一代文人要遭殃,故而老天又要降下一伙星君去"维持文运"。于是,便顺理成章地引出正文叙述儒林士子的活动和命运。其第一回的"楔子"是这样写的:

> 王冕左手持杯,右手指着天上的星,向秦老道:"你看,贯索犯文昌,一代文人有厄!"话犹未了,忽然起一阵怪风,刮的树木都飕飕的响,水面上的禽鸟格格惊起了许多,王冕同秦老吓的将衣袖蒙了脸。少顷,风声略定,睁眼看时,只见天上纷纷有百十个小星,都坠向东南角上去了。王冕道:"天可怜见,降下这一伙星君去维持文运,我们是不及见了!"⑤

---

① 杨义:《中国古典小说史论》,人民出版社1998年版,第365页。
② (商)姬昌著,宋祚胤注译:《周易》,岳麓书社2000年版,第111页。
③ 李民、王健撰:《尚书译注》,上海古籍出版社2004年版,第3页。
④ (汉)刘安著,(汉)许慎注,陈广忠校点:《淮南子》,上海古籍出版社2016年版,第56页。
⑤ (清)吴敬梓著,李汉秋辑校:《儒林外史会校会评本》,上海古籍出版社2010年版,第13—14页。

针对如此叙述，赵景深在其《中国小说丛考》中曾指出："我以为这几句话，就是幽榜的张本，与《水浒》上误走妖魔，石碣下冲出一股黑气并没有多大分别。"① 的确，在利用道教星君降凡神话来认定人物身份，并指出这些星君当初是为了维持文运而降落人间这一点上，《儒林外史》与《水浒传》相反相成。另外，第一回写王冕母子的避居生活也多多少少有《水浒传》所写王进母子避难延安府的影子。

不过，相对于《水浒传》反复提到一百零八好汉之"三十六天罡，七十二地煞"的星君身份，《儒林外史》似乎在有意淡化这种神话意识，只是在胡屠户打了范进之后，手掌弯不过来时，才偶尔提到"果然是天上的文曲星，是打不得的"。这样看，二者在整体叙事意念上还是同中有异的。在全书结尾部分，吴敬梓写御史单扬言有一封奏书，其中有"夫萃天下之人才而限制于资格，则得之者少，失之者多。其不得者，抱其沉冤抑塞之气，嘘吸于宇宙间。其生也，或为佯狂，或为迂怪，甚而为幽僻诡异之行；其死也，皆能为妖，为厉，为灾，为祲"②数语。对此，黄小田评曰："亦《水浒传》石碣中黑气也，一笑。"③

《儒林外史》仿拟《水浒传》，尤其是先后采取"纪传体"结构形态问题，已经被某些别具慧眼的评点家发现。除了黄富民（小田）指出其"篇法仿《水浒传》"，现代学者对此也曾有过初步关注。如何其芳在《吴敬梓的小说〈儒林外史〉》一文中指出：

> 它没有连贯全书的主要人物和主要故事，它的每一自成段落的部分描写一个或数个重要人物，就是以这样一些部分组成了全书……这种结构可能是受了《水浒》的影响的。《水浒》也是一个部分一个部分地描写一个或数个重要人物，后来都汇合于梁山泊，

---

① 赵景深：《中国小说丛考》，齐鲁书社1980年版，第428页。
② （清）吴敬梓著，李汉秋辑校：《儒林外史会校会评本》，上海古籍出版社2010年版，第678页。
③ 同上。

汇合于梁山泊排坐位。和这种汇合相似,《儒林外史》的许多人物都参加了祭泰伯祠的典礼。①

在此,何先生作了这样的推断,《儒林外史》的结构"可能是受了《水浒》的影响的"。何满子《论〈儒林外史〉》指出儒林外史中群儒集祭泰伯祠,也不能不令人想起水浒传英雄大聚义的场面。②虽然口气上还没那么肯定,但毕竟已经意识到二者结构所存在的仿拟关系。在海外,也有人触及过此问题,如日本大百科全书收录了小川环树关于《儒林外史》的一条辞条:"《儒林外史》的结构仿效了《水浒传》,是采取许多故事相连接的形式,这种形式直接影响了后来以暴露现实为主题的小说。"③已经言之凿凿地指出了两者在结构上的"仿效"性。

的确,从两部小说均采取"纪传体"这一结构方式,以及采取接力式的笔法,让一个人物引出另一个人物等方面来看,彼此是存在较为明显的"仿拟"关系的。

在人物设置方面,《儒林外史》仿拟《水浒传》还有一个突出表现,即将"二进"置于故事开始。所谓"二进",即前者的周进与范进,后者的王进与史进。在两部小说中,他们不仅分别是邂逅性的师徒关系,而且两对人物分别还在性格上有着某种相似性。《水浒传》所叙王进和史进都是讲义气的好汉,既有行侠仗义的一面,同时又有鲁莽之处,他们不期而遇,惺惺惜惺惺,好汉惜好汉,建立起武场上的师徒关系;《儒林外史》仿照这一人物设置方式,写周进与范进于科场邂逅,同样是同命相怜,惺惺相惜,而成为儒林界的师徒关系。④相对而言,《水浒传》写王进、史进先后的两场"夜走",均是以退为进;而《儒

---

① 竺青选编:《名家解读儒林外史》,山东人民出版社1999年版,第204页。
② 何满子:《论儒林外史》,古典文学出版社1957年版,第78页。
③ 朱一玄、刘毓忱编:《儒林外史资料汇编》,南开大学出版社2003年版,第246页。
④ 杜贵晨:《传统文化与〈儒林外史〉人物考论》,《山东师范大学学报》(人文社会科学版)2007年第1期。

林外史》写周进、范进屡考不中,又屡败屡战,最终赢得功名,则都是激流勇进。其同中有异值得品味。

同时,由王进母子是否可以联想到王冕母子?两对母子同样面对一个"躲避"问题,而母子商量躲避,又可追溯到《左传》所叙"介子推不言禄"一段往事。介子推不贪求利禄,功成身退,在隐居山林之前,有一段母子对话:"推曰:'……下义其罪,上赏其奸,上下相蒙,难与处矣!'其母曰:'盍亦求之,以死谁怼?'对曰:'尤而效之,罪又甚焉,且出怨言,不食其食。'其母曰:'亦使知之若何?'对曰:'言,身之文也,身将隐,焉用文之?是求显也。'其母曰:'能如是乎?与女偕隐。'遂隐而死。"① 可见,深明大义的母亲是其人生选择的助推者。《儒林外史》中对王冕母子的类似描写既是为突出王冕的孝,同时也使得小说叙事更加丰满鲜活,这与《水浒传》中关于母子之情的许多内容都有互文性关系。此外,人物设置上还有另外一个较为鲜明的特点,即"兄弟组合",② 下文详述之。另外《水浒传》对待破落户与《儒林外史》对待暴发户,都采取了鄙视的态度。这都构成了不同程度的"仿拟"。

当然,虽然《儒林外史》袭拟了《水浒传》由人物引出人物的"连环纪传体"结构,但具体到写人,则又力求"取之于蓝而青于蓝"。对此,张文虎《天目山樵识语》指出:"《外史》用笔实不离《水浒传》、《金瓶梅》范围,魄力则不及远甚,然描写世事,实情实理,不必确指其人,而遗貌取神,皆酬接中所频见,可以镜人,可以自镜。"③既指出《儒林外史》在笔法上和《水浒》之间的因承关系,更突出了前者在"遗貌取神"方面的超越。

由《儒林外史》第十八回所写马二先生仗义疏财,资助匡超人十

---

① (春秋)左丘明传,(晋)杜预集解:《春秋左传集解》,上海人民出版社1977年版,第340—341页。
② 王以兴:《谈金本〈水浒传〉对〈儒林外史〉叙事的影响》,《济宁学院学报》2013年第1期。
③ 李汉秋:《儒林外史研究资料集成》,上海古籍出版社2017年版,第306页。

两银子,也联想到《水浒传》所写宋江资助李逵等人十两银子的标准。杜少卿的轻财好施也有宋江结纳天下豪杰的影子。具体讲,《水浒传》从结义到小聚义、大聚义;《儒林外史》从前面写的家礼、泰伯礼,一直到第五十五回写到了"礼失而求诸野"的市井四奇人,其对行呼应性较为明显。

再如,《儒林外史》第四十回有一段文字被天目山樵评为《水浒传》"谬不可言。是鲁智深二龙山手笔"。[①] 根据这一线索,我们发现这段所写乃是沈琼枝被骗作盐商宋为富之妾,她本想找宋为富理论,可在宋家待了几天也不见消息,于是"将他那房里所有动用的金银器皿、真珠首饰,打了一个包袱,穿了七条裙子,扮做小老妈的模样,买通了那丫环,五更时分,从后门走了"[②]。需要指出的是,此处所仿并非"二龙山"而是"桃花山"。联系《水浒传》第四回写鲁智深在桃花山结识了李忠和周通,李忠和周通两人执意放着山上众多财物,却不给鲁智深做路费,而是下山打劫财物准备送予他作为盘费。鲁智深看两人悭吝,于是趁两人不在,将两个小喽啰打翻,自己取出包裹,将桌上的金银酒器都踏扁了,拴在包里,滚下山去,有几分贪财爱物的豪气。鲁达桃花山上,踏扁酒器,揣了滚下山去,武松鸳鸯楼上,踏扁酒器,揣了跳下城去。如此看来,在吴敬梓笔下,沈琼枝的侠义行为及其逃走情景与《水浒传》所写鲁智深的侠义行为非常相似,只是有违情理,故给人"谬不可言"之感。

还有一个颇有兴味的话题,即在人伦关系上,《儒林外史》沿承《水浒传》以及《三国志演义》之处,既多写"兄弟"二人,又多写"单亲家庭"。就兄弟二人设计看,《三国志演义》中的袁绍两个儿子(袁谭、袁尚)、刘表两个儿子(刘琦、刘琮),皆性情不一,反目成

[①] (清)吴敬梓著,李汉秋辑校:《儒林外史会校会评本》,上海古籍出版社2010年版,第502—503页。

[②] 同上书,第502页。

仇；《水浒传》中的武氏兄弟（武植、武松）、宋氏兄弟（宋清、宋江）以及结义的杨雄、石秀兄弟等，对照较为鲜明；《儒林外史》中有以二严（严大位、严大育）、二娄（娄琫、娄瓒）、二杜（杜倩、杜仪）、二汤（汤由、汤实）等为代表的十九对兄弟。就单亲家庭结构看，《水浒传》一开始写王进母亲、史进父亲，后写李逵仅有母亲、宋江只有父亲。《三国志演义》写徐庶母亲。《儒林外史》写王冕只有母亲、范进只有母亲。在这一脉相承的小说人物角色中，晚辈受训，往往来自或父或母单亲。

另外，在叙事时间的"百年"机制、叙事空间的"江湖"意象等方面，《儒林外史》似乎也在某种程度上或多或少存在因袭《水浒传》的迹象。还有学者用语言学的"同形异构"对《水浒传》与《儒林外史》之间的关系进行另一种文化阐释，指出《水浒传》是好汉聚义，《儒林外史》是文人雅集。两书的聚合描写富有张力，所谓"同形异构"，乃指两书人员流动的方式主要都是由散而聚，发展轨迹同中有异，生动展现了封建时代的游侠与游士以仪式化的方式各自在江湖与庙堂之间演绎文化身份上的进退与转换。① 当然，若从具体的文本师承细察，可能运用"格式塔"心理学的"异质同构"术语概括二者之间的这种"互文性"关联显得更准确些。

三　《儒林外史》戏拟《水浒传》举隅

除了篇法结构和写人叙事等宏观框架的搬弄与仿拟，《儒林外史》还通过叙事单元的移植、叙述语言的直接引用、化用等手法，多方面地仿拟《水浒传》，使二者形成特有的"互文性"。② 《水浒传》对英雄好

---

① 葛永海、孔德顺：《"同形异构"的聚合——〈水浒传〉与〈儒林外史〉的另一种文化阐释》，《浙江师范大学学报》（社会科学版）2016年第4期。
② 近年，关于《儒林外史》对《水浒传》的引用，又有研究者搜集出一些例子。如杨大忠《从〈儒林外史〉对〈水浒传〉的模仿看吴敬梓的思想》（《关东学刊》2018年第6期）又提供了11条例子，足见《儒林外史》是多么热衷于仿拟《水浒传》。

汉叙述的笔调是颂扬性的，而《儒林外史》则多秉持着讽刺的笔调写其人物言行。因此，二者之间的"互文性"往往带有戏拟和反讽性质。

"戏拟"指的是通过对文内和文外某件事情的戏剧化模仿，让读者在二者之间建立联系、产生对比，并由此产生讽刺的艺术效果。比如娄三、娄四公子"尊贤养士"的一段，那种豪爽、贤能，不禁让我们想起战国时期以"尊贤养士"著名的信陵君，而他们三次拜访杨执中的情景，又有点类似《三国演义》所叙刘备的"三顾茅庐"。当八位名士齐集，好像也是"一时之盛会"，足够青史留名。但当杨执中与权勿用因为钱财发生龃龉，"侠士"张铁臂虚设"人头会"骗取钱财之后，我们就会发现世易时移，这帮所谓的"贤士"根本不能与古代"为知己者而死"的侯嬴、诸葛亮等人相比，而二娄的尊贤养士也就成了追慕古风却无其实质的空虚无聊之举。通常说，小说"戏拟"最简便的办法是直接将局部叙述单元移植而来。《儒林外史》在"仿拟"《水浒传》时，也曾这样做过。如二书均叙述过一段"遇虎"故事，而且颇给人以似曾相识之感。为更好地察其究竟，下面先分别将二书中的部分文字摘录如下：

贯华堂本《水浒传》第二十二回	卧闲草堂本《儒林外史》第三十八回
回头看这日色时，渐渐地坠下去了。……武松走了一直，酒力发作，焦热起来。一只手提哨棒，一只手把胸膛前袒开，踉踉跄跄，直奔过乱树林来。见一块光挞挞大青石，把那哨棒倚在一边，放翻身体，却待要睡，只见发起一阵狂风。那一阵风过了，只听得乱树背后扑地一声响，跳出一只吊睛白额大虫来。武松见了，叫声："阿呀！"从青石上翻将下来……①	天色全黑，却喜山凹里推出一轮月亮来，那正是十四五的月色，升到天上，便十分明亮。郭孝子乘月色走，进入一个树林中，只见劈面起来一阵狂风，把那树上落叶吹得奇飕飕的响。风过处，跳出一只老虎来。郭孝子叫声："不好了！"一交跌倒在地。②

根据这些文字，再联系前后文，我们发现，两部小说之间所存之

---

① 曹方人、周锡山标点：《贯华堂第五才子书水浒传》（上），江苏古籍出版社1985年版，第348页。

② （清）吴敬梓著，李汉秋辑校：《儒林外史会校会评本》，上海古籍出版社2010年版，第472页。

"仿拟"迹象较为明显：武松与郭孝子在遇虎之前，均曾被当地人告知山中有虎，而他们虽然听后都有些胆怯，但又都明知山有虎，偏向虎山行：武松是因夸下海口，郭孝子是急着寻父赶路。继而，写他们上山途中，又分别观察到了日色或月色。接着，写老虎出现之时，茂密的树林都出现了狂风大作：武松是"只见发起一阵狂风"，郭孝子是"只见劈头起来一阵狂风"。而当写到大虫跳出时，武松和郭孝子均吓得跌倒在地：武松是"叫声：'阿呀！'从青石上翻将下来……"；郭孝子是"叫声：'不好了！'一交跌倒在地"。最后写结局，二者也存在惊人的相似：虎死而人存。关于这一节，黄小田在《儒林外史》回评中也曾评曰："此篇略仿《水浒传》，未尝不惊心骇目，然笔墨闲雅，非若《水浒传》全是强盗气息。故知真正才子自与野才子不同。"不仅指出了两者之间存在"仿拟"关系，同时也指出了作为"真正才子"的吴敬梓的可贵之处是其"笔墨闲雅"，这毕竟高于"野才子"所叙《水浒传》中的"强盗气息"。而且在文本夹评中，黄小田又进而评论道："写郭孝子尽管有武艺，却不与虎斗致落俗套。盖只身断不能斗虎，《水浒传》虽极力写之，穷出情理之外。"[①] 指出二书虽各有缺陷，但也各有所长。在《水浒传》中，作者还写到了武松第二次遇虎，只不过这次并非真虎，是猎人装扮的；而吴敬梓虽然写郭孝子二次遇虎乃真虎，也照样化险为夷，躲过一劫。与武松遭遇一样，仍只是虚惊一场。两相比较，虽然在写到与虎相斗时，《水浒传》侧重写武松的武斗，而《儒林外史》侧重写好人郭孝子任凭天命而化险为夷。二者总体的构思路数一脉相承，带有较为明显的挪借痕迹。

叙述语的"引用"是小说"仿拟"叙述的另一道基本方法。也许是由于吴敬梓忘情于对《水浒传》的仿拟，故而在"文""武"对行性仿拟之外，《儒林外史》还直接将武人引到儒林画廊中来展示，形成了

---

① 以上所引两段文字分别见《儒林外史会校会评本》，上海古籍出版社2010年版，第480、472—473页。

一些雷同性的叙事单元和片段。如小说在写到张铁臂出场之后，一度抛开了士林学子这一中心，转而浓墨重彩地写起侠士（也包括假侠士）来，致使儒林世界顿时俨然成了武林天下。我们知道，"豪"而"侠"是《水浒传》人物的主要精神气质。吴敬梓不仅塑造了多位真、假豪侠，而且还赋予读书人以"豪侠"精神，如马二先生、杜少卿，就连闺秀裙钗沈琼枝也颇具这种精神。《儒林外史》中的许多人物骨子里的豪侠之气，以及常常轻财好施、仗义疏财、路见不平拔刀相助的行为，也大都似《水浒传》中的英雄。就连他们所说的话及其语气，也常常与《水浒传》中的英雄并无二致。如，先有《水浒传》第二十九回写武松曾声言："我从来只要打天下这等不明道德的人！我若路见不平，真乃拔刀相助，我便死也不怕！"① 而后才继有《儒林外史》第十二回写假名士张铁臂在向二位娄公子介绍自己时说道："只是一生性气不好，惯会路见不平，拔刀相助，最喜打天下有本事的好汉；银钱到手，又最喜帮助穷人。"② 从人物口气描写来看，这里的张铁臂仿佛是《水浒传》中的武松、鲁智深再世。也正因为此，二位娄公子才甘愿认其为英雄好汉，待为上宾。再如，先有《水浒传》第一回写史进在介绍自己的武艺时说到"矛、锤、弓、弩、铳、鞭、锏、剑、链、挝、斧、钺并戈、戟、牌、棒与枪、杈"③ 十八般武艺，而后才有《儒林外史》写张铁臂夸耀自己的功夫说："晚生的武艺尽多，马上十八，马下十八，鞭、锏、鐗、锤、刀、枪、剑、戟，都还略有些讲究。"④ 张铁臂这番自我吹嘘，自然是一个读过《水浒传》的作家信手拈来的仿拟。另如，

---

① 曹方人、周锡山标点：《贯华堂第五才子书水浒传》（上），江苏古籍出版社1985年版，第432页。
② （清）吴敬梓著，李汉秋辑校：《儒林外史会校会评本》，上海古籍出版社2010年版，第161页。
③ 曹方人、周锡山标点：《贯华堂第五才子书水浒传》（上），江苏古籍出版社1985年版，第55页。
④ （清）吴敬梓著，李汉秋辑校：《儒林外史会校会评本》，上海古籍出版社2010年版，第161页。

先有《水浒传》第三十一回写宋江对武松道:"日后,但去边上一刀一枪,博得个封妻荫子,久后青史上留得一个好名。"①后才有《儒林外史》第三十九回写郭孝子对萧云仙说:"将来到疆场,一刀一枪,博得个封妻荫子,也不枉了一个青史留名。"②将"一刀一枪,博得个封妻荫子"一字不差地拿来用,正是后者"仿拟"前者的有力证明。

另外,"化用"也属于小说"仿拟"的一种,通常是巧妙地将原文本中的话语系统或者叙事运用到后文本中。只要稍加留意,我们仍可看出其仿拟的蛛丝马迹。我们先对照一下这样两段文字:

贯华堂本《水浒传》第一回	卧闲草堂本《儒林外史》第三十五回
王进答道:"……不想今日路上贪行了程途,错过了宿店。欲投贵庄假宿一宵,来日早行,房金依例拜纳。"太公道:"不妨。如今世上人,那个顶着房屋走哩!"③	庄征君上前和他作揖道:"老爹,我是行路的,错过了宿头,要借老爹这里住一夜,明早拜纳房金。"那老爹道:"客官,你行路的人,谁家顶着房子走?借住不妨。"④

由此,我们很明显地注意到,两部小说关于王进与庄征君借宿场景的叙述,极相仿佛:先是陈述因赶路错过时辰,接着说借宿意图,又说到房金问题。而房主的回答语及其语气也大同小异。关于《儒林外史》化用《水浒传》的情况,我们不妨根据诸家评点,顺藤摸瓜。如,根据黄小田、天目山樵评点提供的线索,我们发现《儒林外史》第三十九回多处袭用了《水浒传》文法与语言。开头写老和尚求救于老妇人,老妇人道:"离此处有一里多路,有个小小山冈,叫做明月岭。你从我这屋后山路过去,还可以近得几步。你到那岭上,有一个少年在那里打弹子,你却不要问他,只双膝跪在他面前,等他问你,你再把这些话向

---

① 曹方人、周锡山标点:《贯华堂第五才子书水浒传》(上),江苏古籍出版社1985年版,第489页。
② (清)吴敬梓著,李汉秋辑校:《儒林外史会校会评本》,上海古籍出版社2010年版,第468页。
③ 曹方人、周锡山标点:《贯华堂第五才子书水浒传》(上),江苏古籍出版社1985年版,第52页。
④ (清)吴敬梓著,李汉秋辑校:《儒林外史会校会评本》,上海古籍出版社2010年版,第436页。

他说。只有这一个人还可以救你。你速去求他,却也还拿不稳。设若这个人还不能救你,我今日说破这个话,连我的性命只好休了!"对此,黄小田夹批曰:"故作此等语。前写郭孝子遇虎,一毫不犯《水浒传》诸书笔路,此段有意与《水浒传》相较,便笔路相近。然简洁雅驯,《水浒传》万不及也。"这里既指出吴敬梓"有意与《水浒传》相较",而且"笔路相近",又指出《儒林外史》之"简洁雅驯",又高于《水浒传》。随后,该回叙写恶和尚的刀正向老和尚的头顶劈将开来的刹那间,前来"救难"的萧云仙的一个弹子飞了过来,打在了恶和尚的左眼上,"只听得门外飕的一声,一个弹子飞了进来"。在此,黄小田评曰:"此等处何减《水浒传》耶。"[1] 此虽指出不减《水浒传》,但并未指出究竟未减于何处。通过对读,我们发现其对应处原来是《水浒传》第六十一回"放冷箭燕青救主",该回写薛霸手拿水火棍望着卢员外的脑门上劈将开来,千钧一发之际,燕青却躲在树后放箭,将他们一一射倒在地。《儒林外史》仿拟此处,渲染出一种紧张、惊魂的氛围。同时,我们注意到,《水浒传》第二十六回写孙二娘面对武松质问馒头是否是人肉的时,孙二娘嘻嘻笑道:"客官,休要取笑。清平世界,荡荡乾坤,那里有人肉的馒头,狗肉的滋味。"[2] 而《儒林外史》则将这一独特的话语系统,活用到自己文本中,其第三十九回写郭孝子对萧云仙说道:"清平世界,荡荡乾坤,把弹子打瞎人的眼睛,却来这店里坐的安稳。"黄小田在此处指出:"又故意效《水浒传》。"指出了该段文字是对《水浒传》的仿拟。另外,第三十九回还有一节写木耐持棍暗中偷袭萧云仙,被萧云仙踢倒,"萧云仙夺了他手中短棍,劈头就要打,那人在地下喊道:'看我师父面上,饶恕我罢!'"对此,天目山樵评本指出:"又袭《水浒》文法,却又似梅三相声口。"此所谓"又袭《水

---

[1] 以上所引四段文字均见《儒林外史会校会评本》,上海古籍出版社2010年版,第482、482、483、483页。

[2] 曹方人、周锡山标点:《贯华堂第五才子书水浒传》(上),江苏古籍出版社1985年版,第421页。

浒》文法"，主要指李逵下山接娘，路遇李鬼劫道，李逵欲杀李鬼，李鬼谎称家有九十岁老娘乞求饶恕自己。木耐与李鬼告饶之言何其相似；此所谓"似梅三相声口"，主要是指《儒林外史》第七回所写考生员时的梅玖因文章不合规矩，遭到范进痛斥并要打板子，梅玖声称自己是周进的学生讨饶，方才免去板子。可见，吴敬梓是既沿袭又求变的高手。

吴敬梓的化用之道固然属于习惯常态，但终究给人难以达到一个理想高度的感觉，以至于吴组缃曾怀疑《儒林外史》是否出自才子吴敬梓本人："三十九回萧云仙救难、平少保奏凯，以至四十回上半劝农兴学；另外还有四十三回野羊塘大战：这些片段，有的写得完全不真实，有的写得概念平板，总之都没有实际生活体验……可能不是原作者的手笔。"① 当然，从"萧云仙救难"一节之无论是创意还是创辞均反复规模《水浒传》来看，还是符合吴敬梓创作惯例的。

其他例子还有，如《儒林外史》第六回所写严贡生为了讹诈船家而假装生气发怒，听闻众人说情，他便见好就收："严贡生转弯道：'既然你众人说，我又喜事匆匆，且放着这奴才，再和他慢慢算帐！不怕他飞上天去！'骂毕，扬长上了轿，行李和小厮跟着，一哄去了。船家眼睁睁看着他走去了。"② 这段文字所写严贡生装腔作势的劲头竟和《水浒传》第二回所写鲁提辖拳打镇关西如出一辙："拔步便走，回头指着郑屠户道：'你诈死！洒家和你慢慢理会！'一头骂，一头大踏步去了。"③ 当然，《水浒传》所写鲁提辖的撤退是见义勇为以后的见机行事，而《儒林外史》所写严贡生的离开是厚颜无耻的无赖伎俩。

通过比勘和追索，我们发现，《儒林外史》仿拟《水浒》迹象较为明显。如果参照当今"互文性"理论，那么可以说，这种先后文本之

---

① 吴组缃：《儒林外史的思想与艺术》，《人民文学》1954年8月号。
② （清）吴敬梓著，李汉秋辑校：《儒林外史会校会评本》，上海古籍出版社2010年版，第84页。
③ 曹方人、周锡山标点：《贯华堂第五才子书水浒传》（上），江苏古籍出版社1985年版，第76页。

间的互涉与仿拟关系意在以一种神遇气合的方式,借前人笔墨叙述自家故事。这种"仿拟"叙述是通过翻转、引用、化用等手段完成的,为后人通过仿拟旧经典而成新经典提供了经验。

当然,对《儒林外史》这种不厌其烦的"仿拟",我们也不宜一味地全盘肯定。就拿"郭孝子遇虎"一段来说,虽然大体上能说得过去,但也不免捉襟见肘,让人诟病,甚至有人怀疑这是否出于才子吴敬梓本人手笔。

第九章　从"互文性"看《红楼梦》之"集大成"

　　由于《红楼梦》的作者曹雪芹通常借助踵事增华、以故为新来实施文本创构，故不断有人借用当年爱新觉罗·永忠（康熙十四子胤䄉之孙）《因墨季得观〈红楼梦〉小说吊雪芹三绝句》中的"都来眼底复心头，辛苦才人用意搜"等诗句，来论述《红楼梦》第十七回"只要套得妙"等话语，虽异曲但同工，且所指相同；更有甚者，竟然出现了台湾某学者将其作者曹雪芹解释为子虚乌有的"抄写勤"那样的望文生义、牵强附会现象。如同有些人指责，这部小说绝非简单的拼凑罗列。从"互文性"看，《红楼梦》已经达到了融会贯通、含蕴无穷的"化境"，其文本蕴涵更是相应地达到了"前无古人后无来者"的"集大成"境界。具体表现为，其不仅具有人们印象中题材的"百科全书"性质或体裁的"文备众体"性能，仅仅从"梦""情""器物""琴""棋""书画""戏"以及宗教、园林、音乐等各种文化层面去看其"集大成"，未免难以奏效；单纯从诗、词、曲、赋、歌谣、谚语、偈语、对联、联句、灯谜、酒令、骈文、书启、赞、帖等"文备众体"或文体穿插层面着眼审视这种"集大成"，也难以到位，只有在文化、文体大视野的基础上，从前后文本之间的关系以及"史才、诗笔、议论"等具体的文本创构手段着眼，才能更好地解读这种广纳博取、脱胎换骨的"集大成"造诣。这意味着，借助风行于当今的"互文性"

理论方法，可以更好地窥得这部小说"集大成"之究竟。

第一节 "集腋成裘"式的文本"集大成"

《红楼梦》的"集大成"是集结众多前人文本而予以摄取消融化入的结果。关于其"集大成"之说，最初是由先读为快的评点者脂砚斋提出的。他在评第十七回所写怡红院室内装饰艺术时说："花样周全之极。然必用下文者，正是作者无聊，撰出新异笔墨，使观者眼目一新。所谓集小说之大成，游戏笔墨，雕虫之技，无所不备，可谓善戏者矣。"① 庚辰本双行夹批以此寥寥数语，道破了《红楼梦》文本创构的一大特点和奥妙：善于凭着"新异笔墨"，令人"耳目一新"；又善于凭着无所不备的"游戏笔墨，雕虫之技"，精心创构出"集大成"巨著。在作者这种"集腋成裘"的苦心经营下，《红楼梦》叙事写人典重，风格深微雅丽，成为一座符码充盈的文化宝库，颇具"集大成"气象。尽管这种"集大成"也表现在文体、文化等方方面面，但其根本却体现在对"前文本"的袭拟与摄取上。

一 伴随"文体"翻转的文意创造

从渊源看，"集大成"这一术语最早见于孟子评论孔子的言论。《孟子·万章下》指出："孔子之谓集大成。集大成也者，金声而玉振之也。金声也者，始条理也；玉振也者，终条理也。"孟子借起始击钟的金声和最终击磬的玉振，注重头头是道，来喻说孔子的道德风范已达到至高无上境界。后人常以"集大成"一词谈论某文学艺术造诣之博观约取，高不可攀。从文学文本意义上讲，所谓"集大成"，大意是指文学创作中的博采众长，自铸伟辞；集众之优，成就新篇。后世堪当此殊荣者，诗界首推杜甫诗歌，小说界首选《红楼梦》。杜诗之"集大

---

① （清）曹雪芹原著：《脂砚斋重评石头记》上卷，天津古籍出版社 2006 年版，第 139 页。

成"显然得力于杜甫"读书破万卷"的知识储备,凭的是他"转益多师""递相祖述"(杜甫《戏为六绝句》)的继承发扬功力,以及"无一字无来处"(宋黄庭坚《答洪驹父书》)的文本表达水平。唐代元稹《唐检校工部员外郎杜君墓系铭并序》曾经指出:"至于子美,盖所谓上薄风骚、下该沈宋、言夺苏李、气吞曹刘、掩颜谢之孤高、杂徐庾之流丽,尽得古今之体势,而兼人人之所独专矣。……则诗人以来,未有如子美者。"① 强调杜诗从远承风骚,到后来得古今体势,兼众人之长,从而达到至高境界。宋代张戒《岁寒堂诗话》卷上有言:"子美诗奄有古今,学者能识《国风》骚人之旨,然后知子美用意处,识汉魏诗,然后知子美遣词处。至于掩颜谢之孤高,杂徐庾之流丽,在子美不足道耳。"② 指出杜诗之根本是用意于诗骚,遣词于汉魏。至陈师道《后山诗话》明确提出:"苏子瞻云:'子美之诗,退之之文,鲁公之书,皆集大成者也。'"③ 至此,明确的"集大成"之说诞生。在人们心目中,杜诗之"集大成"的关键所在是其对前人文本所进行的广收博约性的摄取。从这种"集大成"意义上来看《红楼梦》,它之所以赢得"集大成"之称,同样应归因于对前人文本的集思广益。借用苏轼在与友人谈论治学之道的《稼说送张琥》所阐发的那番事理,这种文本创构之道即是"博观而约取,厚积而薄发",也就相当于如今所谓的"互文性"。民国时期王伯沆在指认《红楼梦》第二十四回所写贾环掷骰子一节的来源时说,它源自《苏门六子杂记》所记的李龙眠画的《贤己图》,并推本求源至《晋书》《事始》等涉及骰子旋转而疾呼的赌博游戏等记载,并附带强调说:"当知文人下笔,无一语无来历。"④ 显然是采取与杜诗"无一字无来历"这样的"集大成"标准加以评判的。只

---

① (唐)元稹撰,冀勤点校:《元稹集》,中华书局1982年版,第601页。
② 丁福保:《历代诗话续编·岁寒堂诗话》,中华书局1983年版,第451页。
③ (清)何文焕:《历代诗话》,中华书局1980年版,第304页。
④ 王伯沆批,苗怀明等整理:《王伯沆批校〈红楼梦〉》,南京大学出版社2010年版,第292—293页。

是与杜诗"集大成"有所不同的是,《红楼梦》的"集大成"路径不限于字句的袭拟,而是采取了正向模仿、对照模仿、反向模仿等多种翻意方案,更为丰富多彩。可以说,"互文性"是一把打开《红楼梦》"集大成"智慧宝库的金钥匙。

《红楼梦》文本内部蕴含着无数文化符号,从对前人诗词的借用、化用,到对既往叙事写人文本的袭用、挪用,再到对既往行文语言的套用、活用,均可见这部小说熔铸前人文本之出神入化。这些熔铸方法即当今所谓的"互文性",亦称"文本互涉""文本间性",是一种以探讨不同文本前后、周围以及同一文本内部之重复等关联为主的理论方法。关于《红楼梦》的"互文性",古人曾经用诸如"脱化""借径""摄神"等评语有所涉及,今人曾经用诸如"借鉴""影响""题材渊源""比较"等研究方法有所兼及,而今更多的学人径直以"互文性"称之。随着这一理论方法的风行,关于《红楼梦》"互文性"方面的研究得以逐渐展开。当然,这一研究是以此前关于《红楼梦》与其他文本之间的影响与被影响以及借鉴与被借鉴等关系研究为基础的。

从小说文本以及脂砚斋评语频频运用的"近世""今世"等时间距离观念看,《红楼梦》的文本摄取颇有几分"舍近求远"的特点,即对近世的才子佳人书以及野史小说有意规避,而对远程的历朝历代文史哲经典之作则博观约取、兼收并蓄。从小说"神话"开篇伊始,曹雪芹逐渐将"开辟鸿蒙""女娲补天""天地化生""潇湘二妃""紫府瑶池""阆苑桂殿""有凤来仪""世外桃源"等神话传说以及后来的一系列野史故事融化于文本之中,以此开篇,借此与先秦以来的各种典籍遥相呼应。单拿"补天"文化看,除了神话原型在后世置换变形,还有诗词创作的遗传变异。李贺有诗曰:"女娲炼石补天处,石破天惊逗秋雨。"借以渲染箜篌演奏效果。辛弃疾有词云:"看试手,补天裂。"讲的是救世之志。《三国演义》写诸葛亮出山之际,引一《古风》曰:"大展经纶补天手,龙骧虎视安乾坤""先取荆州后取川,大展经纶补天手。"书尾《古风》之云："孔明六出祁山前，愿将只手将天补。"说的是诸葛卧龙毕生鞠躬尽瘁，志在补汉室之天。《红楼梦》集结了古往今来"补天"的象征意义，将石头"无才可去补苍天"的缺憾化作宝玉有情于红尘世间的依恋。

从作者信笔运用的难以计数的"典故"以及成语、俗语、熟语，亦可窥见《红楼梦》这部"集大成"文化宝库的究竟。从脂砚斋提供的信息，我们固然可以嗅到《红楼梦》中的《庄子》《离骚》味道，而从《红楼梦》所涉及的贾宝玉读书的内容，更可推知作者曹雪芹的知识谱系。第七十三回写宝玉听说贾政要盘问他读书一事，许多人手忙脚乱地帮助他马上做准备：

> 如今打算打算，肚子内现可背诵的，不过《学》《庸》、两《论》，是带注背得出的。至上本《孟子》，就有一半是夹生的，若凭空提一句，断不能接背的，至"下孟"，就有一大半忘了。算起"五经"来，因近来作诗，常把《诗经》读些，虽不甚精阐，还可塞责。别的虽不记得，素日贾政也幸未吩咐过读的，纵不知，也还不妨。至于古文，这是那几年所读过的几篇，连《左传》《国策》《公羊》《谷梁》、汉唐等文，不过几十篇，这几年竟未曾温得半篇片语，虽闲时也曾遍阅，不过一时之兴，随看随忘，未下苦工夫，如何记得。这是断难塞责的。更有时文八股一道，因平素深恶此道，原非圣贤之制撰，焉能阐发圣贤之微奥，不过作后人饵名钓禄之阶。虽贾政当日起身时选了百十篇命他读的，不过偶因见其中或一二股内，或承起之中，有作的或精致，或流荡，或游戏，或悲感，稍能动性者，偶一读之，不过供一时之兴趣，究竟何曾成篇潜心玩索。如今若温习这个，又恐明日盘诘那个，若温习那个，又恐盘驳这个。况一夜之功，亦不能全然温习，因此越添了焦燥。

由此观之,"四书""五经"及至"十三经"、八股时文等这些传统文人正经要读的书,本就属于作者驾轻就熟的内容,自然会被有意无意地化入小说行文中。因而,张新之曾指出《红楼梦》与其他文化典籍之间的关系:"是书大意阐发《学》《庸》,以《周易》演消长,以《国风》正贞淫,以《春秋》示予夺,《礼经》《乐记》融会其中。""是书叙事,取法《战国策》《史记》,三苏文处居多。"解庵居士《石头臆说》也曾由此申言之:"《红楼梦》一书得《国风》《小雅》《离骚》遗意,参以《庄》《列》寓言,奇想天开,戛戛独造。"[①]《左传》《史记》不仅是《水浒传》《金瓶梅》等古代小说赖以衍生的母体,也对《红楼梦》有着很大哺育。戚蓼生评价《红楼梦》曰:"其殆稗官野史中之盲左、腐迁乎!"[②] 指出其与早期史书的渊源。这些评论皆将《红楼梦》的遗传基因确认到早期典籍那里,虽然从"互文性"意义上看不怎么具体,但却令人感受到《红楼梦》文本的文化积淀之深。

从《红楼梦》文本透露出的信息看,曹雪芹应该与他笔下的宝玉一样虽不喜读《四书》《五经》等用于科考的正统经典,却对戏曲小说等旁学杂书抱有很大兴趣。小说第二十三回写宝玉的小厮茗烟为逗闷闷不乐的宝玉开心,"便走去到书坊内,把那古今小说并那飞燕,合德,武则天,杨贵妃的外传与那传奇角本买了许多来,引宝玉看",宝玉"一看见便如得了珍宝",常常"无人时自己密看"。从小说所写宝玉得以博览《西厢记》《牡丹亭》等戏曲与《昭阳趣史》《如意君传》等类似小说来看,作者对这类书也是非常熟悉的。广泛的阅读面使得曹雪芹虽然没有经过"互文性"这样的专门训练,却已在自觉不自觉地实施着这种文本创构方案。

现代作家兼红学家俞平伯在谈到《红楼梦》的"传统性"时认为,这部小说不仅"实集合古来小说的大成",而且"还继承了更远的文学

---

① 贾文昭编:《中国近代文论类编》,黄山书社1991年版,第466页。
② 《戚蓼生序本石头记》卷首,人民文学出版社2011年版,第1页。

传统，并不限于小说，如《左传》《史记》之类，如乐府诗词之类，而《庄子》与《离骚》尤为特出"。① 俞先生充分估计到，除了《左传》《史记》之类的史书，想象奇特、汪洋恣肆的《庄子》《离骚》对《红楼梦》文本之渗透是非常大的。其《读〈红楼梦〉随笔》也指出：

《红楼梦》的古代渊源非常深厚且广，已可略见一斑。自然，它不是乃融合众家之长，自成一家之言。所以必须跟它的独创性合并地看，才能见它的真面目。若片面地、枝节地只从字句上的痕迹来做比较，依然得不到要领的。……我总觉得《红楼梦》所以成为中国自有文字以来第一部的奇书，不仅仅在它的"独创"上，而且在它的并众长为一长，合众妙为一妙"集大成"这一点上。②

强调《红楼梦》作为"第一部奇书"，除了取决于其"独创"，还在于其"集大成"。当代红学家刘梦溪在回答"何独《红楼梦》最有典范意义"这一问题时，也曾指出："……文学本身有历史的继承性，后来的作家总是要从先辈那里吸取营养，因此越是晚出而又能达到高峰的作品，包含的文学传统的成分越多，对一国文学来说，其典范意义也就越发突出。《红楼梦》是中国古典文学的集大成的作品。"③ 也强调这部小说得以"集大成"的关键是"从先辈那里吸取营养"，如此自然会有较多的"互文性"因素。要揭示《红楼梦》这座"集大成"文化宝库之秘密，必须文本传承与推陈出新兼顾。

关于《红楼梦》的"互文性"问题，研究者及相应成果日多。其中，周建渝的《文本互涉视野中的石头记》指出，相对于历时性的"影响研究"而言，"'文本互涉'观点则将诸种文本置于共时性空间，

---

① 《俞平伯全集》第6卷，花山文艺出版社1997年版，第5—6页。
② 同上书，第22页。
③ 刘梦溪：《红楼梦与百年中国》，中央编译出版社2005年版，第46页。

关注文本与文本之间的互动关系，并将文本中的诸种叙述看作是众多声音相互交织、渗透与对话的结果，批评的意义在文本间的对话中产生。文本互涉批评关注的焦点，既包括不同文本之间的交互指涉关系，又涉及同一文本中不同人物、情节、场景、母题、寓意之间的交互指涉关联"。不仅为《红楼梦》"互文性"研究确定了一个大体范围，而且还对《红楼梦》"对于此前白话小说传统的继承""受到中国抒情文学传统之影响"等方面的研究概况进行了梳理，并对海外得风气之先的相关研究有了较好的总结。其文中重点介绍了高辛勇《从文际关系看红楼梦》以及王静的《石头记：文本互涉性，古代中国的石头传说及〈红楼梦〉〈水浒传〉〈西游记〉中石头的象征》（1992）运用"互文性"观念对《红楼梦》中的石头意象与《水浒传》和《西游记》中的石头意象之关系的探讨情况。在这些前人讨论和研究基础上，周先生主要集中从两个方面探讨了《红楼梦》之"石头"叙述对《水浒传》"石碣"叙述的颠覆与嘲弄和对《西游记》"石猴"叙述的戏谑与嘲讽。①

在探讨这部"集大成"小说的文本创新价值时，我们既不能停留在"只着眼于'表述方法、语言词句'的相似，只着眼于个别细节、情节的相若，便惊呼'何其相似乃尔'"的疏证层次②，也不能像索隐派红学那样"不着意于明显的引用、转述、抄袭，而是执着地把文本认定为经过了复杂曲折的改写、伪装而成的密码"③，而应该从文本互涉视角发掘这种"集大成"中的审美意蕴和深邃意义。在如火如荼的红学研究洪流中，尽管从"互文性"视角关注《红楼梦》正在不断升温，但大多研究还仅仅偏重于"互文性"之戏拟叙事的价值重构与审美效果，尚需专门从"互文性"这一视角有效地打开《红楼梦》这座

---

① 周建渝：《"文本互涉"视野中的〈石头记〉》，《南开学报》（哲学社会科学版）2011年第3期。

② 傅憎享：《被拔高的与被贬低的〈红楼梦〉——论曹雪芹的借鉴与创新》，《文学遗产》1984年第4期。

③ 陈维昭：《索隐派红学与互文性理论》，《红楼梦学刊》2001年第2期。

"集大成"宝库。

二　诗情画意"跨文体"翻转

面对世间人之常情，文学家可以采取不同文类、不同表达方式予以传达：既可以提炼或熔铸为诗句，也可敷衍或铺展为戏曲小说叙事。各种文本传达又可以互相翻转：可以把一些诗句的诗意推演为戏曲小说叙事，也可以将戏曲小说叙事凝铸为某种诗意。如前所述，"文备众体"虽然并非《红楼梦》"集大成"的根本，但"众体皆化"却是这种"集大成"的标志之一。在文本创构上，曹雪芹不仅通过跨文体借鉴吸取了诗文（包括八股文）、戏曲等文体的章法结构、遣词造句经验，而且还通过加工改造、翻新转换，将前人诗词戏曲小说文本翻转为新的小说文本。凭着左右逢源、得天独厚的"互文性"等叙述策略，《红楼梦》的文本创构达到了登峰造极的"集大成"高度。

首先，《红楼梦》善于化诗意为稗家叙事，用甲戌本第二十五回脂砚斋评点的话说，即"此书之妙，皆从诗词句中泛出"。

众所周知，《红楼梦》文本之美，美在充满了诗情画意，不仅表现为作者经常于行文中根据叙事需要插入大量诗词，而且表现为其叙事写人文墨中往往含有丰富的诗韵。甲戌本在第一回贾雨村对月口占五言律咏怀之前，有一条脂砚斋的侧批提出："雪芹撰此书，亦有传诗之意。"小说文本借人物题咏、联诗等各种活动留下了诸多原创的诗词曲赋，使得作者自己创作的这些作品得以有赖小说传世而储存起来。广义而言，小说借人物之口屡屡提到前人诗词名句，也使得这些诗借机得到广泛传播。对"写小说以传诗"之说，学界有不同的理解，如吴世昌多年前就已指出："《红楼梦》中散文往往有诗意，故事往往有诗意，即在于雪芹运用前人诗材为素材，再在上面用别的诗加以雕绘。'绘事后素'，而雪芹采用的'素'和'绘'既来自前人之诗，化旧诗为新的散文，故其所传者是诗的精神，而不仅仅是指大观园中姑娘们的逢场作戏的吟咏。"① 并认为将诗体嵌入或载入小说文本以传之,并非是作者创作的本意,而是贵在根据前人诗意敷演出诸多生动有趣、富有人生感的叙事图景,或呼应前人诗意,或给人以诗情画意感。从广义"互文性"而言,小说原创之诗有许多点化前人之作,固然属于"互文性"创作,然而那些由故事人物直接吟诵或者提及的前人诗或诗句也应属于"互文性"范围。但由于小说中直接引用或镶嵌点缀的诗词体作品和诗句较多,前人以"《红楼梦》与诗词"之类话题展开的总结和探讨较多,如蔡义江在《红楼梦诗词曲赋鉴赏》绪论中指出,《红楼梦》真正实现了"文备众体",而诗词曲赋更是小说的有机组成部分,是被作者融入小说叙事当中去的;刘永良《袭故弥新,点铁成金——〈红楼梦〉对唐宋诗词的借鉴》从形式和手法上总结了《红楼梦》直接引用、翻新化用、改变字词、借用意境、用作典故、套用句法等方面,可供参考,因而不再赘述。② 我们应把研究重点放在关注《红楼梦》中那些诗性或诗化文笔与小说叙事写人通过"跨文体"话语转换与对接而形成的诗情画意文本上。

  中国传统诗意的突出标识是意象,《红楼梦》开篇第一回即以花木灵石为意象,借以敷演一段三生石畔绛珠仙草与神瑛侍者的神话故事,饱含着含蕴无穷的诗意。对此,脂砚斋批曰:"以顽石草木为偶,实历尽风月波澜,尝遍情缘滋味,至无可如何,始结此木石因果,以泄胸中悒郁。古人之'一花一石如有意,不语不笑能留人',此之谓耶!"这几句评语中所引诗句见于唐人刘长卿《戏赠干越尼子歌》,脂砚斋为呼应"木石前盟",而将原诗"一竹"改为"一石",对接了这段故事的诗情画意。在"万物有灵""人情物理""天人合一"等原始思维或传统思维下,在屈宋楚辞"香草美人"比兴诗歌创作风尚的影响传承中,

---

① 吴世昌:《〈石头记〉疏证小引》,《读书》1981 年第 11 期。
② 刘永良:《袭故弥新,点铁成金——〈红楼梦〉对唐宋诗词的借鉴》,《红楼梦学刊》2005年第 3 辑。

花草、草木、玉石等意象反复出现在诗词文本中，成为文人抒写理想与情怀的载体，这种丰厚的文化底蕴赋予《红楼梦》无限诗意。

　　在整部小说叙事中，《红楼梦》常借助前人诗意以展现人物日常生活情貌、情态。脂砚斋等评点者已经指出了其中的不少诗意蕴涵，使得小说的诗意得以还原。如第七回写道："周瑞家的不敢惊动，遂进里间来。只见薛宝钗穿着家常衣服，头上只挽着鬏儿，坐在炕里边，伏在小炕桌上同丫鬟莺儿正描花样子……。"作者写宝钗如此这般穿着家常衣服，也许创意自唐代王建《宫词》："家常爱着旧衣裳，空插红梳不作妆。"故而甲戌本在此有眉批予以指出。宝钗穿的"家常衣服"是什么样子呢？结合第八回再次所写其面貌"一色半新不旧，看去不觉奢华"，便知与王建所谓"旧衣裳"是呼应的。又如，第二十五回写黛玉一日"饭后，看了二三篇书，自觉无味，便同紫鹃雪雁做了一回针线，更觉得烦闷，便倚着房门出了一回神"。对此，甲戌本有侧批曰："所谓'闲倚绣房吹柳絮'是也。"此所谓"闲倚绣房吹柳絮"，乃是李商隐《访人不遇留别馆》中的诗句，只是改"绣帘"为"绣房"，借以传达出黛玉在宝玉遭贾环暗算烫伤脸后的闷闷不乐心境。再如，其同一回写黛玉闲着无聊，"看阶下新进出的稚笋"，脂砚斋领会到小说是如何借杜诗句来写黛玉烦闷无聊心境的，故有侧批曰："好好，妙妙！是（番）〔翻〕'笋根稚子无人见'句也。"诗句见于杜甫《漫兴九首》其七，本是以写初夏时节幼雉隐伏在竹丛笋根旁边来象征自己的孤寂，小说借此诗意写黛玉寂寞无人关心的况味。再有，第四十五回写宝钗谈探望病中的黛玉，两人互剖心曲，冰释前嫌，故常倾诉肺腑。继而，一日傍晚，黛玉等宝钗时，"淅淅沥沥下起雨来，秋霖脉脉，阴晴不定，那天渐渐的黄昏，且阴的沉黑，兼着那雨滴竹梢，更觉凄凉，知宝钗不能来了"，黛玉心有所感，提笔吟出《秋窗风雨夕》。"吟罢搁笔，方欲安寝，丫环报说：'宝二爷来了。'一语未完，只见宝玉头上戴着大箬笠，身上披着蓑衣。黛玉不觉笑了：'那里来的渔翁！'"约定的人没有来，

第九章　从"互文性"看《红楼梦》之"集大成"

331

心里的那个人却来了，黛玉忽而由寥落转惊喜。且不说《秋窗风雨夕》系仿拟唐代张若虚抒写游子思妇情怀的《春江花月夜》，就是宝玉夜访潇湘馆这一情景，也颇有几分《诗经·风雨》之"风雨如晦，鸡鸣不已""既见君子，云胡不喜"的诗情画意。

在由前人诗意转化为小说叙事中，《红楼梦》仍然保持了某些情景交融的意象性、意境感。如，第十七回写贾政等游完沁芳亭、潇湘馆、稻香村，至蘅芜苑，"只见许多异草：或有牵藤的，或有引蔓的，或垂山巅，或穿石隙，甚至垂檐绕柱，萦砌盘阶，或如翠带飘飘，或如金绳盘屈，或实若丹砂，或花如金桂，味芬气馥，非花香之可比"。庚辰本有双行夹批曰："前三处皆还在人意之中，此一处则今古书中未见之工程也。连用几'或'字，是从昌黎《南山诗》中学得。"指出这里系借鉴韩愈《南山诗》中连用五十一个"或"字摹写京城长安南边群山的笔法与笔致来写蘅芜苑。更有代表性的是，第五十八回写宝玉病后初愈去看黛玉，从沁芳桥一带堤上走来时的所见是这样一番光景。由仰望杏子已结想起邢岫烟既已择了夫婿，不过二年便也要生儿育女了。这里不仅直接按照当事人的思绪从杨柳依依、桃杏芬芳联想到不远的日后"绿叶成荫子满枝"，除了借题发挥于杜牧《叹花》诗意，这段文字将宝玉的多愁善感之情、伤春惜人之怀、繁华易逝之感尽蓄其中，还兼有崔护《题城南庄》所谓"人面不知何处去，桃花依旧笑春风"、苏轼《蝶恋花》"花褪残红青杏小"等诗词的诗趣与意境。至于第六十二回所写史湘云醉眠芍药裀的优美画面，据前人研究，乃由北宋释惠洪《冷斋夜话》所记载的"海棠春睡"诗意敷演而来。苏东坡曾根据杨贵妃"海棠春睡"这个典故写了一首《海棠》诗："东风袅袅泛崇光，香雾空蒙月转廊。只恐夜深花睡去，故烧高烛照红妆。"明代风流才子唐伯虎以此曾画过一幅以"海棠春睡"为主题的《题海棠美人》图，并题诗一首，这又镜照了《红楼梦》第五回所写秦可卿房中有唐伯虎的《海棠春睡图》这一意象。

同时，在传统"诗画一体"机制下，《红楼梦》诗情画意两不分，诗情寓于画面，画面饱含诗情。如第二十五回写贾宝玉寻觅小红的场面别是一种形态："宝玉只装做看花，东瞧西望，一抬头，只见西南角游廊下栏杆旁有一个人倚在那里，却为一株梅棠花所迸，看不真切。"按照脂砚斋评点所示，此般妙境正传达出《西厢记》第二本第一折所谓可望而不可即的"隔花人远天涯近"诗意况味以及缠绵之情。

给人印象更为深刻的是，《红楼梦》还长于借前人追摄细微人情的诗意传达温馨的伦常之情。如，第十三回写丈夫贾琏出差在外，家里凤姐与平儿一妻一妾牵肠挂肚，不免算计起行程来："话说凤姐儿自贾琏送黛玉往扬州去后，心中实在无趣，每到晚间，不过和平儿说笑一回，就胡乱睡了。这日夜间，正和平儿灯下拥炉倦绣，早命浓薰绣被，二人睡下，屈指算行程该到何处。"脂砚斋以唐代白居易《同李十一醉忆元九》诗中的"计程今日到梁州"这句痴语概括小说所写这段夫妻深情。再如，第十六回写贾政被传唤进朝，不知吉凶，合家人心中未免皆惶惶不安，尤其是作为母亲的贾母更是着急。小说写道："那时贾母正心神不定，在大堂廊下伫立。"此二句写出慈母的焦急牵挂和焦虑等待消息的情景。对此，庚辰本有侧批曰："慈母爱子写尽。回廊下伫立与'日暮倚庐仍怅望'对景，余掩卷而泣。"根据眉批"南汉先生句也"指示，可知这位南汉先生是明代人南野公，诗句出自其《南野集》。

当然，《红楼梦》赋予宝玉、黛玉等主要人物以诗性人格，故而更是常常借助诗情画意渲染他们的喜怒哀乐之情。如，人们关注到诗情洋溢的林黛玉所赋诗的清词丽句带有初唐的情韵格调。第二十七回中的《葬花词》仿拟刘希夷《代悲白头翁》的痕迹较为明显：前者的"花谢花飞飞满天，红消香断有谁怜"正可与后者的"洛阳城东桃李花，飞来飞去落谁家"相呼应；而"我今葬花人笑痴，他年葬侬知是谁"则对应于"今年花落颜色改，明年花开复谁在"。再如，《红楼梦》第四十五回直接交代林黛玉"拟《春江花月夜》之格，乃名其词曰《秋窗

333

风雨夕》",两首诗不仅伤春悲秋转换自然,而且格调、情趣乃至句法皆一一仿拟。

除了脂砚斋等在评点之中的提点,《红楼梦》文本创构中其他更多诗意的化入也不断地被人们发掘出来。如,俞平伯在《红楼梦辨》附录《唐六如与林黛玉》提出曹雪芹所写黛玉葬花这一叙事的创意灵感乃来自唐寅将牡丹花"盛以锦囊,葬于药栏东畔,作落花诗送之"。[①]受此启发和暗示,更有人指出,"葬花"叙事不仅触发于唐伯虎《落花诗》《花下酌酒歌》等诗歌,而且还有可能受到沈周、胡乾、徐渭、纳兰容若和曹雪芹祖父曹寅等人诗词的浸染,尤其是明末清初诗人杜濬作有《花冢铭》与曹雪芹的构思极为相似。[②]

由此可见,尽管《红楼梦》并不是一部诗体小说,但却是一部饱含诗性的诗化小说经典,作者善于不断地将前人诗意脱化为小说生动传神的叙事与写人。正如周汝昌在强调其提出的"诗化的要义"时所指出的:"《红楼梦》处处是诗境美在感染打动人的灵魂,而不只是叙事手法巧妙的令人赞叹。"[③] 无论如何,诗化的叙事、诗意的写人、诗性的造境是《红楼梦》"集大成"的重要表征之一。

在跨文体互文方面,除了"此书之妙皆从诗词句中泛出",《红楼梦》还习常"由顾曲而演为稗史"。

《红楼梦》大量地仿拟、戏拟了《西厢记》,这早已成为人们的共识。胡文彬《日月相映,照世同辉——论〈红楼梦〉与〈《西厢记》〉》一文有过系统考察,不仅统计出"《红楼梦》中提及《西厢记》书名、人名、诗词名句竟达20余处",而且还指出其表现形式多样:"有人物,有诗词名句;有细写,有略写;有的信手拈来,随文而出;有的则是精心安排,匠心独运。但是,小说中有关戏曲的设置无不与小说的宗

[①] 俞平伯:《红楼梦辨》,人民文学出版社2006年版,第205页。
[②] 刘红军:《黛玉葬花探源》,《红楼梦学刊》1995年第4期。
[③] 周汝昌:《红楼艺术的魅力》,作家出版社2006年版,第81页。

旨有'关会',而非泛泛闲笔。这一点,在《红楼梦》中所写宝黛读《西厢》、赞《西厢》、说《西厢》和围绕《西厢》所编织的种种情节,尤为突出。"① 其中,《红楼梦》文本田地里既不乏第二十三回所写宝黛共读《西厢记》,以及宝黛反复引用其原文试探彼此情思这样的明仿之迹,更有第十二回戏拟张君瑞(张生)那样跳墙赴约莺莺,而写出贾瑞夜晚跳窗户到凤姐的小院幽会的桥段。贾瑞遭王熙凤安排捉弄,被倒了一身粪汤,"满领满脸浑身皆是尿屎,冰冷打战"。庚辰本有畸笏叟眉批曰:"瑞奴实当如是报之。此一节可入《西厢记》批评内(纳)《十大快》中。"已经嗅觉到以贾瑞戏拟张君瑞,因而将"二瑞"联系在一起并非无中生有、牵强附会。

令人回味无穷的是,第十九回《情切切良宵花解语　意绵绵静日玉生香》竟然系直接由王实甫《西厢记》杂剧第一本"张君瑞闹道场"第二折中的"娇羞花解语,温柔玉生香"两句敷演而来。而《西厢记》中的这两句又是从前人文本化用而来:一则据五代王仁裕所撰《开元天宝遗事》记载:"帝(唐明皇)与妃子(杨贵妃)共赏太液池千叶莲,指妃子与左右曰:何如此解语花也。'"二则据唐代苏鹗《杜阳杂编》记载,唐肃宗赐李辅国香玉辟邪二,各高一尺五寸,工巧殆非人工,其玉之香可闻数百步。《西厢记》而后,"花解语""玉生香"成为描写美人的熟语。如《水浒传》第二十四回写潘金莲即用了"玉貌妖娆花解语,芳容窈窕玉生香"两句,第八十一回在夸饰京师名妓李师师的体态之美的七律中也有"白玉生香花解语,千金良夜实难消"两句。《金瓶梅》第九回、第六十八回、第七十八回更是分别用了"玉貌妖娆花解语,芳容窈窕玉生香""白玉生香花解语""比花花解语,比玉玉生香"等,显示出作者对这两个比喻的熟悉与厚爱。《红楼梦》借用"娇羞花解语,温柔玉生香"这两句充满诗意的话来敷演故事,不

---

① 胡文彬:《日月相映　照世同辉——论〈红楼梦〉与〈西厢记〉》,《锦州师院学报》(哲学社会科学版)1995年第2期。

仅使故事带有深厚文化底蕴，更使故事散发出人间深深的关爱之真情，缠绵悱恻之审美意蕴，沁人肺腑。作者妙以双关之笔，将两个典故运用得出神入化：袭人姓花，仿佛解语花，不仅貌美，且会说话，善解人意。《红楼梦》第三回已经交代过她"心地纯良，尽职职任""只因宝玉性情乖僻，每每规谏宝玉"。在第十九回又写她有一天晚上语重心长地规劝贾宝玉答应她三件事，其劝得诚恳动情，深情款款，真可谓"情切切"，不仅让当事人宝玉感动，而且也使读者受到感染。关于"花袭人"之名，人们已知来自陆游《村居喜书》中的"花气袭人知骤暖"一句，大意是因为花香迎面袭来，人们就知道天气骤然变暖了；而细心的读者也关注到曹雪芹在第二十三回、第二十八回两次提到的是"花气袭人知昼暖"，将"骤暖"写作"昼暖"，这并非像有的人所说的"作者的误记"，而是暗含"花袭人"经常夜晚规劝宝玉，夜晚的感化让宝玉体会到袭人白昼的温情，"花气袭人"便含有感化之意。在"意绵绵静日玉生香"部分，作者又以生香之"玉"指林黛玉，不仅让贾宝玉闻到林黛玉身上的香味，还情意绵绵地编造出谐音的"香芋"故事，虽然算不上高明，却能以发自肺腑的话来打趣黛玉，同样传达出小儿女之间的温馨浪漫。曹雪芹从戏曲"故典"中获得的些许灵感不仅表明二者精神格调上一脉相承，而且还表明《红楼梦》作者对《西厢记》文本的熟稔以及顺手拈来的活学活用。

《红楼梦》不仅随文自创了许多应景的诗词歌赋，而且嵌入了许多前人戏曲的曲词。如第二十三回写林黛玉听到《牡丹亭》中的"原来姹紫嫣红开遍，似这般都付与断井颓垣""良辰美景奈何天，赏心乐事谁家院""则为你如花美眷，似水流年""你在幽闺自怜"等艳曲，芳心暗动，不仅沉醉于其中的滋味，而且联想起古人"水流花谢两无情"诗句、"流水落花春去也，天上人间"词句，以及《西厢记》中"花落水流红，闲愁万种"曲句，"都一时想起来，凑聚在一处"。这是作者按照林黛玉的心绪将这些诗词曲剧中名句"凑聚"在一起，别具匠心地将前人诗意连缀而转化为小说叙事,使小说叙事中含有诗情画意之美。这不仅是作者自己的心路历程,甚至它还引导读者重返《西厢记》《牡丹亭》的世界观景听曲,并对古代诗词进行一番温故巡礼。

当然,在跨文体"互文"上,除《西厢记》《牡丹亭》之外,《红楼梦》还吸取了其他许多戏曲的菁华。从《红楼梦》第十八回写贾元春点了《一捧雪·豪宴》《长生殿·乞巧》《邯郸梦·仙缘》《牡丹亭·离魂》这四出戏来看,作者对这四部戏剧非常熟悉。其中,时空距离更近的《长生殿》与《红楼梦》之间的关联度最高。由于曹寅如此热衷《长生殿》,因而有人认为"其家庭子弟耳濡目染,迷离于悲欢盛衰之境,由顾曲而演为稗史,亦意中之事也""《长生殿》之曲本亦即《红楼梦》稗史之蓝本"。① 也有人曾指出洪昇《长生殿》第四出"春睡"交代杨玉环所谓"衔环而生"对《红楼梦》第二回冷子兴与贾雨村论荣国府境况时所谓宝玉"衔玉而生"有启发性,云云。② 更有人认为,"《红楼梦》与《长生殿》虽然作品体裁和故事题材均不同,但在创作主旨、结构情节、作品风格、人物性格、语言文字诸方面,均具有孪生姊妹的共同特征,某种程度上甚至可以说,《红楼梦》基本上是参照或模仿《长生殿》创作的",并"通过比较文学研究,推断《红楼梦》与《长生殿》《四婵娟》《织锦记》之间的亲缘关系",然后附会出一系列故事,从而将洪昇论定为《红楼梦》的作者。③

另外,据乾隆时有人记载,善因楼版《批评新大奇书红楼梦》第一回过录乾隆间人的批语曰:"(雪芹)不得志,遂放浪形骸,杂优伶中,时演剧以为乐。"由此可见,曹雪芹不仅对案头之剧曲熟知甚多,甚至还有场上登台表演的经验。《红楼梦》在文本创构中,自然会自觉不自觉地输入戏曲角色表演元素。如第二十回叙述贾琏追逐平儿求欢,

---

① 黄君坦:《〈红楼梦〉与〈长生殿〉》,《团结报》1983年11月26日,第8版。
② 廖小君:《〈红楼梦〉互文性研究》,《宁夏大学学报》(人文社会科学版) 2015年第5期。
③ 土默热:《三生石畔红学新说简稿》,《中国文化》2012年第1期。

一个在屋外,一个在屋内,隔窗调笑。庚辰本脂砚斋有批:"此等章法是在戏场上得来。"确实,对"在戏场上得来"的"章法"运用得如此娴熟,足以显示出作者身怀打破传统写法能力之绝技。

可以说,在文本创构上,《红楼梦》广纳博取,八面来风。脂砚斋盛赞《红楼梦》第四十四回曰:"真千变万化之文,万法具备,毫无脱漏,真好书也!"如此"万法具备",大多有其先天来路。从其对于诗词、戏曲跨文体之文本翻转这一层面,即可见出其"集大成"之说并非过誉。当然,也不断有研究者依据这些"互文性"迹象,将纳兰性德、袁枚、洪昇等作家拉入作者之争。

三 "家族相似性"的种体同构

更重要的是,作为小说的《红楼梦》,在集小说之大成上最为得心应手,从而形成时空近距离的接受。在脂砚斋之评点基础上,清代张新之曾有这样几句论断:"《石头记》脱胎在《西游记》,借径在《金瓶梅》,摄神在《水浒传》。"① 这几句经常被人们提及的论断,较为精准地概括出《红楼梦》与明代《水浒传》《西游记》《金瓶梅》三大小说之密切关联及不同层面。

关于《红楼梦》与《水浒传》之间的文本关联,脂砚斋曾有言之凿凿的评语予以指出。如《红楼梦》第二十四回写贾芸遇到醉汉倪二,"正没好气,抢拳就要打",此几句与《水浒》写杨志被泼皮牛二无理纠缠的遭遇相仿佛,再加泼皮"倪二"之仿拟泼皮"牛二"意味十足,故庚辰本有眉批曰:"这一节对《水浒》杨志卖大刀遇没毛大虫一回看,觉好看多矣!"指出《红楼梦》之效仿乃"出之于蓝而胜于蓝"。民国时期王伯沆在《红楼梦》评点中更是列举出数则借鉴样本。如第四十六回批语:"主意也好,大似王婆对西门庆设计,此之谓摄神在《水浒传》。"针对邢夫人打算说合鸳鸯成为贾赦小老婆,找凤姐商量那

---

① 一粟:《古典文学研究资料汇编·红楼梦卷》,中华书局1963年版,第153、154页。

口气和神情俨如《水浒传》中王婆为西门庆效劳那般。第七十七回批语："这些干娘都是《水浒传》王婆之流。"针对的写人片段是，王夫人欲遣散各位优伶，吩咐她们的干娘带回去自行聘嫁，各位干娘那副"趁愿不尽""与王夫人磕头领去"的姿态，与《水浒传》所写王婆为贪财而保媒拉纤那副嘴脸并无二致。这些关于《红楼梦》与其他小说细枝末节的关联材料，进一步强化了人们对《红楼梦》文本创构的"集大成"印象。具体情况，何红梅曾在《关于王伯沆〈红楼梦〉评点中的与〈水浒传〉有关的批语》一文中从叙事、写人以及语言运用等方面有较为详细的梳理与论述，可以参见。①

《红楼梦》的孕育生成还离不开《西游记》，张新之所谓"脱胎在《西游记》"，表明《西游记》在《红楼梦》中留下的胎记和印痕同样很多。比较明显的标志是，《红楼梦》开篇所说渺渺真人、茫茫大士，与《西游记》开场诗"茫茫渺渺无人见"相似；悟空出于石与宝玉由石转世相似。《红楼梦》第一回写葫芦庙失火，"将一条街烧得如火焰山一般""只可怜甄家在隔壁，早已烧成一片瓦砾场了"。"火焰山"显然来自《西游记》，"瓦砾场"则来自《水浒传》，足以显示出作者对两部经典名著信手拈来的熟稔程度。从评语看，脂砚斋重点关注了其人物设置与结构上的师承效法。如甲戌本第十二回卷首批曰："若明指一州名，似若《西游》之套。"蒙本有侧批曰："又一转换。若无此则必有宝玉之穷究，宝钗之重复，加长无味。此等文章是《西游记》的请观世音菩萨，菩萨一到，无不扫地完结者。"从脂砚斋的评语，大致可以看出《红楼梦》对《西游记》文本的师法侧重和程度。

"没有《金瓶梅》，就没有《红楼梦》"，这一共识与定论足以令人看出两部小说文本之间的关联度之高。在《红楼梦》第十三回叙"秦氏死后薛蟠、贾珍、贾政议论为其买棺木"一节，甲戌本有脂砚斋眉

---

① 何红梅：《关于王伯沆〈红楼梦〉评点中的与〈水浒传〉有关的批语》，《名作欣赏》2015年第9期。

批曰:"写个个皆知,全无安逸之笔,深得《金(瓶)》壶(壸)奥。"这几句评点强调其袭用《金瓶梅》第六十二至六十三回所写李瓶儿大出丧一段文字,借丧礼展现各色人物情状。值得注意的是,《金瓶梅》写李瓶儿死后,唱妓吴银儿来上纸,"哭的泪人也相似",显然是发自两人交情;《红楼梦》写秦可卿死后,其公公贾珍"哭的泪人一般",旨在暗示二人非同寻常的乱伦关系。除此之外,脂砚斋评语还有两处提到《红楼梦》对《金瓶梅》的师法。一处是,针对《红楼梦》第二十八回所写薛蟠、冯紫英等请酒行令,薛蟠说"女儿悲,嫁了个男人是乌龟"一段叙述,甲戌本有眉批曰:"此段与《金瓶梅》内西门庆、应伯爵在李桂姐家饮酒一回对看,未知孰家生动活泼?"指的是借饮酒写人文本的异同。另一处是,针对《红楼梦》第六十六回所写柳湘莲对宝玉"跌足"讲了"你们东府里除那两个石头狮子干净,只怕连猫儿狗儿都不干净。我不做剩忘八"那番话,己卯本又夹批曰:"极奇之文,极趣之文。《金瓶梅》中有云:'把忘八的脸打绿了',已奇之至。此云'剩忘八',岂不更奇!"这里指出了两部小说之间特殊字句的袭承。

特别值得探讨者还有《红楼梦》与《聊斋志异》之间的近距离关系。二者之间到底有无关系?给人的印象似乎是若即若离、查无实据的"灯下黑"感。民国时期的学者王伯沆较早致力于这一研究,并提出了诸多"化出"之处。如他指认《红楼梦》第四十八回写贾赦抢夺石呆子扇子一段,"似脱胎《聊斋·石清虚》中段";评第六十四回所写贾琏索取尤二姐的槟榔吃一节曰:"此一段似从《聊斋志异·王桂庵传》脱胎。"认为二者在内容和意义方面具有明显的关联。第八十回写宝蟾倒茶给薛蟠吃,薛蟠趁机挑逗宝蟾,原文是:"薛蟠接碗时,故意捏他的手。宝蟾又乔装躲闪,连忙缩手。两下失误,豁嘟一声,茶碗落地,泼了一身一地的茶。"王氏认为"正从《聊斋·白于玉传》中化出",指的是从紫衣美女给吴生倒酒这一情节"化出",其原文是:"生托接杯,戏挠纤腕。女笑失手,酒杯倾堕。"这些"化出"痕迹,隐隐约约显示出两部小说之间的"互文性"关联。现代学者李悔吾《中国小说史漫稿》通过与《红楼梦》第九十七回比较，认为："曹雪芹也是语言大师，但他形容薛宝钗的'荷粉露垂，杏花烟润'，却是借用蒲松龄形容胡四姐的话。"① 兼擅聊斋学、红学的马瑞芳除了认同这一点，还进而指出《红楼梦》写秦可卿出丧参照的是《金瓶梅》所写李瓶儿出丧，大凡临终嘱托、棺木越规、僭越规矩等叙事存在雷同，而《聊斋志异》写金和尚出丧则可能是前二者之间的过渡环节，只是变烦琐为简练，变自然撷拾为理性归纳。《聊斋志异》与《红楼梦》也许存在共同语境下的不约而同或不谋而合，但其中所拥有的一系列具体的蛛丝马迹，又让人感觉二者之间存在必然的"互文"确证。然而，看似仿佛，查无实据，因而马教授提出："《红楼梦》的作者到底是否看过《聊斋志异》？这恐怕是个需要认真探讨而又未必能够很快解决的问题。"② 除了以上关于两部小说经典之间所存在的蛛丝马迹的雷同，有些研究者还关注到《红楼梦》第十九回所写宝玉"伸手向黛玉胳肢窝内肋下乱挠"逗笑一节与《聊斋志异·香玉》所写"挠痒"细节有一致之处："……按其处，使生两爪齐搔之。"前者写宝玉为黛玉讲故事，"小耗子现了原形笑道：'我说你们没见世面，只认得这果子是香芋，却不知盐课林老爷的小姐才是真正的香玉呢！'"这里已经明确点明"香玉"了。面对黛玉不乐，宝玉解释说："好妹妹，饶我罢，再不敢了！我因为闻见你的香气，忽然想起这个故典来。"黛玉笑道："饶骂了人，还说是故典呢！"根据这段文字，有人推测此所谓的"故典"表明是已有的故事，当是《聊斋志异》中的《香玉》。从人物命名看，香玉与黛玉都是"玉"字。宝钗姓薛，谐音"雪"，她的判词是"金簪雪里埋"；而《终身误》曲亦云："山中高士晶莹雪"，此富有象征意义的"雪"字更是与《香玉》

---

① 李悔吾：《中国小说史漫稿》，湖北教育出版社2001年版，第144、148页。
② 马瑞芳：《从〈聊斋〉到〈红楼〉——关于古典小说和文化传统的杂谈》，《红楼梦学刊》1993年第2辑。

中的"绛雪"相通。加上《婴宁》《葛巾》两篇篇末关于"解语花"典故的遣用，使得人们更容易联想到《红楼梦》第十九回所谓"情切切良宵花解语，意绵绵静日玉生香"的命题。况且，《红楼梦》与《聊斋志异》所传达的两性观念也让人产生某种"互文性"联想。如《香玉》写黄生一男赢得了香玉和绛雪"双美"芳心。绛雪曾经表白："妾以年少书生，什九薄幸；不知君固至情人也。然妾与君交，以情不以淫。若昼夜狎昵，则妾所不能矣。"而黄生也曾对其进行这样的角色定位："香玉吾爱妻，绛雪吾良友也。"显然，这里所谓的"以情不以淫"，与《娇娜》所谓的"色授魂与"，即相当于《红楼梦》第五回提出的有别于皮肤滥淫的"意淫"观念。当然，从《聊斋志异》中的《石清虚》《荷花三娘子》中的"石"意象与《红楼梦》"石头"意象之间的关联度，也不免令人联想到二者的"互文性"。另外，我们肯定还可找到其他一些关于两种文本关联的蛛丝马迹。如在传达女性娇羞的经典小动作方面，二者均写"拈带""弄衣带"。《聊斋志异》中的《小翠》写小翠逢场作戏受到诟骂后，"倚几弄带，不惧，亦不言"，数语尽现少女之天真痴憨；《辛十四娘》写辛十四娘出场，用了这样的笔墨："果有红衣人，振袖倾鬟，亭亭拈带。望见生入，遍室张皇。"《青凤》写青凤与耿去病秘密幽会被叔父撞见时的情态是："女羞惧无以自容，俯首倚床，拈带不语。"这里点出了与"拈带"动作描写匹配的心态是"羞惧"。《胡四姐》也有这样一番描写："生狂喜，引坐，三姐与生同笑语，四姐惟手引绣带，俯首而已。"《红楼梦》第三十四回写道："宝玉听得这话如此亲切稠密，大有深意，忽见他又咽住不往下说，红了脸，低下头只管弄衣带，那一种娇羞怯怯，非可形容得出者，不觉心中大畅，将疼痛早丢在九霄云外"，通过写"弄衣带"传达宝钗"娇羞怯怯"神情。第七十三回写迎春正因他乳母获罪，自觉无趣，又受到生母邢夫人责怪，"低着头弄衣带"，传达出一个懦弱小姐的神情。从这种种大大小小、千丝万缕的关联，人们备感这两部同时代错峰问世的小说经典之间在取意兴味上存在着较大面积的相通。

可想而知，事实也已证明：相对于与戏曲、诗文等跨文体之文本，《红楼梦》与同为小说文体的《水浒传》《西游记》《金瓶梅》《聊斋志异》之文本关联更为密切。

第二节 《红楼梦》"集大成"之层级与境界

《红楼梦》文本创构的"集大成"是多层面的，既有对前人跨文体或同文体文本乃至一词一句的点铁成金，又有从文化高度对前人文本创意以及原型、意象的脱胎换骨，既有师法前人文辞之举，更有超越前人文本意蕴之创新，当之无愧地享有"集大成"之称。

一 "层层累积"的"互文性"写人之道

相对而言，从写人视角看，《红楼梦》这部小说"层层累积""集众为一"特质更为突出。作者写人往往不求一气呵成，也并不一下子兜售无余，而是层层加码，步步为营，最终达到浑然天成。在这种笔势下，小说中的人物往往以"意象集""角色丛""影子的影子""镜像的镜像""箭垛式的人物"等"集大成"的面貌出现，成为似曾相识又特立独行的"熟悉的陌生人"。

就拿关于林黛玉的描写来说，庚辰本第十六回中有一条脂砚斋评语曰："略一点黛玉情性，赶忙收住，正留为后文地步。"点到为止，以便为"集众为一"留有余地，正是《红楼梦》写人采取的重要策略之一。在黛玉身上，到底集聚了多少文化符号？这个问题难以尽言，冯其庸曾有过这样的概括：

> 林黛玉这个艺术形象，又不是天上掉下来的，而是从中国传统文化、传统美学理想，经过曹雪芹崭新的思想而孕育化生出来的。

析而言之，她有藐姑仙子的仙和洁，她有洛水神女的伤，她有湘娥的泪，她有谢道韫的敏捷，她有李清照的尖新和俊，她有陶渊明的逸，她有杜丽娘的自怜，她有冯小青的幽怨，她有叶小鸾的幼而慧，娇而夭，她更有自身幼而丧母复丧父的薄命。……总之，在她的身上，集中了传统性格和传统美学理想的种种特点和优点，镕铸成一个完美的活生生的独特个性。这个个性是孕育化生而成的，不是集合而成的。①

这种"集大成"是对前人（包括文学人物）形形色色精神风貌的"集中""化生"，而非简单的"集合""叠加"。

除了以前人作镜像来映照，作者还赋予林黛玉"诗魂"与"花魂"秉性，使其身上集结了多种人情物理之意象与神韵。

从宏观来看，《红楼梦》作者继承发扬了传统诗歌赋比兴，尤其是《离骚》以来"香草"比喻"美人"的写作风尚。脂砚斋于第八回在反复感叹小说所写黛玉含酸处"不知有何丘壑"之余，进而概括道："真可拍案叫绝，足见其（黛玉）以兰为心，以玉为骨，以莲为舌，以冰为神，真真绝倒天下之裙衩矣！"指出作者是在不断地借"兰""玉""莲""冰"等高洁意象形容黛玉的超凡脱俗、能言善辩等品质，可谓集天下美女符号之大成。写花即写人，小说中的《葬花词》《桃花行》《唐多令·柳絮》足以见出黛玉之哀伤凄婉；《问菊》则颇显出其清高。

微观而言，曹雪芹不仅随时地遣用西施、飞燕、谢道韫等各历史人物以喻说林黛玉，而且还随机将其他精神偶像之性情赋予其身。作者于第三回正面呈现其面貌曰："两弯似蹙非蹙罥烟眉，一双似喜非喜含情目。态生两靥之愁，娇袭一身之病。泪光点点，娇喘微微。闲静时如娇花照水，行动时似弱柳扶风。心较比干多一窍，病如西子胜三分。"此

---

① 冯其庸：《启功先生论〈红〉发微——论〈红楼梦〉里的诗与人》，《红楼梦学刊》2002年第2期。

处传达的信息是，眉清目秀、多愁善感、娇美多态、聪明伶俐、体弱多病。在作者笔下，林黛玉聪慧灵敏，乖巧可爱，又有些敏感多心，故一开始即以传说中拥有"七窍玲珑心"的比干和长于蹙眉捧心的西施来比衬凸显。另外，她常为宝玉伤心落泪，故又把她比作为虞舜泪洒斑竹的娥皇和女英。而且第三十七回写探春曾开黛玉玩笑时说："如今他住的是潇湘馆，他又爱哭，将来他想林姐夫，那些竹子也是要变成斑竹的。以后都叫他作'潇湘妃子'就完了。"另外，黛玉才华横溢，诗风灵秀，故而《红楼梦》又把她比作东晋才女谢道韫。陈洪《从"林下"进入文本深处——〈红楼梦〉的"互文"解读》从"可叹停机德，堪怜咏絮才。玉带林中挂，金簪雪里埋"出发，引《世说新语·贤媛》所载一尼姑对王夫人谢道韫、顾夫人张玄妹妹两位名士夫人的点评之语："王夫人神情散朗，故有林下风气；顾家妇清心玉映，自是闺房之秀。"指出谢道韫有才情，并有"林下之风"，而"林下之风"与"闺房之秀"相对应，也是通过自然与名教的对应，来分析林黛玉身上的谢道韫气息。① 第五回关于林黛玉的"堪怜咏絮才"判词，更是直击刘义庆《世说新语·言语》："俄而雪骤，公欣然曰：'白雪纷纷何所似？'兄子胡儿曰：'撒盐空中差可拟。'兄女曰：'未若柳絮因风起。'公大笑乐。"当然，《红楼梦》并不满足于此，其第二十七回的回目"滴翠亭杨妃戏彩蝶，埋香冢飞燕泣残红"，竟然又把林黛玉比作汉代能轻飘于掌上舞蹈的宠妃赵飞燕。

毋庸置疑，在关于黛玉的各种镜像中，西施这一镜像与林黛玉最为形似和神似。林黛玉身形苗条，纤腰袅娜，走起路来如弱柳扶风，翩翩跹跹，因而第五十五回写王熙凤对平儿说林黛玉"是美人灯儿，风吹吹就坏了"；第六十五回写仆人兴儿口中的黛玉"姓林，小名儿叫什么黛玉，面庞身段和三姨不差什么，一肚子文章，只是一身多病，这样的

---

① 陈洪：《从"林下"进入文本身处——〈红楼梦〉的"互文"解读》，《文学与文化》2013年第3期。

第九章 从「互文性」看《红楼梦》之「集大成」

天，还穿夹的，出来风儿一吹就倒了。我们这起没王法的嘴都悄悄的叫他'多病西施'。每常出门或上车，或一时院子里瞥见一眼，我们鬼使神差，见了他两个，不敢出气"。林黛玉自小有不足之症，有"西子颦眉捧心"之美。"善颦"的西施像一个幽灵，附体于黛玉身上，挥之不去。第三回写宝玉初见黛玉就因其眉具有似蹙非蹙模样，便赐给她"颦颦"这一美名。《庄子·天运》所叙"东施效颦"故事说："西施病心而颦其里，其里之丑人见而美之，归亦捧心而颦其里。其里之富人见之，坚闭门而不出；贫人见之，挈妻子而去之走。彼知颦美而不知颦之所以美。"西施之后，发自内心的颦眉之美再现于林黛玉身上。

除了颦眉捧心的西施，文学作品《西厢记》中的莺莺（间或红娘）也是《红楼梦》写林黛玉用以比附的对象，甚至林黛玉时常索性以莺莺自居。曹雪芹在写黛玉与宝玉感情交流过程中，反复直接引用《西厢记》莺莺与张生的唱词，这不仅意味着作者对这部戏曲之熟稔，信手拈来令其笔下的人物"活学活用"，而且也表明《红楼梦》中的宝玉、黛玉以及紫鹃时常自觉扮演张生、莺莺以及红娘角色，以他们为自我人生角色扮演的"影像"。第二十三回写宝玉读《西厢记》后心有所感，用戏曲中的原话和黛玉交心："我就是个'多愁多病身'，你就是那'倾国倾城貌。"宝玉如此套用《西厢记》第一本第四折张生唱词，不料惹恼黛玉，而他在赔礼道歉时，却又反被黛玉借用《西厢记》第四本第二折红娘唱词中的语言取笑："呸，原来是苗而不秀，是个银样镴枪头。"第二十六回写宝玉将脸贴在纱窗上看时，忽听得黛玉细细的长叹一声，道：'"每日家情思睡昏昏！'"此乃《西厢记》第二本第一折莺莺唱词。再看时，只见黛玉在床上伸懒腰。宝玉掀帘子进屋后，面对紫鹃端茶倒水的周到服侍，宝玉脱口而出："好丫头，'若共你多情小姐同鸳帐，怎舍得叠被铺床？'"乃活用了《西厢记》第一本第二折张生唱词。如此这般，宝玉、黛玉受到《西厢记》感染，时常自觉不自觉地扮演起张生、莺莺角色来。还有，第四十九回写宝玉注意调解黛玉和宝钗矛盾，却不知她们早已以同胞姐妹共处，就情不自禁地借用《西厢记》红娘的一句唱词来问黛玉其中究竟："那'闹简'上有一句说的最好，'是几时孟光接了梁鸿案？'"是在引用《西厢记》第二本第一折张生唱词说事。在听了黛玉的解释后，宝玉才恍然大悟，并且用《西厢记》中的另一句唱词"小孩儿家口没遮拦"，取笑黛玉说错酒令之事。由此可见，许多《西厢记》文本曲词贯穿于宝黛二玉"恋爱史"中，他们口无遮拦，有着心心相印的共同语言。有趣的是，每当宝玉运用《西厢记》淫词艳语调情"勾引"，林黛玉往往一时间难以接受这种突如其来的直露表白，表现出对他"看了混账书"，拿她"解闷"的指责，顿时回到《莺莺传》中大家闺秀莺莺的矜持，从而摆出要向长辈告状的姿态；而每当宝玉那张生般的狂情不得不有所收敛，只好发誓再不敢说"这些话"时，林黛玉又反倒像《西厢记》中的红娘那样大胆。《红楼梦》与《西厢记》文本关联度甚高，脂砚斋自然也经常予以涉笔评批。如针对第四十三回所叙茗烟不知宝玉含泪施了半礼底细，跪下代祝一段文字，庚辰本批曰："此一祝亦如《西厢记》中双文降香第三柱，则不语。红娘则待（代）祝数语，直将双文心事道破。此处若写宝玉一祝，则成何文字。若不祝直成一哑谜，如何散场？"指出《红楼梦》所叙乃从《西厢记》所写双文降香，红娘代祝数语那段文本而来。再如，针对第二十六回所叙"潇湘馆春困发幽情"一节，庚辰本有眉批曰："方才见芸哥所拿之书，一定见是《西厢》。不然，如何忘情至此？"针对第四十五回宝玉与黛玉一番对话，脂批曰："妙极之文，使黛玉自己直说出'夫妻'来，却又云画的、扮的。本是闲谈，却是暗隐不吉之兆，所谓'画儿中爱宠'是也，谁曰不然？"这意味着，《红楼梦》对《西厢记》文本师法既驻足于局部叙事，也草蛇灰线般地随时闪烁于字里行间。特别是第三十五回，写黛玉自比莺莺，是作者把莺莺当作黛玉描写的镜像。黛玉回潇湘馆，一进院门，只见满地下竹影参差，苔痕浓淡，不觉又想起《西厢记》中所云"幽僻处可有人行？点

347

苍苔白露冷冷"两句来（见《西厢记》第二本第一折红娘唱词），因暗暗叹道："双文，双文，诚为薄命人矣！然你虽命薄，尚有孀母弱弟；今日林黛玉之命薄，一并连孀母弱弟俱无。"此前，第二十六回写道："越想越觉伤感，便也不顾苍苔露冷，花径风寒，独立墙角边花阴之下，悲悲切切，呜咽起来。原来这黛玉秉绝代之姿容，具稀世之俊美，不期这一哭，那些附近的柳枝花朵上的宿鸟栖鸦，一闻此声，俱成楞楞飞起远避，不忍再听。"作者如此忽前忽后地一路写来，写出了孤苦无依的黛玉心中的孤寂凄凉。在金圣叹看来，《西厢记》中的莺莺已被写得"至尊贵、至灵慧、至多情、至有才"，汤显祖《牡丹亭》又把莺莺的多情发扬光大到杜丽娘身上。《红楼梦》写林黛玉的时候，也接受《牡丹亭·离魂》写春香演唱的曲词："连宵风雨重，多娇多病愁中。仙少效，药无功。"《红楼梦》写黛玉咏出"连宵脉脉复赡赡，灯前似伴离人泣"诗句，也许和春香的曲词并无关系，但"多娇多病愁中"却正是黛玉境遇的最好写照。从这个意义上说，林黛玉仿佛是莺莺之再生，杜丽娘之再世。《红楼梦》庚辰本第二十三回回评有言："以《会真记》文，后以《牡丹亭》曲，加以有情有景消魂落魄诗词，总是急于令颦儿种病根也。看其一路不迹不离，曲曲折折写来，令观者亦自难持，况瘦怯怯之弱女乎！"作者不去满纸刻板教条地去写才子佳人，却让才子才女借助文化密码在纸上复活，并赋予伤心人林黛玉红颜薄命、多情短命等宿命。正如梁启超《艺蘅馆胡词选》评价辛弃疾《青玉案·元夕》所言："自怜幽独，伤心人别有怀抱。"林黛玉也是天下无数伤心人的诗性化身。

就文本内部的"互文"而言，《红楼梦》着意以"影子"法写人，让人们从晴雯身上看到黛玉的影子。第七十四回写王善保家的对王夫人说："别的还罢了，太太不知，头一个是宝玉屋里的晴雯那丫头，仗着他的模样儿比别人标致些，又长了一张巧嘴，天天打扮的像个西施样了。"而王夫人听了这话，就问凤姐道："上次我们跟了老太太进园逛去，有一个水蛇腰，削肩膀儿，眉眼又有些像你林妹妹的，正在那里骂小丫头，我心里很看不上那狂样子。"随后，小说又写王夫人到了凤姐房中细看，那晴雯"因连日不自在，并没十分妆饰，自为无碍。及至王夫人一见她钗蝉鬓松、衫垂带褪，有春睡捧心之遗风，不觉勾起火来：'好个美人儿，真像个病西施了！'"在此，作者借助王夫人之言，将历史上的西施与现实中晴雯、黛玉联系起来，真是一箭双雕。这种"影子的影子"写人笔墨，层层加码，不仅是在步步凸显晴雯之美，更是在不断强化黛玉之美。

此外，《红楼梦》还着意反复以宝钗影像对照之，使钗黛合则为一体，分则两立。第五回《终身误》曰："都道是金玉良姻，俺只念木石前盟。空对着，山中高士晶莹雪；终不忘，世外仙姝寂寞林。叹人间，美中不足今方信：纵然是齐眉举案，到底意难平。"所谓"山中高士""世外仙姝"应该是明代高启《咏梅》诗的"雪满山中高士卧，月明林下美人来"二句化用而来。至于《红楼梦》第三十七回宝玉《咏白海棠》之诗："出浴太真冰作影，捧心西子玉为魂。晓风不散愁千点，宿雨还添泪一痕。"心中也只是终不忘世外仙姝黛玉而已。第四十二回的脂砚斋总批始倡"钗黛合一"之说："钗、玉名虽两个，人却一身，此幻笔也。今书至三十八回时，已过三分之一有余，故写是回，使二人合二为一。请看黛玉逝后宝钗之文字，便知余言不谬矣。"再回首，结合第五回《终身误》曲所谓"都道是金玉良姻，俺只念木石前盟。空对着，山中高士晶莹雪，终不忘，世外仙姝寂寞林。叹人间，美中不足今方信"的说法，可见，兼美始得完美，互补才能圆满，但世间本来人无完人，凡事皆会美中不足，钗黛组合只能以"幻象"形式存在。

在《红楼梦》关于黛玉的描写中，作者不仅"举一反三"，更在于"合众成一"或"众美证成一美"。王昆仑《红楼人物论》指出："黛玉以前，中国原有着千千万万个局部的黛玉；到了黛玉出现，那许多不完整的人物之情、之才、之貌，就都汇流在这一个人身上。"[①] 所谓

---

① 王昆仑：《红楼人物论》，北京出版社2004年版，第241页。

"汇流",就是一种"多而一"的汇集艺术。傅憎享也有过这样的分析:

> 他把美的单体置于众美丛集的群体之中,不仅以美与美感、美的效应,更以众美证成一人之美。连环不是循环,迭加不是简单相加;不是组合混合,而是融合化合生成一个新生象。在共变链中,美的群体是单体赖以产生的母体,而单体又是必不可少的环节。通过丛集链环节间的变换易位交互作用,通过往返流动的共变因果,人们逐渐地认识了人物,人物的实象在心目中渐次生成。①

所谓从"单体"到"群体"的"丛集",所谓"众美证成一美""融合化合生成"云云,都道出了《红楼梦》写人"集大成"之本真。总之,林黛玉之一体一身是无数众人汇合而成的合体。

同理,罗织各种文化符号般的意象实施比兴写人,也被广泛地用于写宝玉、宝钗、王熙凤、史湘云等人。如"脸若银盆"寓意为洁白、大方而富态,《水浒传》第三十七回写宋江眼里的穆弘"端的好表人物",便用了"面似银盆身似玉"这一修饰语。《金瓶梅》将"面如银盆,眼如杏子"这番修辞送给了吴月娘。《红楼梦》第八回写宝钗的容貌所用的笔墨是:"唇不点而红,眉不画而翠,脸若银盘,眼如水杏。"第二十八回再次用这套修辞语夸饰薛宝钗。这种"不点""不画"而天生自美的丽质,犹如李白《经乱离后天恩流夜郎忆旧游书怀赠江夏韦太守良宰》诗中"清水出芙蓉,天然去雕饰"的效果。曹雪芹在写人方面使出了浑身解数,通过彼此环环比附,使人物展示在读者面前。在作者意想中,宝钗有着杨贵妃般的富贵与丰腴,这在第三十回表露出来。虽然宝钗对别人将自己比作杨贵妃表现得很反感,但就相貌而言,由丰腴的薛宝钗想到杨贵妃符合逻辑。在此,杨贵妃这一镜像便被激活

---

① 傅憎享:《等闲识得东风面——从风姿与风貌的共变关系看〈红楼梦〉一组女性肖像描写》,《红楼梦学刊》1985 年第 3 辑。

到宝钗身上了。当然，为突破陈词滥调，《红楼梦》在用比附笔法写人时大大地扩大了用以充当喻象的历史人物阵营。

此外，有的评论家还把小说人物比附为历史人物，也表明《红楼梦》人物的基因是多重的。如清代红学家涂瀛《红楼梦问答》还拿小说中的许多女性与历史上具有文韬武略的男性作比，把黛玉比作贾谊、把宝钗比作刘邦、把探春比作李世民……，虽有些牵强附会，却反映了人们通过联想而阅读的习惯，也属于一种特殊的"互文性"阅读。这既对提高小说本身的社会意义有所裨益，也是对认知、理解历史人物的别开思路。

经过"层层累积""步步加码"，无论在叙事方面，还是在写人方面，《红楼梦》文本都显出富丽堂皇的"集大成"本色。

二　各层"集大成"中的文意出新

关于如何师法前人，唐代韩愈《答刘正夫书》曾经提过这样一种方案："师其意不师其辞。"意思是，效法前人的文意、不模仿文辞。曹雪芹师古而不泥古，善于将历代滚积起来的文化记忆与现实生命体验圆通地融合在一起，凭着汲取前人文本而"翻意""创意"，以新天下人耳目。在谈到文本之间如何互相指涉问题时，英国小说家兼理论家戴维·洛奇（David Lodge）说过："用一种文本去指涉另一种文本的方式多种多样：滑稽模仿、艺术的模仿、附合、暗指、直接引用、平行的结构等。"[①] 对于后起之秀、后出转精的《红楼梦》而言，难能可贵的是，作者已经通过滑稽模仿、艺术的模仿、附合、暗指、直接引用、平行的结构等艺术手段熔铸百家，达到了"翻意"创新效果。

在《红楼梦》文本"集大成"创构中，"求新"是硬道理。第一回所叙石头与空空道人对谈而讲的那番话被称为"石头宣言"，其实也代表了作者的创作立场和态度：

---

① ［英］戴维·洛奇：《小说的艺术》，王峻岩等译，作家出版社1998年版，第110页。

历来野史，皆蹈一辙，莫如我这不借此套者，反倒新奇别致，不过只取其事体情理罢了，又何必拘拘于朝代年纪哉！再者，市井俗人喜看理治之书者甚少，爱适趣闲文者特多。历来野史，或讪谤君相，或贬人妻女，奸淫凶恶，不可胜数。更有一种风月笔墨，其淫秽污臭，涂毒笔墨，坏人子弟，又不可胜数。至若佳人才子等书，则又千部共出一套，且其中终不能不涉于淫滥，以致满纸潘安子建、西子文君，不过作者要写出自己的那两首情诗艳赋来，故假拟出男女二人名姓，又必旁出一小人其间拨乱，亦如剧中之小丑然。且鬟婢开口即者也之乎，非文即理。故逐一看去，悉皆自相矛盾，大不近情理之话。……再者，亦令世人换新眼目，不比那些胡牵乱扯，忽离忽遇，满纸才人淑女、子建文君、红娘小玉等通共熟套之旧稿。

由此可以看出，曹雪芹一开始即发誓打破并超越"历来野史"那般"或讪谤君相，或贬人妻女，奸淫凶恶"、"风月笔墨"那般"淫秽污臭，涂毒笔墨，坏人子弟"以及"才子佳人等书"那般"千部共出一套，且其中终不能不涉于淫滥"。如何打破、超越？甲戌本第一回眉批作了这样的告知："开卷一篇立意，真打破历来小说窠臼。阅其笔则是《庄子》《离骚》之亚。"依托《庄子》《离骚》古风，掀起《红楼梦》叙事格调、写作笔法的惊涛骇浪，这种古风的特点就是新奇。立意新奇、翻陈出新，始终是作者念念不忘的创作自律。第四十八回叙述黛玉教香菱学诗，也曾授之为诗之道曰："词句究竟还是末事，第一是立意要紧。"第六十四回也曾叙述宝钗说过的一番话："做诗不论何题，只要善翻古人之意。若要随人脚踪走去，纵使字句精工，已落第二义，究竟算不得好诗……今日林妹妹这五首诗，亦可谓命意新奇，别开生面了。"这实际上都是作者在借文本人物之口表白"命意新奇"的文本创构观念。为追求新奇别致，作者着意对前人有所规避，规避俗套，规避千篇一律，规避陈词滥调，把"善翻古人之意"视为《红楼梦》"集大成"之旨归。

同时，脂砚斋的评点也配合了作者这番追求新奇之意，对如何超越才子佳人小说提出了一系列"负面清单"。如第一回甲戌眉批："可笑近日小说中满纸羞花闭月等字。"第三回甲戌眉批："最可厌野史中貌如潘安，才如子建。"这些评点用了"最可笑""可笑""可厌""可恨""最可恨"等词语以示否定。这种创新之道，可以借用脂砚斋甲戌本第二十五回中的批语，曰："避俗套法。"

除了"避俗套法"，《红楼梦》还采取"翻俗为雅"策略，力求改变以往小说俗滥不堪以及不能登大雅之堂形象。《红楼梦》诞生年代，《西厢记》《水浒传》《牡丹亭》《金瓶梅》等经典戏曲小说时常被冠以"诲淫诲盗"的罪名受到污名诋毁，甚至遭到禁毁。小说深陷如此困窘尴尬局面，要靠"互文性"写作来洗白，也要靠"互文性"阅读来救赎。

按照"互文性"理论观念，《红楼梦》既得前人文本之惠，也会相应地产生文本"反哺""回馈"功能，即通过读者阅读、接受以及舆论性传播实现对其接受对象的别解。陈文新曾指出：

> 《红楼梦》的高明之处在于：小说尽管不满意《西厢记》轻佻的格调，却并不声色俱厉地加以指斥，而是采用戏拟、反仿的方式，消解了被明代传奇小说视为'淫书'的《西厢记》，化解其庸俗的一面，并提醒读者留意作品值得留意的部分，将《西厢记》《牡丹亭》转化为感慨青春短暂、人生无常的诗，从而确立了塑造林黛玉形象的基调，提高了阅读《西厢记》的品格。[1]

宝黛是"以读诗的眼光读《西厢记》"的，曹雪芹也是把《西厢记》当作诗看待的。康熙年间列出的"淫书"禁毁书名，《西厢记》赫

---

[1] 陈文新：《〈西厢记〉：一个文本的复杂身世与多重面相》，《长江学术》2014年第1期。

然在列。可见,《红楼梦》的作者和评改者是胸怀多大的气魄和胆量来翻转这些禁书的。

除了那个年代一度被视为"洪水猛兽"的《西厢记》《牡丹亭》,《红楼梦》还乐此不疲地把当时被视为第一淫书的《金瓶梅》作为镜像,自然更增加了极大的挑战性和风险系数。《金瓶梅》除了"性""色情"描写的低俗,还少有正面角色,更遑论崇高层次的英雄主义了。《红楼梦》毕竟以雅致为审美追求,因此欲接受《金瓶梅》,必然要进行德性和审美格调的翻转。对此,有人称之为"反模仿"或"反弹琵琶"。反其道而出新,是其细处。由于《金瓶梅》加之其赖以衍生的《水浒传》早已被污名化为"诲淫诲盗"之书,臭名昭著,因而《红楼梦》的作者应该肩负着脱胎换骨使命,只有反向模仿《金瓶梅》,事乃可成。至《红楼梦》成书,《金瓶梅》的负面影响以及给人的不好印象得到某种程度的翻盘。拿以写性爱为中心的《金瓶梅》第二十七回"李瓶儿私语翡翠轩,潘金莲醉闹葡萄架",与以写情爱为重心的《红楼梦》第十九回"情切切良宵花解语,意绵绵静日玉生香"进行对照,便可较为充分地感受到后者是如何对前者进行脱胎换骨和"互文性"转换的。

就审美格调变换和境界提升而言,前人反复将《红楼梦》定格为雅驯。戚蓼生序言崇雅抑俗,认为《石头记》被人们所称道,其中的优点之一就是"欲求其一字一句之粗鄙猥亵,不可得也"。诸联《红楼梦评》亦云:"书本脱胎于《金瓶梅》,而亵嫚之词,淘汰至尽。中间写情写景,无些黠牙后慧。非特青出于蓝,直是蝉蜕于秽。"[1] 指出它脱胎于《金瓶梅》而又有所提纯,将低俗的亵嫚之词淘洗一番。张其信《红楼梦偶评》也认为,"此书从《金瓶梅》脱胎,妙在割头换像而出之。彼以话淫,此以意淫也"。"以意淫二字为题,以宝玉为经,宝钗、黛玉与众美人为纬。"强调不再津津乐道于皮肤滥淫,而以精神之

---

[1] 一粟编:《古典文学研究资料汇编·红楼梦卷》,中华书局1963年版,第117页。

恋性质的"意淫"取而代之。蕊珠旧史（杨懋建）《梦华琐簿》说："《金瓶梅》极力摹绘市井小人，《红楼梦》反其意而师之，极力摹绘阀阅大家，如积薪然，后来居上矣。"① 明确指出其"反其意而师之"的"互文性"策略。对此有所发挥的是杜贵晨，他的《〈红楼梦〉是〈金瓶梅〉"反模仿"与"倒影"之"基因"论》一文认为，"反模仿"本质上也是一种模仿。《红楼梦》是《金瓶梅》的"反模仿"与"倒影"，是《金瓶梅》的"转基因产品"。这种"反模仿"使其形象体系包括立意、结构、人物等"大处"和总体成为"《金瓶梅》之倒影"：《红楼梦》"谈情"，是青春版的《金瓶梅》；《金瓶梅》"戒淫"，是成人版的《红楼梦》；《红楼梦》"以情悟道"，贾宝玉是迷途知返的西门庆；《金瓶梅》"以淫说法"，西门庆是不知悔改的贾宝玉。其他诸如，林黛玉与潘金莲、薛宝钗与吴月娘、袭人与春梅等，皆具此等"倒影"关系。即使在这个意义上，《红楼梦》也"深得《金瓶》壶奥"，《金瓶梅》同样是《红楼梦》的祖宗。② 这种论调并非无稽之谈，而今还不断有人谈到宝玉身上的西门庆"血统"。

从行文笔调来看，从《西游记》"游戏中暗传密谛"，到《聊斋志异》"放言岂必皆游戏"，写鬼写狐，皆是有所寄托，至《红楼梦》虽仍保留了一定的调侃游戏笔墨，但总体格调已转入庄重深沉。甲戌本第十六回评曰："请出个运旺时盛的人。如闻其声。试问谁曾见都判来，观此则又见一都判跳出来。调侃世情固深，然游戏笔墨一至于此，真可压倒古今小说。这才算是小说。"庚辰本第十九回评曰："《石头记》一部中皆是近情近理，必有之事，必有之言。又如此等荒唐不经之谈，间亦有之，是作者故意游戏之笔耶？以破色取笑，非如别书认真说鬼话也。"尽管《红楼梦》也不乏游戏笔墨，但相对而言，作者是在以严肃

---

① 朱一玄编：《红楼梦资料汇编》，南开大学出版社2001年版，第828页。
② 杜贵晨：《〈红楼梦〉是〈金瓶梅〉"反模仿"与"倒影"之"基因"论》，《河北学刊》2018年第2期。

的态度说正经事。"悲凉之雾,遍被华林",《聊斋志异》既有作者"寄托如此,亦足悲矣"的感慨,又有五次于《连城》《田七郎》《乱离》《夏雪》《折狱》等篇末的"悲夫"感叹,还有近百次写人物之"悲";《红楼梦》中"悲金悼玉"之"悲",更是不胜枚举,且始终贯穿全文,二者皆为相类。虽然脂砚斋等人并没有透露《红楼梦》与时空距离比较近的《聊斋志异》之间的关系,相关信息暂时也查无实据,但从"文式"和审美格调看,二者之间的"互文性"是存在的。

当然,在《红楼梦》"互文性"文本创构中,皮肤滥淫的基因也时而会有所流露,且不说贾琏、家珍兄弟一幕幕俗滥人生的暴露,就是宝玉也并不那么纯粹。小说第三回写贾宝玉、林黛玉初相见还是只限于似曾相识的小儿女两小无猜,而第六回写宝玉初试风雨情之后,接下去第七回写贾宝玉和秦钟一见面就颇艳慕。在作者笔下,宝玉的同性恋朋友秦钟,是带着几分反讽话本小说《卖油郎独占花魁》中的"秦重"意味的。宝玉与秦钟后来竟然在学堂勾勾搭搭,再加上"香怜""玉爱"两个清秀的男童,"缱绻羡爱""或设言托意,或咏桑寓柳,遥以心照,却外面自为,避人眼目"。小说摄取如此不堪的男风镜头,大有滑入后来《品花宝鉴》之类狭邪小说的危险。从这个意义上说,《红楼梦》一度被列为禁书也并非完全冤枉。

概而言之,《红楼梦》就像一座容纳百川的文本、文体、文化宝库,前期各种文本汇聚于此,得以融合互化,又源源不断地渗透到后起诸多文本中。同时,《红楼梦》又如同一座不拒绝一土一石的巍巍高山,既通过多方吸取成就了其高大,又通过"翻意出新"成就了其新奇,成为众山簇拥的巅峰。

第十章　古今小说"互文性"通变鸟瞰

中国传统文艺理论常常既重视"新人耳目",又重视"以故为新"。作家"互文性"创作是成就"经典性"的一个前提,读者的"互文性"阅读则使得经典价值最终得以实现。从创作情理来看,古今中外各种文学文本大多并非全然出自创作者的向壁虚构,而通常是通过多元化多向度地吸取他人文本而成。对此,我们的先人曾有过不同程度的认知和阐发,提出了"无一字无来处""点铁成金""脱胎换骨""犯中求避""以故为新"等说法。前些年,我们在文学研究中常常强调"独创""原创""焕然一新",而对文学文本之间以及文本内部上下文之间的关联和互涉涉及较少或多有不屑。而今,我们在重视文学文本"创新性"及"陌生化"研究的同时,又把"互文性"及"熟悉化"研究当作探求文学文本意义的利器。经典小说之间的互动关联既令人眼花缭乱,又可以通盘博览。

第一节　古典小说"互文性"通观

近些年,随着西方相关文艺理论的引进,这种久已储备于中国文学批评传统而又蒙尘多年的理论方法被激活而纳入"互文性"视野,获得新生,得以风行。当下,对中外"互文性"理论资源择善而从地加以整合、运用，能够更好地破解诸多文学文本关联现象及相关文艺理论问题。就中国古典小说文本关联研究而言，我们不妨从"道""术""效"三个维度展开。

一　古典小说及史乘文本"互生"之"道"

　　近年来，"互文性"理论借助新历史主义批评之势，并赶乘文化研究之东风，从着眼于文学文本与文学文本之间的关联放眼到文学文本与历史文本之间的关联。法国文艺理论家罗兰·巴尔特（Roland Barthes）晚年曾把"愉悦的道说"和"愉悦的写作"合二为一，撰成《文之悦》一书。这种"文之悦"既体现在文化语境中，又可落实到文本文法上。随后，法国哲学家米歇尔·福柯（Michel Foucault）采取了尼采式"快乐的科学"戏仿方法，在其"谱系学"中强调以载歌载舞的狂欢参与历史叙述。再说，新历史主义也把"互文性"当作理论基础，从而成为当代语境下对历史文本重新进行文化阐释和政治解读的阅读诗学。该学派的代表人物之一美国新历史主义批评家路易斯·A.蒙特罗斯（Lousis Montrose）在《文本与历史》中有一句被广为征用的名言："文本的历史性和历史的文本性。"此意味着，文学带有历史性，而历史又拥有文学性，二者存在"互文性"；另一代表人物美国人海登·怀特（Hayden White）在《作为文学虚构的历史本文》中也认为："历史是一个延伸的文本，文本是一段压缩的历史。历史和文本构成生活世界的一个隐喻。文本是历史的文本，也是历时与共时统一的文本。"[①] 就是说，历史文本与文学文本彼此存在着内在关联。在探索中国古典小说的"互文性"时，我们不妨首先运用新历史主义观念重点从文化文本、历史文本层面探讨其"互文性"之"道"。

　　相对而言，"互文性"之"道"主要回答文本之间"互文性"得以生发的理据。按照新历史主义的说法，文学文本通常与文化文本尤其是

[①] 朱立元：《当代西方文艺理论》，华东师范大学出版社1997年版，第396页。

历史文本发生关联。古典小说与"史乘"有着不解之缘，二者之间的"互文性"之"道"突出表现在叙述方式与结构规律等方面。其中，明清小说作者多追捧司马迁《史记》文法，使其小说文本与《史记》文本形成各种形态的"互文性"关系，读者对此也大多心知肚明，纷纷把《水浒传》《金瓶梅》等小说比作《史记》。如明末清初金圣叹评《水浒传》有言："《水浒传》方法即从《史记》出来。""《水浒传》一个人出来，分明是一篇列传。"清代张竹坡在评《金瓶梅》中说："《金瓶梅》是一部《史记》。"将小说比作《史记》，着眼于小说与史乘叙事写人互通之道。同时，有些小说题名中包含"按鉴"二字，即声明与《资治通鉴》以及《资治通鉴纲目》之间存在着某种"互文性"关系。就开创按照"通鉴"进行历史演义先例的《三国志演义》而言，其嘉靖二十七年（1548）建阳叶逢春刊本《三国志史传》的目录页就题有"新刊按鉴汉谱三国志传绘像足本大全目录"字样。后来，许多演义类小说，如《新刊按鉴演义全像大宋中兴岳王传》《京本通俗演义按鉴全汉志传》《按鉴演义帝王御世盘古至唐虞传》等，题名也含"按鉴"二字。① 小说如此以"按鉴"为标题，无非是在宣示与史乘之间所拥有的"互文性"关系。概而言之，古典小说的各种"拟史迁"和"按鉴"创作自然使其与"史乘"发生"互文性"关联。

再说，新历史主义指出，文学文本与历史文本之间并不存在所谓的"前景"与"背景"关系，二者始终处于不断的对话和循环之中，各种历史文献记录、政令、法规、报章、庆典巫礼、宗教巫术、民俗活动等非文学文本与文学文本之间常常形成互补性指涉。据此，在中国古典小说研究中，我们要注意文学文本与历史文本视为对等的"互文性"关系。如唐人所撰修的《晋书》采用《世说新语》文本而入史，这种"忽正典而采小说"的编撰模式在后世皆遭遇了聚讼纷纭。至于《三国志演义》这部小说由史书《三国志》推演而来，并形成"演义"这一

---

① 纪德君：《"按鉴"与历史演义小说文体之生成》，《文学遗产》2003年第5期。

充满"互文性"意味的文体,乃众所周知。其中的"虚实之辨""移花接木"等创作路数同样备受争议。此等问题实际属于史书文本与小说文本的"互文性",乃天经地义之举,不足为怪。我们尽可去诠释史书与小说两种文本的"互文性"关联,不必停留在纠缠二者"互文性"操作之功过得失上。

  天道、世道、人道似乎有一对照运行的规律,即"对行",亦即传统所谓的"相反相成"原则。两部小说常常在这种文化情理下发生"互文性"。在中国文化传统中,"文"和"武"向来是对行的,这是《儒林外史》与《水浒传》的"互文性"之"道",且两部小说所展现的又都是"男性的世界"。前者重在写"儒林"之事,后者重在写"武林"之事。从某种意义上讲,吴敬梓就是通过"文人"与"武人"的角色转换而完成其《儒林外史》"互文性写作"的。对其"互文性",我们宜于通过题材和人物等因素的比照来探究。再如,《红楼梦》与《水浒传》存在着多重"互文性"关系也早已是不争的事实。其"互文性"之"道"在于,先期成书的《水浒传》重点写了以男性为主的一百单八位好汉,末尾列有关于梁山泊绿林好汉的"忠义榜"。而"摄神"于《水浒传》的《红楼梦》则集中写了一百零八裙钗这一班女性,且根据脂砚斋所评《石头记》透露,该书原来是"百十回",末回有关于各位女子的"情榜"。可见,二者之间的"互文性"关系是建立在传统"阴阳"之道及性别意识基础之上的,性别转换是实现二者"互文性"的关键。

  推而广之,若要破解相同写作模式尤其是相类故事叙述、相类文本意趣创造的"互文性"之"道",最便捷的途径就是关注各种文本所面向的大致相同的文化观念以及大致相同的历史文化语境。与此同时,某些相同的思维结构、文化符号也会生发出诸多带有"互文性"色彩的经典叙述模式,这在中国古典小说文本中同样不胜枚举。如屡屡出现的"三顾茅庐""三气周公瑾""三打祝家庄""三调芭蕉扇"等"三复"

叙述结构模式等。总之，根据新历史主义以及文化结构理论，古典小说文本与历史文本以及文化结构经常发生跨界"互文性"，这种"互文性"之道呼应天地人文，不愧为"天造地设"。

二 古典小说文本"互渗"之"术"

如果说，"互文性"之"道"主要解答"互文性"赖以发生的"可能性"问题，主要从历史文化视角探寻文学文本与历史文化文本的"跨学科""跨文体"关联，那么，"互文性"之"术"则侧重回答"互文性"得以发生的"可行性"问题，主要从"拟"与"犯"等"文法"视角审视文本与文本的经验性、经典性乃至哲理性。

归根结底，"互文性"既是一道文本生成及文法操作机制，又是一道文本阅读及意义阐释机制。它可以通过作者引用、化用、拼贴、模仿、重写、戏拟、改编等一系列"互文性"之"术"来实现，是为"互文性写作"；也可以通过读者的文本相似性阅读联想来实现，是为"互文性阅读"。当然，"互文性阅读"方法及其实践意义并非是"互文性"理论的产物。相反，这种阅读方法早已是一种有实无名的存在。英国诗人及理论家托马斯·斯特尔那斯·艾略特（Thomas Stearns Eliot）曾经倡言："任何诗人，任何艺术家，都不能单独有他自己的完全的意义。他的意义，他的评价，就是对他与已故的诗人和艺术家的关系的评价。我们不能单独地来评量他；必须把他置于已故的人中间，加以对照、比较。我是想把这些作为美学批评，而不光是历史批评的原则的。"[1] 他将对诗人、艺术家与前人之间的比较、对照方法上升到批评原则来提倡，实际上是在肯定文本交互阅读的重要意义。自然，"互文性研究"建立在"互文性阅读"基础上，主要依托"文本细读"方法进行。就古典小说而言，解析"互文性"之"术"必须坐实在

---

[1] ［英］托马斯·艾略特：《传统与个人才能》，曹庸译，参见伍蠡甫、胡经之主编《西方文艺理论名著选编》，北京大学出版社1987年版，第40页。

跨越不同文本的"文法"形态上。前些年，我们在热衷于引进"互文性"理论时就看到了它以"跨文本"及同文本上下文关联为特点的长处，也曾简明扼要地将"互文性"形态大致一分为二：同一个文本内部因素之间的"文法"关联、不同文本之间的"文法"关联。前者可称为"内互文性"，常被说成"重复"；后者可称为"外互文性"，即两个文本或多个文本互动。在中国文论中，与"外互文性"构成对应的话语主要是"拟而有变"；而与"内互文性"构成对应的话语则主要是"犯中见避"。"互文性"阅读可以让我们温故而知新，睹新而识故。

在理论完善过程中，西方对关于"互文性"的运作模式和具体形态进行过无数次探讨，尤其是对关于文本与文本之间的"互文性"之"术"探讨较为充分。如，英国小说家兼文论家戴维·洛奇（David Lodge）《小说的艺术》曾指出："用一种文本指涉另一文本的方式多种多样：滑稽模仿、艺术的模仿、附和、暗指、直接引用，平行的结构等等。一些理论家相信，互文性是文学的根本条件，所有的文本都是用其他文本的素材编织而成的，不管作者是否意识到这一点。"[①] 这里从素材编织和结构安排角度指出，文学文本的生成离不开"滑稽模仿、艺术的模仿、附和、暗指、直接引用，平行的结构"等一系列"互文性"之"术"。再如，荷兰学者杜威·佛克马（Douwe Fokkema）《后现代主义文本的语义结构和句法结构》一文涉及不少关于"互文性"的句法结构和文本结构，包括累赘、参照（含重复、对早期文本的参照、手稿的涂写法）、交叉（同一文本两个故事的交叉）、循环（现代主义或现实主义间的循环）、加倍（情节、旧词的加倍或写作活动中自我反映性的加倍等）、增殖（结尾或开始的增殖、无结局情节的增殖——迷宫情节、符号系统的乘法等）、排比（文本各部分的互换、文本与社会语境的排比、语义单位如主题和思想的排比、真与假的排比、比喻与原意

---

① [英] 戴维·洛奇：《小说的艺术》，王峻岩等译，作家出版社1998年版，第110页。

的排比），等等。① 法国学者蒂费纳·萨莫瓦约所著《互文性研究》一书不仅转述了热奈特的"互文六法"（即浓缩法、扩充法、应用法、升级法、跨越主题法、跨越动机法），而且还亲自操刀将"互文性"手法分解为引用、抄袭、戏拟、仿作、合并（粘贴）等类别。② 由这些如数家珍般的关于"互文性"手段的细分细解可以见出，文艺理论家们每谈及"互文性"，都特别注重"文法"分析。前人曾指出：

  书名往往好抄袭古人，亦是文人一习。小说家尤甚：有《红楼梦》，遂有《青楼梦》；有《金瓶梅》，遂有《银瓶梅》；有《儿女英雄传》，遂有《英雄儿女》；有《三国志》，遂有《列国志》；传奇则《西厢记》之后，有《西楼记》，复有《东楼记》《东阁记》。他如此者，尚不可枚举。③

在明清小说"互文性"研究中，我们一方面要注意将这些"互文性"之"术"与中国本土化的"模拟""对写""效仿""化用"等文法话语对接，互相阐释；另一方面要按照西方"互文性"之"术"话语的含义，对中国古典小说文本中出现的相关"互文性"现象进行重新解读，借以丰富我们本土化的"拟中有变"理论体系。按照西方"互文性"理论家们的观点，"戏拟"之所以备受小说家们青睐，主要原因是它能营造出"反讽"以及喜剧审美效果。对此，古典小说文本应用广泛，而相应的理论阐发却较为匮乏。我们应该取长补短地对这一"互文性"方法进行应用总结。如《金瓶梅》第一回"西门庆热结十兄弟"分明与《三国志演义》第一回"刘关张桃园三结义"构成"戏

---

 ① ［荷］佛克马等编：《走向后现代主义》，王宁等译，北京大学出版社1991年版，第108—112页。
 ② ［法］蒂费纳·萨莫瓦约：《互文性研究》，邵炜译，天津人民出版社2003年版，第36—57页。
 ③ 浴血生：《小说丛话》，载《新小说》第一、二卷（1903—4），1906新小说社刊《小说丛话》单行本。

拟",以小人生计解构了君子理想,透露出浓重的"反讽"意味。

在古典小说不同文本之间,"互文性"之发生情形多种多样,大到章法,小到句法、字法,都可以发生"互文性"。如人们常称王熙凤为"女曹操",这种"互文性"解读基于《三国志演义》里的"乱世之奸雄"曹操与《红楼梦》中的"脂粉队里的英雄"王熙凤两个人物"奸诈"性格的相似。第十六回甲戌夹批:"一段收拾过阿凤心机胆量,真与雨村是对乱世之奸雄。"同时又在第二回甲戌侧批、第四回甲戌侧批中数次用"奸雄"进行评点。《三国演义》深入人心,"奸雄"几乎成为写曹操的"专利"。《红楼梦》甲戌本反复将王熙凤说成"奸雄",就是将其比附为曹操。而二者相似性格又是依托相似文法写出的。曹操与王熙凤都是小说中的反面人物,但是这两个人物都有超群的才能,《三国志演义》第一回写曹操出场时,就通过桥玄之口,称他为"命世之才";在曹操、王熙凤这两个人物形象身上,都体现了"奸"的性格与"雄"的才能的结合。毛宗岗在《读三国志法》中说曹操是"智足以揽人才而欺天下者"。同样地,在王熙凤的个性中,也体现了"奸"与"雄"的结合。她在读者心目中,一方面既是"脂粉队里的英雄"(《红楼梦》第十三回秦可卿语),另一方面又是"千古奸妇"(《红楼梦》第六十九回脂评)。除了以往人们关于其"才能""英雄"气质的对比求同,我们还可找到二者叙事上的更多雷同。① 对此,脂砚斋多处指出作者写她笑的虚伪、阴险。如在庚辰本《石头记》第十四回写王熙凤协理宁国府时,早上点名,有一个仆人来晚了点,她就冷笑。脂砚斋评曰:"凡凤姐恼时,偏偏用'笑'字,是章法。"庚辰本第四十四回,当林之孝家的来回说鲍二媳妇吊死了,她娘家的人要打宫司时,凤姐笑道:"这倒好了,我正想要打个官私(司)呢。"脂砚斋批:"偏于此处写阿凤笑,坏哉!阿凤。"庚辰本第七十回,邢夫人在贾母寿筵将

---

① 周寅宾:《论〈红楼梦〉对人物兴趣、才能、气质的描写》,《红楼梦学刊》1988年第4期。

散之际，故意当着众人给凤姐下不来台，凤姐虽然又羞又气，却笑着向大家解释。脂批："又写笑，妙。凡凤真怒处必曰笑，凌凌（历历）不错。"庚辰本第七十四回，当在司棋处搜出潘又安的信等物时，凤姐只瞅着王善保家的嘻嘻的笑。脂批："恶毒之至。"试看，《三国志演义》写曹操所用笔法，何尝不是如此！可以说，"笑里藏刀"是二者之所以能够构成"互文性"关系的关键要素。民国时期题名"西园主人"者也曾把宝钗比附为诸葛亮、曹操，阐发道：

> 尝读陈寿《三国》，见人材林立，而众材皆为所包者，诸葛君是也；奸雄并峙，而群奸皆为所用者，曹孟德是也。若宝钗者，实于《红楼》部中，合孔明、孟德而一人者矣：黛玉之慧，湘云之豪，探春之敏，皆大观园内所杰出者也，而宝钗则以螃蟹代东，深情体贴，燕窝养病，作意馈遗，成佩麟之心交，接梁鸿之眉案，擎卿、疯子尽入彀中；虽探春摄政，利弊立陈，以才自恃，而大体小惠，适得其宜，能使玫瑰香者当即心折无异词，谓非一部《红楼》，众材皆为所包乎？①

这种"互文性"阅读把大观园的世界看作一个钩心斗角的名利场，一个宛如三国纷争的权谋世界，宝钗的行径正与三国两大权谋人物诸葛、孟德也的确有暗合之处。另外，古典小说中的"遇难脱险""破镜重圆"等批量雷同叙事以及"兄弟对称""庄谐同台"等众多相似性人物设置，几乎都可以归属于"互文性"章法。

除了不同文本之间所出现的"拟而有变"之"互文性"，古典小说同一文本内部的上下文之间也往往发生"互文性"。对此，西方文论家们常谓之"重复"。中国传统文论虽然也时而以"重复"目之，但更多情况下则称之为"犯笔"或"犯中求避"。在西方，"重复"理论的权

---

① （清）西园主人：《红楼梦论辩》，见《红楼梦本事诗》，同治九年刻本。

威学者是耶鲁学派的J.希利斯·米勒,他的代表作《小说与重复》认为,小说的奇妙之处即在于"重复",而"重复"又主要由三大类构成:一是文本细微处的重复。如:词语、修辞格等;二是文本中事件或场景的重复;三是文本与其他作品(同一位作家的不同作品或不同作家的不同作品)在主题、动机、人物、事件、场景上的重复。在米勒看来,文本间的"互文性"就是文本的各种重复现象及其复杂的活动方式,小说中的各种重复现象"组成了作品的内在结构,同时还决定了作品与外部因素的多样化关系"。①第三种"重复"已超出单个文本的界限,进入到"互文本"的广阔领域中,此姑不论。此前后,西方叙事学也把"重复"纳入自己理论体系,称"重复叙述"(iterative narrative)是指"有一定序列的叙述或部分叙述,其间发生了N次的事件,但只讲述了一次";而"重复性叙述"(repeating narrative)是指"叙述或部分叙述中的时频反复,即某件事只发生一次,但被讲述了N遍"。②后来,人们还进而把"重复"的表征分解为意象的重复、叙事与写人的重复、氛围的重复、语言的重复和叙事的重复等。在运用这套理论方法研究中国古典小说时,我们既要本着"文本细读"的方法探讨某些小说文本中反复出现的似曾相识章法、句法、字法,以体会文本"反复"的审美效果,又要与金圣叹提出而得张竹坡、脂砚斋等人娴熟运用的"犯而不犯""特犯不犯""犯中求避"理论方法进行有效对接。如金圣叹评《水浒传》对这种"重复"性的"犯笔"非常感兴趣:"劫法场、偷汉、打虎,都是极难题目,直是没有下笔处。他偏不怕,定要写出两篇。""江州城劫法场一篇,奇绝了;后面却又有大名府劫法场一篇,一发奇绝。潘金莲偷汉一篇,奇绝了;后面却又有潘巧云偷汉一篇,一发奇绝。景阳冈打虎一篇,奇绝了;后面却又有沂水县杀虎一篇,一发奇

---

① [美]希利斯·米勒:《小说与重复》,王宏图译,天津人民出版社2008年版,第7页。
② [美]杰拉德·普林斯:《叙述学词典》(修订版),乔国强、李孝弟译,上海译文出版社2011年版,第192页。

绝。真正其才如海。"按照金圣叹的说法，以上成双结对的"犯笔"写作的效果是从"奇绝"到"奇绝"。对这种"奇绝"文笔，我们可借助西方"重复"理论以及其他相关"互文性"理论来进行进一步新的解读。

此外，毛纶、毛宗岗父子评点《三国志演义》曾数百次以"仿佛""极相仿佛""遥遥相对"等评语来提示小说文本中的"互文性"段落或字句。对此，我们也要借助西方"重复"理论进行新的阐释和解读。如《三国志演义》至少有五节文字与《史记》所记"鸿门宴"这一经典叙述模式有效地构成"互文性"。[①] 其一是，第二十一回所写"青梅煮酒论英雄"一节，大意是，曹操约刘备到后园聊天，以试探其是否具有韬光养晦的心数。当"说破英雄惊破胆"之际，关羽、张飞"手提宝剑"赶来。面对曹操问及来意，关羽声称"特来舞剑，以助一笑"。与《史记》所写项庄舞剑之借口如出一辙。其二是，第三十四回所写"刘备荆州脱险"一节，大意是，趁刘备来荆州赴宴之机，蔡瑁设计将其除掉。本来"赵云带剑立于玄德之侧"，但不期被支走。危难之际，幸得席间伊籍提醒刘备逃走，遂有后面惊险的"檀溪跃马"逃生一幕。这节叙事也含有"鸿门宴"剑拔弩张及"带剑"等元素。其三是，第四十五回所写"周瑜欲加害刘备"一节，大意是，在初战三江口之前，周瑜不怀好意地请刘备过江会面，并埋伏五十刀斧手准备加害刘备。不料"猛见云长按剑立于玄德背后"，只好打消恶念。其气氛与化险为夷也与"鸿门宴"相仿佛。其四是，第六十一回所写"刘备与刘璋聚会"一节，大意是，庞统、法正二人设计趁机杀害刘璋，以便唾手可得西川，便安排魏延"舞剑"择机下手。刘璋的手下大将张任见势头不对，也掣剑起舞，继而双方先后有多人参与舞剑。剑拔弩张之际，刘备带头喝退舞剑者，化干戈为玉帛。读到众人舞剑之情景，既令人想到当年的"鸿门宴"，又见出其与当年一人舞剑的不同。其五

[①] 周建渝：《多重视野中的〈三国志通俗演义〉》，中国社会科学出版社2009年版，第80—85页。该书只举了"青梅煮酒""周瑜把盏""魏延舞剑"三场"鸿门宴"。

是，第六十七回所写"东吴庆功"一节，大意是，孙权大将吕蒙、甘宁赢得皖城之战胜利，不料在庆功宴上，"凌统想起甘宁杀父之仇"，借口"筵前无乐"，"忽拔左右所佩之剑"舞了起来。甘宁见苗头不对，赶忙两手取出两枝戟挥动起来。吕蒙见二人各无好意，便"舞起刀牌"，将二人分隔开来。幸得孙权及时赶来，制止了这次火并。以上所述小说所写的五场"鸿门宴"均包含了"酒宴""舞剑""剑拔弩张""化险为夷"等"互文性"元素。除了与《史记》发生跨文体"互文性"，在《三国志演义》文本内部，五次"鸿门宴"式的叙述本身也形成不同情势的"互文性"。

我们知道，"文法"是"文本"赖以生成的基础，是"互文性"的有力且有机的支撑。因此，相似"文法"的运用是"互文性"之"术"赖以形成的标志。阐释"文法"之"互文性"，自然离不开"文本细读"。说起来，在中外阅读史上，"文本细读"自古有之。而作为一套行之有效的理论方法，它发端于"语义学"；后经过英美"新批评"学派广泛阐发运用，方产生了重大影响。其优势是通过细致阅读文本，来发掘其中的奥妙和修辞效果，进而引领读者感受其真意和真趣。在国内，受此理论影响，人们既尝试性地对古典诗歌进行过各种各样的"细读"，也曾关注过诸如金圣叹"细读"《水浒传》等有关品评中国古典小说的经验。而今，依据"互文性"理论，我们既可通过文本之间的比对探寻文本间的关联，又可通过"互文互解"加深对前后文学文本的理解和印象，使得前后文本意蕴分别获得增殖。此种阅读方式足可拯救"文本细读"业已出现的故步自封于文本内部的危机。正如法国学者洛朗·坚尼所言："互文性的特点在于，它引导我们了解一种新的阅读方式，使得我们不再线形地阅读文本。我们可以将互文的每一处相关参考进行替换：要么把此类地方只看成是并无特别之处的片段，认为它仅仅是构成文本的一个部分而已；要么去找相关的原文。"[①] 可见，

---

① [法]蒂费纳·萨莫瓦约：《互文性研究》，邵炜译，天津人民出版社2003年版，第83页。

借助以往"文本细读"这一法宝,探寻各种文本形态的相似性与关联性,是把握"互文性"之"术"的基本路数。

总体说,中国古典小说重视文本生发机制,于是形成"拟而有变""犯中求避"两种"互文性"文法。古典小说批评对这两种文法常持有不同态度:贬低"互拟"写作,而夸赞美化"互犯"写作。其中原因,期待进一步探讨。

三 古典小说文本"互动"之"效"

任何有意义的比较都应该建立在一定的"可比性""相似性"基础上。一个浅显的道理是,如果两个研究对象南辕北辙,所谓"比较"即失去意义。这就意味着,若要"求异",必先"求似"。"互文性"理论的可贵之处在于,既重视"存异",更注重"求同"。

"互文性"理论把"镜照"和"求似"放在较为重要的位置,从而打破了西方长于"求异"的传统。前些年,基于西方注重"求异"的文化传统,文学研究中的"差异研究"一度雄踞学坛,其突出表现是俄国形式主义评论家什克洛夫斯基(Viktor Shklovsky)的"陌生化"理论以及法国解构主义理论家雅克·德里达(Jacques Derrida)的"延异性"理论一度充斥于文学批评。[①] 即使法国后现代主义及后结构主义者米歇尔·福柯(Michel Foucault)在倡导其"谱系学"时,也特别强调从"熟悉"的过去中看到"陌生",在被认为"简单"的地方发现"复杂",在普遍认为"同一"的地方找到"差异",同样是一种把握"异"的方法。在文学批评中,即使一度强调"影响的焦虑"的哈罗德·布鲁姆(Harold Bloom)在其《西方的正典》中也通过对包括塞万

[①] 西方哲学通常被视为"差异哲学",尼采、福柯、德里达等哲学家都认为,世界完全诞生于差异之中,尤其是被誉为"差异哲学家"的法国德勒兹从尼采式的"永恒回归"观念获取灵感,在其哲学名著《差异与重复》(1968)中把宇宙视为充满"差异"的多元性存在,并立足于"差异性"审视世界万象;美国心理学家、哲学家斯坦利·霍尔在《表征》一书中也特别强调"差异"是"意义"的根本,是"意义"赖以存在的前提。

提斯、狄更斯、托尔斯泰、乔伊斯在内的二十六位经典作家及相关作品的研究,得出结论说他们及其作品之所以伟大就在于"陌生性","这是一种无法同化的原创性,或是一种我们完全认同而不再视为异端的原创性",是"从陌生性到陌生性的循环"。① 在这套理论的影响下,前些年中国学界的文学研究也多注重探讨文学文本的"差异""特质""个性",乃至极端地把"新人眼目"视为文学创作的至高无上境界。萨莫瓦约的《互文性研究》曾提出产生"求同存异"效果的四种方式,即组合(configuration)、再现(refiguration)、歪曲(defiguration)、改头换面(transfiguration)。② 求同存异,即在经典著作所谓的原创"陌生"中寻求似曾相识的"熟悉",这是我们文学研究的一大使命。具体就中国古典小说文本研究而言,我们既要注重探讨"差异性""陌生化"等审美效果,也要特别注意"相似性""熟悉化"等审美效果。

按照以往"影响研究"观念,每个作家都会因追求"创新""新奇""陌生化",而落入"影响的焦虑"。而按照"互文性"观念,文学发展的历程充满了有机的关联和"互动性",前人对后人的"影响"与后人对前人的"师承"是一个问题的两个方面;阅读行为是一种"瞻前顾后"的行为,充满了"追味性""联想性"。一部作品能否赢得读者并不纯粹取决于创新含量的多少,而是靠精益求精、熟能生巧。由此可见,在文学创作中,新的经典创造离不开大量"互文性"笔法的运用,只要把握好避免审美疲劳这个"度"就有可能实现后来者居上。就中国古典小说而言,因基于某种共同的历史文化语境而推出大量的相似性模拟单元或语句,乃属司空见惯的"互文性"现象。其中不乏"相似"或"雷同"的"意态结构"批量出现。如,"榜"原指张贴出来的文告或名单,在发布后不仅会起到公告作用,而且令人对"榜上

---

① [美]哈罗德·布鲁姆:《西方的正典:伟大作家和不朽作品》,江宁康译,译林出版社2005年版,第2页。

② [法]蒂费纳·萨莫瓦约:《互文性研究》,邵炜译,天津人民出版社2003年版,第130—133页。

有名"的人物一目了然。明清章回小说多以"榜"式结构收束全文，带有汇总人物的意图。《水浒传》末尾列有梁山泊一百单八条绿林好汉的"忠义榜"；《封神演义》末尾列有三百六十五位"正神"的名单，是为"封神榜"；《儒林外史》末有"幽榜"，尽管有人认为这种"狗尾续貂"并非原作者笔墨，但恰符合当时小说收尾通例，并非全然系画蛇添足；据脂砚斋评《石头记》推断，该书原来是"百十回"，末回有"情榜"；《镜花缘》也列有一张大榜，标明应试科考的一百个女子。如此看来，"'榜'作为中国古典小说的一种独特的结构形式，不仅经历了有实无名到名实相符的演化历程，而且经历了从天榜、神榜到幽榜、再到情榜、花榜的发展脉络"。[1] 古典小说这一系列之"榜"前后映照、互相发挥，构成得天独厚的"互文性"。可见，带着"求同"或"求似"意识，读者乐于通过阅读联想从似曾相识的小说文本"互文性"中接受文本意义，从而使得前后文本获得在意义增殖上的"双赢"。

在古典小说写作中，作者为什么会如此喋喋不休地进行"重复"叙述？其原因之一便是为了营造"熟悉化"审美特效。在过去刚刚接受俄国形式主义文论的一段时期里，我们曾片面地认为，只有"陌生化"才会给人以美感。岂不知"熟悉化"同样会给人以美感，熟悉和陌生是对立统一、相辅相成的。对此，孙绍振、孙彦君所著《文学文本解释学》已经予以强调："从某种意义上来说，欣赏艺术陌生化，就是看出作家颠覆一种熟悉化后，又依托另一层次的熟悉化，营造出更高层次的陌生化。"[2] 试看《三国志演义》中那些被毛纶、毛宗岗评定为"相似""相映""相类""亦如""仿佛相似""一般意思""前后一辙"的段落和文字，我们大致能够体会到其"重复"笔墨营造的"熟悉化"效果。此外，根据小说评点家的品评，中国古典小说曾形成一种特殊叙事法，叫"板定章法"，也可纳入"重复"理论审视。按照张

---

[1] 孙逊、宋莉华：《"榜"与中国古代小说结构》，《学术月刊》1999年第11期。
[2] 孙绍振、孙彦君：《文学文本解释学》，北京大学出版社2015年版，第257页。

世君的理解，这种叙事章法其实是"明清小说中一些特有的语言表述形式和描写技巧"。① 如张竹坡评《金瓶梅》曾指出："《金瓶梅》有板定大章法。如金莲有事生气，必用玉楼在旁，百遍皆然，一丝不易，是其章法老处。他如西门至人家饮酒，临出门时，必用一人或一官来拜、留坐，此又是'生子加官'后数十回大章法。"诸如"潘金莲有事生气，必用玉楼在旁""西门至人家饮酒，临出门时，必用一人或一官来拜、留坐"，如此"重复"在小说中出现过多次。虽然张竹坡谓之"百遍皆然，一丝不易"，不免言过其实，但是作者每当写到这类事，总是不由自主地运用如此大体统一的笔法，其叙事元素是"重复"性的。对这种"板定章法"，读者并没有望而生厌，其行文自然有可取之处。继承这种慧眼别具的批评观念，脂砚斋在评《红楼梦》中又指出了其中诸多的"板定大章法"。如评《红楼梦》第四回所使用的节外生枝式的"横云断岭法"叙述时，便径直谓之"板定大章法"；针对第十七回所使用的"然亦无可如何了"一句话，庚辰本有双行夹批曰："每于此等文后使用此语作结，是板定大章法，亦是此书大旨。"由这些评点可见，在《红楼梦》文本中，这类颠来倒去而屡屡"重复"的行文已成习惯。对此，评点者非但没有感到烦腻，反倒视为一种行文特色予以称赏。

另外，反向"互文性"容易生发"反讽"效果，尤其是许多小说能够在借助"戏仿"（parody）方法打破历史的不可逆和不可重复性的同时，还通过系列"反弹琵琶"式的"互文性"写作，"戏拟"出别样的人生，从而给人以幽默诙谐、啼笑皆非之感。

总之，有了中西合璧的"互文性"理论保驾护航，我们在古典小说研究过程中，除了"求异"或探讨"陌生化"审美效果，还要注重通过发掘"互文性"元素，去领会文本作者的写作策略及其经验，并对"相似性""雷同化""熟悉化""反讽性"等创意特效另眼相看。

择善而从地加以整合、运用，能够更好地破解诸多文学文本关联现

---

① 张世君：《明清小说评点叙事概念研究》，中国社会科学出版社2007年版，第322页。

象及相关文艺理论问题。就中国古典小说文本关联研究而言，从"道""术""效"三个维度着眼，大致可以领略其草蛇灰线、若隐若现之景观。

第二节 古今小说跨时空通变概观

基于《周易》"通变"说，南朝梁刘勰《文心雕龙·时序》指出："文变染乎世情，兴废系乎时序。"文学随时代风情变化而变化，文体也随时代思潮演进而演变更新。既重"变"又求"新"，世世代代的文学变幻多端，终于被概括为"一代有一代之文学"。同时，万变不离其宗，变化中又不乏因袭、模仿。正如清人袁枚《随园诗话》卷上所说："后之人未有不学古人而能为诗者也。然而善学者得鱼忘筌，不善学者刻舟求剑。"在"文本"观念形成后，这种因袭、模仿被称为"互文性"。"互文性"不是雷同、千篇一律的代名词，不是抄袭、剽窃，而是意义再生的一种策略。

中国文学源远流长，绵延不断，其"互文性"贯通古今，使得文本血脉相承。且不说古代文学在一路走来的途中，"互文性"现象迭现，即如现当代文学文本也与古代文学留下了前者呼后者应的"互文性"的印记。无论是章培恒先生所提出的"古今演变"命题，还是我的导师黄霖先生所主张的"古今通变"命题，都在启发我们站在中国文论高度对中国文学古今流程"瞻前顾后"。

就小说文体而言，现代小说家们主动接受外国小说影响，使得中国小说创作出现了天旋地转般的变化与转型。尽管在转型中，有些固有的传统被撕裂、被扯断，但倚仗"互文性"的客观存在，中国古今小说最终还是不断地冲破血脉梗塞，实现了剪不断、理还乱的跨越式演变。

作为中国现代白话小说的开创者，鲁迅先生在其小说创作中颇得中国古代许多经典小说之道。如，几乎人人知道鲁迅激赏《儒林外史》，也几乎无人不晓鲁迅小说的讽刺艺术、结构技巧乃至人物形象也都受益于《儒林外史》，尽管要寻觅其中的"互文性"片段很难，但就某些片段，人们还是会产生种种"阅读联想"。如他笔下的孔乙己形象便是沿承范进而来。张晓勇《解读文本互涉：从〈儒林外史〉到〈孔乙己〉》（《江西教育学院学报》2006年第2期）有过探讨。范进中举而发疯，靠胡屠户打一个嘴巴救治过来；而"之乎者也"的孔乙己则平白挨了丁举人一棍子，给人以"互文性"印象。又如，从道理上讲，鲁迅曾高度评价《红楼梦》将"传统的思想和写法都打破了"，因而自己必然受到这部经典潜移默化的影响。于是，也有人指出，《故乡》中闰土和杨二嫂的出场与《红楼梦》中贾宝玉、王熙凤的出场有异曲同工之妙。

《红楼梦》与现当代小说"互文性"之普遍，以至于大家在谈到这个问题时不胜枚举，只能举隅阐述之。刘勇强在谈到"《红楼梦》对现当代小说的引领与制约"问题时指出：

> 《红楼梦》对现当代小说的引领是一个持续发展的现象，从题材类型上看，在言情小说、家庭小说等类型中表现得尤为突出，如张恨水的《金粉世家》在写人方面与《红楼梦》有相似之处。巴金的《家》以大家庭为题材并具有一定"自叙"性，也与《红楼梦》之间有着许多相似之处。张爱玲的小说创作更自觉地从《红楼梦》中吸收营养，在谈到《金锁记》的创作时，她说《红楼梦》与《金瓶梅》"在我是一切的泉源，尤其《红楼梦》"。当代作家效法《红楼梦》的也不可胜数，如路遥称在写《平凡的世界》前，重点研读而且是第三次研读《红楼梦》；王朔说："《红楼梦》是我的根儿，我初中看了五遍《红楼梦》。"又有学者在评论贾平凹的《废都》时指出，"我相信贾平凹是认真地决心要写一部《红楼梦》那样的小说的"；连金庸的武侠小说，研究者也多指出其与《红楼梦》一脉相承的关系。①

---

① 刘勇强：《作为小说标准的〈红楼梦〉》，《北京大学学报》（哲学社会科学版）2016年第3期。

除了这里提及的巴金、张恨水、张爱玲等小说家如此,① 现当代小说家还有诸多接受《红楼梦》熏染者。如现代小说的另一旗手茅盾也对《红楼梦》如数家珍,他在小说创作中很善于学习古代小说,如其代表作《子夜》便露出诸多与《红楼梦》"互文性"的迹象,特别是开始那段为了经济地展现人物,而写吴荪甫父亲大出殡,与《红楼梦》写秦可卿大出丧,构成遥远的"互文性"。此外,茅盾还专门写了《谈水浒传的人物和结构》,其对《水浒》写人艺术的"互文性"应该也大有文章可做。当然,现代其他小说家都或多或少地留下与古代小说叙事"互文性"的印记。又如,老舍的《四世同堂》也不时地承袭《金瓶梅》《红楼梦》等古代家庭小说。然而,若举出一些叙事仿拟的具体片段是有难度的,因为大师的"化"功很高明。我们只能说,由《四世同堂》所设置的那条人来人往而相对集中的"小羊圈胡同",而联想到《红楼梦》里人物密度高的"大观园";由某个人的个性化神采,联想起《红楼梦》关于人物描写的笔力和神韵而已。还有,钱锺书的《围城》被称为"新《儒林外史》",其与《儒林外史》自然存在"互文性"。总之,短短三四十年的现代文学难以否认地留下了深受古代小说,尤其是《红楼梦》《儒林外史》等经典小说深深浸润的印记。尤其在对《红楼梦》的"互文性"中,有的小说文本是隐约可见的,而更多的小说文本是羚羊挂角,无迹可求的。

咬定青山不放松,立根原在经典中。相对而言,深悟"互文性"之道的当代作家在叙事上更是走向自觉,灵活多变,方式多样。读者继续根据他们读出的叙事互文,来对现代小说作比附性命名,如,贾平凹的《废都》一出版,就被称为"当代《金瓶梅》""现代版的《红楼梦》"。在毁誉交加声中,人们纷纷看到了该小说刻意仿拟《金瓶梅》《红楼梦》的迹象。比较明显的仿拟细节是,《红楼梦》与《废都》都

---

① 小说研究者们常常把巴金的《家》等家庭小说与《红楼梦》牵连在一起。至于林语堂的《京华烟云》《金粉世家》,张爱玲的系列小说更是直接把《红楼梦》作为赖以"互文性"的标本。

有一些和尚道人频繁亮相，而且测字占卜，他们说出来的话都有彻悟人生的味道。前者中的那个疯狂落拓、麻屣鹑衣的跌足道人唱了《好了歌》；后者中的那位阿溃破落、痴癫傻气的疯子，竟也押着韵说出了"十类人"。近年获得茅盾文学奖的格非，曾经专门研究过《金瓶梅》，用作家的视角写下研究专著《雪隐鹭鸶》，他的新作《望春风》所塑造的重要角色赵礼平分明就是当代的"西门庆"。他的阴狠本性，尤其是政商通吃的暴发户形象其实是西门庆式的，他对女性的贪得无厌更是让人们联想到当年的"西门庆"。这类小说"互文性"在当代不乏其例。

当然，相对于古代小说间际关系而言，现当代小说的"互文性"又增加了一道颇具吸引力的西方现代小说的创新维度。小说家们在大量仿拟西方现代小说技巧的同时，不留痕迹或借题发挥地把古代小说仿拟过来，从而在趋向解构、消解传统中别出心裁，以反讽现代社会人生，其"互文性"手段日趋多样化。如"人鬼恋"是古代小说的一大叙事传统，今人对此多有翻转性互文。如美国学者王德威曾指出："余华的《古典爱情》将这一传统由内翻转颠覆，自然要让当代读者侧目。他重复古人不仅是拟仿（parody），简直是有意的造假搞鬼（ghosting）。"[①]尤其值得关注的是，"仿拟"在被后现代小说收编为一种"互文性"的叙事方法后，其写作路数表现为一种自省与语言游戏。这在中国当代小说创作中也有一些实验之作。如刘震云《故乡相处流传》是他整个"故乡系列"中最具仿拟功能的一个长篇。该书第一部分"在曹丞相身旁"写曹操与袁绍一同攻打刘表，但两个人却为争夺一个沈姓小寡妇大打出手，孬舅、猪蛋等延津县的人民在曹操得势时归顺曹操，声讨袁绍；在袁绍得势时，声讨曹操，显系仿拟"三国"故事而来。不过，它已将《三国演义》所写不爱美色的男性之建功立业翻转性地仿拟成由一个女人引起的利益之争。由此可见，现代人仿拟传统小说，真是新招迭出。有学者把这种借鉴西方思维而仿拟历史上许多经典文本或故事

[①] 王德威：《魂兮归来》，《现代中国小说十讲》，复旦大学出版社2004年版，第362页。

的叙事笔法，称之为中国式的"类后现代叙事"。

另外，值得留意的是，叶兆言曾经结合自己的创作推出一套"模仿"尤其是"反模仿"的经验，并交代了自己所模仿过的现代小说家的小说：

> 《追月楼》更直白简单一些，它其实就是一个当代人重新写的《家》，表现了当代人对《家》的重新认识。"家"是20世纪文学的重要母题，巴金的《家》、老舍的《四世同堂》等都是写"家"的代表作。我的这篇小说，其实就是对现代文学上的家族小说的模仿。在模仿中，我对他们作了一个修正。《状元境》是对鸳鸯蝴蝶派小说的反讽。《十里铺》是对革命加恋爱小说的重写。《半边营》是对张爱玲式的小说的重写，对她小说中的那种绝望的、病态的情绪的重写。有了这样的意识，在写作的时候，我就有可能按照她的小说的样式，特别是按照她的小说人物关系来进行摹写和调侃，写出这些人物的生存状况。家的叙事是现代小说的重要母题，鸳鸯蝴蝶派的小说是现代文学史上的重要小说流派，革命加恋爱是现代小说的重要情节模式，张爱玲的小说在现代小说史上也有着重要地位，所以我拿它们作为戏仿的对象。①

叶兆言一方面承认自己的创作不能不模仿，另一方面又在不时地提醒自己："对于文学，模仿就是死路，别人的成功就是你的绝境。"② 无论如何，"互文性"的模仿是难以避免的，也不能刻意避免，择善而从，依从高处攀缘，是许多经典之作的成功经验。但文学创作毕竟以创新为灵魂，无论何种模仿只能是达到创新或推陈出新的手段。最后的话虽说得比"影响的焦虑"还"焦虑"，颇有点危言耸听，但也提醒人们

---

① 《写作，就是反模仿——叶兆言访谈录》，《小说评论》2004年第2期。
② 叶兆言：《所谓写作，就是琢磨怎么才能写好》，《江南时报》2015年12月23日。

"互文性"是有限度的。

概而言之，在中国古今小说演变中，尽管文本与文本之间的"互文性"现象比较复杂，我们也难以对其仿拟水平做出统一的高低评价，但是，古今文本间际依靠"互文性"叙述来实现前后呼应、古今通变是不容否定的。小说家们策略性地采取的这种"互文性"叙述将古今小说文本一脉相承地连接起来。人们可以通过"互文性"视野，在前后互动的审美阅读中深化对各种文本的解读。

参考文献

［法］布尔迪厄：《文化资本与社会炼金术》，包亚明译，上海人民出版社1997年版。

曹雪芹、脂砚斋评：《脂砚斋重评石头记（庚辰本）》，人民文学出版社2010年版。

陈才训：《古代小说家、评点家文化素养论》，中国社会科学出版社2019年版。

陈平原：《千年文脉的接续与转化》，复旦大学出版社2010年版。

陈文新：《中国小说的谱系与文体形态》，中国社会科学出版社2012年版。

陈曦钟、侯忠义、鲁玉川辑校：《水浒传会评本》，北京大学出版社1981年版。

陈曦钟等：《三国演义会评本》，北京大学出版社1986年版。

陈永国：《互文性》，《外国文学》2003年第1期。

程国赋：《唐代小说嬗变研究》，广东人民出版社1997年版。

程毅中：《宋元小说研究》，江苏古籍出版社1998年版。

褚人获：《坚瓠集》，上海古籍出版社2012年版。

［英］戴维·洛奇：《小说的艺术》，王峻岩等译，作家出版社1998年版。

［法］蒂费纳·萨莫瓦约：《互文性研究》，邵炜译，天津人民出版社2003

年版。

丁福保辑：《历代诗话续编》，中华书局1983年版。

丁锡根编：《中国历代小说序跋集》，人民文学出版社1996年版。

董乃斌等：《中国文学叙事传统研究》，中华书局2012年版。

冯梦龙：《冯梦龙全集》第3卷，江苏古籍出版社1993年版。

［法］弗朗索瓦·多斯：《从结构到解构：法国20世纪思想主潮》，季广茂译，中央编译出版社2004年版。

高儒：《百川书志》，古典文学出版社1957年版。

《古本小说集成》（影印本）第1—5辑，上海古籍出版社1994年版。

何文焕辑：《历代诗话》，中华书局1981年版。

胡应麟：《少室山房笔丛》，中华书局1958年版。

黄霖、韩同文：《中国历代小说论著选》上册，江西人民出版社2000年版。

黄霖编著：《历代小说话》，凤凰出版社2018年版。

黄虞稷、瞿凤起、潘景郑整理：《千顷堂书目》，上海古籍出版社1990年版。

蒋寅：《古典诗学的现代诠释》，中华书局2003年版。

金圣叹著，曹方人、周锡山标点：《金圣叹全集》，江苏古籍出版社1985年版。

李汉秋：《儒林外史研究资料集成》，上海古籍出版社2017年版。

李汉秋辑校：《儒林外史会校会评》，上海古籍出版社2010年版。

李剑国、陈洪：《中国小说通史》，高等教育出版社2006年版。

李渔：《李渔全集》，浙江古籍出版社1992年版。

李渔著，江巨荣、卢寿荣校注：《闲情偶寄》，上海古籍出版社2000年版。

《历代笔记小说大观》第19册，上海古籍出版社2012年版。

林岗：《明清之际小说评点学之研究》，北京大学出版社1999年版。

刘廷玑:《在园杂志》,中华书局 2005 年版。

刘熙载著,袁津琥校注:《艺概注稿》,中华书局 2009 年版。

刘勰著,王云熙、周锋译注:《文心雕龙译注》,上海古籍出版社 2010 年版。

刘勇强:《话本小说叙论——文本诠释与历史构建》,北京大学出版社 2015 年版。

刘知几撰:《史通》,上海古籍出版社 2008 年版。

鲁迅:《中国小说史略》,人民文学出版社 1973 年版。

罗贯中著,毛宗岗评:《三国志演义》,中华书局 1998 年版。

[法] 罗兰·巴尔特:《S/Z》,屠友祥译,上海人民出版社 2000 年版。

[法] 罗兰·巴尔特:《从作品到文本》,杨扬译,《文艺理论研究》1988 年第 5 期。

[法] 罗兰·巴尔特:《批评与真实》,温晋仪译,上海人民出版社 1999 年版。

[美] M. H. 艾布拉姆斯:《欧美文学术语词典》,朱金鹏、朱荔译,北京大学出版社 1990 年版。

蒲松龄著,路大荒整理:《蒲松龄集》,上海古籍出版社 1962 年版。

蒲松龄著,张友鹤辑校:《聊斋志异会校会注会评》,上海古籍出版社 2011 年版。

[美] 浦安迪:《明代小说四大奇书》,沈亨寿译,中国和平出版社 1993 年版。

钱锺书:《管锥编》,中华书局 1986 年版。

钱锺书:《七缀集》(修订本),上海古籍出版社 1994 年版。

秦海鹰:《互文性理论的缘起与流变》,《外国文学评论》2004 年第 3 期。

尚永亮:《经典解读与文史综论》,中国社会科学出版社 2012 年版。

施耐庵:《水浒传注评本》,上海古籍出版社 2015 年版。

石昌渝:《中国小说源流论》,生活·读书·新知三联书店 1995 年版。

谭帆：《中国小说评点研究》，华东师范大学出版社 2001 年版。

王水照编：《历代文话》，复旦大学出版社 2007 年版。

［美］韦勒克、沃伦：《文学理论》，刘象愚、邢培明等译，生活·读书·新知三联书店 1984 年版。

［德］沃尔夫冈·伊瑟尔：《阅读活动——审美反应理论》，金元浦、周宁译，中国社会科学出版社 1991 年版。

吴承学：《中国古代文体学研究》，人民出版社 2011 年版。

［美］夏志清：《中国古典小说史论》，胡益民等译，江西人民出版社 2001 年版。

谢肇淛：《五杂组》，上海古籍出版社 2012 年版。

严羽：《沧浪诗话》，中华书局 1985 年版。

杨义：《中国古典小说史论》，中国社会科学出版社 1995 年版。

永瑢等：《四库全书总目》，中华书局 1965 年版。

曾祖荫、黄清泉、周伟民、王先需选注：《中国历代小说序跋选注》，长江文艺出版社 1982 年版。

张新科：《中国古典传记文学的生命价值》，人民出版社 2012 年版。

张璋等编：《历代词话》，大象出版社 2002 年版。

张竹坡等评点，秦修容整理：《金瓶梅会评会校本》，中华书局 1998 年版。

章学诚：《文史通义》，叶瑛校注，中华书局 1985 年版。

周建渝：《多重视野中的〈三国志通俗演义〉》，中国社会科学出版社 2009 年版。

周汝昌：《红楼艺术的魅力》，作家出版社 2006 年版。

［法］朱莉娅·克里斯蒂娃：《互文性理论对结构主义的继承与突破》，黄蓓译，《当代修辞学》2013 年第 5 期。

朱万曙：《明代戏曲评点研究》，安徽教育出版社 2002 年版。

朱一玄：《金瓶梅资料汇编》，南开大学出版社 2002 年版。

朱一玄：《聊斋志异资料汇编》，南开大学出版社2002年版。

朱一玄、刘毓忱：《水浒传资料汇编》，南开大学出版社2002年版。

朱一玄、刘毓忱：《西游记资料汇编》，南开大学出版社2002年版。

朱一玄、刘毓忱编：《儒林外史资料汇编》，南开大学出版社2012年版。

后　记

　　大致来说，文学研究离不开"文本""文献""文论""文化"。诸"文"之中，"文本"是最基本的出发点和立足点。而文本意义的发掘又总是离不开"文献""文论""文化"，诸"文"相辅相成，研究者可以有所偏好，而不宜校短量长。中国小说经典文本往往是经久滚积而成，越积越厚，以至于达到像《红楼梦》那样"集大成"境界。这就意味着，阅读这些小说经典，常常不仅要面对一部部孤立的文本，而且要通过不同经典文本的"合璧阅读""贯串阅读""交互阅读""互动阅读"，以更好地体会这些经典小说超凡越常的审美价值和艺术魅力。这正是近些年笔者关于中国古典小说文本关联研究的一些体会。

　　这本书的写作适缘于近些年"文本主义""互文性"备受重视的国内外学术背景。就起结而言，起笔于上海财经大学执教十几年期间，续笔于山东大学从教两周年过程中，结笔并修成于而今新冠疫情连三月的宅居之中。

　　需要说明的是，"互文性"之名虽为借自西方学术话语，但这里并非着力于以中释西，更不是对西方理论的生搬硬套，而是致力于立足中国本土，运用"祖述""脱化""仿拟""反哺""映照""犯避""敷演""通变"等多个层面的传统话语观照中国小说文本之间的关联，标题间或运用了现代的"互动""互渗""互通""互涉"等术语。实际上这是关于中国小说文本关联及相关问题的综合研究。同时，在具体探讨中，又注意规避"互文性"理论拘泥于文本本身或仅仅注重文本自身互动游戏的局限。总之，本书秉持把"互文性"视为实现"原创性"手段等理念，消解二者之对立。虽然与西方的"互文性"理论相呼应，但并不完全对接。希望读者诸君不要以原汁原味的西方理论挑剔苛责之。

本书的主要内容已在《文学评论》《学术月刊》《清华大学学报》《南开学报》《吉林大学学报》《明清小说研究》《河北学刊》《上海大学学报》《中国文化研究》《云南大学学报》《青海师范大学学报》《明清文学与文化》等刊物发表过。值此机会，特向这些学术期刊认真编校和指导的责任编辑致以诚挚的谢意。

山东大学文学院的梁建蕊、翟瑞、王桢、刘玲、覃女穆、朱柯瑾、李靖、郝梦雪、刘泊宁、赵秒秒、侯小丽在沉潜读书过程中参与了加工润色、校订工作，为保证本书质量做出了大量贡献，特表达深深谢意。这自然也成为我们师生教学相长过程中的一份美好的留念。

最后，本书的出版得到"山东大学文学院中文专刊"基金资助，得到中国社会科学出版社支持帮助，在此一并致谢。

李桂奎
2020 年 5 月 6 日